プラハの墓地

ウンベルト・エーコ　橋本勝雄 訳

Il cimitero di Praga

Umberto Eco

東京創元社

プラハの墓地＊目次

プラハの墓地

ピエトロに

歴史物語にとって派手なエピソードは欠かせないどころか、むしろ中核となるものであるから、広場での市民百人の絞首刑や聖職者二人の火《ひ》炙《あぶ》り、彗星《すいせい》の出現を取り入れた。こうした情景描写はいずれも百の騎馬試合に匹敵し、主要な事柄から読者の目を逸らすのにきわめて効果的である。

——カルロ・テンカ『犬の家』

1　曇り空のその朝、通行人は

一八九七年三月の曇り空のその朝、危ない目に遭うのを覚悟して、ごろつきたちから「モブ」と呼ばれているモベール広場（ウィクス・ストラミネウスすなわち麦藁《フーアール》通りにある教養学部に大勢の学生が通っていた中世以来、この広場は大学生の溜まり場で、のちにエティエンヌ・ドレのような自由思想の伝道者が処刑された場所である）を横切った通行人は、オスマン男爵によるパリ改造事業を免《まぬか》れた数少ない界隈《かいわい》に立ち入ったことだろう。悪臭漂う路地が入り組み、ビエーヴル川の流れで二分されている。かなり前から大都市の暗渠《あんきよ》に押し込められていた川は、そのあたりで地上へあふれ出て、熱っぽくごぼごぼと音をたてて蛆虫《うじむし》ごとすぐそばのセーヌへ流れ込む。サン＝ジェルマン大通りのために削り取られたモベール広場から、メートル・アルベール通り、サン＝セヴラン通り、ガランド通り、ビュシュリ通り、サン＝ジュリアン・ル・ポーヴル通り、ユシェット通りといった狭い街路がさらに放射状に延びて、薄汚い安宿が点在していた。宿の主人はたいていオーベルニュ出身で、がめついことで名高く、最初の一泊に一フラン、それ以降一泊につき四十サンチームを取られる（シーツも欲しければさらに二十スーが必要だった）。

そこからさらに、その後ソートン通りと名が変わったアンボワーズ通りに入ったとしたら、通りの途中に、ブラスリーを装った売春宿と、二スーで不味《まず》いワインつきの晩飯が食べられる食堂（当時としても格安だが、近所のソルボンヌの学生が払えるのはその程度だった）のあいだに、行き止まりの路地を見つけただろう。当時はモベール小路という名だったが、一八六五年まではアンボワーズ袋小路《キユ・ド・サック》と呼ばれていて、さらに何年も前には、一軒のタピ・フランがあった（ごろつきの隠語でいう安酒場、最低級の食堂で、たいてい主人は前科持ちで、客として出入りするのも出所したての元囚人だった）。この通りは、ある陰惨な事件で知られていた。十八世紀、毒薬作りで有名な三人の女がここに仕事場を構えていて、ある日、コンロで精製していた毒にやられて死んでいるのが発見されたのである。

路地の奥つまり袋小路の突き当たりに、まったく目立たない古道具屋のショーウィンドウがあって、色褪《あ》せた看板が高級骨董売買《ブロカンタージユ・ド・カリテ》を謳《うた》っている。ガラスに埃《ほこり》が厚く溜まっていて向こう側は見えないが、二十センチ四方の木枠にはまっていたので、埃がなかったとしても店内の陳列品と内装はよく見えなかっただろう。ショーウィンドウの脇にある戸口はいつも閉まっていて、呼び鈴の紐《ひも》の横に、店主の一時不在を告げる張り紙があった。

めったにないがたまたまドアが開いていてその通行人が店内に入ったなら、陋屋《ろうおく》を照らすかすかな光で、ぐらつくわずかな棚と、これまた不安定な机数卓の上に、さまざまな品物が雑然と置かれているのを見ただろう。一見すると面白そうだが、よく見れば、かなり安値に値切ってもまともな買い物にならないものばかりだ。たとえば、どんな暖炉だろうと不釣り合いな薪台一式、ブルーのエナメルが剝《は》げ落ちた振り子時計、おそらく以前は鮮やかな色をしていたであろう刺繡《ししゆう》の施されたクッション、割れた陶製の小天使が付いた花瓶台、様式不詳のぐらつく小卓、錆《さ》びた鉄製のカード入れ、焼き絵で装飾された正体不明の箱の数々、中国の絵柄が施された真珠母の悪趣味な扇、一見したところ琥珀《こはく》風の首飾り、留め金に模造ダイヤをはめ込んだ白い粗毛織の小さな靴、ナポレオンの欠けた胸像、ひび割れたガラスケースに入った蝶《ちよう》の標本、かつては透明だった釣鐘形カバーが掛けられた多色大理石製の果物の模造品、さらには椰子《やし》の実だとか、ありふれた花の水彩画を集めた古いアルバム、額に収められた銀板写真《ダゲレオタイプ》の写真数葉（その当時は、骨董らしくもなかった）といったものだ。零落した家族が差し押さえを受けたかつての恥辱の名残りであるこうした品のひとつに、ひねくれた好事家が心を惹かれて、疑り深い店主に値段を尋ねたとしたら、如何物《いかもの》好みで変わった古道具収集家でも興醒めするほどの高値を聞かされただろう。

さらに訪問者が、特別に許されて、店と上階とを隔てる二番目のドアを通り抜けて、正面のドアと同じ幅しかない細長いパリの家屋（このあたりの建物はゆがんで見えるほど密集している）でよく見かけるようなぐらぐらする螺旋《らせん》階段を上ったとしたら、広い客間があって、一階にあったがらくたとはまったく違う品々が並んでいるのを目にしただろう。鷲《わし》の頭の飾りが付いたアンピール様式の三脚の小卓、有翼のスフィンクスが台になった小机、十七世紀様式のクローゼット、見事なモロッコ革の装丁が施された百冊ほどの書籍が並んだマホガニーの書架、いわゆるアメリカ風と呼ばれるデスクには書き物机のようなロール式の蓋と多数の小さな引き出しがある。そして隣室に移ったなら、天蓋付きの豪奢なベッドがあり、セーヴル焼きやトルコの水煙管《ギセル》、アラバスターの大きな盃、クリスタルの花瓶が丸太造りの飾り棚《エタジエール》に載っていて、神話の一場面を描いたパネルが飾られた正面に、歴史の女神と喜劇の女神を描いた大きな油彩画二点が掛けられ、壁にはアラブ風の長衣、東洋風のカシミアの衣装、巡礼者が携《たずさ》える古い水筒がばらばらに吊るされている。さらに洗面用具の棚には高級素材を用いた化粧道具が載っていた。つまりは興味深い高級品をそろえた風変わりなコレクションで、一貫した上品な趣味というより、財産を見せびらかそうとする気持ちが感じられる。

訪問者が最初の部屋に戻ったとしたら、小路を照らすわずかな光が差し込んでくる唯一の窓の前に置かれたテーブルに向かい、部屋着を身にまとったひとりの老人が腰かけているのを見ただろう。肩越しに覗き込んでみると、老人は何か書きだそうとしているようで、私たちはこれからそれを読んでいくことになる。〈語り手〉は〈読者〉を退屈させないように、時にそれを要約するだろう。

この男がすでに登場したある人物であると〈読者〉はお気づきになるでしょうとここで〈語り手〉が暴露する、そんな展開を期待してはいけない。なぜなら（物語はまさに今始まるところで）この時点より前には誰も登場していないのであり、〈語り手〉でさえ、この正体不明の書き手が誰なのかまだわからず、〈読者〉と同様に興味津々覗き込んでそのペン先が紙に記していく文字を追いながら（〈読者〉と一緒に）知りつつあるのだから。

2　私は誰なのか？

一八九七年三月二十四日

ドイツのユダヤ人（それともオーストリアのユダヤ人か、だがいずれにせよ同じことだ）の命令で――いや、とんでもない、助言でだ――自らの魂について赤裸々に書きはじめるのにはどこかためらいがある。私は何者だ？　おそらく自分の生涯の事柄についてより、何に情熱を感じるかを問うほうが役立つだろう。誰を愛しているのだろう？　愛する人の顔は浮かんでこない。食べることが大好きなのはわかっている。《トゥール・ダルジャン》の名を口に出しただけで、全身に震えが走るのを感じる。これは愛だろうか。

誰を憎んでいるのか？　ユダヤ人だ。そう言いかけるが、あのオーストリアの（それともドイツの）医師の指導に素直に従っているのであるから、呪われたユダヤ人にまったく反感を持っていないということだ。

ユダヤ人について私が知っているのは、祖父が教えてくれたことだけだ。「奴らはとびきりの無神論者だ」というのがその教えだった。「奴らがまっさきに考えるのは、幸福はあの世じゃなくこの世で実現するべきだということだ。だからこの世界を征服することだけを考えて行動するんだ」

ユダヤ人の亡霊のせいで、私の子供時代は暗かった。祖父が語ってくれたのは、人を欺こうとこちらをうかがうぞっとするような彼らの目つきだとか、媚《こ》びるようなにやにや笑い、ハイエナのよ

何年も何年も毎晩のように
私はユダヤ人を夢に見てきた（15頁）。

うに歯をむき出しにした唇、ねちっこく腐りきった醜い視線、鼻と唇とのあいだの皺《しわ》は憎しみが刻み込まれていつも落ち着かないとか、南国の鳥の奇怪な嘴《くちばし》のような鼻とかだった……そして、彼らの目、その目は……。興奮すると、焦げたパンのような色の虹彩《こうさい》をぎょろつかせるが、その目は、十八世紀にわたる憎悪による分泌物で肝臓が腐っている病状を示し、歳とともに深く刻まれるたくさんの細い皺の上でゆがんでいる。ユダヤ人は二十歳ですでに老人のように衰弱して見える。微笑むと目は腫れぼったい瞼《まぶた》でふさがって細い線になってしまうが、それは抜け目のなさのしるしとも、好色のしるしとも言われると祖父は詳しく説明した。話がわかるくらいに私が大きくなると、祖父は教えてくれた。ユダヤ人はスペイン人のようにうぬぼれが強く、クロアチア人のように無知蒙昧《もうまい》、レバント人のように強欲で、マルタ人のように恩知らず、ジプシーのように図々しく、イギリス人のように不潔で、カルムイク族のように脂ぎっていて、プロイセン人のように傲慢で、アスティ人のように口が悪い。おまけに、抑えがたい情欲に駆られて不義密通に走るのだと。その原因は割礼にある。一部切除された突起物の海綿体と矮小な体型との釣り合いが取れなくなって、勃起しやすくなる。

何年も何年も毎晩のように私はユダヤ人を夢に見てきた。

幸運にも彼らに出会ったことはない。子供の時にトリノのゲットーで出会った売女《ばいた》（しかし、二言三言、言葉を交わしたにすぎない）と、あのオーストリアの医師（あるいはドイツの医師、だがそれは同じことだ）を別にすれば。

私はドイツ人をよく知っているし、彼らのために働いたことさえある。思いつくかぎり、最低の人種だ。平均してドイツ人はフランス人の二倍の糞《くそ》をひり出す。腸が脳髄の分まで過剰に活動しているからで、彼らの肉体の劣等ぶりを表わしている。蛮族侵入の時代、ゲルマンの諸部族が進んだ道には、考えられぬほど大量の人糞があちこちに残っていた。何世紀ものあいだ、フランス人旅行者は、道端に残された異様に大きな糞を見ると自分がアルザス国境を越えたのだとすぐに察しがついた。それだけではない。臭汗症つまり汗の嫌なにおいはドイツ人特有のものであり、ほかの人種の尿には一五パーセントしか含まれていない窒素がドイツ人の尿には二〇パーセント含まれていることが証明されている。

ドイツ人はビールとあの豚肉ソーセージをがつがつ飲み食いするせいで、いつも腸を詰まらせて生活している。ある晩私は、一度だけ行ったミュンヘンに滞在中、かつては大聖堂だったらしい場所で、イギリスの港のように煙が充満し、脂身とラードの悪臭が漂う光景を目撃した。男女のカップルさえ、一杯で象《ぞう》の群れの渇きを癒せるほど巨大なビール・ジョッキを両手で握りしめていた。鼻を突き合わせて獣じみた愛の言葉を交わす様子はにおいを嗅ぎ合う二頭の犬のようで、けたたましく下品に笑い、濁っただみ声で大はしゃぎをし、体に油を塗っていた古代の円形闘技場の格闘家のように顔と四肢はいつも脂で光っていた。

奴らはいわゆる「ガイスト」をがぶ飲みする。それは酒のことだが、この麦の酒のせいで、若い頃から頭が鈍ってしまう。だからライン川の向こう側では、ぞっとするほど凶悪な人相を描いた絵画と死ぬほど退屈な詩しか芸術作品が生まれなかったのだ。音楽については言うまでもない。今ではフランス人まで夢中になっている騒々しくて陰気なあのワグナーの話ではない。少し聴いただけだが、バッハの作品にはまったくハーモニーがなくて冬の夜のように冷たいし、ベートーベンの交響曲は無作法な馬鹿騒ぎだ。

ビールを暴飲するせいで、奴らは自分の柄の悪さにまったく気がつかないのだが、その極みは、ドイツ人であることを恥じていない点だ。ルターのような大食漢で好色な修道士（修道女と結婚するだと？）を、聖書を母語に翻訳して台無しにしたというだけで真面目に受け止めたのだ。誰が言ったのか、ドイツ人は、ヨーロッパの二大麻薬、アルコールとキリスト教を濫用している。

自分たちの言葉があいまいであるため、深い思想の持ち主だと自負している。ドイツ語はフランス語のように明快ではなく、表現すべきことをけっして正確に表現しない。そのため、ドイツ人はみな自分が言いたいことを理解できず、そのあやふやさを奥深さだと思い込む。ドイツ人を相手にするのは女を相手にするようなもので、いつまでも結論にたどり着かない。読もうとすると、動詞があるべき位置になくて目で慌てて探さなければならないこの無表情な言語を、私はあいにく幼い頃から祖父に習わされた。祖父はオーストリアびいきだったので、なにも驚くことではない。こうして、指し棒で指を叩きながら私にドイツ語を教え込んだイエズス会士と同じくらい、この言葉を憎むようになった。

例のゴビノーが人種不平等論を唱えて以来、人が別の民族の悪口を言うのは、自分の民族が最高だと主張するためらしい。私は偏見の持ち主ではない。フランス人になってみて実感したのは（母はフランス人だったので私はもともと半分はフランス人だった）、この新しい同国人がいかに怠け者で、詐欺師で、恨みがましく、嫉妬深い連中であり、フランス人以外はみな野蛮人であると思い込むほどかぎりなく高慢で他人からの批判を受け容れないかということだ。しかし気がついたのだが、フランス人に自国民の欠点を認めさせるには、たとえば「我々ポーランド人の欠点はこれこれです」とフランス人以外の民族の悪口を言えばいい。そう言われた彼らは悪い点においてでさえ負けず嫌いで、すぐに「いや、このフランスではもっとひどいですよ」と反論してフランス人の悪口

ルターのような大食漢で好色な
修道士（修道女と結婚するだと？）を、
聖書を母語に翻訳して台無しにしたというだけで
真面目に受け止めたのだ（17頁）。

を言いはじめ、まんまとのせられたことに気がつかない。

彼らは人間嫌いで、他人から利益を受けていてもそれは変わらない。フランスの居酒屋の主人ほど無作法な奴はいない。その態度は客を憎んでいるようで（おそらくそのとおりだろう）、客などいなければいいと思っているように見える（そうではない）。いつも不満を言ってばかり《イル・グロニュ・トゥジュール》だ。何か尋ねられると「俺は知らん《シエ・パ・モワ》」と言って屁をひるように唇を突き出す。

フランス人は悪人だ。退屈しのぎに人殺しをする。何年も何年も市民たちが互いの首を切ることに熱狂していた民族はフランス人だけだ。運良く、ナポレオンはその怒りをよその人種へ向けさせて、軍隊を組織してヨーロッパを蹂躙《じゅうりん》した。

強力だと称する国家を持っているのが自慢だが、その国家を転覆させようと時間を費やしている。フランス人ほど、ちょっとした波風を口実に、何かにつけてバリケードを作りたがる人種はいない。しばしばそのバリケードを作る理由さえわかっておらず、最低の悪党に引きずられて道を進む。フランス人は何が欲しいのかよくわかっていないくせに、自分が持っているものに対する不満ははっきりしている。そして歌を歌う以外に、それを表現する方法を知らない。

世界中がフランス語を話すと思い込んでいる。数十年前のあのルカのことだ。奴は天才で、三万通の偽文書を作るために国立図書館の古書の見返しを切り取って古紙を盗み、数々の筆跡を偽造した。私ならもっと巧みにできただろうが……阿呆のシャール（大数学者で科学アカデミー会員だというが、どえらい馬鹿者だ）に、どれだけの文書を法外な値で売りつけたことか。奴だけじゃない、アカデミー会員の仲間の多くが、カリギュラやクレオパトラ、カエサルがフランス語で書簡をしたため、パスカルとニュートン、ガリレオがフランス語で文通していたと本気で思っていた。当時の知識人がラテン語で書簡を交わしていたことくらい今は子供だって知っているというのに。フランスの学者どもは他民族がフランス語以外の言葉で話すなどと思いもしなかった。しかも偽の書簡にはパスカルがニュートンより二十年早く万有引力を発見したと書かれていたので、お国自慢に取り憑かれたソルボンヌの阿呆学者はそれだけで目が眩《くら》んだのだ。

おそらく奴らの無知は貪欲さから来るものなのだろう。国民的悪癖である貪欲さを美徳と勘違いして、倹約と呼んでいる。ひとりの吝嗇家《りんしょくか》を題材にしてまるまる一篇の喜劇を書き上げるという思いつきはこの国ならではだ。言うまでもないが、『ウジェニー・グランデ』のグランデじいさんのことだ。

貪欲さが目に見えるのは、その埃っぽいアパルトマン、張りっぱなしの壁紙、先祖代々使っているバスタブ、狭い空間をけちくさく利用するぐらぐらの木製の螺旋階段だ。フランス人とユダヤ人（たとえばドイツのユダヤ人）を植物のように接ぎ木すれば、今の第三共和政ができ上がるだろう。

私がフランス人となったのは、イタリア人であることに我慢できなくなったからだ。（出自《しゅつじ》として）ピエモンテ人である私は、自分がガリア人、それも視野の狭いガリア人のカリカチュアのように感じていた。ピエモンテ人は新しいことに対してすぐに身構え、突発事件に怯《おび》える。彼らを両シチリア王国まで引っ張っていくには狂信者ガリバルディと疫病神《やくびょうがみ》マッツィーニという二人のリグーリア人が必要だった（とはいえガリバルディ軍に参加したピエモンテ人はほんのわずかだった）。私がパレルモに派遣された際に見聞きしたことについては語るまい（あれはいつだったのだろう、思い出さなければ）。地元の民衆を愛していたのは高慢ちきなデュマだけだった。結局のところ、彼を混血扱いしたフランス人よりも彼らのほうが彼を賞賛していたからだろう。デュマを愛したナポリ人とシチリア人も同様に混血だが、それは淫乱な母親の過《あやま》ちのせいというより、世代から世代へと伝わる歴史のせいだ。信用のおけないレバント人、汗まみれのアラブ人、零落《れいらく》した東ゴート人の交雑から生まれ、それぞれ混血の先祖から最悪の部分を受け継いだ。サラセン人から無精ぶりを、シュヴァーベン人から凶暴さを、ギリシャ人からは優柔不断と重箱の隅をつつくようなしつこいおしゃべりを。それに、スパゲッティを手づかみで喉に詰まらせんばかりの勢いでむさぼり食い、腐ったトマトを服にこぼして、外国人を仰天させるナポリの浮浪児《スクニッツィ》を見れば充分わかるだろう。私は彼らを目にしたことはないはずだが、そうだと知っている。

イタリア人は信用できない嘘つきで、卑怯《ひきょう》な裏切り者だ。剣よりも短刀の扱いが上手で、薬よりは毒薬を使いこなし、交渉事ではしつこく、風向きしだいで立場を変えることだけは一貫している――、ガリバルディが率いる山師たちとピエモンテの将軍が現われたとたんにブルボン王家の将軍たちがどんな目に遭ったか、この目で私は見たのだ。

つまりイタリア人は司祭を手本にしている。キリスト教のせいで古代人の勇猛さが弱まって、ローマ帝国最後の皇帝となったあの変質者が蛮族になぶり者にされて以来、イタリア人が手にした唯一本当の政府は聖職者たちなのだ。

司祭たち……私はどんなふうに彼らを知ったのだろうか。おそらく祖父の家でだったと思う。ぼんやり覚えているのは、ふらふらとさまよう視線、乱杭歯《らんぐいば》、不快な吐息、私のうなじを撫でようとする汗ばんだ手。ああ、気持ちが悪い。怠け者で、泥棒や浮浪者のように危険な階層に属する。司祭や修道士になるのは、怠けて暮らすためだ。彼らの人数の多さが怠惰ぶりの裏づけだ。もし千の魂につき僧侶ひとりだったら、忙しくて、雄鶏《シャポン》料理を味わいながらのんびり暮らすどころではなかろう。だらしのない司祭のなかでも一番の愚か者が、政府に選ばれて司教に任命される。

生まれてすぐ、洗礼の時から奴らはごく近くにいる。親が信仰に篤《あつ》くて彼らに預けられることになれば学校でまた会う。最初の聖体拝領があり、教理問答、堅信式と続く。結婚式の日には司祭は寝室でどう振る舞うかを指図し、翌日には何回したのかと告解室で尋ねては格子の陰で興奮する。性を毛嫌いしているようなことを言うくせに毎日修道女のベッドから手さえ洗わずに起き出して、彼らの主、聖体を拝領しては糞や小便として垂れながす。

自分たちの王国はこの世にはないと言いながら、奪い取れるものは何でも懐《ふところ》に入れてしまう。最後の教会の最後の石材が最後の司祭の上に倒れた時に、文明はようやく完璧になり、大地は悪党から解放されるだろう。

共産主義者は、宗教は民衆のアヘンであるという思想を広めてまわった。そのとおり、宗教は臣民の誘惑を抑えるのに役に立った。それがなかったらバリケードに集まる人は倍になっていただろう。コミューンの時代、その人数はさほどではなくて、さっさと片付けられた。しかしあのオーストリアの医師からコロンビア産の麻薬の効能を聞いたあとでは、宗教は民衆のコカインであると言えるだろう。宗教は人々を戦争と異教徒の抹殺に駆りたてたし、今でも駆りたてていて、そのことはキリスト教徒にもイスラム教徒にも、ほかの偶像崇拝者にも当てはまるからだ。アフリカの黒人は互いに殺し合っていただけなのに、宣教師は彼らを改宗させて植民地部隊に仕立て上げた。そうした連中は前線で死ぬか、街中で白人女を凌辱するのがお似合いだ。宗教上の信念によってなされる悪ほど、熱狂的で徹底したものはない。

なかでも最悪なのはもちろんイエズス会だ。私は奴らに対して何かちょっかいを仕掛けたような気がする。あるいは逆にひどい目に遭わされたのか、まだよく思い出せない。それとも、彼らと血を分けた兄弟であるフリーメイソンだったのか。フリーメイソンもイエズス会と同じだが、もう少し混乱している。イエズス会の連中には少なくとも自分の神学があり、その使い方を承知しているが、フリーメイソンは神学をいくつも持ちすぎて我を見失っている。祖父がフリーメイソンについて話してくれた。奴らはユダヤ人を使って国王の首を刎《は》ね、炭焼き党《カルボナーリ》を産み出した。炭焼き党はさらに馬鹿なフリーメイソンだ。かつては銃殺刑に処せられ、のちには爆弾を作った罪で首を刎ねられたか、あるいは社会主義者や共産主義者、コミューン兵《コミュナール》となったからだ。全員が壁の前に立たせられた。よくやった、ティエール。

フリーメイソンとイエズス会。イエズス会士は女装したフリーメイソンだ。

女についてはわずかな知識しかないが、私は女嫌いだ。何年間も例の〈女のブラスリー〉に悩まされてきた。そこはあらゆる悪党が集まるところだ。売春宿よりたちが悪い。売春宿なら近所から冷たい目を向けられるせいで簡単には店を開けないが、ブラスリーはどこでも開店できる。彼らに言わせれば、飲みに行くだけの店だからだ。ところが一階で酒を飲み、上の階では売春が行なわれている。どのブラスリーもそれぞれ趣向をこらし、それに合った女給のコスチュームがある。こちらにはドイツの女給《ケレルリン》、裁判所前には弁護士の法服を着た女給がいる。《尻抜きブラスリー《ブラスリー・ティルキュ》》、《モロッコ美女のブラスリー《ブラスリー・デ・ベル・マロケーヌ》》、《十四の尻のブラスリー《ブラスリー・デ・キャトルズ・フェッス》》といったソルボンヌに近い店の名を見れば想像がつく。ブラスリーの店主はたいていドイツ人で、フランスの道徳を乱す戦略のひとつだ。第五区と第六区にかけて少なくとも六十軒はあるが、パリ全体では二百にも上り、どれも年若い客まで相手にしている。最初、若者は物珍しさから通いはじめ、それが悪癖になり、結局淋病を貰うのが関の山だ。学校の近くのブラスリーでは、下校した学生が戸口から女給を覗き見る。私は飲むために通っている。そして、扉越しに覗き込む学生を扉越しに室内から覗き返すためだ。学生ばかりでは

イエズス会士は
女装したフリーメイソンだ（23頁）。

ない。大人たちの癖と行動をたくさん知ることができ、そうした情報が役に立つ可能性はいつでもある。

一番の楽しみは、テーブルで時間をつぶしているヒモたちの素姓を見抜くことだ。その何人かは妻の稼ぎで生活している男たちで、集団になって、こぎれいな身なりで煙草を吸い、カード賭博をしている。店の主人や売り子は、彼らのことを寝取られ男の集団のように呼ぶ。しかしカルチェ・ラタンでは客の大半が学生崩れで、誰かに金をかすめ取られはしまいかと怯えていらいらしていて、すぐにナイフを出したがる。むしろいちばん落ち着いているのは、悪事を企《たくら》んで出入りする泥棒と人殺しだ。娘たちが密告などしないとよくわかっている。そんなことをすれば次の日ビエーヴル川に死体となって浮かぶことを彼女たちは承知しているからだ。

性倒錯者もいて、破廉恥《はれんち》な行為のために尻軽な男女を引っかけようと忙しい。パレ・ロワイヤルやシャンゼリゼで客を引き、決まった身振りで注意を引く。しばしば、警官に扮《ふん》した仲間を部屋に引き入れる。下着姿の客は、逮捕すると脅され、お慈悲だから見逃してくれと泣きつきながら大金を差し出すはめになる。

そんな売春街に出入りする時、私は充分気をつける。どんな災難が身に降りかかるか承知しているからだ。客の羽振りがよさそうだと、主人の合図で娘がひとり寄っていき、しだいにほかの娘もテーブルに呼ぶように客を説得し、高価な品を注文する（しかし彼女たちは酔わないよう最高級のアニゼットか上等のカシス・リキュールを飲んでいて、客はその色付き水に馬鹿高い金を払わせられる）。あるいは客はカード賭博に誘われる。もちろん相手は互いに身振りで通じているので、ぼろ負けし、娘たち全員、そして店の主人とその妻にまで夕食をおごることになる。やめようとすると、金の代わりに、勝ったら娘が服を一枚脱ぐという勝負を持ちかけてくる。そしてレースが一枚はらりと落ちるとあの汚らわしい白い肉が現われ、大きな乳房、気が遠くなるような悪臭を放つ黒黒とした脇が見える。

私は上の階に行ったことはない。女は孤独な悪癖の代役にすぎない、ただしもっと想像力が必要だ、と言った人がいる。こうして私は家に帰り、夜になると女たちを夢見る。もちろん私だって堅物ではないし、それに、そんな気を起こさせたのは彼女たちなのだ。

私はティソ博士を読んだことがあって、女は遠くに離れていても害を及ぼすことを知っている。血気《アニマル・スピリッツ》と精液が同じなのかは知らないが、たしかにふたつの流体には似たところがあり、夢精が続くと体力が失われるばかりか体は痩せ細り、顔は青白く、記憶はあやふやになって、視界がかすみ、しわがれ声になる。眠りは不安な夢に乱され、目が痛くなり、顔に赤い斑点が生じる。石灰のような白い唾《つば》を吐き、激しい動悸や呼吸困難に陥り、失神したり便秘になって放屁の悪臭がひどくなったりする。ついには失明にいたるという。

それは誇張しすぎだろう。子供の私はニキビ面だったが、それは年頃のせいだったように思える。おそらく子供はみんなこの快楽に溺れるもので、なかには昼も夜も触りつづけてやりすぎる連中もいる。今の私は適度に抑えるすべを知っていて、悪夢にうなされるのはブラスリーで晩を過ごして帰宅した時だけだ。多くの人のように道でスカート姿を見かけただけで勃起したりはしない。私は風紀の乱れから仕事によって守られている。

どうして事実をたどる代わりに哲学談義に耽るのだろう。おそらく昨日までに自分がしたことだけではなく、自分の内部がどうなっているのか知る必要があるからだ。私に内面があるとしてだが。魂とは行動にすぎないという話もあるが、誰かを憎んでいて、怒りをつのらせているのだとすれば、なんと言うのか、それは私に内面があることを意味する！　例の哲学者はなんと言っていただろうか？　「我憎む、ゆえに我あり《オディ・エルゴ・スム》」だ。

ついさきほど下で呼び鈴が鳴り、気まぐれな買い物客でも来たのかとどきっとさせられたが、すぐにその男は「ティソに言われてきた」と言った。――いったいまた私はどうしてそんな合言葉を選んだのだろう――男が注文したのは、ギヨーとかいう男（そいつに違いない）に財産を遺すという内容の、ボヌフォワ某の自筆遺言書だ。そのボヌフォワが使うというか、使っていた紙片とその筆跡の見本を用意していた。私はギヨーを書斎に通し、ふさわしいペンとインクを選ぶと、試し書きもせずに文書を書き上げた。完璧だ。男は値段を承知しているらしく、遺産額に見合った代金を差し出してきた。

ということはこれが私の職業だろうか。何もないところから証文をでっち上げ、本物そっくりの手紙を書き、スキャンダラスな内容の暴露を練り上げ、誰かを破滅に追い込む文書を創造するのは驚くべきことだ。まさに技術の持つ力……《カフェ・アングレ》を訪れて自らに祝杯を挙げるにふさわしい。

私の記憶は鼻にあるらしい。あの店のメニューのにおいを何世紀も嗅いでいない気がする。王妃風スフレ《スフレ・ア・ラ・レーヌ》、舌平目のフィレ・ヴェネツィアソース《フィレ・ド・ソル・ア・ラ・ヴェネチエンヌ》、ヒラメのエスカロープ・グラタン仕立て《エスカロープ・ド・チュルボ・オ・グラタン》、羊の鞍下肉ブルターニュ風ピュレ添え《セル・ド・ムトン・ピュレ・ブルトンヌ》、そして前菜《アントレ》として若鶏のポルトガル風《プレ・ア・ラ・ポルチュゲーズ》あるいはウズラの温製パテ《パテ・ショー・ド・カイユ》、オマール海老のパリ風《オマール・ア・ラ・パリジエンヌ》か、それともすべて。それから主　菜《プラ・ド・レジスタンス》はどうしようか、小鴨のルーアン風《カヌトン・ア・ラ・ルアネーズ》、ズアオホオジロのカナッペ《オルトラン・シュル・カナペ》、そしてアントルメとして茄子のスペイン風《オベルジーヌ・ア・レスパニヨル》、アスパラガスの丸茹で《アスペルジュ・アン・ブランシュ》で、王女のカソレット《カソレット・プランセス》……ワインは何を飲もう。おそらくシャトー・マルゴーかシャトー・ラトゥール、それともシャトー・ラフィット、収穫年しだいだ。そして締めくくりに球形《ボンブ》アイスクリーム《・グラッセ》。

私を満足させるのは、つねに性より料理だった——おそらく神父たちの影響だろう。

心にずっと雲が漂っているようで、過去を振り返るのを邪魔している感じがする。ベルガマスキ神父の服を着て《ビチェリン》をこっそり訪れた記憶が、突然よみがえったのはなぜだろう。ベルガマスキ神父のことをすっかり忘れていた。誰だったのか。本能に導かれるままに筆を進めよう。あのオーストリアの医者の話では、自分の記憶にとって、本当につらい瞬間にたどり着く必要があるそうだ。それが、突然多くのことを忘れた理由を説明してくれるだろう。

昨日、自分では三月二十二日の火曜だと思っていた日、私は自分が誰だか完全にわかっているつもりで目を覚ました。カピタン・シモニーニ、六十七歳を迎えながらも矍鑠《かくしゃく》としており（美丈夫と言われる程度に肥えている）、このフランスで、ガリバルディの千人隊《ミッレ》でのあいまいな軍歴を提出して、隊長《カピターノ》だった祖父を偲んだこのカピタンの称号を手に入れた。ガリバルディがイタリア本国よりも高い評価を受けているフランスでは、千人隊はかなりの名誉とみなされている。シモーネ・シモニーニは、トリノ出身の父とフランス人の母（実際はサヴォイアの出だが、彼女が生まれた時にサヴォイアはフランスの支配下にあった）のあいだにトリノで生まれた。

目は覚ましたが、ベッドに横になったままあれこれ考えていた……ロシア人たち（ロシア人だと？）といざこざがあったから、行きつけのレストランに顔を出さないほうがよさそうだ。自分で何か料理を作ればいい。数時間かけて得意料理を用意すれば気もまぎれる。たとえば牛背肉のフォワイヨ風《コート・ド・ヴォー・フォワイヨ》だ。最低でも四センチの分厚い肉、二人分として、中くらいの大きさの玉葱二個、パンの柔らかい部分五十グラム、粉にしたグリュイエール・チーズ七十五グラム、バター五十グラム。パンを挽《ひ》いて粉にしたものをチーズと混ぜ合わせ、玉葱は皮をむいてみじん切りにし、小さなキャセロールでバター四十グラムを溶かしておく。別の鍋で残ったバターと玉葱を軽く合わせる。玉葱の半分をオーブン皿に敷きつめてから塩胡椒で味付けした肉をそこに載せ、脇に残りの玉葱を盛りつけて、チーズを混ぜたパン粉で最初に全体を覆って肉を皿にぴったりと沿わせる。溶かしバターをかけて手で軽く押さえながらパン粉の層をさらに重ねてドーム状に形を整え、またバターを加えて、肉の厚みの半分を超えない程度の白ワインとスープを全体に振りかける。たえずワインとスープで湿らせながら、まるごとオーブンに三十分ほど入れ、ソテーしたカリフラワーを添える。

少し時間はかかるが、美食の楽しみは口で味わうより先に始まっていて、私がしていたようにベッドでぐずぐずしながら楽しむことがその準備だ。愚か者は孤独を紛らすために、女か男娼を寝床に引き入れる必要がある。口に湧く唾液のほうが勃起よりよいとわからないのだ。

食材はほとんど家にそろっているが、グリュイエール・チーズと肉がない。いつもならモベール広場の肉屋が開いているのだが、火曜はちょうど定休日だ。サン゠ジェルマン大通りを二百メートル行った先にもう一軒肉屋があるのは知っていた。少し散歩するのも悪くはなかろう。服を着替えると、部屋を出る前に、洗面台の上に掛かっている鏡の前でいつもの黒い口ひげと立派な顎《あご》ひげを付けた。かつらをかぶり、櫛《くし》を少し濡らしてきっちりと真ん中で分け目を付ける。フロック・コートを着て、チョッキのポケットに銀時計を入れて、鎖が見えるよう外に垂らした。引退した大尉《カピタン》を装うのが私の好みで、話しながら鼈甲《べっこう》の小箱をもてあそぶ。菱形のリコリス菓子が入っていて、蓋の内側の、着飾った不細工な女性の肖像はもちろん妻の遺影だ。時々リコリスを口に入れて舌の左右へ転がす。そうすればゆっくりしゃべれるし、聞き手は唇の動きにつられて、話の内容にあまり注意を払わない。問題は、並み以下の知性の持ち主のふりをしなければならないことだ。

道に出ると、朝早くから売春婦たちの下卑《げび》た声が聞こえてくるブラスリーの前で足を止めずに角を曲がった。

モベール広場は私が来た三十五年前の奇跡小路《クール・デ・ミラクル》ではない。あの頃はシケモクの売人がたむろしていた。粗悪な煙草は葉巻の吸い残しとパイプ皿の残りから、良質なものは吸殻から作られる。粗悪品なら一リーヴルあたり一フラン二十サンチーム、良い品なら一フラン五十から六十サンチームだった（もっともこの商売は儲からなかったし、今でも儲からない。この熱心な売人たちは稼ぎの大半をどこかの酒場で使い果たしてしまい、誰ひとり晩に泊まる場所が見つからなかったほどだ）。それから娼婦のお目付け役であるヒモがいた。彼らは早くとも午後二時まではベッドでぐずぐずし、一日の残りを多くの裕福な年金生活者のように壁に寄りかかって煙草を吸って過ごし、闇が訪れると牧羊犬のように動きだす。強盗もいた。その広場を横切ろうとする地元の人間はいなかったので（田舎から来た世間知らずを別にすれば）、彼らは互いを狙うまでに追い込まれていた。ステッキを振りまわして行軍するような速足で歩かなかったら、この私もいい餌食《えじき》になっていただろう。でも私は地元の掏摸《すり》と顔見知りで、そのなかには、私をカピタンと呼んであいさつしてくれる者さえいた。ある意味、私も同じならず者仲間と考えていて、犬同士は争わないものだ。そして容姿の衰えた売春婦がいた。魅力があれば〈女のブラスリー〉で働くのだろうが、この広場でいつもはくず拾いや悪党、悪臭を放つシケモク売り相手に商売していた。だが、きちんと手入れの行き届いた山高帽をかぶった身なりの良い紳士を見かけると近寄ってくるだけでなく腕までつかんで、汗と混じった安物の香水のにおいがわかるほど近くに身を寄せてくる。それは不快極まりない体験なので(夜にその女の夢など見たくない)、私はそんな女が近づいてくると、ステッキを振りまわして近寄らせないように身を守る空間を作った。すると向こうもすぐに察した。命令されるのには慣れっこで、ステッキに敬意を払っていたからだ。

さらにそうした集団のなかに、パリ警視庁の私服刑事がうろついていた。その場所で自分たちの密偵《ムシャール》、つまりタレ込み屋を巻き込んだり、計画されている悪事についての貴重な情報をすかさず手に入れたりする。そうした陰謀を相手に語る連中は、全体のざわめきで自分の声はかき消されていると思って、ささやいているつもりでついうっかり大声になってしまうのだ。しかし彼ら私服はあまりにも凶悪な人相なので、一目で見分けがついた。本当の悪党は悪党らしく見えない。悪党面をしているのは私服のほうだった。

今では広場に路面電車も走るようになり、昔のような居心地のよさはもうない。とはいえ見分ける目さえあれば、役に立ってくれる連中が《カフェ・メートル・アルベール》の戸口や近くの路地の角に体をもたせかけているのがわかる。しかし結局、どの街角からもあの小刀のようなエッフェル塔が遠くに見えるようになって以来、パリはかつてのパリではなくなった。

まあ、いいだろう。私は感傷的な性格ではない。ここでなくても、いつでも必要なものが手に入る場所はある。昨日の朝は肉とチーズが必要で、それにはまだモベール広場で充分だった。チーズを買って、行きつけの肉屋の前を通りかかると、店が開いているのが見えた。

「火曜日なのにどうして開けているんです?」と店に入って尋ねた。

「いいえ、今日は水曜ですよ。カピタン」と店主は笑って答えた。私は面食らって言い訳し、年を取ると記憶が弱くなってねと言った。彼は、まだまだお若いじゃないですか、早起きすると誰でも頭がぼんやりしますよと言った。私は肉を選び、値切ろうともせず代金を払った。値切ることは、商人から敬意を持たれる唯一の方法なのだが。

それでは今日はいったい何日だろうかと不思議に思いながら家に戻った。ひとりでいる時はいつもそうするように口ひげと顎ひげをはずし、寝室に入って初めて、何か場違いな感じがすることに気がついた。チェストの脇の洋服掛けに服が一着掛かっている。明らかに聖職者の僧服だ。近寄ってみると、チェストの上に、ほとんど金髪に近い栗色のかつらが置いてあるのが目に入った。

いったいこれまでにどんな大根役者を家に泊めていたのだろうと自問しながら、自分自身が変装していたことに気がついた。自分も口ひげと顎ひげの付けひげをしていたからだ。だとしたら私は、時には裕福な紳士に、またある時は聖職者に変装していた誰かだったのか？　だがどうして二番目の素姓の記憶をすっかり消してしまったのか。それとも何かの理由で（おそらく逮捕状から逃れるために）私は口ひげと顎ひげで変装し、そして同時に神父の扮装をしていた誰かを家に匿《かくま》っていたのだろうか。そしてこの偽神父が（本物なら、かつらなどかぶらないだろう）私と一緒に住んでいたのなら、ベッドがひとつしかないこの家のどこに寝泊まりしていたのだろうか。それともこの家に住んでいたのではなく、前の日に私のところに逃げ込んできて、何かの理由でその変装をやめ、どこかへ何かをしに行ったのか。

頭が空っぽな気分で、思い出せるはずなのに思い出せない何か、つまり他人の記憶に属することを見ているようだ。他人の記憶というのがふさわしい表現だと思う。その時私が感じたのは、外側から自分を眺めている他人になった感覚だった。自分が誰だかはっきりしない感覚に急に襲われたシモニーニを、誰かが観察していた。

落ち着いて考えよう、と自分に言い聞かせた。古物売買の看板に隠れて文書偽造を生業《なりわい》とし、パリでも悪評高い地区に住む人間が、汚れた陰謀に巻き込まれた誰かを匿うことはありそうだ。しかしその誰を匿ったかを忘れているのは正常なことには思えなかった。

後ろを振り向きたい衝動に駆られ、突然この家そのものが、さらなる謎を秘めた見慣れぬ場所のように思われた。他人の家のように家探しを始めた。台所から出ると右手が寝室で、左手の客間には普通の家具が置かれている。書き物机の引き出しを開けると商売道具が入っていた。各種のペン、さまざまなインクの小瓶、時代と判型の異なるまだ白い（あるいは黄色い）ままの紙。本棚には本のほかに、私の文書を入れた箱がいくつかと、古いクルミ材で作られた聖櫃《せいひつ》がある。なぜその聖櫃があるのか思い出そうとしていた時、階下で呼び鈴が鳴るのが聞こえた。誰だろうと邪魔者を追いはらうつもりで降りてみると、顔見知りのような気がする老女だった。ガラス越しに「ティソに言われてきた」と言うので、入れてやらなければならなかった。いったいどういうわけで私はこんな合言葉を選んだのだろう。

彼女は入ってくると、胸に抱えていた包みを開いて、二十ほどの聖体《ホスティア》を見せた。

「ダッラ・ピッコラ神父から、これに興味があると聞いたけど」

自分で驚いたことに私は「もちろん」と答え、いくらだと尋ねた。ひとつ十フラン、と老婆は言う。

「あんた、頭がおかしいんじゃないか」と商売本能から思わず言った。

「頭がおかしいのは、黒ミサをするあんたのほうさ。三日で二十の教会をめぐるのが簡単だと思うかい？　口を乾かして聖体拝領を受け、両手を顔に当ててひざまずきながら聖体が湿らないように口から出して胸の袋に入れるんだ、それも司祭にも隣の人にも気がつかれないように。これは冒瀆行為だし、当然あたしは地獄行きさ。だから、これが欲しいのなら二百フランさ、でなければブーラン神父のところに行くよ」

「ブーラン神父は死んだよ。どうやら、ここしばらく聖体《ホスティア》集めをしていなかったらしいな」と私はほとんど間髪を入れずに言い返した。そして、頭が混乱している状況では、あまり深く考えずに本能に従ったほうがいいと考えた。

「まあ、いいだろう。いただこう」と言って彼女に金を払った。聖体を書斎の聖櫃に入れて誰か興味を示す客が来るのを待つべきなのだと悟った。これもまた仕事なのだ。

つまり、こうしたことはすべて日常のおなじみの出来事に思えた。それでも自分の周囲に、何かはっきりしない奇妙なもののにおいが漂っている気分だった。

ふたたび書斎に上がってみると、奥に、カーテンで隠されたドアがあるのに気がついた。それを開けた時には、通り抜けるのにランプが必要なほど真っ暗な通路に続くことをすでに知っていた。廊下は、劇場の小道具部屋かタンプル大通りにある古道具屋の倉庫のようだ。農民、炭焼き、使い走り、乞食、兵士のズボンと制服など、雑多な服が壁に掛けられ、隣にはその服に合ったかぶり物がある。木の棚にかつら台が一ダースきちんと並んでいて、やはり同じ数のかつらが掛かっていた。突き当たりには喜劇役者の控室にある化粧台があり、鉛白と口紅の瓶や黒と濃紺のペンシル、兎の脚、鳥の羽根、鵞《が》ペン、ブラシでいっぱいだった。

廊下は途中で直角に曲がり、奥にまた別の戸があって、その先の部屋は私の部屋より明るかった。

狭苦しいモベール小路ではない通りから光が差し込んでいたからだ。実際、窓のひとつから顔を出してみると、それがメートル・アルベール通りに面していることがわかった。

部屋から道に出る小さな階段が付いていたが、それですべてだ。書斎と寝室の中間のような独立した一部屋で、質素でくすんだ調度品、机と祈禱台、ベッドがある。出口のそばに小さな台所があり、階段の上に洗面台付きの便所があった。

それは誰か聖職者が住んでいる貸間《ピエタテール》のように見え、我々のふたつのアパルトマンがつながっている以上、彼と何かのつき合いがあったに違いない。しかし全体に何かを思い出せそうな感じもありながら、実際にはその部屋を初めて訪れた気がした。

机に近寄って、封筒が添えられた手紙の束を見た。いずれも宛名は同じ人物、「ダッラ・ピッコラ神父様」あるいは「神父様」だ。手紙の隣に、文字が書かれた紙を数枚見つけた。筆跡はまるで女性のように細く上品で、私のものとはまったく違う。贈り物の礼状とか待ち合わせの確認とか、特に意味のない手紙の下書きだった。しかしいちばん上に載っていたのは、混乱した書き付けで、あとでじっくり考えるべき事柄を書きとめたらしい。すんなりとはいかなかったが、読み取ることができた。

何もかもが現実離れしている。自分が、私を観察している他人のようだ。事実であると確かめるために書き残す。

今日は三月二十二日だ。

私の僧服とかつらはどこだ？

昨晩私は何をした？　頭に霧がかかったようだ。

部屋の奥の戸がどこに続くのかすら思い出せない。

服とかつら、役者が使うクリームと白粉《おしろい》でいっぱいの通路を発見した（見たことがなかっただろうか）。

そこの洋服掛けに立派な僧服が掛かっていた。棚にはきれいなかつらだけでなく、付け眉毛も見つかった。黄土色の白粉と少し頬紅を付けると、自分だと思える蒼白でかすかに熱っぽい外見に戻った。ストイックな顔つき。これが私だ。その私とは誰か？

自分がダッラ・ピッコラ神父なのはわかっている。つまり、世間がダッラ・ピッコラ神父だと知っている人物だ。しかし明らかに私は彼ではない。そう見せるために、変装しなければならないのだから。

あの通路はどこに続くのだろう。奥まで行くのが怖い。

ここまで書いたメモを読み返す。もし書かれてあるとおりなら、本当に私の身にそれが起きたのだ。書かれた文書は信頼しなくてはならない。

誰かに妙な薬を飲まされたのか？　ブーランか？　いかにもありそうなことだ。それともイエズス会士？　いやフリーメイソンか？　連中と何の関係があるのか？

ユダヤ人だ！　そう、彼らかもしれない。

ここでは安心していられない。誰かが夜のあいだに忍び込んで服を盗んだということもあり得る。もっと悪いことに、私の文書を盗み見たかもしれない。ひょっとしたら、誰かがダッラ・ピッコラ神父のふりをしてパリ中を歩きまわっているかもしれない。

オートゥイユの家に身を隠さなくては。おそらくディアナは知っている。ディアナとはいったい誰だ？

ダッラ・ピッコラ神父の書き付けはそこで終わっていた。不思議なのはこんなに個人的なメモを彼が持っていかなかったことだ。きっと興奮していたからだろう。彼について知り得ることはそこまでだ。

モベール小路のアパルトマンに戻り、書き物机に向かって座った。ダッラ・ピッコラ神父の生活は私の生活とどう関係しているのか。

もちろん、いちばん当たり前の仮説をたてないわけにはいかなかった。私とダッラ・ピッコラ神父は同一人物なのだ。それならすべては説明がつく。つながっているふたつのアパルトマンのことも、さらには、私がダッラ・ピッコラ神父の扮装でシモニーニのアパルトマンに入り、そこで僧服とかつらを脱ぎすてて眠り込んだということも。それでも、説明のつかない点がわずかに残る。もしシモニーニがダッラ・ピッコラだとすれば、どうして私は彼のことをまったく知らなかったのか？　どうして自分のことを、シモニーニをまったく知らないダッラ・ピッコラだと思わなかったのか？――そして実際、彼の書き付けを読むまでその考えと気持ちがわからなかったのだ。しかも、もし私がダッラ・ピッコラでもあったのなら、オートゥイユにある家にいたはずだ。その家のことを彼はすべて知っているようで、私（シモニーニ）はまったく知らなかった。そしてディアナとは誰だ？

あるいは私は、時にはダッラ・ピッコラを忘れていたシモニーニであり、時にはシモニーニを忘れたダッラ・ピッコラであったのかもしれない。目新しいことではなさそうだ。二重人格の症状について誰から聞いたのだろう。ディアナがそうではなかったか？　だがそのディアナとは誰だ？

順序だてて考えることにした。用事を帳面に記録していたのを覚えていて、見てみると、そこには次のようなメモがあった。

三月二十一日、ミサ
三月二十二日、タクシル
三月二十三日、ギヨー、ボヌフォワの遺言書
三月二十四日、ドリュモンのところ?

なぜ二十一日にミサに参列するはずだったのか、さあ、自分がカトリック信者だとは思えない。信者であれば、何かについて信じているということだ。何かについて私は信じているだろうか。そうは思えない。したがって不信心な人間だ。それは論理的に正しい。しかしそこは無視しよう。時に人はさまざまな理由からミサに参列するもので、信仰とは関係ない。

もっと確実なのは、火曜日だと信じていたその日が二十三日の水曜だったことだ。事実、ボヌフォワの遺言書を書いてもらうために例のギヨーがやって来た。その日は二十三日で、私は二十二日だと思っていた。二十二日に何が起こったのか?　タクシルとは誰、それとも何なのだろうか?

木曜日にそのドリュモンという人に会うことになっていたのは間違いなかった。自分が誰であるかわからなくなっているのに、いったいどうやって人と会えるだろう。考えがはっきりするまで隠れていなくてはならなかった。ドリュモン……彼が誰かよくわかっているとつぶやいたが、彼について考えようとすると、まるでワインを飲んだかのように頭がぼんやりしてしまう。

少し仮定をしてみよう、と自分に言い聞かせた。第一に、ダッラ・ピッコラは私とは別人であり、なぜかわからない理由から、ある程度隠された通路で結ばれた私の家を何度も訪れているとする。

三月二十一日の晩、彼はモベール小路の私の家に入り、僧服を脱いで（なぜか？）それから自分の家に戻って眠り、朝になって記憶を失った状態で目を覚ました。そして私もやはり同様に記憶を失って、二日後の朝に目を覚ました。しかしその場合、二十三日の朝に記憶がないまま目覚めた私は、二十二日の火曜日にいったい何をしていたのか。それにダッラ・ピッコラが私の家で服を脱ぎ、それから僧服を持たずに自分の家に戻ったのはいったいなぜか――そしてそれは何時だったか？　彼が夜の前半を私のベッドで過ごしたことを考えてぞっとした。なんということか、もちろん女は大嫌いだが、神父相手とはさらにひどい。私は独身主義者だが男色家ではない……。

でなければ、私とダッラ・ピッコラは同一人物なのだ。私の部屋で僧服を見つけたということは、ミサのあった日（二十一日）の晩に、私はダッラ・ピッコラの格好で（ミサに参列するとしたら、神父として行ったのはいかにもありそうだ）モベール小路に帰宅し、僧服とかつらを脱いで、深夜に神父のアパルトマンに寝に行った（そしてシモニーニのところに僧服を置いてきたことを忘れた）。翌日の三月二十二日火曜日に、私はダッラ・ピッコラとして目を覚ましたが、記憶を失い、ベッドの足元には僧服がなかった。ダッラ・ピッコラとして、記憶を失った状態で、私は通路で予備の僧服を見つけ、その日オートゥイユに逃げる時間はたっぷりあったが、一日の終わりに心変わりして勇気を出して深夜パリに戻り、モベール小路のアパルトマンに帰ってきて寝室の洋服掛けに脱いだ僧服を掛けた。また記憶を失って目覚めたが、今度はシモニーニとしてで、水曜日なのにまだ火曜日だと思い込んでいた。そこで、こう自分に言い聞かせた。三月二十二日にダッラ・ピッコラは記憶を失い、そして丸一日そのままで過ごして、二十三日に記憶をなくしたシモニーニとして目覚めたことになる。彼からあんな話を聞いたあとでは、あり得ないことではない。彼、ヴァンセンヌで診療所を開いていたあの医者はなんと言う名前だっただろう。

ただひとつ小さな問題が残る。自分のメモを読み返した。このとおりに事が起きたのだとすれば、二十三日の朝にシモニーニは寝室に一着ではなく二着の僧服を見たはずだ。二十一日の夜に残した服と二十二日の夜に残した服と。しかし一着しかなかった。

いや違う、なんと愚かな。ダッラ・ピッコラはオートゥイユから二十二日の晩にメートル・アルベール通りの自宅に戻り、そこに僧服を置いてモベール小路のアパルトマンに寝に来て、そこで翌朝（二十三日）にシモニーニとして目を覚まし、洋服掛けに僧服を一着だけ見つけた。それが事実だとすれば、二十三日の朝にダッラ・ピッコラのアパルトマンに行った時に、その部屋で二十二日の晩に置いていった僧服を見つけたはずだが、その僧服は元あった通路に戻しておいたということもあり得る。確かめてみればわかることだ。

ランプを灯して、少々びくびくしながら通路を通り抜けた。ダッラ・ピッコラが私自身でないとしたら、通路の反対側から彼が現われるかもしれないとつぶやいた。ひょっとしたら私と同じようにランプを前に捧げ持って……運良く、そんなことは起きなかった。そして通路の奥に、掛けられた僧服が見つかった。

それでも、それでも……ダッラ・ピッコラがオートゥイユから帰ってきて、僧服をそこに掛け、通路を通り抜けて私のアパルトマンまで来て、このベッドにためらいもなく横になったのだとしたら、彼がその時点では私のことを思い出していて、私たちが同一人物であり、私の家でも自分の家と同じように眠れると承知していたからだ。したがって、ダッラ・ピッコラは自分がシモニーニだとわかっていてベッドに入り、翌朝、シモニーニは自分がダッラ・ピッコラだと知らずに目が覚めた。まるでダッラ・ピッコラがまず記憶を失ってそれから記憶を取りもどし、一晩寝て考えて、自分の記憶喪失をシモニーニに渡したかのように。

記憶喪失……記憶の不在を意味するこの言葉が、忘れてしまった時間の霧を切り開いたようだ。十年以上前に、私は《マニーの店》で記憶喪失の患者について話をしていた。ブリュとビュロやデュ・モーリエ、そしてオーストリアの医師と会話を交わしたのは、あの場所だ。

3 《マニーの店》

一八九七年三月二十五日、明け方

《マニーの店》……。自分が美食家なのはわかっている。覚えているかぎりコントルスカルプ＝ドーフィーヌ通りのそのレストランではひとり十フラン以上かかることはなく、料理の質は値段に見合うものだった。しかし毎日《フォワイヨ》に通うわけにはいかない。かつて多くの人が《マニー》に足を運んでいたのは、ゴーティエやフロベールといった有名になった作家、さらには、ズボン姿のふしだらな女に囲われている肺病病みのポーランド人ピアニストの姿を遠くから眺めるためだった。ある晩私はその光景を見かけ、すぐに外に出た。芸術家というものは遠くから見ていても鼻もちならない連中で、私たちが彼らに気づいているかどうかを知ろうとあたりを見まわしてばかりいる。

　その後、〈巨匠たち〉は《マニー》を離れてポワソニエール大通りにある《ブレバン・ヴァシェット》に移っていった。料理も美味しく値段も高かったが、「芸術で飯が食える《カルミナ・ダント・パーネム》」らしい。《マニー》が、いわば清められたあと、一八八〇年代の初め頃から私は時折訪れるようになった。

　客のなかに科学者を見かけることがあった。有名な化学者ベルトゥロや、サルペトリエール病院の医者が大勢通っていた。その病院はすぐそばというわけではなかったが、おそらく彼ら臨床医にとって、病人の身内が行く薄汚い安食堂で食べるより、カルチェ・ラタンを少し散歩するほうが気持ちよかったのだろう。医師の会話が興味深いのは、いつも誰か他人の弱みを話題にしていて、《マニー》では騒がしさに負けまいとみんな大声で会話しているため、慣れた耳にはいつも面白い話が飛び込んでくるからだ。見張るというのは、何か特定の事柄を知ろうとすることではない。あらゆることが、時には些細な点であっても、いつか役に立つ。大切なのは、他人が私が知るはずがないと思うような情報を握ることだ。

文学者や芸術家がいつも大テーブルに座っていたのに対して、理系の先生方は私のようにひとり掛けのテーブルで食事をしていた。しかし近くの席に座ることが重なると、顔見知りができた。最初に知り合ったのはデュ・モーリエ医師だった。非常に憎たらしい人物で、精神科医(彼はそうだった)が、こんな感じの悪い顔をして患者からどうして信頼を得られるのか、不思議なほどだった。いつも自分は二番手なのだと思い込んでいるように、妬《ねた》みっぽく青ざめた顔をしていた。事実、彼は心の病を抱えた患者相手にヴァンセンヌで小さな診療所を開いていたが、有名なブランシュ医師のクリニックほどの名声や収入はけっして得られないことをよくわかっていた。とはいえデュ・モーリエの皮肉めいた悪口によれば、三十年前、その評判のブランシュ病院にネルヴァルという男(医師によれば、それなりの詩人だったらしい)が入院していたが、そこの治療のせいで自殺したそうだ。

続いて私が親しくなった会食者二人がブリュ医師とビュロ医師だった。双子にも見える風変わりな二人組で、ほとんど同じスタイルの黒い服ばかり着ていて、同じ口ひげ《ムスタッシュ》を生やして顎を剃り上げていた。いつもカラーは薄汚れていたがそれはしかたなかった。パリには出張滞在していたからだ。ロシュフォールにある医学校《エコール・ド・メドシーヌ》で診療し、毎月数日間だけシャルコーの実験に立ち会うため首都に出てきていた。

これまでは
子宮の機能不全を原因とする
女性だけの現象だとみなされてきましたが……（45頁）。

「え、今日はポロ葱がないですと？」ある日、ブリュがいらいらして尋ねた。ビュロは大騒ぎして言った。「ポロ葱がない？」

給仕係が言い訳している時に、私は隣のテーブルから口を挟んだ。「でも上等のアンディーブがあるじゃないですか。私はポロ葱より好きですね」そして笑いながら口ずさんだ。「野菜はみんな——月の光に照らされて——遊んでた——そして通り過ぎる人たちがみんなを眺めてた——ピクルスは——輪になって踊り——西洋ごぼう《サルシフィ》は——静かに踊ってた……」

納得して、二人の会食者は西洋ごぼうを選んだ。そしてその時から月に二日、私たちは親しく会話するようになった。

「おわかりでしょう、シモニーニさん」とブリュが説明してくれた。「シャルコー博士はヒステリーを徹底的に研究しているんです。一種の神経病で、運動器官や感覚器官の障害、自律神経失調などさまざまな症状があります。これまでは子宮の機能不全を原因とする女性だけの現象だとみなされてきましたが、シャルコーはヒステリーの発病が男女ともに見られ、麻痺や癲癇《てんかん》とか、失明や難聴、さらに呼吸や発話や嚥下《えんげ》の困難さえ生じることを見抜いたのです」

「我が同輩は」とビュロが口を挟んだ。「シャルコーがその症状に対する治療法を突きとめたとはまだ言ってませんね」

「言おうとしていたところですよ」とブリュはむっとして答えた。「シャルコーは催眠療法を選びました。つい最近まではメスメルのような詐欺師が扱っていた事柄です。患者は催眠状態に置かれ、ヒステリーの原因であるトラウマ体験を思い起こさなくてはならない。そしてそれを意識することで治るのです」

「治るのですか？」

シャルコーは催眠療法を選びました。つい最近までは
メスメルのような詐欺師が扱っていた事柄です（45頁）。

「そこが肝心なところですよ、ムッシュー・シモニーニ」とブリュが言った。「我々にしてみれば、サルペトリエール病院でよく起きていることは、精神病院よりも劇場に近い感じがします。もちろん大先生《マエストロ》の診断が絶対正しいことを疑っているわけじゃありませんよ……」

「それを疑っているわけじゃないですよ」とビュロはうなずいた。「催眠療法の技術それ自体がですね……」

ブリュとビュロは催眠をかけるさまざまな技法を説明した。某ファリア神父のペテン師じみた方法（デュマゆかりのその名を聞いて思わず私は耳をそばだてたが、デュマが現実の事件を漁《あさ》って題材にしていたことは知られている）から、真のパイオニアであるブレイド医師の科学的な方法まで。

「今では」とビュロは言った。「優秀な磁気療法家《マグネティスト》が使う方法はもっと簡単です」

「そしてより効果的です」とブリュが説明した。「病人の前でメダルや鍵を揺らして、じっと見るように言うんです。一分か、せいぜい三分もすると被験者の瞳孔が揺れだして、脈拍が低下し、目が閉じられて、顔に安らぎの表情が浮かんでくる。催眠は二十分程度続くことがあります」

「ただし」とビュロは訂正した。「被験者によります。マグネティスムは謎の流体の伝達によって起こるのではなく（あのいい加減なメスメルはそう主張していましたが）、自己暗示現象によって起こるからです。インドの聖人は自分の鼻先をじっと見つめ、アトス山の修道僧は自分のへそを凝視することで、同じ効果を得ています」

「こうした自己暗示現象を我々はあまり信じていません」とビュロは付け加えた。「とはいえ、私たちは、催眠を重視する以前のシャルコーの思いつきを実践しているだけなのですが。我々が扱うのは人格変容の症例です。つまり、ある日は自分がある人物だと思い、また別の日は自分が別人だと思っていて、そのふたつの人格は互いに相手を知らないんです。去年うちの病院にルイという患者が来たんですよ」

「面白い症例です」とブリュが説明をした。「麻痺や無感覚症、攣縮《れんしゅく》、筋肉の震え、知覚過敏、緘黙《かんもく》症、皮膚の炎症、出血、咳、嘔吐、癲癇発作、緊張症、夢遊病、シデナム舞踏病に言語障害……」

「時には自分を犬だと思い込んだり」とビュロは付け加えた。「あるいは蒸気機関車だと思い込んだりする。それに迫害妄想があり、視野狭窄《きょうさく》に、味覚、嗅覚、視覚の幻覚症状や、仮性結核症の肺鬱血に、頭痛、腹痛、便秘、拒食、過食、昏睡、窃盗癖……」

「つまりですね」とブリュが締めくくった。「典型的な症状です。そこで我々が催眠をかける代わりに、患者の右腕に鉄棒を押し当ててみたところ、魔法のように別人に変わりました。麻痺と無感覚症が右半身から消えて左半身に移ったのです」

「我々の前にいたのは別人でした」とビュロが説明した。「彼は一瞬前の自分のことを覚えていません。複数ある状態のひとつではルイは酒を飲めず、別の人格では酒飲みなのです」

「大切なのは」とブリュが言った。「物質が持っている磁力は遠く離れていても作用することです。被験者に知らせずにその椅子の下にアルコールを入れた小瓶を置いておくと、夢遊病状態の被験者は酔ったような症状を呈するのです」

「我々の治療では患者の心が損なわれていないことがおわかりでしょう」とビュロが締めくくった。「催眠療法では患者の意識が失われてしまいますが、マグネティスムでは特定の臓器に対する激しい衝撃はなく、神経叢《しんけいそう》に対して段階的な負荷がかけられるのです」

　私はそのやり取りから、ブリュとビュロは刺激物を使って哀れな狂人をいじめている二人の愚か者だという結論を引き出した。近くのテーブルからその会話を聞きながら頭を何度も横に振っていたデュ・モーリエ博士を見ると、自分の確信が裏付けられた。

「ねえ、あなた」と二日後、デュ・モーリエは言った。「シャルコーも、ロシュフォールの我らが友人二人も、彼らの患者の体験を分析したりふたつの意識を持つことが何を意味するのかを考えたりせずに、催眠や金属棒によって影響を及ぼせるかどうかばかりにこだわっている。問題は、多くの患者の場合、ある人格から別人格への移行は自然に、予想不可能な形とタイミングで起きることです。自己催眠と呼べるかもしれません。私から見ればシャルコーと弟子たちは、アザン博士の経験とフェリダの症例について充分に考察していないのです。我々はまだこれらの現象についてあまりわかっていませんし、記憶障害は、脳のよく知られていない部分で血流が減少することが原因かもしれず、ヒステリー状態で一時的な血管収縮が生じることもある。でも記憶を失う時に血流が止まる場所はどこでしょう?」

「どこですか?」

「そこが問題です。我々の脳がふたつの半球に分かれていることはご存じでしょう。したがって、ある種の患者は、時には完全な半球の側で、時には記憶能力のない不完全な半球の側で考えることがある。私のクリニックにはフェリダの例にきわめてよく似た症状の患者がいます。二十歳そこそこのディアナという若い女性です」

そこでデュ・モーリエは一瞬言いよどんだ。何か秘密を告白するのをためらうように。

「二年前に私は親類の女性から彼女を治療のために預かったのです。そのあとその女性が亡くなり治療費は払ってもらえなくなりましたが、どうしたらよかったのでしょう、患者を道端に放り出せと? 彼女の過去についてはあまり知りません。どうやら彼女自身の話では、子供の頃から五、六日おきに興奮してこめかみに痛みを感じ、そのあと眠ったようになるのだそうです。眠ったようにというのは彼女の言葉で、現実にはヒステリー発作です。目が覚めるというか落ち着くと、前とはまったく変わったようになります。ちょうどアザン博士が〈第二状態〉と名づけたものです。我々が通常と考えている状態でのディアナは、フリーメイソンのセクトの信徒として振る舞います……誤解しないでくださいよ、私も大東社《グラントリアン》、つまり良識人のフリーメイソンに所属しています。おそらくご存じでしょうが、騎士団の伝統にはさまざまな〈分派〉があり、オカルティズムに奇妙な関心を寄せていて、なかには、悪魔崇拝の儀式に向かう者もいます（もちろん、それは小グループにすぎませんよ、幸運なことに）。あいにく〈正常〉と呼ぶしかない状態のディアナは、自分をルシファーか何かの信徒だと思い込んでいて淫らな話をし、破廉恥な体験を物語っては看護師やさらには私まで誘惑しようとする。誘惑なんて変な言い方は嫌なのですが、なんと言ってもディアナはいわゆる魅力的な女性なのです。この状態の彼女は少女時代に受けたトラウマを感じて、その思い出から逃げようとして第二状態へ突然入るのだと私は判断しています。この第二状態のディアナはおとなしく純真無垢な女性で、模範的なキリスト教信者としていつも祈禱書を手元に置き、ミサに列席するため外出しようとします。しかし奇妙な現象は、フェリダにも起きたことですが、第二状態のディアナつまり信心深いディアナは通常の状態の自分をはっきりと覚えていて、どうしてそんなに悪いことをしたのか悩み苦しんで、苦行僧のように馬巣織《ばすお》りのシャツを着て自分を罰し、第二の状態を自分の〈理性的状態〉と呼んで、通常の状態を妄想にとらわれた時期として思い返すということです。一方、通常状態のディアナは第二状態についてまったく覚えていません。ふたつの状態は予想のつかない間隔で交代し、どちらの状態も数日間続くことがあります。アザン博士が〈完璧な夢遊病〉と言うのは私もそのとおりだと思います。実際、夢遊病者だけでなく、麻薬やハシシ、ベラドンナ、アヘン、大量のアルコールを摂取すると、目覚めた時に自分がしたことを覚えていないのです」

ディアナの病気の話に自分がどうしてそんなに興味を持ったのかはわからない。ただデュ・モーリエにこう言ったのを覚えている。「そういう悲しい事例の面倒を見ている私の知り合いに話してみます。彼なら、身寄りのない娘を受け容れてくれる場所を知っているでしょう。ダッラ・ピッコラ神父を使いに送ります。カトリック組織でとても顔の広い聖職者です」

したがってデュ・モーリエと話していた時に、私は少なくともダッラ・ピッコラの名前を知っていたのだ。しかしどうしてディアナのことをそれほど気にかけたのだろうか。


何時間も休まずに書きつづけて、親指が痛い。書き物机に向かって座ったまま、パテとバターを塗ったパンを食べ、記憶を呼び起こすためシャトー・ラトゥールを何杯か飲んだだけだ。《ブレバン・ヴァシェット》でも訪れて元気を出したいが、自分が誰だかわかるまで人に姿を見せられない。それでもそのうち、家に何か食べ物を運んでくるためモベール広場までまた冒険する必要があるだろう。

今のところそれは考えないで、書きつづけよう。


その頃の（一八八五年か一八八六年だろう）《マニー》で、オーストリア人（あるいはドイツ人）医師として今でも覚えている男に出会った。そう、名前を思い出した。フロイド（たしかFroïdeと書く）という三十代の医師で、《マニー》に来ていたのは単にそれ以上金を出せなかったからに違いない。シャルコー博士のもとで研修中だった。たいてい私のそばのテーブルに座り、最初のうちは礼儀正しく会釈《えしやく》し合う程度だった。どうやら少しふさぎ込みやすい性格らしいと私は判断した。

どこか戸惑っていて、不安を少しでも減らすために打ち明ける相手をもじもじしながら求めているように見える。二度か三度ほど言葉を交わすきっかけを作ろうとしてきたが、私は冷たくあしらってやった。

　フロイドという名が私の耳にシュタイナーやローゼンベルクのように響いたわけではなかったが、パリに暮らして金持ちになるユダヤ人は誰もみなドイツ人の名前を持っていることを知っていたし、彼の鷲鼻に疑いを持った私は、ある日デュ・モーリエに訊いてみた。彼はあいまいな身振りをして、こう付け加えた。「よく知らない。いずれにしても近寄りたくはないね、ユダヤ人でドイツ人というのは私の嫌いな取り合わせだ」

「オーストリア人じゃないのですか？」と私は尋ねた。

「同じですよ、そうじゃないですか？　同じ言葉で考え方も同じだ。シャンゼリゼを行進したプロイセン軍を忘れてはいませんよ」

「医者というのは、高利貸と並んでユダヤ人が携わることが多い職業だと聞きます。たしかに、お金に困ったり病気になったりしないほうがいいでしょう」

「ですが、キリスト教徒の医者だっていますよ」とデュ・モーリエは冷たい笑みを浮かべて言った。

　これは私の失言だった。


　パリの知識人のなかには、ユダヤ人嫌悪を表明する前置きとして、自分の一番の親友がユダヤ人であると明かしたりする者がいる。偽善だ。私にはユダヤ人の友人はいないし（神よ、どうか奴らからお守りください）、人生でいつもユダヤ人を遠ざけてきた。おそらく本能的に避けたのだろう。ユダヤ人は（そう、ドイツ人と同じように）そのにおいでわかる（ヴィクトル・ユゴーも「ユダヤ《フェトル・》人の悪臭《ユウダイカ》」と言った)。そのにおいや何かほかの特徴で、ユダヤ人は男色家《ペデラスト》のようにお互いを嗅ぎ分ける。ユダヤ人がにおうのは、ニンニクと玉葱、それにおそらく、べとつく砂糖でこってりと味付けされた羊肉とガチョウを大量に食べるせいだ、それで奴らは怒りっぽいのだと祖父が私に教えてくれた。もちろんそれはその人種、汚れた血、軟弱な血筋ということもあるはずだ。マルクスやラサールを見ればいい、みな共産主義者だ。その点に関してだけはたしかに私のイエズス会士たちは正しかった。

ずっと私がユダヤ人を避けてこられたのは、特に名前に注意しているからだ。オーストリアのユダヤ人は金持ちになると、優雅な名前、たとえばシルバーマンやゴールドシュタインとか、花とか宝石、貴金属の名前を買う。貧乏人は緑っぽい《グリユンスパン》といったたぐいの名前だ。フランスでもイタリアでも、街や土地の名を使って名前を隠す。ラヴェンナ、モデナ、ピカール、フラマンなどで、時には革命暦にちなんで名づける、小麦《フロマン》、燕麦《アヴォワヌ》、月桂樹《ローリエ》。それも当然、彼らの父親は、王殺しの隠れた立役者であったのだから。しかしヘブライの名を隠している固有名にも注意しなければならない。モーリスはモーセから、イジドールはイサクから、エドゥアールはアロンから、ジャックはヤコブから、アルフォンスはアダムから……。

ジークムントはヘブライの名前だろうか。私は本能的に、その医者の卵とは親しくなるまいと決心した。しかしある日のこと、フロイドは塩壺を取ろうとしてひっくり返した。隣の席にいる者としての礼儀は守るべきで、私が自分の塩壺を差し出し、ある国では塩をこぼすのは災いの予兆ですねと言うと、彼は笑いながら、迷信深いほうではありませんと答えた。その日以来、私たちは何かしら言葉を交わすようになった。彼は、そのつたないフランス語を弁解して、ぎごちないものでと言ったが、言っていることは完全にわかった。生まれつき放浪癖のある奴らは、あらゆる言語に適合しなければならないのだ。私は親切にこう言ってやった。「あとは、耳を慣れさせることですね」彼は感謝するように微笑んだ。しつこい感謝の念を込めて。

フロイドはユダヤ人としても嘘つきだった。その人種は特別な料理、別に調理されたものだけを食べなければならず、そのためいつもゲットーのなかにいるのだと私はずっと聞かされていたが、彼は《マニーの店》で出される料理はなんでも平らげ、食事時にビールを拒まなかった。

ある晩、はめをはずそうと決心したらしい。ビールをすでに二杯飲んでいたが、デザートのあとでいらいらと煙草を吸いながら三杯目を注文した。両手を振って話し込んでいるうちに、またしても塩壺を倒した。

「不器用なわけじゃありません」と言い訳した。「いらいらしているだけです。婚約者から三日も手紙が来ないので。私みたいに毎日手紙を書いてほしいと言うつもりはありませんが、便りが来ないと落ち着かない。彼女は病弱なので、そばにいてやれないのがひどくつらいんです。何をするにしても、彼女に認めてほしいのです。シャルコーの晩餐会についてどう思うか書いてくれればいいのに。実はムッシュー・シモニーニ、数日前の晩、あの偉人から私は招待されたんです。見学した若い医者の誰でもが招待されるってわけじゃないんです、しかも外国人なのに」

「ははあ」と私はつぶやいた。「ちっぽけな成金のセム人が出世目当てに良家の家庭に入り込もうとしているのだな」婚約者への苛立ちは、いつもセックスのことばかり考えているユダヤ人の官能と好色の本性を明かしているのではなかろうか。夜になると彼女のことを考えているのだろう。彼女を想像して擦っているんだ、おまえもティソ博士を読んだらいい。しかし、彼の話すままにさせておいた。

「招待されていたのは優秀な人ばかりでした。ドーデの息子、シュトラウス医師、パストゥールの助手、医学校のベック教授、そして偉大なイタリア人画家エミリオ・トッファノ。その一晩のために私は十四フラン使ったんです。ハンブルク製の美しい黒ネクタイ、白手袋、新品のシャツ、それに生まれて初めてのフロック・コート。生まれて初めてひげをフランス風に刈り込みました。内気な性格なので、口を滑らかにするためにコカインを少々」

「コカインですって、毒ではないのですか？」

「過剰に摂取すればどんなものだって毒ですよ。ワインだって。でも私はこの二年間、奇跡のようなこの物質を研究しています。ご承知のとおり、コカインというのは、アメリカ・インディアンがアンデス高地で生活するために噛んでいる植物から採れるアルカロイドです。アヘンやアルコールと違い、精神を高ぶらせはしても、害はありません。主に眼科や喘息治療における鎮痛剤として最適であり、アルコール中毒と麻薬中毒の処置に有効で、船酔いにも完璧な効果があり、糖尿病治療で重宝《ちょうほう》され、空腹、眠気、疲労を魔法のように消し去ります。煙草の優れた代用品となり、消化不良、鼓腸、疝痛《せんつう》、胃痛、心気症、脊椎過敏症、枯草熱を癒し、肺結核治療では優れた回復強壮剤で、偏頭痛を治し、ひどい虫歯には四パーセントの溶液を染み込ませた綿を穴に詰めると痛みはすぐに治まります。そして何より落ち込んだ人に自信を持たせて気分を快活にし、積極的、楽観的にするという驚くべき効果をもたらします」

医師はすでに四杯目にさしかかり、明らかに物憂げな酩酊状態だった。告白するように身を乗り出してきた。

「私のような人間にとってコカインは最高です。愛するマルタにいつも言うんですが、自分がそんなに魅力的だとは思えないし、若い頃でも若者らしく振る舞ったことはなく、今三十歳になってもまだ大人になりきれない。大志を抱いて学びたくてしかたがない頃がありましたが、日が経つにつ

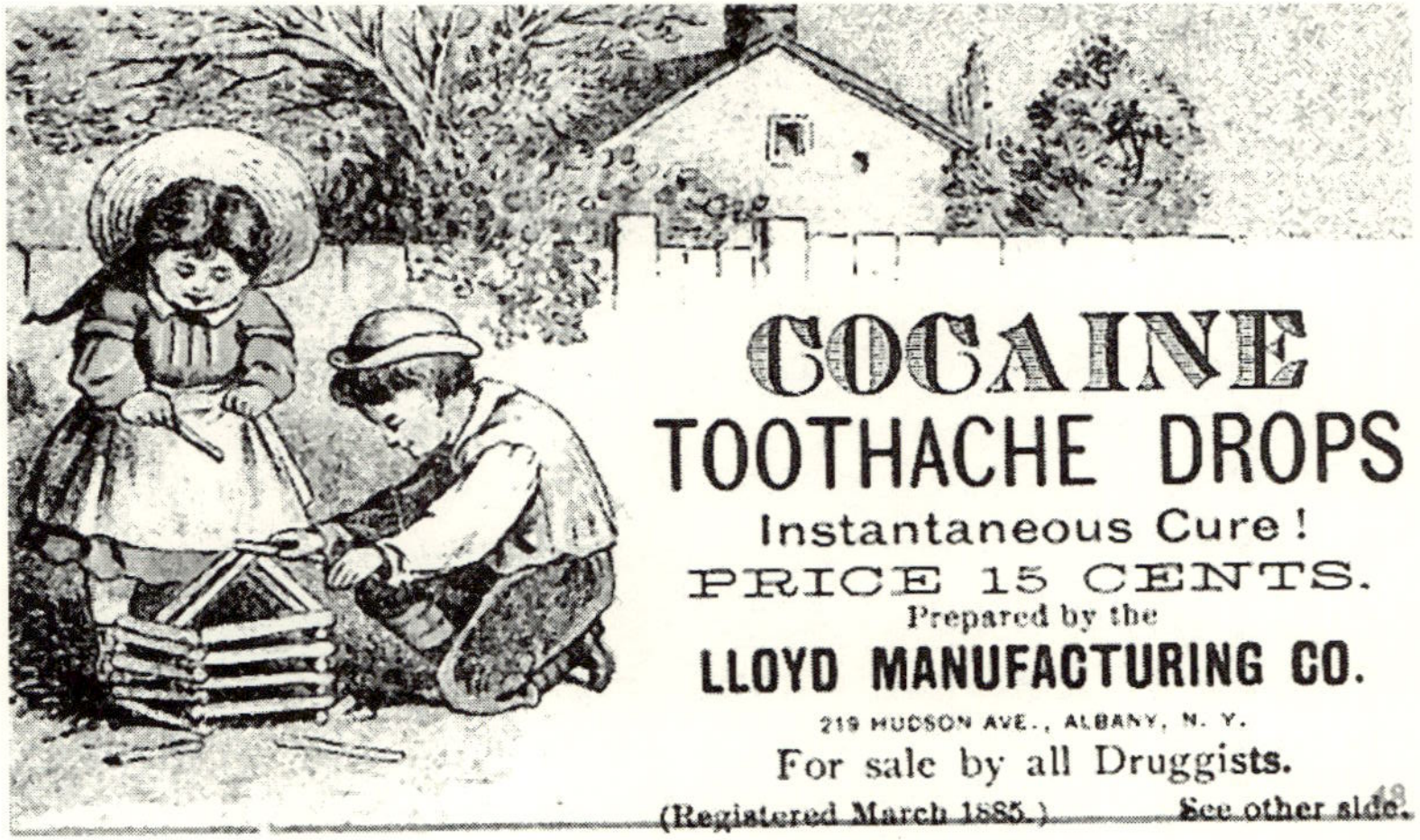

ひどい虫歯には四パーセントの溶液を染み込ませた綿を
穴に詰めると痛みはすぐに治まります（55頁）。

れて、母なる自然がその慈悲深い瞬間に時として誰かに与える天才的才能を私に与えてくれなかったという事実に落胆していたんです」

突然、自分の魂をさらけ出してしまったことに気がついたように、ぴたりと動きを止めた。みじめでいじけたユダヤ人め、私は胸の内でつぶやいた。気まずい思いをさせてやろうと決めた。

「媚薬《びやく》としてのコカインという話もありませんか?」と彼に尋ねた。

フロイドは顔を赤くした。「その効果もあります、少なくとも私の知るかぎり。ですが……それについての経験はありません。男としてそんな気分になれないのです。医師としても私は性にそれほど興味はありません。サルペトリエール病院でも性はよく話題になりますが。シャルコーの発見によれば、オギュスティーヌという女性患者は、重度のヒステリー状態のなかで、そのきっかけとなったトラウマが少女の時に受けた性的暴行であったと明かしました。もちろんヒステリーを引き起こすトラウマのなかに性に関係する現象があることを否定するつもりはありません、そんなことはないです。単に、すべてを性に還元してしまうのはやりすぎだと思えるのです。でも、おそらく、こうした問題から離れているのは、私のプチブル的な恥じらい《プリュドゥリ》のせいでしょう」

「いや」と私は内心つぶやいた。「おまえの恥じらい《プリュドゥリ》じゃない。おまえの人種の割礼者がみなそうであるように、おまえは性に執着しながらもそれを忘れようとしているのさ。薄汚いその手でひとたびマルタを抱けば、彼女にユダヤ人のガキを何人も生ませて、過労で肺病病みにするに決まっている……」

そのあいだ、フロイドは話しつづけた。「私の問題は、手持ちのコカインがなくなって、落ち込んでいることなんです。古代の医者なら黒胆汁が出ていると言うでしょう。以前ならメルク社やゲーア社の調合薬を見つけられたのですが、今では質の悪い原材料しか手に入らなくて、やむなく生産中止になりました。生薬を加工しているのはアメリカだけです。いちばん良い品は、デトロイトのパーク&デイヴィスのもので、純白で芳香があり、より溶けやすい。ある程度の蓄えはあったんですが、このパリで誰に尋ねたらよいのかわかりません」

モベール広場とその周辺のあらゆる秘密に精通した者にすれば、それはおやすい御用だった。私の顔見知りには、コカインだけでなくダイヤモンド、ライオンの剝製《はくせい》、硫酸の瓶だろうと注文すれば、どこで手に入れるか訊くまでもなく翌日には用意してくれる連中がいた。こっちからすればコカインは毒薬だ、と私は内心つぶやいた。そしてユダヤ人に毒を飲ませるのは良い考えに思われた。そこでフロイド医師に、数日もあればそのアルカロイドをたっぷり用意できるでしょうと申し出た。もちろん彼は、私が正規のルートで入手するものと信じきっていた。「おわかりでしょう」と私は彼に言った。「私たち古物商はいろんな人を知っているんです」

このようなことは私の問題とはまったく無関係だが、結局のところ私たちは親しくなり、いろいろ話をするようになった。フロイドは口が達者で頭の回転が速く、おそらく私が勘違いをしていて実際はユダヤ人ではなかったのかもしれない。結局のところ、ブリュやビュロより彼と話をするほうがよかった。この二人の実験の話になった時に、私はデュ・モーリエの女性患者を話題にした。「あなたは」と私は尋ねた。「そんな患者がブリュやビュロの磁石で治ると思われますか?」

「そうですね」とフロイドは答えた。「私たちが扱う多くの症例において、肉体的な側面が重視され、精神的原因による発病の可能性がもっとも高いことが見落とされています。心が原因だとしたら、治療すべきなのは肉体ではなく心なのです。トラウマによる神経症において、病気の本当の理由は、たいてい些細なものである欠損ではなく、むしろ原因となった精神的トラウマなのです。強い感情に襲われた人が失神したりしませんか？　だとしたら、神経の病気を扱う者にとって、問題はどのように意識を失ったかではなく、意識を失わせた感情が何であったかなのです」

「でも、その感情が何であったかをどうやって知るのです？」

「そうです、あなた、デュ・モーリエの女性患者のようにその兆候が明らかにヒステリーである場合は、催眠によって同じ症状を人工的に引き起こすことができて、最初のトラウマへと実際にたどれるかもしれません。でもほかの患者は、あまりにも耐えがたい体験を味わったために、それをかき消すことを望んだのです。まるで心の奥の届かない場所にしまい込んだかのように。とても深い場所で、催眠でもたどり着けない。それに、どうして、催眠状態の人間が、覚醒している時より活発な精神活動をしていると言えるでしょうか」

「では、知ることはできないんですね……」

「私に決定的な答えを求めないでください。まだまとまっていない考えを打ち明けているんですから。時々考えるんですが、その深層にたどり着けるのは夢を見ている時だけなのかもしれない。夢が真実を明かすことは古代人も知っていました。患者が話ができ、何日も何日も耳を傾けてくれる人を相手にして、それこそ夢見たことも含めて話しつづけるとしたら、原因になったトラウマが急に浮かんではっきりするのではないかと思います。英語で〈会話療法《トーキング・キュア》〉と言います。昔の出来事を誰かに話している最中に、忘れていた些細なことを思い出す、いやむしろ忘れていたと思っていたが脳のどこか秘密の襞《ひだ》に残っていたことを思い出すのです。考えて綿密に再構成すればするほど、小さなエピソードや、さらには意味のない事柄まで、ふとした感覚が浮かんでくる。そのことがあまりにも耐えがたい不快感を引き起こして、いわゆる〈切断《アプトレング》〉、〈除　去《バザイティガング》〉が生じたのです。適当な言葉が見当たらない。英語なら〈除去《リムーバル》〉でしょう。フランス語で生体組織を切断する時はなんと言いますか、〈削除《アブラスイオン》〉？　おそらくドイツ語でふさわしい単語は〈摘出《エントフェルヌング》〉でしょう」

ほら、ユダヤ人の本性が顔を出したぞ、と私は内心つぶやいた。今思えば、この時すでに私は、ヘブライのさまざまな陰謀、キリスト教徒の肉体も精神も支配するために子供を医者や薬剤師にしようとするその種族の計画に出会っていたのだ。病気になったら、自分でさえ知らない私のことも含めて一切を打ち明けて、おまえの手に身を委ね、おまえを自分の心の主人にしろというつもりか？　イエズス会よりひどい。聴罪司祭に話すのなら、こちらは少なくとも格子窓で隔てられているし、考えていることじゃなく、誰もがしていることを言うだろう。どうせ、誰もがほとんど同じ決まり文句を口にするのだから。盗みをしました、浮気をしました、父母を敬《うやま》いませんでしたと。おまえの言葉そのものが正体をばらしている、削除を口にするなんて、まるで私の脳を割礼したいみたいじゃないか……。

しかしそのあいだにフロイドは笑って、またビールを注文していた。

「でも、私が言うことを真に受けないでくださいよ。野心家の空想物語です。オーストリアに帰って結婚したら、家族を養うために診療所を開くでしょう。そうなったらシャルコーから教わったようにおとなしく催眠を使って、患者の夢のなかを探ったりはしませんよ。私はデルフォイの巫女《みこ》じゃない。デュ・モーリエの女性患者には、コカインを少し与えてみたらどうかと思います」

こうして会話は終わり、記憶にたいした印象は残らなかった。しかし今になってそれが心に浮かんできたのは、ディアナのような状況とまでいかなくても、現在の私は記憶の一部を失ったほぼ正常な人間という状況に置かれているかもしれないからだ。フロイドが今ではいったいどこにいるのかはわからないが、私はどんなことがあってもユダヤ人どころか善きキリスト教徒にだって私生活を語ったりはしまい。職業柄（しかしいったい何の職業なのだろうか？）金をとって他人の話をしなくてはならないが、自分の身の上を語ることは何がなんでも控えなくてはならない。しかし、自分に自分のことを語ることならできる。ブリュ（それともビュロだったか）から、自分のへそを凝視して自己催眠に入る聖人がいるという話を聞いたのを思い出した。

そこで、気は進まないがこの日記をつけようと決心した。自分の過去が心に思い浮かぶにしたがって、どんな無意味な些事も含めて、トラウマとなった要素（あれはなんと言う名前だっただろうか）がはっきりするまで自分に語るのだ。ひとりきりで。それも狂女を治療する医師の手に我が身を委ねたりせず、自力で治りたい。

始める前に（だが、ちょうど昨日からすでに始めていたのだが）、こうした自己催眠に入るのに必要な精神状態を整えるため、できることならモントルグイユ通りの《フィリップの店》に行きたかった。ゆったりと腰を落ち着けて、メニュー、六時から真夜中まで出されるメニューにじっくり目を通す。人参のポタージュ《ポタージュ・ア・ラ・クレシー》、ヒラメのケーパーソース、牛のフィレ肉、仔牛タンのグレービーソース《ラング・ド・ヴォー・オ・ジュ》、そして締めくくりにマラスキーノ酒のソルベといろんなお菓子。料理と一緒にブルゴーニュの古酒二瓶を飲む。

そうこうするうちに真夜中を過ぎて、夜のメニューを考えるだろう。ウミガメのスープ（デュマが作った美味しいウミガメのスープを思い出した。ということは、私はデュマと知り合いだったのだろうか）、小玉葱とサーモンのジャワ胡椒風味アーティチョーク添え、そして最後に、ラム酒のソルベと香辛料入りイギリス式菓子を取ろう。夜が更けてきたら、朝のメニューのちょっとした贅沢品、玉葱スープ《スープ・ア・ロニヨン》を飲む。それは、ちょうどその時刻に中央市場《レ・アール》の荷運び人夫が味わう品で、彼らに混じって馬鹿騒ぎをするのは楽しい。そして活動的な朝に備えるために、とても濃いコーヒーと、コニャックとキルシュを合わせた食後酒《プースカフェ》。

本当のことを言えばそれだけ食べたら少々胃もたれするだろうが、心はくつろぐことだろう。

残念だが、そうした甘い贅沢は許されなかった。記憶のない私のことだ、と自分に言い聞かせた。レストランで誰かが私を見つけても、私のほうではそれが誰だかわからないかもしれない。どう振る舞えばいいのだろう。

店にやって来る人にどう応対すればいいのかも考えた。ボヌフォワの遺言書の男と、聖体売りの老婆の時はうまくいった。しかし、面倒なことになっていたかもしれない。店の外に「一か月間店主不在」の札を掛けた。こうすればその一か月がいつ始まっていつ終わるのかはわからない。これ以上のことがわからないうちは、家に閉じこもって、ただ食べ物を買い込むためにだけ、たまに外に出るようにすべきだ。おそらく食事の量を控えるのは良いことだろう。この身に起きたことがはめをはずしすぎた祝宴のせいではないと誰が言えるものか。それはいつのことか、あの謎の二十一日の夜のことだろうか。

それに、もし過去を振り返るべきなら、ビュロ（それともブリュか？）が言っていたように自分のへそを見つめなくてはならない。私の年齢からしてすでにかなり肥満であるのに、腹いっぱい食べていたら、鏡を見ながら思い出すはめになるだろう。

とにかく昨晩、書き物机に向かって、休まず気を逸らすことなく書きだした。時々何かをかじり、たしかに酒をがぶ飲みしたが。この家の良いところはワインが豊富にあることだ。

4　祖父の時代

一八九七年三月二十六日

幼い頃。トリノ……ポー川の向こうに丘が見え、私は母と一緒にバルコニーにいる。そして母はいなくなり、夕方、丘を正面に見るバルコニーに座って泣いている父と、これは神のお望みになったことだと言う祖父。

生まれの良いピエモンテ人がみなそうであるように、私は母とフランス語で話していた（ここパリで私が口を開くと、パリっこのおしゃべり《バビル》ではなく、生粋のフランス語が話されているグルノーブルで覚えたように聞こえる）。ピエモンテ人はみなそうだが、私は幼い頃から自分はイタリア人よりもフランス人だと感じていた。それだから、フランス人に我慢がならないのだ。

＊＊＊

幼い私にとって、父や母より祖父の存在が大きかった。私は母を憎んだ、私に何も言わずに逝《い》ってしまったからだ。父を憎んだ。母が逝くのを父が止められなかったからだ。神を憎んだ。母が逝くのを神が望んだからだ。祖父を憎んだ。その神の望みが当然だと祖父が思っていたからだ。父はいつもどこか遠くにいて——自分で言うにはイタリアを作りに出かけていた。その後、イタリアにつぶされてしまった。

祖父。ジョヴァンニ・バッティスタ・シモニーニはサヴォイア王国軍の元士官で、私が覚えているかぎりでは、ナポレオンがイタリアに攻め入った時に軍を脱走してフィレンツェのブルボン家の軍隊に加わり、トスカーナがボナパルト家の女性の支配下に置かれると、苦い思いを抱えて退役将校としてトリノへ戻ってきたらしい。

鼻はぶつぶつだらけで、そばに引きよせられるとその鼻しか目に入らなかった。そして顔に唾のしぶきがかかるのを感じた。いわゆるフランス人が元貴族《シドウヴアン》と呼ぶ、革命という災いを受け入れられず旧体制《アンシャン・レジーム》を懐かしむひとりだった。依然として半ズボン《キユロツト》をはき——美しいふくらはぎだった——膝下に金のバックルをし、エナメル革の靴の留め金も金色だった。黒いジレと上着、ネクタイのせいで、少し司祭のように見えた。当時の身だしなみの習慣では白粉のついたかつらもかぶるのだが、それはやめた。祖父いわく、ロベスピエールのような威張り散らす連中もかぶっていたからだった。

祖父が金持ちかどうか私は結局わからなかったが、美食を嫌ってはいなかった。祖父と自分の子供の頃についての思い出といえば、なんと言ってもバーニャ・カウダだ。炭を熾《おこ》したコンロでテラコッタの鍋を熱し、アンチョビ、ニンニク、バターを入れた油を煮えたぎらせ、カルドン（レモン汁を入れた冷水にあらかじめ浸しておいたもの——あるいは、牛乳に浸す人もいたが、祖父は違った）、生のままか焼いたピーマン、縮緬キャベツの白い葉、キクイモ、まだ若いカリフラワー——あるいはゆでた野菜、玉葱、甜菜《てんさい》、ジャガイモや人参（しかし祖父がよく言っていたように、そんなものは貧乏人の食べ物だった）を浸す。食べるのが好きでまるで仔豚のように太っている（祖父は愛情を込めてそう表現した）私を見て、祖父は目を細めていた。

祖父は私に唾を飛ばしながら、よく繰り言を語り聞かせたものだ。「いいか、革命のせいでわしらは神を信じぬ国家の奴隷となり、前よりも不平等になり、互いに相手にとってのカインのように敵対する兄弟になってしまった。自由すぎるのは良いことではないし、必要なものをすべて所有するのも良いことではない。わしらの先祖は自然と直接触れ合っていたから、今よりもっと貧乏でもっと幸福だった。現代社会が蒸気機関を産み出して野山は汚れてしまったし、自動織機のせいで多くの哀れな人は職を奪われ、昔のような織物はもうできなくなった。好き勝手にさせたら悪事を働くのだから、人間を自由にはしておけない。どうしても必要な自由だけを君主が認めてやればいいのだ」

祖父のお気に入りの話題はバリュエル神父だった。子供の頃を思うとバリュエル神父が思い浮かぶ。ずいぶん前に死んでいたはずなのに、まるで家に住んでいたような気がする。

「いいかい」と祖父が言うのが聞こえるようだ。「革命の狂気がヨーロッパの全国家を揺るがしたあとで、ひとつの声があがった。あの革命が、王座と教皇座に対する、つまりフランス国王をはじめとする諸国の王と我らが聖なる母としての教会に対する、騎士団による全世界的規模の陰謀の最後の、あるいは最新の一幕にすぎないことを明らかにした……。それがバリュエル神父の声だ。彼は前世紀末、『ジャコバン主義の歴史のための覚書』を書いた……」

「でもおじいさん、騎士団に何の関係があるの？」と私は尋ねた。話はすでに諳《そら》んじていたが、祖父のお得意の議論を繰り返させてあげたかったのだ。

「いいかい、騎士団は騎士たちのとても強力な組織だったが、フランスの国王は財宝を手に入れるためにその組織を破壊して大半を火炙りにした。だが生き残った連中はフランス国王に復讐するために秘密結社を作った。実際、国王ルイがギロチンで首を刎ねられた時、見知らぬ男が斬首台に上り、哀れな首を掲げて『ジャック・ド・モレーよ、汝の復讐は果たされた！』と叫んだ。モレーは

……バリュエル神父が思い浮かぶ。
ずいぶん前に死んでいたはずなのに、
まるで家に住んでいたかのような気がする（65頁）。

騎士団の騎士団総長《グラン・マエストロ》で、国王の命令によりパリのシテ島の突端で火炙りにされた」

「でも、そのモレーはいつ火炙りになったの？」

「一三一四年だ」

「おじいさん、計算させてよ。だとしたら革命より五百年くらい前のことでしょう。その五百年間、騎士団員はどうやって隠れていたの？」

「奴らは古代から続く大聖堂建設の石工組合に紛れ込んだのさ。その組合から誕生したのが英国フリーメイソンで、組合員が自分たちをフリーメイソン、つまり自由な石工とみなしていたからそう呼ばれている」

「どうして石工が革命をしなきゃならなかったの？」

「初期の騎士団員と自由石工がバイエルン啓明結社《イルミナティ》に買収され、堕落させられたことをバリュエル神父は見抜いたんだ！　これはヴァイスハウプトという男が創り出した恐ろしい結社で、どの加盟員も直属の首領しか知らず、さらに上にいる首領とその方針についてはまったく知らない。目的は王座と教皇座を破壊するだけでなく、法律も道徳もない社会、財産そして女さえ共有する社会を作ることだ。子供にこんな話をすることを、神よ、お許しください。だがサタンの陰謀を説明しなければならない。バイエルン啓明結社《イルミナティ》と固く結ばれているのが、あの破廉恥なひどい百科全書を作ったあらゆる信仰の否定者、つまりヴォルテール、ダランベール、ディドロだ。啓明結社《イルミナティ》にならってフランスで光の時代《シエクル・デ・リュミエール》とかドイツで啓蒙《アウフクレールング》とかいう連中もそうだ。連中は王制打倒を企んでひそかに集まり、ジャコバンと呼ばれるクラブを結成した。その名はまさにジャック・ド・モレーの名から来ている。そう、この男がフランスで革命が起きるように仕組んだのだ！」

「このバリュエル神父はみんなわかっていたんだね……」

「だが、キリスト教徒の騎士集団からどうしてキリストに敵対する結社が出てくることになったのかはわからなかった。つまり練り粉のパン種みたいなものさ。パン種がなければ、練り粉は大きくふくらまず、パンにならない。騎士と自由石工の秘密集会はまだ健康体であったのに、それを史上最悪の結社に発酵させようとして運命か悪魔か何者かが投げ込んだパン種とは、いったい何か？」

ここで祖父は間を取っていっそう意識を集中するように両手を合わせ、狡猾な笑みを浮かべると、わざとらしく控えめな自慢をして答えを明かした。「最初にそれを指摘する勇気があったのは、おまえのおじいさんだよ。バリュエルの本を読んでわしは迷わず彼に手紙を書いた。さあ、奥に行って、あそこにある手箱を持ってきなさい」

私が言うとおりにすると、祖父は首から吊るしていた金色の鍵で手箱を開け、四十年の歳月で黄色く変色した一枚の紙を取り出した。「これが手紙の原稿だ。これを清書してバリュエル宛に送ったのさ」

大仰に間を取りながら読み上げる祖父の姿が思い浮かぶ。

貴殿の著作に対し、私のような無知な軍人が心からお祝いをすることをどうかお許しください。御著は今世紀を代表する著作と呼ぶべきです。この忌まわしい諸結社をあなたは実に巧みに解明された。彼らは反キリストの道を準備し、キリスト教だけでなくあらゆる信仰、あらゆる社会、あらゆる規律に激しく敵対しています。しかしあなたが軽く触れただけの結社があります。おそらく意図的なことでしょう。もっとも知られていて、したがってもっとも恐れられていないからです。しかし私が見るかぎり、ヨーロッパのほとんどの国でそれが獲得した巨万の富と庇護を考慮するならば、今日もっとも恐ろしい権力です。神父様、私がユダヤ人結社のことを話しているのはよくおわかりでしょう。それはほかの結社とはまったく独立して、むしろそれらと敵対しているように見えます。しかし現実にはそうではありません。実際、そうした結社のひとつがキリストの名に敵対する態度を示せば、それを助けて資金を提供し庇護します。そして彼らの金銀を惜しみなくつぎ込んで、近代のソフィスト、フリーメイソン、ジャコバン派、啓明結社《イルミナティ》を支援し指導してきたのを我々は目撃してきましたし、現在でも目撃しているではありませんか。したがってユダヤ人はほかの結社員と一緒になって、機会あればキリストの名を破壊しようとするひとつの党派を構成しているのです。神父様、こうしたすべてが私の思いすごしであるなどとお考えにならないでください。私が語ることはすべてユダヤ人自身から聞いた事柄ばかりなのです……。

「そんなことを、どうやってユダヤ人から聞いたの?」

「わしは二十歳そこそこで、サヴォイア王国軍の青年士官を務めていた。その時、ナポレオンがサルデーニャ王国に攻めてきて、我が軍はミッレージモで敗北し、ピエモンテはフランスに割譲《かつじょう》されたのだ。神を信じないボナパルティストが勝利し、我々王国軍士官を絞首刑にしようと探しまわっていた。軍服姿を見られると、というか単に出歩く姿を見られてもまずいという噂だった。商売をしていた父親には、ユダヤ人高利貸の知り合いがいた。そいつは父に何か借りがあったらしい。わしは、事態が落ち着いて、町を抜け出してフィレンツェの親戚のところに行けるようになるまでの数週間、そいつの口利きでゲットー内の小部屋を用意してもらった。もちろん高い金を払ってのことだ。その頃のゲットーは、この建物のすぐ後ろ、サン・フィリッポ通りとデッレ・ロジーネ通りのあいだにあった。あの悪党たちのなかに隠れるのはちっとも気が進まなかったが、そこは誰も足を踏み入れようなんて考えない唯一の場所だった。ユダヤ人はそこから出られなかったし、まともな市民は避けて通っていた」

祖父は嫌な光景を追い出すように両目を手で覆った。「そうして嵐が過ぎるのを待ちながら、わしはその汚れた穴倉で過ごした。料理用コンロとベッド、便器が置かれた一部屋に時には八人も暮らしていて、みんな貧血に苦しんでいた。肌は蠟のように真っ白で、セーヴル焼きのようにかすかに青みがかっていた。蠟燭一本だけの光に照らされた奥の隅へと引っ込もうとする。血の気のまったくない黄色っぽい顔色、膠《にかわ》色の髪の毛、形容しがたい赤茶けたひげ、そして黒ひげには色褪せたフロック・コートの光沢がある。わしは住居の悪臭に我慢できず、五つある中庭《コルティーレ》を歩きまわった。よく覚えているよ。コルティーレ・グランデ、コルティーレ・デイ・プレーティ、コルティーレ・デッラ・ヴィーテ、コルティーレ・デッラ・タヴェルナにコルティーレ・デッラ・テラッツァが、恐ろしい隠し通路〈暗い柱廊《ポルティチ・オスクーリ》〉で結ばれていた。今じゃカルリーナ広場にもユダヤ人がいる。それどころか、いたるところにユダヤ人がいる。サヴォイア家が弱腰になってきているからな。でもあの頃、ユダヤ人は太陽の差し込まない路地に寄り集まっていた。汗でべとつく汚い人ごみのなかで（ボナパルティストの恐怖がなかったら）わしの胃はとても耐えられなかっただろう……」

祖父は一息つくと、口から嫌な味をぬぐうようにハンカチで唇を押さえた。「わしが命拾いをしたのは奴らのおかげだ。なんという屈辱だろう。しかしわしらキリスト教徒が軽蔑しているとして、向こうだってけっして優しいわけじゃない。むしろ憎んでいた。今でもわしらを憎んでいるように。だから、わしはリヴォルノのユダヤ人の家に生まれて、あいにく小さい頃に育てられた親類によって洗礼を受けさせられたが、心のなかはずっとユダヤ人だという話をした。そう打ち明けても連中はたいして驚きもしないようだった。それというのも――奴らの話では――わしと同じような身の上はよくあることで、今さら気にも留めなかったからだ。それでもそう話したおかげで、コルティーレ・デッラ・テラッツァにある、種なしパンの窯《かま》の隣に住んでいた老人と親しくなれた」

ここで、老人と出会った様子を語る祖父は興奮し、目をぎょろつかせ身振り手振りをまじえてしゃべりながら、そのユダヤ人の真似をした。このモルデカイという名の老人はシリア出身で、ダマスカスで悲惨な事件に巻き込まれたという。街でアラブ人の子供がひとり行方不明になり、当初ユダヤ人は疑われなかった。ユダヤ人が儀式のために殺すのは、キリスト教徒の子供だけだと信じられていたからだ。しかしその後、穴の底で子供の死体が発見され、切り刻まれて臼《うす》ですりつぶされたとみなされた。犯罪の手口が通常ユダヤ人が疑われるものに非常によく似ていたため、警察は、過越の祭が近くなって種なしパンを作るためにキリスト教徒の血を必要としたユダヤ人が、キリスト教徒の子供を捕えられず、アラブ人の子供を捕まえて洗礼を授《さず》けて殺害したのだろうと考えた。

「知っているか」と祖父は説明した。「洗礼というのは誰が授けようとも、聖なるローマ教会の意志に従って洗礼するつもりなら有効なのだ。悪辣《あくらつ》なユダヤ人はそのことをよく承知していて、臆面もなくこう言う。『私はおまえに洗礼を授ける、私は信じていないが、心底から偶像を信じてそれに従うキリスト教徒が洗礼を授けるように』こうして哀れな幼い殉教者は悪魔のおかげではあるけれど、幸運なことに少なくとも天国に行けたわけだ」

モルデカイはまっさきに疑われた。警察は彼に自白させようと、手首を背中で縛り、足に重りを付けて、滑車で吊り上げては十数回も床に落とした。鼻先に硫黄《いおう》を押しつけ、さらに冷水に沈めては顔を上げると水に沈めて、白状するまで続けた。噂によれば、かわいそうな男は拷問から逃れるために、まったく無関係なユダヤ人五人の名前を口に出したらしい。その五名は死刑となり、彼は手足の縛りを解かれて自由の身となった。しかしすでに正気を失っていて、心優しい人の配慮でジェノヴァ行きの商船に乗せられた。さもなかったらユダヤ人仲間に石飛礫《いしつぶて》で殺されていただろう。誰かの話によると、船上でバルナバ会修道士に誘われて、洗礼を受けるように説得された。そしてサヴォイア王国領で下船した時に助けてもらえるように洗礼を受けはしたが、内心で先祖の信仰を保ちつづけたらしい。したがっていわゆる、キリスト教徒が隠れユダヤ《マラーノ》と呼ぶ存在となった。しかしトリノにたどり着くとゲットーに逃げ込み、自分が改宗したことを否定した。ほとんどの者からは、心のなかで新しいキリスト教の信仰を持ったままの偽のユダヤ人だとみなされた——したがっていわゆる二重のマラーノとなったわけだ。しかし海の向こうから流れてくる悪い噂をすべて裏付けることは誰もできなかったので、狂人を憐れんだ人々の慈善行為のおかげで生活していた。とはいえ、施しはほんのわずかで、ゲットーの住民でさえ住もうとしない陋屋に押し込められていた。

　その老人がダマスカスでどんなことをしたにせよ、気が狂ってはいなかったと祖父は言い張った。キリスト教徒に対する消えない怒りに燃えていたにすぎない。窓のないあばら家で、老人は震える手で祖父の手首をつかみ、闇のなかでぎらぎら輝く眼で見すえながら、あれ以来自分は復讐に命をかけていると言った。彼らのタルムードがキリスト教徒に対する憎しみを命じていること、キリスト教徒を堕落させるために彼らユダヤ人がどのようにフリーメイソンを作り出したかを物語った。老人はフリーメイソンの隠れた上層部のひとりとして、ナポリからロンドンまで各支部《ロッジ》を指揮しているという。ただ、どこでも付け狙ってくるイエズス会士に刺し殺されないよう、身を隠して、秘密のまま孤独でいなければならなかった。

　老人は話しながら、うす暗がりから今にも短刀を構えたイエズス会士が飛び出してくるかのように周囲を見まわし、音をたてて鼻をすすり上げては自らの悲惨な境遇を少々嘆いてみせたり、全世界がその恐ろしい権力を知らずにいることを喜んで狡猾な復讐心に満ちた笑いを浮かべたりして、へつらうように祖父シモニーニの手をとって空想に耽った。もしおまえが望むなら結社は大歓迎だ、フリーメイソンの極秘支部《ロッジ》に入れてやろう、と持ちかけてきたそうだ。

そしてマニ教結社の預言者マニも、殺人者を麻薬で陶酔させてキリスト教君主の殺害を命令したとされる悪名高い「山の老人」もユダヤ人であることを明かした。モルデカイの話によれば、フリーメイソンと啓明結社《イルミナティ》は二人のユダヤ人によって設立され、あらゆる反キリスト結社はユダヤ人に起源があり、その数は今では世界に数多く、性別、国家、状況を問わず数百万人に及んでいる。数多くの聖職者、そして枢機卿も数名いる。そのうちその陣営から教皇さえ誕生するだろうと期待していた（その後ピウス九世のような怪しい人物がペテロの座に就いたことからすれば、それはけっしてあり得ないことではないと祖父は説明した）。キリスト教徒を騙すために、ユダヤ人自身がキリスト教徒になりすまして、腐敗した教区司祭から買った偽の洗礼証書を携えて国から国へと旅行している。すでに多くの国でそうであるように、金銭と詐欺を通じてすべての政府から市民として認められることを望んでいた。ほかの人と同じように市民権を得たあかつきには、家屋と土地を購入しはじめるだろう。高利貸によってキリスト教徒の不動産と財産を奪取し、一世紀もしないうちに世界の支配者となり、自分たちの結社が支配できるようにほかの結社すべてを廃止し、キリスト教徒の教会と同数のシナゴーグを建築して、彼ら以外の人間を奴隷にしようともくろんでいる。

「そうさ」と祖父は締めくくった。「これがバリュエルにわしが教えたことだ。たったひとりから聞いたことを、みんなから聞いたと言ったのは少し大げさだったかもしれん。だがあの老人が本当のことをしゃべっていたと確信していたし、今だって確信している。そしてわしはこう書いたのさ、最後まで読ませておくれ」

そしてふたたび読みはじめた。

神父様、これが、私がこの耳で聞いたヘブライ国家の邪悪な計画です……ですからあなたのように優れて活気ある文才によって先に述べた諸国の目を開かせ、我々より政治的で思慮深かった我らの父祖がいつも押し込めようとしていた、この民族にふさわしい悲惨な境遇に戻すよう説得することはきわめて望ましいと思われます。ゆえに、神父様、この手紙における一切の過ちは、私がイタリア人であり軍人であるという点で、どうかお許しくださるよう私自身の名においてお願いする次第であります。神の教会を豊かにしたその輝かしい文書のために、あなたが最大の報奨を神の手から受け取られるよう祈念いたします。そして文書の読者に、あなたに対する最高の評判と心からの敬意が神によって吹き込まれんことを。私はその読者のひとりであることを光栄に存じます。

あなたの慎ましく忠実な僕《しもべ》ジョヴァンニ・バッティスタ・シモニーニ

ここで毎回祖父が手紙を文箱に戻すと、私は尋ねるのだった。「それでバリュエル神父はなんと言ったの？」

「返事してはくれなかった。ただわしにはローマ聖庁にいい知り合いがいたから、真実を公にすればユダヤ人の虐殺が起きるだろうと臆病者のバリュエルが尻込みしたことを知った。ユダヤ人のなかに無実の者もいると思っていたから、彼はそうした虐殺を引き起こす勇気がなかった。それに当時のフランスのユダヤ人の陰謀が影響したに違いない。ちょうど、ナポレオンが自分の野望を実現するためにユダヤ人から協力を得ようと、その最高会議である大サンヘドリンの代表者との会見を決心したところだった。事態をややこしくするなと誰かがあの神父に忠告したのだろう。だが一方でバリュエルは黙ってもいられなくて、わしの手紙の原本を教皇ピウス七世に送り、その写しを大勢の司教に渡した。事件はそれで終わりじゃない。バリュエルは、ナポレオンに知らせるようにと、当時のガリア首座大司教座だったフェッシュ枢機卿にもその手紙を送った。パリの警察署長にも同じように連絡した。そして聞いたところでは、パリの警察はわしの証言が信頼できるか知ろうとしてローマ聖庁で調査をしたそうだ。もちろん、枢機卿たちはわしが信頼できる人間であることを否定できなかったさ！　つまりバリュエルは、無関係なふりをしながら攻撃していた。彼の本が起こした以上の大きな騒ぎを起こしたくはなかったが、黙っているふりをしながらわしの告発を世界の半分に知らせたんだ。ルイ十五世がイエズス会をフランスから追放する以前に、バリュエルはイエズス会士から教育を受けていた。それからいったん在俗司祭としての職階を授かり、さらにピウス七世がイエズス会を完全に承認すると、またイエズス会に戻った。わしが熱心なカトリックで、僧服を着ている人には誰にでも最大限の敬意を払うのはおまえも知っているだろう。だがイエズス会士はやはりイエズス会士で、口で言うこととは違うことをし、何かしながら違うことを言う。バリュエルの行動はまさにそれだ……」

　そして祖父はわずかに残った歯から唾を飛ばし、悪魔のような暴言を楽しみながらほくそ笑んだ。「さあ、わしのかわいいシモニーノ（シモーネの愛称）」と締めくくった。「わしはもう年だ。荒野で叫ぶ者のように声をあげることがわしの使命ではない。わしの声に耳を貸さなかった連中は、神様の前でそれについて答えることになるだろう。しかしおまえたち若者に証人としての松明《たいまつ》を託そう。今、忌まわしいユダヤ人がますます権力を握り、わしらの臆病な国王カルロ・アルベルトは彼らにますます寛大だ。だがユダヤ人の陰謀によって倒されるだろう……」

「このトリノでも陰謀を企んでいるの？」と私は尋ねた。

夕闇が迫る部屋のなかで、誰かが聞いているかのように祖父はあたりを見まわした。「ここだろうと、どこだろうとそうさ」と言った。「奴らは呪われた人種だ。そのタルムードを読める者の話だと、ユダヤ人は日に三度キリスト教徒を呪い、キリスト教徒が抹殺され破壊されるよう神に祈り、断崖の上でキリスト教徒に出会ったら突き落とせと書かれているそうだ。おまえがシモニーノと呼ばれるわけを知っているか？　聖シモニーノにちなんでシモーネと名付けるように私が望んだのだ。十五世紀の昔トレントで、ユダヤ人に誘拐されて殺され、儀式に使う血のために切り刻まれた子供の殉教者のことだ」

＊＊＊

「いい子にしてすぐに寝ないと、今晩、恐ろしいモルデカイがやって来るぞ」と私は祖父に脅かされた。屋根裏の小部屋でなかなか寝つけず、古い家がかすかに軋《きし》むたびに耳をすませていると、恐ろしい老人が木の階段を上る足音が聞こえてきそうだった。地獄のようなその家に連れていかれ、幼い殉教者の血でこねられた種なしパンを食べさせられる気がする。私の父の乳母であった老女中テレーザは、この頃もまだ、足をひきずりながら我が家で働いていたが、彼女から聞かされたほかの話と入り混じって、下品によだれを垂らしながらつぶやくモルデカイの声が聞こえる。「くんくん、おや、キリスト教徒の小僧のにおいがするぞ」

＊＊＊

私は十四歳になり、ゲットーに入る誘惑に何度も駆られた。その頃のゲットーはかつての区域からはみ出していた。ピエモンテでは多くの禁止令が消えつつあったからだ。その禁じられた世界の

……恐ろしい老人が木の階段を上る足音が
聞こえてきそうだった。
地獄のようなその家に連れていかれ、幼い殉教者の血で
こねられた種なしパンを食べさせられる気がする（76頁）。

境界近くを私がうろついた時に、何人かのユダヤ人には出会っていただろうが、彼らの多くは昔ながらの服装はやめているとも聞いていた。奴らは変装しているのだ。そう祖父は言った。変装していて、奴らがそばを通っても私たちは気がつかないと。ゲットーの境をうろうろしていて、私は黒髪の少女に出会った。彼女は毎朝カルリーナ広場を横ぎって、布で覆われた何かの籠《かご》を近くの商店まで運んでいた。燃えるような視線、ビロードのような目、褐色の肌……彼女がユダヤ人であるはずはなかった。グリフォンのような猛禽類《もうきんるい》の顔と毒気のある目をしていると祖父が描いていた先祖から、こんな女性が生まれるなんてあり得ない。しかし彼女はゲットーから出てきたはずだった。

乳母のテレーザ以外の女性を私が見たのは、それが初めてだった。毎朝、何度もそこを通り過ぎて、遠くから彼女を見かけると胸の鼓動が高まった。彼女が見えない朝は、脇道を探すように広場をぐるぐると回りながら、どの横道にも入らず広場にとどまっていた。家では祖父が食卓に着いて、ちぎったパンをいらいらと嚙みながら私を待っていたというのに。

ある朝、思いきって彼女に声をかけた。下を向きながら、籠を運ぶ手伝いをしようかと言ってみた。彼女はつんとすまして、「ひとりでできるわ」と方言で答え、私のことを「あなた《モンス》」と言わず「ガニュ」、つまりおチビちゃんと呼んだ。それ以来、私は彼女を探したことも見かけたこともない。シオンの娘に侮辱されたのだ。私が太っていたからなのか。とにかくその時からエヴァの娘たちに対する私の戦いが始まったのは事実だ。

＊＊＊

子供の私を、祖父はけっしてサルデーニャ王国の公立学校に入学させなかった。そこで教えているのは炭焼き党員《カルボナーリ》と共和主義者ばかりだからだと言っていた。私はそのあいだずっと家でひとりきりで、川岸で遊んでいる子供たちを眺め、何か自分のものを奪い取られたかのように彼らを憎みながら何時間も過ごした。それ以外の時間はイエズス会の神父と部屋にこもって勉強した。祖父は周囲に出入りする黒服のなかから、いつも私の年齢に合わせて神父を選んだ。私はどの先生も嫌いだったが、それは、教わる時に指し棒で指を叩かれたからだけでなく、(たまに、ぼんやりとした様子で話しかけてきた) 父親から、司祭に対する憎しみを吹き込まれたからでもあった。

「でも、ぼくの先生は司祭じゃなくイエズス会の神父だよ」と私は言った。

「そのほうがもっとひどい」と父は言い返した。「イエズス会士を信じちゃいけない。聖なる司祭が(司祭さ、いいか、フリーメイソンだの炭焼き党員《カルボナーリ》だの、俺がそうだって噂されているサタンの啓明結社員《イルミナティ》とかじゃなくて、天使のような善良な司祭であるジョベルティ僧院長様が) なんと書いたかわかるか? 自由な精神を持った人間を台無しにし、妨害し、悩まし、中傷し、迫害し、破滅させるのがまさにイエズス会の教義である。公職から善人、有能な人物を追い出して、邪悪な人、下品な人物を置くのはイエズス会であり、公立、私立教育をあらゆる方法で停滞させ、麻痺させ、邪魔し、妨害し、弱体化させ、堕落させるのはイエズス会である。個人、家族、階級、国家、政府と民族のあいだに、怒りと不信、敵意と憎しみ、争い、陰に陽に不和を撒《ま》くのはイエズス会である。知性を弱め、怠惰さで感情と意志を抑えつけ、若者を膨大な規律で疲弊させ、甘く偽善的な道徳で中年層を腐敗させ、大勢の市民の友情、家庭の愛情、子供への慈悲心、祖国への聖なる愛を叩きのめし、冷えさせて消し去るのはイエズス会である。イエズス会ほど感情に薄く (ジョベルティの言葉だ)、自分の利害に関して厳しく苛烈な宗派はこの世界には存在しない。愛想のいい親切顔で、優しい甘ったるい言葉を使い、信頼できそうな柔らかい態度を示しながら教団の規律と上司の指令にきちんと従うイエズス会士は、鋼《はがね》の心を持ち、どんな聖なる感情や高貴な愛情にも流されることはない。祖国の安全を決する場合は正義や不正、慈悲や冷酷さを考慮すべきでないというマキャヴェッリの教えを厳密に実行する。そのため、家族の愛情を受けることなく幼い頃から寄宿舎で教育され、大切な親友だろうとその些細な逸脱については逐一上部に報告せよ、あらゆる心の動きを律して絶対的に服従し屍のごとく《ペリンデ・アク・カダヴェル》あれ、と教え込まれる。インドの〈ファンシガール〉つまり絞殺鬼集団が縄やナイフで殺した敵の死体を自分たちの神に捧げていたように、イタリアのイエズス会士は爬虫類のように舌やペンを使って魂を殺害する、こんなことをジョベルティは書いた」

「ただ、いつも笑ってしまうんだが」と父は締めくくった。「ジョベルティはそうしたアイデアのいくつかを、前の年に出版されたウージェーヌ・シューの小説『さまよえるユダヤ人』から盗んだのさ」

＊＊＊

私の父。家族の鼻つまみ者だった。祖父の話からすると炭焼き党《カルボナーリ》に加わったらしい。父が祖父の考えについて話す時は、そのたわ言に耳を貸すなと小声で言うだけだったが、恥ずかしさからなのか、自分の父親の思想を尊重していたからか、私に対する無関心からかはわからないが、私に自分の理想を語ろうとはしなかった。それでも私は祖父とイエズス会士の神父たちの会話に聞き耳をたてたり、乳母のテレーザが門番と交わす噂話を聞いたりして、父が〈革命〉とナポレオンを支持するばかりか、オーストリア帝国とブルボン軍と教皇からイタリアが自由になり〈国家〉（祖父の前ではこの言葉は口に出せなかった）となることについて議論する連中のひとりであることはわかった。

＊＊＊

私は、横顔が貂《てん》に似たペルトゥーゾ神父から勉強を教わるようになった。神父は現代史を教えてくれた最初の先生だった（古代史については祖父が教えてくれた）。

その後、炭焼き党《カルボナーリ》の騒乱の噂が流れはじめ——家を空けている父宛に届く雑誌を祖父が捨てさせてしまう前に私は横取りして、そうしたニュースを知った——ベルガマスキ神父からラテン語とドイツ語を教わることになったのを覚えている。その神父は祖父と親しかったので、同じ建物にある、私の部屋から遠くない小部屋を用意されていた。ベルガマスキ神父……ペルトゥーゾ神父と違って、美貌の青年で、髪は波打ち、はっきりした顔立ちと魅力的な話しぶりで、少なくとも家のなかでは手入れの行き届いた僧服を厳《おごそ》かに着ていた。思い出すのは、ほっそりした指先と、教会人としては少々長すぎる爪をした白い手だ。

　背を丸めて勉強している私の背後に座って、頭を撫でながら、無防備な若者を襲うたくさんの危険を注意し、炭焼き党《カルボネリーア》は、より大きな災厄である共産主義が姿を変えたものにすぎないと説明してくれた。

「共産主義者は」と彼は言った。「つい最近まで、恐れるべきものには見えなかったが、あのマルシュ（マルクスをそう呼んでいた）の宣言以来、我々はその陰謀を暴《あば》かなくてはならない。インターラーケンのバベットのことなど、君は何も知らないだろう。ヴァイスハウプトの子孫にふさわしい、スイス共産主義の聖母と呼ばれた女性だ」

　どうしてベルガマスキ神父が、当時話題になっていたミラノやウィーンの一斉蜂起ではなく、スイスのカトリックとプロテスタントのあいだで起きていた宗教対立にあれほど夢中になって見えたのかわからない。

「バベットの生まれはよくわからないが、貪食と窃盗、強盗、流血騒ぎに囲まれて育った。たえず耳にしていた罵声でしか神のことを知らなかった。ルツェルンの暴動で、急進主義者はスイス原始三州のカトリック教徒を殺害すると、バベットに死体から心臓を切り取らせ、眼をえぐり出させた。バベットはバビロンの情婦のような金髪を振りみだし、その優美な外見の下に、秘密結社の使者であり、その謎の諸組織のペテンと巧妙な悪事を操る悪魔であるという事実を隠していた。彼女は突然現われては魔物のように一瞬で姿を消し、不可解な秘密を知っていて、封印を破ることなく外交文書を盗み出し、ウィーン、ベルリン、さらにサンクトペテルブルクの秘密の部屋にまでコブラのように忍び込む。手形の偽造や旅券番号の改竄《かいざん》を手掛け、少女の時から毒薬に精通し、結社に命じられるまま数々の毒を盛っていた。その熱にうかされたような活気、魅力ある視線は、サタンが乗り移っているようだ」

　私は仰天して目を見開き、何も聞かないでおこうとしたが、夜になると、インターラーケンのバベットの夢を見た。肩に金髪をなびかせた悪魔（もちろん、その肩はむき出しになっている）、神を信じず罪深い野獣じみた情欲に喘《あえ》いでいる悪魔的で芳香を放つ魔物、その姿を、夢うつつの状態でかき消そうと努力する一方で、手本とするモデルとして彼女を追い求めた――つまり、指先で彼女に触れることを考えただけでも恐怖を感じながら、彼女のように自分もなりたいと思っていたのだ。旅券番号を改竄し、餌食となった異性を破滅させる、万能の活動家である彼女のようになりたいと。

＊＊＊

私は仰天して目を見開き、何も聞かないでおこうとしたが、
夜になると、インターラーケンのバベットの夢を見た（82頁）。

私の先生方は美食好きで、その嗜好が大人になった私にも残ったらしい。陽気というより重苦しい食事の席で、祖父が用意させたゆで肉の盛り合わせ《ボッリート・ミスト》の素晴らしい出来栄えについて、人のいい神父たちが語っていたのを覚えている。

それには少なくとも牛の赤身肉半キロ、テール肉、ランプ肉、小さなサラミ、仔牛のタンと頭、コテキーノ・ソーセージ、雌鶏、玉葱一個、人参二本、セロリ二本、パセリ少々が必要だった。それぞれの肉を種類に応じた時間でゆでておく。しかしそれだけではなく、祖父の言葉にベルガマスキ神父が力強くうなずいて同意したように、食卓に出す大皿にゆで肉を盛りつけたところで、肉に粗塩《あらじお》を少々振り、煮たったスープを杓子で数杯分注ぎかけて、味を引き立たせる必要があった。付け合せはほとんどなくジャガイモくらいだが、決め手はソースだ。ブドウのジャム《モスタルダ・ドゥーヴァ》、ホースラディッシュのソース、辛子入りフルーツソース《モスタルダ・アッラ・セナーペ・デイ・フルッタ》、そしてなんと言ってもバニェット・ヴェルデだ（この点について祖父はきわめて厳格だった）。その材料はパセリ少々、アンチョビ四切れ、パンの柔らかい部分、スプーン一杯のケーパー、ニンニク一かけ、ゆで卵の黄身ひとつ分で、そのすべてを細かく刻んで、オリーブオイルと酢を加える。

記憶しているところではこれらが私の幼年時代、少年時代の喜びだった。ほかに何を望めようか。

＊＊＊

ある蒸し暑い午後のことだった。私は勉強していた。背後にベルガマスキ神父が黙って座っていた。その手で私のうなじをつかみ、ささやきかけてきた。こんなに敬虔で善き意志を持ち敵対する性の誘惑を避けようとする君のような少年には、父親としての友愛だけでなく、成熟した男としての情熱と愛情を私が与えてあげることもできるのだよ、と。

そのことがあってから、私はどんな司祭にも体を触らせたことはない。ひょっとしたら、私がダッラ・ピッコラ神父に扮しているのは、他人の体を触るためなのだろうか。

＊＊＊

私が十八歳になると、弁護士（ピエモンテでは法律を学んだ者はみなそう呼ばれていた）にさせたかった祖父は、家を出て大学に通うことを認めた。私は初めて同年代の仲間と知り合ったが、遅すぎて、仲間とはなじめないままだった。彼らが女のことを話題にしたり不快な挿絵のフランスの本を回し読みしたりする時の、押し殺した笑いやわかったような視線を理解できなかった。ひとりで本を読むほうが好きだった。父はパリから『コンスティテュシオネル』紙を定期購読で取り寄せていた。そこにはシューの『さまよえるユダヤ人』が連載されていて、もちろん私はむさぼるように読み耽った。そこで知ったのは、悪名高いイエズス会が、哀れな善人の権利を踏みにじって遺産を手に入れようと身の毛もよだつ犯罪を企んでいることだった。そうした読書から、イエズス会士に対する不信感と同時に、連載小説《フィユトン》の楽しみも知った。屋根裏部屋で、明らかに父が祖父の目から隠しておいた本の箱を発見し（私も祖父にこの孤独な悪癖を隠しながら）、目が霞むまで午後ずっと『パリの秘密』、『三銃士』、『モンテ・クリスト伯』を読んで過ごした。

ちょうど一八四八年という驚異《アンヌス・ミラビリス》の年を迎えていた。学生はひとり残らず、教皇座に就いたマスタイ・フェッレッティ枢機卿に熱狂していた。彼は二年前に教皇ピウス九世となり政治犯に恩赦を与えていた。この年初め、ミラノで最初の反オーストリア暴動が発生し、帝国政府の国庫を苦しめるためミラノ市民は禁煙を始めた（薫り高い葉巻の煙を挑発的に吹きかけてくる兵士と警察官の前で断固として抵抗していたミラノの学生は、私たちトリノの学生の目に英雄のように映った）。その同じ月に両シチリア王国で革命騒動が勃発し、フェルディナンド二世は憲法を約束した。しかし二月にパリで民衆蜂起によってルイ＝フィリップが退位して（ふたたび、そして決定的に）共和国が宣言され——政治犯に対する死刑と奴隷制が廃止され、普通選挙が制定された——三月には教皇は憲法だけでなく出版の自由も保証し、ゲットーのユダヤ人を多くの屈辱的な規則と奴隷状態から自由にした。そして同じ時期にトスカーナ大公も憲法を保証し、国王カルロ・アルベルトはサルデーニャ王国に憲法を公布した。そしてウィーン、ボヘミア、ハンガリーで革命運動が起こり、ミラノの五日間蜂起によってオーストリア人は追い出され、解放されたミラノをピエモンテに併合するためにピエモンテ軍が戦いはじめた。共産主義者の宣言が出されたという噂さえ学生仲間のあいだで流れた。そのことには学生だけでなく工員や貧困層も熱狂し、最後の国王のはらわたで最後の司祭を絞首刑にすることになると誰もが信じていた。

　すべてがよい知らせであったわけではない。カルロ・アルベルトは敗戦を重ねていて、ミラノの住民、そして一般的に愛国者全員からは裏切り者とみなされた。ピウス九世は大臣が殺害されたことに怯えて、両シチリア王の領地であるガエタに避難した。身を隠して攻撃する教皇が当初思われたほど自由主義者ではないことが判明し、認められた憲法の多くは取りさげられた。しかしそのあいだに、ローマにはガリバルディとマッツィーニに率いられた愛国者が到着していて、翌年初めにローマ共和国が宣言された。

　父は三月には家にまったく姿を見せなくなり、乳母のテレーザは、きっとミラノ蜂起に加わったのでしょうと言っていた。しかし十二月頃、家に出入りするイエズス会士のひとりが、ローマ共和国の防衛に駆けつけたマッツィーニ派に父が参加していたという知らせを受け取った。祖父は気落ちして、驚異の年《アンヌス・ミラビリス》が恐怖の年《アンヌス・ホッリビリス》に変わるような恐ろしい予言を私に浴びせかけた。たしかにその頃、ピエモンテ政府はイエズス会の財産を没収して組織を攻撃し、その周囲を徹底的に破壊するためにサン・カルロ会やマリア・サンティッシマ会、レデンプトール会といったイエズス会を支持する修道会まで弾圧するようになった。

「これは反キリストの到来だ」と祖父は嘆き、当然、あらゆる出来事をユダヤ人の陰謀だとみなして、モルデカイの陰惨な予言が実現するのを見ていた。

＊＊＊

祖父は、どうにかして在俗司祭に戻る機会を待ちながら民衆の怒りを逃れようとしていたイエズス会神父たちを匿っていた。一八四九年の初め、彼らの多くはひそかにローマを逃れてきていて、そこで起きている暴力沙汰を語って聞かせてくれた。

パッキ神父。シューの『さまよえるユダヤ人』を読んでいた私は、彼のことを、教団の勝利のためにあらゆる道徳原理を犠牲にして暗躍する邪悪なイエズス会士ロダン神父の生まれ変わりとみなしていた。おそらくロダンのように平服を着て教団への所属を隠していたからかもしれない。襟に古い汗が染み込んだ、ふけだらけで擦りきれた上着、ネクタイ代わりのハンカチ、ほつれた黒いジレを着て、いつも泥だらけのドタ靴で我が家のきれいなカーペットにためらいもなく踏み込んできた。ほっそりと痩せて青ざめた顔、灰色の髪が油でべとついてこめかみに張りつき、ウミガメのような眼と紫色の薄い唇。

彼は食卓に座るだけで不快感を引き起こしたばかりか、説教師のような口調と言葉づかいでぞっとさせる話を物語って、みなの食欲を減退させた。「友人諸君、声が震えてしまうが、語らなくてはならない。この災いはパリから広がった。ルイ＝フィリップはたしかに欠点はあるが、無政府主義者に対する堤防になっていた。私は最近のローマの民衆を見てきた。だが、あれははたしてローマの民衆なのか。ぼろを身にまとい、髪を振りみだし、一杯のワインのために天国だって捨ててしまう牢屋の滓《かす》だ。人民ではなく平民で、それがローマでイタリア内外の町から来た最低のごみども、あらゆる悪の走狗であるガリバルディとマッツィーニの一党と混じった。共和主義者が犯した犯罪がどれほど陰惨なものか、ご存じあるまい。教会に突入して殉教者の骨壺をひっくり返し、その遺灰を風に撒き散らして、壺に小便をする。祭壇から聖石を引きはがし、糞をなすりつけ、聖マリア像を小刀で傷つけ、聖人画の目をくり抜いて、売春宿で口にするような文句を炭で書きつける。ローマ共和国を批判した司祭を門のなかに引きずり込んで小刀で突き刺し、目玉をえぐり舌を切り取ると、腹を切り裂いてその腸を首に巻きつけて絞め殺した。たとえローマが解放されたとしても（すでにフランスから援軍が来ているという話だ）、マッツィーニ一味が打ち負かされるとは思わないでほしい。彼らはイタリアのあらゆる地方から湧き出してきて、抜け目なく狡猾で、ごまかしと欺瞞に秀でていて、用意周到かつ大胆不敵、辛抱強く固い信念を抱いている。街の奥にある隠れ家に集結し、変装と詐欺によって、内閣の秘密、警察、陸軍、海軍、城塞に入り込む」

「我が息子はそういう連中のなかにいるんだ」と祖父は身も心も傷ついて涙をこぼした。

それから見事な牛肉のバローロ・ワイン煮を食卓に迎えて「息子はこの牛肉の旨さをけっしてわかりはしないだろう」と言った。「玉葱、人参、セロリ、サルヴィア、ローズマリー、ローリエ、丁子《ちょうじ》、シナモン、杜松《ねず》の実、塩、胡椒、バター、オリーブオイル、それにもちろんバローロ・ワイン一瓶に、ポレンタかジャガイモのピュレを添える。ああ、革命でもするがいいさ……。生きる喜びは失われた。教皇様を追い出したいのか。あの漁師ガリバルディに従ってニース風ブイヤベースを食べるはめになるだろう。もはや世も末だ！」

ローマ共和国を批判した司祭を
門の中に引きずり込んで小刀で突き刺し、
目玉をえぐり舌を切り取ると……（88頁）。

＊＊＊

ベルガマスキ神父は二、三日留守にすると言って――行き先も理由も言わず――平服に着替えて出かけることがよくあった。そんな時、私は彼の部屋に入ってその僧服を着て、鏡の前で自分の姿をじっと見ながら、踊る身振りをした。まるで自分が――ああ、神よ赦したまえ――女である、あるいは私が真似ている神父が女であるかのように。もしダッラ・ピッコラ神父が私だとすれば、その芝居趣味の遠因はあそこにあった。

僧服のポケットに金を見つけて（明らかに神父が忘れていったものだ）、なんでも好き勝手に食べてやろう、良い評判をたびたび聞いていた街の一角を探ってみようと決心した。

僧服を着たまま――当時その服装自体が危険であるとも知らず――狭い路地が入り組んだバロンと呼ばれる地区に入っていった。ポルタ・パラッツォのその地区にはトリノ住民の最下層が住んでいて、街をうろつく最低の悪党連中がたむろしていた。しかしお祭りがあるとポルタ・パラッツォの市場はとても賑わった。人々がごったがえして屋台の周りで押し合い、女中は集団で肉屋へ入っていき、子供たちはヌガー菓子作り《トッローネ》の前で足を止めて心を奪われ、大食漢は鶏肉やジビエ、サラミを買い込み、レストランに空席はひとつもない。僧服を着た私は女性のひらひらする服とすれちがっては、聖職者らしく合わせた両手を見つめながら、横目で、小さな帽子、ボンネット、ヴェールかハンカチをかぶった女性の頭を眺めた。行きかう乗合馬車と荷車の騒音、呼び込みと叫び声の喧噪に茫然としていた。

祖父と父親がまったく別の理由で私に隠していたそうした熱狂に興奮し、当時のトリノの伝説的な場所のひとつに足を延ばした。イエズス会士の姿に驚く周囲の反応を楽しみながら、コンソラータ教会近くの《カフェ・アル・ビチェリン》に行き、金属製のホルダーと取っ手の付いたグラスで、牛乳とココア、コーヒー、さまざまな香料の香りがする飲み物を味わった。私の英雄のひとりアレクサンドル・デュマが数年後にビチェリンについて書くことになるとまだ知らなかったが、その不思議な場所を二度三度訪れただけで私はその美味な飲み物についてすべてを知った。バヴァレイザから生まれたものだが、牛乳とコーヒーとチョコレートが混じっているバヴァレイザに対して、ビチェリンは（熱々の）三層に分かれたままで、コーヒーと牛乳のビチェリン・プール・エ・フィウール、コーヒーとチョコレートのプール・エ・バルバ、そしてすべてが少しずつ入ったン・ポク・ド・トゥトを注文できる。

　魅力的な店だった。外装は鉄枠で両脇に看板、鋳鉄製の柱と柱頭があり、室内は鏡で飾られた木《ボ》張り《ワズリー》の壁と大理石のテーブルがあって、カウンターの向こうに並んだ壺にはアーモンドの香りのする四十種類もの砂糖菓子が入っている……。特に日曜日に人を観察するのが私は好きだった。その飲み物は、聖体拝領のために断食した人がコンソラータ教会から出てきて欲しがる美酒だった——。ホット・チョコレートは食べ物とみなされていなかったので、ビチェリンは四旬節の断食の際にもてはやされた。偽善者め。

　しかしコーヒーとチョコレートの美味しさは別にして、私が楽しんだのは別人のふりをすることだった。つまり私が本当は誰なのかを人々が知らないことに一種の優越感を味わった。秘密をひとつ手にしていたのだ。

＊＊＊

その後はそんな冒険を控え、結局は断念しなくてはならなくなった。私が信心深いなどとはもち

……コーヒーとチョコレートの美味しさは別にして、
私が楽しんだのは別人のふりをすることだった（91頁）。

ろん思わず、自分たちと同じように炭焼き党《カルボナーリ》の熱烈な支持者だと思っている級友の誰かに出くわすのを恐れたからだ。

祖国の解放を要求する彼らと顔を合わせるのは、たいてい《金海老亭《オステリーア・デル・ガンベロ・ドーロ》》だった。暗く狭い通りにある店で、さらに暗い入り口の上に、金色に塗られた海老が描かれた《金海老亭　旨いワインと料理》という看板が掛かっている。室内に続く入り口のあいだが厨房とワイン蔵になっていた。サラミと玉葱のにおいのなかで酒を飲み、時にはモッラ遊び（イタリア式じゃんけん）に興じる客もいたが、陰謀計画のない陰謀家である私たちは、今にも一斉蜂起が起きると空想して夜を過ごすことが多かった。祖父の料理のおかげで私は美食に慣れていたが、《金海老亭》では（なんでも食べるとして）空腹を満たすのがせいぜいだった。しかし友達とのつき合いに出かけ、家のイエズス会士を避けることも必要だった。だから自宅の陰鬱な夕食より、《金海老亭》で陽気な友人と食べる油たっぷりの料理のほうがよかった。

明け方、ニンニク臭い息を吐き愛国心で胸をふくらませ、私たちは心地良い霧のマントのなかに姿を消した。霧は、警察の密偵の目から逃れるのに好都合だった。時にはポー川を越えて、平野を覆う靄《もや》の上に漂う屋根と鐘楼を眺めながら丘に登ると、遠くに、すでに日が当たっているスペルガ聖堂が海のなかの灯台のように見えた。

しかし私たち学生は未来の国家のことばかり話していたのではない。その年頃らしく女性の話もした。それぞれ順番に目を輝かせて、見上げたバルコニーから微笑む女性を盗み見たとか、階段を降りる時に思わず手が触れたとか、ミサの祈禱書から乾いた一輪の花が落ちたと語った。（見栄っ張りが言うには）花を拾い上げてみると、聖なる頁にそれを挟んだ手のにおいがまだ残っていた。私はむっとして話に加わらなかったので、清廉で厳格な行動をするマッツィーニ派という評判を得た。

とはいえ、ある晩、級友のなかでもいちばん下品な奴が、破廉恥極まりない、しかも大食漢の父親が当時トリノで（フランス語で）猥本《コション》と呼ばれていた冊子を長持椅子のなかにしっかり隠しているのを見つけたと打ち明けた。《金海老亭》の油で汚れたテーブルの上で見せる気になれないと言って、私たちに順番に貸してくれることになった。私の番になった時、嫌とは言えなかった。

こうして私は深夜、その冊子を開いた。貴重で高価な品らしく、モロッコ革の装丁が施され、背に綴じ緒と赤い四角の浮彫りがあり、三方金で、表紙には金色の花模様《フルロン》や——そのうち数冊には——盾形紋章《オーザルム》がある。『若き娘の夜伽《ユヌ・ベイエ・ド・ジュヌ・フィユ》』とか、『ご主人様《アー・モンセヌール》、トマにこんなところを見られた《シ・とま・ヌ・ヴォワイ》ら《エ》！』といった題名で、頁をめくって版画を目にした私は、恐れおののき、髪から頬、首筋に滝のような汗をかいた。うら若い女がスカートをまくり上げてまばゆいほど純白の臀部をさらして、好色な男に犯されている——自分が動揺しているのが破廉恥な丸い尻のせいなのか、それとも少女の処女らしい微笑みのせいなのかもわからなかった。彼女は猥《みだ》らに凌辱者を振り返り、左右に分けられた漆黒の髪が縁取る顔には意地悪そうな目と貞淑な微笑みが輝いている。またさらにおぞましい画では、三人の女がソファに乗って股を開き、本来保護すべき処女の恥丘を見せている。女に乱れた髪をつかまれた男は、右手でその陰部に触れると同時に隣の淫蕩な女を犯しながら口を吸い、三人目の女のむき出しの股間を無視して、わずかに淫靡なその胸元を左手で押し広げてコルセットを引きはがそうとする。それから、ぶつぶつだらけの鼻をした奇妙な神父の風刺画を見つけた。近くから見ると、その頭部は、さまざまな姿勢で絡み合った裸の男女でできていた。巨大な男性器がいくつも挿入され、その多くが逆さまにうなじへと落ちて豊かな髪を形作り、丸々とした巻き毛の先端が睾丸の形になっている。

その恐るべき一夜がどう終わったのか覚えていない。その時、もっとも畏《おそ》れを引き起こす形で（神の感情と同時に悪魔と冒瀆の恐怖を引き起こす雷鳴の轟音《ごうおん》のように、その語の神聖な意味で）性が私の前に現われた。ただ覚えているのは、ショックな出来事から抜け出すために、何年も前にペルトゥーゾ神父から覚えさせられたどこかの神学者の文句を射禱《しゃとう》のように小声で繰り返し唱えたことだ。「肉体の美はすべて肌にある。実際、男が肌の下にあるものを目にしたなら、女を一目見ただけで吐き気を催すだろう。この女性美というものは、掃き溜め、血液、体液、胆汁にほかならない。尻や喉、腹のなかに隠されているものを考えてみるがよい……。我々は反吐《へど》や糞尿に指一本触れはしないのに、どうしていったい、腕のなかに糞袋を抱きたいなどと考えられるだろうか？」

おそらくその年齢で私はまだ神の正義を信じていて、翌日に起きたことは悪魔の宴会のような夜に対する神の罰だと考えた。祖父が肘掛け椅子に仰向けに倒れ込み、広げた紙片を手にして喘いでいるところを見つけたのだ。私たちは医者を呼び、私がその手紙を手に取って読んでみると、父がローマ共和国の防衛戦でフランス軍の銃弾により致命傷を負ったという文面だった。ちょうどその一八四九年六月、ルイ＝ナポレオンの命令を受けたウディノ将軍が、マッツィーニとガリバルディの軍勢から聖座を解放するためにローマへ駆けつけたのだ。

八十歳を越していたが、祖父は死にはしなかった。しかし数日間悩んだように押し黙ったままで、息子を殺したフランス軍か教皇軍を憎んでいるのか、無自覚にも彼らに刃向おうとした息子を憎んでいるのか、それとも息子を堕落させた愛国者を憎んでいるのかわからなかった。時々長いため息のような嘆き声を発して、五十年前にフランスを転覆させたように今のイタリアを打ちのめしている騒動にはユダヤ人が絡んでいるとほのめかした。

＊＊＊

おそらく父を偲ぶために、私は屋根裏部屋で父が残した小説を読んで何時間も過ごし、父がもう読めなくなったあとで郵送されてきたデュマの『ジョゼフ・バルサモ』をくすねることができた。

誰もが知っているように、この素晴らしい本はカリオストロの悪事、すなわち彼が女王の首飾り事件をいかに計画したかという物語だ。彼はロアン枢機卿を道徳的かつ経済的に一挙に破滅させ、王権を傷つけて宮廷全体を愚弄した。カリオストロの詐欺が王政組織の名声を損ねて、その後一七八九年のフランス革命の引き金となる不信感を広めるのに貢献したと多くの人が考えたほどだ。しかしデュマはその先を行き、カリオストロつまりジョゼフ・バルサモが、詐欺ではなく世界的なフリーメイソンの下で政治的陰謀を意図的に企んだとしている。

私はその幕開け《ウヴェルチュール》に魅了された。舞台はモン・トネールつまり〈雷鳴の山〉だ。ライン川の左岸、ウォルムスから数リーグのところに陰鬱な山々が連なる。〈王の椅子〉、〈鷹の岩〉、〈蛇の峰〉、なかでもひときわ高くそびえるのが〈雷鳴の山〉だ。一七七〇年五月六日〈運命のフランス革命が勃発するおよそ二十年前〉、ストラスブール大聖堂の尖塔に沈む太陽が、二つの燃える半球に分断されたように見える頃、マインツから来た正体不明の男がその山に登り、ある地点で乗ってきた馬さえ放置する。いきなり覆面の男たちに捕えられて目隠しをされ、森林の先の開けた草地に連れていかれる。そこで屍衣に身を包み剣を帯びた三百の人影が彼を待ちうけ、細かな尋問を開始する。

何が望みだ？　光明を見ることだ。誓う用意はできているか？　こうして一連の試練が始まり、殺されたばかりの裏切り者の血を飲んだり、従順の意を示すため自らの頭にピストルを向けて発射したりする。たわいもないもので、デュマの大衆読者でも知りつくしている最下層のフリーメイソンの儀式を思わせる。とうとう旅行者は試練を中断させ、集まった者を見くだすような口ぶりで、自分はすべての儀式と仕掛けをわかっている、だから猿芝居するのはよせと断言する。彼は彼ら全員より知識があり、神意が定めたその世界的フリーメイソン組織の長であるからだ。

　そしてストックホルム、ロンドン、ニューヨーク、チューリッヒ、マドリード、ワルシャワ、そしてアジア諸国のフリーメイソンの支部《ロッジ》会員を呼んで自分の支配下に置く。もちろん彼らは全員雷鳴の山に集まっていた。

　なぜそこに全世界のフリーメイソンが集結したのか？　今度は謎の男が説明する。鋼鉄の腕、炎の剣、ダイヤモンドの天秤を求めたのは、地上から不浄を追放するためだと。言いかえれば人類にとってのふたつの大きな敵、王座と聖座（悪名高いヴォルテールのモットーは「卑劣なものを打ち《エクラゼ・ランフ》壊せ《アーム》」だと祖父は教えてくれた）を失墜させ破壊するためなのだ。そして謎の男は、当時の優れた魔術師がそうであるように、自分は無数の世代を越えて生きてきたのだ、モーセより、おそらくアッシュールバニパル王より前から生きてきた、今やその時節が到来したと告げるためオリエントからやって来たのだと知らせる。諸国の人民は巨大な軍団を形成して光明に向かってつねに前進しており、フランスの軍団はその前衛隊である。フランスはその手にこの行進の真の松明を掲げて、世界を新しい光で燃え上がらせるべきだ。フランスでは腐りきった老王が支配しており、その寿命はもはや数年である。そこに集まったなかのひとり——有名な人相学者ラヴァテール——は、王の後継者である若者二人（将来のルイ十六世と妻マリー・アントワネット）の人相に善良で慈悲深い性格が読み取れると指摘するが、謎の男（彼がデュマの小説ではまだ紹介されていないジョゼフ・バルサモであると読者は気がついているだろう）は、進歩の松明を進めるためには、人間らしい慈悲心を気にすべきではないことを思い出させる。二十年のうちにフランス王政は地上から抹消されるべきだ。

この時点で、各国の各支部《ロッジ》の代表者が進み出て「リリア・ペディブス・デストゥルエ」、つまりフランスの百合《ゆり》を蹂躙し破壊することを目標に掲げ、共和主義とフリーメイソンの大義の勝利のために人材や資金を提供しようと申し出る。

フランスの政治体制を変えるのに五大陸にわたる陰謀計画が必要だというのが大げさだと私は思わなかった。結局のところ当時のピエモンテの人間にとって、世界に存在するのはフランスと、もちろんオーストリア、それからたぶん遠く離れたコーチシナだけで、当然教皇領は別だが、関心に値する国はそれ以外に存在しなかった。デュマが作り上げた舞台装置を前にして（私はこの偉大な作家を崇敬していた）、この文豪《ヴァーテ》はひとつの陰謀を語りつつ、起こり得るすべての陰謀の〈普遍的形式〉を見つけたのだと私は思った。

〈雷鳴の山〉やライン川の左岸、その時代のことは無視しようと自分に言い聞かせた。世界各地から、諸国に張りめぐらされた結社の魔手を代表して集まった陰謀家たちを想像しよう。森に囲まれた草地か洞窟、城、墓地、地下墓所といった、適当な暗い場所に彼らを集めて、そのひとりに、彼らの策謀と世界征服を目指す意図を明らかにする演説をさせる……。いつも私は、どこかに潜む敵の陰謀を恐れる人々に出会ってきた。祖父にとってはユダヤ人、ガリバルディ派の父にとってはイエズス会士、ヨーロッパの国王の半数にとっては炭焼き党員《カルボナーリ》、私の級友たちマッツィーニ派にとっては聖職者に唆《そそのか》された国王、世界の大半の警察にとってはバイエルン啓明結社《イルミナティ》、陰謀の脅威があると考える人はこの世界に大勢いるだろう。ここにあるのは、誰もが好みに合わせて自分が思う陰謀で埋めることができる形式だ。

デュマはまさに人間心理を深く理解していた。誰もが求めるものは何だろう、特にみじめで幸運から見放された人であればあるほど求めるものは何だろうか。金銭、それが簡単に手に入ったとしたら、次に権力（同類に命令し辱《はずかし》めることは非常に快感である）、そして自分が受けた不正行為への復讐である（そしてどんな人も、小さなものであれ、かならず一度は不当な仕打ちを受けたことがある）。だからこそデュマは、『モンテ・クリスト伯』において、超人的な権力を握れるほどの途方もない財産を手に入れたらどのように敵にそれまでの借りを返すかを示した。しかし誰もが考えるのは、どうして自分は運に見放されているのか（あるいはせめて自分が望むだけの幸運に恵まれないのか）、どうして自分ほど価値がない他人に許された恩恵を自分は受けられないのか、ということだ。そして不幸が自分の欠点のせいだとは誰も思わないので、その張本人をどこかに見出さなければならない。デュマはみんなの（個人として、民族としての）不満について、その挫折の原因を説明してやった。雷鳴の山に集まった誰かがおまえの破滅を計画したのだと……。

よく考えればデュマは何ひとつ新しく考え出してはいなかった。バリュエル神父が明かしたと祖父が言っていたことに、物語の形を与えたにすぎない。こうして私は、陰謀の暴露話を売りつけるためには、まったく独自のものを渡すのではなく、すでに相手が知っていることを、そしてとりわけ別の経路でより簡単に知っていそうなことだけを渡すべきだと考えるようになった。人々はすでに知っていることだけを信じる、これこそが〈陰謀の普遍的形式〉の素晴らしい点なのだ。

＊＊＊

一八五五年に私は二十五歳になり法学の課程を終えたが、人生で何をするのかまだわからなかった。以前からの仲間とはつき合っていたが、彼らの革命の熱狂にそれほどのめり込むでもなく、疑い深い態度で、彼らの幻滅をいつも数か月先取りしていた。ローマはふたたび教皇の手に戻り、改革派だったピウス九世はそれまでの教皇より反動的になった。不運のためか臆病な性格のせいか――カルロ・アルベルトがイタリア統一の先頭に立つ夢は叶わなかった。激しい社会争議にみんなが熱狂したあとで、フランスに帝国が再興した。新しいピエモンテ政府は、イタリアを解放するどころか、クリミアでの無益な戦いに兵士を派遣していた……。

　私にとってイエズス会士よりも多くの知識のよりどころになっていた小説の数々も読めなくなった。フランスで、なぜか大司教三人と司教ひとりが加わっている大学高等評議会がいわゆるリアンセ法改正を決定し、連載小説《フィユトン》を掲載するすべての新聞に対して一部につき五サンチームの課税を決めたからだ。出版業界をよく知らなければあまり重要でないニュースだったが、私と仲間はすぐにその影響を理解した。課税は厳しすぎる罰で、フランスの新聞は小説の掲載を断念せざるをえないだろう。これにより、社会の悪を告発していたシューやデュマらの声は永遠に沈黙させられることになった。

　そのあいだ、祖父は時々ぼんやりすることが増えてはいたが、頭がはっきりしている時は周囲の状況をきちんと理解していて、ピエモンテ政府がダゼリオやカヴールのようなフリーメイソンの手に握られて、悪魔の巣窟《シナゴーグ》となってしまったと嘆いた。

「まあ、おまえ、わかるか」と祖父は言った。「あのシッカルディが作った法律はいわゆる聖職者特権を廃止したんだ。聖所の庇護権をなぜ廃止するのだ？　教会は警察署より権利がないのか？　犯罪者として告発された聖職者に対する教会裁判所をなぜ廃止する？　教会には自分の人間を裁く権利がないのか？　出版物に対する宗教的予防検閲をなぜ廃止する？　今では信仰と道徳に対する遠慮も敬意もなしに誰でも好きなことが言えるのか？　こうした措置に従うなとトリノの聖職者に

こうした措置に従うなと
トリノの聖職者に命じた我々の大司教フランソーニは、
犯罪者として逮捕されて一か月の
禁固刑を宣告されたのだぞ！（100-102 頁）

命じた我々の大司教フランソーニは、犯罪者として逮捕されて一か月の禁固刑を宣告されたのだぞ！　さらには、修道士六千人をも擁する托鉢修道会と観想修道会の廃止にまでいたった。国はその財産を国庫に没収して、その金を教区司祭の最低生活保障に使うと言う。だがこれらの修道会の財産全部を集めたら、王国全体の生活保障の十倍いや百倍の数字になる。政府はこの金を、貧民には役に立たないことを教える公立学校のためか、ゲットーを舗装するために使うのだ！　どれもこれも『自由な国家に自由な教会』を主張してのことだが、この場合、本当に自由に特権を乱用しているのは国家だけだ。真の自由とは、人間が神の律法に従う権利であり、天国に値するか地獄に値するかという自由だ。ところが今は自由を、似たり寄ったりの自分の気に入った信仰と思想を選ぶ可能性だとみなしていて、国家にとっては、フリーメイソンだろうとキリスト教徒だろうとユダヤ人だろうと、トルコ皇帝の崇拝者だろうと同じなのさ。そうやって人は真実に対して無関心になるんだ」

「そうだ、息子よ」ある晩祖父は涙を流した。混乱してもはや私と父の見分けがつかなくなり、喘ぎながらうめくようにしゃべった。「みんな、消えてしまう。ラテラーノ司教座聖堂参事会、聖エジディオ律修参事会、カルメル修道会、跣足《せんそく》カルメル修道会、カルトジオ修道会、カッシーノのベネディクト修道会、シトー修道会、オリヴェタン修道会、もっとも小さき兄弟会、コンベントゥアル小さき兄弟会、オブセルヴァンテス小さき兄弟会、小さき兄弟改革派、カプチン小さき兄弟会、聖マリア奉献修道会、御受難修道会、聖ドミニコ修道会、メルセス修道会、聖母マリアの僕《しもべ》修道会、オラトリオ修道会、それから、クララ女子修道会、聖十字架女子修道会、チェレスティーネまたは青の女子修道会、バプテスト女子修道会」

その一覧表をロザリオの祈りのように唱えながら祖父はますます興奮し、ついには息をするのも忘れたようになって、煮込み料理《シヴェ》をテーブルに運ばせた。ラードにバター、小麦粉、パセリ、バルベーラ・ワインを半リットル、卵大の大きさに切った野兎、その心臓と肝臓も加えて、小玉葱、塩、胡椒、香辛料と砂糖を入れたものだ。

料理で、多少は慰められたようだった。しかし食事の途中で目をかっと見開くと、軽いげっぷをしながら息を引き取った。

振り子時計が十二時を告げ、ほとんど休みなしにあまりに長い時間書きつづけていることを知らせる。今はどんなに努力しても、祖父の死後の出来事をまったく思い出せない。

頭がくらくらする。

5 炭焼き党員《カルボナーリ》シモニーニ

一八九七年三月二十七日夜

カピタン・シモニーニ、あなたの日記を読んで、割り込むことをお許しください。しかしながら今朝、私があなたのベッドで目を覚ましたのはわざとではありません。私がダッラ・ピッコラ神父であることは（少なくとも自分ではそう思っている）、もうおわかりでしょう。

私は、見知らぬアパルトマンの、自分のものではないベッドで目を覚ましました。そこには私の僧服の影も形もなく、かつらもない。ベッドの横に付けひげがあるだけでした。なぜ付けひげが？

数日前にも目を覚まして自分が誰だかわからないことがありましたが、それは自分の家でのことで、今度は他人の家でそれが起きたのです。目が霞む気分でした。舌をうっかり噛んでしまったような痛みがありました。

窓から外を見てモベール小路に面したアパルトマンにいると気がつきました。私が住むメートル・アルベール通りの反対側です。家中を探してみると、その住人は平信徒で、明らかに付けひげを使っており、いわばかなり道義的に怪しい人物のようです（失礼ながら）。書斎に入ると、見せびらかすような家具がありました。奥にカーテンで隠された小さな扉を見つけて、そこから通路に入りました。劇場の楽屋裏のように何着もの服とかつらが多数並んでいて、数日前に僧服を見つけた場所とまったく同じでした。それで、それがあの日に反対方向から通った通路で、私の部屋につながっていると気がついたのです。

私の机の上に、自分が書いたらしい一連のメモがありました。あなたの推測では、今朝のように記憶を失って目を覚ました三月二十二日に書かれたらしい。自分に問いかけました。その日に書き残した最後のメモ、オートゥイユとディアナはいったいどういう意味か？　ディアナとは誰なのか？

奇妙なことだ。あなたは私たちが同一人物ではないかと疑っておられる。しかしあなたは自分の人生の多くのことを覚えておいでだが、私は自分のことをほとんど覚えていない。そして日記からわかるように、あなたは私のことを何も知らない。しかし私は、あなたの身に起きたことについてほかにも少なからぬ事柄を覚えている気がする。そして――偶然なのか――それはあなたが思い出せないことと一致しているのです。私があなたに関する多くのことを思い出せるとしたら、私はあなただと言わなければならないのでしょうか。

いや、そうではないでしょう。私たちは別々の人間で、何かの理由で共通の人生に巻き込まれたのです。結局のところ私は聖職者ですから、ひょっとしてあなたが告解の秘密として話されたことを覚えているのかもしれません。あるいはフロイド医師の代理となって、隠そうとされていたことをあなたが気づかないうちに胸の内から引き出したのでしょうか？

どうであれ、おじいさんの死後に起きたことを伝えるのは司牧たる私の務めです。神よ、彼の魂を正しき者たちの平穏にお招き入れください。あなたは同類に対して正しい行ないをしてこなかったようですから、今この瞬間に亡くなったとして神から平穏を約束されることはきっとないでしょう。おそらくそれゆえに、恥ずべき思い出を取りもどすことを記憶が拒否したのです。

＊＊＊

現実には、ダッラ・ピッコラはシモニーニに宛てて、彼の筆跡とはまったく異なる小文字体で、無味乾燥な出来事の羅列を書き残しただけだった。しかしシモニーニにとってそのわずかな言葉が支柱としての役目を果たし、突然心に浮かんできた光景と言葉の奔流がそこにつながった。〈語り手〉はその光景と言葉をまとめる、つまり必要に応じてふくらませることにする。そうすれば、刺激と反応のやり取りが滑らかになり、別人格《オルター・エゴ》の生涯を慇懃無礼《いんぎんぶれい》に非難しながら語る神父が書き記した偽善的徳のあふれる文章を〈読者〉は読まずにすむ。

跣足カルメル修道会が廃止されたことにも、それどころか祖父がこの世を去ったことにも、シモニーニはそれほど動揺しなかったらしい。おそらく祖父のことは好きだったが、少年期から青年期にかけて、彼を押さえつけるために考えられたような家に閉じ込められて過ごし、祖父と教師役の僧侶からずっと世界に対する不信と怒りと恨みを吹き込まれてきたせいで、シモーネ青年は陰鬱な自己愛以外の感情を持てなくなり、その自己愛はしだいに一種の哲学的信念に似た穏やかな落ち着きとなった。

祖父の葬儀には、高名な聖職者と旧体制《アンシャン・レジーム》側のピエモンテ上流貴族が参列した。葬儀がすむと、シモニーニは古くから家族の公証人を務めているレバウデンゴという男に会い、全財産を彼シモニーニに遺すという遺言書の内容を聞かされた。ただ公証人の説明では（彼はその話を楽しんでいる様子だった）、老人が多くの抵当を設定して下手な投資を重ねていたために、財産は何ひとつ残っておらず、自宅さえ、そのなかの家具を含めてすぐに債権者の手に渡るという話だった。立派な紳士である祖父に対して債権者は敬意を表して黙って引っ込んでいたが、孫に対しては遠慮しないだろう。

「おわかりでしょう、弁護士さん」と公証人は言った。「これは新しい時代の流れで、もう昔のようではなく、良家の子息でも時には働かなくてはなりません。たしかに屈辱的な選択ですが、あなたがよければ私の事務所で働き口を用意しましょう。法律の知識が多少ある若者が入用なのです。もちろんあなたの才能に見合う報酬は無理でしょうが、新しい住まいを見つけてそれなりの生活を送るのに充分な額をお渡ししましょう」

まっさきにシモーネが疑ったのは、不注意な署名のせいで失ったと祖父が思っていた財産の大半は、公証人の懐に入ったのではないかということだった。だが証拠があったわけでもなく、生きていかねばならなかった。公証人のもとで仕事をすれば、いつかその仕返しをして、横取りされた財産を取りかえせるだろうと自分に言い聞かせた。そこでバルバルー通りにある二部屋で生活し、仲間が集まる安食堂への出入りを控えながら、レバウデンゴのもとで仕事を始めた。この男は吝嗇で高圧的で疑い深く、すぐに「弁護士さん」とか「あなた」ではなく「シモニーニ」と呼び捨てにして、誰が主人であるかを思い知らせた。しかしその書記《タベッリオーネ》（と呼ばれていた）としての仕事を数年間こなすうち、シモニーニが法的資格を手に入れて、その慎重な主人からしだいに信頼されるようになってくると、レバウデンゴの主な商売が、通常の公証人がすること、つまり遺言や贈与、売買などの諸契約を証明することではなく、むしろ現実には存在しなかった贈与や売買、遺言、契約を証明することだと気がついた。つまり公証人レバウデンゴは大金と引き換えに、必要があれば他人の筆跡を真似て偽の証書を作成し、近所の大衆食堂から証人を駆り集めていたのだ。

「シモーネ、はっきりさせておこう」と、もう遠慮しなくなったレバウデンゴは説明した。「私は偽文書を作っているわけじゃない。元来あった文書がなくなったり、あってしかるべきなのにたまたま書かれていなかった場合に、その新しい写しを作っているのだ。たとえは悪いが、君があの人里離れたオダレンゴ・ピッコロで娼婦の母親から生まれたという洗礼証明書を私が書いたとしたら(彼はその屈辱的なたとえ話を面白がってにやにやした)、それは偽文書だろう。私は名誉を重んじる男だから、そんな犯罪行為は絶対にやらない。だがたとえば君の遺産を狙う敵がいて、そいつは君の父とも母とも無縁でオダレンゴ・ピッコロの娼婦から生まれたが、そいつが君の財産を奪うために自分の洗礼証明書を消滅させたことを君が知ったとしよう。その悪党を懲らしめるために、消えた証明書を作成してくれと君から頼まれたら、いわば私は真実を援助し、私たちが真実であると知っていることを証言するだろうし、良心の呵責は感じないだろう」

「ええ、でもその男が本当は誰の息子なのか、どうやってわかるのですか?」

「君が言ったんだろう。彼をよく知っている君が」

「でも、僕を信じるんですか?」

「私はいつもお客を信頼しているんだ。紳士方としか取引しないのだから」

「でもひょっとしてお客が嘘をついていたら?」

「それなら罪を犯したのは彼で、私じゃない。客が嘘をつくかもしれないなんて考えていたら、この商売はやってられない。信頼の上に成り立っているんだ」

レバウデンゴの職業が人から真っ当とみなされるものだとシモニーニは完全には信じてはいなかったが、事務所の秘密を教えられて文書偽造に関わるようになり、すぐに師匠を追い越し、筆跡偽造の見事な能力を発揮した。

公証人は自分の言葉を繕《つくろ》うためか、あるいは仕事仲間が美食好きだと気がついたのか、時々シモ

「シモーネ、はっきりさせておこう」と、もう遠慮しなくなった
レバウデンゴは説明した。
「私は偽文書を作っているわけじゃない、
元来あった文書がなくなったり、
あってしかるべきなのにたまたま書かれていなかった場合に、
その新しい写しを作っているのだ……」(107-108頁)

ニーノを《イル・カンビオ》のような超高級レストラン（カヴールさえ訪れる場所だった）に招いて、フロック・コート《フィナンツィエーラ》の秘儀を手ほどきしてやった。これは雄鶏の鶏冠《とさか》、仔牛の胸腺と脳と睾丸、牛フィレ肉、ポルチーニ茸、マルサーラ酒コップ半分、小麦粉、塩、オリーブオイル、バターを調和させたもので、秘伝の割合の酢によって全体に酸味がつけられている。きちんと賞味するために、その名のとおりフィナンツィエーラを着てテーブルに着かなければならなかったらしい。

　父親からの説教があったにせよシモニーニは高潔で献身的であれという教育を受けたわけではなかったが、そのレストランで何度か夕食を食べたことで、死ぬまでレバウデンゴに従う、少なくとも自分ではなく彼が死ぬまで従う気になったらしく、実際そのとおりになった。

　シモニーニの報酬はわずかながら増えた――またたくまに公証人は老衰のため視力が衰えて、手が震えるようになり、まもなく彼にとってシモニーニは不可欠な存在となったからだ。しかし少々贅沢できるようになった今ではトリノの有名レストランに行かないわけにはいかず（ああ、あのピエモンテ風の肉詰めパスタ《アニョロッティ・アッラ・ピエモンテーゼ》、詰めるものは白身肉のロースト、赤身肉のロースト、ゆでた牛肉、ゆでて骨を取り除いた雌鶏、ローストと一緒に調理する縮緬キャベツ、全卵四個、パルミジャーノ・レッジャーノ、ナツメグ、塩、胡椒、そしてソースにはローストの残った肉汁、バター、ニンニク一かけ、ローズマリー一枝）、彼のもっとも深い肉体的情熱となりつつあったものを満足させるために、若きシモニーニは擦《す》りきれた服を着てそうした場所を訪れるわけにはいかなかった。したがって財力が増えるにしたがって、出費も増えた。

　公証人と働きながらシモーネは気がついたが、この男は個人の顧客のために秘密の仕事をこなすだけでなく――おそらく、完全に合法とは言えないその活動が当局に知られた場合の用心として――公安当局のためにも働いていた。公証人の説明によると、時として、容疑者を正しく罰するためには、警察の主張に根拠があると裁判官を納得させる証拠書類を提示することが必要だったからだ。こうしてシモーネは、時折事務所を訪れる正体不明の人物と接触するようになった。公証人の言い方では彼らは「省のお偉方」であった。これが何の省で、誰が省の代表かを推測するのは難しくなかった。すなわち政府の秘密情報部である。

そのお偉方のひとりがカヴァリエール・ビアンコで、ある日のこと、反論の余地のない文書を書き上げたシモーニの手腕にとても満足したと言った（カヴァリエールは騎士を意味する称号の一種）。この男は、誰かに接触する前にその人物について確かな情報を集めるタイプらしい。というのは、ある時シモーニをそばに呼び寄せると、《カフェ・アル・ビチェリン》にまだ通っているのかと尋ね、個人的な相談があると言ってその店に呼び出したからだ。そして言った。

「弁護士さん、君が国王陛下の忠実な家臣の孫で、したがってしかるべき教育を受けたことを我々はよく承知している。あまりに先走りすぎていたとはいえ、君の父上が命をかけてまで戦った目標は我々にとっても正しいことだ。そこで、これまで君に対して大目に見てきたことを踏まえ、忠誠と協力をお願いしたい。我々がやろうと思えば、君と公証人レバウデンゴを、絶賛に値するとは言いがたい行ないをした容疑で、かなり前に逮捕できたのだ。いわゆるマッツィーニ派やガリバルディ派、炭焼き党《カルボナーリ》に属する友人や仲間、思想的同志と君がつき合っていることは知っている。それは当然で、若い世代の傾向のようだ。だがそこに我々の問題がある。つまり若者が無謀な行動に出るのは、少なくともその行動が効果的で適切なものとなる時点までは、望ましくない。あのピサカーネの馬鹿げた行動のせいで、我が政府は非常に迷惑をこうむった。数か月前、奴は仲間の二十四人の反乱分子とポンツァ島に上陸して三色旗を振りかざして三百人の囚人を解放し、サプリに向けて出港した。そこの住民が武装して待機していると期待していた。優しい見方をすればピサカーネは勇敢だったし、懐疑的な見方では馬鹿者だったが、実際のところは夢想家だった。彼は自分が解放しようとした無知蒙昧な連中の手によって、仲間ともども皆殺しにされた。だから、善意があっても現状を考慮しなければどんな結果になるか、おわかりだろう」

「わかります」とシモーネは言った。「しかし私にどうしろとおっしゃるのですか？」

「つまり、そこでだ。若い連中の過ちを防ぐ一番の方法は、国家反逆罪でしばらく牢屋に入れておいて、高い志が本当に必要とされた時に、彼らを解放してやることだ。したがって明らかな体制反逆行為を企んでいるその現場を押さえなければならない。君は、彼らが信頼している指導者をきっと知っているだろう。指導者のひとりからの指令を彼らに届けて、どこか一か所に集合させるだけでいい。完全武装させ、いかにも蜂起した炭焼き党員《カルボナーリ》に見えるような記章や旗印を用意しなさい。警察がその場に到着して一網打尽にし、すべて片付く」

「でも、その時その場にいれば私も逮捕されるでしょうし、いなければ裏切ったと思われるでしょう」

「いやいや、君、その点を見落とすほど我々は間抜けじゃない」

このあとでわかるように、ビアンコはきちんと考えてあった。しかし我らがシモーネもなかなか抜け目のない男だった。提案された計画を注意深く聞くと、驚くべき形での報酬を思いつき、気前が良い国王から何を望むのかビアンコに説明した。

「おわかりでしょうが、私が仕事を手伝いはじめる以前から、公証人レバウデンゴは数々の不法行為をしていました。そうしたなかからいくつか、充分に文書で裏付けができて、重要人物には無関係でせいぜい誰か故人を巻き込む程度の事例を私が見つけて、親切なあなたに取りもっていただき、告発書類をそろえて匿名で検察当局に提出してもらうだけでいいんです。あなた方が公文書偽造の重犯で公証人に有罪宣告を下し、寿命が尽きるまでの年月、彼を収監するにはそれで充分でしょう。今の老人の状態からすれば、あまり長いことでもありますまい」

「それで、それから？」

「公証人が投獄されたら、私は彼が逮捕されるちょうど数日前に交わした契約書を持ち出します。契約には、分割払いがすべて終了し、私が彼の事務所を完全に買い取って所有者となったと記されている。私が彼に払ったことにするお金については、祖父からの遺産がたっぷりあったからだとみんな思うでしょうし、真実を知っているのはレバウデンゴだけです」

「興味深い話だ」とビアンコは言った。「だが、君が彼に支払った金はどこへ消えたのかと裁判官は尋ねるだろう」

「レバウデンゴは銀行を信用せず、事務所の金庫にすべての金を置いています。もちろん私はその開け方を知っています。彼は、自分が背を向けてさえいれば、彼が私を見ていないから私のほうも彼がしていることを見ていないものと思い込んでいる。警察官がどうにか金庫を開けると、そこは空になっている。私はレバウデンゴから急に事務所を買わないかと持ちかけられ、その言い値がひどく安くて私自身もびっくりしたくらいで、彼が商売をやめる理由が何かあるのだろうと思ったと証言します。そして実際に、空っぽの金庫だけでなく、暖炉には何かの書類が燃やされた灰があり、書き物机の引き出しにはナポリのホテルからの宿泊予約を確認する手紙が見つかる。ここまでくれば、レバウデンゴが司直に目をつけられたことに気づいて逃亡しようとし、ブルボン家の領地で資産を享受するつもりだった——おそらくすでにそこに自分の金を送っていた——ことは明らかです」

「しかし、裁判官の前で君との契約書のことを知らされたら、レバウデンゴはきっと否定するだろう……」

「きっとそれ以外もどんなことだって否定するでしょう。司法官は彼の言うことを信じないに決まっています」

「巧妙な計画だ。君が気に入った、弁護士さん。レバウデンゴより抜け目がないし、やる気も決断力もある。いわば豊富な才能をお持ちだ。では、炭焼き党員《カルボナーリ》の一味を我々に引き渡しなさい。それからレバウデンゴのことを考えよう」

炭焼き党員の逮捕はまるで子供の遊びのようだった。熱狂していた連中がまさに子供で、情熱的な夢のなかでの炭焼き党員にすぎなかったからだ。当初は単なる虚栄心からだったが、シモニーニはどんな謎も英雄だった父親から得た情報だとみなされることを承知の上で、ベルガマスキ神父に聞かされた炭焼き党の作り話を、しばらく前から仲間に吹聴していた。あのイエズス会神父は、炭焼き党員、フリーメイソン、マッツィーニ派、共和主義者、そして愛国者に扮したユダヤ人、そうした連中の陰謀に注意しろといつも言っていた。彼らは、全世界の警察の目から逃れるため炭商人に変装し、商売の連絡を口実に隠れた場所に集まるという。

「炭焼き党員全員を指導する〈上級炭焼き場《アルタ・ヴエンデイタ》〉は四十名で構成され、その大部分が（言うのは恐ろしいことだが）ローマの上級貴族の子弟で、しかも当然ながらユダヤ人数名が含まれている。指導者はヌビウスという立派な紳士で、終身刑に値するほど堕落しているが、その名と幸運のおかげで、まったく疑われることのない確実な地位をローマで手に入れた。パリにいるブオナローティやラファイエット将軍、サン＝シモンは、彼の言葉をデルフォイの神託のように受け取っていた。ミュンヘンでもドレスデンでも、ベルリンでもウィーンでもサンクトペテルブルクでも、主要な〈炭焼き場《ヴエンディタ》〉の指導者であるチャルナー、ハイマン、ジャコビ、コズコ、リーフェン、ムラヴィエフ、シュ

炭焼き党員全員を指導する〈上級炭焼き場《アルタ・ヴェンディタ》〉は四十名で構成され、
その大部分が（言うのは恐ろしいことだが）ローマの上級貴族の子弟で、
しかも当然ながらユダヤ人数名が含まれている（114 頁）。

トラウス、パッラヴィチーニ、ドリーステン、ベン、バッチャーニ、オッペンハイム、クラウスとカロルスは、採るべき方針について彼に尋ねていた。ヌビウスは〈至高の炭焼き場《ヴェンディタ・スプレーマ》〉を仕切っていたが、一八四四年頃に青酸で毒殺された。それは私たちイエズス会が手を出したなんて思わないでくれ。殺人犯だと疑われているのはマッツィーニで、彼はその当時も今も、ユダヤ人の助けを借りて炭焼き党《カルボナーリ》全体の頂点に立ちたいと願っている。ヌビウスの後継者はピッコロ・ティグレというユダヤ人で、彼もヌビウス同様、各地を飛びまわって敵を悩ませている。だが〈上級炭焼き場《アルタ・ヴェンディタ》〉の構成員と場所は秘密だ。そこから指令と示唆を受ける支部《ロッジ》は何もかも知らないままでいなければならない。〈上級炭焼き場〉のメンバー四十人自身も、自分が伝達あるいは実行する指令がどこから来るかを知っていたためしはない。それでいて彼らはイエズス会士が修道院長の奴隷だと言う。目に見えない主人の奴隷なのは炭焼き党員のほうだ。おそらく彼らの主人は、この地下のヨーロッパを指揮する大長老《グラン・ベッキオ》だろう」

シモーネはヌビウスを自分の英雄として、インターラーケンのバベットの男性版に仕立て上げた。ベルガマスキ神父からゴシック小説仕立てで聞かされたことを叙事詩に変えて仲間に語り、驚嘆させた。ただしヌビウスはすでに死んでいるという些細な点は隠しておいた。

ある日、わずかな費用で偽造した一通の手紙をみなに示した。ヌビウスがまもなくピエモンテのすべての町で一斉蜂起が起きると予告していた。シモーネが率いるグループには危険で魅力的な役割が与えられた。決められた日の朝に《金海老亭》の中庭に集合すれば、サーベルと小銃、古家具とマットレスを積んだ荷車四台を見つけるはずで、それを携えてバルバルー通りの角に行き、カステッロ広場の入り口にバリケードを築いて、その場で指令を待つ手《て》筈《はず》になっていた。

わずかそれだけのことに、二十名ほどの学生は興奮した。彼らはその運命の朝、酒場の中庭に集まり、捨てられたいくつかの樽のなかに約束どおりの武器を見つけた。家財道具を乗せた荷車を探してあたりを見渡していると、弾を込めることを考えもしないうちに、銃を構えた警官五十名ほどが中庭に突入してきた。青年らは無抵抗のまま降伏して武装を解かれ、中庭から外へ引き出されて、門の左右の壁に顔を向けて並ばされた。「さあ、悪党ども、手を挙げろ、黙れ!」と私服姿の上官が厳しい顔つきで怒鳴った。

陰謀家たちは一見無造作に駆り集められていったが、シモーネは二人の警官によって列の最後尾、横丁の入り口の前に連れていかれた。しばらくするとその警官は上官の巡査に呼ばれ、その場を離れて中庭の入り口に向かった。それが(あらかじめ決めてあった)タイミングだった。シモーネはいちばん近くにいた仲間のほうを向いて、一言ささやいておいたのだ。充分遠くに離れた警官を一《いち》瞥《べつ》すると、二人はいきなり角を曲がって走りだした。

「武器を取れ! 逃げたぞ!」と誰かが叫んだ。逃げる二人の耳にも、やはり角を回った警官の足音と叫び声が届いた。シモーネは二発の銃声を聞いた。一発は友人に当たったが、シモーネはそれが致命傷かどうかさえ気にしなかった。彼にとっては、打ち合わせどおりに二発目の銃弾が空に向かって発射されればそれでよかった。

そうして次々に角を曲がっていくと、命令に従って間違った方向へ進む追跡者の叫び声が遠くから聞こえてきた。ほどなくシモーネはカステッロ広場を横切り、一般市民として家路についた。そのあいだに連行された仲間からは、彼はうまく逃げきったと思われた。彼らはまとめて逮捕されてすぐに後ろを向かされたので、明らかに警察関係者の誰も彼の顔を覚えていない。したがってトリノを離れる必要もなく、自分の仕事を続けられたばかりか、逮捕された友人の家族を訪れて慰めることさえできた。

残ったのは公証人レバウデンゴを始末することだけで、それは予定どおりに進んだ。一年後、牢内で老人は心臓発作を起こして亡くなったが、シモニーニは責任を感じなかった。これでおあいこだったからだ。公証人は職を与えてくれて、彼は数年間その下働きをした。公証人は祖父を破産させ、その公証人を彼は破産させた。

ダッラ・ピッコラ神父がシモニーニに伝えていたのはこうした内容だった。ダッラ・ピッコラ神父自身もこの回想のあとで疲れきっていた証拠として、日記への書き込みは、書いている途中で力尽きたかのように、未完成のまま途切れていた。

6　秘密情報部の手先

一八九七年三月二十八日

神父様

（書き手だけが読むべき）日記であるはずが、メッセージのやり取りになりつつあるのは奇妙なことだ。だが、こうして私はあなた宛に手紙を書いている。あなたはきっとここに来て読むに違いない。

あなたは私のことをあまりにも知りすぎている。あまりにも不愉快な証人だ。そしてあまりに厳しすぎる。

そう、それは認めてもいい。炭焼き党員《カルボナーリ》志願の仲間に対して、そしてレバウデンゴに対して私が取った行動は、あなたが説くような道義に従ったものではなかった。でも、本当のことを言おうではないか。レバウデンゴは悪党だった。あれ以来、自分の行動を思い返してみれば、悪党に対してだけ悪事を働いてきたと思う。あの若者たちは狂信者だった。戦争と革命が起きるのはまさに狂信者の仕業であり、彼らが熱狂する怪しげな理想のせいなのだから、世界で最低の連中だ。この世界で狂信者の数がけっして減らないとわかった以上、彼らの熱狂を利用して利益を得るにこしたことはない。

よろしければ私の記憶をたどろう。故レバウデンゴの事務所を仕切っていた自分の姿を覚えている。レバウデンゴと一緒に偽の公正証書を書いていたことにも、特に驚きは感じない。このパリで今でも私がしていることとまったく同じだからだ。

カヴァリエール・ビアンコのこともはっきりと思い出してきた。ある日、彼は私に言った。「弁護士さん、イエズス会士はサルデーニャ王国領から追放されたが、姿を変えて活動し支持者を集めつづけていることは誰でも知っている。彼らが追放されたどの国でも同じことが起きている。外国の新聞で面白い風刺画を見た。イエズス会士数人が、毎年、出身国に戻りたいという素振りを見せる（もちろん国境で止められる）が、それは、彼らの仲間がすでにその国内にいてほかの会派の服装で自由に活動していることを気づかせないためだ。つまりイエズス会士はまだあちこちにいるが、いったいどこにいるのか突きとめなければならない。ローマ共和国の頃からイエズス会士が君のおじいさんの家に出入りしていたのはわかっている。だからおそらく、君はその誰かと連絡を取っているだろう。そこで彼らの状況と狙いについて探ってもらいたい。教団はフランスでふたたび勢力を強めているらしく、フランスで起きていることはトリノで起きているも同然だ」

私が神父たちとまだ接触していたというのは事実ではなかったが、イエズス会士については多くのことを知っていて、それも確実な情報源からだった。その頃ウージェーヌ・シューは最後の傑作『民衆の秘密』を出版していた。かなり前から社会主義者グループと関係してルイ＝ナポレオンによる権力奪取と帝国宣言に強く反対したため、彼はサヴォイアのアヌシーに亡命の身であり、亡くなる直前に小説を完成させた。リアンセ法により連載小説《フイユトン》の出版が停止したためにシューのこの最後の作品は分冊の形で発行されたが、それぞれに対してピエモンテ政府を含めた複数の当局が厳しく検閲したため、全冊をそろえるのは至難の業だった。前史時代からナポレオン三世まで、ガリア人とフランク族のふたつの家系の混沌とした歴史をたどりながら、私は死ぬほど退屈したことを覚えている。物語のなかのフランク族は悪辣な支配者で、ガリア人はウェルキンゲトリクスの時代からみな社会主義者だったように見える。だがこの時のシューは、あらゆる理想主義者と同様に、ひとつの妄想だけに取り憑かれていた。

彼が作品の最後の部分を書き上げたのは明らかに亡命先でのことで、ちょうどルイ＝ナポレオンが権力を握り皇帝となった時期だった。ルイ＝ナポレオンの計画をいっそう憎むべきものにするため、シューは天才的なアイデアを思いついた。革命時代以降、共和制フランスのもうひとつの大きな敵はイエズス会士であったから、ルイ＝ナポレオンによる権力掌握をイエズス会が計画し指導したように示せばよい。たしかにイエズス会士たちは一八三〇年の七月革命でフランスからも追放されたが、現実にはひそかに生き延びていて、ルイ＝ナポレオンが権力を握りはじめ、教皇と良好な関係を保つために彼らに寛容な態度を取るようになって彼らの生活はより容易になった。

そこでシューは本のなかに、(すでに『さまよえるユダヤ人』に登場した) ロダン神父がイエズス会総長のロータン神父に宛てた長い手紙を登場させて、彼らの陰謀計画を事細かく明かした。小説ではクーデターに対する社会主義者と共和主義者の最後の抵抗を通じて同時代の出来事が描かれるが、手紙のなかでは、その後ルイ＝ナポレオンが実際に行なったことが計画として読めるようになっている。そして、読者が読んだ時にはすべてがすでに実現していることになり、予言はさらに驚くべきものとなる。

もちろん私の頭にはデュマの『ジョゼフ・バルサモ』の冒頭が浮かんでいた。〈雷鳴の山〉をもっと聖職者にふさわしい場所、たとえばどこかの古い修道院の地下墓所《クリプタ》に変えて、世界中からフリーメイソンではなくロヨラの同胞を集めて、バルサモの代わりにロダン神父に話をさせればいい。

そうすればバルサモの古い世界陰謀計画が現在にぴったり当てはまるだろう。

それがきっかけで、あちこちで聞きかじった悪口だけでなく、イエズス会から盗み出した文書そのものをビアンコに売りつけることを思いついた。もちろん多少手を加える必要はある。小説の主人公として覚えている人がいるかもしれないロダン神父をはずして、代わりにベルガマスキ神父を登場させる。彼が今どこにいるのかわからないが、きっとトリノには彼のことを聞いたことがある人がいるはずだ。それにシューが書いていた頃はまだロータン神父が教団の総長だったが、この時はベックス神父とやらに替わったという話だった。

その文書は、信頼のおける情報筋が伝えるところをほぼ文字どおり書き起こしたように見えなければならず、しかもその情報筋は密告者ではなく（イエズス会士はけっして教団を裏切らないと知られているからだ）、むしろ祖父の古い友人がしゃべっていたように、自分の教団が強大で無敵だと信じているがゆえにそうした話をしたように見えなければならない。

祖父の思い出に敬意を表してユダヤ人もその物語に入れたかったが、シューはユダヤ人を話題にしておらず、イエズス会と関係させることもできなかった——それに当時のピエモンテでは、ユダヤ人のことなど誰も気にしていなかった。政府の役人を余計な情報で混乱させるわけにはいかない。彼らは明確で単純な見方しか求めず、白か黒、善人か悪人かで、悪人はひとりでなければならない。

しかしユダヤ人を諦めたくなかったので、舞台背景として利用した。それもまたビアンコにユダヤ人を警戒させる方法だ。

パリとか、さらにまずいことにトリノを舞台にした話だったら、現実にあったかどうか確認されてしまうだろうと自分に言い聞かせた。イエズス会士が集まるのは、ピエモンテの秘密警察でも手の出せない場所、彼らにしても噂程度の情報しかない場所でなければならない。それに対してイエズス会士は神の御手《みて》のごとくあらゆる場所に存在し、その鉤爪《かぎづめ》のような手をプロテスタント諸国にまで伸ばしている。

文書を偽造する人間はつねに文書で裏付けしなければならない。だから私は図書館に通いつめた。図書館は魅力的だ。時に鉄道駅のホームにいるようで、見知らぬ外国の本を見ながら遠くの土地に旅行する気分になる。こうして偶然、ある本でプラハのユダヤ人墓地の美しい版画を見つけた。今は打ち棄てられ、ひどく狭いところに一万二千ほどの墓碑がある。何世紀ものあいだに何層にも重なっているので、埋葬された数はもっと多いだろう。墓地が放棄されてから、誰かがいくつかの埋もれた墓を墓碑ごと掘り起こしたので、四方八方に傾いた墓石の不規則な寄せ集めになった（それともユダヤ人自身がでたらめに墓石を並べたのかもしれない。彼らは美と秩序の感覚にまったく無縁だから）。

その見捨てられた場所は、説明がつかないという点でもふさわしい舞台だった。いったいどんな知恵を働かせて、イエズス会士はユダヤ人の聖なる場所に集まろうと決めたのか？　そして、誰からも忘れさられておそらく立ち入りすらできないその場所をどうやって管理していたのか？　そうした答えようのない疑問が話に信憑性を与えるものだ。私の考えでは、すべての点が説明できてももっともらしく見えたら、ビアンコはそれを作り話だと思うだろう。

デュマの愛読者だった私は、もちろん、その夜、その会合を陰気で怪奇なものにしたかった。ぼんやりした三日月が墓地をかすかに照らし、半円に並んだイエズス会士はつば広の帽子をかぶっているせいで、上から見ると地面に群れたゴキブリのように見える。人類の敵である彼らの陰惨な目論見《もくろみ》を語るベックス神父の顔に、悪魔じみた嘲笑が浮かぶのを描写する（父の亡霊は天の高みから、というか神がマッツィーニ派と共和派を投げ込んだ地獄の底から、このことを喜んだだろう）。そ

人類の敵である彼らの
陰惨な目論見《もくろみ》を語る
ベックス神父の顔に、悪魔じみた嘲笑が浮かぶのを
描写する（父の亡霊は天の高みから、というか
神がマッツィーニ派と共和派を投げ込んだ地獄の底から、
このことを喜んだだろう）（123 頁）。

れから邪悪な使者たちはその場を立ち去って世界征服の新たな悪魔的計画を世界中の各支部へ届けに行き、夜明けの薄明かりのなかで飛びたつ黒い怪鳥のような彼らの姿で恐るべき一夜は締めくくられる。

とはいえ秘密報告書にふさわしい簡潔な文章で要点だけを書かねばならなかった。秘密警察の工作員は文学者ではなく、二、三頁以上の文章を書けないのはわかっているからだ。

こうして私が作り上げた情報筋によって、その夜、イエズス会教団の各国代表がプラハに集まりベックス神父の話に耳を傾ける様子が語られる。ベックス神父は、一連の幸運な出来事によってルイ＝ナポレオンの顧問となっていたベルガマスキ神父を列席者に紹介する。

ベルガマスキ神父は、ルイ＝ナポレオン・ボナパルトが実際にイエズス会教団に恭順を示していることを指摘した。

「賞賛すべきことに」と彼は言った。「ボナパルトは革命主義者の理論を受け容れるふりをして彼らを巧妙に騙し、ルイ＝フィリップに対する陰謀を企て、無神論者の政府の崩壊を巧みに引き起こした。我々の助言に忠実に従い、一八四八年には心からの共和主義者として選挙民の前に登場し、共和国大統領に選出された。しかもマッツィーニのローマ共和国を打倒し、教皇を聖座に戻すのに貢献した手腕も忘れてはならない」

「ナポレオンは決心した（とベルガマスキ神父は話を続けた）――社会主義者、革命主義者、知識人、無神論者、そして国家の独立性と思想の自由、宗教の自由、政治的、社会的自由を公言する恥ずべき合理主義者、そうした輩《やから》を根絶やしにすることを。すなわち国民議会を解散し、陰謀容疑を口実に議員を逮捕する。パリに戒厳令を発して、バリケード上で銃を手にした人々を逮捕し裁判抜きで銃殺し、一番の危険分子をカイエンヌ島送りにする。出版と結社の自由を制限し、軍隊を城塞に引き上げさせそこから首都を砲撃して、石ひとつ残さず焼きつくす。そうやって現代のバビロンを廃墟とした上に、ローマカトリック教会を勝利させる。そして普通選挙を実施するだろう。それは、まずは自分が握った大統領の権限を十年間に延長するためであり、そしてその後、共和国を新しい帝国に変えるためだ——普通選挙が民主主義に対抗する唯一の手段であるのは、教区司祭の声にいまだに忠実に従う田舎の民衆を巻き込むからだ」

もっとも興味深いのは、最後にベルガマスキが語る対ピエモンテ政策である。ここで私は、彼の口から、その報告の時点ですでに完全に実現していた将来の目標を語らせた。

「あの弱虫な王ヴィットリオ・エマヌエーレはイタリア王国を夢見ており、首相カヴールはその野心を煽《あお》りたて、二人ともイタリア半島からオーストリア軍を追い出すだけにとどまらず、聖庁の世俗権を破壊しようと狙っている。彼らはフランスの支援を求めるだろう。だから、対オーストリア戦争を支援する約束で彼らをまず対ロシア戦争に駆り出し、見返りとしてサヴォイアとニースを要求するのは難しくないだろう。それから皇帝はピエモンテに協力するふりをして——しかしわずかな地域に限定された勝利を収めたあとで——彼らに相談なくオーストリア軍と和解を結び、教皇が統治するイタリア連邦の形成を支持する。オーストリアはその連邦に参加しながら、イタリアのほかの地域の所有権を保持しつづける。ピエモンテ政府はイタリア半島で唯一の自由主義政府となり、フランスにもローマにも従属したままで、ローマを占領しサヴォイアに駐留しているフランス軍によって統制されるだろう」

こうして文書ができ上がった。ナポレオン三世をサルデーニャ王国の敵として告発することがピエモンテ政府の気に入るかどうかはわからなかったが、私の直感はその後の経験で裏付けられることになる。つまり秘密情報部の人間にとって、すぐに使えなくても、政府の要人を脅迫したり混乱を生じさせ状況を逆転させたりする文書はいつでも便利なものだ。

実際、ビアンコは報告書を注意深く読み、文書から顔を上げると私をじっと見つめて、これはきわめて重要な資料だと言った。スパイが未公表の情報を売るには、どんな古本市でも見つかるような話を物語ればいいという私の考えは、やはりここでも間違っていなかった。

だがビアンコは文学には詳しくなかったが、私のことはよく調べていて、嘲《あざけ》るように言いはなった。「きっと、すべて君のでっち上げでしょうな」

「とんでもない！」と私は血相を変えて抗議した。しかし彼は手を挙げて制した。「弁護士さん、それはどうでもいい。君が捏造《ねつぞう》した文書だとしても、私にしても上司にしても、本物として政府に提出するほうがよい。今では全世界《ウルビ・エト・オルビ》に知られたことで、君も知ってるだろうが、首相カヴールはカスティリオーネ伯爵夫人をナポレオン三世のもとに送り込み、それで彼を思いのままにできると思い込んでいる。たしかに彼女は美人だし、フランス人は遠慮なくその好意を受け容れた。しかし結果としてナポレオン三世はカヴールの望んだようには動かず、カスティリオーネ伯爵夫人は楽しんだかもしれないが、その魅力は無駄になった。だが身持ちが堅いとは言えない女ひとりの気まぐれに国政を託すわけにはいかない。国王陛下がボナパルトに対して疑念を抱くことはとても重要なのだ。そのうち、いや今すぐにでも、ガリバルディかマッツィーニ、またはその両者がナポリ王国への遠征隊を組織するだろう。万一その計画が成功するようなことがあれば、狂った共和主義者の手にその領土を渡すわけにはいかず、ピエモンテ政府は介入を余儀なくされ、教皇領を越えてイタリア半島を縦断しなければならなくなる。したがってその目標を達成するために、国王陛下が教皇に不信感と恨みを抱き、ナポレオン三世の示唆《しさ》に従わないようにしておかねばならない。おわかりだろうが、弁護士さん、しばしば政治は、民衆の目に支配者と映っている人間によってではなく、我々のような、国家の卑しい下僕によって決定されるのだ……」

その報告書は私にとって最初の本格的な仕事となった。単なる個人の遺言書などではなく、政治的に重要な文書を作り上げて、おそらくサルデーニャ王国の政治に貢献することができた。それをとても誇らしく思ったのを覚えている。

そうこうするうちに運命の一八六〇年が到来した。国にとっては運命的だったが、私にとってはまだそうではなかった。カフェで時間をつぶす人々のおしゃべりに耳を傾け、事態を傍観していただけだ。政治絡みの仕事が増えるだろうと直感した私は、三文記者が確実だと報じる内容を疑ってかかる閑人たちから期待されているようなニュースこそ、でっち上げるにふさわしいと思った。

トスカーナ大公国、モデナ公国、パルマ公国の住民が君主を追放したことを知った。エミリアとロマーニャのいわゆる教皇領が、教皇の管轄から離脱した。誰もがサルデーニャ王国への併合を求めていた。一八六〇年四月にはパレルモで一斉蜂起が起き、マッツィーニは反乱軍の指導者にガリバルディが援軍に駆けつけると書き送った。噂では、ガリバルディは遠征隊の兵士と資金、武器を集めており、すでにブルボン海軍はあらゆる敵の遠征を阻止すべくシチリア海域の警備に乗り出しているらしかった。

「だが、カヴールが腹心の部下ラ・ファリーナを使ってガリバルディを監視しているのはご存じか？」

「何をおっしゃる？　首相は、まさにガリバルディ派のために一万二千挺の銃を購入する出資を承認したのだ」

「いずれにしても武器の配給は中止された。誰が妨害した？　それを妨害したのはなんと王国軍の憲兵だ！」

「おやまあ、頼むよ、何を言うんだ。カヴールは妨害どころか支援したんだ！」

「ああ、だがガリバルディが期待していた見事なエンフィールド銃じゃなく、雲雀《ひばり》を撃つのがせいぜいのがらくた銃だ」

「私は国王の関係者から聞いた。名前は明かせないが、ラ・ファリーナはガリバルディに八千リラと銃千挺を提供したらしい」

「そう、でもそれは三千挺のはずだったが、二千挺はジェノヴァの知事が取り上げてしまったんだとさ」

「どうしてジェノヴァなのだ？」

「まさか、ガリバルディがラバにまたがってシチリアへ行くとは言わんだろう。奴は、ジェノヴァかあの辺から出港するはずの二隻の船の購入契約に署名したんだ。その借り入れを保証したのは誰だと思う？　フリーメイソン、もっと言うとジェノヴァの支部《ロッジ》さ」

「支部だなんて馬鹿言っちゃいけない、フリーメイソンなんてイエズス会士のたわ言だ！」

「メイソンのあんたは黙ってなさい、みんな知ってるんだ」

「ほっときましょう《グリッソン》。確かな筋から聞いて、契約の署名の席に（ここで話し手はささやき声になった）リッカルディ弁護士とネグリ・ディ・サン・フロント将軍がいたのを私は知っているんだ」

「で、そのピエモンテ野郎《ジャンドゥイヤ》たちは誰だい？」

「知らないのか？」ここで声はさらに小さくなる。「彼らは機密局のトップ、つまり国家政治監視

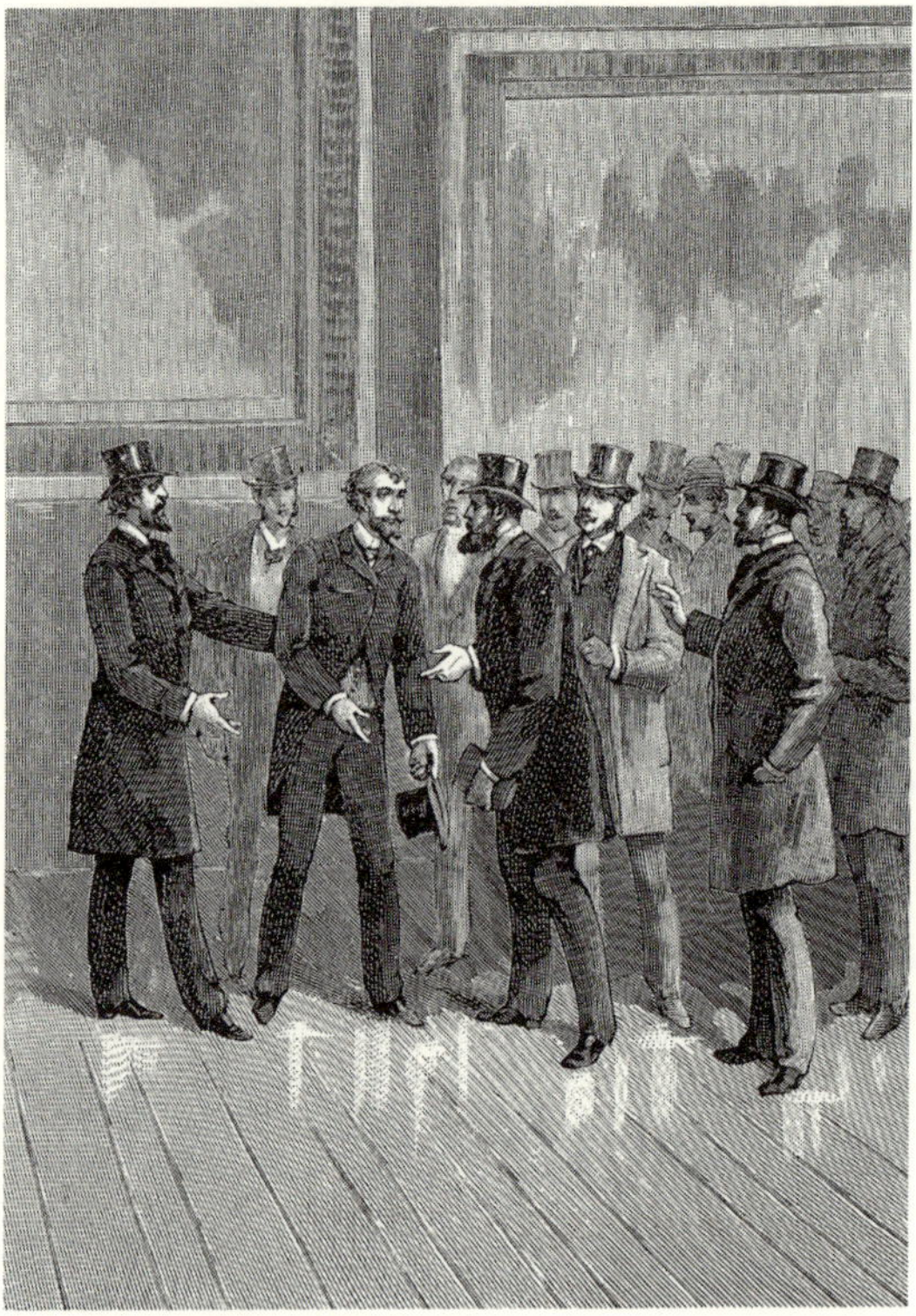

「支部だなんて馬鹿言っちゃいけない、
フリーメイソンなんてイエズス会士のたわ言だ！」
「メイソンのあんたは黙ってなさい、
みんな知ってるんだ」（129 頁）

局、言ってみれば内閣の情報部だよ……その権限は強大で、首相よりはるかに力がある。それが彼らだ、メイソンどころじゃない」

「本当に？　機密局に属し、かつメイソンかもしれない。いやむしろそのほうが役に立つ」

　五月五日に、ガリバルディが義勇兵千人を率いて海路出発しシチリアに向かっていると公式に発表された。ピエモンテ人は十数名足らずで、外国人もいた。弁護士、医師、薬剤師、技師、資産家が多かった。そのうち平民はわずかだった。

　五月十一日にガリバルディの艦隊はマルサーラに上陸した。いったいブルボン海軍はどこを見ていたのだろう。港にあった二隻のイギリス艦船に怯えたらしい。その二隻がそこに停泊していたのは、公には、マルサーラでさかんに高級ワインの取引をしていた同国人の財産を保護するためだ。それともイギリスはガリバルディを援助していたのだろうか。

　結局のところ数日間で、ガリバルディの千人隊《ミッレ》（今ではみんなからそう呼ばれていた）はカラタフィーミでブルボン軍を敗走させた。地元の義勇兵の参加で勢力は拡大し、ガリバルディはヴィットリオ・エマヌエーレ二世の名において、シチリアにおける独裁執政官となることを宣言した。月末にはパレルモが占領された。

　そしてフランス、フランスはどうしたのだろう。フランスは慎重に状況を眺めているようだったが、今ではガリバルディよりも有名なフランス人大作家アレクサンドル・デュマが、やはり資金と武器を携えて、解放者に加わるべく個人所有の船エマ号で駆けつけようとしていた。

　ナポリでは、両シチリア王国の哀れな国王フランチェスコ二世が、配下の将軍の裏切りによりガリバルディ軍が各地で勝利することに怯えて、慌てて政治犯に恩赦を与え、廃止していた一八四八年の憲法をふたたび承認した。しかしすでに手遅れで、首都でも民衆蜂起が準備されつつあった。

私がカヴァリエール・ビアンコから連絡を受け取ったのは、その六月初旬のことだ。その日の真夜中、事務所の前に迎えに来る馬車を待てとの指示だった。変わった待ち合わせだが、興味深い取引のにおいを嗅ぎつけた私は、真夜中に、当時トリノを悩ませていた酷暑のせいで汗をかきながら、事務所の前で待っていた。窓にカーテンを下ろした馬車が到着した。見知らぬ紳士がひとりいて、私はどこかに連れていかれた――中心街からほど遠くないように感じられ、むしろ馬車は二度、三度同じ道をたどったようだ。

馬車が止まったのは荒れはてた中庭で、取り囲む古い集合住宅は、不揃いなバルコニーの柵ばかりが目についた。そこで私は小さな戸をくぐらされ、長い通路を通り抜けて、突き当たりにあったまた小さな戸を開けると、そこはまったく違った趣《おもむき》の建物の玄関で、広々とした大階段が延びていた。しかしその大階段ではなく玄関の奥にある小さな階段を上って小部屋に入った。壁にダマスク織が張られ、奥の壁には国王の大きな肖像画があり、緑の羅紗《ラシャ》張りの卓の周りに四人の人物が座っていた。そのひとりがカヴァリエール・ビアンコで、私をほかの人に紹介してくれた。誰も握手しようと手を差し出すこともなく、うなずいただけだ。

「おかけください、弁護士さん。君の右側におられるのがネグリ・ディ・サン・フロント将軍、左側のこの方はリッカルディ弁護士、正面はボッジョ教授、ヴァレンツァ・ポー選挙区の代議士です」

カフェで耳にしていた噂から、最初の二人が国家政治監視局のトップで、（巷間の噂《ヴォクス・ポプリ》では）ガリバルディが例の有名な二隻の船を購入する援助をしたとされる人物だと見当がついた。三番目の人物についてはその名を知っていた。新聞記者で、二十歳にしてすでに法学の教授になり、代議士としてつねにカヴールにごく近い立場にいた。赤ら顔に優雅な口ひげを生やし、コップの底くらい大きな単眼鏡《モノクル》を掛けて、世界でいちばん人畜無害な男に見える。しかしその場にいたほかの三人の彼に対する恭順の姿勢から、政府内の彼の権力が見て取れた。

ネグリ・ディ・サン・フロントが切り出した。「弁護士さん、君の情報収集能力と慎重で賢明な分析力を見込んで、ガリバルディ将軍が征服したばかりの土地におけるきわめてやっかいな任務をお願いしたい。そんな心配そうな顔をしなくていい、赤シャツを率いて突撃しろと命じるつもりはない。我々に情報を伝えることだ。だが、政府にとってどのような情報が重要かを知ってもらうために、国家機密と言ってはばからない事柄を伝えねばならない。したがって今晩から任務終了時点まで、さらにそれ以降も、どれほどの慎重さが要求されるかおわかりだろう。なんと言うか、君個人の身の安全を保障するためでもあり、当然我々はその点を重視している」

これほど外交的な言い方もあるまい。サン・フロントは私の身の安全をきわめて重視しており、これから耳にすることを外部に漏らせば命の危険があると忠告しているのだ。だがその前置きから、使命の重要さと同時に、それから得られる報酬の大きさも予想できた。そこで私は丁重にうなずいて、サン・フロントに話を続けるよう促した。

「状況を説明するにはボッジョ議員が誰より適任でしょう。なんと言っても、最上部のすぐ近くにいて、そこから情報と要請を得ていますから。先生、お願いします」

「いいですか、弁護士さん」とボッジョが話しはじめた。「おそらく私はピエモンテの誰よりも、あのガリバルディ将軍という誠実で勇敢な人物を高く買っている。ヨーロッパでもっともよく装備された軍隊を相手に、シチリアで彼が少数の勇士を率いて成し遂げたことはまさに奇跡だ」

冒頭の言葉を聞いただけで、このボッジョはガリバルディの一番の仇敵なのだと思ったが、黙って耳を傾けることにした。

「しかしながら」とボッジョは続けた。「ガリバルディが征服した領土の独裁執政官になったのはたしかに国王陛下ヴィットリオ・エマヌエーレ二世の名においてだが、彼の背後にいる者はその判断をまったく認めていない。マッツィーニは、南部の大一揆を共和国設立のきっかけにしようと、ガリバルディの後ろに張りついて目を光らせている。このマッツィーニの話術が巧みであることはよく知られている。悠々と外国暮らしをしながら、すでに無謀な連中を何人も死に追いやった。将軍にごく近い側近にクリスピとニコーテラがいるが、この二人は生粋のマッツィーニ派で、人の悪意に気がつかないガリバルディ将軍のような人物に良くない影響を与えている。では、はっきり言おう。まもなくガリバルディはメッシーナ海峡に到着し、対岸のカラーブリアに渡るだろう。彼は思慮深い戦略家であり、義勇兵は意気盛んだ。多くの島民も加わっているが、それが愛国心なのか日和見主義なのかはわからない。ブルボン軍の将軍の多数はあまりにも無能な指揮ぶりを示し、その軍事能力が低下したのは裏金のせいではないかと思えるほどだ。裏金の出所として誰を疑っているか、我々は君に明かす必要はない。もちろんそれは我々ピエモンテ政府ではない。今、シチリアはもはやガリバルディの手中にあり、南北カラーブリアとナポリ王国までその手に落ちるようなことになれば、マッツィーニの共和主義者に支持された将軍は、九百万人の住民を抱える王国の資産を手に入れ、しかも民衆から大きな名声を得て、国王陛下より強力になるだろう。その最悪の事態を避けるために国王陛下に残された手段はただひとつしかない。国軍を率いて南部に向かい、もちろん容易ではないが教皇領を縦断して、ガリバルディより先にナポリに到着することだ。おわかりかな」

「わかりました。でも私がどうやって……」

「先をお聞きなさい。ガリバルディの遠征隊は愛国心から発したものだが、それを統制するためには、言いかえれば無害化するためには、胡散臭《うさんくさ》い連中によって隊が堕落していてそのためにピエモンテの介入が必要になったことを、広範な噂と新聞記事を通じて示せなければならない」

「つまりは」とそれまで口を開いていなかったリッカルディ弁護士が言った。「ガリバルディの遠征隊の信頼を失墜させるのではなく、そこから誕生した革新派行政の信頼を損ねる必要があるのだ。カヴール伯爵はラ・ファリーナをシチリアに送ろうとしている。ラ・ファリーナは、亡命を余儀なくされたシチリア出身の偉大な愛国者で、きっとガリバルディから信頼されるだろう。しかし同時に、何年も前から我々のピエモンテ政府の忠実な協力者であり、両シチリア王国を統一イタリアへ併合することを主張する〈イタリア国民協会〉の設立者でもある。ラ・ファリーナは、すでに我々が耳にしている非常に危険な噂の真偽を確かめるように命じられている。ガリバルディは、悪気はないが無能なせいで、行政をまったく否定するような行政を作り上げているそうだ。もちろんすべてを将軍が統括できるわけもなく、彼の正直さは疑う余地がない。だが、誰の手に公務を託そうとしているのか？　ラ・ファリーナが横領をひとつ残らず完璧に報告することをカヴールは期待している。しかしマッツィーニ派はあらゆる手段を用いて、ラ・ファリーナを民衆から、つまりスキャンダルの最新情報に接しやすい地元民たちから遠ざけようとするだろう」

「いずれにしても我々の部局はラ・ファリーナを、ある程度までしか信用していない」とボッジョが口を挟んだ。「それは批判という意味ではない。とんでもない。でも彼もやはりシチリア人だ。優秀ではあるだろうが、やはり我々とは違う、そう思わないかね？　君はラ・ファリーナ宛の紹介状を持っていき、彼に頼りもするが、もっと自由に行動して、文書資料を収集することだけでなく、

（すでに別の事件でしたように）文書がない場合にそれを作成することを期待されているのだ」

「それで、どんな身分、どんな立場で私はそこへ行くのですか？」

「例によって、すべて考えてあるさ」とビアンコは微笑んだ。「デュマ氏、有名作家のその名前は知っているだろう。彼は自ら所有するエマ号に乗船し、パレルモにいるガリバルディに会いに行こうとしている。何をするのかはよくわからない。ガリバルディの遠征について小説を書き上げたいだけかもしれないし、英雄と親友であると見せびらかしたい虚栄心かもしれない。いずれにせよ、二日もすると船がサルデーニャ島のアルツァケーナ湾に寄港するとの情報が入っている。つまり我が国に来るわけだ。君は明後日早朝ジェノヴァへ出発して、我々の汽船に乗船してサルデーニャに向かい、そこでデュマに会う。彼が大いに恩義を感じていて信頼を寄せる人物が署名した紹介状を持って。君はボッジョ先生が編集する新聞の特派員で、デュマとガリバルディの功績を賞賛するためシチリアへ派遣されたことになる。作家ご一行《アントゥラージュ》に加わって彼と一緒にパレルモに上陸する。パレルモにデュマと到着すれば、ひとりで到着するよりはるかに大きな名声と信頼を得るだろう。そこで義勇兵と知り合い、同時に土地の住民にも接触したまえ。信頼の厚い著名な人物が書いた別の紹介状を携えて、ガリバルディ派の青年士官ニエーヴォ大尉のもとを訪れるのだ。このニエーヴォは、ガリバルディによって総主計官補佐に任命されたらしい。考えてみたまえ、ガリバルディをマルサーラに運んだロンバルド号とピエモンテ号の二隻が出発した時点で、遠征隊の資金である九万リラのうち一万四千リラがすでに彼に託されたのだ。噂では文学者だというニエーヴォに会計任務が託された理由はよくわかっていない。ただしきわめて清廉な人柄で知られているそうだ。有名なデュマの友人で、しかも新聞記者だと名乗る人と話ができれば、きっとニエーヴォは喜ぶだろう」

その夜の残りは、計画の実行方法と報酬について取り決めるのに費やされた。翌日私は事務所をしばらく閉鎖することにして、最低限必要な身の回り品をかき集めた。ふと思いついて、ベルガマスキ神父が祖父の家に残していった僧服をそのなかに入れた。すべてが債権者の手に渡る前に、救い出しておいたのだ。

7　千人隊《ミッレ》とともに

一八九七年三月二十九日

昨晩、階下の店にある戸棚の奥の古い書類をかき回していて、丸められた紙束を見つけていなかったら、一八六〇年六月から一八六一年三月にかけてシチリアに旅行した時の出来事、特にその時感じた印象をすっかり思い出せたかどうか怪しいところだ。その紙は、トリノにいる依頼主への報告書をあとから書けるようにと、記しておいた手控えだった。覚書には欠落があり、明らかに、重要だと私が判断したことだけ、あるいは重要だと私が思わせたかったことだけが書き残されていた。何を伏せたのかはわからない。

＊＊＊

私は六月六日からエマ号に乗船している。デュマはとても愛想よく私を出迎えてくれた。薄い茶の軽い軍服を着ていて、その混血児らしさは目立っていた。オリーブ色がかった褐色の肌、ぽってりと突き出た肉感的な唇、アフリカの野人のように豊かな縮れ毛。そして、皮肉っぽい強烈なまなざし、愛想のよい微笑み、美食家《ボン・ヴィヴァン》らしい丸々とした肥満体……彼にまつわるたくさんの逸話のひとつを思い出した。パリで気取った若者が、彼の前で原始人と下等種を関連づける最先端の学説を意地悪くほのめかしたそうだ。デュマは言いかえした。「そう、おっしゃるとおり、私は猿から下ってきている。だが、あなたは猿にさかのぼっている！」

デュマが私に紹介してくれたのは、ボーグラン船長にブレモン副船長、ポディマタ航海士（イノシシのように体毛で全身が覆われた人物で、顔のあらゆる部分でひげと髪が入り混じり、まるで白目のところだけひげを剃っているように見える）、そしてなんと言っても料理人ジャン・ボワイエだった――デュマの言動を見ていると、この料理人が一行のなかでもっとも重要な人物のようだった。デュマは一昔前の大貴族のように、臣下を引き連れて旅行している。

ポディマタは私を船室に案内しながら、ボワイエの得意料理はアスパラガスのエンドウ豆添え《アスペルジュ・オ・プティ・ポワ》だと言った。エンドウ豆《プティ・ポワ》が名前にあるのに料理には入っていないという、奇妙なレシピだ。

カプレーラ島を過ぎた。ガリバルディが戦っていない時に隠れ住む島だ。

「将軍には、じきにお目にかかれるだろう」とデュマは私に言った。ガリバルディのことを口にしただけで、尊敬の念で顔が輝いた。

「ガリバルディ将軍の金色のひげと蒼い目は、レオナルド・ダ・ヴィンチが描いた『最後の晩餐』のイエスのようだ。身のこなしは優雅さに満ちあふれて、声はとても穏やかだ。冷静な人に見えるが、その前でイタリアと独立という言葉を口に出してみれば、活火山のように目を覚まし、炎と溶岩がほとばしるのが見られるだろう。戦うために武器など持たず、いざ戦闘となればその場にあるサーベルを手に取って、鞘《さや》を投げ捨てて敵に襲いかかる。唯一の欠点は、自分がペタンクの名人だと思い込んでいることだ」

しばらくして、船上が騒がしくなった。コルシカ島の南の海にいるような、巨大なウミガメを船員が捕えようとしている。デュマは興奮していた。

「これから一仕事だ。まずは仰向けにひっくり返さなくてはならない。ウミガメは何も考えずに首

「将軍には、じきにお目にかかれるだろう」とデュマは私に言った。
ガリバルディのことを口にしただけで、尊敬の念で顔が輝いた。
「ガリバルディ将軍の金色のひげと蒼い目は、
レオナルド・ダ・ヴィンチが描いた
『最後の晩餐』のイエスのようだ……」(139頁)

を伸ばすから、その不用心なところを利用してばっさり頭を切り落とす。尾を使って逆さ吊りにして、血抜きのために十二時間そのままにしておく。それからまた仰向けに戻して、背と腹の甲羅のあいだに頑丈なナイフを突きたてる。その際に胆嚢を傷つけないよう注意しないと食べられなくなってしまう。はらわたをえぐり出して肝臓だけ取っておく。なかのどろっとした透明の液体は使えないが、そこについている二筋《ふたすじ》の肉は白身で、味の点でも仔牛の腿肉《ノワ》に似ている。最後に皮を剝いで首とひれを切り落とし、肉をクルミ大に切り分けてよく洗ったら、上等のブイヨンに入れて胡椒、丁子、人参、タイム、ローリエを加え、全体を三、四時間弱火で煮込む。そのあいだに、パセリ、チャイブ、アンチョビで味付けした鶏肉の細切りを用意して、熱いブイヨンでゆでてから笊《ざる》に上げる。その上に、辛口のマデラ酒をカップ三、四杯入れておいた亀のスープを注ぎかける。マデラ酒がなければ、ブランデーかラムを一杯加えたマルサーラ酒でもいい。だがそれはあくまで次善の策《ピザレ》だ。このスープは明日の晩、いただこう」

これほどまで美食を愛する男に私は好感を抱いた。人種の点ではきわめて怪しいとはいえ。

＊＊＊

（六月十三日）エマ号は一昨日パレルモに到着した。街は赤シャツが行き来して、まるで罌粟《けし》畑のようだ。しかしガリバルディの義勇兵の多くは武器も服も適当で、なかには私服に羽根飾りの帽子をかぶっただけの者も数人いる。現実には、赤い布地は品切れで、赤シャツ一着に法外な高値がついていた。赤シャツを買えるのは、ジェノヴァから出発した義勇兵ではなく、いちばん激しかった最初の戦闘のあとでガリバルディ軍に加わった、大勢の地元の青年貴族だろう。私はシチリアでの生活資金としてカヴァリエール・ビアンコからけっこうな額を渡されていたので、すぐに、参加したばかりの洒落者に見えない程度に擦りきれた制服を手に入れた。シャツは洗いざらしでピンクになりかけ、ズボンはぼろぼろだ。しかしそのシャツ一着が十五フランもした。トリノならその金額で四着買えただろう。

ここでは何もかもとんでもない値段で、卵一個が四ソルディ、パン一リッブラが六ソルディ、肉一リッブラが三十ソルディもする。この島が貧しくて占領者が乏しい資源を使い果たしているのか、それともパレルモ住民がガリバルディ軍を天の賜物《たまもの》とみなして兵士からきっちり金を吸い上げているのか、私にはわからない。

上院庁舎での両巨頭の会見（「一八三〇年のパリ市庁舎のようだ！」とデュマは感激して言った）はとても大げさなものだった。私から見ると、どちらも相当の大根役者に思われた。

「親愛なるデュマ、あなたがいなくてさみしかった」と将軍は叫び、賞賛の言葉をかけるデュマにこう答えた。「私をではなく、そう、私をではなく、この人たちをほめてください。彼らの働きぶりは実に見事でした」それから部下に命じた。「すぐ、この建物で一番の部屋をデュマ氏のために用意しなさい。兵士二千五百人と銃一万挺、汽船二隻の到着を告げる知らせをもたらした男に対して、何をしても充分すぎることはない！」

父の死後、あらゆる英雄を疑いの目で見るようになった私は、この英雄のこともやはり疑っていた。デュマはガリバルディがまるでアポロンであるかのように語っていたが、私の目から見たガリバルディは中背で、金髪といってもくすんだ金髪で、短足でがに股だし、リューマチを患《わずら》っているような歩き方だった。馬にまたがるのに苦労して、二人の部下に助けてもらうのを見たことがある。

夕方、王宮前に群衆が集まって「デュマ万歳、イタリア万歳」と叫んだ。作家は明らかにご満悦の様子だったが、私の印象では、その群衆はガリバルディが仕組んだもののようだった。ガリバルディは友人のプライドの高さを知っていたし、約束の銃も必要だったから。私は群衆に紛れ、どんな会話が交わされているのか探ろうとした。方言はアフリカ人のおしゃべりのように理解不能だったが、かろうじて短いやり取りが聞き取れた。デュマ万歳と叫んでるが、いったいそのデュマって誰だい、と誰かが尋ねた。聞かれたほうは、デュマというのはコーカサスの君主で、お金を山ほど持っていて、ガリバルディに資金を提供しに来たのさと答えていた。

デュマがガリバルディ将軍の部下数人に私を紹介してくれた。ガリバルディの副官である恐ろしいニーノ・ビクシオの獰猛《どうもう》な目に睨みつけられて、私は怖気づいて逃げ出した。誰にも気がつかれずに出入りできる宿屋を探さなければならない。

この時の私は、シチリア人から見ればガリバルディ軍の一員であり、遠征隊から見れば一介の新聞記者だった。

＊＊＊

騎馬で市中を見まわるニーノ・ビクシオを私は見かけた。噂によると、遠征隊の真の軍事指導者は彼らしい。ガリバルディはうわの空で、明日何をするかを考えてばかりいる。突撃の際にはガリバルディは優秀で部下を率いてその先頭に立つが、ビクシオは現在のことを配慮し、部隊を整列させる。ビクシオが通り過ぎた時、私のそばにいたガリバルディ軍のひとりが仲間の兵士に言うのが聞こえた。「見ろ、なんて目だ、四方八方に睨みをきかせている。横顔はサーベルの一撃のように鋭い。ビクシオ！　その名そのものが、稲光がきらめく感じじゃないか」

明らかに彼ら義勇兵は、ガリバルディとその副官たちにすっかり魅了されていた。まずいことだ。諸王国の幸福と平和のために、魅力にあふれた指導者たちはすぐに排除する必要がある。私を派遣したトリノの連中の言うとおりだ。このガリバルディ神話が北部にまで広がるのを食い止めないといけない。さもないと、北にいる王国の住民すべてが赤シャツを着ることになって、共和国になってしまう。

＊＊＊

（六月十五日）地元民と会話するのは難しい。唯一はっきりしているのは、義勇兵だと思えば誰彼かまわずぼったくろうとしていることだ。ピエモンテ人と彼らは言うが、実際は義勇兵のなかでピエモンテ出身者はほんの少数だ。私は安い値段で晩飯が食べられて、発音できない名の料理を味わえる食堂を見つけた。仔牛の脾臓《ミルツァ》を挟んだ大きなパンを飲み込むのに苦労したが、地元の美味しいワインと一緒に何個か平らげることができた。夕食の席で二人の義勇兵と知り合いになった。ひとりはアッバという二十歳そこそこのリグーリア出身の若者で、もうひとりのバンディはリヴォルノから来た記者で、私とほぼ同年だった。二人の話を通じて、ガリバルディ軍兵士が到着して戦いはじめた様子がわかった。

「ああ、なんと言うか、シモニーニ君」とアッバは言った。「マルサーラ上陸はまるでサーカスの見世物のようだったよ！　つまりこうさ、我々の前にブルボン軍の二隻の船ストロンボリ号とカプリ号があった。僕らの乗ったロンバルド号が岩礁に激突すると、ニーノ・ビクシオは、拿捕《だほ》されるなら無傷のままよりも船腹に穴が開いたほうがましで、むしろピエモンテ号も沈没させるべきだと言う。もったいないと言いたいが、ビクシオは正しかった。ブルボン軍に二隻を差し出すわけにはいかない。それが優れた傭兵隊長のやり方だ。上陸したら船を燃やして突撃するのさ、そうなれば後戻りはできない。ピエモンテ号が上陸を開始すると、ストロンボリ号が砲撃を始めた。でも不発だった。港に停泊していたイギリス船の司令官がストロンボリ号に乗り込み、船長に向かって、陸上には大英帝国の臣民がいる、国際問題になったらすべて貴殿の責任だと告げた。ワインの取引で、マルサーラがイギリスにとって経済的にとても重要なのは知ってるだろう。ブルボン軍の司令官は国際衝突などかまわんと言って砲撃を命じたが、大砲はまたもや不発だ。ようやくブルボン軍の船が何発かまともに発射したが、怪我人はひとりもなく、犬が一匹、真っ二つになっただけだ」

「それじゃ、君らはイギリス人に助けられたのですか?」

「彼らは落ち着いて僕らのあいだに割り込んで、ブルボン軍の邪魔をしたってことさ」

「でも、ガリバルディ将軍とイギリス軍との関係はどうですか?」

アッバは、自分のような一兵卒はいちいち質問しないでただ従うだけさ、といった身振りをした。

「それよりこれを聞けよ、すごい話だ。街に到着すると、将軍は電信局を占拠して電線を切断するよう命じた。士官が部下数人とともに電信局に派遣されたんだが、そこの係員は彼らがやって来るのを見て逃げ出してしまった。士官が部屋に入ってみると、トラーパニの軍事司令官宛に送信されたばかりの電報の写しが見つかった。『サルデーニャ国旗を掲げた汽船二隻が先刻入港、兵士上陸』ちょうどその場に返事が届いた。義勇兵のひとりで、ジェノヴァで電信局に勤めていた奴がその内容を解読した。『兵士は何名か、上陸の目的は何か?』士官は返信させた。『失礼、見誤りだった。硫黄を積んだジルジェンティからの商船二隻』それに対するトラーパニからの返事はこうだ。『この間抜け』士官は満足して平然と受けながし、電線を切断させて立ち去った」

「ほんとのことを言うと」とバンディが口を挟んだ。「上陸は、アッバが言うようなサーカスの見世物じゃなかった。僕らが上陸すると、とうとうブルボン軍の船から手榴弾と機関銃の弾が飛んできた。もちろん、面白いことはあったさ。砲撃のまっただなかに大柄な修道士が現われたんだ。年寄りだが恰幅《かっぷく》がよく、帽子を手に取って出迎えのあいさつをしてくれた。誰かが叫んだ。『坊主、邪魔しに来たのか？』しかし、ガリバルディは片手を挙げてこう言った。『坊さん、何を探しているんだ、砲弾が飛びかう音が聞こえないのか？』すると修道士は言った。『砲弾は怖くありません。私は貧者フランチェスコの僕《しもべ》でありイタリアの息子なのです』『ではあなたは民衆の仲間か？』と将軍は尋ねた。『民衆とともに、私は民衆とともにあります』と修道士は答えた。それでマルサーラは僕らの味方だとわかったんだ。将軍は徴税請負人のもとにクリスピを派遣し、イタリア国王ヴィットリオ・エマヌエーレの名において取り立てた税金をすべて接収して主計官アチェルビに送らせ、受領証を発行させた。まだイタリア王国は存在していなかったが、クリスピが徴税請負人に署名したその受領証こそ、ヴィットリオ・エマヌエーレがイタリア国王と呼ばれた最初の文書なんだ」

主計官が話に出てきたので、私は質問した。「でも主計官はニエーヴォ大尉ではないのですか？」「ニエーヴォはアチェルビの補佐官さ」とアッバが説明しだした。「あんなに若くてもう大作家だ。本物の詩人さ。額に才能が輝いている。いつもひとりで行動し、まるで視線で地平線を押し広げるように遠くを見てる。ガリバルディは、彼をまもなく大佐に任命するらしいよ」

バンディの賛辞はさらに大げさだった。「カラタフィーミで、ニエーヴォはパンを配給するために少し後方にいたんだが、ボッツェッティから戦闘に呼び出されると、戦う兵士たちの密集に飛び込んでいった。敵に向かって黒い大きな鳥のように飛びかかり、広がったマントの裾を銃弾で打ち抜かれた……」

　この話を聞いただけで、私はニエーヴォを憎らしく思った。私と同年代らしいが、すでに有名人気取りだ。兵士詩人だと。敵の前でマントを開けば、相手はどうしたってマントを撃ち抜くしかない。胸でないところに開いた銃弾の穴を見せびらかすには、うまいやり方だ……。

　そこでアッバとバンディはカラタフィーミの戦いの話に移った。奇跡的な大勝利だった。千人の義勇兵に対して、完全武装したブルボン軍兵士二万五千人が相手だったのだから。

「先頭に立つガリバルディは」とアッバが語った。「大宰相《グラン・ヴィジール》が使いそうな立派な栗毛にまたがっていた。美しい鞍に透かし彫りの鐙《あぶみ》、赤シャツとハンガリー風の帽子。サレーミで地元の義勇兵が僕らに合流した。あちこちから騎馬や徒歩で数百人がやって来た。完全武装をした風変わりな山育ちの連中で、凶悪な面構えをし、短銃の銃口のように鋭い目つきだった。だが周辺の金持ち、貴族が連中を仕切っていた。サレーミは汚らしくて街路はまるで下水溝だったが、修道士たちは美しい修道院に住んでいて、僕らはそこに泊まったのさ。あの頃、敵についての情報はさまざまだった。四千人だ、いや一万人だ、二万人だ、騎馬と大砲を持ってる、あそこに陣取っているとか、いやこっちだとか、前進するとか後退するとか……。そして敵軍がいきなり現われた。五千人くらいだろうか。いや、とんでもない、一万人はいると味方の誰かが言った。我々と奴らのあいだに荒れた平地が広がっていた。ナポリ軍の猟歩兵が高台から降りてくる。落ち着きはらって余裕綽々《しやくしやく》で、きちんと軍事教練を受けているのがわかる。僕らのような浮浪者じゃない。連中の進軍ラッパがひどく悲しげに響いた！　ようやく射撃が始まったのは午後一時半になってからだ。インドイチジク《フィキ・ディンディア》の果樹のあいだを抜けて降りてきたナポリ軍の猟歩兵が撃ったんだ。『応戦するな、敵の砲火に応戦するな！』と僕らの士官が叫んでいた。しかし、猟歩兵の銃弾が頭上をかすめて飛んでいく音がものすごくて、じっとしていられなかった。一発、発射音が聞こえ、それから続いてもう一発、そして将軍のラッパ手が突撃ラッパを吹き鳴らし、僕らは駆け足で攻撃に出た。銃弾が雨あられと降りそそぎ、撃ってくる砲弾の煙に包まれた山は雲のようだ。僕らは平地を横切って敵の前線を打ち破った。僕が振りかえると、丘の上に立っているガリバルディが見えた。鞘に入れたままの刀を右肩に担いで、攻撃全体を見ながらゆっくりと進んでいた。騎乗したビクシオは、馬で彼を守ろうと疾走しながら叫んだ。『将軍、そんなことをして死にたいのですか？』ガリバルディは叫んだ。『我が国のために死ぬのなら、それは何より良い死に方だ』そして雹《ひょう》のように降ってくる銃弾もかまわずに突進した。その瞬間、僕は、勝利が不可能だと思った将軍が死ぬつもりなのかと怖くなった。でもすぐに味方の大砲が道路から轟音を響かせた。千人の援軍を得た気がしたよ。突撃、突撃、突撃！『駆け足前に進め』を休まず吹き鳴らすラッパの音も耳に入らないほどだった。白兵戦で、僕らが段丘を一段一段と乗り越えて丘を登っていくと、ブルボン軍の大隊は上へ後退して密集陣形を取り、戦力が増したようだ。さらに戦うのは無理だという気がした。奴らはみな頂上にいて、その縁にいた僕らはすっかり疲れきっていた。束の間の中断のあいだ、奴らは上にいて、僕らはみな地面にのびていた。あちこちで銃声が鳴り、ブルボン軍兵士は岩を落としたり石飛礫を投げたりしてきた。ガリバルディ将軍に当たった石もあったそうだ。インドイチジク《フィキ・ディンディア》の林で、ひとりの美青年が致命傷を負って戦友二人に支えられているのを見た。そいつは、ナポリ兵のことを大目に見てやってくれ、あいつらもイタリア人なんだからと仲間に懇願していた。斜面は銃弾に倒れた兵士でいっぱいだが、うめき声ひとつ聞こえない。頂上からナポリ兵が時折『国王陛下万歳』と叫ぶ。そうこうしているあいだに僕らの援軍が到着した。その時に、おまえバンディが来たのを覚えてるぜ。全身傷だらけだし、何しろ左胸を一発撃たれているものだから、こいつは三十分もたずに死ぬんじゃないかと思った。ところが最後の突撃になったらおまえは誰よりも先に駆けだしてた。いくつ命があったんだ」

「馬鹿言うなよ」とバンディが言った。「かすり傷だったさ」

「それから僕らと一緒に戦ったフランチェスコ会修道士たちもいたな。ひとり痩せこけて汚らしい奴がいた。銃弾や小石をラッパ銃に込めて、丘をよじ登って散弾をぶっ放してた。もうひとり、僕が見かけたフランチェスコ会修道士は、太ももを撃たれたというのに、自分の体から銃弾をえぐり出して、また撃ちはじめたのさ」

そしてアッバは総督《アンミラリオ》橋の戦闘を語りだした。「すごかったよ、シモニーニ君、ホメロスの叙事詩のような一日さ！　僕らはパレルモの市門まで迫っていて、蜂起した地元の連中が応援に来てくれた。ひとりが『あっ』と叫ぶと、その場でぐるっと一回転して酔っ払いのように三、四歩脇によろけて、二本のポプラの根元の堀のなか、ナポリ軍の猟歩兵の死体のそばに落ちた。そのナポリ兵は僕らがやっつけた最初の歩哨だろう。そして鉛弾が降りそそぐなかで、あのジェノヴァ人が『ベランディ、ここはどんな調子だい？』と方言で叫んだのが今でも耳に残っている。奴は額に一発の銃弾を受け、頭蓋骨を真っ二つに割られて地面に崩れ落ちたんだ。総督《アンミラリオ》橋のあたりでは、路上はもちろんアーチ橋の上でも下でも、そして畑のなかでも、壮絶な白兵戦になった。夜明けに僕らは橋を確保していたが、恐ろしい砲撃を受けて前進できなかった。壁に隠れて撃ってくる砲兵隊からの砲撃だった。そのあいだに左手から、小規模の騎兵隊の攻撃を受けたが、それは野原に押し返した。橋を越えてテルミニ市門の十字路に集まった。だが、港から撃ってくる船の大砲と、正面のバリケードからの銃撃に狙われていた。かまうものか。鐘が激しく乱打されていた。路地を進んで行くといきなり、ああ、素晴らしい光景に出くわしたのさ。白服を着た若い美女三人が白百合のよう

総督《アンミラリオ》橋のあたりでは、
路上はもちろんアーチ橋の上でも下でも、
そして畑のなかでも、壮絶な白兵戦になった（149頁）。

な手で鉄柵をつかんで、黙ってこっちを見ている。教会のフレスコ画に描かれた天使のようだ。あなたたちは誰ですかと訊くから、イタリア人だと答えて、そちらは、と訊き返すと、尼僧見習いだと言うのさ。ああ、かわいそうに、と僕らは言った。彼女たちをその牢獄から解放して、愉快な気分にさせるのも悪くないもんだろう。彼女たちは『聖ロザリア万歳』って叫んだ。僕らは『イタリア万歳』と返した。そうすると賛美歌のような優しい声で『イタリア万歳』と叫び返して、僕らの勝利を祈ってくれた。休戦になるまでパレルモでその後五日間戦ったが、尼僧見習いの影も形もなく、娼婦で我慢しなきゃならなかったのさ!」

熱狂しているこの二人をいったいどれだけ信用できるだろう。二人は若く、初めて戦闘を体験したのであって、最初から自分たちの将軍を崇拝していた。彼らなりにデュマのような小説家で、記憶を飾り立てて、鶏一羽が鷲に化けるほど大風呂敷を広げる。義勇兵たちが一連の小競《こぜ》り合《あ》いで勇猛果敢に戦ったのは間違いないだろう。だが、ガリバルディが砲火のなかを悠々と闊歩して(しかも敵は遠くからその姿がはっきり見えていたはずだ)無傷だったのは偶然だろうか。その敵軍が、上からの指令で、いい加減に撃っていたのではないだろうか。

そんな考えが私の頭に浮かんだのは、泊まっている宿屋の主人が不満をこぼすのを聞いていたからだ。この男はイタリア半島をあちこち渡り歩いたことがあるらしく、話す言葉はだいたい聞き取れた。ドン・フォルトゥナート・ムズメーチと話してみたらどうか、と私に勧めてくれたのがこの主人だった。公証人であるムズメーチは、誰についてもすべて知っているようで、事あるごとに、新しくやって来た連中に対する不信感を口に出していた。

もちろん赤シャツ姿で彼に話しかけるわけにはいかなかったが、ベルガマスキ神父の僧服を持ってきていたことを思い出した。櫛で髪を整えて、媚びへつらうようにうつむいた態度を装う。神父の身なりで宿屋を抜け出すと、誰も私だとは気づかなかった。イエズス会士はシチリア島から追放されるという噂が流れていたので、神父になりすますのはきわめて無謀な行動だった。しかし結局のところ、うまくいった。それに、差し迫った不当な行為の犠牲者として、ガリバルディを敵視される人たちから信頼を得ることができた。

朝のミサのあとドン・フォルトゥナートが居酒屋でゆっくりコーヒーをすすっているところを見計らって、私は話を始めた。中心街にあるその店は上品といってよいほどで、ドン・フォルトゥナートはくつろいでいた。目を半分閉じて太陽に顔を向け、ひげは数日剃っていないらしく、連日の酷暑にもかかわらず黒い上着にネクタイを締めて、ニコチンで黄ばんだ指に挟んだ葉巻は消えかけている。私はこのあたりではコーヒーにレモンの皮が入っていることに気がついた。カフェラッテには入れないでほしいものだ。

近くのテーブルに座った私が暑さを嘆いてみせただけで、すんなり会話は始まった。この地域で何が起きているのかを調査するために私がローマ聖庁から派遣されてきたと聞いて、ムズメーチは一切隠さずにしゃべった。

「神父様、いい加減にかき集められてろくな装備もない千人がマルサーラに到着して全員無事に上陸できると思われますか。ヨーロッパでイギリスに次ぐ海軍であるブルボン軍の戦艦が、誰にも命中させずでたらめな砲撃をしたのはなぜでしょう。そのあと、カラタフィーミで、まさにその浮浪者千人と、占領軍のごきげんを取ろうとした数人の地主から尻を叩かれて駆り出された若者数百人が一緒になって、世界有数の熟練した軍隊（ブルボンの軍事学校がどれだけのものかご存じかは知りませんが）の前に立ち向かい、その千やそこらの浮浪者連中が二万五千人の軍隊を打ち負かしたなんて、いったいどうしてそんなことが起きたのでしょう？　とはいえ、二万五千のうち実際に姿を見せたのは数千人足らずで、ほかの連中はまだ兵舎に引き止められていたのですが。おわかりでしょう、金ですよ。マルサーラにいた軍艦の将校たち、そしてカラタフィーミのランディ将軍に大金が渡ったのです。ランディ、形勢不明の戦いを一日戦ったあと、義勇兵を片付けるのに充分なだけ元気な部隊がいたはずなのに、逆にパレルモへ撤退してしまった。彼に一万四千ドゥカーティの賄賂《わいろ》があったという話をご存じですか。それで上官たちはどうしたか。十二年前、ピエモンテ軍のラモリーノ将軍は、これよりはるかに些細なことで銃殺に処せられた。私はピエモンテ軍は好きじゃないが、奴らは軍事のことをよくわかってます。それに対してランディはランツァに替えられただけだ。私が見るに、このランツァもすでに買収されていたのです。事実、今話題のパレルモ占領をご覧なさい。ガリバルディは、シチリアのごろつきから集めた三千五百人の悪党を部隊に加えていましたが、ランツァのほうはおよそ一万六千人の兵士が控えていた、一万六千ですよ。それなのにその軍を大量投入せずに小部隊に分けて反乱軍に差し向けたので、当然ながら負けつづけた。それにパレルモの地元民のなかに、買収されて寝がえり、屋上から銃撃を始めた奴らもいました。港では、ブルボンの軍艦の目の前で、ピエモンテ軍の船から義勇軍の銃が荷揚げされた。陸では、ガリバルディがヴィカリーアの刑務所と終身労役刑監獄に行って新たに千人の一般囚を解放して部隊に加えるのを、みんな指をくわえて見ていたんです。さらに今のナポリで何が起きていることか。哀れな国王陛下を取りまく卑劣漢どもは、すでに金を受け取って陛下を土台からひっくり返そうとしている……」

「でも、そんなお金はいったいどこから来るのですか？」

「神父様！　ローマのあなた方がこれほど事情に疎《うと》いとはびっくりだ！　イギリスのフリーメイソ

ンですよ！　関係が見えませんか。ガリバルディはメイソンだし、マッツィーニもメイソンだ。ロンドン亡命中にマッツィーニはイギリスのフリーメイソンと接触し、メイソンのカヴールはイギリスの支部《ロッジ》から指令を受けている。ガリバルディの周囲はメイソンばかりだ。その計画の狙いは、両シチリア王国を破壊するよりも、教皇様に致命傷を与えることなのです。ヴィットリオ・エマヌエーレが、両シチリア王国に続いてローマも手に入れたがるのは明らかですからね。義勇軍が九万リラを金庫に入れて出発したという美談をお信じになられるのですか？　そんな金では、この大酒呑みで大食漢の部隊がここまで来る道中の食費にさえ足りない。今の連中がパレルモに残った食糧を食いつくして近くの農村を略奪しているのを見ればわかることだ。つまりは、イギリスのフリーメイソンが、フランスフラン三百万相当を、地中海の全域で使えるトルコ金貨でガリバルディに渡したのです」

「では誰がその金貨を持っているのですか？」

「将軍が信頼しているメイソン、例のニエーヴォ大尉ですよ。三十歳にもならない青二才のくせに、主計官の任務しかしなくていい。しかしこの悪党どもは、将軍でも提督でも好き勝手に買収する一方で、農民を飢えさせている。農民はガリバルディが地主の土地を分配してくれると期待していましたが、もちろん将軍は土地と金を持っている側と手を結ばなくてはなりません。カラタフィーミに命を捧げに行った若者たちが何も変わっていないと知ったら、義勇兵に向かって発砲するでしょう。死んだ連中の手から奪ったその銃でね」

　私は僧服を脱いで赤シャツに着替えて街を見まわり、教会前の階段でひとりの修道士、カルメーロ神父と話をした。二十七歳だと言うが四十歳に見える。ガリバルディ軍に加わりたいが、気になることがあって決心がつかないのだと打ち明けられた。カラタフィーミには聖職者もいたわけだし、何が気になるのかと私は尋ねた。

「私もあなた方とともに行動したい」と彼は言った。「もし本当に素晴らしいことをなされるのだとわかれば。でもおっしゃっておられるのは、イタリアを統一してひとつの民衆にすることだけです。しかし、民衆は統一していても分裂していても、苦しむ時は苦しむものです。そしてあなた方が民衆の苦しみを止められるのかわかりません」

「しかし民衆は自由と学校を手にするでしょう」と私は言った。

「自由はパンではありませんし、学校もパンではない。おそらくあなた方ピエモンテ人にはそれで充分でしょうが、我々には充分ではないのです」

「では、あなたたちにはいったい何が必要なのですか?」

「ブルボン家に対する戦争ではなく、貧しい者による戦い、彼らを飢えさせている連中に対する戦争です。そういう連中は王宮だけじゃなくどこにでもいます」

「それではあなた方僧侶に対する戦争でもあるでしょう。あちこちに修道院と地所を持っておられる」

「我々聖職者に対する戦争でもあります。というか、ほかならぬ我々に対する戦争です。しかし福音書と十字架を携えた戦争です。それなら私も参加しましょう。今のあなた方のやり方は不充分です」

共産主義者たちの有名な宣言について大学で私が理解したことからすると、この修道士は共産主義者だ。本当にこのシチリアはわけがわからない。

＊＊＊

祖父が生きていた頃からこの強迫観念を引きずっているせいだろう、ガリバルディを支援する陰謀にユダヤ人も絡んではいないだろうかと当然私は考えた。たいてい、ユダヤ人はいつも関係しているものだ。もう一度ムズメーチを訪ねた。

「もちろんそうです」と彼は言った。「なにせフリーメイソン全員がユダヤ人じゃないとしても、ユダヤ人は全員フリーメイソンですから。それでガリバルディ派はどうでしょう。勇士たちを称えて出版された、マルサーラの義勇兵名簿を調べてみて愉快でしたよ。そこにあった名前はエウジェニオ・ラヴァ、ジュゼッペ・ウジエル、イザッコ・ダンコーナ、サムエーレ・マルケージ、アブラーモ・イザッコ・アルプロン、モイゼ・マルダチェーアとかで、ひとりコロンボ・ドナートがいましたが、故アブラーモの息子だという。そんな名が良きキリスト教徒のものでしょうか」

＊＊＊

（六月十六日）私は紹介状を持って例のニエーヴォ大尉に近づいた。洒落た青年で、よく手入れされた口ひげと唇の下のひげをはやし、夢想家を気取っていた。ただそれはあくまでポーズだった。私たちが会話している最中に、ひとりの義勇兵が入ってきて支給予定の毛布か何かの話をすると、彼は口うるさい会計士のように、先週その中隊には毛布十枚が支給されていることを指摘した。

「君らは毛布を食べているのか？」それから言った。「もっと毛布が食べたいなら、懲罰房に入って消化するといい」義勇兵は敬礼すると姿を消した。

「どんな仕事をさせられているか、ご覧になりましたか？　私が文学者なのはお聞きになったでしょう。それなのに兵士に服と金を調達し、新しい軍服を二万着注文しなければならない。毎日ジェノヴァ、ラ・スペツィア、リヴォルノから新しい義勇兵が到着するからです。それから嘆願書の件がある。伯爵や公爵夫人たちは一か月二百ドゥカーティの俸給を要求し、ガリバルディが神から遣わされた大天使だと思っている。ここでは、みんな物事が上から降ってくるのを待っているのです。欲しいものがあれば自分から行動する私たちの北部とはわけが違う。私が金庫番を任されたのは、おそらくパドヴァで民法と刑法の両方の学位を修めたからか、あるいは私が盗みをしないとわかっているからかもしれません。君主と詐欺師のあいだに違いのないようなこの島では、盗みを働かないことは大きな美徳です」

ぼんやりした詩人を演じているのは明らかだ。もう大佐になられたのですか、と私が訊くと、わかりませんと答えた。「ご承知のとおり」と私に言った。「ここの状況は多少混乱していますが、ビクシオは、ピネローロの軍学校にいるみたいにピエモンテ式の軍事規律を守らせようとしています。我々は非正規兵の部隊です。あなたがトリノへ記事を書き送る時は、こうした嫌な部分は黙っておいてください。本当の興奮、みんなが感じている熱狂を伝えるように努力してください。ここには、自分が信じるもののために命をかける人々がいるのです。それ以外のことは植民地での冒険のように考えてください。パレルモの暮らしは楽しく、住民はヴェネツィア並みに噂好きだ。我々は英雄のように賞賛され、わずかな赤い布地と七十センチのサーベルがあれば、多くの美しいご婦人方の目にはとても格好よく見えるのです。彼女たちの貞節はうわべだけにすぎません。我々は毎晩のように劇場の枡席に通い、ここのソルベは実に美味しい」

「たくさんの出費を賄《まかな》わなければならないとおっしゃいますが、ジェノヴァを出発した時にあったわずかな金でどうやっているのです？　マルサーラで徴発した金を使っているのですか？」

「あれは小銭でした。それより、将軍はパレルモに到着するとただちにクリスピを派遣して、両シチリア王国の銀行の金を徴発させたのです」

「それは聞きました。五百万ドゥカーティという話ですが……」

そこで、詩人は将軍の右腕に戻った。天を仰いで言った。「ああ、そうでしょう、みんないろいろなことを言っています。とにかく、イタリア全土から、そしてヨーロッパ全土から愛国者が寄付した金を計算に入れる必要があります。そう、このことをトリノのあなたの新聞に書いてください。認識不足の人々に状況を伝えるために。つまりいちばん難しいのは帳簿をきちんと整理しておくことです。ここが正式にイタリア王国となったあかつきには、すべてを規則どおりに国王政府に提出しなければなりません。収入も支出も、一チェンテージモの間違いもなく」

イギリスのフリーメイソンからの数百万フランをどうやってごまかすつもりだ？　私は胸の内でつぶやいた。おまえとガリバルディ、カヴールのあいだで話がついていて、その金は届いているが、口にしてはならないのか？　あるいは、金はあるがおまえはそのことを知らなかったし今でも知らないままで、単なる下っぱのおまえはあの連中（だが、いったい誰だ？）に隠れ蓑として使われているだけの清廉潔白な小物で、戦いに勝てたのはすべて神様のおかげだと思っているのか？　その男のことを私はまだよくわからなかった。彼の言葉で唯一正直だと感じたのは、その数週間、義勇軍が東へ進撃し、勝利に次ぐ勝利で海峡を越えてカラーブリアに入りそこからナポリへ進もうとしているのに、自分は兵站部の会計収支を扱うようパレルモに配属されたことをひどく嘆いている点だった。こうした人間がいるものだ。美味しいソルベと美女を与えてくれた運命を喜ぶどころか、ふたたび銃弾でマントを撃ち抜かれるのを望んでいる。

地球には十億人以上が住んでいると聞いたことがある。どうやって数えたのかはわからないが、パレルモを一回りすれば、人間の数が多すぎて互いの足を踏み合っているのはすぐに気がつく。そして大半の連中が臭い。今でもすでに食糧はあまりない。もしこれ以上人数が増えたらどうなることだろう。したがって人口を減らさなければならない。もちろん疫病や自殺、死刑はあるし、決闘ばかりする者、馬に乗って猛烈な勢いで森や草原を駆けるのが好きな者もいる。海に泳ぎに行く英国紳士たちのことを聞いたことがある。もちろん彼らは溺れ死ぬ……しかしそれでは足りない。戦争は、人類の増加を抑制するのに望み得るもっとも効果的で自然なはけ口だ。かつては出陣の際、戦いは神の御意思だと言っていたではないか。しかし戦いたがる人を見つけなければならない。誰もが逃げ出してしまったら、戦争で死ぬ者はいない。それならどうしてわざわざ戦争などするだろう。だからニエーヴォやアッバ、バンディのような人間、つまり機関銃の前に突撃したがる連中が必要なのだ。私のような人間が、息がかかるほどそばにまとわりつく群衆から悩まされずにすむために。

つまり、私は好きではないが、高潔なお人よしは必要なのだ。

＊＊＊

私は信任状を携えてラ・ファリーナのもとを訪れた。

「もしトリノに伝えるよい知らせを期待されているのなら」と私に言った。「諦めなさい。ここでは統治がなされていない。ガリバルディとビクシオは、私のようなシチリア人ではなく自分たちと同じようなジェノヴァ人を指揮するつもりになっている。強制徴兵制のことを誰も知らない土地で三万人を徴兵する案が真剣に検討されたのだ。多くの市町村で、まさに反乱が起きた。地方議会から旧王国の公務員を排除するという決定がなされた。読み書きできる者は彼らしかいないのに。先日、何人かの坊主嫌い《マンジャプレーティ》が、イエズス会の創立だからといって公共図書館を焼きはらうことを提案した。パレルモの行政官となったのは、誰も知らない、マルチレプレ出身の若者だ。島の内陸部ではあらゆる種類の犯罪が横行し、しばしば秩序を守るべき人が殺人犯だったりする。というのも本物の山賊までが部隊に加わったからだ。ガリバルディは正直者だが、目の前で起きていることに気がつかない。パレルモ県で徴発した馬を一度移送しただけで、そのうちの二百頭が消えた！　誰の要請に対しても大隊を組織する許可を与えた結果、楽隊と将校は完全にそろっていながら兵士が四、五十人くらいしかいない大隊ができ上がる！　ひとつの同じ任務が三人、四人に任せられる！　裁判官全員が一度に解任され、シチリア全土が民事裁判所も刑事裁判所も商業裁判所もないまま放置された。軍事委員会が設けられて、まるでフン族の時代のようにあらゆる人のあらゆる事柄を裁いている！　クリスピとその一味によれば、ガリバルディが民事裁判所を望まないのは判事と弁護士が詐欺師だから、また議会を望まないのは代議士たちが剣ではなくペンの人間だからで、警察権力を望まないのは市民が全員武装して自衛すべきだからだという。ガリバルディが本当にそう考えているのかはわからないが、今ではもう私は将軍と話さえできないのだ」

七月七日、ラ・ファリーナが逮捕されてトリノへ送還されたことを知った。命令を下したガリバルディが、クリスピに唆《そそのか》されたのは明らかだ。カヴールに情報を流す人間はいなくなった。こうなるとすべては私の報告書にかかってくる。

噂を集めるためにまた聖職者に扮するまでもない。居酒屋は悪口であふれているし、時には義勇兵自身がひどい状況を嘆いている。パレルモ入城後のガリバルディ軍に参加したシチリア人のうち、すでに五十名ほどが脱走し、なかには武器を持って出ていった者もいると聞く。「奴らは藁《わら》みたいにぱっと燃えてすぐに飽きる農民なのさ」とアッバは弁護する。軍法会議は脱走兵に死刑を宣告するが、結局は、遠くであればどこへでも行きたいところに行かせる。私はここの人たちがどう感じているか考えてみる。シチリア全体が熱狂しているのは、ここが、照りつける太陽で干上がった、神から見放された土地だからだ。水といえば海水しかなく、刺だらけの果物が少しあるだけだ。何世紀ものあいだ何も起こらなかったこの土地に、ガリバルディとその仲間たちがやって来た。シチリア人はガリバルディを支援するわけでもなく、彼が退位させようとしている国王を今でも支持しているわけでもない。単に何かの変化が起きたことに酔っているのだ。その変化を各々が好き勝手に解釈している。おそらくこの変革の嵐は、みんなをふたたび眠りにつかせる南風《シロッコ》にすぎないのだろう。

＊＊＊

（七月三十日）私はニエーヴォとある程度親しくなり、ガリバルディがヴィットリオ・エマヌエーレから、メッシーナ海峡を渡らないように命じる公式通達を受け取ったことを打ち明けられた。ところがその通達には、国王自身の極秘文書が付されていて、だいたいこんなことが書いてあったという。私は先に国王としての文書を書いたが、それに対してこう答えてほしい、すなわち、自分は国王の忠告に従いたいが、ナポリの人々が私に解放してほしいと嘆願するなら、イタリアに対する責務を果たすために助けに行くしかないと。国王のこのあいまいな態度は、いったい誰に対してなのか？　カヴールか？　それともガリバルディ本人か？　ガリバルディにイタリア半島に渡るなと命じておいて、一方でそうしろと唆し、ガリバルディが渡った時には、その不服従を罰するとしてピエモンテ軍を率いてナポリ王国領に侵攻するのだろうか？

「将軍は純真無垢すぎて、何かの策略に引っかかってしまうでしょう」とニエーヴォは言った。「将軍の近くにいたいのですが、職務のために僕はここにいるしかない」

彼の眼には何か不思議な魅力があり／魂は光輝く／
人々は頭《こうべ》を垂れて／ひざまずかんばかり（163頁）。

この男に教養があるのは間違いないが、やはりガリバルディを崇拝しているのだと私は気がついた。落ち込んでいた時、最近届いたという冊子『ガリバルディの愛』を見せてくれた。校正刷りに彼が目を通せないまま、北部で出版されたものだ。

「読んだ人が、英雄の僕に少しは馬鹿なところがあってもかまわないと考えてくれるといいのだが。読者がそう考えるということを示したくて、出版社はわざとひどい誤植をいくつも残したのかもしれない」

ニエーヴォが書いた創作のなかから、ガリバルディその人に捧げた詩を読んで、このニエーヴォにはたしかに馬鹿なところがあると私は確信した。

彼の眼には何か不思議な魅力があり
魂は光輝く
人々は頭《こうべ》を垂れて
ひざまずかんばかり。
広場の雑踏をめぐって
心優しく、温かく振る舞い
娘たちに手を差しのべる
その姿を私は見た。

ここシチリアでは誰もみな、このがに股の小男に夢中だ。

＊＊＊

（八月十二日）街に流れている噂が本当かどうか確かめるため、ニエーヴォのところに行く。噂では、ガリバルディ軍はすでにカラーブリアの海岸に上陸したという。会ってみると彼はひどい落込みようで、今にも泣きださんばかりだ。彼の会計処理についてトリノで悪い評判が立っているという知らせが届いたのだ。

「だが、僕はここにすべてを記録してある」とニエーヴォは言って、赤いクロス装の帳面の束を手で叩いてみせた。「受け取った分も支払った分もすべて。もし横領があれば僕の計算からわかるだろう。こいつをしかるべき人に渡せば、誰かの首が飛ぶかもしれない。でもそれは僕の首じゃない」

＊＊＊

（八月二十六日）軍師でない私ですら、手に入る知らせから状況の察しはつく。フリーメイソンの金貨のせいか、サヴォイア家の大義に転向したのか、ナポリ王国の閣僚数人が国王フランチェスコに対する陰謀を計画している。きっとナポリで騒乱が勃発して、反乱分子はピエモンテ政府に支援を求め、ヴィットリオ・エマヌエーレは南に軍を進めるだろう。ガリバルディは何も気がついていないようだ。でなければ、すべて承知していて行動を急いでいるのだろう。ヴィットリオ・エマヌエーレより先にナポリに到着したいのだ。

＊＊＊

私に向かい、ニエーヴォは怒り狂って一通の手紙を振りかざした。「あなたの友人デュマは」と私に言った。「クロイソスみたいな大金持ちを気取っておいて、今度はこの僕をクロイソス扱いする！　何を書いてきたか見てくださいよ。しかもあつかましくも、将軍の名においてだなんて言うじゃないか！　ナポリ近くで、ブルボン軍に雇われたスイスとバイエルンの傭兵が敗戦の気配を嗅ぎ取って、ひとりあたり四ドゥカーティくれたら脱走すると申し出ている。その数が五千人ということは二万ドゥカーティ、つまり九万フランだ。デュマは自分の小説のモンテ・クリスト伯みたいだったくせに資金がなくて、紳士らしくたった千フランを用意すると言う。三千フランはナポリの愛国者が集めるそうだ。それで残りを出せるかどうか訊いてきた。いやはや、僕がどこから金を出してくると思ってるんだ？」

彼は何か飲まないかと勧めてくれた。「シモニーニ、今はみんな、イタリア半島に上陸することで興奮している。僕らの遠征軍の歴史に汚点を残すだろう悲劇に誰も気づいていない。カターニャの近郊、ブロンテ村の出来事だ。住民一万人のほとんどが農民と牧夫で、今でも中世の封土制のような制度に縛られている。領土全体とブロンテ公爵の爵位はロード・ネルソンに与えられていた。ほかのことは、一握りの金持ち、地元でいう〈旦那方《ガラントウオーミニ》〉が仕切っていたんだ。人々は動物のように搾取されてひどい扱いを受け、主人が所有する森で山菜を採ることも禁じられ、畑に行く通行料を払わされた。ガリバルディがやって来て、これで正義が果たされると思った人々は、土地が自分たちに戻ってくると考えて、いわゆる自由主義者からなる団体がいくつも組織された。そのなかで指導的立場にいたのがロンバルドという弁護士だ。ところがブロンテはイギリス領で、ガリバルディはマルサーラでイギリス軍に援助を受けたわけだから、彼がどちらの側に立つべきかは明らかだ。すると地元住民はロンバルド弁護士と自由主義者の指示を聞かなくなって、我を忘れて暴動を

ガリバルディは、まったく抵抗に
遭うことなくナポリに入城した（167頁）。

起こし、〈旦那方《ガラントウォーミニ》〉を虐殺してしまったんだ。もちろん、それは過ちだったし、暴動に加わった人々のなかにごろつきも入り込んでいた。この島が騒乱状態に陥ったために、刑務所にとどまるべきだった多数の悪党が自由の身になってしまった……だがそんなことが起きたのは僕らが到着したせいだ。イギリスから圧力をかけられて、ガリバルディはブロンテにビクシオを派遣した。こいつは荒っぽい男で、戒厳令を発すると住民に厳しい報復を加え、〈旦那方〉の告発を聞き入れてロンバルド弁護士が騒動の首謀者だとした。ロンバルドは首謀者ではなかったが、いずれにしても同じことで、見せしめが必要だった。こうしてロンバルドと四人が銃殺された。そのなかにはひとり、哀れな狂人が混じっていた。虐殺事件の前から道端で〈旦那方〉を罵っていた男だが、誰もそいつのことを怖がってなどいなかった。こうした残虐さを悲しく思う以上に、この事件は個人的にひどくショックだった。おわかりか、シモニーニ。トリノにこの事件の知らせが届き、僕らが昔からの資産家と手を結んだと報じられる。また一方では、前に言ったように不透明な会計収支に関する噂がある。そこから結論を導くのは難しくない。金持ちが僕らに金を払って貧乏人を銃殺させ、僕らはその金でのんきに楽しんでいるのだと。それどころか、見てのとおりここでは人が死んでいる。それも無駄に。頭に血がのぼるのも無理はない」

＊＊＊

〈九月八日〉ガリバルディは、まったく抵抗に遭うことなくナポリに入城した。ニエーヴォから聞いたところでは、ヴィットリオ・エマヌエーレにカヴールを追放するよう求めたそうだから、意気揚々としているのは明らかだ。トリノは私の報告書を首を長くして待っているだろう。思うに、できるかぎりガリバルディに不利な内容でなければならない。フリーメイソンの金貨を誇張して、ガリバルディを軽率な男として描き、ブロンテ村の虐殺を大きく強調して、そのうえほかの犯罪や、強奪、横領、腐敗、全体的な浪費に触れねばならない。ムズメーチの話を利用して義勇兵の行動を細かく取り上げよう。義勇兵たちは修道院で乱暴狼藉を働き、娘たちを凌辱する(おそらく修道女も。少し話を大きくしても問題はあるまい)。

私有財産の接収命令書もいくつか作ろう。密告者の匿名書簡を書いて、クリスピを介してガリバルディとマッツィーニがつねに通じていることや、彼らがピエモンテも含めた共和国を築く計画を持っている話をする。つまりガリバルディを追いつめるのに効果的で立派な報告書を書くのだ。しかも私はムズメーチから新たな良い材料を貰った。ガリバルディ軍は大半が外国人の傭兵なのだという。この千人の兵士にはフランス、アメリカ、イギリス、ハンガリー、さらにアフリカの傭兵が参加している。万国から集まったくずで、多くは南北アメリカ大陸でガリバルディと海賊をしていた連中だ。副官たちの名を聞けばわかる。トゥッル、エベル、トゥッコリ、テローキ、マギアローディ、クズダッフィ、フリジェッスィなどだ(ムズメーチはこれらの名を出まかせに並べていた。トゥッルとエベル以外、私は聞いたことがなかった)。そしてポーランド人、トルコ人、バイエルン人がいるらしい。ヴォルフという名のドイツ人が、以前はブルボン軍にいたドイツ人とスイス人の脱走兵を指揮している。イギリス政府はガリバルディにアルジェリア人とインド人の大隊を提供したという話だ。どこがイタリア人愛国者なものか。千人のうちイタリア人は半分だけだ。もちろんこう言うムズメーチは誇張している。私の周囲で聞こえるのはヴェネトやロンバルディーア、エミリア、トスカーナの訛りばかりで、インド人などひとりも見かけたことはなかったからだ。しかし多人種の寄せ集めであるという点を報告書で強調しても悪くはないと思う。

もちろん、フリーメイソンと切っても切れない関係にあるユダヤ人のことも少しほのめかしておいた。

報告書はできるだけ速やかにトリノに届けるべきであり、穿鑿《せんさく》好きな人の手に渡ることがあってはまずいだろう。私はサルデーニャ王国へ帰る直前のピエモンテの軍艦を見つけた。ジェノヴァまで私を乗船させるよう命じる船長宛の公文書を偽造するのにそれほど手間はかからない。私のシチリア滞在はここで終わりだ。ナポリで、そしてその先で何が起きるのか見届けられないのは少し残念だが、私がここにいたのは楽しむためでもなければ叙事詩を書くためでもない。結局のところ、この旅行で楽しかった記憶といえば揚げ卵《ピッシ・ドーヴ》とか、カタツムリ料理のバッバルーチ・ア・ピッキパッキとか、お菓子のカンノーロ、そうだ、ああ、カンノーロだ……。ニエーヴォがア・サンムリッグというカジキマグロ料理を食べさせると約束してくれたこともあったが、私は間に合わなくて、残っているのはその名のにおいだけだ。

8 エルコレ号

一八九七年三月三十日と三十一日、四月一日の日記から〈語り手〉がシモニーニと闖入者《ちんにゅう》である神父との問答体詩《やりとり》をまとめるのは少々やっかいな作業だが、どうやら三月三十日にシモニーニは、シチリア滞在の最後の日々を不完全ながら思い出したらしい。何行も抹消されたり、バツを書き込まれたが読み取れる行があったりして、文章は複雑になっている――そして読んでみるとそれは穏やかならぬ内容だった。三月三十一日、日記にダッラ・ピッコラ神父が割り込んで、シモニーニの記憶の密閉された扉を開くように、彼が思い出すまいと必死で拒否している事柄を告げた。そして四月一日、吐き気の記憶が残る不安な一夜を過ごしたシモニーニは、むっとしてふたたび手を加え、神父が大げさに道徳家ぶった非難をしたと思われる箇所を修正した。だが結局のところ、〈語り手〉は二人のどちらの主張が正しいのか判断できないので、実際にこうだったであろうと思える形でこの一連の事件を物語ることにする。――もちろんこの再構成の責任は〈語り手〉にある。

シモニーニはトリノに到着するとすぐにカヴァリエール・ビアンコに報告書を送った。翌日に連絡があって、その夜、最初の晩に馬車で連れていかれた場所にまた来るように指示された。そこに行くと、ビアンコとリッカルディ、そしてネグリ・ディ・サン・フロントが待っていた。

「シモニーニ」とビアンコが切り出した。「これまでのつき合いから率直に言ってよいのかどうかわからないが、君は間抜けだと言わねばなるまい」

「カヴァリエーレ、よくまあそんなことをおっしゃいます」

「ビアンコの言うとおり」とリッカルディが割ってはいった。「私たちも彼と同じ意見を持っている。私に言わせれば、間抜けなだけじゃなく危険だ。そんな考えの君をトリノの街をうろつかせて大丈夫かと不安なくらいだ」

「すみません、私は何か失敗したのかもしれませんが、よくわからないのです……」

「失敗ですよ、何もかも大失敗だ。数日もすれば（今ではそこらのおばさんだって知っていることだ）チャルディーニ将軍が我が部隊を率いて教皇領に侵攻することはわかっているのか？　一か月以内にピエモンテ軍はナポリの市門に到着するだろう。その時までには、我々は人民投票を実施し、両シチリア王国とその領地は公式にイタリア王国に併合されているだろう。もしガリバルディが実際に紳士で現実主義者であるなら、気の短いあのマッツィーニも抑え込み、しかたなく《ボン・グレ・マル・グレ》状況を受け容れて、獲得した領地を国王陛下に引き渡し、優れた愛国者の鑑《かがみ》であるところを見せるだろう。そうなれば我々はガリバルディ軍を武装解除しなければならない。今ではその兵士は六万人になり、好き勝手にさせてはおけないからだ。そして義勇兵をサヴォイア王国軍に受け容れて、残りは退職手当を渡して帰宅させる。みんな勇敢な青年であり、英雄なのだ。君の悪意に満ちた報告書を新聞と世論に投げ与えて、今我が国の兵士と将校になろうとしているこのガリバルディ軍の大半は外国人で、シチリアで略奪行為を行なった悪党集団だったと言わせたいのか？　ガリバルディはイタリア全土が感謝するような生粋の英雄ではない、金で買収された見せかけの敵軍を打ち負かした詐欺師だとでも？　イタリアを共和国にしようと最後の最後までマッツィーニと陰謀を企てていただと？　ニーノ・ビクシオが島を回って自由主義者を銃殺し、牧夫と農民を虐殺しただと？　君は頭がおかしい！」

「しかし、みなさんが私に命じられたのは……」

「我々が君に命じたのは、ガリバルディについて、そして彼とともに戦った優秀なイタリア人について悪口を言うことではなく、英雄ガリバルディの周囲にいる共和派の取り巻きたち《アントウラージュ》が占領地を正しく行政管理できていない証拠を集めて、ピエモンテの介入を正当化することだった」

「しかし、みなさんよくご存じのようにラ・ファリーナは……」

「ラ・ファリーナはカヴール伯爵宛に個人的な手紙を書いたのであり、もちろんカヴールはその書簡を世間に公表したりしなかった。それにラ・ファリーナはあくまでラ・ファリーナであって、特にクリスピに対しては恨みを抱いている。それに最後の、英国フリーメイソンの金貨というたわ言はいったいなんだ？」

「みんな話していることですよ」

「みんなだと？　我々は違う。それに、このメイソンはいったい何者だ？　君はメイソンなのか？」

「そうじゃありませんが、でも……」

「それなら無関係なことに首を突っ込まないでおくがいい。メイソンはメイソンで勝手にやらせておきなさい」

明らかに、シモニーニは、サヴォイア政府の全員がメイソンであることに気がついていなかった（おそらくカヴールは別だが）。幼い頃から身近にイエズス会士がいたのだから、残念ながらそのことを知っておくべきだった。とにかくリッカルディはすでにユダヤ人のことで激怒していて、報告書にユダヤ人を載せるなど、どれほど頭が捻じ曲がっているのかと問い質した。

シモニーニは口ごもった。「ユダヤ人はどこにでもいます。こうは考えられませんか……」

「我々が考えようと考えまいと、どうでもいい」とサン・フロントが遮った。「つまりは統一イタリアにおいてユダヤ人社会からの支援も必要になるだろうし、それにガリバルディ軍の献身的な英雄たちのなかにユダヤ人がいたことをカトリック信者のイタリア人に指摘したところで意味がない。君はこんな失態《ガフ》をしたのだから、アルプスにある我々の快適な城塞で十年間ほどきれいな空気を味わってもらっていいくらいだ。しかしあいにく、まだ君に用がある。我々の知るかぎりでは、あちらには例のニエーヴォ大尉だか大佐が残っていて、帳簿をそっくり持っているらしい。我々がわからないのは、第一に《イン・プリミス》、彼がその帳簿を公正に記録したかどうか、第二に《イン・セクウンドウス》、その会計収支が世間に明かされるのが政治的に有益であるかどうかだ。君が言うにはニエーヴォは帳簿を我々に提出するつもりで、そうなれば問題ないだろう。だが我々が受け取る前に、彼がほかの誰かに帳簿を見せたりしたら、まずいことになる。したがって君にはシチリアへ戻ってもらう。今回も、注目すべき重要な事件を報道するためにボッジョ代議士から派遣された記者としてだ。そしてニエーヴォにぴったり食いついて、帳簿の存在を消す工作にかかりなさい。帳簿が跡を残さず消えて二度と話題に上らないようにするのだ。どうやって目標を達成するかはお任せする。もちろん合法的な範囲であれば、どんな手段を使ってもかまわないし、我々からの指示を待つ必要もない。必様な資金を用意するにあたっては、カヴァリエール・ビアンコがシチリア銀行で支援するだろう」

ここまで書いたところで、ダッラ・ピッコラが伝える話もかなり穴だらけで支離滅裂になる。ダッラ・ピッコラにしても、相手のシモニーニが努めて忘れようとした事柄を思い出すのに苦労しているようだ。

いずれにしても、九月末にシチリアに戻ったシモニーニは、翌年三月まで滞在してニエーヴォの帳簿を手に入れようとしたが、結局それに成功しなかったようだ。二週間おきにカヴァリエール・ビアンコは親書を送って、苛立ちを込めて作戦の進展状況を尋ねてきた。

実のところ、ニエーヴォは件《くだん》の帳簿に全身全霊を傾けつつあり、悪意ある噂が高まれば高まるほどますます躍起になって内容を確認するために何千枚の領収書を徹底的に調べて照合しようとしたばかりか、今ではかなりの権限も持っていた。ガリバルディも不祥事や悪評の可能性を心配し、ニエーヴォに四人の補佐官と一部屋を与えて、表口と階段に二人の守衛を配置させた。したがって、その〈奥の院〉に夜に忍び込んで帳簿を探せる状況ではなかった。

さらにニエーヴォは、その会計記録を好ましく思わない誰かがいると思っている態度で、盗難や改竄を懸念して、できるかぎり帳簿が人の目に触れないように努めていた。そこでシモニーニとしては、今では同志として君、僕の間柄になった詩人とのつき合いをいっそう深めて、せめてニエーヴォがその悪名高い資料をどうするつもりか探るしかなかった。

海風にも冷めない熱気がこもったままの物憂い秋のパレルモで、二人は一緒に幾晩も過ごした。時折アニス酒をすすると、蒸留酒は白い煙のように水のなかへ少しずつ混じっていった。シモニーニのことを気に入ったからか、自分を町に囚われた身だと感じて、思い浮かんだことを話す相手が欲しかったからか、しだいにニエーヴォは軍人らしい警戒心を解いて、打ち明け話をするようになった。想いを寄せる女性をミラノに残してきたという。彼女はニエーヴォの従弟《いとこ》であり一番の親友でもある男の妻だったので、それは叶わぬ恋だった。しかしどうしようもない。ほかの恋愛のこともあって、ニエーヴォは憂鬱になりがちだった。

「僕はこういう人間で、こういう人間になる運命なんだ。いつも夢見がちで、暗く陰鬱で怒りっぽい。もう三十になるが、これまでずっと戦いに参加してきたのは、好きでもないこの世間から気を逸らすためだった。そして家にはまだ手書き原稿のままの長編小説が残っている。その出版を見届けたいのに手をつけられない。この汚れた帳簿を点検しなければならないからだ。僕に野心があれば、快楽に飢えていたら……せめて悪人だったら……せめてビクシオのように。まあいい。僕はずっと子供のまま、行きあたりばったりの人生で、動きたいから動くし、空気が好きだから息をする。死ぬ時は死ぬ時さ……そうなればすべて終わるだろう」

シモニーニはニエーヴォを慰めようとしなかった。救いようがない男だと考えていた。

十月初めにヴォルトゥルノの戦いがあり、ガリバルディはブルボン軍の最後の攻勢を退けた。しかし同じ頃、チャルディーニ将軍はカステルフィダルドで教皇軍を打ち負かして、ブルボン王の領土であったアブルッツォとモリーゼに侵攻していた。パレルモでニエーヴォはいきりたっていた。ピエモンテで彼の悪口を言っている連中のなかにラ・ファリーナの仲間が混じっていると知ったからだ。それはつまり、今ではラ・ファリーナが、赤シャツ隊に関するすべてを罵っていることを示していた。

「何もかも放り出してしまいたいよ」とニエーヴォはがっかりして言った。しかしこうした時こそ、管理を投げ出すわけにはいかなかった。

十月二十六日に大きな事件があった。テアーノでガリバルディがヴィットリオ・エマヌエーレと顔を合わせた。現実主義者らしく南部イタリアを国王に献上したのである。このことでガリバルディは最低でも王国の上院議員に任命されるだろうとニエーヴォは言った。ところが十一月初めにカゼルタでガリバルディが兵士一万四千人と軍馬三百頭を整列させて国王の閲兵を待っていたにもかかわらず、国王は姿を見せなかった。

十一月七日に国王がナポリに凱旋すると、ガリバルディは現代のキンキナトゥスらしくあっさりカプレーラ島へ引き上げた。「なんと素晴らしい男だ」とニエーヴォは評して、詩人らしく涙を浮かべた（シモニーニはその態度にひどく腹が立った）。

数日後、ガリバルディ軍は解散させられ、二万人の義勇兵はサヴォイア軍に迎え入れられた。そこにブルボン軍の将校三千人も統合された。

「これでいいのさ」とニエーヴォは言った。「彼らもまたイタリア人なのだからね。だが我々の英雄的な行動にとってはみじめな結末だ。僕は徴募に応じない。給与を六か月受け取ったら、おさらばする。この任務を終えるまでの六か月だ。やり遂げられるといいのだがね」

それはひどくやっかいな作業だろう。十一月末の時点で、七月末までの収支決算をようやく片付けたところだったのだから。ざっと見てあと三か月、いやそれ以上はかかりそうだ。

十二月にヴィットリオ・エマヌエーレがパレルモに到着すると、ニエーヴォはシモニーニに言った。「ここじゃ僕は赤シャツ隊の最後のひとりで、野蛮人みたいに見られている。そしてあのラ・ファリーナ一派の悪党の中傷に対応しなければならない。やれやれ、こんな結末になるとわかってたら、この苦役のためにジェノヴァで船に乗らずに、海に飛び込んで溺れ死んでいたのに。そのほうがずっとましだった」

この時点でも、シモニーニは、やっかいな例の帳簿に近づく方法が見つけられずにいた。そして十二月なかば突然ニエーヴォは、短期間ミラノへ戻ることになったと打ち明けた。帳簿はパレルモに置いていくのか、それとも持っていくのだろうか。それを知ることはできなかった。

ニエーヴォは二か月ほど戻らず、シモニーニはその寂しい期間を（感傷にひたるわけではないが、インドイチジク《フィキ・ディンディア》ばかりの砂漠で雪のないクリスマスを過ごすなんて！　と胸の内でつぶやいた）パレルモ近郊を訪れて過ごした。雌騾馬《らば》を買って、ベルガマスキ神父の僧服を着て村々をめぐり、教区司祭や農民たちが語る噂に耳を傾けた。だがほとんどはシチリア料理の奥義を極めることに費やしていた。

町の城壁外にある寂れた居酒屋数軒で、安いが美味しい素朴な料理の数々に出会った。たとえばアックア・コッタだ。パンを切り、たっぷりのオリーブオイルと挽きたての胡椒で味付けして深皿に並べておく。四分の三リットルのお湯に塩を加えて、薄切りにした玉葱、皮をむいたトマトのスライス、ミント《メントウッチャ》の葉を二十分ゆでて、すべてをパンの上に載せて二分ほどそのままにしておけばでき上がりで、熱々を食べる。

バゲリーアの町の近くで、薄暗い大部屋にわずかなテーブルが並んだ食堂を見つけた。その暗がりは冬の時期でも快適で、ひどく汚い身なりをした主人が（その中身も汚いのだろう）、とびきり美味しい臓物料理、たとえば心臓の詰め物、豚のゼリー寄せ《ジェラティーナ・ディ・マイアーレ》、胸腺、いろいろな部位の内臓《トリッパ》を出してくれる。

その食堂でシモニーニは、かなり異なる二人の人物に出会った。彼らは、その後シモニーニの思いつきによって、ある計画に引き込まれることになる。だが話が先に行きすぎた。

ひとりは、なかば頭がおかしいように見えた。店の主人は、かわいそうだから食べ物と寝場所を与えていると言っていたが、本当は、役に立つ仕事をたくさんこなしていた。みんなからブロンテと呼ばれていて、実際、ブロンテ村の虐殺の生き残りらしい。騒動のことを思い出していつも興奮

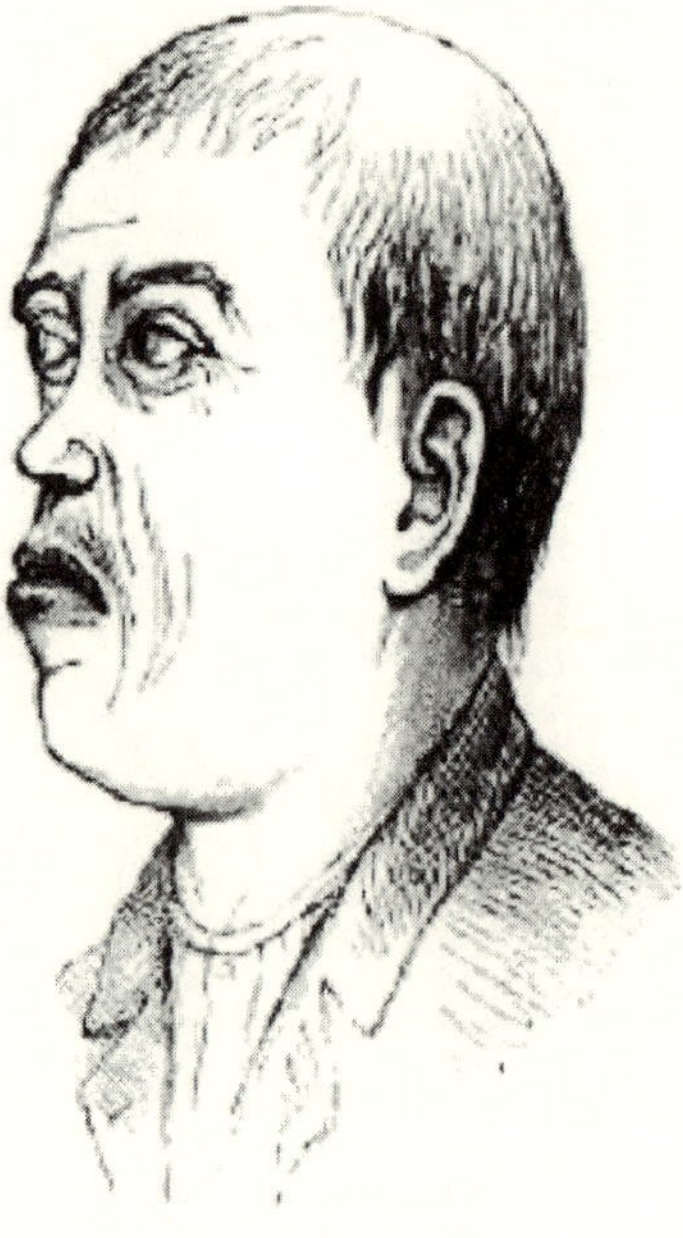

みんなからブロンテと呼ばれていて、
実際、ブロンテ村の虐殺の生き残りらしい（177頁）。

気味で、ワインを何杯か飲んではテーブルを拳《こぶし》で叩きながらシチリア方言で叫んだ。おおよその意味を訳せばこうだ。「地主さん、気をつけな、裁きの時がやって来る。民衆はきっと呼びかけに応じるだろう」友人ヌンツィオ・チラルド・フラユンコが一斉蜂起の前に叫んでいた言葉だ。フラユンコは、ビクシオに銃殺された四人のうちのひとりだった。

男はとりたてて賢いわけではなかったが、少なくともひとつの強迫観念を抱えていて、それにこだわっていた。ニーノ・ビクシオを殺すことだ。

シモニーニにとってブロンテは単なる変人であり、退屈な冬の晩を過ごす相手としてしか役に立たなかった。それより、すぐに興味を持ったのはもうひとりのほうだった。毛深くて最初は人づき合いが悪そうに見えたが、シモニーニが店の主人にさまざまな料理法を尋ねるのを耳にしたのがきっかけで会話するようになり、シモニーニと同じように食べ物にうるさいことがわかった。シモニーニはピエモンテ風の肉詰めパスタ《アニョロッティ・アッラ・ピエモンテーゼ》の調理法を教えてやり、向こうは野菜のトマト煮《カポナータ》の秘伝をすっかり教えてくれた。シモニーニが、アルバ風生肉《カルネ・クルーダ・アッラルベーゼ》について相手の腹を空かせるくらいたっぷり話をすると、彼のほうはアーモンド菓子《マルツァパーネ》の秘訣について長広舌をふるった。

このニヌッツォ親方はそれなりに理解できる言葉を話すところを見ると、どうやらシチリアの外にも旅行したことがあるようだった。地方の聖所に祀《まつ》られている聖母マリアの熱心な信者であり、聖職者シモニーニを敬う態度を見せて、自分の奇妙な立場を明かした。彼はかつてブルボン軍の工作兵だったが、軍人ではなく技術者として、近くにある火薬庫の守衛と管理にあたっていた。ガリバルディ軍はブルボン軍の兵士たちを追い出してその銃弾と火薬を押収したが、トーチカを完全には撤去せず、主計局の金でニヌッツォを雇ってその場所の警備兵とした。彼ニヌッツォはその火薬庫で退屈して指示を待ちながら、北部の占領軍に対する怒りと自分の国王への郷愁を抱えて、反乱と蜂起を夢見ていた。

「その気になれば、今だってパレルモの半分を吹っとばせますよ」シモニーニもピエモンテ人の味方ではないと知ると、ニヌッツォはこうささやいた。その言葉に驚いたシモニーニに対して、占領軍はまったく気がつかなかったが火薬庫には地下室があって、火薬樽や手榴弾、そのほかの武器がまだ残っているのですと語った。目前に迫る蜂起の日に備えて保管しなければなりません、レジスタンス部隊はすでに山に集まって、侵略者であるピエモンテ人の生活を脅かそうとしていますと。

爆薬のことを語るにつれて彼の顔は輝き、ぺちゃんこに潰れた顔つきも陰気な目つきも美しく見えるほどだった。ある日シモニーニをトーチカへ連れていき、地下室を探しまわって外に出てくると、手のひらに乗せた黒い粒を見せてくれた。

「ああ、神父様」と彼は言った。「良質の火薬は何よりもきれいです。この色を、青灰色をご覧ください。指で押しても粒が崩れない。紙切れがあったら、その上に載せて火をつけても、紙に触れずに燃え上がるでしょう。昔は硝石七十五に、炭を十二、硫黄十二の割合で作ったものです。その後、いわゆるイギリス式調合に変わって炭を十五、硫黄を十にするようになりました。それで手榴弾が爆発しなくて戦争に負けるってわけです。今じゃ我々専門家(あいにくと言うかおかげ様でと言うか、少数ですが)は硝石じゃなくてチリ硝石を使います。全然違いますよ」

「そのほうがいいんですか?」

「一番です。いいですか、神父様、毎日新しい爆薬が発明されますが、どれもまあひどいものです。国王様(正当な王のことですよ)の軍の将校で、物知りぶった奴がいて、新発明のピログリセリンを使えとわしに勧めてきました。それが衝撃でしか爆発しないってことを知らなかったんですよ。起爆するにはその場にいてハンマーで叩かなくちゃならず、自分がまっさきに吹っとんじまいます。

わしの言うことを信じてください、誰かを吹きとばしたいなら、昔の火薬に勝るものはありません。それなら、もちろんすごく派手な見世物になります」

ニヌッツォ親方は、世界にそれ以上美しいものはないかのようにうっとりしていた。その時のシモニーニは彼の妄想をそれほど気に留めはしなかった。しかしそのあと、一月になって思い出すようになる。

遠征軍の帳簿を手に入れる方法を計画しながら、シモニーニはこう考えた。結局、帳簿は今もここパレルモにあるか、あるいはニエーヴォが北部から戻ってきた時にまたパレルモに戻るかするはずだ。そのあとニエーヴォはトリノへ海路でそれを運ばなければならない。だとすれば昼も夜も彼を追いかけるのは無駄だ。いずれにせよ秘密の金庫には近づけないし、近づけたとしても開けられない。万一近づいて開けたとしたら大騒ぎになる。帳簿がなくなったとニエーヴォが訴え出て、私を雇ったトリノの連中が批難されるかもしれない。さらに、帳簿を手にしているニエーヴォを不意打ちして、背中に短刀を突きたてたとしても、それで何事もなくすむわけはない。ニエーヴォのような人物の死体はいずれにしてもやっかいだ。帳簿を消す必要があるとトリノで言われた。だが帳簿とともにニエーヴォも消えるべきだ。そして彼が（偶然、しかも自然に見える形で）姿を消せば、帳簿が消えたことから関心は逸らされるだろう。したがって主計局の建物に放火するとか、あるいは爆破するのはどうだろう。いや、それでは目立ちすぎる。残った解決法はただひとつ、パレルモからトリノへ向かう海上で、ニエーヴォがその帳簿と身の回りの一切合財とともに消えてしまうことだ。五、六十人が海底に沈む海難事故の悲劇ともなれば、すべては四冊の帳簿を消すために仕組まれたなどとは誰も考えまい。

船を沈没させるというのはたしかに奇想天外で大胆なアイデアだった。とはいえ、シモニーニも年を重ねて知恵をつけていたようで、大学の同級生数人とのお遊びの時期はとうに過ぎていた。戦争を目撃して死にも慣れていた。幸運なことにそれは他人の死であった。そのうえ、ネグリ・ディ・サン・フロントから聞かされた、例の城塞に送られることを避けたいと強く願っていた。

もちろんこの計画についてシモニーニはじっくり時間をかけて考えたに違いないし、それ以外にすることもなかった。とりあえずニヌッツォ親方に豪華な食事をおごって相談を持ちかけた。

「ニヌッツォ親方、なぜ私がここにいるのかと思っているでしょうね。実は、教皇の命令で、我々の君主の両シチリア王国を再建するためにここにいるのですよ」

「神父様、それでしたらお役に立ちましょう。わしが何をしたらよいかおっしゃってください」

「実は、日時はまだわからないが、ある蒸気船がイタリア本土に向けてパレルモから出港するそうです。その蒸気船は、教皇の権威を永遠に破壊して我々の国王を中傷することをもくろんだ指示書と計画文書が入った金庫を運ぶ予定になっている。トリノに着く前に船を沈没させて、乗員も積荷も残らないようにしなければなりません」

「ごくたやすいことです、神父様。アメリカ人たちが完成させたらしい最新の仕掛けが使えます。石炭魚雷というんです。石炭の塊に見えるように作られた爆弾だ。燃料として船に積まれる石炭の山にその塊を隠しておけばいい。魚雷がボイラーに入ると、加熱されて爆発を起こします」

「それは悪くない。だがその石炭の塊が、いいタイミングでボイラーに放り込まれる必要があるでしょう。船の爆発が早すぎても遅すぎてもいけない、つまり出港直後や到着寸前ではいけないのです。それだと、船が爆発したことに気づかれるでしょう。疑いの目の届かない、航路の途中で爆発しなければならない」

「そうなると話はちょっと難しくなります。火夫を買収するわけにはいきません。そいつが、まっさきに犠牲者になるのですからね。石炭のその部分がどの時点でボイラーに投げ込まれるかを計算しなければならなくなる。その時点を予測するのはベネヴェントの魔女だって無理でしょうな」

「ではどうすればいいのでしょう？」

「それでしたら神父様、どんな時でも成功する唯一の解決法は、やっぱりきちんとした導火線のついた火薬樽です」

「でも自分が爆発に巻き込まれるのを承知の上で、導火線に点火するのを引き受ける人などいるでしょうか」

「そんな人は誰もいないでしょう。専門家を別にすれば。神のおかげと言うべきか、あいにくと言うべきか、私たちのような本当のプロはまだほんの一握りです。専門家は導火線の長さを決めることができる。昔の導火線は、黒色火薬を詰めた稲藁とか、硫黄を染み込ませた灯心や、硝石を吸収させた縄にタールを塗ったものでした。爆薬に達するまでどれだけの時間がかかるか、けっして予測できなかった。でも、ありがたいことに三十年ほど前、ゆっくり燃える導火線ができました。はっきり言いますが、ここの地下室にそれが少しあるんです」

「それを使うとどうなりますか？」

「それを使うと、導火線に火をつけてから炎が爆薬に達するまでの時間を予測でき、導火線の長さで爆破までの時間を決められます。したがって、点火するその工作兵が、導火線に火をつけてから船のどこかで誰かがボートを下ろして待っているところまでたどり着けるとわかっていて、充分にボートで離れてから船が爆発することになれば、完璧な、というか見事な仕事になるでしょう！」

「ニヌッツォ親方、でもひとつ問題があります……その晩、海が荒れていて誰もボートを下ろせないとしましょう。あなたのような工作兵はそんな危険を冒しますか？」

「正直言って、それはしませんね、神父様」

ほぼ確実に死にに行くようなことをニヌッツォ親方には頼めない。だが彼ほど頭のまわらない誰かに頼むことはできるかもしれない。


一月末にニエーヴォはミラノからナポリに戻って十五日ほど滞在した。おそらくそこでも資料を集める必要があったのだろう。そのあと、パレルモに帰って帳簿をすべてまとめて、トリノに運ぶようにという指示を受け取った（ということは、帳簿はずっとパレルモに残されていたのだ）。

シモニーニとの再会は同志としての情にあふれていた。ニエーヴォは、北部への旅行や、悲劇的か奇跡的か短い逢瀬のあいだに燃え上がった不可能な恋愛について、感傷的な思いに耽った……シモニーニは、友人のもの悲しい話を聞いて目に涙を浮かべるように見えたが、実際には、帳簿がどんな輸送手段でトリノへ運ばれるのか知りたいだけだった。

ついにニエーヴォはその話をした。三月初めにニエーヴォはエルコレ号でパレルモからナポリへ出発し、さらにナポリからジェノヴァへ向かう予定だった。エルコレ号はイギリスで建造された立派な蒸気船で、左右に外輪があり、十五名ほどの乗組員で数十名の乗船客を運ぶことができた。かなりの歴史を経ていたとはいえまだ老朽船ではなく、運航業務を充分に果たしていた。これを聞いた時からシモニーニはできるかぎりの情報をかき集める努力をして、ミケーレ・マンチーノ船長が滞在している宿を突きとめた。そして乗組員とやり取りするうちに輸送船内の配員がどうなっているかを知った。

そこで、ふたたび僧服を着て聖職者を装い、バゲリーアに戻るとブロンテを脇に呼び出した。

「ブロンテ」と彼に言い聞かせた。「ニーノ・ビクシオを乗せた船がパレルモからナポリへ向けて出港しようとしている。国王陛下の最後の守り手である我々が、おまえの村にあいつがしたことを復讐する時がめぐってきた。ビクシオの死刑執行に加わる名誉をおまえにやろう」

「何をすべきか教えてくれ」

「これが導火線だ。おまえや私よりも詳しい人間が、その燃える時間を計算してある。それを腰に巻きつけておきなさい。我々の仲間であるシモニーニ大尉はガリバルディ軍将校だが、我々の国王陛下にひそかに忠実を誓っている。彼は、軍事機密として守られた木箱を船に乗せて、船倉では、信頼できる部下、つまりおまえにつねに警備させるように依頼する。その木箱に詰まっているのはもちろん火薬だ。シモニーニはおまえと一緒に乗船し、航路のある地点、ストロンボリ島が見える場所に来たら、おまえに指示を出す。おまえが導火線を腰からはずして木箱につないで火をつけている、そのあいだに、彼はボートを海上に下ろしておく。導火線の長さと太さからして、おまえが船倉から出て、シモニーニが待っている船尾まで行く時間があるだろう。船が爆発し、そしてにっくきビクシオが船と一緒に吹きとぶ前に、おまえたちは充分離れられるだろう。だが、おまえはこのシモニーニの姿を見てはいけないし、万一彼を見かけても近寄ってはいけない。ニヌッツォがおまえを荷馬車に乗せて船のそばまで連れていく。そこにアルマロという船員がいて、船倉へ連れていってくれるから、そこでおとなしく待機していろ。そのあとで、指示されたことをするようにアルマロが伝えに来るだろう」

ブロンテは目をきらきらと輝かせたが、まったくの馬鹿でもなかった。「もし海が荒れていたら?」と尋ねた。

「船倉で船が多少揺れていると感じても、心配しなくていい。ボートは大きくてしっかりしていて、帆柱と帆もあるし、陸地は遠くないだろう。それにシモニーニ大尉が波が高すぎると判断すれば、彼だって自分の命を危険にさらしたくはないだろう。その場合、おまえは指示を受け取らず、ビクシオを殺すのはまたの機会になる。だがおまえに指示が出たとしたら、海についておまえよりよくわかっている者がストロンボリ島まで安全にたどり着けると判断したということだ」

ブロンテは興奮し、すっかり乗り気になった。シモニーニは爆破装置を完成させるために、人目を避けてニヌッツォ親方と長い打ち合わせをした。適当な時機を見計らって、世間の人が活動中のスパイや秘密情報部員を思い描くようないかにも陰気な服を着てマンチーノ船長のもとを訪れて、スタンプと印章がべたべたと押された通行証を提示した。そこには国王ヴィットリオ・エマヌエーレ二世の命令として、極秘資料を収めた大きな箱をナポリに輸送すべしと記されていた。その箱は、人目を避けるためにほかの荷物に紛れ込ませて船倉に置かれなければならないが、シモニーニの部下一名が日夜監視する手筈になっている。部下を案内するのは船員アルマロで、彼はすでに軍の重要任務を何度かこなしたことがある。それ以外のことは船長は知らないふりをしなければならない。ナポリに着けば、狙撃兵隊《ベルサリエーリ》の士官が箱の面倒を見る予定だ。

したがって計画はきわめて単純で、作戦は誰の目にも留まらなかったようだ。まして、帳簿を入れた自分のトランクを守ることばかり気にしていたニエーヴォの目に留まるはずがなかった。

エルコレ号は昼の一時に出港し、ナポリまでの船旅は十五時間から十六時間かかる予定だった。ストロンボリ島の沖合に船がさしかかった時に爆発させるとちょうどよいだろう。たえず穏やかに噴火している島の火山は、夜になると火を吐き出していて、朝の薄明かりのなかでも爆破が人目につかずにすむ。

もちろんシモニーニはかなり前からアルマロに接触していた。乗組員のなかで買収しやすそうに見えたからだ。たっぷり金を渡して肝心な指示を伝えた。桟橋でブロンテを待ち、彼を箱と一緒に船倉に連れ込むようにと。「それから」とアルマロに言った。「夜になって水平線にストロンボリ島の火が見えてきたら注意するんだ。海が荒れていたってかまわない。そうしたら船倉に降りてその男に言うんだ。『大尉が時間になったと言っている』と。そいつが何をするか、そのあとどうするかは気にしなくていい。穿鑿をしないように教えておいてやるよ。そいつはメッセージの入った瓶を箱から出して、舷窓から外に投げることになっている。近くに小舟で来ている男が瓶を回収して、ストロンボリ島に運ぶ。おまえは自分の部屋に戻ってすべて忘れろ。それじゃ、彼になんと言うのか言ってみてごらん」

「大尉が時間になったと言っている」

「そのとおりだ」

出港の時間になり、シモニーニは桟橋でニエーヴォにあいさつをした。別れは感動的だった。「親愛なる友よ」とニエーヴォは言った。「君は長いこと僕のそばにいてくれた。君には僕の心をすべてさらけ出した。もう僕らは会えないかもしれない。トリノで帳簿を提出したら、僕はミラノへ戻るだろう、そこで……どうなることか。自分の本のことを考えるだろう。ではさようなら。抱きしめてくれ、そしてイタリア万歳」

「イッポリト、さようなら。ずっと君のことを忘れないよ」とシモニーニは言って、涙さえ絞り出した。親友という役柄になりきっていたからだ。

ニエーヴォは馬車から重たい箱を下ろさせ、それを船に積み込む部下たちから目を離さなかった。彼が船のタラップを上る寸前に、シモニーニの知らない友人二人がやって来て、エルコレ号で出発するのをやめるように勧めた。二人は、エルコレ号はあまり安全ではなく、翌朝に出港する予定の

計算上、夜の九時頃には
もうすべてが終わっているだろうと
判断した（189頁）。

エレットリコ号のほうが安心だと言った。シモニーニは一瞬動揺したが、ニエーヴォはすぐに肩をすくめて、文書が目的地に早く届くほうがいいと答えた。まもなくエルコレ号は出港した。

シモニーニがその後の数時間を陽気な気分で過ごしたと言ったら、その冷血さを信じすぎることになるだろう。むしろ、その事件を待ちかまえてその日の昼と夜を過ごした。パレルモ郊外にそびえるプンタ・ライジに登っても事件を目撃することはできなかっただろう。計算上、夜の九時頃にはもうすべてが終わっているだろうと判断した。ブロンテが指示をきっちりと実行できたかどうか自信がなかったが、ストロンボリ沖で船員が指示を伝えに行き、哀れな小男が身をかがめて箱に導火線を差し込んで火をつける様子を想像した。急いで船尾に向かって走るが、そこには誰もいない。ひょっとしたら、騙されたと気がついたかもしれない。導火線の火を消そうと狂ったように（そもそも彼は狂人だった）船倉にとって返したかもしれないが、すでに遅く、戻りかけたところで爆発に巻き込まれただろう。

シモニーニは使命を成し遂げて大満足だったので、ふたたび僧服を着てバゲリーアの食堂に足を運び、イワシのパスタとピッシストッコ・アッラ・ギオッタ（二日間冷水で戻して切り身にした干しダラ《ストッカフィッソ》に、玉葱、セロリの軸、人参、コップ一杯のオリーブオイル、トマトの果肉、種を抜いた黒オリーブ、松の実、サルタナ・レーズン、西洋梨、塩抜きしたケーパー、塩と胡椒）の豪華な夕食を自分への褒美とした。

そしてニヌッツォ親方のことを考えた……。そのまま放っておくには危険すぎる関係者だ。雌騾馬にまたがって火薬庫へ行った。扉の前でニヌッツォ親方は古いパイプをくゆらせ、にこにこして出迎えた。「うまくいったでしょうか、神父様」

「うまくいったと思うよ。ニヌッツォ親方、誇りに思いなさい」とシモニーニは答えて、そのあたりの習慣にならって「国王陛下万歳」と言って相手を抱きしめた。抱きしめながら、相手の腹に短刀を深々と突き刺した。

近くを通りかかる人はいないので、いつ死体が発見されるのかわからない。まずないだろうが、警察官か誰かがたまたまバゲリーアの食堂までたどったとしたら、最近数か月、ニヌッツォ親方がかなり美食家の聖職者と幾晩も同席していたことを知るだろう。しかしシモニーニは本土へ出発しようとしていたから、その聖職者もすでに消息不明になっているはずだ。ブロンテについては、姿を消しても誰も気にしないだろう。

シモニーニは三月なかばにトリノへ戻り、約束を果たしてもらうために雇い主に会う機会を待った。ある日の午後、ビアンコが事務所に入ってきて、書き物机の前に座って、口を開いた。

「シモニーニ、君は何ひとつまともな仕事ができない」

「えっ、いったい何をおっしゃるんです」とシモニーニは言い返した。「帳簿が消えてなくなるようにしろとおっしゃったじゃないですか、できるものなら見つけてごらんなさい！」

「ああ、そうです、だがニエーヴォ大佐も消えてしまった。それは我々の意図した以上のことだ。この消えた船については噂になりすぎていて、事件を伏せておけるかどうかわからない。事件から秘密情報部を切り離すのはやっかいな仕事だろう。結局は、どうにかできるだろうが、鎖の唯一の脆《もろ》い点は君だ。遅かれ早かれ君がパレルモでニエーヴォと親密な友人だったと言う人が出てきて、なんということか、君はボッジョに派遣されてそこで働いていたと証言するかもしれない。ボッジョ、カヴール、政府……。おやまあ、そこからどんな悪評が立つか考えたくもない。したがって君には姿を消してもらわなければならない」

「城塞送りですか」とシモニーニは尋ねた。

「城に送られた人物についても噂が流れるかもしれない。鉄仮面の笑劇を繰り返すつもりはない。それほど派手でない解決法を考えてある。ここトリノで一切合財を放棄して、こっそり国外に出なさい。パリに行くがいい。当面の費用は、我々が取り決めておいた報酬の半分で足りるだろう。結局、君はやりすぎたわけで、それは仕事を半分しかやらなかったのと同じだ。パリに到着したあと、面倒事を引き起こさずにずっとおとなしく生活していろとは言えないから、すぐに向こうにいる我我の仲間と接触してもらう。その仲間から何か秘密の仕事を任されるだろう。つまり、君は新しい組織に雇われて働くのだ」

9　パリ

一八九七年四月二日深夜

この日記を書きはじめてから、レストランに行っていなかった。今晩は元気づけに、ある場所に行くことを決心した。そこなら、出会う人はみんなひどく酔っ払っていて、私が相手を誰だかわからなくても向こうも私が誰だかわからないだろう。近所のアングレ通りにある居酒屋《眼鏡おじさん《ペール・リュネット》》だ。その名の由来は入り口の上に掛かっている巨大な鼻眼鏡《パンスネ》なのだが、それがいつから、なぜあるのかはわからない。

その店では、食事するというより、チーズのかけらをかじると言ったほうが正しい。食べると喉が渇くので、チーズはただ同然で店から出されている。そして客は飲んだり歌ったりする——と言うよりは、店のアーティスト、アブサン・フィフィ《フィフィ・ラプサン》、食いしん坊アルマン《アルマン・ル・グラール》、三本脚のガストン《ガストン・トロワ・パット》らが歌う。最初の部屋は通路で、その半分は壁沿いに置かれた長い真鍮製のカウンターで占められ、店の主人と女主人、そして客の罵声と笑い声のなかで眠る子供がいる。その正面の壁沿いに造り付けのベンチがあり、コップを手にした客が座れるようになっている。カウンターの背後の棚には、内臓が焼けるほど強いリキュールが並んでいて、パリでも一番の品ぞろえだ。しかし本当の客は奥の部屋に行く。二卓のテーブルがあり、それを取り囲んだ酔っ払いたちが肩を寄せ合って眠りこけている。どの壁にも客の手で絵が描かれていて、ほとんどが卑猥な絵だ。

今晩私は、すでに何杯目になるかわからないアブサンを一心にすすっている女の隣に腰をおろした。見覚えがある気がした。女は絵入り雑誌に絵を描いていたのだが、しだいに自暴自棄に陥っていったのは、おそらく自分が結核病みで長くは生きられないとわかっていたからだろう。客の似顔絵を描いて酒をおごってもらっているが、今では手がぶるぶる震えている。運が良ければ、結核にやられる前にビエーヴル川に落ちて死ぬだろう。

私は彼女といくらか言葉を交わし（十日間も家に引きこもっていたので、女との会話でさえ気休めになった）、一杯アブサンをおごるたびに自分でも一杯飲むはめになった。

こうして今、目も、そして頭も、ぼんやりと霞んだ状態で書いている。わずかな記憶をおぼろげに思い出すのにふさわしい状況だ。

覚えているのは、パリに到着した私は当然心配もあったが（結局のところ私は亡命してきたのだ）、この街に魅了されて、ここで残りの人生を過ごそうと決心したことくらいだ。

所持金をどれだけもたせるべきかわからず、ビエーヴル地区のホテルに部屋を借りた。ひとりで一室を借りられたのは運が良かった。というのも、そんな場末の溜まり場では、しばしばひとつの部屋に十五も藁布団が敷かれていて、時には窓さえないからだ。家具は誰かの引っ越しの余り物で、シーツは虫だらけだし、真鍮のたらいで体を洗い、桶に小便をする。椅子は一脚もなく、石鹸やタオルなどあるわけがない。壁の張り紙は、部屋の鍵はドアの外側の鍵穴に差し込んでおくようにと警告していた。それはもちろん頻繁に立ちいる警官の手間を省くためだ。警官は寝ている連中の髪をつかんでランタンの光で顔を覗き込み、見知らぬ顔はそのまま放り出すが、お尋ね者がいれば階段を引きずり降ろす。もし抵抗などすればじっくり痛めつけたあとで。

食事は、安く食べられる食堂をプティ・ポン通りで見つけた。明け方、中央市場《レ・アール》の肉屋のごみ箱に捨てられていた傷んだ肉——脂身は緑に、赤身は黒く変色している——をすべて集めてきて、食べられない部分をざっと取り除くと、塩と胡椒をひとつかみ振りかけて酢に漬け込み、中庭の奥の風通しのよい場所に四十八時間吊るしておいてから客に出す。腹を壊すのは確実だが、価格はお手頃だ。

このあと説明するように、カヴァリエール・ビアンコが紹介してくれた連中からその後まもなく最初の報酬を受け取っていなかったら、トリノで身につけた食習慣とパレルモでの豊かな食事に慣れていた私は、数週間で死んでいただろう。その報酬のおかげでユシェット通りの《ノブロ》に通う余裕ができた。なかに入るとそこは、古い中庭に面した大きな部屋で、自前でパンを持っていかなくてはならない。入り口近くで女主人と三人の娘が会計をしていて、ローストビーフとかチーズ、ジャムといった高価な料理の勘定をつけたり、あるいは二個のクルミを添えた洋梨のコンポートを配ったりしている。客層は職人や貧乏な芸術家、写字生たちで、少なくとも半リットルのワインを注文しないと勘定台の奥には入れない。

勘定台を過ぎると台所があり、巨大なコンロで山羊《やぎ》肉のトマト煮込み、兎や牛の肉料理、エンドウ豆のピュレ、レンズ豆を調理している。給仕のサービスはなく、自分で皿とナイフ、フォークを用意して料理人の前に並ばなくてはならない。客たちは押し合いへし合いしながら自分の皿を運んで、ようやく巨大なテーブルに座る。スープに二スー、牛肉に四スー、外から持ち込んだパンに十サンチーム、合わせて四十サンチームで食事ができる。私にはどれも美味しく感じられたし、それに、裕福な人たちまで貧乏人に混じるのを面白がって通ってきていることに気がついた。

とはいえ、《ノブロ》に入れるようになる前でも、その地獄での最初の数週間を後悔したことはなかった。そこでの知り合いは役に立ったし、そのあと自分の庭となる環境になじめたからだ。横丁界隈で交わされる話を聞きながら、パリのほかの地区の、ほかの通りについて知った。たとえば古いラップ通りは、通り全体が金物類を扱っていて、職人向けや家庭用の品だけでなく、開錠用具や合鍵、上着の袖に隠せる飛び出しナイフのような、あまり人に言えない作業に使う金物までそろっていた。

私はできるだけ部屋にいないようにして、金のないパリ人に許される数少ない楽しみを味わった。大通り《ブールヴァール》を散歩することだ。そこで初めて、パリがトリノよりどれほど大きいか気がついた。あらゆる階層の人々が通り過ぎる、その光景に興奮した。何か用事があって先を急ぐ人はめったになく、大半はお互いを観察していた。育ちの良いパリ女性は品の良い服装で、私は女性たち自身より、むしろその髪型に興味をそそられた。あいにく歩道にはいわゆる育ちの良からぬパリ女性も歩いていて、男性の関心を引きつける服装を生み出す点ではるかに才能豊かだった。

彼女たちもやはり娼婦だったが、私がそのあと〈女のブラスリー〉で知った女たちほど下品ではなく、金回りの良い紳士だけを相手にしていた。犠牲者を誘惑する悪魔的な手練手管を見ればそれはわかった。のちに情報屋から聞いたのだが、かつて大通り《ブールヴァール》にいたのはグリゼットと呼ばれた尻軽娘だけだったそうだ。少々間抜けな娘たちで、ふしだらながら欲はなく、何しろ愛人のほうが貧乏だったから服や宝石をねだりはしなかった。彼女らはその後、犬のパグのように姿を消した。それから現われたのがロレットまたはビシュ、ココットと呼ばれる娼婦で、グリゼットより頭の回転が速くも賢くもなかったが、カシミアや裾飾り《ファルバラ》を欲しがった。私がパリにやって来た頃、ロレットに代わってクルチザンヌが登場した。大金持ちを愛人とし、ダイヤモンドと馬車を持っている。クルチザンヌが大通り《ブールヴァール》を散歩することはめったにない。この椿 姫《ダム・オ・カメリア》はその主義として、心も感受

あらゆる階層の人々が通り過ぎる、
その光景に興奮した（195頁）。

性も感謝も必要なく、オペラ座のボックス席で彼女を披露するためだけに金を払う無能者を操る才覚こそが重要だと考えている。なんと嫌らしい性だろう。

その間、私はクレマン・ファーブル・ド・ラグランジュと接触した。トリノの連中が教えてくれた住所は、一見地味で小さな建物内の事務所だった。職業上の用心から、私は誰も読みもしないような紙切れに書く時でも、その通りの名を出したことはない。ラグランジュは公安総務局政治部で働いていたように思う。しかしそのピラミッドの頂点にいたのか底辺にいたのかはわからない。誰にも報告する義務はなかったらしく、拷問にかけられたとしても私は彼の政治情報組織について何ひとつ言えなかっただろう。事実、ラグランジュがその建物に本当に事務所を構えていたかどうかさえ知らなかった。とにかくその事務所に宛てて、ビアンコからの紹介状を持っていると告げる手紙を書いた。二日後届いたメッセージには、ノートルダム大聖堂の聖具室に来るようにという指示があった。胸のボタンホールに挿した赤いカーネーションで彼だとわかるはずだった。以後、ラグランジュはキャバレーや教会、庭園といった、まったく思いもよらない場所で私に面会し、しかも同じ場所は二度と指定しなかった。

ちょうどその頃ラグランジュはある文書を必要としていて、その文書を完璧に仕上げてみせた私のことを高く評価してくれた。その日から、私はこのあたりで俗に言う情報屋《アンディカトゥール》として彼のために働くことになり、毎月三百フランに加えて、実費として百三十フランを受け取った（特別な事案や別に文書を作る際にはいくらかのボーナスが出た）。フランス帝国は情報提供者のために大金をつぎ込んでいて、もちろんその出費はサルデーニャ王国よりも多く、聞いたところでは警察の年間予算七百万フランのうち二百万が政治情報のために充てられているという。しかし別の噂では、予算は千四百万フランあるが、そのなかから、皇帝の行幸に拍手喝采する群衆とか、マッツィーニ派を見張るコルシカ人部隊、扇動家たち、そして本物のスパイにも支払いをしなければならないそうだ。

私はラグランジュとの仕事で年に少なくとも五千フランを稼いでいたが、さらに彼から個人客を紹介してもらった。おかげでまもなく今の事務所（つまり隠れ蓑としての古道具屋《ブロカンタージュ》）を開くことができた。偽の遺言書を書いたり聖別されたホスティアを売り買いしたりする事務所の商売で、さらに五千フランが手に入った。こうして年に一万フランを稼ぐようになり、パリで富裕市民と言われる身分になった。もちろんけっして確実な収入ではない。私の夢は、稼ぎではなく不労所得として一万フランを手にすることだった。それには（もっとも堅実な）国債の三パーセントの利回りを考えると、元手として三十万フランを蓄えねばならない。その当時、クルチザンヌの手には届くとしても、まだまったく無名の公証人には無理な金額だった。

運がめぐってくるのを待ちながら、この時点で、傍観者の立場からパリの快楽を味わう立場に移れた。芝居は十二音節詩行《アレクサンドラン》で朗誦されるひどい悲劇で、私はまったく興味がなかったし、美術館の展示室に行っても気が滅入るばかりだ。しかしパリが提供してくれる良いものはあった。レストランである。

最初に足を運ぶことにしたのは――ひどく値段の高いところだったが――パレ・ロワイヤルの回廊にある《ル・グラン・ヴェフール》で、トリノでもその名がほめそやされるのを聞いたことがあった。羊胸肉の白インゲン添えを目当てにヴィクトル・ユゴーも通ったらしい。それからもう一軒、すぐに私を虜《とりこ》にしたのが、グラモン通りとイタリアン大通りの角にある《カフェ・アングレ》だ。かつては御者や下男向けだったが、今ではそのテーブルにはパリの名士《ル・トゥ・パリ》たちが座っていた。そこでジャガイモのバター焼き《ポム・アンナ》、ザリガニのボルドー風《エクルヴィス・ボルドレーズ》、鶏肉のムース《ムス・ド・ヴォライユ》、雲雀のチェリー・ソース《モヴィエット・アン・スリーズ》、小タンバルのポンパドゥール風《プティット・タンバル・ア・ラ・ポンパドゥール》、ノロ鹿の尻肉《シミエ・ド・シエヴルイユ》、アーティチョークの庭師風《フォン・ダルティショー・ア・ラ・ジャルディニエール》、シャンパンのソルベに出会った。こうした名前を思い出しただけで、人生は生きるに値すると感じられる。

レストランのほかに、私が魅了されたのは〈パサージュ〉だ。パサージュ・ジュフロワがお気に入りだった。パリで最高のレストランの三軒があったからだろう。《ディネ・ド・パリ》、《ディネ・デュ・ロシェ》、《ディネ・ジュフロワ》。今でも、特に土曜日になるとパリ中の人がそのガラス屋根のアーケードに集うらしく、物憂げな紳士と、私の好みからは香水のきつすぎる淑女がたえずひしめき合っている。

おそらく私の好奇心をより刺激したのはパサージュ・デ・パノラマだった。そこに集うのは大衆層で、けっして手の届かない骨董品を食い入るように見つめる市民と田舎者だったが、工場帰りの若い女工たちも歩いていた。スカートをじろじろ見るつもりならパサージュ・ジュフロワの上品な身なりの女性のほうがよいだろう。スカートを見たいのならば。しかしパサージュ・デ・パノラマでは、緑の色眼鏡を掛けた中年男たち、いわゆる遊び人《スイヴール》がアーケードを行き来して女工たちに声をかけていた。すべて本物の女工かというと疑わしい。シンプルな服装でチュールのボンネットと前掛けをしていたが、それには何の意味もなかった。その指先に注意しなければならない。針を刺した痕とか引っかき傷や小さなやけどの痕がなかったら、その娘はもっと裕福な暮らしをしているということであり、それはまさに彼女たちに夢中になっている遊び人のおかげなのだ。

そのパサージュで、私は女工ではなく遊び人たちを横目で観察していた（そもそも誰が言ったか、哲学者とは音楽喫茶《カフェ・シャンタン》で、舞台ではなく客席を眺めている人間なのだ）。そうした連中が、いつか私

そのパサージュで、私は女工ではなく
遊び人たちを横目で観察していた……（199頁）。

の顧客、あるいは道具となるかもしれない。何人かのあとをつけて家まで行くと、太った妻と半ダースの幼子を抱きかかえているのを目にしたりする。住所を書き留めておく。ひょっとして役に立たないともかぎらない。匿名の手紙で人生を破滅させることができるだろう。そのうち、必要になれば。

当初ラグランジュから任されたいろいろな仕事についてはほとんど何も思い出せない。ただひとつだけ思い浮かんでくる名前がブーラン神父だ。しかしそれはもっとあとで、戦争の少し前か、そのあとのはずだ（一度戦争があって、パリが大混乱になったのは覚えている）。

アブサンの酔いが回ってきた。蠟燭に息を吹きかけたら、灯心から巨大な炎が立ちのぼるだろう。

10 戸惑うダッラ・ピッコラ

一八九七年四月三日

カピタン・シモニーニ様

今朝、目を覚ますと、頭は重く、口に妙な味が残っていました。神様、お許しください、それはアブサンの味でした！　その時は、昨晩あなたが書いたメモをまだ読んでいなかったのは本当です。私自身が飲んでもいないかぎり、どうして私はあなたが飲んだものを知っていたのでしょうか。それに、聖職者には禁じられた飲み物、つまり知らないはずの飲み物の味がどうしてわかるでしょうか。いや、そうじゃない、頭が混乱しているようです。目が覚めた時に口に感じた味について今書いているが、あなたのメモを読んだあとから書いているわけで、あなたが書き残したことに影響を受けたのです。実際、一度もアブサンを飲んだことがないのに、どうして口に残った味がアブサンだとわかるでしょうか。それはアブサンではない何かの味で、あなたの日記がアブサンだと思わせたのです。

ああ、なんということでしょう、実際に、私は自分のベッドで目を覚まし、すべてがいつもどおりに見えました。まるでこのひと月ずっとそうしつづけてきたかのように。ただし、あなたのアパルトマンに来なければならないとわかっていたことは別です。そこ、つまりこの部屋に来て、その時まで知らなかったあなたの日記のその頁を読みました。あなたがブーランの名を出したのを読んで、何かが心をよぎりましたが、あいまいで混乱していました。

ブーランの名を繰り返し口に出すと、発音するたびに頭に衝撃が走りました。あなたの言うブリュとビュロ医師に磁気を帯びた金属を体のどこかに押し当てられたのか、それとも、目の前で何か指か鍵、開いた手のひらを揺らすシャルコー医師によって意識のある夢遊病状態に導かれたかのように。

悪魔に取り憑かれた女性の口に唾を吐く司祭の姿が見えたのです。

11　ジョリ

一八九七年四月三日の日記から、深夜

ダッラ・ピッコラの日記の文章は唐突に終わっている。おそらく何かの物音、階下で扉の開く音でも耳にして、姿を消したのだろう。〈語り手〉も戸惑っていることを読者のみなさんには理解していただきたい。実際に、シモニーニの脱線ぶりを非難して現実に引きもどす良心の声が必要な時だけダッラ・ピッコラ神父は目を覚まし、それ以外に自分の記憶がないように見える。正直言って、この文章が完全な真実を述べているのでなかったら、物忘れの幸福感と不安な回想が入れ替わるのは〈語り手〉のテクニックのように見えるだろう。

一八六五年の春のある朝、ラグランジュはシモニーニをリュクサンブール公園のベンチに呼び出すと、黄ばんだ表紙のよれよれになった本を見せた。一八六四年十月にブリュッセルで出版されたもののようで、著者の名前はなく、題名に『地獄におけるマキャヴェッリとモンテスキューの対話、すなわち現代人による十九世紀マキャヴェッリ政治』とある。

「これは」とラグランジュは言った。「モーリス・ジョリという男が書いた本だ。今では何者なのか正体がわかっているが、我々が少々突きとめるのに手間取っているあいだに、国外で印刷したこの本をフランスに持ち込んでこっそり広めていた。まあ、我々にとって、骨折りはしたが難しいことではない。政治文書の密輸業者のほとんどは我々の工作員なのだ。ご承知だろうが、反体制セクトを監視するには、その指揮権を握るか、少なくとも主な指導者をこちらで買収するしか手はない。神のお告げなんかでは国家の敵の計画を発見することはできない。極端だろうが、ある人が言うには、秘密結社党員の十人のうち三人は我々の密偵《ムシャール》、つまり警察のイヌであり――言葉が悪くて申し訳ないが、世間ではそう呼ばれている――、そして六人は心底から陰謀を信じている愚か者で、そしてひとりが危険人物だそうだ。だが脱線はやめておこう。今、このジョリはサント＝ペラジーの獄中にいて、我々はできるかぎりそこに留めておくつもりだ。だが問題なのは、彼がどこからその情報を得たかということだ」

「いったい、その本は何について書かれているのですか」

「正直言うと私は読んでいない。何しろ五百頁以上ある――これは誤った判断だな。誹謗《ひぼう》文書は三十分で読めるものでなければならない。この分野を専門にしているラクロワという工作員が内容をまとめた。だが手元に唯一残っている版を君にあげよう。本のなかでは、マキャヴェッリとモンテスキューが黄泉《よみ》の国で対話すると想定されている。マキャヴェッリは権力についてシニカルな見方を理論立て、出版と表現の自由や立法議会のような、共和派がいつも要求するあらゆる事柄を弾圧する行為は正当なものだと主張する。マキャヴェッリの議論が非常に事細かく、現在の状況によく通じているので、どんなに無知な読者でも、この誹謗文書がフランス皇帝を中傷しようとしていると気づくだろう。つまりその狙いは、議会の権力を弱めて、大統領権の十年間延長を人民にはかり、共和国を帝国にすることだと」

「失礼ですが、ムッシュー・ラグランジュ、ここだけの話ですし、私がフランス政府に忠実なのはご存じでしょうからあえて言いましょう。お言葉からすると、このジョリは皇帝が実際に実行したことをほのめかしているのですから、その情報をどこから手に入れたかを考えるべき理由がわかりません……」

「だがジョリの本は、すでに政府が行なったことを皮肉るだけでなく、これからやりそうなこともほのめかしていて、まるでジョリが政府の外からではなく内部から状況を見ているようなのだ。政府のどの省、どの部局にも、情報を流す内通者、いわゆる潜伏者《スマラン》がかならずいる。たいていは、政府が望む偽情報を漏らすためにそのままにしておくのだが、時には危険なこともある。ジョリに情報を渡した人物、あるいはさらにやっかいなことだが、彼に指図した人物を突きとめなければならない」

シモニーニは内心、どの専制政府も考えることはみな同じで、マキャヴェッリの著作自体を読みさえすればナポレオンが何をするかはわかると思っていた。しかし思いめぐらすうちに、ラグランジュの要約を聞いた時に感じた印象がはっきりしてきた。このジョリがマキャヴェッリ＝ナポレオンに語らせている言葉は、シモニーニがピエモンテ情報部に提供した文書でイエズス会士たちに言わせた言葉とほぼ同じなのだ。シモニーニが利用したのと同じ原典から着想を得たのは明らかだった。つまりシューの『民衆の秘密』にある、ロダン神父がロータン神父に宛てた書簡である。

「そこで」とラグランジュは続けた。「君はマッツィーニ派の亡命者として、フランスの共和派グループと関係した疑いでサント＝ペラジー監獄に連行される。そこにひとりのイタリア人が収監されている。ガヴィアーリという、オルシーニ襲撃事件に関わった男だ。君がガリバルディ派か、炭焼き党員《カルボナーリ》かいずれにせよ、当然、ガヴィアーリと話をしようとする。ガヴィアーリを通じてジョリと知り合いになるだろう。いろいろな種類の悪党がいるなかで、孤立した政治犯同士、話が合うはずだ。ジョリに話をさせるのだ。牢屋のなかにいると退屈するものだからな」

「私はどれだけ牢屋にいることになるのですか?」とシモニーニは食事のことが気になって尋ねた。
「君しだいだ。早く情報が手に入れば、それだけ早く出てこられる。有能な弁護士のおかげで、予審判事がすべての嫌疑を解いたことになるだろう」

それまでシモニーニは監獄に入った経験がなかった。そこは、汗と小便、喉を通らないようなスープのにおいがたち込めていて、気持ちのよい場所ではなかった。幸いシモニーニは、経済的に恵まれた囚人と同じように、まともな食糧の入ったバスケットを毎日受け取ることができた。

中庭から大部屋に入ると、中央のストーブが大きく場所を占め、壁沿いにベンチがある。差し入れの食糧を受け取った囚人たちは、たいていそのベンチで食事をした。バスケットの上にうつむき、両手を広げて他人の視線からその中身を隠すようにして食べる者もいれば、知り合いや隣り合わせた者に気前よく分け与える者もいた。特に気前が良いのは、仲間との連帯を学んだ常習犯か、政治犯のどちらかだとシモニーニは気づいた。

トリノで過ごした日々と、シチリア滞在、そしてパリに来た当初の薄汚い横丁での数年間の暮らしから、シモニーニは生まれつきの犯罪者を見分ける経験を充分に積んでいた。すべての犯罪者はくる病か、せむし、兎唇、瘰癧《るいれき》のはずだとか、あるいはあの有名なヴィドックが言ったように(彼が犯罪者のことをよくわかっていたのは、自分自身が犯罪者であったからだ)全員がに股のはずだといった、当時広まりつつあった理論をシモニーニは信じていなかった。だがたしかに、犯罪者には有色人種特有の特徴の多くが現われていた。たとえば無毛症、容量の小さな頭蓋骨、引っ込んだ額、大きく発達した前頭洞、異常に張り出した顎と頰骨、受け口、ゆがんだ眼窩《がんか》、浅黒い肌、密生した縮れ髪、ふくれた耳、乱杭歯、さらに愛情に対する鈍感さや、肉欲とワインに対する極端な情熱、痛みに対する鈍さ、道徳観念の欠如、怠惰、衝動性、軽率、強烈な虚栄心、賭け事好き、縁起担ぎである。

バスケットの食べ物を一口分けてくれと毎日つきまとってきた男のような連中は言うまでもない。その男の顔面には青黒い深い傷が縦横に走り、唇は硫酸に焼けただれて膨れ、鼻は折れて、鼻孔はふたつのゆがんだ穴になっていた。腕は長く、短くごつごつとした手には指まで毛が生えている……ところがシモニーニは犯罪人のスティグマに関する考えを改めることになった。オレステというその男は実際には非常におとなしい性格であり、シモニーニが結局は食べ物を分けてやると、なついてきて、犬のような献身ぶりを示したからだ。

オレステの身の上話は単純だった。彼の愛の申し出をはねつけた娘を絞め殺してしまって、裁判の結果を待っていた。「どうして彼女があんなに意地悪だったのかがわからない」とオレステは言っていた。「結局俺は、結婚してくれと言っただけだ。そしたら彼女は笑ったんだ。まるで俺が化け物みたいに。彼女がもうこの世にいないのは残念だが、自尊心のある男なら、あの時どうすればよかったのか？　もしギロチンを免れられたら、労役刑務所は悪くはない。食事はたっぷり出るという話だ」

ある日、ひとりの男を指さしてシモニーニに言った。「あいつは悪い奴だ。皇帝を殺そうとしたんだ」

こうしてシモニーニはガヴィアーリを見つけ、近づいた。

「あんたらがシチリアを征服できたのは、俺たちの犠牲のおかげさ」とガヴィアーリはシモニーニに言った。そして、そう言ったわけを説明した。「俺の犠牲じゃない。結局のところ警察は、俺がオルシーニと多少つき合いがあったとしか立証できなかった。それでオルシーニとピエーリはギロ

こうしてシモニーニはガヴィアーリを
見つけ、近づいた（208頁）。

チンにかけられ、ディ・ルディオはカイエンヌ島に送られたが、うまくいけば俺はまもなく出られるさ」

オルシーニの話は誰もが知っていた。イタリア人愛国者で、イギリスに行き、銃職人のジョセフ・テイラーに雷酸水銀を起爆剤とする爆弾六個を作らせた。一八五八年一月十四日の夜、ナポレオン三世が劇場に向かった際、オルシーニと二人の仲間は、皇帝の馬車に三個の爆弾を投げつけたが、たいした成果は挙げられなかった。百五十七名の負傷者が出て、そのうち八人がその後死亡したが、皇帝夫妻は無傷だった。

死刑台に上がる前に、オルシーニは皇帝に宛てて涙を誘う手紙を書き送り、イタリア統一を支援するよう訴えた。そしてこの手紙がナポレオン三世のその後の政治判断になんらかの影響を与えたと言う人が多かった。

「初め、爆弾を作るのは俺のはずだったんだ」とガヴィアーリは言った。「俺の仲間のはずだった。はっきり言って俺たちは爆弾にかけては名人なんだ。ところがオルシーニは信用しやがらなかった。そうさ、外国人のほうがいつだって俺たちより優秀なのさ。それで奴は気まぐれからイギリス人に話を持ちかけ、そのイギリス人で、気まぐれから雷酸水銀に手を出した。雷酸水銀というのはロンドンでは薬局で買うことができて、銅板写真《ダゲレオタイプ》を作るのに使われていたんだ。ここフランスではそれを〈中国飴〉の包み紙に浸み込ませていた。包みを開けるとパンと爆発して――みんなが大笑いするいたずらだ。結局のところ、起爆剤のある爆弾というのは、目標にぶつかって爆発しないとたいして効果がない。あれが黒色火薬の爆弾だったら、炸裂した大きな金属片が周囲十メートルに飛び散っただろう。ところが雷酸水銀の爆弾はすぐにばらばらになってしまって落下点にいないかぎり死にはしない。ピストルの弾のほうがまだましさ。それなら狙ったところにちゃんと命中するからな」

「またそのうちチャンスがあるだろう」とシモニーニは言ってみた。それからこう付け加えた。「私の知り合いに、爆薬に精通した集団に仕事を頼みそうな人たちがいるんだ」


いったいなぜシモニーニがそんな餌を撒いたのか、〈語り手〉はわからない。すでに誰かが頭にあったのか、それとも職業柄、癖のようなもので先を見越して、もしかしたら役に立つかもしれないと思ってそんなことを持ちかけたのだろうか。いずれにしてもガヴィアーリの反応はよかった。

「話し合おうじゃないか」と彼は答えた。「あんたはまもなく釈放されるそうだが、俺もすぐにそうなるはずだ。ユシェット通りの《ペール・ローレット》に会いに来てくれ。仲間とほとんど毎晩そこに集まっている。警察は来るのを諦めちまった。客全員を逮捕するはめになって面倒だし、お巡りが入ったとして無事に出られる保証のないところだから」

「素晴らしい場所ですね」とシモニーニは笑いながら言った。「きっと会いに行きます。ひとつ訊きたいのですが、ここにジョリとかいう男が入れられているそうですね。皇帝の悪口を書いたらしい」

「奴は理想主義者だ」とガヴィアーリは言った。「言葉じゃ人は殺せない。でもいい奴のはずだ。紹介してやろう」


ジョリの身なりはまだきれいで、明らかにひげも剃っていた。ストーブのある大部屋の隅にひとりでいたが、食べ物のバスケットを手にした恵まれた連中が入ってくると、他人の幸運を見たくなくて外へ出ていくのだった。シモニーニと同じくらいの年齢で、まなざしには夢想家らしい輝きがあったが、悲しみが漂い、多くの矛盾を抱えた男のように見えた。

「一緒に座りませんか」とシモニーニは誘った。「この籠から何かお取りください。私には多すぎるくらいです。あなたがここの悪党連中の仲間じゃないことはすぐにわかりましたよ」

ジョリは黙ったまま微笑んで礼を言い、喜んで肉とパンを一切れずつ取ったが、あたりさわりのないことしか話さなかった。シモニーニは言った。「運良く、妹は私のことを忘れてはいないんです。金持ちじゃないが、私の面倒をよく見てくれる」

「あなたがうらやましい」とジョリは言った。「私には誰もいないんです……」

よそよそしさは消えた。フランス人を熱中させたガリバルディの冒険が話題になった。シモニーニは、自分がまずピエモンテ政府と、そしてフランス政府と揉め事を起こしたことをほのめかし、今はここで国家反逆罪を疑われて裁判を待っていると打ち明けた。ジョリは、自分は反逆罪ではなくただ単に悪口が好きなせいで収監されていると言った。

「我々のような読書好きの人間にとって、自分が宇宙の秩序の必要不可欠な要素であると想像することは、無教養な人にとっての迷信のようなものです。思想で世界が変わりはしない。ろくに思想を持たない連中は間違いを犯すことが少なく、みんながすることにならって、誰にも迷惑をかけない。そして成功して、金を稼ぎ、いい地位に就く。政治家になり、勲章を貰い、有名な文学者とか学者、評論家になる。連中が自分の仕事をそんなに立派にこなせるのなら、愚か者のはずがない。愚か者は、風車に戦いを挑もうとしたこの私のほうですよ」

三度目の食事でもジョリはまだ核心に触れようとはせず、シモニーニは、いったいどれほど危険な文書を書いたのかと少し突っ込んで尋ねてみた。するとジョリは、その地獄での対話について長長としゃべりだした。内容を要約しながら、告発した悪事の数々にますます憤慨してきて、ひとつひとつを細かく批判し、誹謗文書よりはるかに詳しく分析してみせた。

「おわかりでしょう。普通選挙によって独裁体制が実現できる！　あの悪党は無知な民衆に訴えかけて強権的クーデターを成し遂げた！　将来の民主主義がどのようなものかを我々に告げているのです」

そのとおりだとシモニーニは思った。このナポレオンは今の時代にふさわしい人物で、七十年前、国王の首を切り落とせることに熱狂した民衆を、どうやって手なずけるかよくわかっている。ジョリが誰かに吹き込まれたとラグランジュが考えるのはわかるが、明らかにジョリは誰もが見ている事実を分析しただけで、そうやって独裁者の行動を予想したのだろう。むしろこちらとしては、実際に何をモデルにしたのか知りたいものだ。

そこで、シモニーニがシューやロダン神父の手紙についてそれとなく触れてみると、すぐにジョリはほとんど顔を赤くして微笑んで、そうだと答えた。ナポレオンの汚らわしい謀略を描くことをシューの描写から思いついたのだが、ただしイエズス会の陰謀から古典的マキャヴェリズムへと時代をさかのぼったほうがより効果的だと思われたのだ。

「あのシューの文章を読んで、この国を揺るがすような本を書く手掛かりを見つけたと自分に言い聞かせました。なんて馬鹿な。本なんて押収されて焼かれてしまう。何もしなかったも同然です。しかも私は、シューがたいして語ってもいないのに亡命するはめになったのを忘れていた」

シモニーニは自分のものを横取りされた気分になった。彼もまたシューを写してイエズス会士の演説を書いたのは事実だが、誰もそのことは知らなかったし、また別の機会に陰謀の図式を利用するつもりでいた。ところがジョリは図式を横取りして、いわゆる共有物にしてしまったのだ。

それからシモニーニは落ち着きを取りもどした。ジョリの本は押収されてしまい、まだ世間に出まわっているわずかな版の一冊を自分は持っている。ジョリはあと数年監獄に入ったままだろう。たとえシモニーニがジョリの著書をそっくり写して、たとえばカヴールかプロイセン首相官邸を陰謀計画の首謀者に仕立てて書き直したとしても、誰ひとり気がつくまい。ラグランジュでさえ気がつかずに、かえってその新しい文書を本物だと信じるのが関の山だろう。各国の秘密情報部は、よそで聞いたことのあることだけを信じて、まったく聞いたことのない情報は信用できないとして拒否するものだ。だから落ち着いていい、自分だけがジョリが言ったことを知っていて、ほかの誰もそれを知らないという安心できる状況なのだから。ただし、ラグランジュが名前を出した例のラクロワは別だ。『対話』を読んだのはラクロワだけだ。したがって奴を始末すればすべて片付く。

そうこうしているうちにサント＝ペラジー監獄を出る日がやって来た。兄弟のように親しみを込めてジョリにあいさつすると、ジョリは感動してこう言った。「ひとつお願いを聞いてくれませんか。ゲドンという友達がいる。私がどこにいるのかさえ知らないだろうが、彼ならたまには人間が食べられるようなものが入った籠を送ってくれるかもしれない。ここのひどいスープを飲むと腹が痛くなってひどい下痢になるんです」

ボーヌ通りにある書店でゲドンに会えるはずだと言う。そのブーク嬢の書店は、フーリエ派の溜まり場だった。シモニーニが知るかぎり、彼らは人類の総合的な改革を目指していたが革命を唱えることはなく、そのために共産主義者からも保守主義者からも軽蔑の目で見られていた。だが、ブーク嬢の書店は、帝国を敵視する共和主義者たちが出入りする〈自由港〉になっているように見えた。フーリエ派は虫一匹殺せないほど無害な連中だと警察が考えていたために、そこに安心して集まれたのだ。

シモニーニは監獄を出たその足で、ラグランジュのところに駆けつけて報告をした。ジョリについて厳しい言葉を言うつもりはなかった。結局、あのドン・キホーテに同情したほどだった。彼は言った。

「ムッシュー・ラグランジュ、この調査対象者は、有名になりたくて痛い目に遭った、お人よしにすぎません。私の見たところ、あなた方の関係者の誰かに唆されなかったら、例の誹謗文書を書くなど思いもしなかったでしょう。残念ながら、その情報源は、その本を読んで要約を作ったとおっしゃるラクロワです。おそらく、彼はその本が書かれる前にすでに内容を読んでいたということでしょう。彼自身が本をブリュッセルで出版させたのかもしれません。その理由は私に訊かないでください」

「フランスを混乱させるためにどこか外国の、おそらくはプロイセンの情報部が出した指令によるものだろう。私は別に驚きはしないよ」

「あなた方の組織にプロイセンの情報部員が？　私には信じられませんね」

「プロイセン・スパイの首領シュティーバーは、九百万ターレルを受け取ってフランス領全土にスパイを配置した。噂では、五千人の百姓と九千人の家政婦をフランスに送り、カフェやレストラン、重要人物の家庭、いたるところにその手先を配置しているという。それは嘘だ。スパイがプロイセン人であるのはほんのわずかな一部で、ましてやアルザス人でもない。それなら少なくともアクセントで見分けがつくだろう。実際にスパイをしている連中は、金のためにやっている普通のフランス人なのだ」

「それで、どうしてそうした裏切り者を見つけて逮捕できないのです？」

「それは割に合わないのだ。もしスパイを逮捕すれば、向こうは我々の工作員を逮捕するだろう。スパイを殺すのではなく、偽情報を流して無力化する。それをするために、二重スパイをする連中が必要なのだ。そうはいっても、ラクロワについて君がくれた情報は初耳だ。まったくなんという世の中だろう。もう誰も信じられない……すぐに彼を始末しなくては」

「でも、裁判にかけても彼もジョリも何ひとつ認めないでしょう」

「我々のために働いた人間は、誰ひとり法廷に立つことはない。申し訳ないが、これが規則なのだ。君にとっても同じことだし、これから先もそうだ。ラクロワは事故の犠牲者となり、未亡人にはきちんと遺族年金が渡るだろう」

シモニーニはゲドンとボーヌ通りの書店のことは話さなかった。そこに通って何かうまい仕事にならないか見てみようと思ったのだ。それにサント＝ペラジーで少し過ごしただけで、くたびれきっていた。

機会を見つけるとすぐグラン・ゾーギュスタン河岸の《ラペルーズ》へ行った。それもかつてのように牡蠣《かき》とリブロースを出していた一階ではなく、二階の特別室《カビネ・パルティキュリエール》で、そこではヒラメのオランデーズソース《バルビュ・ソース・オランデーズ》や米の煮込みトゥールーズ風《カスロル・ド・リ・ア・ラ・トゥールーズ》、仔兎肉アスピックのショーフロワ《アスピック・ド・フィレ・ド・ラプロー・アン・シヨー・フロワ》、トリュフ・オ・シャンパーニュ《シャンパン・トリュフ》、ヴェネツィア風アンズのプディング《プディング・ダブリコ・ア・ラ・ヴェネティエンヌ》、新鮮なフルーツの盛り合わせ《コルベイユ・ド・フリュイ・フレ》、桃とパイナップルのコンポート《コンポート・ド・ペシュ・エ・ダナナ》を注文できた。

悪党でも理想主義者でも殺人犯でも誰だろうと、奴らはみんな、あのスープごと消え失せてしまえばいい。紳士が危険な日に遭うことなくレストランに通えるためにこそ、牢屋が作られているのだ。

ここでシモニーニの記憶は例によって混乱し、日記にばらばらな文が並ぶ。〈語り手〉としてはダッラ・ピッコラの言葉に頼るしかない。今ではこの二人組は、休むことなく息の合った働きを見せている……。

まとめるならば、シモニーニは、帝国の秘密情報部から有能だと思われるためにラグランジュにもっと情報を提供しなければならないと気がついた。警察の情報屋として本当に信用されるには何をすればいいだろう？　陰謀計画の発見だ。それなら、告発できるような陰謀をひとつ仕組む必要がある。

陰謀を思いついたのはガヴィアーリのおかげだった。シモニーニはサント＝ペラジー監獄に問い合わせ、彼がいつ釈放されるかを知った。どこで会えるかは覚えていた。ユシェット通りのキャバレー《ペール・ローレット》だ。

その通りの奥にある家で、狭い入り口からなかに入る——とはいえ同じユシェット通りから延びるシャ・キ・ペーシュ通りはここよりさらに狭く、体を斜めにしないと通れないほどで、なぜこんな道を作ったのかわからない。階段を上ると、油が浮き出ている石の廊下を通る。並んでいるドアはとても低くて、どうしたら部屋に入れるのかわからない。三階にはもう少しまともなドアがあり、そこから大きな部屋に入り込める。おそらくかつては少なくとも三区画以上のアパルトマンであったものを取り壊して作られた部屋で、それがサロンというかホールというか、つまりは《ペール・ローレット》のキャバレーだった。そのローレットじいさん《ペール・ローレット》は何年も前に亡くなっているらしく、何者であったか誰も知らない。

いたるところに置かれたテーブルには、パイプ煙草を吸ったりトランプ賭博《ゼッキネッタ》に興じたりする男たちと、若いのに顔に皺のある娘たちがあふれていた。彼女たちは、貧乏な子供たちが持つ人形のように顔色が悪く、コップをまだ飲み干していない客を見つけては一口ちょうだいとせがむ。

シモニーニが足を踏み入れた晩、店は騒然としていた。そのあたりで誰かが短刀で人を刺した事件があり、血のにおいにみんな殺気立っていたらしい。いきなり、頭のいかれた男がナイフで娘のひとりを傷つけ、割って入った女主人を床に投げとばした。止めようとした誰かを狂ったように殴りはじめ、ついには給仕にうなじに水差しを叩きつけられてようやくのびてしまった。そのあとみんなは、何事もなかったかのようにそれまでしていたことを続けた。

その店でシモニーニはガヴィアーリと再会した。一緒にテーブルを囲んでいた仲間たちは、国王を殺すというガヴィアーリの考えに賛成らしい。ほとんどが亡命イタリア人で、しかもほぼ全員が爆発物の専門家か愛好家であった。テーブルにいる連中がある程度アルコールを飲みだすと、過去の偉大な襲撃犯たちの失敗をめぐる議論が始まった。当時第一執政だったナポレオンを殺害しようとカドゥーダルが作った爆弾装置は、硝石と散弾の混じったもので、古い首都の細い路地でならそれでよかったかもしれないが、今日ではまったく効果がない(正直に言えばその当時でも効果がなかった)。フィエスキはルイ＝フィリップを殺害しようとして、同時に発射する十八の銃身がついた機械をこしらえ、その結果十八人を殺したが国王は殺せなかった。

「問題は」とガヴィアーリが言った。「爆薬の配合なのさ。塩素酸カリウムを見ろ。火薬を作ろうとしてそれに硫黄と炭を混ぜようとしたが、唯一の成果といえば、製造するために建てた工場をふっとばしたくらいだ。せめてマッチに利用しようとしたが、着火するには塩素酸と硫黄で作った頭の部分をいちいち硫酸に浸けなければならない。なんて面倒なんだ。結局、三十年前に、ドイツ人が摩擦で発火する燐マッチを発明することになったのさ」

「言うまでもなく」と別の男が言った。「ピクリン酸がある。塩素酸カリウムと一緒に熱すると爆

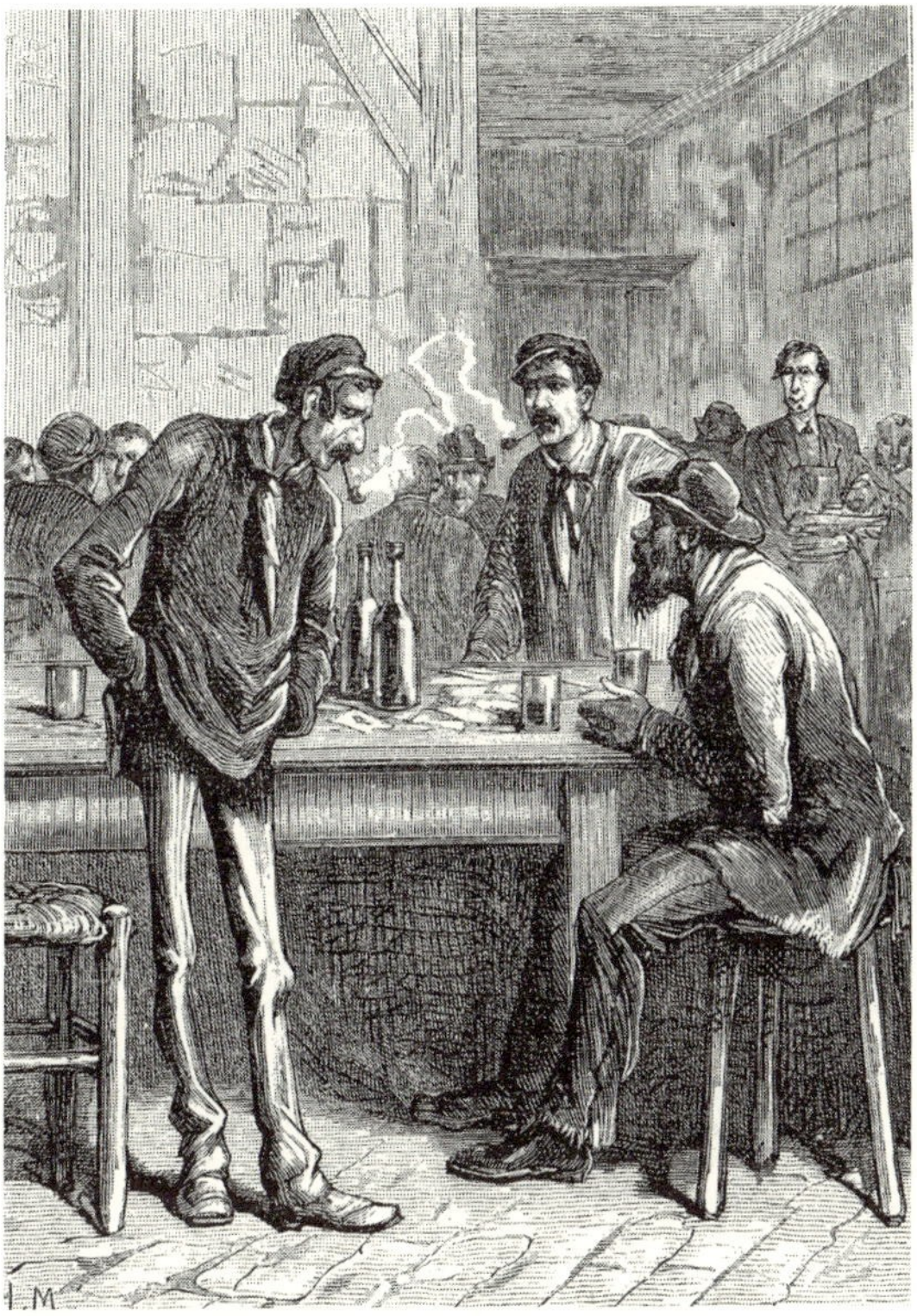

一緒にテーブルを囲んでいた仲間たちは、
国王を殺すというガヴィアーリの考えに賛成らしい。
ほとんどが亡命イタリア人で、しかもほぼ全員が
爆発物の専門家か愛好家であった（218頁）。

発することに気がついて、次々に発火性の強い火薬が作られた。実験で何人か死者が出て、そのアイデアは放棄された。ニトロセルロースとならうまくいくだろうさ」

「そりゃそうだろう」

「古代の錬金術師の言うことを聞くべきだろう。硝酸とテレビン油の混合物をしばらく放置しておくと、自然発火が起きるのを発見していた。硝酸に、水分を吸いやすい硫酸を加えると、ほぼ確実に発火することは百年前から知られているんだ」

「俺ならもっと真剣にキシロイジンに取り組んでみたい。硝酸にデンプンか木質繊維を組み合わせて……」

「あんた、例のヴェルヌの小説を読んだらしいな。奴はキシロイジンを使って、人の乗ったロケットを月に打ち上げている。むしろ今じゃニトロベンゼンとニトロナフタリンが話題なのさ。あるいは、紙とボール紙に硝酸を使えば、キシロイジンに似たニトロアミンができる」

「どれもみんな不安定な爆薬だ。今真剣にやっているのは綿火薬さ。これなら同じ量で、黒色火薬の六倍もの爆発力がある」

「だがその効果はあてにできない」

　こうして何時間も話が続き、結局はいつも、頼れる黒色火薬の効果に立ちもどる。シモニーニは、シチリアでニヌッツォと交わした会話を聞き返しているような気がした。

　何杯かワインをおごったあとで、その一味のナポレオン三世に対する憎しみを煽るのは容易だった。ナポレオン三世は、間近に迫ったサヴォイア家のローマ侵攻に反対するだろう。イタリアの統一という大義は独裁者の死を必要としていた。とはいえシモニーニは、そこにいた酔っ払い連中はイタリアの統一にはあまり興味がなく、むしろ爆弾を見事に破裂させることに興味があるのだとわかっていた。とにかく彼らこそ、シモニーニが探していた種類の狂信者だった。

「オルシーニの襲撃の失敗は」とシモニーニは説明した。「彼がやり遂げられなかったからではなく、爆弾が粗悪だったからだ。我々のもとには、その機会が来ればギロチンの危険を冒して爆弾を投げる覚悟のできた人間はそろっている。しかし、まだどのような種類の爆発物を使えばいいかはっきりとした意見がない。私は、友人ガヴィアーリと話をして、あなた方のグループが役に立つだろうと考えたのですよ」

「そのあんたの言う我々とはいったい誰のことだ？」と愛国者のひとりが尋ねた。

シモニーニはためらう素振りをみせ、それからトリノの学生仲間を信用させた時に用いた手段を総動員した。つまり自分は〈上級炭焼き場《アルタ・ヴェンディタ》〉を代表していて、謎に包まれたヌビウスの副官なのだと説明した。それ以上の質問には答えられない、炭焼き党《カルボナーリ》の組織の仕組みのため、みんな自分の直属の上役しか知らないのだから。問題は、確実な破壊力を持つ新型爆弾はその場ですぐ作れるものではないということだ。実験に実験を重ねて、適切な材料を混合する錬金術のような研究と、屋外での試験をしなければならない。私はちょうどユシェット通りに落ち着いた部屋を用意できるし、経費として必要な資金もすべて提供できる。爆弾が完成したら、襲撃について君たちのグループは気にしなくてもよいが、ただしその部屋に、皇帝の死を知らせて襲撃者の意図を説明するビラを保管しておいてもらいたい。ナポレオン三世が殺害されたら、君たちは街のあちこちでそのビラを配り、何枚かを大新聞の守衛室に投げ込むのだ。

「君らは邪魔されることはない。社会の上層部に、我々の襲撃を好意的に見ている者がいるからだ。パリ警視庁に仲間がいる、ラクロワという名前だ。しかし、完全に信頼できるかどうかは怪しい。だからそいつには接触しないでくれ。もし、君たちが誰だかわかったら、奴は自分の昇進のために君らを警察に突き出してしまうかもしれない。こういう二重スパイがどんな奴らかは、ご存じだろう……」

彼らは喜んで契約を受け容れ、ガヴィアーリは目を輝かせた。シモニーニは、部屋の鍵と最初の材料を購入するためのまとまった資金を手渡した。数日後、同志たちのもとを訪れてみると、作業は順調に進んでいるように見えた。彼は、金で何でもする印刷工に刷らせた数百枚のビラを携えていき、経費のためにさらに金を渡すと、「統一イタリア万歳！　ローマかそれとも死か！」と言い残して立ち去った。

その夜、その時刻には人通りのないサン＝セヴラン通りを歩いていたシモニーニは、あとをつけてくる足音が聞こえる気がした。彼が足を止めるとその足音も止まる。歩みを速めたが、足音はますます近づいてきて、何者かがあとをつけるというより追いかけてきているのがはっきりした。そしていきなり背後に喘ぎ声が聞こえたかと思うと、乱暴に捕まえられ、ちょうどその地点から始まっているサランブリエール袋小路へ投げ出された（シャ・キ・ペーシュ通りよりもさらに狭い）。まるで追ってきた者がこの土地を知りつくしていて、ぴったりのタイミングと場所を選んだかのようだ。そして壁に押しつけられたシモニーニは、顔面すれすれに突きつけられたナイフの刃のきらめきしか見えなかった。襲ってきた人物の顔は暗闇で見分けがつかなかったが、シチリア訛りでささやいてきたその声を聞けば間違いなかった。「六年、あんたのあとを追いかけてきた。神父さん、でもついに探し当てたぞ！」

ニヌッツォ親方の声だ。シモニーニはバゲリーアの火薬庫で、腹に深々と短刀を突き刺して置きざりにしてきたつもりだった。

「わしはまだ生きてるのさ。あんたが行ったあとで、慈悲深い人が通りかかって助けてくれたんだ。三か月間生きるか死ぬかの瀬戸際をさまよって、腹に右から左まで長い傷が残った……でもベッドから起き上がるとわしはすぐに調べはじめた。こんな神父を見かけた奴はいないかってな……結局、パレルモのカフェで神父が公証人のムズメーチと話しているのを見かけた人がいて、ニエーヴォ大佐の知り合いの、ピエモンテから来たガリバルディ兵によく似ている感じがしたんだそうだ。そのニエーヴォが乗った船ごと煙のように海に消えたことも聞いた……それでわしは、その船がどうやって、なぜ消えたのか、誰の仕業かってこともよくわかったのさ。ニエーヴォからピエモンテ軍へ、そしてトリノへとたどるのは簡単だった。あのやたら寒い街で一年ばかり聞きまわったよ。ようやくそのガリバルディ兵の名前がシモニーニで、公証人の事務所を構えていたとわかった。事務所を売り払ったときに、パリに行くことをうっかり買い手に漏らしたそうだ。わしはずっと一文無しだったが、どうやったのかなんて訊かないでくれ、とにかくパリまでたどり着いた。ただ、街がこんなに大きいとは知らなかった。あんたを見つけるのにえらく骨を折った。こんな小路をうろついて、うっかり道を間違えた身なりのいい紳士の喉元に短刀を突きつけて生活してきたんだ。一日にひとりを襲えば、生きていくには充分だった。そしてずっとこのあたりをうろうろしてた。あんたみたいな奴は、上等な場所じゃなく、ここらでいう安酒場《タピッシ・フランキ》に通うだろうと読んでいたのさ。簡単に見破られたくなかったら、立派な黒ひげでも伸ばしておくべきだったな……」

あの事件のあと、シモニーニはひげを伸ばしたブルジョワ市民の格好をしてきたが、その苦境に立たされてみると、行方をくらます工夫が足りなかったと認めざるをえなかった。

「つまりだ」とニヌッツォは締めくくった。「ここでわしの話を全部語るまでもない、わしにしてくれたのと同じようにあんたの腹を切ればいい。ただしもっと念入りにな。ここは夜になれば誰も通らない。バゲリーアの火薬庫のように」

空に上った月のかすかな光で、シモニーニはニヌッツォの獅子鼻と、憎しみで輝く目を見ることができた。

「ニヌッツォ」とシモニーニは勇気を振り絞って口を開いた。「おまえは知らないだろうが、私は命令に従ってあんなことをしたのだ。その命令はとても上のほうから出されていた。私の個人的な感情を押し殺して実行しなければならないほど、神聖な権威からだった。そして、私がここパリにいるのもやはりその命令で、国王様と教皇様をお助けする計画を準備するためなのだよ」

シモニーニは喘ぎながらそう話したが、短刀の切っ先がわずかに顔から離れるのを見た。「おまえは国王様のために命を捧げた」と話しつづけた。「神聖な使命があること、言ってみれば、恐ろしい行為さえ正当化する使命があることを認めるべきだ。わかるか?」

ニヌッツォ親方はまだ納得してはいなかったが、今では復讐が唯一の目標ではないというところを見せはじめた。「もう何年もずっとわしは腹ペコだった。あんたが死ぬのを見たって腹はふくれない。陰に隠れて暮らすのはもうたくさんだ。あんたの居場所を突きとめた時から、紳士方のレストランにも出入りするのを見てきた。生かしておいてやるから毎月いくらかの金を寄こせ、あんたと同じくらい、いや、それ以上にいいものを食べ、ゆっくり眠れるだけの金をくれ」

「ニヌッツォ親方、毎月いくらかの金どころか、大金を約束しよう。フランス皇帝への襲撃を計画中だ。覚えているだろう、ナポレオンがガリバルディを陰で支援したせいでおまえの王様は王位を追われたのだ。おまえは爆薬に詳しい。これこそ本当に爆弾装置だと呼べるものを作るために、ユシェット通りに集まった勇士たちの仲間入りをするといい。彼らと合流すれば、歴史に名を残す行動に参加できて、おまえが爆薬の専門家としてとびきり優秀であることを証明できるばかりか――

この計画が、非常に高い地位にいる人から支持されていることを考えれば――生涯金持ちになって暮らせるだけの褒美を受け取るだろう」

火薬の話をしただけで、ニヌッツォがあのバゲリーアの夜以来抱えてきた怒りは収まった。「それで、わしは何をすればいいんだ？」と彼が言った時、シモニーニはこれで相手を思いのままに操れると思った。

「簡単なことさ。二日後の六時頃にこの住所を訪ね、ノックして倉庫に入り、ラクロワから寄こされたと言えばいい。仲間にはあらかじめ話をしておこう。ただし目印として、上着のボタンホールにカーネーションを付けておくんだ。七時頃には、私も金を用意して行く」

「それじゃあ、そこに行くさ」とニヌッツォは言った。「だが、これがごまかしだったら、おまえの居場所はわかってるってことを忘れるなよ」

翌朝シモニーニはガヴィアーリのところへ戻って時間が迫っていることを告げ、翌日の午後六時に全員が集まるようにと言った。最初にシモニーニ自身が送るシチリア人工作兵が来て作業の状態を確認し、それからシモニーニも来て、そしてラクロワ本人が到着して今回の仕事の報酬をすべて支払うはずだと説明した。

それからシモニーニはラグランジュのところに行き、皇帝暗殺の陰謀に関する情報を伝えた。翌日六時に爆弾犯たちがユシェット通りに集まって、依頼者に爆発物を渡すことがわかりましたと。

「しかし、注意してください」と言った。「以前、地下組織の十人のうち、三人は私たちのスパイで、六人は愚か者、ひとりは危険人物だとおっしゃいましたね。いいですか、そこにいるスパイはひとり、つまり私です。八人は愚か者ですが、本当に危険な人物はボタンホールにカーネーションを挿している奴です。私にとってもそいつは危険人物なので、ちょっとした騒動が起きて、その男は逮捕ではなくその場で殺されるようにしてください。信じてください。事件が大きくならないようにするためです。こいつがあなた方の誰かと口をきいたら大変なことになります」

「君の言葉を信じよう、シモニーニ」とラグランジュは言った。「その男は抹殺されるだろう」

ニヌッツォは、立派なカーネーションを胸に挿してユシェット通りに六時に到着し、ガヴィアーリと一味は誇らしげに自分たちの装置を見せた。シモニーニはその三十分後に到着すると、ラクロワがやって来るはずだと言った。六時四十五分に公安が突入してくると、シモニーニは裏切られたと叫んで銃を抜いて警官たちに向け、当てないように宙に一発撃った。警官は応戦してニヌッツォの胸を撃ち抜いた。銃撃戦をそれらしくするために、もうひとりの同志も殺された。ニヌッツォはシチリア人らしい罵り声をあげて床を転げまわり、シモニーニはやはり警官に応戦するふりをしながらニヌッツォにとどめを刺した。

ラグランジュの部下は、ガヴィアーリとその仲間たちを現場で取り押さえた。ほぼ完成した爆弾の最初の見本と、その製造理由を説明するビラの束と一緒に。厳しい取り調べを受けて、ガヴィアーリと仲間は謎のラクロワの名前を出した。そのラクロワが裏切ったのだ（と彼らは考えていた）。ラクロワを始末しようとラグランジュが考える理由がさらに増えた。警察書類では、ラクロワは一味の逮捕に参加して悪漢の凶弾に倒れたことになった。彼に対する賞賛と追悼の言葉が寄せられた。

その地下組織について、あまり目立つ裁判をするのは無駄のようだった。ラグランジュがシモニーニに説明したところによると、その当時、皇帝襲撃の噂がたえず流れていて、多くは自然発生した伝説ではなく、熱狂した連中を競争させるために共和主義者の手先が仕組んで流したものと考えられていた。ナポレオン三世の命を狙うのが流行していると思わせても意味がない。こうして彼らはカイエンヌ島へ移送された。おそらくマラリア熱で死ぬだろう。

　皇帝の命を救うことはかなりの稼ぎになった。ジョリについての任務で一万フランもの大金を得たのに対して、陰謀の発見は三万フランの収入になった。場所の貸借料と爆弾製造の材料購入に五千フランかかった勘定で、三万五千フランの純利益となり、目標の三十万フランの十分の一以上にもなった。

　ニヌッツォの運命には満足したが、シモニーニはガヴィアーリのことを少しかわいそうに思った。結局のところ哀れな奴だし、シモニーニを信頼してくれた。しかし陰謀を企む人間は自らの危険を承知でいるべきであり、誰も信じてはいけないのだ。

　ラクロワについても残念に思った。結局、なんの迷惑を蒙《こうむ》ったわけでもなかったからだ。だが彼の未亡人は遺族年金をたっぷり受け取ることだろう。

12 プラハの一夜

一八九七年四月四日

残ったのは、ジョリが話してくれたゲドンに接触することだ。ボーヌ通りの書店を経営していたのは、皺だらけのオールドミスで、いつも黒いウールの大きなスカートをはき、幸いにも、赤頭巾のようなボンネットで顔の半分が隠れていた。

そこで私はすぐにゲドンと出会った。周囲を皮肉な態度で傍観している懐疑主義者だった。無神論者の連中を私は気に入っている。すぐにゲドンはジョリの頼みを喜んで引き受け、食べ物と金を少し送ってやろうと言った。それから、お金を出そうと言いながらもその友人のことを皮肉った。いったいどうして刑務所送りになる危険を冒して本を書いたりするのか、本を読む連中はもともと生まれつき共和主義者で、独裁者を支持したのは神の恩恵で普通選挙権を認められた読み書きできない百姓だというのに?

フーリエ派? いい人たちだが、再生した世界ではワルシャワでオレンジが生え、大洋がレモネードになり、人間に尻尾が生え、近親相姦と同性愛が人類のもっとも自然な衝動として認められるだろうと言っていた予言者のことを、どうして信用できるだろう?

「それでは、どうして彼らと交際しているのです?」と私は訊いてみた。

「それはだね」と彼は答えた。「悪漢ボナパルトの独裁に反対している唯一正直な人たちだからさ」

「あの美しいご婦人をご覧」と言った。「彼女はジュリエット・ラメッシーヌ、ダグー伯爵夫人のサロンでもっとも有力な女性のひとりだ。夫の金でリヴォリ通りに自分のサロンを開こうとしている。魅力たっぷりで、知性にあふれ、才能豊かな作家で、その家に招待されることにはかなりの意味があるのさ」

ゲドンは私にもうひとりの人物を示した。長身の美男子で、魅力がある。「あの人がトゥスネルだ。『動物の精神』を書いた有名作家だ。社会主義者、頑固な共和主義者で、ジュリエットにすっかりのぼせ上がっているが、彼女のほうは目もくれない。だが、彼はここでいちばん明晰な精神の持ち主だ」

トゥスネルは私に、現代社会をむしばんでいる資本主義について語ってくれた。

「資本家とは何者か？　現代の支配者、ユダヤ人だ。前世紀の革命はカペーの首を刎ねたが、今世紀の革命は、モーセの首を刎ねるべきだ。その問題について本を書こうと思っている。ユダヤ人とは何者か？　無防備な人々の血、民衆の血を吸い取る連中だ。プロテスタントであり、フリーメイソンだ。そしてもちろんユダの民族だ」

「でも、プロテスタントはユダヤ人ではありませんよ」と私はあえて口をはさんだ。

「ユダヤ人と言えばプロテスタントと言うのと同じだ。イギリスのメソジスト派、ドイツの敬虔派、スイス人やオランダ人は、ユダヤ人と同じ本、つまり聖書のなかに神の意志を読むことを習う。聖書は近親相姦と虐殺と野蛮な戦争があふれていて、勝利するには裏切りとごまかししかない。王は男たちを殺してその妻を自分のものにし、自らを聖女と名乗る女が敵の将軍の床に忍んでいって、寝首をかき切る。クロムウェルは聖書を引用しながら国王の首を刎ねさせたし、貧乏人の子の生きる権利を否定したマルサスは聖書にどっぷりはまっていた。奴隷だったことを思い出して時間を無駄にする人種で、神の怒りの兆《きざ》しを無視していつも黄金の仔牛の信仰に進んで服従する。ユダヤ人に対する戦いは、社会主義者の名にふさわしい者全員にとって根本的な目標であるべきだ。共産主義者の話をしているのではない、その創設者はユダヤ人だからだ。問題は経済的陰謀を弾劾《だんがい》することだ。パリのレストランではノルマンディのレストランよりもリンゴの値段が百倍も高いのはなぜか？　他人の肉を食らって生きる捕食民族、かつてのフェニキア人とカルタゴ人のような商人の人種がいるからだ。現代ではそれがイギリス人とユダヤ人だ」

「それでは、あなたにとって、イギリス人とユダヤ人は同じなのですか？」

「ほとんど同じだ。イギリスの大物政治家が書いた小説『コニングスビー』を読んでみるがいい。ディズレーリという、キリスト教に改宗したセファルディ系ユダヤ人だ。厚かましくも、ユダヤ人が世界を支配しはじめていると書いている」

　次の日、トゥスネルはこのディズレーリの本を一冊持ってきてくれた。一節まるごと下線が引かれた箇所がいくつかある。〈ヨーロッパで重要な変化が起きる際には、かならずそこにユダヤ人が現われて大きな役割を果たしているではないか……最初のイエズス会士はユダヤ人だった！　西欧諸国を恐れさせる、謎めいたロシア外交を指揮しているのは誰か？　ユダヤ人だ。ドイツにおいて正教授の職をほぼ完全に独占しているのは誰か？〉

「ディズレーリは自民族を告発する裏切り者ではないのですぞ。逆に、その優秀さをほめたたえている。ロシアの財務大臣カンクリン伯爵はリトアニアのユダヤ人の息子であり、スペインの大臣メンディザバルはアラゴン出身の改宗ユダヤ人の息子であると臆面もなく書いている。パリでは、帝国元帥スールトはフランスのユダヤ人の息子であり、マッセナもやはりユダヤ人で、ヘブライ語でマナッセという名前だった……一方、今のドイツで企まれている革命は、いったい誰の後押しで進められているのでしょう？　ユダヤ人の後押しですよ、あのカール・マルクスとその共産主義者を見てみなさい」

トゥスネルが正しいのかどうか私は確信できなかったが、もっとも革命的なグループがどんなことを考えているのか教えてくれた彼の強烈な弾劾演説から、いくつかのアイデアを得た……。イエズス会を攻撃する文書を売りつける相手は決まらなかった。おそらくフリーメイソンに売れるだろうが、まだその世界とのつながりがなかった。フリーメイソンを中傷するような文書にはイエズス会士が関心を示すだろうが、まだ自分がそんな文書を作成できるとは思えなかった。反ナポレオンの文書はどうだろう。当然それは政府に売りつけるわけにはいかず、共和主義者たちが高く買ってくれる可能性はあるとしても、シューとジョリのあとでほとんど言うことが残っていない。共和主義者を中傷する文書なら？　その分野でも政府はすでに必要なものを手にしているらしく、ラグランジュにフーリエ派の情報を渡したら笑いだすだろう。彼の情報屋の多くがすでにボーヌ通りの書店に出入りしていたはずだ。

残るのは誰か？　ユダヤ人ではないか、なんということか。結局のところユダヤ人に取り憑かれているのは祖父だけだと私は考えていた。しかしトゥスネルの話を聞いてみると、反ユダヤ人の市場はバリュエル神父の後継者たち（それも少数ではなかった）だけでなく、革命派、共和主義者、社会主義者たちにも広がっているとわかった。ユダヤ人は教皇の敵でもあるが、彼らに血を吸い取られている民衆の敵でもあり、政体によっては王権の敵でもある。ユダヤ人について研究しなければなるまい。

その課題は容易ではないことに気がついた。というのも聖職者の関心を引くには、フリーメイソンと騎士団の共犯者であるユダヤ人がフランス革命を勃発させたとするバリュエルの文章を焼き直しすればいいが、トゥスネルのような社会主義者はそれにまったく興味がなく、ユダヤ人と資本の蓄積、イギリスの陰謀との関係についてより正確なことを言わねばならないからだ。

　私は人生でユダヤ人に一度も会おうとしなかったのを後悔しはじめた。自分の嫌悪の対象について、知らないことが多すぎると気づいたのだ。その嫌悪感に、恨みの感情が加わっていった。

　そんなことを考えて悩んでいた頃、まさにラグランジュが手掛かりを与えてくれた。彼がいつも思いがけない場所で待ち合わせをすることはわかっていたが、今回はペール・ラシェーズ墓地だった。たしかに賢明な選択だ。愛する故人を偲んで訪れた身内の者か、過去を再訪する夢想家と思われるだろう――この時私たちは、芸術家、哲学者、カップルの巡礼地であるアベラールとエロイーズの墓所の周囲を、亡霊のなかの亡霊のように、物憂い顔で散策していた。

「それでシモニーニ、ディミトリ大佐に会ってもらいたい。我々の組織ではその名前しかわかっていない。ロシア帝国の皇帝官房第三部で働いている。もちろんサンクトペテルブルクに行って、この第三部のことを尋ねたりしようものなら、みんなきょとんとするだろう。公式には存在しないのだから。彼らは、革命家集団を監視する役目を持った工作員だ。その問題はあっちのほうでは我々フランスよりはるかに真剣だ。デカブリストの残党やアナーキストに注意しなくてはならず、今ではいわゆる元農奴の不平不満にも気をつけなければならない。皇帝《ツァーリ》アレクサンドルは数年前に農奴制を廃止したが、今では、解放された二千万人の農民は、生活もできないほど狭い土地を使用するのにかつての領主に金を支払わなくてはならず、その多くが仕事を求めて都市に押し寄せている
……」

「それでそのディミトリ大佐は、私に何を要求するのです？」

「彼はユダヤ問題に関する資料、言ってみればユダヤ人を攻撃する材料を集めている。ロシアのユ

ダヤ人は我が国よりはるかに数が多く、地方の村落ではロシア人農民にとって脅威なのだ。ユダヤ人は読み書きと、とりわけ計算勘定ができるからな。言うまでもなく、都市部では、ユダヤ人の多くが反体制のセクトに加わっていると考えられている。ロシア秘密警察の同僚たちは二重の課題を抱えている。一方で、ユダヤ人が本当の危険となる時と場合には彼らを警戒しなければならず、他方で、農民大衆の不満を彼らに向けさせなければならない。とにかくディミトリがすべて説明することだろう。我々にとっては関係のないことだ。我がフランス政府は国内のユダヤの金融グループと良好な関係を保っていて、その方面の不満を引き起こすつもりはまったくない。我々はただロシア人をひとつ手助けしたいだけだ。仕事がら『困った時はお互い様』で、君シモニーニをディミトリ大佐に無償で貸すのだ。君は公的には我々とは何の関係もないのだがね。ああ、忘れていたが、ディミトリが到着する前に、六年ほど前にここパリで設立された世界イスラエル同盟についてよく調べておくといい。そのメンバーは医者、新聞記者、法学者、実業家といった面々だ……パリのユダヤ人社会の上層部だ。みな政治志向としては自由主義と言えるだろう。もちろんボナパルティストではなく共和主義者だ。見たところこの団体は、あらゆる宗教と国家から迫害を受けている人々を人権の名において援助する目標を掲げている。反証がないかぎりはきわめて清廉潔白な人たちだが、我々の情報屋はなかなか内部に潜入できない。ユダヤ人は互いに顔見知りで、犬のように相手の尻を嗅いで相手を見分けるからだ。しかし同盟の会員から信頼を得ることに成功した人を紹介してあげられる。ヤコブ・ブラフマンという名前で、ユダヤ人ながらロシア正教に改宗し、その後ミンスクの神学学校でヘブライ語の教授になった。今、短期間ながらパリに滞在中で、ちょうどディミトリ大佐とその第三部から指令を受けている。彼は同盟の会員数人から同じユダヤ教信者だと思われたおかげで、イスラエル同盟に簡単に入り込めた。その組織について何か教えてくれるだろ

……目の前に現われたのは、修道士風の男で、
見事な白髪まじりの顎ひげを生やし、
濃い眉毛はこんもりとして、
眉山のあたりからロシア人やポーランド人に見かける
悪魔的な長い毛が突き出していた（235 頁）。

う」

「ラグランジュさん、すみません。そのブラフマンがディミトリ大佐の工作員なら、私に言う内容はすべてディミトリに伝わっているでしょうから、それを私からもう一度ディミトリに話したところで意味がないでしょう」

「そんな単純な考えはよしなさい。意味はある、あるのだ。ディミトリがブラフマンから聞いたのと同じ話を君から聞けば、彼は君のことを、すでに知っていることを裏付ける確かな情報を持った人物とみなすだろう」

ブラフマン。私は祖父の話から、禿鷹のような顔つきの人物に出会うだろうと予想していた。分厚い唇で、下唇は黒人のようにひどく突き出し、眼はくぼみ、いつも淀んでいる。瞼の開きはほかの人種より狭く、髪はウェーブがかかっているか縮れ髪で、耳がぴんと突き出ているはずだ……ところが目の前に現われたのは、修道士風の男で、見事な白髪まじりの顎ひげを生やし、濃い眉毛はこんもりとして、眉山のあたりからロシア人やポーランド人に見かける悪魔的な長い毛が突き出していた。

改宗すると、どうやら魂ばかりか顔の特徴も変化するらしい。

その男は美食に対する並外れた偏愛を示した。ただし田舎者らしい大食漢でなんでも食べたがり、きちんとしたメニューの選び方を知らなかった。私たちはモントルグイユ通りの《ロシェ・ド・カンカル》で朝食をとった。かつてはパリで一番の牡蠣を食べに人が集まったところだ。二十年ほど前に閉店したが、その後新たな経営者が店を再開した。かつてのようなものではないが牡蠣はまだ出されていて、ロシアのユダヤ人にとってはそれで充分だった。ブラフマンはブロン牡蠣を数ダース味わっただけで、続いてザリガニのビスク《ビスク・デクルヴィス》を注文した。

「四十世紀を生き延びるため、これほど活発な民族は、暮らしていたそれぞれの国のなかでひとつの政府を作るしかなかった。国家内の国家は、数千年におよぶ離散の時代においてもつねにどこでも保たれてきた。そして私は、そうした国家と法律が存在すること、すなわちカハールの存在を証明する文書を発見したのだ」

「それは何ですか?」

「制度はモーセの時代にまでさかのぼる。そしてディアスポラのあとは公に活動することなく、シナゴーグの影に追いやられたままだった。私は一七九四年から一八三〇年までのミンスクのカハールの文書を発見した。すべてが書かれてあり、あらゆる詳細が記録されている」

　私には理解できない記号で埋められたいくつかの巻物を開けて見せてくれた。

「それぞれのユダヤ人共同体はひとつのカハールによって統治され、独立した裁判所ベト・ディンに従っている。これらの文書はあるカハールのものだが、明らかにほかのカハールの文書でも同じだ。こんなことが書かれている。共同体に所属する人は、居住している国家の裁判所ではなく、カハール内の裁判所に従わねばならない。祭祀をどのように執り行なうか、独自の食事のための家畜をどのように処理するか（不浄な悪い部位はキリスト教徒に売りさばく）。カハールが各ユダヤ人に対して、高利貸によって搾取し全財産を奪うキリスト教徒をどのように割り当てて、ひとりのキリスト教徒に複数のユダヤ人が競合しないようにするか……下層階級に対する無慈悲な態度、富裕者による貧乏人の搾取は、カハールによれば、イスラエルの子が行なうのなら、犯罪ではなくむしろ美徳なのだ。特にロシアのユダヤ人は貧乏だと言う人もいる。それは本当だ。つまり多くのユダヤ人は、豊かなユダヤ人が支配する隠れた政府の犠牲者なのだ。ユダヤ人として生まれた私は、ユダヤ人に反対しているわけではなく、キリスト教に取って代わろうとする〈ユダヤ思想〉に反対している……私はユダヤ人を愛していて、彼らが殺したあのイエスが私の証人だ……」

ブラフマンは一息つき、山鶉のフィレミニヨンのアスピック《アスピック・ド・フィレ・ミニヨン・ド・ペルドロ》を注文した。しかしすぐに自分の持っている文書のことに話を戻して、目を輝かせながらそれを手に取った。「これはすべて本物だ。おわかりか？　その証拠に、紙は古いもので、文書を記した公証人の筆跡は同じで、日付が異なっても同じ署名なのだ」

今、ブラフマンはすでに文書をフランス語とドイツ語に翻訳してあり、私が真正の文書を制作できるとラグランジュから聞いて、オリジナルの文書と同じ時代に作られたように見えるフランス語版を作成するよう依頼したいという。ほかのヨーロッパ各国でもカハールを手本とするのに熱心であったこと、特にパリのイスラエル同盟がそれを高く評価していたことをロシア秘密情報部に知らせるためには、文書が他言語でも書かれていることが重要だった。

東欧の辺鄙《へんぴ》な場所にある一共同体が作ったその文書から、世界規模のカハールが存在するという証拠をどうやって導けるのか、と私は尋ねた。ブラフマンは、それは心配しなくてよい、その文書は単なる傍証で、話が想像の産物ではないことを示すだけだと言った。いずれにしても、著書のなかでは、充分納得できる議論によって、文明社会に触手を伸ばそうとしている巨大な蛸《たこ》、本物のカハールを非難するだろうと。

彼の表情はこわばって鷲のような形相になり、ユダヤ人らしく見えた。なんと言ってもやはりまだ彼はユダヤ人なのだ。

「タルムードの精神を支えている根本的な感情は、世界を支配するという巨大な野心、非ユダヤ人のすべての富を所有したいという果てしない貪欲さ、そしてキリスト教徒とイエス・キリストに対する怒りだ。イスラエルがイエスに改宗する時まで、ユダヤ民族は自分が住んでいるキリスト教国のことを、ユダヤ人の各々が好き勝手に釣りを許可された湖だとみなすだろう。タルムードはそう語っている」

熱のこもった告発に疲れて、ブラフマンは雌若鶏のエスカロープ・ヴルーテ《エスカロプ・プーラルド・オ・ヴルーテ》ソースを注文したが、その料理が口に合わなくて雌若鶏のささみのトリュフ添え《フィレ・ド・プーラルド・ピケ・オ・トリュフ》に取り換えさせた。それからジレから銀時計を取り出して言った。「ああ、遅くなってしまった。フランス料理は素晴らしいが、出てくるのに時間がかかる。急用があって失礼しなければならない。カピタン・シモニーニ、ふさわしい紙とインクを簡単に用意できるかどうかあとで連絡してください」

ブラフマンは締めくくりに、バニラ風味のスフレを軽く口にしただけだった。改宗したとはいえ、ユダヤ人ならこちらに支払わせるつもりだろうと私は思っていた。ところが、彼は紳士的な態度を見せて、さりげなく「軽食」と呼んだその朝食を自分がおごると言いだした。おそらくロシア情報部から王侯貴族のように潤沢《じゅんたく》な資金を渡されていたのだろう。

帰宅した私はかなり戸惑っていた。五十年前にミンスクで書かれた文書、そして祭祀に誰を招待するかしないかについて細かく規定した文書は、そうした規律がパリやベルリンの大銀行家たちの行動を支配しているという証明にはならない。そして何より、けっして本物の文書、あるいは本物らしき文書を基に作業してはならないのだ！　もしどこかに本物の文書が存在すれば、かならず誰かがそれを探し出して、不正確に書かれた箇所があると証明する可能性がある……文書に説得力を持たせるには、まったく新しく作り上げなければならない。そして、できるなら原典を示すのではなく、伝聞の形で、実在の典拠をたどれないように語ることだ。ちょうど東方の三博士がそうだ。

彼らについてはマタイひとりが二行書き残しただけだ。その名前も人数も、王であったとも書いておらず、それ以外はまったくの口伝えの噂にすぎない。それでも人々にとってヨセフとマリアと同じくらい真実だし、三博士の遺体が祀られているところがあるのを私は知っている。暴露記事というものは、奇想天外かつ衝撃的で、現実離れしていなければならない。そういう場合にかぎって人は信じ込んで憤慨するものだ。それに、シャンパーニュ地方のブドウ園主にとって、ユダヤ人が同類に対して娘の婚礼をどのように祝うかを命じていることに何の意味があるだろう。そのことが、ユダヤ人がその懐の金を奪おうとしているという証拠になるとでもいうのか。

そこにいたって、その確かな資料、つまり説得力のある構図を自分がすでに手にしていたことに気がついた――それは、数年前からパリっ子が夢中になっているグノーのオペラ『ファウスト』よりましだ――あとはふさわしい内容を見つけるだけでよかった。もちろん私の頭にあったのは、〈雷鳴の山〉でのフリーメイソンの集会、ジョゼフ・バルサモの計画、プラハの墓地でのイエズス会士たちの夜のことだ。

世界征服のためのユダヤ人の企みは、どこから出発すべきだろうか。トゥスネルが示唆したように、世界中の黄金を所有することからだ。各王家と政府を脅すために世界征服を、社会主義者、アナーキスト、革命派を満足させるために黄金の所有を、教皇、司教、司祭を不安にさせるためにキリスト教世界の健全な教義の破壊を加えよう。それから、ジョリが巧みに語ったボナパルティストのシニシズムと、ジョリと私がシューから学んだイエズス会の偽善を少し付け加えるのだ。

ふたたび図書館に足を運んだ。しかし今回はパリであり、トリノよりもはるかに豊富な文書がそろっていたし、プラハの墓地について新しい図像も手に入った。墓地は中世から存在していた。許可された区画の外に広げることができず、墓は何世紀も積み重ねられて、おそらく十万もの遺体があるだろう。互いに触れ合うほど密集した墓石はニワトコの葉陰になり、ユダヤ人は図像を恐れるため墓石を飾る肖像画はない。おそらく版画家たちはその場所に魅了されて、四方からの風に捻じ曲げられた荒れ野の灌木のような石の寄せ集めを誇張して描いたのだろう。その空間は、老いた魔女が歯の抜けた口を開いたように見える。しかし月光に照らされた光景を描いたとびきり想像力豊かな版画のおかげで、私はすぐに、魔女の宴のように恐ろしげなその雰囲気をうまく利用するやり方を思いついた。地震の揺れでばらばらにめくれ上がった床の石張りのような墓石のあいだに、背を丸めてマントを羽織り、頭巾をかぶって、山羊のような灰色のひげを生やし、計画を練るラビたちを配置すればいい。寄りかかっている墓石と同様に彼らの体は傾き、夜のなかで、こわばった幽霊の林となっている。そして中央にラビ・レーヴの墓地がある。十七世紀に、全ユダヤ人の復讐を果たすとされた怪物的な被造物ゴーレムを創造した人物だ。

デュマよりも、そしてイエズス会士よりも、このほうがよい。

もちろん、私の文書が報告する内容は、恐ろしい一夜を目撃した証人による口述筆記に見えなければならない。証人はけっして正体を明かせず、さもなければ死を免れない。彼は、夜のうちにラビに変装して、予定された儀式の前に墓地に入り、ラビ・レーヴの墓であった石組の陰に隠れたのだろう。真夜中ちょうど――まるで、キリスト教会の鐘楼が遠くから冒瀆的にユダヤ教の集会を告げたかのようだ――黒いマントに身を包んだ十二人の男が到着し、墓の奥底から湧いてくる声によって十二のロシュ・バツ・アッボス、つまりイスラエルの十二支族の指導者として出迎えられると、彼らは順に「あなたに幸多かれ、呪われた者の息子よ」と答える。

場面はこうだ。〈雷鳴の山〉で起きたように、彼らを呼び出した声が尋ねる。「我々の最後の集会から百年が過ぎた。おまえたちはどこから来て、誰を代表する者か？」そして、順番に応える声がする。アムステルダムからラビ・ユダ、トレドからラビ・ベニヤミン、ウォルムスからラビ・レビ、ペストからラビ・マナセ、クラクフからラビ・ガド、ローマからラビ・シメオン、リスボンからラビ・ゼブルン、パリからラビ・ルベン、コンスタンティノープルからラビ・ダン、ロンドンからラビ・アシェル、ベルリンからラビ・イサカル、プラハからラビ・ナフタリ。するとその声、つまり十三番目の参加者は、それぞれの共同体が所有する富を各人に申告させ、ロスチャイルド家をはじめ世界を席巻《せっけん》しつつあるユダヤ人銀行家の富を計算する。こうしてヨーロッパに住む三百五十万人のユダヤ人ひとりあたり六百フランとすれば、二十億フランを超える。二億六千五百万人のキリスト教徒を根絶やしにするにはまだ充分ではないが、計画を開始するには充分だ、と十三番目の声が言う。

そこから先、彼らが何を語るかを私は考えなければならなかったが、すでに結末は描いていた。十三番目の声がラビ・レーヴの魂を召喚し、その墓から青い小さな光が発してしだいに強烈になり目も眩むほどになると、十二人は石を墓の上に投げ、光は徐々に弱まっていく。十二人はばらばらの方向へ（いわば）闇に飲み込まれるように姿を消し、そして墓地に亡霊のような蒼白な憂鬱が戻る。

したがってデュマ、シュー、ジョリ、トゥスネルがそろった。私に欠けていたのは、バリュエル神父の教えを別にすれば、彼らを再構築する際に精神的指導役となる熱狂的なカトリック信者の視点だった。ちょうどその頃ラグランジュが、イスラエル同盟との接触を私に急がせるなかでグジュノー・デ・ムソーの名を出した。私は彼について多少は知っていた。正統王朝支持者でカトリックの著述家であり、それまで魔術や悪魔儀式、秘密結社とフリーメイソンを取り上げていた。

「我々の知るかぎりでは」とラグランジュが言った。「デ・ムソーはユダヤ人と、キリスト教民族のユダヤ化についての本を書き終えるところらしいと言えばわかるだろうか。君が彼に会えば、我我のロシアの友人を満足させるのに充分な材料を集めるのに都合がよいはずだ。こちらとすれば、彼が準備している内容についてもっと正確な情報が欲しい。フランス政府とカトリック教会、そしてユダヤ金融のあいだの良い関係が悪化することは避けたい。著作を愛読しているユダヤ研究者だと名乗れば簡単に会えるだろう。君を紹介するのに適当なダッラ・ピッコラ神父というのがいる。すでに何度も我々のために働いたことがある」

「でも、私はヘブライ語がわかりませんよ」と私は言った。

「グジュノーがヘブライ語がわかると誰が言った？　誰かを憎むのに、そいつと同じ言葉を話す必要はない」

今（突然に！）、ダッラ・ピッコラ神父に初めて会った時のことを思い出した。まるで目の前に彼が座っているかのように姿が浮かんできた。そして彼を見ると、彼が私の分身だとか双子だとか、なんでもいいが、そんなものではないことがわかる。少なくとも六十歳になろうとしていて、ほとんどせむしであり、やぶにらみで乱杭歯だ。その時彼を見て、まるでカジモドが神父になったみたいだと胸の内でつぶやいた。そのうえドイツ訛りがあった。ダッラ・ピッコラが、ユダヤ人だけでなくフリーメイソンも監視すべきでしょう、結局のところ同じ陰謀なのですから、とささやいたのを覚えている。一度に複数の戦線を展開するべきではないと考えた私は、その話を先送りにした。しかし神父の表情から、イエズス会士たちがフリーメイソンの秘密集会に関心を持っていることはわかった。カトリック教会がフリーメイソンという災厄に対するきわめて激しい攻撃を準備していたからだ。

「いずれにしても」とダッラ・ピッコラは言った。「フリーメイソンのグループと接触しなければならない時は教えてください。私はパリの支部《ロッジ》の会員で、顔見知りがたくさんいるんです」

「あなたのような神父がですか？」と私は言った。ダッラ・ピッコラは微笑んだ。「何人の神父がフリーメイソンなのか、想像もつかないでしょうな」


こうして私はシュヴァリエ・グジュノー・デ・ムソーと話をする機会を得た。すでに七十歳に達し、精神的な衰えが見られた。持っていたいくつかの思い込みにこだわって、関心があったのは悪魔の存在証明や、魔術師、魔法使い、霊媒師、催眠術師《メスメリスト》、ユダヤ人、邪教の祭司、ある種の生命原理の存在を主張する「電気主義者」といったことばかりだった。

滔々とした話しぶりで、事の起こりから始めた。老人がモーセについて、そしてパリサイ人、大サンヘドリン、タルムードについて語るのを私は忍耐強く聞いていた。彼がそのあいだに最高級のコニャックを勧めてくれて、目の前の小卓に瓶をうっかり置いたままにしたので、私は耐えることができた。

キリスト教徒よりもユダヤ人のほうが売春婦の割合が高いと言う（福音書を読めばわかることではないかと私は思った。イエスはどこに行っても罪深き女ばかりに出会ったのだから）。それからタルムードの倫理には隣人というものが存在せず、隣人に対して我々が持つべき義務についてまったく言及がない。そのことから、家族を破壊し娘を辱め未亡人や老人から高利貸で金を巻き上げて路頭に迷わせるユダヤ人の冷徹さは説明されるし、また彼らも自らを正当化している。売春婦と同様に犯罪者の数も、キリスト教徒よりもユダヤ教徒のほうが多い。「ライプツィヒの裁判所で裁かれた窃盗十二件のうち十一件がユダヤ人によるものとご存じでしたか？」とグジュノーは叫び、そして意地悪そうに微笑んだ。「実際ゴルゴタの丘にはひとりの正しい者に対して二人の泥棒がいた。そして一般的に」と付け加えた。「ユダヤ人が犯す犯罪はもっとも邪悪なものだ。たとえば詐欺、偽証、高利貸、計画倒産、密輸、贋金造り、横領、不正取引、これだけ言えばもう充分だろう」

高利貸について一時間ほど詳しく語ったあとで、もっともスキャンダラスな嬰児殺しと人肉食の話になり、最後にこれら闇の行為に対比させるように、誰の目にも明らかな行動、つまり公共分野におけるユダヤ金融資本の悪事を挙げて、その阻止も処罰もできないでいるフランス政治家の弱腰を指摘した。

特に興味深いが、利用できそうにない話題が出てきたのは、デ・ムソー自身がユダヤ人であるかのように、ユダヤ教徒はキリスト教徒より知性の面で勝っていると語った時だ。私がトゥスネルから聞いたディズレーリの宣言を基に――フーリエ派社会主義者とカトリック王党派は、少なくともユダヤ教に関しては見方が一致していることがわかる――虚弱で病気がちなユダヤ人という俗説に反対するらしかった。すなわちユダヤ人は身体の鍛錬も軍事教練もせず（逆にギリシャ人は身体能力を評価していたことを考えてみればいい）、脆くてひ弱な体格をしているのに、より長生きで想像しがたいほどの生殖能力を備えていて――抑えがたい性欲の結果でもある――そしてほかの人々を襲う多数の病気とは無縁である。――したがってユダヤ人はもっとも危険な世界の侵略者なのだ。「説明してくれ」とグジュノーは言った。「なぜ、ユダヤ人はコレラの蔓延にほとんどいつも巻き込まれずに生き残ったのか。街のもっとも汚れた不衛生な地区に住んでいたというのに。一三四六年のペストを語った当時の歴史家のひとりは、どの国でも、なぜかわからないがユダヤ人は病気にかからなかったと証言している。フラカストロは一五〇五年のチフスの流行から生き残ったのはユダヤ人だけだと語っており、ナイメーヘンのデグナーは一七三六年に赤痢が流行した際、ユダヤ人が唯一の生存者であったと証言している。ヴァヴルフはドイツのユダヤ人にサナダムシがいないことを証明した。どう考えるかね？　世界でいちばん汚れた民族で、血族間でしか結婚しないのに、そんなことがあり得るだろうか？　これは自然のあらゆる法則に反している。我々が知らない彼らの食事習慣によるものか、割礼によるものだろうか？　ユダヤ人が我々より弱いように見えて実は強いのには、どんな秘密があるのだろう？　こんなに邪悪で強力な敵は、どんな手段に訴えても倒さねばなるまい、本当に。ユダヤ人が約束の地に入った時、男たちがわずか六十万人だったのだから、壮年男性それぞれが四人家族だとして総人口は二百五十万近かったのはわかるだろう？　しかしソロモン王の時代に百三十万人の兵士がいたということは、人口は五百万人で、すでに二倍になっていた。そして今ではどうだろう？　全大陸に散らばっているのでその数を計算するのは難しいが、どんなに控えめに見積もっても一千万人だという。彼らは増えに増えつづけている……」

恨みのあまりデ・ムソーはぐったりしたように見え、コニャックを一杯飲ませてやろうかと思ったほどだった。しかし息を吹きかえし、メシア信仰とカバラに話が進んだ頃には（魔術と悪魔主義に関する自著まで要約してくれた）私はすでに酩酊状態で、腰を上げて礼を言い、その場を出られたのはまさに奇跡と言えるほどだった。

ありがたすぎるほどだと胸の内でつぶやいた。もしラグランジュのような連中に向けた文書に、こうした情報をすべて詰め込んだりしたら、秘密情報部に独房にぶち込まれるかデュマの愛読者にふさわしくイフ島の城塞に送られてしまうだろう。その時の私はデ・ムソーの本を多少軽く見すぎていたかもしれない。書きながら思い出したが、その後一八六九年に小さな活字の六百頁近い書籍

恨みのあまりデ・ムソーはぐったりしたように見え、
コニャックを一杯飲ませてやろうかと
思ったほどだった（245頁）。

として出版された『ユダヤ人、ユダヤ教およびキリスト教徒のユダヤ化』は、ピウス九世から祝福を受け、読者から大好評を博したのである。

しかしその時感じた印象、つまり、すでに各方面でユダヤ人を攻撃する誹謗文書や大著が出版されているらしいことから、私は内容を取捨選択すべきだと判断した。

プラハの墓地について私が書く文章のなかでは、ラビたちは理解しやすい、大衆向けでしかも目新しい内容を語らねばならない。嬰児殺しのようなものではない。嬰児殺しは何世紀も語り伝えられてきたが、今の人々は魔女程度にしか信じていないし、ゲットーの近くで子供を遊ばせなければいいだけのことだ。

そこで、運命の夜の不吉な会合に関する報告書をふたたび書きはじめた。最初に十三番目の声が切りだす。「我々の父祖はイスラエル選民に一世紀に一度、聖なるラビ、シメオン・ベン・イェフーダの墓に集まるようにと命じられた。アブラハムに約束された権力を我々が十字架によって奪われてから十八世紀が経つ。イスラエルの民は、その敵により蹂躙され、辱められ、たえず死と凌辱の脅迫にさらされながら抵抗してきた。イスラエル民族が全地域に散らばったのは、地上のすべてがその民族に属することを意味する。金の仔牛はアロンの時代から我々のものだ」

「そのとおりだ」とラビ・イサカルが言う。「我々が地上のすべての黄金を所有すれば、真の権力を手にするだろう」

「今回が十回目だ」と十三番目の声がふたたび言う。「敵との恐ろしく絶え間ない戦いが千年間続いたあとで、シメオン・ベン・イェフーダの墓の周囲にイスラエルの民の各世代の代表者が集うのは。さてこれまでの世紀では我々の先祖は多くの黄金を、つまり多くの権力を手に入れるまでいたらなかった。パリ、ロンドン、ウィーン、ベルリン、アムステルダム、ハンブルク、ローマ、ナポリにおいて、そしてロスチャイルド家全員を通じて、今やイスラエル人が金融界の主人だ……ラビ・ルベン、パリの状況を知るおまえが語るがいい」

「すべての皇帝、国王、王家の君主は」と今度はルベンが話す。「軍隊を維持し、揺らぐ王権を支えるために、我々からの借金を大量に抱えている。したがって、ますます貸し付けを促進すべきだ。目標は、各国に提供する資本の担保として、鉄道、鉱山、森林、巨大製鉄所と工場、そのほかの不動産、さらには徴税組織にいたるまでのすべての管理を掌握することだ」

「農業も忘れてはならない、どの国でもやはりそれは巨大な富であろう」とローマのシメオンが口を挟む。「大土地所有は一見して手が出せないように見えるが、政府がこれらの大土地を細分化するように仕向ければ、購入はより容易になるだろう」

それからアムステルダムのラビ・ユダが言う。「しかし、イスラエルにいる我々の兄弟の多くは改宗し、キリスト教の洗礼を受けている……」

「それがなんだと言うのだ！」と十三番目の声が答える。「洗礼を受けた者たちは、我々にとってまさに役に立つ。肉体が洗礼を受けたとしても、彼らの精神と魂はイスラエルに忠実なままだ。今から一世紀もすれば、もはやキリスト教徒になろうとするイスラエルの子はいなくなり、多くのキリスト教徒が我々の聖なる信仰に入信してくることになる。その時、イスラエルは彼らを蔑《さげす》んで拒絶するだろう」

「しかし、なんと言っても」とラビ・レビが言う。「キリスト教会が我々にとって一番の敵である。キリスト教徒のあいだに自由思想、懐疑主義を普及させねばならない。その宗教の指導者たちを貶《おとし》めなければならない」

「進歩主義思想を広めるのだ。その結果、あらゆる宗教の平等性がもたらされる」とラビ・マナセが口を挟んだ。「学校教育の科目のなかのキリスト教の宗教の時間を廃止させよう。イスラエル人は巧妙さと勉学によってキリスト教学校の正教授職と教員職を容易に手に入れるだろう。そうなれば宗教教育は家庭に任される。多くの家族は宗教教育を監督する時間がないので、宗教心はしだいに弱まるだろう」

コンスタンティノープルのラビ・ダンの番になった。「我々は何よりも商業と投機を手放してはならない。アルコール、バター、パン、ワインの取引を独占する必要がある。それによって我々は農業全体、そして一般に農村経済すべての絶対的な支配者となるからだ」

そしてプラハのナフタリが言う。「司法府と弁護士会に狙いを定めよう。イスラエル人が財政大臣の座をすでに何度も獲得しているというのに、どうして文部大臣になれないことがあろうか？」

それからトレドのベニヤミンが発言する。「社会で重要な職のすべてに関わらねばならない。哲学、医学、法学、音楽、経済、一言で言えば科学、芸術、文学のあらゆる分野が我々の才能を発揮する大きな舞台なのだ。特に医学だ！ 医者は、家族のもっとも内部の秘密に入り込み、キリスト教徒の生命と健康を手中に握っている。それから、イスラエル人とキリスト教徒の結婚を促すべきだ。神に選ばれた我々の種族に不純な血がわずかに入っても汚すことにはならないし、我々の息子、娘たちは、権威あるキリスト教徒家族との親類関係を広げることができる」

「この集会を締めくくろうではないか」と十三番目の声が言った。「黄金がこの世界の第一の力だとすれば、第二の力はジャーナリズムである。我々はすべての国のあらゆる新聞の編集部を取り仕切るべきだ。ジャーナリズムを完全に支配した時には、名誉、美徳、清廉に関する世論を変え、家族制度に対する攻撃を開始できるだろう。目下の課題として社会問題に熱心に取り組むふりをする。プロレタリアートを統制して、我々の扇動者を社会主義運動に潜入させて都合のよい時期に盛り上げる必要がある。労働者をバリケードへ、革命へと駆り立てるべきだ。そうした騒乱のひとつひとつを通じて、我々は唯一の目標、すなわち地上の支配に近づくだろう。我々の最初の父アブラハムに約束されたように。その時我々の権力は大樹のように増大し、枝には富、享楽、幸福、権力といった果実が実る。それが、何世紀にもわたってイスラエルの民の唯一の運命であった卑しい境遇の代償なのだ」

私の記憶が正しければ、プラハの墓地からの報告書はこう締めくくられていた。

こうして過去を回想し、気がつけばくたびれきっていた。何時間も苦心して書きながら、体を元気づけて気持ちを高めようとアルコールをがぶ飲みしたからだ。しかし昨日から食欲がなく、食べると吐き気がする。目が覚めて、戻してしまう。おそらく作業しすぎだろう。それとも私自身を苛んでいる憎悪に首まではまり込んでいるのかもしれない。あれから何年も過ぎた今、プラハの墓地について自分が書いた文章をたどってみて、あの経験、ユダヤの陰謀をあれほど詳細に描いたことで、少年期、青年期にはただ（なんと言うか）概念的で祖父から教理問答のように吹き込まれたままったく頭のなかのイメージだけだったものが、ついに血の通った現実になったことを悟った。あの恐るべき一夜を再現したことによってようやく、邪悪なユダヤ人に対して私が抱いていた憤怒と恨みは、抽象的な概念から抑えきれない深い激情へと変わった。ああ、本当にあの晩プラハの墓地にいなければ、少なくともあの事件に関する私の証言を読まなければ、あの呪われた種族が私たちの生活を毒することがどれほど許しがたいかわかるまい！

その文書を何度も読み返してようやく、これがまさに自分の天命なのだとはっきり理解した。どんなことをしてでも報告書を誰かに売りつけなければならない。そして、途方もない高額で買い取った者であればこそそれを信じ込んで、信憑性を与えるべく協力するだろう……。

しかし今晩はもう書くのをやめたほうがいい。憎しみ（あるいは単にその憎しみの記憶だけだとしても）は心を動揺させる。両手が震えてきた。眠らねば、眠らねば、眠らねば。

13　ダッラ・ピッコラが自分はダッラ・ピッコラではないと言う

一八九七年四月五日

今朝、私のベッドで目を覚まし、服を着替えて、自分にふさわしい最低限の身支度をしました。それからあなたの日記を読みに来ました。そこであなたはダッラ・ピッコラ神父に会ったと言い、彼のことを、私よりも明らかに年上でしかもせむしだと書いている。あなたの部屋にある鏡で自分の姿を見に行きました――聖職者である私の部屋には鏡がないので――。うぬぼれで言うつもりはありませんが、どう見ても私は整った顔立ちで、やぶにらみではないし、乱杭歯でもない。そしてフランス語の発音はきれいだし、せいぜい少しのイタリア訛りがあるくらいです。

それなら、あなたが出会ったという、私の名前をした神父はいったい誰でしょう？　そして、こんな状況で、この私は誰ですか？

14　ビアリッツ

一八九七年四月五日、午前遅く

今朝、遅く目を覚まし、日記の上にあなたの短いメモを見つけた。あなたは早起きだ。なんということだ、神父様——この文章をいつの日か（あるいは夜に）あなたが読むのだとして——本当に、あなたは誰なのだ？　ちょうど今思い出したが、戦争前に私はあなたを殺していたのだから！　どうして亡霊に話しかけることができよう。

私があなたを殺したのか？　なぜ今そんなことを言いきれるのだろう。思い返してみることにしよう。しかしその前に何か食事をしなければ。奇妙なことに、昨日は食べ物のことを思っただけで気分が悪くなったのに、今では何でも食べたくてしかたがない。家から自由に出られるものなら、医者に行かねばならないところだ。

プラハの墓地での集会についての報告書を書きおえて、ディミトリ大佐に会う用意が整った。ブラフマンがフランス料理に満足したことを覚えていた私は、また《ロシェ・ド・カンカル》に招待したが、ディミトリは料理に興味を示さず、私が注文した料理からつまむ程度だった。やや吊り目で、小さい瞳は刺すように鋭く、貂《てん》の目を思わせた。もっとも私はその動物をそれ以前も以後も見たことはなかった（私はユダヤ人と同じように貂を憎んでいる）。ディミトリは話し相手を不安にさせる変わった才能を持っているように私には思えた。

ディミトリは私の報告書を注意深く読んで言った。「とても興味深いですね、おいくらかな?」

この手の連中と交渉するのは楽しい。私はどれほど情報提供者に支払ったかを説明しながら、おそらく常識外れの高値だろう五万フランを提示した。

「高すぎる」とディミトリは言った。「というか私には高すぎる。費用を分担することにしましょう。我々はプロイセン情報部とよく通じていて、彼らもまたユダヤ人問題を抱えている。私が金貨で二万五千フランを払います。文書の写しをプロイセンに渡すことを認めましょう。彼らが残りの半分を払うよう、私が連絡しておきます。もちろん彼らだって、私が受け取るようなオリジナルを欲しがるにきまっている。だが友人ラグランジュの説明だと、あなたはオリジナルをいくつも作る能力があるそうだ。接触してくるのは、シュティーバーという名の男でしょう」

それ以上は語らなかった。コニャックを丁寧に断わり、背筋を伸ばしていきなり頭を直角に曲げてかしこまった辞儀をした様子はロシア人よりもドイツ人に見えた。そしてその場を立ち去った。会計は私が支払うことになった。


私はラグランジュとの面会を急いだ。彼が以前、プロイセンのスパイ組織のトップだというシュティーバーについて話したことがあったからだ。聞くと、シュティーバーは国外での情報収集が専門で、国家安全を脅かす秘密組織や運動に潜伏することもやってのけたという。十年ほど前、ドイツからもイギリスからも問題視されていた例のマルクスに関する情報収集活動で重要な貢献を果たした。彼自身か、あるいはフルーリーの偽名で活動していた情報部員クラウゼが、ロンドンにあるマルクスの自宅に医者として入り込むことに成功して、共産主義者同盟の全メンバーの氏名一覧を

私はラグランジュとの面会を急いだ（254頁）。

入手した。素晴らしい成果で、それにより多数の危険人物を逮捕できたとラグランジュは締めくくった。その言葉に対して私は、無駄な予防でしょうと指摘した。そんな簡単に騙されるようならこの共産主義者は間抜けな連中で、たいしたことはできなかったでしょうと。だが彼は、将来どうなるかはわからないものだと言った。前もって備えておくにこしたことはない。犯罪がなされる前に処罰するほうがいいのだ。

「秘密情報部の優秀な工作員は、すでに起きた事態に介入せざるをえないようでは失敗なのだ。我我の職務は先に事態を生じさせることにある。大通り《ブールヴァール》での騒乱を演出するために、かなりの費用がかかっている。たいしたものが必要だというわけではない。刑務所帰りの数十人と私服警官数人が、ラ・マルセイエーズを歌いながらレストラン三軒と売春宿二軒を襲撃し、新聞スタンド二軒に放火すれば、あとは制服を着た仲間が到着し、乱闘騒ぎに見せかけてから全員を逮捕するだけだ」

「いったい何のためです?」

「善良なブルジョワ市民を不安にして、強硬手段が必要であるとみんなに納得させるためさ。誰が計画したのかわからない現実の騒動を鎮圧するとしたら、そんな簡単にはすまないだろう。とにかくシュティーバーに話を戻そう。プロイセンの秘密警察のトップになった彼は、大道芸人に扮して東欧の村落をめぐりすべてを記録して、プロイセン軍がいつかベルリンからプラハへたどるはずの経路に諜報網を張りめぐらせた。それからフランスでも同様の行動を開始した。そのうち避けられなくなる戦争を予想して」

「それなら私がこの人物に接触しないほうがよいのでは?」

「いやそうではない。彼を監視しておく必要がある。だから彼のために活動する人間が我々の工作員であるほうが望ましいのだ。いずれにせよ、君のユダヤ人に関する話は彼にするべきだろう。我我には興味がない話だから。だから、君が彼と協力してもフランス政府には害はない」

一週間後、私はシュティーバーが署名した書状を受け取った。面倒でなければミュンヘンに来て、連絡員のゲトシェに会って報告書を渡してほしいという依頼文だった。たしかに私にとって面倒ではあったが、報酬の残り半分はきわめて重要だった。

ラグランジュにこのゲトシェという男を知っているか尋ねてみた。彼の言うところでは、ゲトシェは元郵便局員だが、実際にはプロイセン秘密警察の扇動工作員として活動していた。一八四八年の一斉蜂起のあとで、民主派の指導者に罪を着せるため、国王暗殺を計画しているかのような手紙を偽造した。ベルリンにはそれなりの筆跡鑑定人がいたらしい。その手紙は偽物であると証明され、ゲトシェはこのスキャンダルで郵便局員を辞めることになった。それだけではなく、事件によって秘密警察関係者からも信頼を失った。この業界では文書偽造は許されても、偽造を暴かれることは許されない。ゲトシェはサー・ジョン・レットクリフという筆名で歴史小説を書いて再出発し、反ユダヤのプロパガンダ紙『十字新聞《クロイツツァイトゥング》』に記事を書きつづけた。情報部はまだ彼を使ってはいたが、それはただ、ユダヤ世界についてあることないこと言いふらすためだった。

ともかく、私の話にとってぴったりの男だと胸の内でつぶやいた。しかしラグランジュの説明では、この取引にゲトシェが任命されたとしたら単純にプロイセン側が私の報告書にそれほど興味を持っていないからで、口実作りに一応は小物に読ませておいて、あとは私をやっかい払いするつもりだろうと言う。

「それは違う。ドイツ人にとっては私の報告書が重要なはずです」と私は反論した。「かなりの金額を約束したのですから」

「誰がそれを約束したのかね?」とラグランジュは尋ねた。そして私がディミトリだと答えると、にやにやして言った。「奴らはロシア人だよ、シモニーニ君」そこで私がすべてを打ち明けると、こう答えた。「ロシア人がドイツ人の代わりに何か約束したところで、自分の懐が痛むわけじゃない。だがとにかくミュンヘンに行きなさい。あそこがどうなっているか我々も興味がある。それから、ゲトシェが信用できない悪党だと覚えておいたほうがいい。さもなければ、秘密警察のような仕事をするわけがない」

ラグランジュがそう言ったのは、私に対する親切心からではなく、おそらくろくでなしの部類に上級管理職も、つまり自分自身を含めていたのだろう。とにかく、報酬をたんまりもらえるのなら、私は気にしない。

ミュンヘンのあの大きなビヤホールの印象について、すでにこの日記で書いたと思う。長い大テーブルを囲んで大勢のバイエルン人が体を寄せ合い、脂だらけのソーセージを恥ずかしげもなくむさぼりながら、桶のような大ジョッキから飲んでいる。男も女もいたが、女のほうがよく笑い、騒騒しく下品だ。奴らは明らかに劣等人種であり、私は移動自体でも疲れたうえに、チュートン人の地にたった二日間滞在するだけでひどく苦痛であった。

ゲトシェが会うのに指定してきた場所もやはりビヤホールで、このドイツのスパイは生まれつきこうした環境を渡り歩いてきたとしか考えられなかった。着ているその服は生意気にも上品だが、詐欺師暮らしにつきものの、ずる賢い雰囲気は隠しきれていなかったからだ。

すぐに私の情報源について、へたくそなフランス語でいくつか質問をしてきたので、うまくごまかして話を逸らし、ガリバルディとの経験を語ってやった。それは彼にとって嬉しい驚きだった。というのも、一八六〇年のイタリアの事件を材料にした小説を書いていたからだ。ほぼ書き上がっており、『ビアリッツ』という題名になる予定だった。何巻にも及ぶ作品で、すべての出来事がイタリアで起きるというわけではなく、シベリア、ワルシャワ、それからもちろんビアリッツへ、とさまざまに舞台は移っていく。ゲトシェは満足げに自分から語りだした。歴史小説におけるシスティーナ礼拝堂となるべき作品を仕上げているのだと言う。彼が取り上げるさまざまな事件の関連性が私には見えなかったが、どうやら物語の核となるのは、隠れて世界を支配している三つの悪魔的な権力の絶え間ない脅威らしい。つまりフリーメイソンとカトリック（なかでもイエズス会）とユダヤ人である。ユダヤ人は、先の二つ、フリーメイソンとカトリックのあいだにも入り込みつつあり、プロテスタントの純粋なるチュートン人種を根底から脅《おびや》かそうともくろんでいる。

マッツィーニらフリーメイソンのイタリアにおける陰謀計画について延々と語ったあと、ゲトシェはワルシャワに話を移した。そこでフリーメイソンがニヒリストと共謀してロシアに対する陰謀を企てる。ニヒリストはスラブ人がいつも生み出す悪人であり、フリーメイソンもニヒリストも大部分がユダヤ人であった。重要なのはその結社組織で、バイエルン啓明結社《イルミナティ》と〈上級炭焼き場《アルタ・ヴェンディタ》〉の炭焼き党《カルボナーリ》の儀式に通じるところがあり、各メンバーは、それぞれ相手のことを知らない九人を雇っている。それから話はふたたびイタリアに戻り、両シチリア王国に進撃するピエモンテ軍が描かれ、暴力と裏切り、貴族女性の凌辱、波瀾万丈の旅、アイルランド王党派の勇猛果敢で百戦錬磨の女たちだとか、馬の尻尾に隠された秘密のメッセージが登場する。炭焼き党員で卑劣漢のカラッチョーロ公が（アイルランド人で王党派の）少女を暴行し、絡み合う蛇がかたどられ、中央に真紅の珊瑚《さんご》がついた、つや消しの緑がかった金でできた証《あかし》の指輪が発見される。ナポレオン三世の息子を誘拐する計画があり、カステルフィダルドの劇的な戦いで教皇に忠実なドイツ兵が血を流し、〈ヴェルシェ・ファイクハイト〉が罵られる——ゲトシェはおそらく私を怒らせないようにこの単語をドイツ語のままにしておいたのだろうが、私はドイツ語を多少かじっていたので、ラテン人種特有の腰抜けぶりのことだとわかった。その時点で事態はいよいよ錯綜していくが、それでも第一巻が終わっていない。

話すにつれて、ゲトシェのどことなく豚を思わせる眼は生き生きとしてきて、唾を吐きちらし、自分の素晴らしい着想についてひとりでほくそ笑んでいた。チャルディーニやラマルモラらピエモンテ軍の将軍、そしてもちろんガリバルディ軍についての生々しいゴシップを欲しがっているようだ。しかし彼の業界では情報は対価を払って手に入れるものであるから、私はイタリアの状況についての興味深い知らせをただで渡すべきではないと思った。それにこっちが知っている情報は黙っていたほうがいい。

この男の方針は誤っていると私は思った。異なる多くの顔を持つ脅威を作ることはできない、脅威の顔はただひとつでなければならない。でないと人の注意は薄れてしまう。ユダヤ人を糾弾したいのならユダヤ人について話すべきで、アイルランド人だとかナポリ貴族、ピエモンテの将軍、ポーランドの愛国主義者、ロシアのニヒリストは無視すべきだ。一度に多くを盛り込みすぎている。よくもこんなばらばらに書きなぐったものだ。しかも、その小説を別にしても、ゲトシェの頭のなかはユダヤ人でいっぱいだった。私としては都合がいい。まさにユダヤ人に関して貴重な情報を提供しに来たのだから。

実際、この小説を書いているのは、金銭や世間の名誉を期待してではなく、ユダヤ人の隠れた脅威からドイツ民族を守るためなのだと彼は言った。

「ルターの言葉に立ちもどるのだ。彼は、ユダヤ人は悪人で害毒であり、骨の髄まで悪魔的で、今にいたるまで何世紀も我々にとって災いであり病害であったと述べている。その言葉を使えば、ユダヤ人は邪悪で、復讐心を持ったとげとげしい毒蛇であり、殺人鬼であり悪魔の子で、おおっぴらに行動できないため陰に隠れて突き刺し毒を盛る。彼らに対して唯一可能な手段は〈シェルフェ・バルムヘルツィヒカイト〉だ」その単語をゲトシェはフランス語に訳せなかった。「峻厳たる慈悲」の意味だが、ルターの意図は「無慈悲」だったのだろうと私は思った。ルターによれば、シナゴーグに火を放ち、燃え残りを土に埋めて石ひとつ見えないように覆い隠すべきだという。そしてユダヤ人の家を打ち壊しジプシーのように牛小屋に押し込んで、嘘と呪詛と罵倒だけを教えるタルムードの書物をすべて取り上げる。高利貸の商売を禁じ、黄金、現金、宝石として持っている全財産を没収する。若い男には斧と鋤《すき》を、若い娘には糸巻棒と錘《つむ》を持たせるのだ、なぜならば、とゲトシェは薄ら笑いを浮かべながら言った。「〈アルバイト・マハト・フライ〉、つまり労働のみが自由をもたらすのだから」ルターにとっての最終解決とは、疥癬《かいせん》持ちの犬のようにユダヤ人をドイツから追放することだったらしい。

「我々はルターの言葉に」とゲトシェは締めくくった。「耳を貸さなかった、少なくとも今までは。古代からずっと非ヨーロッパ人種は醜いとされてはきたが――今だってちゃんと動物扱いされている黒人を見ろ――優等人種を見分ける確かな基準がまだ定まっていなかったからだ。今では、人類の最高の発達段階が白人種であり、白人種のもっとも進化した例がゲルマン人だとわかった。しかしユダヤ人が存在しているために人種混交の危険がつねにある。ギリシャ彫像を見ればいい、なんと純粋な顔立ちと優雅な体つきだろう。そうした美しさは徳性と同一視され、我々チュートン人の神話に登場する偉大な英雄がそうであるように、美しい者は優秀でもあった。こうしたアポロンたちをセム族の顔立ち、日に焼けた顔色、暗いまなざし、鷲鼻、ゆがんだ手足に変えて想像してみるがいい。ホメロスにとって、これらは、下品そのものというべきテルシテスの特徴だった。キリスト教の伝承には今でもユダヤ精神がしみついていて（結局のところ、その伝承を始めたのはアジアの、今で言うトルコのユダヤ人であるパウロだった）、すべての民族がアダムから始まったなどと説いている。そうではない、原初の野獣から分かれた際に、人類はそれぞれ異なる道をたどったのだ。我々は道の分岐点、つまりドイツ民族の真の民族的起源に戻らねばならない。世界市民主義《コスモポリタニズム》を唱えるフランスの啓蒙主義者《リュミエール》のたわ言、平等《エガリテ》や普遍的友愛なんてとんでもない！　俺が言うのは新時代の精神だ。まさに現在のヨーロッパにおいて民族復興運動と呼ばれているのは、原初の純粋な種族に戻れという呼びかけだ。ただしその目標——そして目的——に意味があるのはドイツ民族に限られている。イタリアで古代の美への回帰を代表するのが、がに股のガリバルディと短足の国王と小人のカヴールなのはお笑い草だ。実際にはラテン民族もセム人種だったのだ」

「ラテン民族が？」

「ヴェルギリウスを読んでないか？　その先祖はひとりのトロイア人、つまりアジア人だ。セム族の移民が原因で、古代イタリア人の精神はだめになったのさ。ケルト族がどうなったかを見ろ、ローマ化してフランス人になった。だから、奴らもラテン民族さ。唯一ゲルマン民族が穢《けが》れずに純粋なまま残り、ローマの権力に対抗できた。結局のところ、アーリア人種が優れていて、ユダヤ人種が（そして結局はラテン人種も）劣っていることは、それぞれの芸術分野の頂点を見れば明らかだ。イタリアでもフランスでも、バッハやモーツァルト、ベートーベンやワグナーは生まれなかった」

　ゲトシェ自身は、自分がほめたたえるアーリア人の英雄の好例のようには見えず、本当のことを言うならば（だが、どうしていつも本当のことを言う必要があるだろう？）大食いで好色なユダヤ人のように私の目には映った。しかし結局は彼を信用するしかなかった。残りの二万五千フランを私に渡してくれるはずの秘密警察が彼を信用していたからだ。

しかしながら私はちょっとした意地悪をせずにはいられなかった。自分のことをアポロ的優等人種の良き代表だと思うかと尋ねてみた。彼はこちらを睨みつけ、ある人種に属するかどうかは肉体的な事柄ではなく、むしろ精神的なものなのだと答えた。六本指の子供や掛け算のできる女が生まれるように、自然の偶然から金髪と蒼い目のユダヤ人が生まれてきたとしても、それはやはりユダヤ人だ。そしてアーリア人は黒髪であってもその民族の精神を備えていれば、アーリア人なのだ。

しかし私の問いかけは興奮に水を差した。彼は落ち着くと、赤い四角の柄が入った大きなハンカチで額の汗をふき、その場に来た目的である私の文書を要求した。渡してやった私は、あんな話のあとだから、きっとこの文書に夢中になるだろうと思っていた。プロイセン政府がルターの命令どおりにユダヤ人を追放したいと思っているとすれば、プラハの墓地についての私の話はユダヤ人の陰謀についてプロイセン全土を警戒させるために作られたようなものだ。ところが彼はビールを一口ずつ飲みながらゆっくりと読みすすめ、何度も眉間に皺を寄せては、モンゴル人に見えるほど目を細めて、最後にこう言いはなった。「我々がこの情報に関心を持つかどうかわからない。書いてあるのは、ユダヤ人の陰謀についてこれまでわかっていることばかりだ。たしかにうまく書かれているし、でっち上げだとしたら見事なものだ」

「ヘル・ゲトシェ、私はでっち上げた資料を売りにここまで来たわけじゃない！」

「もちろん疑っているわけじゃないが、俺にも雇い主に対する義務がある。文書が本物かどうかこれから確かめる必要がある。この書類をヘル・シュティーバーと仲間に見せなければならない。これは俺が預かっておこう。帰りたければ、パリに戻ってくれてかまわない。数週間後には返答があるだろう」

「しかし、ディミトリ大佐はすでに話がついていると……」

「まだ話はついてはいない。言っただろう、文書は俺が預かる」

「はっきり言いましょう、ヘル・ゲトシェ。あなたが手にしているのはオリジナルの文書だ。オリジナルの意味はおわかりか？　もちろんそこに書かれている情報は重要だが、さらに重要なのは、そこで語られている集会のあとプラハで書かれた本物の報告書に載っていることなのだ。文書は手放すわけにはいかない。少なくとも、約束された報酬を手にしないかぎり」

「ひどく疑い深い人だ。いいだろう、ビールをあと一、二杯注文して、俺が文章を書き写すのに一時間ほど時間をくれ。あんた自身がこの情報にはそれだけの価値があると言うし、本当に騙すつもりなら記憶していけばいいだけだ。読んだ内容をほぼ一言一句覚えていると請け合ってもいい。しかし文章をヘル・シュティーバーに見せたい。だから書き写させてくれ。持ってきたオリジナルはそのまま持って帰ればいい」

私は反論できなかった。チュートン人の不味《まず》いソーセージで口をまぎらし、ビールをがぶ飲みした。ドイツ・ビールが場合によってはフランス・ビール並みに美味しいことは認めなければならない。ゲトシェが丹念に文書をまるごと書き写すのを待った。

別れはそっけなかった。勘定は別々にしようとゲトシェは提案し、むしろ私のほうが何杯か多く飲んだと計算していた。数週間後には結果を知らせるという約束だけで、その場に残された私は、長距離旅行が空振りに終わったことで怒りが収まらなかった。旅費は自腹で、ディミトリから約束された報酬を一ターレルすら受け取れなかった。

なんて馬鹿だったんだと私はひとりごちた。ディミトリはシュティーバーがけっして支払わないことをわかっていて、単純に私の文書を半額で手に入れた。ラグランジュは正しかった、ロシア人を信用してはならない。おそらく私は欲をかきすぎたので、半額でも手に入れたことで満足すべきだっただろう。

その時はドイツ人がもう連絡をしてこないとはっきりわかっていたし、実際に連絡のないまま数か月が過ぎた。私が悩みを打ち明けると、ラグランジュはやんわりと微笑んだ。「我々の商売につきものの不測の事態さ。聖人を相手にしているわけじゃない」

私はこの成り行きにまったく不満だった。プラハの墓地についての私の物語は、シベリアの奥地で無駄にされてしまうにはあまりにもよくできていた。イエズス会士に売りつけられただろうに。結局のところ、初めて現実にユダヤ人を告発しその国際的陰謀について触れたのは、バリュエル神父のようなイエズス会士であり、祖父の手紙はカトリック組織の高位聖職者の関心を引いたはずだった。

イエズス会士との唯一の接点はダッラ・ピッコラ神父だ。彼を紹介してくれたのはラグランジュだったので、そのラグランジュに尋ねてみた。私が探していると伝えておこうと言ってくれた。実際、しばらくするとダッラ・ピッコラ神父が私の店を訪れた。商売の世界で言う売り物を私が提示すると、関心を持ったように見えた。

「もちろん」と彼は言った。「あなたの文書を検討して、教団の誰かに連絡しなければなりません。中身を見ずに受け容れるような人たちではないですからね。私を信頼して、数日間これを預からせてください。私の手からは離しませんから」

威厳ある聖職者を前に、私は任せることにした。

一週間後、店にダッラ・ピッコラ神父が現われた。私は書斎に通して飲み物を出そうとしたが、その態度は穏やかではなかった。

「シモニーニ」と私に言った。「あんたはきっと私を間抜けだと思って、イエズス会の神父たちに偽文書を売りつけさせようとしたな。私が何年もかかって作り上げた信頼関係をぶち壊すところだった」

「神父さん、何をお話ししているのかわからないのですが……」

「いい加減、からかうのはよしなさい。秘密だというこの文書をあんたは私に寄こした（そう言うと、テーブルにプラハの墓地の報告書を放り出した）。私が高値で売ろうとしたら、イエズス会士たちは、おまえは馬鹿じゃないかという顔をして、ご丁寧に教えてくれたよ。その極秘文書とやらはジョン・レットクリフとかいう男が書いた小説、この『ビアリッツ』に作り話としてすでに載っていると。一言一句まったく同じだ（そしてテーブルに一冊の本も放り出した）。どうやらあんたはドイツ語が読めて、出たばかりの小説を読んだんだろう。プラハの墓地での夜の集会の話を見つけて気に入って、フィクションを現実として売りつけてみたくなったんだ。そして盗作者らしくぬけぬけと、ライン川のこちら側では誰もドイツ語を読まないことにつけ込んで……」

「お聞きください、おそらくお話はわかりました……」

「わかる必要もない。この紙くずをごみ箱に投げ込んで、あんたなんかくたばっちまえと罵って終わりにしたってよかったさ。だが私は頑固で恨みっぽい性格なんだ。これからあんたの情報部の知り合いに、あんたがどんな奴で、その情報がどれくらい信用できるかを知らせてやる。それを先に言いに来てやったのはなぜか？　義理だてなんかじゃない——あんたみたいな人間に義理だてなんかいるもんか——そうじゃなくて、情報部があんたを背中から一刺しすると決めた時には、誰がそう助言したのかを知っておいてほしいからだ。誰に殺されるのか知らないまま殺されたんじゃ復讐のために殺す意味がない。そうだろ？」

「シモニーニ」と私に言った。
「あんたはきっと私を間抜けだと思って……」(266 頁)

すべて明らかだ。あの悪党ゲトシェは（レットクリフの偽名で連載小説《フィユトン》を出版しているとラグランジュは言っていた）、私の文書をシュティーバーに渡したりなどしなかった。完成直前の小説にぴったりで、自分の激しい反ユダヤ感情を満足させる題材だと気がつき、現実の話（少なくともゲトシェは実際に起きたことだと信じていただろう）をひとつの物語、つまり自分の物語に変えたのだ。あの悪党がすでに文書偽造で知られていることもラグランジュから注意されていた私は、自分が間抜けにも偽文書作りの罠に引っかかったという怒りで我を忘れた。

しかし怒りの上に恐怖が加わった。ダッラ・ピッコラが言う背後からの一刺しは比喩かもしれないが、ラグランジュははっきり言っていた。情報部の世界では邪魔になった者は抹殺される。三文小説を秘密情報として売りつけるような信頼できない情報屋であることが明らかになり、さらにイエズス会士に対して情報部の醜態をさらすようなことになれば、誰がそいつを手元に置いておくだろうか。短刀で一刺しし、セーヌ川に浮かべるだけだ。

そういう成り行きをダッラ・ピッコラ神父は私に約束していたわけで、本当のことを神父に説明するのも無意味だった。信じてもらえるはずがない。悪党ゲトシェが小説を書きおえる前に私が彼に文書を渡したことを神父は知らず、逆に私が彼に（つまりダッラ・ピッコラ神父に）文書を渡したのがゲトシェの小説が出版されたあとだと知っているのだから。

私は袋小路に追いつめられた。

ダッラ・ピッコラの口を封じるしか道はない。

私はとっさに動いていた。書き物机の上にかなり重い錬鉄製の燭台があった。それをつかむと、ダッラ・ピッコラを壁に押しやった。彼は目を見開いて、か細い声で言った。「まさか殺すというのか……」

「そうだ。残念ながら」と私は答えた。

そう、残念に思ったのは本当だ。しかし背に腹は変えられない。私はなぐりつけた。神父は乱杭歯のあいだから血を吐き、すぐに倒れた。その死体を見ても罪悪感はまったくなかった。自らが招いた結果だ。

やっかいな遺体を消しさることだけが問題だった。

この店舗と上階のアパルトマンを買った時、家主が地下室の床にある揚蓋を開いて見せてくれた。「その下に何段か階段がある」と私に説明した。「最初はひどいにおいで気絶しそうになって降りる気になれないだろう。でも必要な時が来るかもしれない。あなたは外国人で由来をよく知らないだろう。昔、ごみは道に投げ捨てられていて、糞尿を窓から放り出す前には『水に注意！』と叫ぶようにという法律まで作られた。しかしそれはひどくやっかいだった。自分で便器を空ける必要があったし、通行人はさらにひどい目に遭った。その後、道路に露天の水路が掘られ、さらにその水路の上が覆われて下水道ができた。今ではオスマン男爵がパリにきちんとした下水網を設置したが、基本的には雨水の排水用だ。家の便所のパイプが詰まっていなければ、排泄物は勝手に汚物槽に流れ込み、夜のあいだに汚物槽は大きな処分場に運ばれて空にされる。しかし最終的に合流式排水《トゥ・タ・》設備《レグー》を採用すべきかどうかの議論の最中だ。つまり大きな下水溝に雨水だけでなくほかのごみもすべてまとめてしまうんだ。そのために十年以上も前から、法令によって、家主は家から共同溝まで少なくとも幅一メートル三十センチはある地下通路でつなぐように定められている。ちょうどこの下にあるようなやつだが、法律に定められたほどの幅も高さもない。それは当然だ。法律が規定するのは広い大通り《ブールヴァール》のことで、誰も気にしない袋小路には関係ない。地下まで降りて本当にごみをしかるべきところまで運んでいるかなんて誰も見に来ない。汚物を踏みつけて進むのが嫌ならば、ごみをその階段から投げてしまって、雨の日にここまで水位が上がって流されるのを待てばいい。それに、ここから下水溝まで道が続いているのは、それはそれで便利だろう。今のパリじゃ十年か二十年ごとに革命やら騒動やらがあるから、地下の逃げ道があって悪いことはないからね。あんたもパリっ子なら、最近出た小説『レ・ミゼラブル』は読んでるだろう。主人公が傷ついた友人を背負って下水溝沿いに逃げる場面がある。何を言いたいかはおわかりだろう」

連載小説《フイユトン》の愛読者である私はユゴーの物語をよく知っていた。もちろん自分でその体験をするつもりはなかった。それに、登場人物がどうやって地下をあんなに長く進めたのか見当もつかない。パリのほかの地区の地下水路ならかなり広くて天井も高いのだろう。モベール小路の下にある地下道はおそらく何世紀も前からあるようだ。ダッラ・ピッコラの死体を二階から店舗へ、そして地下室へ下ろすだけでも大変だったが、運良く、小男はかなり腰が曲がっていて痩せていたので、扱うのは楽だった。しかし揚蓋の下の階段まで下ろすには、転げ落とすしかなかった。それから自分も降りて、家の真下で死体が腐ったりしないように、身をかがめながら数メートル引きずった。片手でその足首をつかみ、もう片方の手で灯りを掲げて——三番目の手があればそれで鼻をつまんだのだが。

私にとって、殺した人間の死体を消さなければならないのはこれが初めてだった。ニエーヴォとニヌッツォの時はその心配をするまでもなく問題は片付いた（もっともニヌッツォの場合は、少なくとも最初のシチリアでの時は、もっと慎重になるべきだった）。今になって気がついたが、殺人でもっとも面倒なのは死体の始末で、人を殺すなかれと司祭が言うのはきっとこのためだろう。もちろん戦争の場合は別で、死体は禿鷹に任せておけばいい。

亡くなった神父を十メートルほど引きずっていった。自分だけでなく私以前の誰のものだかわからない排泄物のなかで聖職者を引きずるのは気持ちの良いものではない。しかもそのことを犠牲者本人に向かって語るとは――ああ、私はいったい何を書いているのだろう。大量の糞便を踏みつけて、ようやく遠くに一筋の光が見えるところまでやって来た。小路から道路に出る場所にマンホールがあるしるしだ。

最初は、水量豊かな流れに死体を葬ろうと、大きな幹線水路まで引きずっていくつもりだったが、あとになって、遺体が水によってどこまでも流されてセーヌ川に達してしまい、聖職者の亡骸の身元がわかってしまうかもしれないと思った。その判断は正しかった。書いている今になって知ったことだが、クリシーの下流にある大規模なごみ処理場で、ここ六か月のあいだに犬四千匹、仔牛五頭、雄山羊二十頭、雌山羊七頭、豚七頭、鶏八十羽、猫六十九匹、兎九百五十羽、猿一匹、大蛇《ボア》一匹が見つかったという。そのリストには神父は載っていないが、それがさらに奇妙奇天烈なものになっていたかもしれない。むしろその場に故人を放置しておけば、まず間違いなくそこから動かないだろうと思えた。壁と水路自体――それはたしかにオスマン男爵の工事よりはるかに昔のものだ――のあいだの狭い通路に死体を置いた。瘴気と湿気でかなり早く腐敗が進行し、あとに残るのは見分けのつかない骸骨だけだと見込んだ。そしてこんな袋小路ではわざわざ補修管理がなされることもなく、したがってそこまで誰もやって来ないとあてにできた。万一そこで人の死骸が発見されても、どこから来たのかを突きとめなければならないだろう。マンホールから降りてくれば誰だってそこに置けるのだから。

私は書斎に戻ると、ゲトシェの本のダッラ・ピッコラがしおりを挟んでいた頁を開いた。私のドイツ語は錆びついていたが、細かなニュアンスはともかく、何が書いてあるかは理解できた。たしかに私が書いたプラハの墓地でのラビの演説だ。ただしゲトシェは（演出のセンスは持ち合わせていたらしく）夜の墓地についてもう少し詳しい描写を加えていた。まず墓地にローゼンバークという銀行家が、縁なし帽からこめかみの縮れ毛をのぞかせたポーランドのラビと一緒にやって来る。墓地に入るためには、謎めいた七音節の言葉を墓守にささやかなければならない。

それからオリジナルの版では私の情報提供者であった人物が到着する。彼を連れてきたのはラザーリという男で、百年ごとに開かれる集会に立ち会わせると約束していた。二人は付けひげと幅広のつばのついた帽子をかぶって変装している。そのあと私が物語ったのとだいたい同じように事件は進行し、最後の場面も同じだった。墓地から青っぽい光が立ち上がり、ラビたちの影が遠ざかって夜に飲み込まれていく。

あのだらしのない男は、私の簡潔な報告書を使って、メロドラマにお似合いの場面を描いてしまった。数ターレルを手に入れるためになんだってやりかねない。まさに世も末というものだ。

これこそユダヤ人が目指していることではないか。

ここで寝ることにしよう。私は度を越さない美食家の習慣から逸れて、ワインではなくカルヴァドスを度を越して飲んだ（そして頭が度を越して回っている――同じ言葉を繰り返している気がする）。さて、夢を見ずにぐっすり眠った時にかぎってダッラ・ピッコラとして目覚めるようだから、今回どうしたら死者となって目覚められるものか見てみたい。疑いの余地なく、私は彼が死んだ原因であり、かつその証人なのだ。

15 よみがえったダッラ・ピッコラ

一八九七年四月六日明け方

カピタン・シモニーニ、あなたが寝ていた最中だったのかどうかは知りませんが（熟睡とでも爆睡とでもお好きなようにお呼びください）、私は目を覚まして、あなたの日記を読むことができました。明け方の光のなかで。

読んだあとでつぶやきました。おそらく何か不明な理由から、あなたは嘘をついています（あなたがこんなに赤裸々に生涯を語っていても、時には嘘をつくかもしれません）。あなたが私を殺していないと確信を持って言える人物がいるとすれば、それは私自身のはずです。確認しようと思い、僧服を脱いでほとんど裸になり、地下室に降りて揚蓋を開きました。だがあなたが詳しく描写してくれた悪臭漂う地下道の端で、においに気絶しそうになりました。私はいったい何を確かめようというのかと自問しました。あなたが二十五年以上も前に放置したという死体の骨の名残りがまだあるかどうかを調べるのでしょうか？　その骨が私の骨ではないと確信するためにこの汚物のなかに降りねばならないのですか？　そう言ってよければ、私はもう答えを知っています。したがってあなたを信用しましょう。あなたはダッラ・ピッコラという神父を殺害したと。

それでは私はいったい誰なのか？　あなたが殺したダッラ・ピッコラ神父ではないとして（何しろ彼は私に似ても似つかない姿でした）、二人のダッラ・ピッコラ神父が存在することがあり得るでしょうか？

　真実のところ、私の頭がおかしいのでしょう。家から出たくありません。それでも何か買うために外出しなくてはならないでしょう。それにこの服装では食堂に入れません。私の家にはあなたのところのような立派な台所はない――本当のことを言えば、私はあなたと同様に美食好きなのですが。

　自殺したい気持ちを抑えられませんが、それは悪魔の誘惑だとわかっています。

　それにあなたがすでに私を殺したのなら、今さら自殺する必要などありますか？　時間の無駄というものでしょう。

四月七日
　神父様、いい加減にもうやめてくれ。
　昨日何をしたのか覚えていない。今朝、あなたの書き置きを見つけた。私を悩ませないでもらいたい。あなたにも覚えていないことがあるのか？　もしそうなら、私のように、へそを見つめて書きはじめ、手が勝手に考えるままにさせればいい。いったいどうして私がすべてを覚えていて、私が忘れたいわずかなことをあなたが覚えているのか？
　今この瞬間、別の思い出が頭に浮かんで消えようとしない。ダッラ・ピッコラを殺した直後、私はラグランジュから連絡を受け取った。その時指定された待ち合わせ場所はフュルスタンベール広場で、それも真夜中、かなり不気味な時間帯だった。信心深い人が言うように、私は後ろめたさを感じていた。それも人ひとりを殺したばかりで（そんなわけはないが）ラグランジュがそのことを知っているのではと恐れていたからだ。しかしもちろん彼は別のことを口にした。

「カピタン・シモニーニ」と私に言った。「君に監視してもらいたい男がいる。変わったタイプで、聖職者だが、なんと言うか悪魔主義者《サタニスト》なのだ」

「どこに行けば会えるのです？　地獄ですか？」

「冗談は抜きだ。ブーラン神父という男で、数年前にソワソンのサン＝トマ・ド・ヴィルヌーヴ修道院のアデル・シュヴァリエという見習い修道女と知り合った。この女には神秘的な噂があり、盲《めしい》を治し預言をしたとかで、信徒たちが修道院に押し寄せるようになった。尼僧院長たちは困惑し、司教はソワソンから彼女を遠ざけた。突然、アデルはブーランを精神的指導司祭とみなした。まさにお似合いの二人だ。彼らは贖罪行為のための組織を作ることを決めた。つまり、罪人が神に対して行なう冒瀆からの贖《あがな》いのために、神に祈りだけでなくさまざまな肉体的な贖罪を捧げるという」

「何も悪いことはないように思いますが」

「ところが、罪から解放されるために罪を犯さねばならぬと説教しはじめた。アダムがリリスと、エヴァがサマエルと二重の不義を行なうことによって人類が堕落させられたとか（こいつらが誰だかは訊かないでくれ、私は教区司祭からアダムとエヴァしか聞いたことがない）、何やらよくわからないことをしなければならないとか。どうやら、神父とその若い娘、そして彼らの信奉者である多くの女は、何と言うか、少々破廉恥な集まりを開いて性的関係を持ったらしい。それに加えて、この神父がアデルとの不倫から生まれた子供をこっそり始末したという噂もある。それなら我々ではなくてパリ警視庁の仕事のはずだと言うだろうが、ずいぶん前から良家のご婦人や上級官吏の妻、さらには大臣の妻までが仲間に入っていて、ブーランはこうした敬虔な女性たちからかなりの金銭を巻き上げていたのだ。それで事件は国家的な問題となり、我々が扱うことになった。ブーランとアデルの二人は告訴され、詐欺罪と破廉恥罪で三年の禁固刑を言いわたされて、一八六四年の末に出所している。その後、神父の消息は途絶え、どうやら正気に戻ったらしいと我々は考えていた。最近、何度も懺悔《ざんげ》をしたあとで教皇庁から完全に赦免され、パリに舞い戻ってきた。そして自ら罪を犯すことで他人の罪を修復するという説をふたたび主張しはじめた。万一みんながそんなふうに考えるようになれば宗教問題ではなくなり政治問題になるのは、君もわかるだろう。一方で教会もやはり懸念するようになり、最近パリの大司教がブーランを聖務停止にした――ようやく、と私は言いたいくらいだ。それに対してブーランは、異端くさい狂信者ヴァントラスに近づいた。ブーランについて知っておくべきこと、少なくとも我々が知っていることはこの書類にすべて載っている。君は彼の動きを見張って、何を企んでいるのかを報告してくれればいい」

「私は、関係を結んでくれる聴罪司祭を探す女性信者じゃありません。どうやってブーランに近づけばいいのですか?」

「さあ、聖職者になってみたらどうかね。ガリバルディ派の将軍か何かにだって変装できたらしいじゃないか」

これがちょうど今私の頭に浮かんできたことだ。だが、神父様、あなたには関係がない。

16 ブーラン

四月八日

カピタン・シモニーニ様、昨晩、いらいらしたあなたのメモを読んだあとで、私もあなたにならって書いてみることにしました。自分のへそを覗き込むこともなく、手に導かれるまま、なかば自動的に、心が忘れてしまったことを体で思い出すようにしてみました。あなたのフロイド医師は馬鹿ではありませんでした。

ブーラン……パリ郊外のとある教区教会の前で、彼と一緒に散歩している自分の姿が浮かんできた。それともあれはセーヴルだっただろうか。私に話しかけてきた。「神に対して犯された罪を贖うことは、またそれを我が身に引き受けることも意味します。罪を、それもできるかぎり重い罪を犯すことは、霊的負担になり得るのです。罪を犯すのは、悪魔が人間に要求する邪心の重荷を取り除くためであり、我々を奴隷としている邪悪な力を追い払うことができない、より弱い我々の兄弟たちを解放するためです。ドイツで発明されたばかりのハエ取り紙《パピエ・チュ・ムーシュ》を見たことがありますか？お菓子職人が使うもので、糖蜜を紙に塗ってショーケースのケーキの上に吊るします。糖蜜に惹かれて寄ってくるハエは、べとつく紙にくっついて弱って死ぬか、虫がびっしりついた紙ごと水路に投げ込まれて溺れ死ぬ。そうです、敬虔な贖罪者はあのハエ取り紙のようになるべきです。自らの

「……ある種の集会では、聖体《ホスティア》を短刀で突き刺して
誓いを立てるのはご存じでしょう」(279 頁)

体にあらゆる汚辱を引きつけて、それらを浄化する坩堝《るつぼ》となる」

教会の祭壇の前で、彼が罪深き敬虔な女性を浄化するところが目に浮かぶ。彼女は悪魔に取り憑かれ、アビゴール、アブラクサス、アドラメレク、ハボリュム、メルコム、ストラス、ザエボスといった悪魔の名や気味の悪い悪態を口にしながら、床で身をよじっていた。

ブーランは聖職者が着る紫の祭服に赤い短衣を身につけて、彼女の上に身をかがめ、悪魔祓いの祈禱らしき言葉を口にする。しかし（私が聞いたのが正しければ）まったく逆の内容だった。「聖《クル》ナル十字架《クス・サクラ》ハ我ガ光トナラズ《・ノン・シト・ミヒ・ルクス》、悪魔ガ我ガ導キ手トナランコトヲ《セド・ドラコ・シト・ミヒ・ドゥクス》、来タレ《ウェニ》、さたん《サタナ》ヨ、来タレ《ウェニ》！」

それから悔悛女性の上にうつむいてその口に三度唾を吐き、自分の服をたくし上げて聖杯に小便を入れると、哀れな女性に差し出した。そして壺から（直接手を使って！）明らかに糞便からできた物質を取り出すと、悪魔に取り憑かれた女性の胸をむき出しにしてその乳房に塗りつけた。

女は喘ぎながら床を転げまわり、うめき声はしだいに弱まって、催眠状態に近い眠りに落ちた。

ブーランは、聖具室に行きざっと手を洗った。私と一緒に教会の前庭に出ると、厳しい職務を果たしたかのようにため息をついて、「すべてが終わった《コンスマートゥム・エスト》」と言った。

私は彼に対して、名前を伏せておきたいある人からの使いだと名乗り、聖別されたホスティアを必要とする儀式をしたいのだがと告げたのを覚えている。

ブーランはにやりと笑った。「黒ミサかな？　だが聖職者が立ち会うのなら彼が直接ホスティアを聖別すればいい。たとえ教会から身分を剥奪されていたとしても有効です」

私は説明した。「私の言う人は、聖職者に黒ミサを司宰させるつもりはありません。ある種の集会では、聖体《ホスティア》を短刀で突き刺して誓いを立てるのはご存じでしょう」

「わかりました。モベール広場近くで古物商の店を開いている男が、聖体の売り買いをしていると聞いたことがある。そいつに訊いてみたらどうでしょう」
私たち二人が知り合ったのは、その時だったのでしょうか？

17 コミューンの日々

一八九七年四月九日

私は一八六九年九月にダッラ・ピッコラを殺した。十月にラグランジュからメッセージが届き、今度はセーヌ川の河岸に呼び出された。

これは記憶のいたずらだ。肝心の事柄は忘れているのに、その晩、ロワイヤル橋近くで、突然の閃光を浴びて立ちどまった感動は覚えている。『フランス帝国官報』の新本部の工事現場があって、工事の進行を早めるために電灯で夜間照明がされていた。林のような梁《はり》と足場のなかで、ひときわまばゆい光源が左官工たちを照らしていた。あたりの闇を照射するその星のような光の不思議な効果は言葉にならない。

電灯……当時、愚かな連中は未来がすぐそこにあるように感じていた。エジプトで地中海と紅海を結ぶ運河が開通して、アジアに行くのにアフリカを迂回する必要がなくなった（迂回航路が不要になって、多くの正直な海運会社が被害を受けることになる）。万国博覧会が開催された。その建築物を見ると、オスマンによるパリの解体工事はまだ序の口だったと思われた。アメリカでは東から西まで大陸を横断する鉄道の敷設が完成しようとしていた。ちょうど黒人奴隷が解放されたところで、この下等民族が国全体を侵略して、ユダヤ人よりひどい性悪の混血の溜まり場に変えてしまうに違いない。アメリカの南北戦争で潜水艦が登場し、水兵は水中で溺死ではなく窒息死するようになった。両親の世代が吸っていた立派な葉巻は貧弱な紙巻煙草に変わり、一分で燃えつきて喫煙者の愉しみは消え失せた。しばらく前からフランス兵士は金属の箱に保存されて傷んだ肉を食べていた。アメリカでは、水圧ジャッキで建物の高層階に人を運ぶ密閉された小部屋が発明されたという噂だった――土曜日の夜にジャッキが故障してその小部屋に人が二晩閉じ込められ、水と食糧どころか空気がなくなって死んでいるのが月曜日に発見されたというニュースさえすでに届いていた。生活はますます便利になり、誰もが喜んでいた。離れた場所にいながら会話できる機械や、ペンを使わずに書く機械の研究が進んでいた。偽造すべき原本というようなものがこの先も存在するのだろうか。

人々は香水店のショーウィンドウに見とれていた。ワイルドドレタスの樹液には肌を若がえらせる効果があるとされ、キナの増毛効果が賞賛された。バナナ水のポンパドゥール・クリーム、カカオ脂の乳液、パルマ・スミレの白粉、これらはいずれも色っぽい女性をさらに魅力的にするために発明されたものだが、今ではお針子娘も使っていた。多くの仕立て屋で彼女たちに代わって縫い仕事をする機械が導入されはじめたので、お針子娘は愛人になる用意ができてきたのだ。

新時代の唯一の興味深い発明は、座って用を足せる陶製の便器だった。

しかしこの私にしても、こうした目に見える人々の熱狂ぶりが帝国の終焉を示していたことに気づいていなかった。万国博覧会でアルフレート・クルップは見たこともない巨大な大砲を展示した。五十トンの重量があり百ポンドの砲弾が発射可能だった。皇帝はとても気に入ってクルップにレジオン・ドヌール勲章を授与したほどであったが、ヨーロッパ各国に売りつけようとしていたクルップから武器の価格表が送られてくると、なじみの兵器会社を持っていたフランス軍上層部から注文を取りやめるよう説き伏せられた。一方、プロイセン国王がこれを購入していたことは言うまでもない。

ナポレオン三世はかつての判断力を失っていた。腎臓結石のせいで、乗馬どころか食事も睡眠も取れず、保守派と妻の言いなりだった。彼らは今でもフランス軍が世界一だと信じていたが、実際は四十万人のプロイセン軍に対してせいぜい十万人の兵士がいただけだ（あとになってわかったことだが）。すでにシュティーバーはシャスポー銃に関する報告書をベルリンに送っていた。フランスではシャスポー銃が最新鋭の小銃だと考えられていたが、実際はすでに博物館行きになりつつある代物だった。しかも、フランスにはプロイセンのような情報組織ができていないというのがシュティーバーの自慢だった。


とにかく事実を語ることにしよう。指定された場所で私はラグランジュと落ち合った。

「カピタン・シモニーニ」とラグランジュはあいさつ抜きに言ってきた。「ダッラ・ピッコラ神父のことで、何か知らないか？」

「いえ、どうしてです？」

「行方不明なのだ。ちょうど我々のために仕事をしていた。私の知るかぎり、最後に会ったのは君だ。君が話したいことがあると言うから彼をやった。それで、どうした？」

「ロシア人に渡した報告書を渡しました。聖職者の何人かに見せるように」

「シモニーニ、一か月前に神父から手紙を受け取った。こんなことが書いてあった。なるべく早くお目にかかりたい、あのシモニーニについて気になることを伝えたいと。伝言の調子からすると、君に関して彼が言おうとしていたのはどうもほめ言葉ではなかったようだ。君と神父とのあいだに何があったのだ？」

「何をあなたに言うつもりだったのか、わかりません。あなたのために作った文書（そう彼は思っていたんでしょう）を彼に提示したのが裏切りだとでも言うつもりだったのかもしれません。もちろん、私たちが合意していたと知らなかったのでしょう。私には何も言いませんでした。その後私も彼を見かけていません。むしろ、私が持ちかけた話がいったいどうなったのか不思議に思っていたところです」

ラグランジュはしばらく私を見つめてから言った。「またあとで話をしよう」そして立ち去った。また話をすることなどまったくなかった。これから先、私はラグランジュに監視されるだろう。もしはっきりと疑われていたとしたら、神父の口を封じてはいても、結局は例によって背後から短刀で刺されることになる。せっかく神父の口を封じたというのに。

私はいくつかの用心をした。ラップ通りの銃刀店に駆け込んで、仕込み杖をくれと言った。あるにはあったがひどい出来だった。その時、大好きなパサージュ・ジュフロワで杖を売るショーウィンドウを見たことがあったのを思い出した。その店で素晴らしい逸品が見つかった。蛇をかたどった象牙の握り、軸は黒檀製で、とびきり優雅で――なおかつ頑丈だ。握りはわずかに斜めだが水平というより垂直に近いので、足が痛くて寄りかかるには特に便利ではないが、刀のように握るにはぴったりだ。

仕込み杖は、相手がピストルを構えている場合でも巧妙な武器となる。怯えたふりをして後ずさりし、杖を相手に向ける。手が震えていればいっそう効果的だ。相手が笑いだしてステッキを奪い取ろうと握ってくれれば、切れ味鋭い尖った刀身を鞘から抜くのを手伝うことになる。何を自分が手にしたのかと茫然としている相手に対してすぐさま刃を振り下ろして、こめかみから顎へ斜めに切りつけるのはたやすいことだ。せめて小鼻を切れればいい。目をえぐるまでいかなくても、額から噴き出した血で相手は目が見えなくなる。それに肝心なのは不意をつくことで、そうなれば敵は片付いたも同然だ。

かっぱらいのような小物が相手なら、杖を拾ってその場を立ち去り、相手の顔に一生残る傷をつけておけばいい。しかしもっとやっかいな敵なら、最初に切りつけたあと、腕の動きに合わせて返す刀で水平に喉をすっぱり切ってやる。そうすればそいつは傷の心配などせずにすむだろう。

しかも、そんな上等なステッキを手に散歩すれば威厳と気品が自然と漂うのは言うまでもない。たしかに値は張るがそれだけの価値はあり、金に糸目をつけてはいられない場合だってあるのだ。


ある晩、帰宅しようとして、店の前でラグランジュに出会った。

私はステッキをわずかに動かしたが、秘密情報部が私のような人間を始末するのに彼のような人間に任せるはずがないと考えて、話を聞くことにした。

「見事な品だな」と彼は言った。

「何がです?」

「その仕込み杖のことさ。そんな仕上げの握りは仕込み杖にきまっている。誰かを恐れているのか?」

「その必要があるなら、おっしゃってください、ムッシュー・ラグランジュ」

「そう、自分が疑われていることを知って我々を恐れているのだろう、わかっているさ。まあ単刀直入に話をさせてもらおう。まもなくフランスとプロイセンで戦争になる。パリは、友人シュティーバーが送り込んだ工作員でいっぱいだ」

「誰が工作員かわかっているのですか?」

「全員ではない。だから君の出番だ。シュティーバーにユダヤ人の報告書を渡した君は、いわゆる金で買える人物だと思われている……彼の知り合いで、君も一度会ったはずのゲトシェという男が今このパリに来ている。我々の考えでは、君に接触してくるはずだ。君はパリのプロイセン・スパイになる」

「祖国に背《そむ》けと？」

「善人ぶるな。君の祖国というわけでもないだろう。もし気が引けるというのなら、これはフランスのためだ。我々が提供する偽情報をプロイセン側に流すのだから」

「難しいことではなさそうですね……」

「それどころか、非常に危険だ。パリでプロイセン・スパイだとばれたら、我々は君のことなど知らないとしらを切らねばならない。したがって君は銃殺されるだろう。二重スパイであることがプロイセン側にばれたら、もっと荒っぽいやり方で殺される。だからこの任務で命を落とす確率は――そうだね――半々といったところだ」

「引き受けなければ？」

「九九パーセントだろうね」

「どうして一〇〇パーセントではないのですか？」

「仕込み杖の分さ。しかしあまりあてにしないほうがいい」

「情報部に本当の友人がいてくれると思ってました。ご忠告ありがとうございます。わかりました。自分の意志で引き受けることに決めました。そして愛国心からも」

「カピタン・シモニーニ、君は英雄だ。指令を待ちたまえ」

一週間後、ゲトシェが私の店にやって来た。いつにもまして汗まみれだ。私は彼を絞め殺してやりたくてたまらなかったが、かろうじて我慢した。

「おまえが人の話を横取りして偽文書をでっち上げたことはわかっているんだ」と私は言った。

「あんたと同じさ」とねちっこい笑いを浮かべてドイツ人は言った。「あんたが、牢屋送りになったジョリの文章からアイデアを得てプラハの墓地の話を書いたことを、俺が突きとめなかったと思うか？　あんたがいなくたって、俺はひとりであれを書いていたさ。あんたはただの近道になっただけだ」

「いいか、ヘル・ゲトシェ、フランス国内で外国人として活動している以上、おまえの名前を私が知り合いに漏らせば、おまえの命には一サンチームの値打ちもないんだぞ」

「じゃあ言うが、逮捕された俺があんたの名を出せば、あんたの命だってそれと同じ値打ちになるんだぜ。だから、ここは手打ちにしようじゃないか。俺の本のあの章を、現実の報告書として確実な買い手に売りつけるところだ。山分けしようじゃないか、これからは一緒に活動するしかないんだからな」

戦争が始まる数日前、ゲトシェにノートルダム寺院の横に建つ家の屋上に連れていかれた。そこで小柄な老人がいくつも鳩舎を管理していた。

「ここは、鳩を飛ばすのにいい場所なんだ。大聖堂のそばには何百という鳩がいて、誰も気にしないからな。役立つ情報があったらメッセージを書けばいい、このじいさんが鳩を飛ばす。同じように、あんたは毎朝彼のところに立ちよって指示が出ているか確認するんだ。単純だろ？」

「でも、どんな情報が欲しいんだ？」

「パリについて何が重要な情報なのか、まだわかっていない。今のところ俺たちは前線の地域を監

メッセージが届いた先では、
画像を壁に映写して拡大する（289頁）。

視している。しかし遅かれ早かれ、戦いに勝てばパリに関心が向くだろう。そうなれば部隊の移動とか、皇帝一家がいるかいないかとか、市民感情とか、つまりなんでもかんでも、あんたの鋭い嗅覚に任せるさ。地図が必要になるかもしれない。どうやって鳩の首に地図をつけるか知りたいだろう。一緒に下の階に来い」

下の階には、写真室に別の男がいて、壁が白く塗られた小部屋と映写機があった。遊園地で幻灯機と呼ばれる装置で、壁や大きなシーツの上に像を映し出すものだ。

「この男があんたのメッセージを受け取って、大きさや枚数に関係なく、写真に撮って一枚のコロジオン紙に縮小し、鳩に付けて送る。メッセージが届いた先では、画像を壁に映写して拡大する。長すぎるメッセージが届けば同じことがここで行なわれる。だが、ここはプロイセン人にとっていづらくなってきた。俺は今晩にもパリを離れる。俺たちは鳩の翼に託した手紙でやり取りするのさ、恋人同士みたいにな」

私は想像して身震いした。しかし、なんということか、そいつと手を切ることはできなかった。それもこれも、神父ひとりを殺したせいだ。だとしたら何千人を殺す将軍たちはいったいどうなるのだろうか。

こうして戦争になった。ラグランジュは時折敵に渡すべき情報を私に送ってきたが、ゲトシェが言っていたように、パリはプロイセンにとってたいして重要ではなかった。むしろその頃のプロイセンは、アルザス地方のサン＝プリヴァ、ボーモン、スダンにフランスがそれぞれ何人の兵士を配置しているのかを知りたがっていた。

攻防戦になるまで、パリではまだ陽気な暮らしが続いていた。九月にはすべての演芸場を閉鎖することが決定された。前線の兵士の苦労をしのぶためでもあり、さらには、その前線に消防士を送るためでもあった。しかし一か月もすると、コメディ・フランセーズは戦死者の遺族を支援するためとして、規模を縮小してではあったが、暖房なしでガス灯の代わりに蠟燭を灯して上演する許可を得た。それからアンビギュ座、ポルト・サン＝マルタン座、シャトレ座、そしてアテネ座でいくつか上演が再開された。

生活が苦しくなりはじめたのは、九月のスダンの敗北からだった。ナポレオン三世は敵の捕虜となって帝国は崩壊し、フランス全土が革命のような騒乱に突入していた（まだ完全な革命とは言えなかったが）。共和国が宣言されたが、その共和派内部でさえ、私が理解したかぎりではふたつの動きがあった。ひとつは敗戦をきっかけに社会革命を目指そうとし、もうひとつは、正真正銘の共和主義に行き着く――とされていた――一連の社会改革に屈しないために、プロイセン側と和平を結ぶつもりだった。

九月なかばプロイセン軍はパリの市門に到達し、街を防衛するはずだった城塞を占領して、そこから街に砲撃を加えた。五か月にわたって厳しい包囲戦が続き、そのあいだ飢えが一番の難敵となった。

政治的陰謀や街角で起きていたデモ行進について、私はほとんど理解できなかったし、どうでもよいことだった。こんな時期には、あまり出歩かないほうが賢明だと思っていた。しかし食糧となると、これは私の問題で、これから先どうなるかを知るために、地元の商店主に毎日事情を尋ねていた。リュクサンブールなどの公園を歩いていると、最初の頃は街が家畜の群れのなかに入ったかのようだった。都市の城壁の内側に羊や牛が集められていたからだ。しかしすでに十月の段階で牛二万五千頭と雄山羊十万頭しか残っていないと言われていて、それではこの大都会に食糧を供給す

九月なかばプロイセン軍はパリの市門に到達し、
街を防衛するはずだった城塞を占領して、
そこから街に砲撃を加えた（290頁）。

るにはまったく足りなかった。

実際に、しだいに金魚をフライにしなければならない家が出てくるようになり、馬肉好きは軍が放置している馬をかたっぱしから襲撃し、ジャガイモ一枡が三十フランで、ボワシエ菓子店はレンズマメ一箱を二十五フランで売っていた。兎の影すら見当たらず、肉屋はもう恥も外聞もなく、まずはよく肥えた猫を、それから犬を店頭に並べるようになった。動植物園の輸入動物がすべて食用にされ、クリスマスの夜、金を使う余裕のある人のために《ヴォワザン》では豪華なメニューが提供された。象のコンソメ、ラクダのロースト・アングレーズソース、カンガルーのシチュー、熊のロース・ポワヴラードソース、羚羊《れいよう》のテリーヌ・トリュフ添え、それから猫に乳飲み仔ネズミの付け合わせ。今では屋根に雀の姿も見えなくなり、ネズミやドブネズミが下水道から消えつつあった。

まずまずの味だったラクダはいいとしても、ドブネズミは耐えられない。包囲戦の時期でも密輸業者というか調達屋はいた。ある（法外な値段の）夕食のことが私の記憶に残っている。有名レストランではなくほとんど郊外にある安食堂《ガルゴット》で、名誉ある賓客（全員がパリの上層階級というわけではなかったが、そうした非常事態では階級差は無視されるものだ）と一緒に、雉肉《きじ》ととびきり新鮮なフォワグラのパテを賞味することができた。


一月にドイツ軍と休戦条約が結ばれた。三月にドイツ軍が首都を象徴的に占領することが許された――彼らがスパイク付き鉄兜をかぶってシャンゼリゼを行進するのを見るのは、私にとってもかなり屈辱的だったと言わねばならない。それからドイツ軍は街の北東に陣取り、フランス政府に南西地区の管理を残した。つまりイヴリー、モンルージュ、ヴァンヴ、イッシーの城塞を渡した。なかでもひときわ堅固なモン・ヴァレリアン要塞からは首都の西部を容易に砲撃できた（すでにそのことはドイツ軍によって証明済みだった)。

プロイセン軍はパリを放棄し、代わってティエール率いるフランス政府が成立したが、今や政府の統制を離れた国民衛兵は、寄付金で購入してあった大砲を押収しモンマルトルに隠匿していた。ティエールはその大砲を取りかえすべくルコント将軍を派遣した。当初、将軍は国民衛兵と群衆に向けて発砲させたが、最後にはその配下の兵士さえ反乱軍に合流し、ルコントは彼自身の部下によって捕虜となった。同時に、もうひとりの将軍クレマン・トマがそのあたりにいるところを誰かが見つけた。トマは一八四八年の六月蜂起の弾圧の際に良い印象を持たれていなかった。そればかりか、私用で出歩いていたらしく平服姿だったことから、みんなは彼が反乱軍をスパイしていたと言いだした。トマは、すでにルコントが待っていた場所へ連れていかれ、二人とも銃殺された。

ティエールは政府の全員とともにヴェルサイユへ引き上げ、三月末にパリ・コミューンが宣言された。この時パリを包囲してモン・ヴァレリアン要塞から砲撃したのは(ヴェルサイユの)フランス政府で、プロイセン軍は介入せず、むしろ自分たちの境界線を自由に行き来させていた。そのためパリは最初の包囲戦の時より二度目の包囲戦の時のほうが食糧が豊富だった。つまり同国人から兵糧攻めに遭い、敵から間接的に補給をされていたのだ。パリでは、ドイツ軍をティエールら政治家と比べて、結局のところこのザワークラウト食いの連中はいい奴らではないかとつぶやく人もいた。

フランス政府がヴェルサイユへ引き上げることが報じられた時、私はゲトシェからのメモを受け取った。それには、パリで起きることについてプロイセンはもう関心がなくなり、したがって鳩舎も写真室も撤収するとあった。しかしその同じ日にラグランジュがやって来た。どうやらゲトシェが私に知らせてきたことをすでにわかっていたような顔つきだった。

「シモニーニ君」と彼は私に言った。「プロイセン側にしていたことを、今度は我々のためにしてほしい。すでに、君と協力していたあの悪党二人は逮捕させてある。鳩は戻るべきところへ帰っていったが、暗室の資料は我々の役に立つ。緊急軍事情報のために、イッシーの城塞と、やはりノートルダム近くにある屋根裏部屋のあいだに連絡線を確保してある。その屋根裏部屋から君の情報を我々に送ってくれ」

「我々にとは、誰にです？　あなたはいわば帝国警察の人間だった。皇帝とともに消えているはずだ。ところが今、まるでティエール政府のスパイみたいに聞こえますが」

「カピタン・シモニーニ、私は、政府が変わっても残る部類に属しているのさ。今は我が政府と一緒にヴェルサイユにいる。ここに残っていたらルコントとトマのような最期《さいご》を遂げるかもしれないからな。ここにいる狂信者どもはやたらと銃殺する。しかし我々もそれに対してお返しはするだろう。何か正確な情報が必要になれば、より細かな指令が出されるだろう」

　何か正確なこと……口で言うのは簡単だ。何しろ街のあらゆる場所で、さまざまなことが起きていた。正規の政府が戻ってくるのを待ってブルジョワ市民が自宅に閉じこもっている地区で、銃身に花を挿して赤旗を掲げた国民衛兵の部隊が行進していた。新聞を読んでも市場での噂を聞いても、コミューンで選出された議員たちのなかで誰がどの立場にいるのかわからなかった。工場労働者もいれば医師、記者、共和主義穏健派、怒れる社会主義者もいたし、さらには正真正銘のジャコバン派もいて、一七八九年ではなくあの恐るべき一七九三年のコミューンの再来を夢見ていた。しかしおおむね街頭の雰囲気はひどく陽気だった。男たちが軍服を着ていなかったら大規模な民衆のお祭りだと思っただろう。兵士はトリノでは「スッスィ」、ここパリでは「オ・ブション」と呼ばれるコルク倒しに興じ、将校は娘たちの前で気取って歩いていた。

自分の持ち物のなかに当時の新聞の切り抜きを入れた箱があったはずだと今朝思い出した。それが今、記憶だけでは不可能な部分を再構成するのに役立っている。それはあらゆる傾向の新聞だった。『点呼《ル・ラペル》』、『人民復興《ル・レヴェイユ・デュ・プープル》』、『ラ・マルセイエーズ』、『フリジア帽《ル・ボネット・ルージュ》』、『自由パリ《パリ・リーブル》』、『人民《ル・モニトゥ》報知《ール・デュ・プープル》』などだった。誰が読んでいたのかは知らない。おそらく、新聞を読んでいたのはそれを書いていた連中だけだろう。私がすべて買い込んだのは、ラグランジュが興味を持ちそうな事件や意見が載っていないか見るためだった。

状況の混乱ぶりと私が実感したのは、ある日、混乱したデモのやはり同様に混乱した群衆のなかでモーリス・ジョリに出会った時だった。私がひげを生やしていたので最初は誰だかわからなかったが、そのあと、私が炭焼き党《カルボナーリ》員か何かだったことを思い出して、コミューンを支持していると考えたようだ。彼は私のことを共に苦労した親切で気前のいい仲間とみなして、私の腕をつかむと、自宅（ヴォルテール河岸の、きわめて慎ましやかなアパルトマン）に連れていき、シャルトリューズ・ヴェールを注いだ小さな杯を前に打ち明け話をしてくれた。

「シモニーニ」と私に言った。「スダンの戦いのあと、私は共和主義者の最初の反乱に加わって戦争継続を叫んだが、興奮したそいつらがあまりにも高望みしているとわかったんだ。大革命の時のパリ・コミューンはフランスを侵略から守ったが、歴史においてそんな奇跡は二度と起こらない。革命は通達によって宣言されるものではなく、民衆の腹の底から生まれるものだ。この国は二十年このかた道徳的腐敗に苦しんでいて、二日間で再生させることなんてできやしない。フランスはその優秀な子供たちを押さえつけてばかりだ。私はボナパルトに逆らったために二年間を牢屋で暮らし、刑務所から出てみると、新しい本を出してくれる出版社ひとつ見つからない。まだ帝国があったからさ、と君は言うだろう。しかし帝国が倒れると、この共和国政府は、十月末に市庁舎《オテル・ド・ヴィル》の平和的占拠に加わったからというので私を裁判にかけたんだ。まあ、よかろう、私が暴力をふるったことなど証明できなかったから、無罪釈放された。だが帝国に逆らい、屈辱的な停戦に反対して戦った人間への報酬がこれだ。今、パリ全体はこのコミューンの理想郷でうかれているようだが、兵役を逃れようと街から逃げ出す人間がどんなにたくさんいるのか、知ってるかい。十八歳から四十歳までの男性全員に徴兵義務が課せられると言われている。だが何人の生意気な若造が道をうろついていて、国民軍でさえ足を踏み入れようとしない区域を闊歩しているか、見てごらん。革命のために命を捧げようという人は多くないのさ。悲しいね」

私から見ると、ジョリは、けっして現状に満足できない、どうしようもない理想主義者だった。ただ、たしかに彼にとって何ひとついいことがなかったと言わねばならない。とにかく私は、彼が言っていた徴兵義務が心配になり、ひげと髪をすっかり白く染めた。こうして落ち着いた六十代男性らしい姿になった。

ジョリとは反対に、私が広場や市場で出会う人々は多くの新しい法律を喜んで受け容れていた。包囲戦のあいだに家主が値上げした家賃を免除する法律であるとか、やはりその包囲戦の期間に質草にされた職業道具を労働者に返還する法律、作戦行動中に死亡した国民衛兵の妻子に対する年金、手形期限の延長とか。どれもみないいことずくめで、コミューンの財政を厳しいものにし、悪党たちを喜ばせた。

その悪党は悪党で(モベール広場と界隈のブラスリーでの会話を聞くだけでわかった)、ギロチン廃止に拍手を送った一方で(それは当然だが)、売春を廃止する法律に反発した。地域の労働者の多くが路頭に迷うことになるからだ。この法律で、パリの売春宿のすべてがヴェルサイユに移転していった。国民衛兵の優秀な兵士がどこへ性欲を発散しに行ったのか、私にはさっぱりわからない。

教会と国家の分離、教会財産の没収といった反聖職者法が制定され、ブルジョワ市民を敵に回すことになった。さらに司祭と修道士が逮捕されるという噂がしきりに流れていた。

四月なかばには、ヴェルサイユ軍の前衛が北西のヌイイ方面に突入し、捕まえた連盟兵《フェデレ》をかたっぱしから銃殺した。モン・ヴァレリアン要塞から凱旋門が砲撃された。数日後、その包囲戦でもっとも奇妙なエピソードを私は目撃した。フリーメイソンのデモ行進である。フリーメイソンがコミューンを支持していると私は考えていなかったが、彼らはその紋章と前掛けを掲げて、砲撃された地区から負傷者を救出するための休戦をヴェルサイユ政府に求めていた。彼らが凱旋門までやって来た時には、そこに砲弾は降ってこなかった。もちろん仲間の大半は王党派と一緒に街の外にいたからだ。しかしながら、「悪者同士喧嘩せず」ということでヴェルサイユ側のフリーメイソンが努力して一日の休戦があったにせよ、合意はそこまでで、パリのフリーメイソンはコミューンの側に立った。

コミューンの時期に地上で起きていたことを私があまり覚えていないのは、地下のパリを通っていたからだ。ラグランジュのメッセージが、軍司令部が知りたがっていることを伝えてきた。パリの地下に下水道網が張り巡らされていることは知られていて、このことをしばしば小説家は取り上げるのだが、下水道の下では、迷路のように入り組んだ石灰岩と白亜の採掘坑と地下墓地《カタコンブ》が、街の境界まで、そしてさらにその先まで続いているのだ。よく知られている地下洞もあるが、それ以外はほとんどわかっていない。軍部は街の外郭にある城塞から中心部につながる地下通路を知っていて、プロイセン軍がやって来ると敵の不意打ちを避けるために急いで多くの入り口を封鎖した。しかしプロイセン軍は、それが可能だとしても地下道の迷宮に入ることなど考えもしなかった。出られなくなったり地雷原に迷い込んだりするのではないかと恐れたからだ。

現実には、採掘坑と地下墓地《カタコンブ》についてある程度知っていた人はわずかだった。その大半がならず者で、その迷路を使って入市税の関所を迂回し、警察の手入れから逃げていた。私の任務は、迷わず地下通路を利用できるように、できるかぎりたくさんの悪党に尋ねることだった。

指令を受け取ったことを知らせた時に、つい私はこう言ったのを覚えている。「軍には詳しい地図がないのですか？」するとラグランジュは答えた。「馬鹿な質問はよしたまえ。戦争当初、我が司令部は勝利を確信するあまり、フランスの地図ではなくドイツの地図だけを配布したのだ」


その頃は美味しい食事も良いワインも不足していたので、安酒場《タピ・フラン》でのなじみの顔を捕まえてもっと立派な食堂へ連れていき雌鶏と高級ワインを振る舞うのは簡単だった。奴らは話をしてくれただけでなく、私に魅力的な地下散歩をさせてくれた。重要なのは、ちゃんとしたランプを用意することと、左右に曲がる箇所を覚えておくために道中で見かけるさまざまな種類の記号をメモすることだ。ギロチンの絵や古いプレート、炭で描かれた悪魔の絵、人名など、それを書いた本人はそこから出られなかったのかもしれない。納骨堂を通り抜ける時に怯える必要はない。並んでいる頭蓋骨を順序よく追えば狭い階段にたどり着き、どこかの融通のきく店の地下室に上ってふたたび星空を拝むことができる。

その後、地下のいくつかの場所は人が訪れるようになったが、それ以外の部分は、この時まで私の情報提供者たちしか知らなかった。

要するに私は三月末から五月末にかけてある程度の知識を手に入れて、使える通路を記した図面をラグランジュに送った。だが自分のメッセージがあまり役に立たないことに気がついた。今では政府軍は地下を使わずにパリに突入していたからだ。ヴェルサイユ側は、鍛《きた》えられ訓練された兵士からなる五個軍団を準備しており、その後わかったように、ただひとつ、捕虜を作らず、捕まえた連盟兵《フェデレ》を死体同然とみなすことしか頭になかった。捕虜が十人以上集まると銃殺隊の代わりに機関銃を用意する措置まで取られ、そのとおりに実行されるのを私も実際この目で目撃した。正規軍の兵士に腕章隊《ブラサルディエ》も混じっていた。彼らは悪党以下の連中で、三色旗の腕章を付けていたが、正規軍兵士よりはるかに凶暴だった。

五月二十一日の午後二時、チュイルリー公園で国民衛兵の寡婦と孤児の義捐金《ぎえんきん》集めの演奏会が開催され、八千人がにぎやかに楽しんでいたが、その直後に義捐金を必要とする哀れな家族がおそろしく急増することなど誰もまだ知らなかった。事実（それはあとでわかったことだが）、演奏会がまだ続いていた四時半に政府軍はサン＝クルー市門からパリに入り、オートゥイユとパッシーを占領すると、捕まえた国民衛兵全員を銃殺した。夜の七時には少なくとも二万人のヴェルサイユ兵士が街に入ったという噂だったが、コミューンの司令部が何をしていたのかは不明だった。革命をするにはきちんとした軍事教育を受けることが不可欠である証拠だが、そうした教育を受けていれば革命をせず、権力の側にいる。だから私に言わせれば、革命を起こす理由（革命にふさわしい理由）などないのだ。

月曜日の朝、ヴェルサイユ兵士が凱旋門に大砲を設置すると、誰かが、共同防衛線を放棄して各地区にたてこもるようコミューン兵《コミュナール》に命令を出したらしい。それが本当だとしたら、連盟司令部はその無能ぶりをまたしてもさらけ出したことになる。

いたるところにバリケードが作られた。見たかぎり熱心に住民は協力していた。オペラ地区とかサン＝ジェルマン大通りのようなコミューンに反対する地区でもそうだった。そうした地区では、国民衛兵が上品なご婦人がたを家々から駆り出して、とびきりの高級家具を街路に積み上げるように急きたてた。目指すバリケードの高さを示す縄が道に張られ、各人が石畳《パヴェ》から引きはがした石材や砂袋を並べた。窓から椅子やチェスト、長椅子、マットレスが放り出された。住民の同意の上でのこともあれば、空っぽになってしまったアパルトマンの奥の部屋で住民が涙を流してうずくまっていることもあった。

士官のひとりが作業中の部下たちを指さして、私に言った。「そこの市民のあなたも手伝いなさい。我々が死に向かおうとしているのは、あなたの自由のためでもあるのだ！」

私は手伝うふりをして、道の先に落ちていた椅子を拾いに行き、角を曲がってその場を離れた。実際のところ、パリ市民は少なくともこの一世紀のあいだ、バリケード作りが好きだ。そして大砲の最初の一撃で粉々になっても気にしない。バリケードを作るのは英雄気分を味わうためなのだが、築いている連中のどれだけがいざという時まで残っているのか見てみたいものだ。みんな私と同じように行動するだろう。バリケードを守ろうとするのは一番の阿呆で、その場で撃ち殺される。

パリの状況がどのように進行していたのか把握するためには、気球から見るしかなかっただろう。国民衛兵の大砲を保管している陸軍士官学校《エコール・ミリテール》が占拠されたという噂があり、またクリシー広場で戦闘があるとか、ドイツ軍が政府軍に北部からの突入を認めているという噂もあった。火曜日にはモンマルトルが陥落し、以前コミューン《コミュナール》兵がルコントとトマを銃殺した場所に男性四十人、女性三人、子供四人が連行され、同じようにひざまずかされて銃殺された。

水曜にはチュイルリー宮殿などたくさんの公共の建物が炎上するのを私は目撃した。政府軍の前進を阻止するためにコミューン兵《コミュナール》が放火したと言う人もいれば、むしろ熱狂的なジャコバン派の放《ペト》火女《ロルーズ》が石油の桶を持ってあちこち火をつけてまわっているのだと話す人、さらには政府軍の臼砲によるものだとか、この機会に乗じてやっかいな文書庫を始末するかつてのボナパルティストの仕業だと主張する人もいた。私は最初、ラグランジュの立場ならそうしただろうと思ったが、そのあとで思い直した。優秀な情報部員なら情報を隠しはしても消したりしない、そのうち誰かを脅迫するのに役に立つかもしれないのだから。

私は用心に用心を重ね、衝突のまっただなかに巻き込まれるのを恐れながら鳩舎に最後に足を運び、そこでラグランジュのメッセージを受け取った。もう伝書鳩で連絡する必要はなくなったと書いてあり、今では占拠されたルーブル近くの住所と、そして政府軍の監視所を通過する合言葉が載っていた。

ちょうどその時、私は政府軍がモンパルナスに到達したと知って、そのモンパルナスでワイン商の地下蔵を訪れたことを思い出した。地下蔵から地下通路に降りると、アッサス通り沿いにシェルシュ・ミディ通りに行けて、まだコミューン兵が断固として防衛しているクロワ・ルージュ交差点にある建物の使われなくなった倉庫の地下に出られる。それまで私の地下探索がなんの役にも立っていなかったので、報奨金を目当てにラグランジュのところへ行くことにした。

シテ島からルーブルの近くまで行くのは難しくはなかったが、サン＝ジェルマン・ロクセロワ教会の背後で、正直言って少々ショッキングな光景を目撃した。男がひとり、子供を連れた女性と一緒に通りかかった。どう見ても陥落したバリケードから逃げているようには見えなかったが、そこに酔っ払った腕章隊《ブラサルディエ》の一隊が現われた。見たところルーブル占領を祝っていたようだ。腕章隊は

極度に無個性な顔をした中年男性が
私を振り返り（……）
「君はカピタン・シモニーニだね。
私はエビュテルヌだ（……）」(303頁)

妻の腕から夫を引き離そうとし、彼女が泣きながら夫の腕にしがみつくと、三人とも壁に押しやって銃弾の雨を浴びせた。

私は正規軍のいる街路だけを通るようにした。そこならば持っている合言葉が通用したからだ。そして、通された部屋では、何人かが巨大な街路図に色のついたピンを指していた。ラグランジュの姿が見えなかったので、彼のことを尋ねた。極度に無個性な顔をした中年男性が私を振り返り（つまり描写しようにも、ほかの人と区別できるような変わった特徴が何ひとつ見つからない）、手を差し出さずに丁寧なあいさつをしてきた。

「君はカピタン・シモニーニだね。私はエビュテルヌだ。これまでラグランジュとしてきた任務はすべて、これから先、私としてもらう。承知のとおり、秘密情報部も世代交代が必要だ、特に戦争が終わる時には。ラグランジュ氏は勇退した。今頃、どこかの川べりで釣り《ア・ラ・リーニュ》しているだろう、この不愉快な騒ぎから離れたところで」

質問などしている場合ではなかった。私は、アッサス通りからクロワ・ルージュ交差点まで続く地下道の話をした。エビュテルヌは、クロワ・ルージュでの作戦はとても重要だと言った。ちょうどコミューン兵《コミュナール》がそこをたくさんの部隊で固めていて、南からの政府軍の到着を待ち構えているという知らせが届いたばかりだったからだ。そこで私がワイン商の住所を彼に伝えると、腕章隊《ブラサルディエ》の一隊が来るのをそのワイン商のところで待つようにと指示された。

エビュテルヌの伝令が私よりも先に到着するように、セーヌからモンパルナスまで急がずに行こうと考えていたその時、まだセーヌ川右岸にいた私は、歩道に二十体ほどの銃殺死体が一列に並べられているのを見た。まだ死んで間もないらしく、社会階層も年齢もいろいろだった。肉体労働者らしい若者がわずかに口を開いて倒れている隣で、ブルジョワの成人男性が、縮れ髪に手入れの行き届いた口ひげを生やし、少し皺ができたフロック・コートを着て腹の上で腕を交差させていた。その脇には、芸術家のような顔つきの男がひとり、さらにもうひとりは、誰だか見分けがつかないほどの顔に成りはて、左目があった場所には黒い穴が開き、頭にはタオルが巻かれていた。哀れに思った人なのか、あるいは冷酷で几帳面な人が、何発もの銃弾で砕け散った頭を一緒にまとめておこうとしたかのようだ。それから女がひとりいた。かつては美人だったのかもしれない。

死体は五月末の陽光の下にさらされて、活動を始めたばかりのハエがその宴会に惹かれて飛びまわっていた。彼らはまるで偶然に捕まって、誰かに見せしめにするために銃殺されたという印象があった。政府軍の一隊が大砲を曳いていく道を空けるために、歩道に並べられていた。そこに並んだ顔に私がショックを受けたのは、こう書きながらもいたたまれない気分だが、何事もなかったかのようなその表情だった。いわば、そこで一緒になった運命を受け容れて眠りについているように見えたのだ。

死体の列の最後に来て、銃殺された最後の男の顔を見てぎょっとした。その一隊にあとから加えられたように、少し距離を置いて並んでいた。顔の一部は固まった血で隠れていたが、ラグランジュだとはっきりわかった。情報部で刷新が始まっていたのだ。

私は女々しくか弱い精神の持ち主ではなく、神父の死体を下水溝まで引っ張っていくことだってやってのけたが、その光景を見て気が動顚《どうてん》した。かわいそうに思ったからではなく、自分もそうなっていたかもしれないと思ったからだ。そこからモンパルナスまでのあいだで、私がラグランジュの仲間だとわかる誰かに出会ってしまえば、一巻の終わりだ。肝心なのは、ヴェルサイユ側とコミューン側の両方から疑われる理由があることで、その当時、疑われることは銃殺を意味した。

まだ炎に包まれている建物のある場所なら、コミューン兵《コミュナール》は残っていそうもなく、かといってまだ政府側はその地区を警備していないだろうと見越して、私はあえてセーヌを渡ってバック通りを抜け、クロワ・ルージュの交差点まで地上を通ってやって来た。そこからは、放置された倉庫にすぐに入って、あとは地下を通って残りの道を進むことができる。

　クロワ・ルージュの防衛線に遮られて目指す建物に入れないのではないかと心配していたが、そうではなかった。武装グループがいくつかの家の戸口に立って、指令を待ちながら、食い違う知らせを口頭で伝えていた。どこから政府軍が現われるのかわかっていなかった。流れてくる噂に合わせ、誰かの指図で敵を待ち受ける道路を変えながら、小さなバリケードを苦労して作っては崩し、作っては崩ししていた。かなり大勢の国民衛兵部隊が到着していた。その高級住宅街の住民の多くは、武装した兵隊に対し、無意味な英雄気取りをやめるように説得していた。ヴェルサイユ兵も同じフランス人、しかも共和派だし、降伏したコミューン《コミュナール》兵全員にティエールは恩赦を約束しているというではないか……。

　私が目指す建物の門扉は少し開いていた。なかに入り背後でしっかり扉を閉めると倉庫に行って、さらに地下室に降り、モンパルナスまで迷うことなくたどり着いた。そこには三十人ほどの腕章隊《ブラサルディエ》が待っていて、私は彼らの先に立って今来た道を引きかえした。彼らは倉庫から上階のアパルトマンに上り住民を脅すつもりだったが、そこにいたのはきちんとした身なりの住民で、ほっとしたように兵士を出迎えて、交差点をよく見下ろせる窓を教えてくれた。ちょうどその時、馬に乗った将校がドラゴン通りから交差点に到着して警戒命令を伝えたところだった。見たところ、セーヴル通りかシェルシュ・ミディ通りからの攻撃に用意するようにという命令だったようで、そのふたつの通りの角に新しいバリケードを築くためコミューン兵は石畳《パヴェ》をめくっていた。

　腕章隊が占拠したアパルトマンのあちこちの窓で配置につくあいだ、いずれコミューン兵の銃弾が飛んでくる場所にいたら危険だと思って私が階下に降りてみると、地上では混乱が続いていた。建物の窓からの射撃の方向はわかっていたので、私はヴュー・コロンビエ通りの角に隠れて、危なくなったら逃げ出す用意をした。

大部分のコミューン兵《コミュナール》は作業のあいだ武器を積み重ねておいていたので、窓から発射された銃撃に慌てふためいた。それから態勢を立て直したが、どこから銃弾が飛んでくるのかがわからず、グルネル通りとフール通りに向けて人の高さで撃ちはじめたので、私はヴュー・コロンビエ通りにも弾が飛んでくるのではないかと恐れて後ろに下がった。それから、ひとりが敵は上から撃ってきていることに気がついて、交差点と家の窓とのあいだで撃ち合いが始まった。しかし、政府兵は狙う相手がよく見えていて集団に向けて発砲したのに対して、コミューン兵はどの窓を狙ってよいかまだわからなかった。簡単に言えば、あっけない虐殺となり、交差点では裏切りだと叫び声があがった。そう、いつだってこうなるのだ。何か失敗すると、自分の無能の責任を押しつける誰かを探す。しかし、何が裏切りだと私はつぶやいた。それはおまえたちが戦い方を知らないからだ、革命どころじゃない……。

ようやく政府兵が占拠している家が突きとめられて、生き残った連中はその門扉を打ち破ろうとしていた。私の想像では、その頃にはすでに腕章隊《ブラサルディエ》はまた地下に降りてしまっていて、コミューン兵が見つけた家はもぬけの殻だっただろう。しかし、そこにとどまって事態を見とどけるつもりはなかった。あとになって知ったが、実際に政府兵はシェルシュ・ミディ通りから、それも大量に押し寄せてきていて、こうしてクロワ・ルージュの防衛兵の残党も掃討されたはずだ。

銃声が聞こえてくる方向を避けながら横丁を通って、家の近所の路地にたどり着いた。壁に貼られたばかりのポスターでは、公安委員会が市民に徹底抗戦を呼びかけていた（バリケード《オ・バリカード》につけ！

敵は我らが城壁内にあり《レヌミ・エ・ダン・ノ・ミュル》！　ぐずぐずするな《パ・デズイタスイオン》！）

モベール広場のブラスリーで最新の状況を聞いた。七百人のコミューン兵《コミュナール》がサン＝ジャック通りで銃殺され、リュクサンブールの弾薬庫が爆破された。コミューン兵は報復として、ロケット監獄からパリ大司教を含めた捕虜数人を引き出して壁の前に立たせた。大司教を銃殺してしまえば、もう引きかえすことはできない。事態が正常に戻るためには、徹底的に血が流れなければならなかった。

こうした事件の話に耳を傾けていると、客の歓喜の声に迎えられて数人の女が店に入ってきた。以前そのブラスリーにいた娼婦が帰ってきた！　政府軍は、コミューンが廃止した売春婦をヴェルサイユへ連れていったが、すべてが通常に戻ったというしるしとしてまた街に戻したのだ。

私はそのくだらぬ騒ぎのなかにとどまっていられなかった。コミューンが行なった唯一の善行がかき消されつつあった。

その後の数日間でコミューンは消え、ペール・ラシェーズ墓地での白兵戦の一騎打ちが最後だった。話によると、百四十七人の生き残りは捕えられてその場で処刑されたそうだ。

こうして、関係ないことに首を突っ込むべきではないと彼らは学んだ。

18　プロトコル

一八九七年四月十日と十一日の日記から

戦争が終わるとシモニーニはいつもの仕事を再開した。運の良いことに、あれだけの死者が出たあとでは遺産相続が緊急の課題になった。バリケード上かその前で若くして命を落とした多くの戦死者は遺言の用意など考えていなかったので、シモニーニには仕事が山のように舞い込み、たんまり報酬を受け取った。平和はなんと素晴らしいことか。それに先立って、犠牲を伴う浄化があった場合には。

　そのあとの彼の日記を見ると、戦後の公証人としての日常業務にはあまり触れず、プラハの墓地の文書を売りつける相手を見つけたいという願いだけが書かれている。その思いは戦争のあいだもずっと忘れていなかった。そのあいだにゲトシェが何をしていたのかは知らなかったが、先手を打つ必要がある。しかも奇妙なことに、コミューンの時期を通じてユダヤ人たちは姿を消したように見える。ベテランの陰謀家としてコミューン陣営を陰から糸を引いていたのか、それとも反対に、大資本家として戦後に備えヴェルサイユに身を潜めていたのだろうか？　しかし彼らはフリーメイソンの背後にいた。パリのフリーメイソンはコミューンの味方にまわり、そのコミューン兵《コミュナール》が大司教を銃殺したのだから、そこになんらかの形で関わっていたはずだ。子供たちを殺していた以上、大司教を殺すのは当然だ。

そんなことを考えていた一八七六年のある日、下階のベルが鳴るのが聞こえ、戸口に僧服姿の老人が現われた。シモニーニは最初、聖別されたホスティアの取引に来たいつもの悪魔主義者《サタニスト》の神父だと考えたが、よく見ると、白くなってはいたが以前と変わらずウェーブのかかった豊かな髪の下の顔が、ほとんど三十年ぶりに見るベルガマスキ神父であることに気がついた。

イエズス会士にとって、少年の頃に知り合いだったシモニーニが目の前にいると確信するのはもう少し難しかった。何よりもひげのせいだった（平和になると、四十歳にふさわしいごま塩まじりの黒いひげに戻っていた）。しばらくしてから目を輝かせ、微笑んで言った。「そうだ、シモニーニ、君だろう？　やっぱり君は君だ。なかに入れてくれないか？」

微笑んではいたが、虎とまでは言えないとしても、少なくとも猫のような作り笑いだった。シモニーニは二階に招くと、尋ねた。「どうやって私を見つけたのです？」

「ああ、いいかね」とベルガマスキは言った。「私たちイエズス会は悪魔よりも事情通だと知らないのか？　ピエモンテ政府によってトリノから私は追い出されたが、あちこちの人物との関係は続いていた。まず君が公証人のもとで仕事に就いて遺言書を偽造していることを知った。それから、なんてことか、私がナポレオン三世の相談役としてフランスとサルデーニャ王国に対しプラハの墓地で陰謀を企んだという報告書をピエモンテの秘密情報部に提出したこともわかった。よくできた話さ、それは否定しないが、君があの坊主嫌いのシューからすべてを書き写したことに気がついた。君を探したんだが、ガリバルディとシチリアにいると知らされ、それからイタリアを出ていったと知った。ネグリ・ディ・サン・フロント将軍はイエズス会と親密な関係で、君がパリに行ったことを教えてくれた。パリのイエズス会同胞は、帝国の秘密情報部にかなり知り合いを持っている。そこで、君がロシア人と接触し、プラハの墓地でのイエズス会についての報告書がユダヤ人についての報告書に変わったことを知った。でも同時に、君がジョリという男を監視していたことを知り、こっそりその著書を一冊手に入れた。ラクロワとかいう人物の事務室にあったんだが、そいつは炭焼き党《カルボナーリ》の爆弾好きの連中との乱闘で勇敢な殉死を遂げた。その本を読んでみて、ジョリがシューから書き写したとしても、君は君でそのジョリからへたくそな剽窃をしたんだとわかった。最後に、ドイツにいるイエズス会の仲間から、ゲトシェという人物がやはりプラハの墓地での儀式を話題にしていて、そこで君がロシア人に渡した報告書で書いていたのとほぼ同じことをユダヤ人が語っていると教えてもらった。でも私は知っているんだ、私たちイエズス会士が登場する最初の文書は君が書いたもので、ゲトシェの三文小説より何年も古いものだとね」

「ああ、やっと私が正しいことをわかってくれる人がいた！」

「最後まで言わせなさい。それから戦争があり、包囲戦になってコミューンの日々が続き、パリは私のように僧服を着た人間には面倒なところになった。私がまたここに戻ってきて君に会おうと決心したのは、数年前にプラハの墓地のユダヤ人の話と同じものがサンクトペテルブルクで出版された小冊子に掲載されたからだ。ただしそれは史実に基づいた小説の一部として紹介された。つまり元ネタはゲトシェだ。そして今年に入って、ほぼ同じ文章がモスクワで出版された別の小冊子に載った。かの地かあの地か呼び方はとにかく、あの国では、脅威となりつつあるユダヤ人をめぐって国家問題が生じている。そればかりかユダヤ人は私たちイエズス会にとっても脅威なのだ。ユダヤ人はイスラエル同盟を通じてフリーメイソンの背後に隠れている。今、教皇猊下《げいか》は、教会の敵すべてに対する戦いを決意された。そこで、君シモニーニが役に立つというわけだ。ピエモンテ政府に対して私を悪者扱いした罪を償うがいい。あんなことをして私たちの教団の名を貶めたのだから、教団に借りを返すべきだ」

なんてことだ、イエズス会士はエビュテルヌよりもラグランジュよりも、サン・フロントよりも抜け目なく、誰についてもすべてを知っている。秘密情報部なんて必要ない。奴ら自身が秘密情報部なのだ。世界のあらゆる場所に同胞がいて、バベルの塔が倒れて以来生まれたあらゆる言語で語られることを追いかけている。

コミューン陥落のあとで、フランスでは、反教権主義者も含めて誰もがひどく信心深くなった。神なき人々が引き起こした悲劇の公的な贖罪として、モンマルトルに聖堂を建設する話も出た。復古主義が流れなら、よき復古主義者として活動する価値はある。「神父様、わかりました」とシモニーニは言った。「どうすればいいかおっしゃってください」

「君の路線を進めようではないか。まず、ラビの演説は、例のゲトシェが勝手に売り歩いているから、あれよりも詳細で驚くような話を作らねばならない。その一方で、ゲトシェがその話を広められない状況に追い込む必要がある」

「どうやって私があの偽文書作りを止められるのですか？」

「ドイツのイエズス会の同胞にゲトシェを監視させ、必要があれば排除するように伝えよう。彼の生活についてわかっていることからすると、いろいろな面で脅しをかけることができそうだ。とりあえず君は、ラビの演説から、新たな話、もっと複雑で現代の政治状況に関係する話を作りなさい。ジョリのパンフレットを読み返すといい。そこから、いわゆるユダヤ人のマキャヴェリズムと、彼らが諸国家を腐敗させる計画を導くのだ」

ベルガマスキはさらに付け加えて、ラビの演説にいっそう信憑性を持たせるためには、バリュエル神父が語ったこと、そして何よりもシモニーニの祖父が神父に送った書簡をもう一度利用するのがよかろうと言った。シモニーニ、君の手元には書簡の写しが残っていて、バリュエルに送ったオリジナルとして充分使えるのじゃないか？

シモニーニは、クローゼットの奥にあった昔の小さな文箱からその写しを見つけた。そしてベルガマスキ神父とのあいだで、このきわめて貴重な証拠資料に見合う報酬を取り決めた。イエズス会士たちは金払いが悪かったが、シモニーニは呑むしかなかった。こうして一八七八年七月、バリュエル神父の親友だったグリヴェル神父の回想録を掲載した『ル・コンタンポラン』誌が出版され、すでにシモニーニがほかの経路で知っていた多くの情報と、祖父の書簡が載った。「続いてプラハの墓地が載るだろう」とベルガマスキ神父は言った。「衝撃的なニュースは一度に出してしまうと、最初のショックのあとで忘れられてしまう。そういうものは小出しにしなければならない。そうすれば新しいニュースが過去の記憶をまた呼び起こすものだ」


シモニーニは日記を書きながら、祖父の書簡を再利用できたことを心から嬉しく思い、急に元気が出てきて、自分がしていたことで結局ひとつの明確な義務を果たしているのだと納得したようだ。

シモニーニはラビの演説を豊かにしようと全力を傾けた。ジョリを再読してみると、この論客は当初思ったほどシューからの受け売りばかりというわけではなく、登場人物マキャヴェッリ＝ナポレオンの口から、まさにユダヤ人にぴったりの邪悪な思いつきを語らせていることを発見した。

こうした材料を集めてみると、シモニーニは、それらがあまりにも豊富で広すぎることに気づいた。カトリック教徒を驚かせるラビの大演説は、風紀を乱す計画について多くの示唆を含んでいなければならず、グジュノー・デ・ムソーからユダヤ人の身体的優越性を、ブラフマンからキリスト教徒を搾取する高利貸の規則を借りてくることになる。その一方で、共和主義者なら監視が強まる

ベルガマスキはさらに付け加えて、
ラビの演説にいっそう信憑性を持たせるためには、
バリュエル神父が語ったこと、
そして何よりもシモニーニの祖父が神父に送った書簡を
もう一度利用するのがよかろうと言った（311-312 頁）。

出版への言及に警戒するだろうし、銀行にますます疑いの目を向けている企業家や中小投資家であれば（銀行はユダヤ人に独占的に支配されていると世論はみなしていた）、国際ユダヤ主義の経済計画の言及に過敏に反応するだろう。

本人は気がつかなかったが、こうしてシモニーニの心のなかにきわめてユダヤ的でカバラ主義に似たアイデアが生まれていた。プラハの墓地には唯一のシーンとラビの唯一の演説を用意するのではなく、複数の演説を用意すべきである。たとえば聖職者向け、社会主義者向け、ロシア人向け、そしてフランス人向けにそれぞれひとつずつというように。それもあらかじめすべての演説を用意しておく必要はない。別々の紙に分けて書いておき、組み合わせを変えることで異なる演説になるようにすればよい。そうすれば、違う買い手に、それぞれの必要に応じたふさわしい演説を売りつけられるだろう。つまり優秀な公証人があらかじめ異なる供述書、遺言書、自白書を記録《プロトコル》しておいて、訴訟のたびに弁護士に提供するようなものだ。——こうしてシモニーニは自分のメモを記録文書《プロトコル》として扱うようになり、全部はベルガマスキ神父に見せないように気をつけた。神父には、はっきりと宗教に関わる文書だけを渡していた。

シモニーニは、当時の自分の仕事をこうしてまとめると、その最後に、一八七八年の末、ゲトシェとジョリが死んだと知ってほっとしたという奇妙なメモを書き残した。ゲトシェは毎日浴びるように飲んでいたビールに窒息したらしく、そして（いつものように悲嘆にくれていた）哀れなジョリは銃弾を自分の頭に撃ち込んだようだ。ジョリの魂が安らかに眠らんことを。彼は悪い人間ではなかった。

おそらく親しい故人をしのぶあまり、日記の書き手はちびちび飲みすぎたらしい。書いている彼の筆跡はぐちゃぐちゃに乱れて文章は途切れている。どうやら眠ってしまったようだ。

しかし翌日の夕方近くになってシモニーニが目を覚ますと、日記の上にダッラ・ピッコラ神父の書き込みを見つけた。ダッラ・ピッコラがその朝、どうやら書斎に侵入し、別人格が書き残した文章を読んで、道徳家ぶってすぐさま訂正したらしい。

何を訂正したのだろうか。ゲトシェとジョリの死は我らがカピタンにとって驚きではなかったはずで、わざと忘れようとしているのでなかったら、シモニーニの記憶はかなり怪しいものだ、という内容だった。

『ル・コンタンポラン』誌に祖父の書簡が掲載されたあとで、シモニーニはゲトシェから手紙を受け取った。文法的には怪しいフランス語だが内容は明快だった。「カピタン」と手紙にあった。「あんたは『ル・コンタンポラン』に載った文書に続いて、新たな発表をするつもりでいるだろう。わかってるだろうが、あの文書の所有権の一部は俺が持っている。やろうと思えば、(『ビアリッツ』を持ち出せば)俺が全体の文章を書いた著者だと証明できるんだ。だが、あんたには、句読点を入れる手伝いをしたという証拠さえない。だから次の発表を延期して俺と話し合うんだ、公証人に立ち会わせて(もちろんあんたのような奴じゃない)、プラハの墓地の報告書の所有権を取り決めようじゃないか。応じなければ、あんたの詐欺のことを世間に知らせるまでだ。そしてすぐにジョリとやらに話を伝えに行く。自分の文学作品があんたに横取りされたことをまだ知らないらしい。ジョリの職業が弁護士なのを忘れてなければ、こいつもあんたにとってやっかいな問題になることはわかるだろう」

シモニーニは不安になって、すぐにベルガマスキ神父に連絡を取ると、こう言われた。「君はジョリをどうにかしなさい、我々はゲトシェをどうにかする」

ジョリをどうすればいいかわからずにシモニーニがためらっていると、ベルガマスキ神父からメッセージが届いた。それには、哀れなゲトシェ氏は自宅のベッドで安らかに息を引き取った、憎むべきプロテスタントではあるが彼の魂の平安を祈るようにと書かれていた。

こうしてシモニーニはジョリをどうにかすることの意味を悟った。そんなことをするのは好きではなかったし、ジョリには借りがあったのだが、つまらない道徳心を気にしてベルガマスキ神父との計画をしくじるわけにはいかなかった。そのうえ、すでに見たように、シモニーニはジョリの著作を今回さらに大幅に利用しようとしていて、不満を持った著者の抗議に邪魔されるわけにはいかなかった。

そこでふたたびラップ通りに足を運び、ピストルを一挺買い求めた。自宅用の小型ピストルで殺傷能力は最低だが、それだけ発射音も小さい。ジョリの住所は覚えていて、狭いアパルトマンだが床の立派な絨毯と壁のタペストリーでたいがいの物音は吸収されるとわかっていた。いずれにしても朝のうちにやってしまうほうがいい。朝なら、ロワイヤル橋とバック通りから来てセーヌ川沿いを行き来する二輪馬車と乗合馬車の騒音が、下の街路から響いてくる。

弁護士の玄関で呼び鈴を鳴らすと、ジョリはびっくりした様子でシモニーニを出迎えたが、すぐにコーヒーを出してくれた。そこで最近の不幸を長々と聞かされた。暴力と革命の妄想を拒否していたにもかかわらず、ジョリは、あいかわらず嘘ばかりの新聞を読む人たちの大部分（つまり読者と編集者）からは、コミューン支持者とみなされた。共和国大統領に立候補した例のジュール・グレヴィの政治的野心を挫くべきだと考えて、グレヴィを告発する文書を自己資金で印刷して張り出した。すると、共和国転覆を企んでいるボナパルティストだと彼自身が批難された。ガンベッタには

「犯罪前歴を山ほど抱えた、金目当ての記者」と軽蔑的に書かれ、エドモン・アブーからは偽文書作り扱いされた。つまりフランスのジャーナリズムの半分が敵に回り、唯一『フィガロ』紙は告発文を掲載してくれたが、他紙はすべて彼の弁明書簡の掲載を拒否した。

振り返ってみれば、グレヴィは立候補を断念したので、戦いとしては勝利したわけだったが、ジョリはけっして満足せずに徹底的に正義を追求するタイプの男だった。彼を非難した男二人に決闘を申し込み、新聞社十社を相手取って掲載拒否と名誉棄損、公的侮辱に対する訴訟を起こした。

「私が自分自身で弁護に立った。そして、シモニーニ、私は新聞沙汰になったものだけでなく、新聞が口をつぐんでいたスキャンダルまですべて告発してやったんだ。それで、あの（裁判官も含めた）悪党連中に対して私がいったいなんと言ったと思う？　みなさん、私は、権力を握っていてあなたがたを黙らせていた帝国すら恐れなかったし、今、その帝国の最低の部分を真似しているあなたがたを笑いとばしてやるって！　そして、私の言葉を遮ろうとしたので、こう言ったんだ。みなさん、帝国は、政府に対する憎悪と軽蔑の教唆、皇帝に対する侮辱罪で私を裁判にかけた。それでも皇帝の判事は私に話をさせました。今は、帝国において私が持っていた自由を許すように、共和国判事に要求したい！とね」

「それで結果は？」

「勝ったよ。二社を除いて、新聞社は有罪さ」

「それなら、何がまだ不満なのだい？」

「まるっきり、何もかもさ。実際、私の弁護ぶりをほめてくれた相手側の弁護士に、そのかっとなる性格では将来は見込めないだろうと言われたし、何をしてもプライドが高すぎる罰として失敗がつきまとってきた。誰も彼も非難したせいで代議士にも大臣にもなれなかった。おそらく政治家より文学者としてはまだ成功したのかもしれない。しかし、それだって本当ではない。私が書いたことは忘れ去られてしまったのだから。裁判に勝ったあとで、重要なサロンからはすべて追い出された。いくつもの議論には勝ったけれど、私は人生の落伍者だ。胸の内で何かが壊れてしまって、やる気も動く元気もない、そんな時が来るものさ。生きることが必要だと人は言うが、生きるというのは、やがては自殺という答えに行き着く難問なんだ」

シモニーニは、自分がしようとしているのはまったく正しいことだと考えた。その不幸な男に、究極の、そして屈辱的な行動、最後の失敗となる行為をさせない。自分は慈善行為をするのだ。それによって危険な関係者をやっかい払いすることになるだろう。

意見を聞きたい文書があるので目を通してほしいと頼んで、分厚い紙束を手渡した。古新聞の束だったが、何のことか理解するには少し時間がかかるだろう。ジョリは肘掛け椅子に座って、ばらばらになりそうな紙束をまとめようとしていた。

騙されているとも知らずジョリが文書を読みはじめると、シモニーニは落ち着いて背後に回り込み、頭に銃身を当てて発射した。

ジョリは崩れ落ち、こめかみに開いた穴からわずかに血が噴き出して、腕がだらりと垂れ下がった。手にピストルを握らせるのは難しくなかった。運の良いことに、武器に触れた人の指紋をくっきりと浮かび上がらせる魔法の粉が発見されるのは、これから六、七年後のことだ。シモニーニがジョリとの関係を清算した当時は、容疑者の頭蓋骨などの骨の測定によるベルティヨン博士の理論がまだ有効だった。ジョリの自殺を怪しむ人などひとりもいなかっただろう。

シモニーニは新聞の束を拾って、コーヒーを飲んだカップ二つを洗い、アパルトマンをきちんと片付けた。のちに知ったところでは、二日後、建物の門番が、借家人が姿を見せないので、サン＝

「……胸のうちで何かが壊れてしまって、
やる気も動く元気もない、そんな時が来るものさ。
生きることが必要だと人は言うが、生きるというのは、
やがては自殺という答えに行き着く難問なんだ」（318頁）

トマ・ダカン地区の警察署に通報した。ドアを打ち壊してみると死体が見つかった。短い新聞記事によるとピストルは床に落ちていたという。明らかにシモニーニがしっかり手に握らせておかなかったようだが、結果は同じことだった。さらに運の良いことに机には母親、妹、弟に宛てた手紙が載っていた……自殺についてはっきりと触れたものはなかったが、徹底した気高いペシミズムが文章に満ちていた。まさに自殺のために書かれたように見えた。もしかすると、哀れな男は本当に自殺するつもりだったのかもしれない。だとしたらシモニーニは無駄な苦労をしたことになる。

ダッラ・ピッコラが、同居人に対して、おそらく懺悔室でのみ知り得たこと、そして同居人が覚えていたくないことを明かしたのはこれが初めてではなかった。シモニーニはそれに少々かっとなって、ダッラ・ピッコラの日記の最後に、腹立ちまぎれの言葉を書きつけた。

たしかに、〈語り手〉が覗いている文書には驚くようなどんでん返しがいくつもあり、いつか小説にするだけの価値があるだろう。

19　オスマン・ベイ

一八九七年四月十一日、晩

神父様、私は過去を思い出そうと苦労しているのに、あなたは、一文ごとに綴り間違いを指摘する知ったかぶりの家庭教師みたいに、たえず口を挟んでくる。あなたは邪魔だ、いらいらさせられる。まあいいだろう、私はジョリを殺したかもしれない。しかし、私が達成しようとした目標は、使わざるをえなかったささやかな手段を充分に正当化するものであった。ベルガマスキ神父の政治的巧妙さと冷血を手本にして、病的な傲慢さを控えるがいい……。

もうジョリからもゲトシェからも脅迫されることはなくなり、新しい「プラハのプロトコル」(少なくとも自分ではそう呼んでいた）に取りかかる用意が整った。以前のプラハの墓地の描写はすでに小説じみた紋切型になっていたので、新しい何かを考え出さねばならない。祖父の書簡の発表から数年経って、『ル・コンタンポラン』誌は、英国外交官サー・ジョン・リードクリフを名乗る人物が書いた、現実の報告書としてラビの演説を掲載した。ゲトシェが小説の著者として使った偽名がサー・ジョン・レットクリフだったので、その文章の出所は明らかだ。いろいろな著者がこの墓地の場面を何度取り上げたことか、その回数を数えることを私はやめてしまった。今、日記を書きながら、最近ブルナンという男が『我らが同時代人、ユダヤ人』を出版したのを思い出す。ここでもラビの演説が登場するが、今度はジョン・リードクリフはラビ自身の名前になっていた。なんということか、偽文書作りたちに囲まれて、いったいどうやって生きていけばいいのだろう。

いずれにせよ私は、記録《プロトコル》すべき新しい情報を探していて、場合によってはすでに出版された書物から利用することも気にしなかった。取引先になりそうな連中は——ダッラ・ピッコラ神父の不運な事例を別にすれば——図書館で日々を過ごしてはいないだろうと思っていたからだ。

ある日ベルガマスキ神父が言ってきた。「タルムードとユダヤ人について、リュトスタンスキーという男がロシア語の本を出したそうだ。手に入れて同胞に翻訳させよう。それとは別に、接触すべき人物がいる。オスマン・ベイの名を聞いたことはあるか?」

「トルコ人ですか?」

「たぶんセルビア人だが、ドイツ語で書いている。ユダヤ人による世界征服について出版した小冊子はもう数か国語に翻訳されているが、反ユダヤの活動で暮らしているから、さらに情報を欲しがっているだろう。噂では、パリに来てイスラエル同盟を徹底的に研究するようにとロシアの政治警察から四百ルーブルを受け取ったらしい。私の記憶違いでなければ、君は、友人のブラフマンからイスラエル同盟について何か情報を得たはずだ」

「実際は、ほんのわずかですよ」

「それなら、でっち上げればいい。ベイに何か情報を流せば、あっちも何か情報を教えてくれるだろう」

「どうやって会いに行けばいいのです?」

「彼のほうから君に会いに来るだろうさ」

その頃の私はエビュテルヌの仕事はほとんどしていなかったが、時々は彼と接触していた。ノートルダム寺院の正面扉の前で落ち合って、オスマン・ベイのことについて尋ねた。どうやらベイは世界の半分の警察に知られているようだ。

「おそらく元ユダヤ人で、ブラフマンなどの連中と同じように自民族を敵視している奴らしい。前歴は長くてミリンガーとかミリンゲンと名乗ったことがあり、それからキブリドリ・ザデになり、しばらく前はアルバニア人だと言っていた。胡散臭《うさんくさ》い事件に絡んで、たいがい詐欺だが、多くの国から国外追放されている。国外追放でなければ数か月の牢屋暮らしだ。ユダヤ人を取り上げたのは、ユダヤ問題が金になることに目をつけたからさ。ミラノで、何かの機会に当時ユダヤ人について書いた自説をすべて公に撤回した。それからスイスで反ユダヤ文書を新しく印刷させて、エジプトで一軒一軒売りさばいた。だが本当に成功したのはロシアでのことで、まずは、キリスト教徒の子供が殺害される物語を書き上げた。今ではイスラエル同盟に興味を持っている。だから、我々としては、できればフランスから遠ざけておきたい人物なのだ。ユダヤ人と揉め事を起こしたくないと何度も言っただろう。それは我々にとって都合のよくないことだ、少なくとも今のところは」

「でも今、ベイはパリに来るところか、もう到着しているかもしれません」

「どうやら今では君のほうが私より情報通らしいな。ああ、よかろう、奴を監視してくれるのなら、いつものように報酬を出そう」

こうしてこのオスマン・ベイに接触する理由がふたつできた。ひとつはユダヤ人について私が持っているネタのすべてを売りつけるため、もうひとつは彼の動向をエビュテルヌに伝えるためだ。一週間後、私の店の扉の下にオスマン・ベイからのメッセージが差し込まれていて、マレ地区の安ホテルの住所が書いてあった。

美食家だろうと想像していたので、私は《ル・グラン・ヴェフール》に招待して若鶏のフリカッセ・マレンゴ風と鶏肉のマヨネーズソースを食べさせてやろうとした。何回もメッセージをやり取りしたが、結局招待はすべて断わられ、その晩、モベール広場とメートル・アルベール通りの角での待ち合わせを伝えてきた。四輪辻馬車《フィアークル》が近づいてきたら私は近寄って顔を見せる手筈になっていた。

乗り物が広場の角に止まり、扉から覗いた顔は、このあたりの街頭で深夜に出会いたくはないようなものだった。乱れた長髪に鉤鼻、猛禽類のような目、土気色の顔色、軽業師のように痩せて、左目には、人の癇にさわるチックが出ている。

「こんばんは、カピタン・シモニーニ」とすぐに話しかけてきて、付け加えた。「パリでは、壁にも耳ありと言われています。だから、落ち着いて話をするには街をめぐるのが唯一の方法です。御者にはここの話し声は届かないし、届いたとしてもまるで聞こえません」

こうして私たちが初めて会話を交わしているあいだ、夜が街の上に降りて霧のカーテンから小雨が滴《したた》り、霧はゆっくりと広がって街路の轍《わだち》を隠すほどになった。御者は、人気のない地区の街灯のない通りを走るように指示を受けていたらしい。キャピュシーヌ大通りでも落ち着いて話はできただろうが、明らかに、オスマン・ベイはその場を演出するのが好きだった。

「パリがさびれて見える。通行人を見てごらんなさい」とオスマン・ベイは私に言いながら微笑んだ。その微笑みは、蠟燭が頭蓋骨を照らし出すように彼の顔を照らし出した（崩れた顔をした男は、とても美しい歯並びをしていた）。「まるで幽霊のような動きだ。朝の光が差してきたら、慌てて墓地へと引きかえすでしょう」

私はいらいらした。「あなたの文学的表現は素晴らしい。ポンソン・デュ・テライユの見事な一場面のようです。ですが、もう少し具体的な話をしたらどうでしょう。たとえばイッポリト・リュトスタンスキーという人物についてはどう思います？」

「詐欺師で、スパイですよ。もとはカトリック司祭でしたが、少年たちと、いわゆる穢れた行為に耽ったために、世俗信徒の身分に戻されたのです。このことがすでに人物評価としては最悪です。まあ、人間が弱いものだというのはわかりますが、聖職者ならそれなりの慎みが必要ですからね。奴はその処分に反発して、東方正教会の修道士になったのです……私も今では聖ロシアをよく承知していますから言えるんですが、世間から遠く離れた僧院では長老と修練士が特別な愛情……なんと言えばいいか、兄弟愛で結ばれています。私はおせっかいを焼くつもりはありませんし、他人のことには興味ありません。ただ知っているかぎりでは、あなたの言うリュトスタンスキーはロシア政府から大金を受け取って、ユダヤ人が人を生贄《いけにえ》にすること、つまりキリスト教徒の子供に対する儀式殺人という例の話をしたそうです。自分なら子供をもっと大事にすると言わんばかりに。それから噂では、ユダヤ人に対して、いくらか金を貰えたら自分の出版した内容をすべて撤回すると持ちかけたらしい。ユダヤ人がびた一文出すわけがありませんよ。いやはや、奴は信頼できる人間なんかじゃない」

それから付け加えた。「ああ、忘れてましたが、梅毒持ちです」

偉大な作家はつねに登場人物のなかに自画像を描くものだと私は聞かされてきた。

そしてオスマン・ベイは私が語る内容にじっと耳を傾けて、プラハの墓地のおどろおどろしい描写に心得顔で微笑んでいたが、途中で遮ってこう言った。「カピタン・シモニーニ、これこそ文学めいてますね。さっきあなたが私を非難したように。私はただ、イスラエル同盟とフリーメイソンの関係を示すはっきりとした証拠を探しているんです。そして、できることなら、過去の話を掘り返すのではなく将来を予想して、フランスのユダヤ人とプロイセン人との関係を探したいのです。イスラエル同盟という権力は、世界中に黄金の網を張りめぐらして、あらゆる人と物を所有しようとしている。この証拠を見つけ、告発しなければなりません。イスラエル同盟のような勢力は何世紀も前から、ローマ帝国より前から存在しています。だからこそ機能して、三千年も生きてきた。ティエールのようなユダヤ人を使ってフランスを支配したやり方を見てごらんなさい」

「ティエールはユダヤ人だったのですか?」

「ユダヤ人でない人などいますか? ユダヤ人は我々の周囲に、人の背後にいて、我々の預貯金を管理し、軍を指揮し、教会と諸政府を操っています。私はイスラエル同盟で働く職員を買収して(フランス人はみんな買収されるのです)、ロシアの近隣諸国のさまざまなユダヤ人組織に送られた書簡の写しを手に入れました。これらの組織は国境線全域に広がっていて、警察は大きな街道を監視していますが、彼らの伝令は野原や沼沢地、水路を進む。それはまるで蜘蛛《くも》の巣のようです。私は、この陰謀を皇帝《ツァーリ》に知らせて聖ロシアを救ったのです。たったひとりで。私は平和を愛していて、暴力という言葉の意味さえ理解できなくなるような穏やかな世界を願っています。世界からユダヤ人がすべて消えされれば、その資金で武器商人を支えているユダヤ人がいなくなれば、幸せな百年を迎えられるでしょう」

「だとしたら?」

「だとしたら、いつか、唯一の合理的な解決法、最終解決を試みなければならないでしょう。つまりあらゆるユダヤ人の抹殺です。子供も? そう、子供も含めて。ええ、わかっています。ヘロデ王のようなアイデアだと思われるかもしれません。しかし悪い種がある時は、草を刈り取るだけでは不充分で、根こそぎ引き抜かなくてはならないのです。蚊が嫌ならばボウフラを殺しなさい。イスラエル同盟を目標にするのは単なる通過点にすぎません。イスラエル同盟もまた、あの人種を完全に排除することによってのみ破壊されるのです」

人通りのないパリを走りまわった最後に、オスマン・ベイは私に持ちかけてきた。

「カピタン、あなたが持ってきてくれた話はとても乏しいものでした。あの程度のことなら、まもなく私がすべて知ることになるイスラエル同盟についての興味深い情報をそちらに渡せなどとは言えないでしょう。ひとつこんな取り決めはどうでしょう。私はイスラエル同盟のユダヤ人を監視できますが、フリーメイソンの監視はできない。神秘主義と正教を信じるロシアから来た私にはこの街の企業家や知識人に特別な知り合いもいないので、フリーメイソンのあいだに入り込めません。奴らが相手にするのは、あなたのような、ベストのポケットに時計を持っているような紳士だ。仲間に入るのはあなたにとっては難しくはないでしょう。ガリバルディの遠征に参加したことがご自慢だとお聞きしました。そのガリバルディはまぎれもなくフリーメイソンでした。ですから、フリーメイソンの情報をいただけるなら、イスラエル同盟の情報をお渡ししましょう」

「口約束だけで充分でしょうか？」

「お互いに紳士同士ですから、わざわざ書面にする必要はありません」

20　ロシア人？

一八九七年四月十二日、朝九時

神父様、私たちは別人であることがはっきりした。その証拠がある。

今朝――八時だったか――私が（自分のベッドで）目を覚まして寝巻のまま書斎に入ると、階下へ消える黒い人影を目にした。一目見ただけで誰かが書類を引っかきまわしたとすぐ気がついて、運良く手元にあった仕込み杖を握ると店に降りた。不吉なカラスのような黒い影が道に出るのを見て追いかけたが――まったくの偶然だったのか、あるいは不審者があらかじめ逃げ出すために用意していたのか――そこにはないはずのスツールにつまずいてしまった。

鞘から抜いた杖を手に、足を引きずりながら小路に飛び出したが、あいにく右手にも左手にも人影は見えなかった。侵入者は姿を消していた。しかし奴はあなただ、そう誓ってもいい。実際に、あなたのアパルトマンに戻ってみるとベッドは空っぽだった。

四月十二日、正午

カピタン・シモニーニ様

（自分のベッドで）目覚めてすぐ、あなたのメッセージに返事を書いています。誓って言いますが、寝ていた私が今朝あなたの部屋にいられたわけがありません。しかし、起きたとたん、おそらく十一時頃でしょうが、あなたに違いない男が変装道具のある通路へと逃げ込むのを見て驚きました。夜着のまま、あなたのアパルトマンまで追いかけると、そいつが幽霊のようにあの汚らしい店へと降りて戸口から出ていくのが見えました。私もスツールにつまずいてしまって、モベール小路に出た時には男は跡形もなく消えてしまっていました。だが、あれはあなただった、誓ってもいい。どうか、私が正しいかどうか教えてください……。

四月十二日、午後早く

神父様

いったい私はどうなってしまったのか？　明らかに体調がよくない。どうやら、時々気を失って意識が戻るたびに日記にあなたの書き込みを見つけるようだ。私たちは同一人物なのか？　論理的というより常識的に少し考えてみるがいい。もし私たちのふたつの出会いが同じ時間に起きたとしたら、一方に私が、他方にあなたがいたと考えるべきだろう。だが二人とも違う時間にそれぞれの体験をしている。当然、私が家に入って誰かが逃げるのを目にすれば、その誰かは自分ではないと自信を持って言える。しかしその相手があなたに決まっているというのは、今朝、私たち二人だけが家にいたというまったく裏付けのない思い込みに基づいている。

私たち二人だけが家にいたのなら矛盾している。あなたが朝八時に私の持ち物をかきまわし、私が追いかけたのだろう。それから私が十一時にあなたの持ち物をかきまわしに行き、あなたが私を追いかけたとする。だが、それならどうして、私たちがそれぞれ自分の家に誰かが入ってきた時間と時刻を覚えているのに、自分が相手の家に入った時間と時刻を覚えていないのか？

もちろん、それを忘れてしまったか、忘れたかったのか、それとも何かわけがあって黙っているのかもしれない。しかしたとえば私は何も隠していることはないと心の底から言える。それに、二人の異なる人間が同時にしかもお互いに何かを隠しておきたくなるというアイデアは、なんと言うかあまりにも小説じみていて、モンテパンのような作家だってそんな筋書きを思いつかなかっただろう。

三人が関係していたと考えるほうがもっと現実的だ。謎のX氏《ミステール》が早朝私の家に侵入し、私はあなただと勘違いした。十一時にX氏があなたの家に侵入し、あなたは私だと思った。これだけスパイがあちこちにいる状況で、そんなに信じられない話に見えるだろうか？

しかしだからといって私たちが別人だという確証はない。ひとりの人間が、シモニーニとして八時のX氏の来訪を覚えていて、ダッラ・ピッコラとして十一時のX氏の来訪を覚えていることはあり得る。

だから、今回の出来事全体は、私たちが同一人物かどうかという問題の解決にはまったくなっていない。単に、第三者が私たちの家に簡単に入り込めることで、お互いの生活（あるいは私たち自身である同一人物の生活）が複雑になっただけだ。

もし三人ではなく四人だとしたらどうか。X氏一号が八時に私の家に侵入し、X氏二号が十一時にあなたの家に侵入した。X氏一号とX氏二号にどんな関係があるだろう。

だが結局のところ、あなたのX氏を追いかけた人物が私ではなくてあなただと本当に自信を持って言えますか？　これが肝心な質問であることは認めてください。

いずれにしても警告しておきます。私には仕込み杖がある。もしまた家に人影を見たら、それが誰だか確かめることなく切りつけます。それが私であり自分を殺すことになるというのはまずあり得ないでしょう。X氏（一号か二号）を殺すかもしれません。だがあなたを殺すこともあるでしょう。ですからご注意を。

四月十二日、晩

長い午睡から目覚めてあなたの言葉を読んで、ひどく動揺しました。まるで夢のように、バタイユ博士の姿が心に浮かんできました（でも、いったい誰だったのかはわかりません）。彼はオートウイユでかなり酔っ払って、小さなピストルを私に渡して言いました。「俺は怖い。俺たちはやりすぎたんだ。フリーメイソンは俺たちを始末したがっている。出歩く時には武装したほうがいい」私は脅しよりピストルが怖かったのです。フリーメイソンなら話し合いができると知っていましたから（しかしどうして？）。次の日、メートル・アルベール通りのアパルトマンの引き出しに武器を放り込みました。

今日の午後あなたに脅かされて、その引き出しを開けました。開けるのが二度目のような不思議な気分でした。それからふと我に返りました。夢物語はもうたくさんです。夕方六時頃、変装道具のある通路を用心しながら通って、あなたの家に向かいました。人影がこっちに向かって近づいてくるのが見えました。身をかがめ、小さな蠟燭を手にして進んできます。なんということでしょう、あれはあなただったのかもしれません。しかし私は我を忘れていました。発砲すると、男は私の足元に倒れて動かなくなりました。

死んでいました。心臓への一撃で。撃ったのは生まれて初めてです、そして最後であってほしい。なんと恐ろしいことでしょう。

男のポケットを探ってみました。見つかったのはロシア語で書かれた数通の手紙だけです。そして顔を覗き込むと、明らかに、突き出した頬骨にカルムイク族のような少し吊り目で、髪はもちろ

死んでいました。心臓への一撃で（331 頁）。

ん白に近い金髪でした。スラブ人なのは間違いありません。私になんの用だったのでしょう。

死体を家に置いておくわけにはいかないので、あなたの地下室に運んで、下水溝に続く揚蓋を開きました。この時は降りてゆく勇気がありました。力を入れて死体を階段から降ろし、悪臭で息がつまりそうになりながら先まで運んでいきました。そこには、もうひとりのダッラ・ピッコラの骨だけがあると思っていました。ところが私は二度驚かされたのです。ひとつは、湿気と地下の苔のためか、現在の学問の華である化学の何かの奇跡によって、私の遺体であるはずのものが数十年経ってもそっくり残っていたことです。たしかに骸骨になっていましたが、皮に似た物質の切れ端がついてミイラのようになりながら、まだ人の形を保っていました。二番目の驚きは、ダッラ・ピッコラと思われる死体の横に二体の死体があったことです。一体は僧服の男、もう一体は半裸の女で、ひどく腐敗が進んでいましたが、どちらもかなり身近な知り合いだという気がしました。死体を見ていると、激しい胸騒ぎに襲われ、なんとも形容しがたい光景が心に浮かんできたのです。これはいったい誰の遺体なのでしょうか？　私は知りませんし、知りたくもありません。しかし私たちのふたつの話は、見かけよりもはるかに複雑です。

今回は、あなたも似たことを体験したなどと言わないでください。ややこしい偶然の一致を私はもうこれ以上我慢できません。

四月十二日、夜

神父様、私は人を殺してまわったりはしない——少なくとも理由なしには。とにかく私は降りて下水溝を見に行った。そこにはもう何年も降りたことはなかった。なんということだ！　本当に死体が四体あるではないか。一体は私がずいぶん前に置いた。もう一体はあなたがちょうど今日の午後置いたものだ。だが、あとの二体は何なのだ！
いったい誰が、我が家の下水溝に出入りして死体をばらまいていくのだ？
ロシア人か？　ロシア人は、私に――あなたに――私たちに、なんの用があるのか？
ああ、なんという物語《ケル・イストワール》だ！

21 タクシル

一八九七年四月十三日の日記から

シモニーニは、自分の家に――そしてダッラ・ピッコラの家に――誰が侵入したのだろうかと頭を悩ませた。思い出してきたのは、一八八〇年代初め、自分がジュリエット・アダン（すでにボーヌ通りの書店でマダム・ラメッシーヌとして彼女に出会っていた）のサロンに出入りするようになったことだ。そこで、ユリアナ・ディミトリエヴナ・グリンカと知り合いになり、彼女を通じてラチコフスキーと接触した。誰かがシモニーニの家（あるいはダッラ・ピッコラの家）に侵入したとしたら、まず間違いなくその二人のどちらかから命じられたのだ。二人が同じお宝を探すライバルだったことを思い出した。しかしあれからもう十五年が経過し、その間いろいろなことがあった。いつから自分はロシア人に追いまわされているのだろうか。

　それともフリーメイソンなのか？　シモニーニは彼らの怒りに触れることをしたようだ。シモニーニが持っている、フリーメイソンにとって不利な資料をこの家で探しているのかもしれない。あの頃、オスマン・ベイを満足させるために、そしてベルガマスキ神父からも言われて、シモニーニはフリーメイソン関係者と接触しようと努力していた。神父がシモニーニを急がせたのは、ローマがフリーメイソン（そしてそれを援助しているユダヤ人）に対する大攻勢を準備していて、新しい材料を必要としていたからだ。その攻撃材料が乏しいために、イエズス会の雑誌『カトリック文《チヴィルタ・カットーリ》明《リカ》』は、すでに三年前に『ル・コンタンポラン』誌に掲載されていた、バリュエル神父に宛てた祖父シモニーニの書簡をもう一度載せるしかなかった。

だんだんと思い出してきた。当時、本当にフリーメイソンの支部《ロッジ》に入会するのが得策かどうか考えていた。入会すれば、どこかの規律の下に置かれて集会に出席しなければならないだろうし、兄弟会員を助けることは断われなくなるだろう。こちらの行動の自由は減るだろう。しかも支部が彼の入会を認めるにあたって、今の暮らしと経歴を調査することがないとはかぎらない。そんなことをされてはたまらない。むしろメイソン会員の誰かを脅迫して、情報屋として利用するほうがよくはないか。たくさんの偽造遺言書（それも莫大な額の遺産に関わる）を書いてきた公証人であれば、どこかできっと立派なメイソンと出会っていたはずだ。

しかも、あからさまな脅迫をする必要はなかった。シモニーニは数年前に警察の密偵《ムシャール》から国際スパイとなったことでたしかに稼ぎは増えたが、まだ望む金額にはほど遠いと判断していた。スパイとして、ほとんど人目を避けて暮らすことを余儀なくされたが、歳を重ねるにつれて、もっと豊かで名誉ある社会生活を送りたいと強く願うようになった。こうして自分の本当の天職を見出した。つまり、スパイをするのではなく、スパイをしていると周囲に信じさせることだ。しかも、複数の取引相手と活動し、誰のために情報収集しているのか、そしてどれだけの情報を持っているのかわからないスパイとして。

スパイだと思われることは金になった。きわめて貴重だとされる秘密をみんなが彼から引き出そうとして、何かの機密情報のために大金を出そうとしたからだ。本心を明かしたくないので、口実としてシモニーニに公証人の業務を依頼して、高額の請求書を示されると平然と支払った。些細な公証業務に不釣り合いな高額だっただけでなく、なんの情報も手に入れていなかったのに。それで彼を買収したつもりになって、情報を我慢強く待ちつづけた。

〈語り手〉が考えるには、シモニーニは新しい時代を先取りしていた。結局のところ、出版の自由、電信や完成間近の無線といった新しい情報システムが広まることで、機密情報はますます少なくなり、秘密工作員という職業が危機に瀕する可能性もあった。秘密をまったく持たず、それを持っていると信じさせるほうがよい。金利や特許料で暮らすようなものだ。自分はぶらぶらしているだけで、その人から驚くような情報を得たとみんなが吹聴してくれて、評判はより高くなり、何もしなくても金が向こうからやって来る。


はっきりと脅されなくても脅迫されていると恐れる人のなかで、誰に接触するべきだろうか？

シモニーニの頭にまっさきに浮かんだ名前がタクシルだった。何通か手紙を偽造してやった時（誰から誰に宛てた書簡だっただろうか）に知り合い、フランス名誉の友の集会所《ル・タンプル・デ・ザミ・ド・ロヌール・フランセ》の支部《ロッジ》に加盟しているともったいぶって語るのを聞いていた。タクシルはふさわしい人物だろうか？　へまをしたくはなかったので、エビュテルヌに情報を尋ねた。この新しい取引相手は、ラグランジュと違って、待ち合わせの場所を変えることはなかった。ノートルダム寺院の身廊の奥の席だ。

シモニーニは、情報部がタクシルについて知っていることを尋ねた。エビュテルヌは笑いだした。

「普通、我々が情報を君に求めるのであって、その逆ではない。今回は答えてやろう。その名前は聞いたことがあるが、情報部ではなく警察が扱う事柄だ。数日したら知らせよう」

その週のうちに報告書が届き、たしかに興味深いものだった。マリ・ジョゼフ・ガブリエル・アントワーヌ・ジョガン＝パージェ、通称レオ・タクシルは一八五四年にマルセイユに生まれ、イエズス会の学校に通い、当然の成り行きとして十八歳の頃には反教権主義の雑誌に寄稿を始めていた。

マルセイユでいかがわしい女たちとつき合いがあり、ひとりの娼婦は女主人を殺害した罪でその後十二年の強制労働を科せられ、またひとりは愛人殺害未遂で逮捕された。警察はタクシルのゆきずりの関係についても厳しく追及したらしい。つき合っていた共和主義者たちの動向を司法に知らせて協力したことを考えると、厳しい追及を受けたのは奇妙だった。しかし、「ハーレムのキャラメル」を謳う宣伝広告（実際に催淫薬だった）で訴えられた前歴があり、警察も彼をやっかいな人物と考えていたのだろう。一八七三年にやはりマルセイユで、付近の海に大量のサメが押し寄せていると注意する漁師になりすまして手紙を地元紙に送りつけ、大きな騒ぎを引き起こした。その後、宗教を批判する記事を書いたことから処罰を受け、ジュネーヴに逃亡した。そこでは、レマン湖の湖底に古代ローマの都市遺跡が存在するというニュースを流し、大勢の観光客を集めた。客観性を欠いた虚偽のニュースを流布したことでスイスから国外追放され、はじめはモンペリエに、それからパリに居を移し、エコール通りに《反教権出版社》を設立した。最近になってフリーメイソンの支部《ロッジ》に入会したが、しばらくすると不品行で追放された。現在は、反教権活動がかつてほど金にならず、借金漬けになっているらしい。

ここでシモニーニはタクシルについてすっかり思い出してきた。タクシルが出版した一連の著作は、反教権主義である以上に、明らかに反宗教的だった。たとえばきわめて破廉恥な挿絵（マリアと聖霊の鳩との関係についてあてこすった絵）で語られる『イエスの生涯』である。陰惨な小説『イエズス会士の息子』を書いていたが、それを読めば著者がどれほど詐欺師であるかわかる。実際、冒頭にジュゼッペ・ガリバルディに宛てた献辞（「父のように私が敬愛するガリバルディへ」）があり、その点は文句のつけようもないが、扉にはガリバルディによる「紹介文」があると書かれ

LA VIE DE JÉSUS 65

LES NOCES DE CANA

ésus, qui avait le gosier altéré comme les autres, éprouva alors le besoin de faire jouer les ficelles de sa toute-puissance. (Chap. XIX.)

たとえばきわめて破廉恥な挿絵
（マリアと聖霊の鳩との関係についてあてこすった絵）
で語られる『イエスの生涯』（338頁）

ている。その序文は「反教権主義の思想」という題名で、怒りに満ちた罵詈雑言が並んでいる（「司祭を、特に司祭のなかの司祭であるイエズス会士を目にすると、私はその醜悪な本性にショックを受けて、体が震えて吐き気がする」）。しかし、タクシルの著作を一見紹介しているようで、実際はまったく触れていない――明らかにタクシルは、このガリバルディの文章をどこからか採ってきて、あたかも自分の本のために書かれたかのように載せていたのだ。

シモニーニはそんな人物と関わりたくなかった。そこで公証人フルニエとして接触することにし、栗色がかったぼんやりした色の髪を片分けにしたきれいなかつらをかぶった。同じ色のもみ上げを付けて顔をほっそり見せ、顔色が青ざめて見えるようにクリームを塗った。鏡に向かって、少し呆けた微笑みを顔に浮かべ、前歯にある二本の金歯を見せる練習をした。それは歯科技工の小さな傑作で、本当の歯を隠してくれる。しかもこの小さな補綴具のせいで発音がおかしくなり、結果として声も変わった。

そしてエコール通りのその男に気送管速達で電報《プティ・ブルー》を送り、翌日《カフェ・リッシュ》に招待した。自己紹介するにはうってつけのやり方だった。その店には少なからぬ著名人が訪れていたし、自慢話の好きな成り上がりは、舌平目やヤマシギのリッシュ風を前には抵抗できないだろうからだ。

レオ・タクシルは脂ぎった肌の丸顔で、堂々とした口ひげを生やし、額は広く、大きく禿げた頭の汗をしきりにぬぐった。少しお上品ぶっていて、聞くに堪えないマルセイユ訛りの大声で話をする。

彼は、なぜこの公証人フルニエが自分に声をかけてきたのかはわかっていなかったが、フルニエが当時の小説家から知識人《フィロソーフ》と呼ばれていた連中のひとりで、人間観察に興味があり、自分の反教権主義の議論と風変わりな体験に興味を持っていると知って、しだいに上機嫌になっていった。そこで、料理を頰張ったまま、若い頃の手柄を熱心にしゃべって聞かせた。「マルセイユでサメの噂を広めた時は、カタランからプラドまでの浜辺にあるすべての海水浴場から何週間も人が消えてしまい、市長は、サメはきっと、燻製肉の腐った残りを海に捨てた船を追いかけてコルシカから来たと言ったんです。市議会はシャスポー銃中隊を乗せた曳き船の派遣を要請し、実際に、エスピヴァン将軍が指揮する百名が到着したんですよ！　それにジュネーヴの湖の一件はどうです？　ヨーロッパ各地から特派員がやって来た！　そこに沈んでいる都市が作られたのは、『ガリア戦記』が書かれた時代、湖がとても狭くて、ローヌ川の水が混じり込まずに湖を横切っていた頃だという噂が流れた。地元の船頭は、観光客を湖の中央に連れていってお金を稼ぎ、よく見えるよう水面に油を流した……ポーランドの有名な考古学者は自国に記事を送って、騎馬像のある十字路が湖底に見えたと書いた！　人間の一番の特徴は、何だろうと信じ込むことです。それに、信じやすい人ばかりでなかったら、どうして教会が二千年近くも存続できているでしょうか」

シモニーニはフランス名誉の友《ル・タンプル・デ・ザミ・ド・ロヌール・フランセ》の集会所についての情報を尋ねた。

「支部《ロッジ》に入会するのは難しいのですか？」と質問した。

「経済的にゆとりがあって、分担額を払う用意があればいい。けっこうしますがね。そして〈兄弟〉が援助し合うという規則を守る態度を示せばいいのです。道徳についてはよく話題にはなりますが、昨年だって、最高評議会の議長はショセ＝ダンタン通りにある娼館の経営者でしたし、パリでもっとも有力な〈三十三人会員〉のひとりはスパイ、というかスパイ部局の首領エビュテルヌという男ですが、いずれにせよ同じことです」

「でも、どのようにすれば入会を認められるのですか？」

「儀式があるんですよ！　お聞きなさい！　よく話題になる〈宇宙の偉大なる建築師〉を彼らが本

当に信じているのかどうかわかりませんが、儀式については真剣なんです。見習いとして認められるため何をしなければいけなかったか、聞いてください！」

そこでタクシルが語りだした話は、髪の毛が逆立つようなおぞましいものだった。

シモニーニは、それが衝動的な嘘つきであるタクシルによるほら話ではないとは言いきれなかった。あなたは入会者が極秘にすべき事柄を暴露してませんか、儀式全体をグロテスクに表現してるとは思われませんか、と訊いた。タクシルはあっさりと答えた。「ああ、ご存じかどうか、私にはなんの義務もありません。あの馬鹿どもに追放されたんです」

タクシルはモンペリエの新しい新聞『ル・ミディ・レピュブリカン』に関係したらしい。創刊号にはヴィクトル・ユゴーやルイ・ブランら多数の著名人の激励と連帯の意を示す書簡が掲載された。すると突然、それらの書簡を書いたとされる著名人がフリーメイソン系のほかの新聞に手紙を送って、支援をしたことを否定し、名前を勝手に使われたと憤慨して不満をぶちまけた。それがきっかけで支部《ロッジ》内でいくつもの裁判沙汰になった。タクシルは弁明して、まず書簡のオリジナルを示し、それからユゴーの行動はこの著名な老人の老衰のせいだと説明したが、それは祖国とフリーメイソンの栄光に対する容認しがたい侮辱であり、そもそもの主張と食い違うことになった。

ここでシモニーニは、そのユゴーとブランの二通の書簡を自分がシモニーニとして偽造してやったのを思い出した。タクシルは明らかにその偽造を忘れていた。自分自身に対しても嘘をつくことに慣れてしまっていて、心底信じ込んで目を輝かせながら書簡について語っていた。本当に作家本人が書いた書簡であるかのように。それにシモニーニという名の公証人をぼんやりと思い出していたとしても、公証人フルニエと関係づけることはなかった。

重要なのは、タクシルが支部のかつての友人たちをひどく憎んでいることだ。

シモニーニは、ほら話好きのタクシルをつけばオスマン・ベイのために刺激的な材料が得られるだろうとすぐにわかった。だが彼の活動熱心な頭には別のアイデアが浮かんだ。最初は単なる印象、直感のひらめきだったが、そのあとで細部まで練り上げられた計画となった。

　最初の話し合いでタクシルが美食家であるところを見せたので、次に、偽の公証人フルニエは彼をクリシー市門近くにある人気の小料理屋《ペール・ラテュイユ》に招待した。そこで有名な若鶏《プレ》のソテー《ソテ》と、さらに有名なカーン風モツ煮込みを賞味した——もちろんワインも愉しんだ。そして料理に舌鼓を打ちながら、相応の報酬を払うから、元フリーメイソンとしての回想録をどこかの出版社から出してみないかと尋ねた。タクシルは報酬の話を聞いて、大いに乗り気になった。シモニーニはまた会う約束を取りつけると、タクシルと別れたその足でベルガマスキ神父を訪ねた。

「お聞きください」とシモニーニは言った。「ちょうどここに根っからの反教権主義者がいて、反教権主義の著作が昔ほど売れなくなっています。そのうえフリーメイソンの世界を知り尽くして、恨んでいる。もしこのタクシルがカトリックに改宗し、宗教を冒瀆するこれまでの著作をまるっきり否定して、フリーメイソン界の秘密をすっかり暴露するとしたら、あなたがたイエズス会にとってはこれ以上ない宣伝になるでしょう」

「しかし改宗しろと言ったからといって、人はすぐに改宗するものではあるまい」

「私が見るに、タクシルにとっては単に金銭の問題です。偽のニュースを広めたり急な鞍替えをしたりするのが大好きな性格を刺激して、新聞の第一面に自分が載ると想像させればいいのです。人人に噂されたい一心で、エフェソスのアルテミス神殿に放火したギリシャ人はなんと言いましたか？」

「ヘロストラトスだ。たしかにそのとおりだ」とベルガマスキは考えながら言った。そして付け加えた。「しかも神の道は無限である……」

「公然と改宗をしたら、彼にいくら渡せますか？」

「純粋な改宗は無償であるべきとされてはいるが、神の大いなる栄光《アド・マイヨーレム・デイ・グロリアム》のためには細かいことにこだわってはいられない。ただし五万フラン以上は渡せない。少ないと言うだろうが、改宗で得られる魂は金では買えないものだし、それに、反フリーメイソン本を書けば、我々イエズス会の販売網を利用して数十万部の売り上げが見込めるだろう」

　この取引が無事成立するか自信がなかったシモニーニは、用心のためにエビュテルヌのところに行って、タクシルを反フリーメイソンに改宗させるイエズス会の陰謀があると語った。

「それが事実なら」とエビュテルヌは言った。「私とイエズス会の意見が一致することもたまにはあるということだ。いいかな、シモニーニ、大東社《グラントリアン》の末端のひとりではなくその高官として話をしよう。これは世俗で共和主義である唯一本物のフリーメイソンであって、反教権的としても反宗教的ではない。ひとりの〈宇宙の偉大なる建築師〉を認めており、それをキリスト教の神とするか一般的な宇宙の力として認めるかは各人の自由だ。タクシルの悪党は除名されたとはいえ、我々の仲間のなかでやっかい者であることに変わりはない。転向者がフリーメイソンについて、おどろおどろしくて誰も信じられないようなたわ言をしゃべるのは我々にとって悪いことではない。我々メイソンは、ヴァチカンが攻撃してくるだろうと予期している。教皇は紳士的な行動はしないだろう。フリーメイソンの世界はさまざまな告白で汚されてきた。ラゴンのような作家はすでに何年も前に、七十五の異なるフリーメイソン、五十二の儀礼、三十四の位階（そのうち両性具有が二十四あった）、千四百の儀礼階級を列挙していた。さらにテンプル騎士団とスコットランドのフリーメイソン、ヘレドム儀礼、スウェーデンボリ儀礼、あの悪党で詐欺師のカリオストロが設立したメンフィスとミスライムの儀礼があり、ヴァイスハウプトの〈未知なる至高者〉とか、悪魔主義者、ルシファー派というのかパラディオン派というのか、私ですら混乱するほどだ。まさにこうしたさまざまな悪魔的儀礼が我々の悪評を高めている。立派なメイソンでも、そんな儀礼がもたらす弊害を理解せずに、純粋に審美的な趣味から参加している場合がある。メイソンだったのはほんのわずかの期間だったのかもしれないが、プルードンは四十年前にルシファーに捧げる祈りを書いた。『サタンよ、来たれ、司祭たちと諸王から罵られる者よ、来たれ、汝を我が胸に強く抱きしめよう』イタリア人ラピサルディは『ルシファー』を執筆したが、それは結局おなじみのプロメテウス神話だった。ラピサルディはメイソンですらなかったが、ガリバルディのようなメイソンに祭り上げられたおかげで、今ではフリーメイソンがルシファーを崇拝することは絶対的な真実になってしまった。ピウス九世は、フリーメイソンがすることなすことすべての背後に、悪魔を見ていた。イタリアの詩人カルドゥッチは、少々共和主義者で少々王政支持者、かなりほら吹きだったが、あいにくフリーメイソンの高位者で、しばらく前に悪魔頌歌《しょうか》を書き、鉄道の発明さえ悪魔のせいにした。そのあとで悪魔は暗喩だったと彼は言ったが、それでもまた人々は、悪魔崇拝がフリーメイソンの主な遊びだと考えるようになった。結局のところ我々フリーメイソンから見れば、かなり前に組織から追い出された人物、フリーメイソンから追放されたと誰もが知っていて風見鶏として有名な男がメイソンを激しく中傷する誹謗文書を書きはじめるのは歓迎すべきだろう。ヴァチカンの攻撃は、ポルノ作家と同じ側に立たせられて鈍ることだろう。誰かを殺人で告発すれば信じられるかもしれないが、青ひげ公ジル・ド・レのように昼食と夕食に子供を食べていると告発すれば、誰も真面目に受け止めてはくれない。フリーメイソン批判を連載小説《フィユトン》のレベルに落とせば、二束三文の行商本《コルポルタージュ》の話題にしてしまえる。そうさ、我々を泥まみれにするような人物が必要だ」

こうしてエピュテルヌが賢い人物で、前任者ラグランジュより頭が回ることがわかった。大東《グラントリア》社《ン》がその企てにいくら投資をしてくれるのかはその場では答えなかったが、数日も経たないうちに返事を寄こした。「十万フランだ。ただし、まったくの嘘八百でなければならない」

シモニーニはこうして嘘八百を買うための十五万フランを用意できた。タクシルの今の寂しい懐を考えると、売れ行きを約束してやれば七万五千フランで喜んで飛びついてくるだろう。そして七万五千フランがシモニーニの手元に残る。五〇パーセントの手数料は悪くはなかった。

誰からの依頼として、タクシルに提案しに行ったのだろうか？　ヴァチカンからか？　公証人フルニエは教皇全権大使らしく見えなかった。ベルガマスキ神父か誰かが訪れるだろうと予告するくらいはできるだろう。結局のところ、人が改宗していかがわしい過去を告解するために、司祭が存在するのだから。

しかし、そのいかがわしい過去に関して、シモニーニはベルガマスキ神父を信用すべきだろうか？　タクシルをイエズス会士の手に渡してはいけない。一冊百部しか売れなかった無神論者たちが、祭壇の前でひざまずいて改宗者としての経験を語ることで二千、三千という部数を売り上げるのを見てきた。結局、考えてみれば、反教権主義者は街の共和主義者のなかに多少いるだけなのに対して、過ぎた良き時代と王、教区司祭を懐かしむ保守反動派《サンフェディスタ》は田舎にたくさんいて、文字を読めない連中を別にしても（だが彼らには司祭が読み聞かせるだろう）悪魔のごとき大軍勢だ。ベルガマスキ神父を関係させずに、タクシルに新しい誹謗文書の執筆を提案し、執筆予定の本の協力者は一〇か二〇パーセントを受け取るという個人的な契約書を書かせればいい。

一八八四年にタクシルは、『ピウス九世の恋』を出版し、故人となった教皇を中傷して、カトリック信者の感情に最後の一撃を与えた。その同じ年、現教皇のレオ十三世は回勅『フマヌム・ジェヌス』を発した。「フリーメイソンの哲学的、道徳的相対主義を非難」するものだ。以前に出されていた回勅『クオド・アポストリキ・ムネリス』によって社会主義者と共産主義者の恐るべき過ちを「雷で打った」ように、今度は、フリーメイソン結社の学説全体を直接の標的として、メイソン会員を操ってあらゆる犯罪をさせているという秘密を明らかにした。「つねに変装して身を隠そうとすること、人々を奴隷のように、彼らの知らない目的のため他人の意志に強く束縛すること、邪悪なあらゆる企てにおいて人々を手先として悪用し、手に武器を持たせて流血の惨事を引き起こさせてその犯罪の免責を主張すること、こうしたことはすべて自然にひどく逆らう暴虐行為である」そしてもちろん、フリーメイソンの学説に明らかに見られる自然主義と相対主義によれば、人間理性があらゆることについての唯一の判定者だとされる。そうした主張の帰結は明確だ。教皇は俗世の権利を剝奪され、教会を無にする計画が立てられる。結婚は単なる市民契約になってしまい、若者の教育は聖職者の手から奪われて世俗教師に託される。「人は誰も同じ権利を有し、まったく同じ条件にあること」、そして「あらゆる人間は本性的に独立しており、誰も他人に命令する権利はなく、人間を自らが発するもの以外の権威に従わせることは独裁政治であること」を教えられる。こうして、フリーメイソンにとって「あらゆる市民権利と義務は民衆に、つまり国家にある」のであり、その国家とは無神論者であるほかはない。

明らかに「神への畏怖と神の法に対する尊敬が失われ、君主の権威が失墜し、暴動の欲望が認められて正当化され、民衆の情熱が抑制されずに刑罰以外の歯止めがなくなってしまえば、普遍的革命と暴動が起こるほかはない……共産主義者と社会主義者の多数の結社は、それを目的として決議し、公然と表明している。フリーメイソンのセクトは、そうした意図に無縁であるとは言えない」
できるだけ早くタクシルの改宗について宣伝しなければならない。

この時点で、シモニーニの日記は行き詰まったように見える。まるで、書き手が、どうやって誰がタクシルを改宗させたのかを思い出せないようだった。記憶そのものが飛躍して、数年間でタクシルが、フリーメイソンを攻撃するカトリックの急先鋒となったことだけ覚えているらしい。このマルセイユ出身の男は、自分が教会の腕のなかに戻ったことを全世界《ウルビ・エト・オルビ》に向けて公言すると、まず『三点符の兄弟』（三点符とは三十三位階に属するメイソンのことであった）、『フリーメイソンの秘密』（悪魔を召喚する図像と恐ろしい儀式の派手なイラスト付き）を発表、続けて『フリーメイソンの尼僧』を出版して（当時まだ知られていなかった）女性支部《ロッジ》について触れ、翌年には『暴かれたフリーメイソン』と『メイソンのフランス』を上梓した。

これら初期の著作からすでに、参入儀礼の描写を読んだだけで読者はぞっとした。タクシルは夜八時にメイソンの屋敷に呼び出されて、門番をしている兄弟に迎えられた。八時半には〈内省の小部屋〉に閉じ込められた。薄暗い小部屋で、黒く塗られた壁に髑髏《どくろ》と骨のぶっちがいが描かれ、「単なる好奇心でここに来たのなら、立ち去れ！」というような言葉が書かれている。突然、ガス灯の光が消えて、見せかけの壁面が壁に隠されたレールを滑り、門外漢は恐ろしげなランプで照らされた半地下部屋を目にする。血まみれの木綿布で覆われた台の上に、切られたばかりの人の首が置かれている。タクシルが仰天してあとずさりすると、壁から叫び声が出てくるように聞こえる。

このマルセイユ出身の男は（……）まず『三点符の兄弟』
（三点符とは三十三位階に属するメイソンのことであった）、
『フリーメイソンの秘密』（悪魔を召喚する図像と恐ろしい儀式の
派手なイラスト付き）を発表……（348頁）。

「怯えるがいい、新参者よ。おまえが見ているのは、我々の秘密を漏らした裏切り者の兄弟の首だ！……」

タクシルが指摘するように、もちろんそれは仕掛けで、生首を演じている男の体は台の空洞に隠れている。ランプの芯には、料理用の粗塩と混じって燃える、樟脳《しょうのう》入りアルコールを染み込ませてある。その混合物は、縁日の手品師が〈地獄の混ぜ物〉と呼んでいるもので、火がつくと緑がかった色を発し、偽の生首に死体らしい色を与える。また、別の参入儀礼について知っていることでは、曇りガラスでできた壁があって、灯口の炎が消えると、幻灯機が、騒ぎたてる亡霊の姿や縛られた人を取り囲んで短刀で八つ裂きにする仮面姿の人影を映し出す。こうしたことは、支部《ロッジ》が、感じやすい志願者を心理的に操るために用いるあざとい手段を示すものだ。

それからいわゆる〈恐ろしい兄弟〉と呼ばれる男が志願者の準備を整える。帽子と上着、右足の靴を脱がせて、右足のズボンを膝の上までたくし上げ、心臓側の腕と胸をむき出しにして、目隠しをして何度か回転させる。いくつもの階段を上り下りさせたあとで、〈消えた足取りの部屋〉へ連れていく。ドアが開くと、〈経験豊かな兄弟〉が、軋む大きなバネの道具を使って巨大な鎖の音をたてる。志望者が大広間に通されると、そこで〈経験豊かな兄弟〉が剣の切っ先を裸の胸に押し当て、長老は彼に質問する。「新参者よ、胸に何を感じるか？　目の上に何があるか？」志願者はこう答えなければならない。「分厚い帯が目を覆っていて、刀の切っ先が胸に当たっているのを感じます」すると長老は言う。「裏切り者を罰するためにつねに掲げられたこの剣は、今入会しようとしている結社を不幸にして裏切ったときに、おまえの心を引き裂く後悔の象徴であり、目を隠している帯は、熱情に囚われ、無知と高慢に沈んでいる人間の蒙昧の象徴なのだ」

それから誰かが入会希望者を捕まえてぐるぐると回転させ、目が回ってくると大きな衝立《ついたて》の前に押し出す。それは厚紙を何枚も重ねたもので、サーカスで馬が飛び込む輪に似ている。そいつを洞窟に放り込めという合図に合わせて、哀れな男は衝立に力いっぱい叩きつけられ、紙を破って、反対側に用意されたマットレスに倒れ込む。

そして〈無限階段〉があった。現実には足踏み揚水機で、目隠しをされて上る人間はどこまでも足を乗せる段が続くように感じるが、階段は下へ回転していて、その結果本人はつねに同じ高さにとどまっている。

さらには、入会者の血を抜き取り焼印を押すふりをすることさえあった。血液の場合〈外科医の兄弟〉が腕をつかんで楊枝の先でかなり強く突き、もうひとりの兄弟が志願者の腕に温水をわずかに滴らせて、自分の血が流れ出ていると錯覚させる。灼熱の鉄の試練では〈経験豊かな兄弟〉のひとりが、体の一部を乾いた布で摩擦して氷のかけらを乗せたり、消したばかりの蠟燭の熱い部分か、紙を燃やして熱したリキュール用の小さなグラスの脚を押し当てたりする。最後に長老が、互いに兄弟だと見分けるための秘密の記号と特別な合言葉を志願者に知らせる。

さてタクシルのこうした著作について、シモニーニは読者としては記憶していたが、書くように仕向けた記憶はなかった。それにもかかわらず、タクシルが新作を発表するたびに、出版よりも先にオスマン・ベイに会って、素晴らしい大発見であるかのようにその内容を話していた（したがって出版前に知っていた）ことを思い出した。もちろん次に会った時にオスマン・ベイは、前回シモニーニから聞かされたことはすべてタクシルの本に書いてあると指摘した。しかしシモニーニは、たしかにタクシルが情報提供者なのはそのとおりだが、タクシルがメイソンの秘密を明かしたあとで自著を発表して経済的な利益を得ようとするのはこちらの責任ではないと言い逃れできた。場合

そいつを洞窟に放り込めという合図に合わせて、
哀れな男は衝立に力いっぱい叩きつけられ、
紙を破って、反対側に
用意されたマットレスに倒れ込む（351頁）。

によっては、そうした体験を公にしないようにタクシルに金を渡すべきかもしれませんね。そう言いながら、シモニーニは意味ありげにオスマン・ベイの顔をうかがった。だがオスマン・ベイは、おしゃべりを黙らせるために支払う金は無駄だと返事した。タクシルが、自分が暴露したばかりの秘密についてどうして口をつぐんだままでいるだろうか？　当然のようにオスマンは疑念を抱き、イスラエル同盟について自分が知った事柄をシモニーニに渡すことはしなかった。

その結果、シモニーニはオスマンに情報を提供しなくなった。しかし問題は（書きながらシモニーニは自問自答した）、タクシルから得た情報を自分がオスマン・ベイに渡したことを覚えているのに、タクシルとの関係をいっさい覚えていないのはなぜか、ということだ。

いい質問だ。もし、すべてを覚えていたとしたら、今ここでこんなことを振り返って書いてはいなかっただろう。なんという物語《ケル・イストワール》だ！

この賢明なコメントを最後に、シモニーニは床についた。そして、自分では翌日だと思っていた朝に目を覚ました。悪夢と消化不良の夜のあとのように、寝汗がひどかった。しかし書き物机に向かってみると、自分が目覚めたのが翌日ではなく二日後であることに気がついた。彼が一晩ではなく苦しい二晩を寝ていたあいだに、やはりあのダッラ・ピッコラ神父が、シモニーニ個人の下水溝に死体をばらまくだけでは飽き足らずに口を挟んできて、明らかにシモニーニの知らなかった事件を物語っていたのだ。

22　十九世紀の悪魔

一八九七年四月十四日
カピタン・シモニーニ様
　またしてもです。あなたの頭が混乱してくると、私には鮮明な記憶がよみがえってきます。まずはエビュテルヌに、そしてベルガマスキ神父に会ったのがまるで今日のようです。レオ・タクシルに渡すはずの（というか渡すべき）金を受け取りに、あなたの代理として行きました。それから、今度は公証人フルニエの代理としてレオ・タクシルに会いに行ったのです。
「ムッシュー」と彼に言いました。「この僧服を盾にとって、あなたがからかっているイエス・キリストを認めなさいと言うつもりはありませんし、あなたが地獄に行こうと私には痛くもかゆくもありません。私がここに来たのは、永遠の命を約束しようというのではなく、フリーメイソンの犯罪を告発する出版物を書けば、保守層が読者になるだろうと言うためです。それは膨大な数だと断言しましょう。すべての修道院と教区教会、そしてフランスだけでなく長い目で見れば全世界の大司教館が、一冊の本をどれほど後押しするかおそらく想像もつかないでしょう。私があなたを改宗させるためではなく儲けさせるために来ているという証に、私のささやかな要求がどの程度のものなのか、先に言っておきます。今後の印税の二〇パーセントを私に（つまり私が代表する修道会に）支払うと約束する文書に署名するだけでけっこうです。それから、フリーメイソンの秘儀についてあなたよりよく知っている人物を紹介しましょう」

カピタン・シモニーニ、私の想像では、この印税の二〇パーセントは、私とあなたの二人で山分けすることで合意してあったのでしょう。続いて私は、条件をつけずにもうひとつの申し出を切り出しました。「それから、あなたに七万五千フランをお渡ししましょう。どこから出たものかは訊かないでください。私の服を見れば想像できるでしょう。着手するまでもなく、あなたを信頼して、この七万五千フランを差し上げます。もし明日、カトリックに改宗したことを公表していただけるなら。この七万五千フランについては、いいですか、七万五千ですよ、なんの仲介料もいりません。私にとっても私の雇い主にとっても、お金は悪魔の糞にすぎないのです。数えてください。七万五千あります」

銀板写真《ダゲレオタイプ》を見るように、目の前にその光景がよみがえってきます。私の印象では、タクシルは、七万五千フランと将来の印税の約束に惹かれただけでなく（テーブルに置かれた金に目を輝かせたとはいえ）、完全な方針転換をして、筋金入りの反教権主義者である自分が熱心なカトリックになるという考えに心を打たれたようでした。彼は、周囲が驚き、新聞に自分のニュースが掲載されることを想像して楽しんでいました。レマン湖の底にある古代ローマの都市をでっち上げるよりもはるかに面白いと。

心から笑いながら、書くべき本について、挿絵の案も含めた構想を立てました。

「ああ」とタクシルは言いました。「メイソンの秘儀について、小説よりも奇想天外な論考の全体がもう目の前に浮かんできました。表紙には翼のあるバフォメット、そしてテンプル騎士団の悪魔儀式を思わせる、切り落とされた生首を描きましょう……神よ（ああ、神父様、表現をお許しください）、きっと誰もが話題にするでしょう。以前の悪書で私はあれこれ書きましたが、神を信じるカトリックで教区司祭と良い関係にあることは非常に価値があり、それは家族や隣人に対しても価値がある。今の私は周囲から、救世主イエスを磔刑《たっけい》にしたかのような目で見られています。ところで誰が私を助けてくれるのか教えてください」

「その道の権威《オラクル》を紹介しましょう、催眠状態になると、パラディオン派儀礼について信じられないことを口にする人です」

＊＊＊

その権威がディアナ・ヴォーンだったはずです。すでに私は彼女についてすべて知っていたのでしょう。デュ・モーリエ医師のクリニックの住所を以前からわかっていたみたいに、ある朝、ヴァンセンヌに行ったのを覚えています。さほど大きくない屋敷で、狭いがこぎれいな庭があり、一見落ち着いている患者数人が腰を下ろして、無表情で互いを無視しながら日向ぼっこをしていました。

私はデュ・モーリエに自己紹介をして、シモニーニから私のことをお聞きになっているでしょうと言いました。精神を病んだ若い女性のために活動しているカトリック女性組織についてほのめかすと、デュ・モーリエは重い荷物から解放されたと思ったように見えました。

「最初に言っておかねばなりません」と彼は言いました。「今日、ディアナは私が正常と呼んでいる状態です。カピタン・シモニーニから事情をお聞きでしょうが、この状態の時はいわば邪悪なディアナになっていて、自分をフリーメイソンの謎めいた結社の会員だと思っています。警戒させないように、彼女にはあなたをメイソンの兄弟として紹介します……聖職者としてお気を悪くされませんように……」

私が通された部屋はクローゼットとベッドが置かれた質素な作りで、白い布張りの肘掛け椅子に、整った繊細な面立ちの女性が座っていました。とび色のブロンドの柔らかな髪をてっぺんでまとめていて、まなざしは自信にあふれ、口は小さく整った形でした。不意に嘲るような笑いがその唇に浮かびました。「デュ・モーリエ先生は私を教会の母なる腕に託すおつもりですか？」と彼女は尋ねました。

「いや、ディアナ」とデュ・モーリエは彼女に言いました。「僧服を着てはいるが、この人はフリーメイソンの兄弟だ」

「どの会派ですか？」とすぐにディアナは尋ねてきました。

私はうまくごまかしました。「それは言えないのですよ」と用心深くささやきました。「そのわけはおそらくご存じでしょうが……」

この私の反応は状況にうまく合っていたようでした。「わかりますわ」とディアナは言いました。

「チャールストンの大棟梁《グラン・マエストロ》からの使いですね。事実について私の話を伝えてもらえるのは嬉しいです。会合はクロワ・ニヴェール通りの〈不可分に結合された心《レ・クール・ウニ・アンディヴィジブル》〉の支部《ロッジ》で行なわれました。支部のことはきっとご存じでしょう。私はテンプル騎士団の女性棟梁としての秘儀を受けることになっていました。唯一の善神ルシファーを崇め、カトリックの父である神、悪神アドナイを憎悪するため、できるかぎり恭《うやうや》しくその場に進み出ました。どうか信じてください、私は熱意を込めてバフオメットの祭壇に近寄ったのです。そこで私を待っていたソフィア・サフォーからパラディオン派の教条について問われて、やはり恭しく答えました。テンプル騎士団の女性棟梁の義務とは何か？イエスを憎み、アドナイを呪詛し、ルシファーを崇拝することです、と。大棟梁《グラン・マエストロ》が望まれたのはこういうことではないでしょうか？」と尋ねながらディアナは私の両腕をつかんできました。

「もちろん、そうですとも」と私は慎重に答えました。

「そこで私は儀礼の祈禱を唱えました。来たれ、来たれ、偉大なるルシファーよ、司祭たちと諸王から罵倒されし偉大なる者よ！　そして、集まった人々全員が短刀を振りかざして『ネカム・アドナイ、ネカム』と叫び、私は感動に打ち震えました。しかしその時、私が祭壇に上ろうとしていた時に、ソフィア・サフォーは聖体皿を示したのです。私は聖具店のショーウィンドウでしか見たことがありません。そしてローマ・カトリックから来た場違いな用具がなぜそこにあるのかと考えていますと、女性大棟梁であるソフィア・サフォーは説明してくれました。イエスは真の神を裏切ってタボル山でアドナイと邪悪な契約を結んだことで、パンを自らの肉体に変えて物事の秩序を転倒させたのだから、イエスの裏切りを毎日繰り返している司祭が用いるその冒瀆的な聖体《ホスティア》を突き刺すのが我々の義務である、と。ああ教えてください、この行為が参入儀礼の一部であるのは大棟梁《グラン・マエストロ》が望まれたことなのでしょうか？」

「私は意見を言う立場にありません。あなたがどうなされたかをおっしゃっていただいたほうがよいでしょう」

「もちろん、拒否しましたわ。聖体を突き刺すことは、本当にそれがキリストの肉体であると信じることを意味するのです。しかしパラディオン派としては、その嘘を信じることを拒否しなければなりません。聖体を突き刺すのは、カトリック信者にとってのカトリックの儀礼なのです！」

「あなたのおっしゃるとおりだと思います」と私は言いました。「大棟梁《グラン・マエストロ》に、あなたの弁解をお伝えしましょう」

「感謝します、兄弟よ」とディアナは言い、私の手にキスをしました。それから、なかば無造作にブラウスの胸のボタンをはずして真っ白な片肩をさらして見せ、誘うような視線を向けてきました。しかし突然、痙攣発作に襲われたように肘掛け椅子に倒れ込んだのです。デュ・モーリエは看護婦を呼んで、一緒に娘をベッドへ運びました。医師は言いました。「たいてい、こうした発作があると、ある状態から別の状態に移るのです。まだ意識は失ってはいません。ただ、顎と舌が拘縮を起こしているだけです。軽く卵巣を圧迫してやればいいのです……」

しばらくすると下顎が左にずれて緩み、口がよじれて開いたままになって、その奥に半円に丸まった舌がのぞきましたが、まるで女性患者が呑み込もうとしているかのように舌先は見えませんでした。それから舌が弛緩し、急に伸びると一瞬口から出てきました。蛇が口から舌を出すように、舌の動きが素早く繰りかえされました。その後、舌と顎は普通の状態に戻り、病人は二言三言つぶやきました。「舌が……口のなかがひりひりする……耳に蜘蛛が……」

少し休むと、病人の顎と舌はまた拘縮を起こし、ふたたび卵巣を圧迫してやると落ち着きましたが、すぐに呼吸が苦しそうになりました。口から途切れとぎれの言葉が出て、視線が固定されて眼球は上を向いた状態で、体全体が硬直しました。こわばった両腕がねじれて、両手首が甲の側でくっつきました。下肢は伸びきったままで……。

「内反尖足《ないはんせんそく》です」とデュ・モーリエは説明しました。「類癲癇期です。いつものとおりです。このあと道化期が見られるでしょう……」

ディアナの顔は徐々に鬱血して赤くなり、口が時折開いたり閉じたりして、大きな泡となった白いよだれが流れ出しました。叫び声と「うう！　うう！」といううなり声を発して、顔の筋肉は痙攣し、瞼は上下動を繰りかえしていました。病人はまるで軽業師のように体を反らせて、頭と足だけで体を支えていたのです。

重さを失ってばらばらになった人形のような、おぞましい光景が数秒間続き、それから病人はベッドの上に崩れ落ちると、デュ・モーリエが「熱情的」と呼ぶ態度を見せはじめました。最初は、

病人はまるで軽業師のように体を反らせて、
頭と足だけで体を支えていたのです（359頁）。

襲ってくる人をはねのけようと脅し、それから、誰かにウインクするいたずらっ子のようになりました。すぐあとは、舌を猥らに動かして客を誘う娼婦のような卑猥な態度を示し、それから愛をねだる姿勢を取ると、瞳をうるませて、腕を伸ばして両手を合わせ、キスをせがむように唇を突き出しました。それから白眼になるほど眼球を上に向けて、エロティックな恍惚状態に陥ったのです。「ああ、我が善き神よ」としわがれ声で言いました。「ああ、快楽に満ちた蛇よ、聖なるエジプト・コブラ、私はあなたのクレオパトラ……この胸で……あなたに乳を与えよう……ああ、恋人よ、私のなかにすっかり入ってきて……」

「ディアナには体内に入ってくる聖なる蛇が見えています。ほかの女性の場合は、聖心が自分と一体化するのが見えるのです」とデュ・モーリエは私に語りました。「男根の形あるいは支配的な男性の姿とか、少女時代に自分を暴行した人物を目にすることは、たいていのヒステリー患者にとってほぼ同じことです。ベルニーニが作った聖テレジアの複製画をご覧になったことがおそらくあるでしょう。あの聖女とこの不幸な女性は見分けがつかないでしょうね。女性神秘家は、医師より先に聴罪司祭に出会ったヒステリー患者なのです」

そのあいだディアナは、十字架に磔《はりつけ》になった姿勢になり、新しい状態に入りました。そうして誰かに対する不可解な脅迫を口走り、恐ろしい秘密を暴露しながら激しくベッドの上でのたうちまわりました。

「休ませておきましょう」とデュ・モーリエは言いました。「目が覚めたら、第二の状態に入っていて、あなたに語った恐ろしい話を思い出して苦しむことでしょう。こうした発作に驚かないようにと、そちらの女性信者たちにお知らせください。じっと押さえつけて、舌を噛まないようにハンカチを口に入れるだけでいいのです。お渡しする薬を数滴飲ませるのも悪くはないでしょう」

それからこう付け加えました。「要するに、この女性を隔離しておかなければなりません。もう、ここには置いておけなくなりました。ここは牢獄ではなく診療所で、人々が行き来します。互いに会話し、通常の落ち着いた暮らしをしている印象を与えることが有効で、治療として不可欠です。私の客は狂人ではありません。ただ神経を病んでいるだけです。ほかの患者がディアナの発作にショックを受けるかもしれませんし、悪い状態の彼女が口にする暴露話が真実かどうかはともかく、それには誰もが当惑しています。お知り合いの女性信者組織で彼女を隔離しておけるといいのですが」

その時のやり取りから私が感じたのは、たしかに医師はディアナをやっかい払いしたがっているということです。ほかの患者との接触を恐れて、ほとんど監禁状態に置こうとしていました。それだけでなく、彼女が語る内容が真剣に受け止められるのをひどく恐れていて、狂った女のたわ言であることをすぐに説明して、予防線を張るのでした。

＊＊＊

その数日前、私はオートゥイユに家を借りていました。何も特別な家ではありませんでしたが、まあまあ住み心地の良い家でした。ブルジョワ家庭によくある小さな客間に入ると、マホガニー色のソファにユトレヒト産の古いビロードが張られ、赤いダマスク織のカーテンが吊るされ、暖炉の上には小円柱に乗った振り子時計があり、その両脇に、釣鐘状のガラスカバーが掛けられた二本の花瓶が置かれていました。鏡に寄せて小卓があり、床は磨かれたタイル張りになっています。隣には、ディアナのために用意した寝室がありました。寝室の壁は波形文様のついた真珠のような光沢の灰色の布地で覆われ、床には赤い薔薇《ばら》窓模様の厚いカーペットが敷かれていました。ベッドと窓に掛かった垂れ幕は同じ布地ですが紫の幅広い縞があり、単調な部屋にアクセントを与えていました。ベッドの上の壁には牧童とその恋人を描いた着色石版画が掛かっていて、小卓の上には人造宝石を張った振り子時計があり、時計の両脇のふくよかな二体のキューピッド像に支えられた百合の花束が蠟燭立てになっていました。

上の階にはさらに寝室が二室ありました。その一室をひとりの老婆にあてがいました。かなり耳が遠く酒浸りで、地元の出身ではなく金のためならなんでもするというのは都合が良かったのです。誰から彼女を教えてもらったのかは忘れましたが、家に誰もいない時にディアナを世話して、発作が起きれば必要に応じて落ち着かせるのにちょうどよさそうに思えました。

そして、書きながら気がついたのですが、その老婆は一か月も私からの連絡を受け取っていないはずです。おそらく生活に必要な金は渡してあったに違いありませんが、どの程度だったでしょう。オートゥイユに急いで行かなければなりません。しかし、自分が住所を覚えていないことに気がつきました。オートゥイユのどこでしょう？ 地区すべてをうろついて、こちらに二重人格のパラディオン派のヒステリー患者はお住まいですか、と一軒一軒訊いてまわることなどできるわけがありません。

＊＊＊

四月にタクシルは改宗を公表し、十一月にはフリーメイソンに関する過激な暴露を掲載した最初の本『三点符の兄弟』を出版しました。同じ頃私は彼を連れてきてディアナに会わせました。彼女の二重人格を隠さずに、怯えている娘の状態ではなく、頑固なパラディオン派女性信者の状態が私たちの役に立つのだと説明してやりました。

その数か月、私は娘を徹底的に調べておきました。デュ・モーリエ医師からもらった水薬を飲ませて、精神状態の変化を観察しました。いつ起こるのか予測のつかない発作を待つのは疲れることだとわかったので、ディアナの状態をこちらの思うように操る方法を見つける必要がありました。結局のところ、シャルコー医師もヒステリー女性に対して同じことをしていたようです。

私はシャルコーのように催眠術を使えなかったので、図書館に行って、かつての（実在した）ファリア神父の『明晰夢の原因について』といった、より伝統的な論文を探しました。そうした数冊の本からアイデアを得て、彼女の膝を自分の膝で挟み込み、彼女の親指を二本の指で挟んで目を見つめることにしました。少なくとも五分間はそうしてから手を離し、背中に手を当てて、肩から指の先まで腕を五、六回撫でさすります。それから手を頭上に置いて、顔の前を五、六センチ離して手を下ろし、親指以外の指を脇に当てるように鳩尾《みぞおち》まで下ろしてきて、体に沿って膝からさらに爪《つま》先《さき》まで撫でおろすのです。

恥ずかしがりの善いディアナにとってその行為はあまりにも刺激的で、当初は私が彼女の処女を脅かすかのように（神よ赦したまえ）悲鳴をあげそうになりましたが、効果は確実で、突然おとなしくなって数分間眠ってしまうと、目が覚めた時は第一の状態に戻っていました。第二の状態に戻すのはもっと簡単でした。悪いディアナは、そうした体の接触に快感を味わうふりをして、私の手の動きを引き延ばそうとし、体をいやらしくくねらせ、くぐもったうめき声をあげたからです。運の良いことにあっという間に催眠効果に引き込まれていき、彼女も眠りに落ちました。さもなければ、私にとって不快なその接触が続くことも、彼女の汚らわしい欲情を押さえることも、やっかいな問題になったでしょう。

＊＊＊

どんな男性でもディアナをきわめて魅力ある女性だと思ったでしょう。少なくとも、神父という立場と性格から性の煩悩から切り離されていた私が判断したかぎりではそうです。そして、タクシルは間違いなく好色漢でした。

デュ・モーリエ医師は患者を私に預けた時、入院時に彼女が持っていた、かなり上品な服の入ったトランクを渡してくれました——裕福な家庭で育ったのでしょう。タクシルが来ると私が告げた日には、彼女はあからさまに色目を使って念入りに着飾りました。ふたつの状態のいずれにしても、一見すると放心状態ですが、女らしく細かな身なりにひどく気を使っていました。

タクシルはすぐに心を惹かれて（「美人だな」と私にささやいて、舌なめずりしていました）、その後、私の催眠のやり方を真似ようとした時に、患者が明らかに眠り込んでからも体を撫でつづけようとしたので、私はおずおずと「さあ、もう充分でしょう」と言って止めなければなりませんでした。

もしディアナが第一の状態の時にタクシルをひとりにしておいたら、さらに勝手なことをしでかしたでしょうし、彼女もそれを許したと私は思っています。そのため、彼女に話を聞く時は、いつも三人がそろうようにしていました。あるいは四人の時もありました。悪魔主義者《サタニスト》でありルシファー派であるディアナの記憶とエネルギー（そして彼女のルシファー的気質）を刺激するために、ブーラン神父も一緒にいたほうがよいと思ったからです。

＊＊＊

祈禱すると宙に浮かび上がり、
信徒たちを恍惚状態に陥らせました（367 頁）。

ブーラン神父。パリの大司教から聖職停止の処分を受けると、この神父はリヨンに行き、ヴァントラスが設立したカルメル会の共同体に加わったのです。幻視者であるヴァントラスは、赤い逆十字を縫いつけた白い長衣を着て、インドの男根像のついた冠をかぶって儀式を行なっていました。祈禱すると宙に浮かび上がり、信徒たちを恍惚状態に陥らせました。儀礼の際に聖体が血を流したばかりか、同性愛行為や愛の尼僧の叙品式、自由な官能の遊戯による贖罪といった、明らかにブーランを惹きつける噂が流れていました。ヴァントラスの死後、ブーランがその後継者に名乗り出たほどです。

ブーランは少なくとも月に一度はパリに来ていました。悪魔学の視点からディアナのような人間を研究できるのは彼には夢のようなことでした（もっとも優れたやり方で彼女の悪魔祓いをするのだと言っていましたが、すでに私は彼の悪魔祓いの方法がどんなものか知っていました）。六十歳を越えていましたが、まだ精力にあふれていて、その視線には人を操る力があったと言わざるをえません。

ブーランはディアナが物語ることに耳を傾けていましたが――タクシルは神妙にそれを書きとめていました――何かほかの目的があるように私には思えました。時々娘の耳に励ましや忠告をささやいているようでしたが、なんと言っているのかはわかりませんでした。それでも私たちにとって彼は役に立ちました。私たちが暴露すべきメイソンの密儀のなかには、聖別されたホスティアを短剣で突き刺したりするようなさまざまな形の黒ミサがあり、それについてブーランは精通していたからです。タクシルは悪魔崇拝の儀式についてメモを取り、その暴露文書を出版するにあたって、フリーメイソンがたえず行なっていたという、こうした典礼をますます大きく扱うようになっていきました。

＊＊＊

続けて何冊か本を書き上げてしまうと、フリーメイソンに関するタクシルの知識は底を尽きつつありました。彼に新しいアイデアを提供してくれるのは、催眠状態で現われる悪いディアナだけでした。彼女は目を大きく見開いて、おそらく自ら体験したのかアメリカで耳にしたのか、さもなくば単に想像したと思われる光景を物語ったのです。それは聞いているこちらが息を呑むような話で、経験豊かな人間である（と自分で思う）私でさえ、正直ぎょっとしたことを認めなくてはなりません。たとえばある日のこと、彼女の敵であるソフィー・ウォルダーだかソフィア・サフォーの入会儀礼の話を始めました。場面全体の近親相姦的な意味について彼女自身気づいているのか私たちにはわかりませんでしたが、ディアナは儀式を非難するつもりはなく、自分が特別にその場を見られたことに興奮して語っていました。

「ソフィーを眠らせて、唇に灼熱の鉄を当てたのは」とゆっくりディアナは語りました。「彼女の父親でした……外部からのあらゆる謀略から、その肉体が守られていることを確認する必要があったのです。彼女の首には、輪になった蛇の形をしたネックレスがありました……父親はネックレスをはずすと、籠を開けて生きた蛇を取り出し、彼女の腹の上に置いたのです……蛇はとてもきれいで、まるで踊るように滑りながらソフィーの首に向かい、首飾りがあった場所に巻きつきました。今度は顔に上り、震える舌を唇に向けて突き出して、シューシューという音をたてながら彼女にキスをしました。それはとっても……ぴかぴかと輝いて……ぬるぬるしています。その時ソフィーは目覚め、口から泡を吹きながら起き上がって、彫像のように立ったまま体をこわばらせました。父親は彼女のコルセットを脱がせて、胸をあらわにしたのです！　棒を使って胸に質問を書きつける真似をすると、肉体に文字が赤く浮き上がりました。すると眠り込んだように見えた蛇がシューシューと音をたてて目を覚まして、尾を動かして同じようにソフィーの裸体の上に答えの文字を書いたのです」

「ディアナ、どうしてそんなことを知っているのか？」と私は尋ねました。

「アメリカにいた時から知っています……父が、私をパラディオン派に入会させてくれました。それから私はパリに来ました。おそらくみんなは私を遠ざけたかったのでしょう……私はパリでソフィア・サフォーと知り合いました。彼女はいつも私の敵でした。彼女が望むことを私が拒否すると、狂人だと言って、私をデュ・モーリエ医師に預けたのです」

＊＊＊

ディアナの出自を調べるため、私はデュ・モーリエ医師のもとを訪れました。「先生、おわかりでしょう、彼女がどこから来たのか、両親が誰なのかがわからないと、私の信心会はこの娘さんを助けようがないのです」

デュ・モーリエは、驚いたような目で私を見ました。「すでに申し上げたように、私は何も知らないのです。彼女を預けたのは親類の女性ですが、すでに亡くなっています。その親類の住所ですか？　不思議に思われるでしょうが、わからなくなってしまいました。一年前に私の研究室で火事があり、たくさんの書類が燃えたのです。彼女の過去については何も知りません」

「アメリカから来たのですよね？」

「おそらくそうでしょう。でも、訛りのないフランス語を話します。そちらの信心会の方々には、あまり気にしないようにお伝えください。この娘が今の状態から戻って世間に復帰するというのは不可能ですから。そして優しく扱ってやって、残りの日々を過ごさせてあげてください。――ヒステリーがこれほど進行した状態では長くは生きられないからです。そのうち子宮に激しい炎症が起きて、医学は何もできないでしょう」

デュ・モーリエは嘘をついている、おそらくは彼もパラディオン派（大東社・グラントリアンどころではなく）で、会派の敵を生きたまま葬りさろうとしているのだと私は確信しました。しかし、それは私が空想したにすぎません。デュ・モーリエと話を続けるのは時間の無駄でした。

第一の状態でも、第二の状態でも私はディアナに尋ねてみました。まるで何も覚えていないようでした。金鎖のついたメダルを首から下げています。そこには彼女にそっくりの女性の肖像がありました。メダルが開くことに気がついた私は、なかに何があるのか見せるようしつこく頼んでみましたが、彼女はひどく怯え、激しくきっぱりと拒否しました。「母がくれました」と繰り返すばかりでした。

＊＊＊

タクシルがフリーメイソン攻撃を始めて四年が過ぎていました。カトリック界の反応は私たちの予想を越えていたものでした。一八八七年にタクシルはランポッラ枢機卿に招かれ、教皇レオ十三世から私的な謁見《えつけん》を賜《たまわ》りました。それはタクシルの活動が公的に認められた証拠であり、出版上の、そして経済的な大成功の始まりでした。

きわめて簡潔で明白な連絡を私が受け取ったのもその頃です。「崇敬すべき神父様、事態は我々が意図した以上の展開を見せているようだ。何か対策の必要あり。エビュテルヌ」

引きかえすことはできません。ぞくぞくするほど大量に流れ込んでくる印税のためというよりは、カトリック界とのあいだに成立した圧力と協力関係のためです。タクシルは今では反悪魔主義の英雄であり、その名声を放棄するつもりはありませんでした。

その一方で、ベルガマスキ神父からの簡潔な通告も私に届きました。「すべて順調。だがユダヤ人は？」

そう、ベルガマスキ神父は、フリーメイソンについてだけでなくユダヤ人についても衝撃的な暴露をタクシルから引き出すように求めていたのです。ところが、ディアナもタクシルもユダヤ人についてはは沈黙したままでした。ディアナについては、私は別に驚きませんでした。彼女がいたアメリカには我々のところほどユダヤ人が多くなく、その問題は無関係に思われたのでしょう。しかし、メイソンはユダヤ人であふれていたので、そのことをタクシルに指摘してやりました。

「知るわけないだろう？」と彼は答えました。「メイソンでユダヤ人に出くわしたことはない。あるいはユダヤ人だとわからなかったのかもしれないが。支部《ロッジ》でラビを見かけたことなどない」

「ラビの服装で支部に行ったりはしないでしょう。ですが情報通のイエズス会士によると、単なる教区司祭ではなく大司教ムーラン猊下が、すべてのフリーメイソンの儀礼はカバラに起源があり、フリーメイソンが悪魔崇拝を行なうのはユダヤのカバラのせいであると近刊のなかで証明するそうです……」

「それなら、ムーラン猊下にしゃべらせておけばいいじゃないか。我々には充分な話題があるのだから」

タクシルの口が重いことに、私は長いこと納得できませんでしたが（彼はユダヤ人なのかとさえ思ったほどです）、ついに、彼が新聞や版元にいろいろ関わっていたあいだに中傷や猥褻《わいせつ》の嫌疑で数多くの裁判沙汰となって、かなり高額の賠償金を払うはめになったことを突きとめました。そのため、ユダヤ人高利貸の数人に多額の借金があって、まだ完済していませんでした（それに、新しく始めたフリーメイソン批判から得た少なからぬ利益はすっかり浪費していました）。それで、今はおとなしくしている高利貸たちが攻撃されたと感じて騒ぎだすことになれば、自分が借金のことで牢屋送りになるのではとタクシルは恐れていたのです。

しかし、単に金銭問題だけだったのでしょうか？　タクシルは詐欺師でしたが、人間らしいところはそれなりにあって、たとえば家族をとても大切にしていました。そういうわけで、何度も迫害されてきたユダヤ人に対してある種の同情を抱いていたのです。歴代教皇はゲットーのユダヤ人を二等級の市民としてではあるが保護してきたと言っていました。

当時のタクシルは舞い上がっていました。今や自分がカトリック正統派かつ反フリーメイソン運動の急先鋒だと思い込んで、政界に乗り出す決意をしたのです。私はついていけませんでしたが、タクシルはパリのどこかの地区から市議会選挙に立候補して、ドリュモンのような大物ジャーナリストの対立候補になり、論争を始めました。反ユダヤ人、反フリーメイソンの過激なキャンペーンを展開していたドリュモンはカトリック教会関係者から強く支持されていて、タクシルを策略家だと揶揄《やゆ》しました。――「揶揄した」というのはおそらく軽すぎる言葉でしょう。

タクシルは一八八九年にドリュモンを非難する文書を書き、攻撃の糸口を見つけられずに（両者とも反フリーメイソンだったからです）、ユダヤ人嫌悪を精神異常の一種とみなしました。そしてロシアのポグロムを非難する言葉もうっかり書いてしまいました。

ドリュモンは筋金入りの論争家で、タクシルを非難する文書を書いて反撃し、この輩を皮肉りはじめました。タクシルは教会の庇護者を自任して司教や枢機卿から抱擁され、祝福されているが、わずか数年前には、教皇、司祭、修道士、さらにはイエスと聖なる乙女マリアについて下品極まりない猥らな事柄を書いていたと。しかし、もっとやっかいなことがありました。

何度も私はタクシルの自宅に足を運んで話をしていましたが、その一階は以前は《反教権出版社》の事務所で、しばしば私たちは、夫に何かを耳打ちしに来る妻に邪魔されました。あとで私はわかったのですが、今では完全なカトリック信者となったタクシルが書いていたカトリック批判文書を求めて、大勢の頑固な反教権主義者たちがその住所を訪れていたのです。タクシルはそうした大量の在庫書籍をあっさり処分するわけにはいかなかったので、用心深く自分は表に立たずに妻を隠れ蓑にして、その実入りのある商売を続けていました。とはいえ私は、タクシルの改宗が心底からのものだと思ったことは一度もありません。彼が持っていた唯一の哲学的原則は、金銭は匂わない《ノン・オレト》というものでした。

しかしドリュモンもこのことに気がついて、このマルセイユ人がユダヤ人と関係があると攻撃したばかりか、いまだに悔悛していない反教権主義者だとして非難しました。タクシルの読者のなかで、特に戒律を気にする人たちが強く疑うにはそれで充分でした。

何か反撃の手を打たねばなりませんでした。

「タクシル」と私は彼に言いました。「あなたが個人的にユダヤ人を攻撃したがらない理由を知りたくはないが、代わりに、ユダヤ人を非難するような誰かを登場させられないでしょうか？」

「私が直接表に出ないのならかまわない」とタクシルは答えて、こう付け加えました。「実際、私の暴露ではもう不充分だし、我らがディアナ嬢が語ってくれる荒唐無稽な物語でも物足りない。我我が生み出した読者層は、もっとたくさんのことを求めている。おそらく、十字架の敵の陰謀を知るためではなく、純粋に物語への情熱から読んでいるんだ。まるで犯罪小説の読者が悪人に自分を重ねてしまうように」

こうしてバタイユ博士が誕生したのです。

＊＊＊

タクシルが旧友を見つけた、というか再会しました。友人は海軍の船医としてたくさんの異国の街を訪れ、秘密集会が開かれるさまざまな宗教寺院をあちこち嗅ぎまわった経験がありましたが、なんと言っても冒険小説について膨大な知識を持っていました。ブスナールの本やジャコリオの空想旅行記、たとえば『世界の心霊術』や『神秘の国の旅』などです。フィクションの世界に新しいテーマを探しに行くというアイデアに私は全面的に賛成しました（そして、あなたの日記を読んでみて、あなたがデュマとシューのアイデアを利用してばかりいることも知りました）。人は海や山を舞台にした事件や犯罪小説を単なる娯楽として夢中になって読みます。そして、知った内容をあっけなく忘れてしまい、小説で読んだ事柄を史実のように語られると、なんとなく聞き覚えがあると感じて、自分の主張の裏付けだと考えるものなのです。

タクシルが再会したその男がシャルル・アックスでした。帝王切開の論文で大学を卒業し、商船に関して数冊を出版してはいましたが、まだ物語作家としての才能を発揮してはいませんでした。重度のアルコール中毒にかかっていて、金欠なのは明らかでした。その話から私が理解したかぎりでは、「十字架ヒステリー」であるキリスト教を含めた諸宗教を批判する重要な著作を出版しようとしていましたが、タクシルから話を持ちかけられると、教会の栄光と弁護のために、悪魔崇拝に対する非難を何千頁でも書きそうな様子でした。

私の記憶では、一八九二年に私たちが始めた『十九世紀の悪魔』と題された大長編は、全体で二百四十の分冊となり、およそ三十か月に渡って続きました。表紙には、蝙蝠《こうもり》のような翼と竜の尻尾

……『十九世紀の悪魔』と題された大長編は（……）
表紙には、蝙蝠《こうもり》のような翼と竜の尻尾を持ち
不気味に微笑むルシファーが大きく描かれて……（374-376頁）

を持ち不気味に微笑むルシファーが大きく描かれて、副題に「心霊術の秘儀、ルシファー崇拝のフリーメイソン、パラディオン派の徹底解剖、妖術、魔術《ゴエティア》、近代悪魔主義の全貌、神秘的マグネティズム、ルシファー派の霊媒、世紀末カバラ、薔薇十字の魔法、潜在的憑依、反キリストの先駆者たち」とありました。すべては謎めいたバタイユ博士が書いたことになっていました。

方針として、この著作は、すでにどこかで書かれていることしか含んでいませんでした。タクシルとバタイユは、関連資料を洗いざらい引っかきまわして、地下の信仰、悪魔の出現、ぞっとするような儀式、おなじみのバフォメットが登場するテンプル騎士団の祭礼の再現などをごちゃごちゃに混ぜ合わせました。挿絵についても神秘学の複数の本から写したのですが、それらの本自体が互いに挿絵を写し合っていました。唯一未発表だった図像はメイソンの大棟梁《グラン・マエストロ》たちの肖像画でした。そうした肖像画が果たす役割は、アメリカの大草原で生死を問わず見つけて司法に引き渡すべき無法者を示す手配書に少し似ていました。

＊＊＊

私たちは夢中になって作業を進めました。アックスはバタイユ博士になりきって、アブサンをたっぷり飲んで思いついたアイデアをタクシルに物語り、タクシルはそれを誇張して書きました。あるいはバタイユが医学や毒薬学、自分が実際に見聞きした異国の街と儀礼の描写に関する細部に取りかかっている一方で、タクシルはディアナの最近のうわ言をもとにして話を作り上げました。

たとえばバタイユの想像では、ジブラルタル海峡の岩壁には、通路や穴、地底洞窟が縦横に開けられていることになっていました。そのなかでは、きわめて邪悪なあらゆる会派の儀式が行なわれたり、インドの諸結社に属するメイソンの悪事がなされたり、アスモデウスが出現したりするのです。タクシルはソフィア・サフォーの人物紹介を書きはじめました。コラン・ド・プランシーの『地獄の辞典』を読んで、地獄の軍団は六千六百六十六部隊あり、各軍団は六千六百六十六の悪魔からなるとソフィアが明かすだろうと指摘しました。バタイユはへべれけになってはいましたが、悪魔や女悪魔を合わせて悪魔は四千四百四十三万五千五百五十六の数に達すると結論づけました。確認してみた私たちが驚きながらそのとおりだと言うと、彼はテーブルを平手で叩いて叫びました。「だから、俺は酔っちゃいないんだ！」と言って、喜びのあまり机の下で転げまわるほどでした。

ナポリのフリーメイソンの毒薬研究室で支部《ロッジ》の敵を倒すために毒薬を準備している場面を想像するのに熱中しました。バタイユの傑作は、科学的な根拠もなしに、マンナと呼ばれる物質をでっち上げたことです。毒蛇とエジプト・コブラでいっぱいの壺にヒキガエルを一匹入れて、毒キノコだけで育てて、ジギタリスと毒人参を加える。そして動物たちを餓死させたうえで、死骸の上に粉末水晶とトウダイグサ《ユーフォルビア》の泡を吹きかけ、まるごと蒸溜器に入れて弱火でじっくりと水分を蒸発させて、残った塵から死体の灰をより分ける。こうすると、ひとつだけではなく、液体と粉末、どちらも同じくらい致命的な毒が得られるのです。

「この文章を読んだ大勢の司教がうっとりと恍惚状態になるのが目に見えるようだ」とタクシルはせせら笑いました。大満足した時の癖で、股ぐらを掻きながら。そして彼が言うのももっともでした。『悪魔』が毎号出るたびに、どこかの高位聖職者が、多数の信者の目を開かせてくれた勇気ある暴露を感謝する手紙を書いてきたのです。

時々ディアナを利用しました。チャールストンにいる大棟梁《グラン・マエストロ》の〈アルクラ・ミスティカ〉を思いつけたのは彼女だけでした。それは小さな手文庫で、世界には七つしか存在しません。蓋を開けると銀製の拡声器があり、小さな角笛のように広がっています。左側には銀線があって一方は装置に結ばれ、もう一方は耳に差し込む小さな器具になっていて、ほかの六つの装置で話をしている人の声を聞くことができます。右側には朱色のヒキガエルが付いていて、交信がつながっていることを示すように、開いた口から小さな炎を噴き出します。そして七つの小さな黄金像は、パラディオン派の階梯の七つの枢要な徳と、フリーメイソンの七人の最高指導者を表わすものです。こうして大棟梁《グラン・マエストロ》は、台座の上の小さな彫像を押して、ベルリンやナポリにいる相手に警告します。通信相手は、その時間にアルクラの前にいなければ、顔に熱風を感じます。そこで、たとえば「一時間後に準備できるでしょう」とささやけば、大棟梁《グラン・マエストロ》の机の上で、ヒキガエルが大声で「一時間後」としゃべります。

当初、私たちは、その話が少々異様ではないかと思いました。それに、何年も前から、メウッチという男が電音機、今でいう電話の特許を取っていました。しかし、そうした小道具はまだ金持ちの独占物であり、私たちの読者はまだ知らずにいました。そして、アルクラのような驚くべき発明は、明らかに悪魔によって着想を得たという証拠になりました。

私たちは時にはタクシルの自宅で、時にはオートゥイユで集まりました。バタイユのあばら家で仕事をしてみたこともありましたが、悪臭が漂っていたので（ひどい安酒、洗濯したことのない汚れた服、何週間も放置された残飯が混じったにおいでした）、そこで集まるのはやめました。

＊＊＊

私たちが考えた問題のひとつは、チャールストンから世界の運命を操っている世界フリーメイソンの大棟梁《グラン・マエストロ》、パイク将軍をどのように描くかでした。しかし、公表ずみの情報ほど目新しいものはないのです。

『悪魔』の刊行が始まってすぐ、ポートルイス（いったいどこにあるのでしょうか？）の大司教ムーラン猊下の待望の大著『悪魔のシナゴーグ、フリーメイソン』が出版されました。そしてバタイユ博士は英語をかじっていて、旅行中に『秘密結社』を読んだことがありました。これは、メイソンの支部《ロッジ》の公然の敵であるジョン・フェルプス将軍が一八七三年にシカゴで出版した本です。大長老《グラン・ベッキオ》であるパイク将軍のイメージをよりはっきりと描き出すには、こうした本に書かれていることを繰り返せばよかったのです。彼は世界のパラディオン派の偉大な祭司で、おそらくクー・クラックス・クランの設立者であり、リンカーン暗殺につながる陰謀に関与していました。私たちは、このチャールストンの最高議会の大棟梁《グラン・マエストロ》が自ら名乗っている称号を考えました。代表する兄弟、至高の司令官、象徴的大支部の経験豊かな棟梁、秘密の棟梁、完全なる棟梁、内密の書記官、宰領兼士師《しし》、九名から成る選ばれたる棟梁、十五名から成る選ばれたる名士、選ばれたる至高の騎士、十二氏族の長、創造主である大棟梁《グラン・マエストロ》、聖ヴォールトのスコットランドの選ばれたる偉大な者、完璧で至高のメイソン、東方の騎士または剣の騎士、イェルサレムの王子、東西の騎士、薔薇十字の王子、大祭司長、全象徴的支部の尊貴なる終身棟梁、ノアの裔族、プロイセンの騎士、鍵の大棟梁《グラン・マエストロ》、リバヌスと幕屋の王子、青銅の蛇の騎士、神殿の騎士司令官、太陽の騎士、熟達者の王子、聖アンドレの大いなるスコットランドの騎士、カドッシュの大いなる選ばれたる騎士、完全なる参入者、大監察審問司令官、王の秘密の純粋にして至高の王子、三十三、強力な権力を有する至高の司令官にして聖パラディオン保持者である総代大棟梁《グラン・マエストロ》、全世界フリーメイソンの至高の大祭司長。

そしてイタリアとスペインの何人かの同胞のやりすぎを非難するパイク将軍の書簡を引用しました。彼らは「司祭たちの神に対する正当な怒りに突き動かされて」サタンの名を使うことで、敵を称えてしまっていました。サタンは司祭による詐欺の産物であり、支部《ロッジ》ではその名をけっして口にすべきではありません。したがって、ジェノヴァの支部が公のデモで「サタンに栄光あれ」というプラカードを掲げたことがその書簡のなかで批判されました。しかし、その批判は悪魔主義《サタニズム》（キリスト教の迷信）に対するものであって、メイソンの宗教はルシファーの教えを純粋なまま保つべきであると明かされます。サタンと悪魔主義者《サタニスト》、魔女、魔法使い、妖術師、黒魔術を作ったのは悪魔を信じる司祭たちであり、ルシファー主義者は、古代におけるフリーメイソンであるテンプル騎士団のような、光り輝く魔術の使徒である。黒魔術は、キリスト教徒が崇める邪悪な神アドナイの使徒による魔術である。彼らキリスト教徒は、偽善を聖性に、悪徳を美徳に、嘘を真実に、不条理への盲信を神学に変えてしまい、そのすべての行ないは、彼らの冷酷さ、邪悪さ、人間嫌悪、野蛮さ、科学の拒絶を示している。反対にルシファーは、闇に対する光のように、アドナイに対立する善き神である、とされたのです。

　ブーランは、私たちにしてみれば単なる悪魔であるものについて、さまざまな信仰の違いを説明しようとしました。「ある人々によればルシファーはすでに悔悛した堕天使で、未来の救世主《メシア》になるかもしれない。女性信者だけの会派もあって、彼女たちはルシファーを女性だと信じ、男性の邪悪な神とは反対の良い存在とみなしている。ほかの人たちはルシファーを神から呪われたサタンと見ているが、キリストが人類のために充分尽くしてくれなかったとして、神の敵を崇敬している――彼らこそ黒ミサを行なう、正真正銘の悪魔主義者だ。魔術や呪い《アンヴトマン》、占いを楽しむだけのサタン崇拝者もいれば、悪魔主義を宗教のように信仰する者もいる。そのなかに文化サロンの設立者らしい人物もいる。たとえばジョゼファン・ペラダン、さらに悪辣なのが、毒殺術を実験しているスタニスラス・ド・ガイタだ。それからパラディオン派がいる。少数会員に限定された儀礼で、マッツィーニのような炭焼き党員《カルボナーリ》も参加していた。ガリバルディのシチリア征服は、神と王制の敵であるパラディオン派の仕業だと言われている」

私はブーランに、いったいなぜド・ガイタやペラダンのような敵を悪魔主義や黒魔術の信奉者として非難するのかと訊いてみました。パリの人たちの噂から、彼らがまさにブーランを悪魔主義だとして批判していることを知っていたからです。

「ああ」とブーランは私に言いました。「この神秘学の宇宙では、善と悪の境界線はきわめて細く、ある者にとっての善は他人にとっての悪だ。古代の物語においても、時には妖精と魔女の違いは年齢と美しさにすぎないことがある」

「その魔法はどんなものなのです？」

「チャールストンにいる大棟梁《グラン・マエストロ》が、スコットランド儀礼非主流派の首領であるボルチモアのゴーガスという男と衝突したことがあったと言われている。その時、洗濯女を抱き込んで、ゴーガスのハンカチを手に入れたのだ。ハンカチを塩水に浸けて、塩を加えるたびに『サグラピム・メランクテボ・ロストロモウク・エリアス・プヒティグ』とつぶやいた。それからマグノリアの枝を燃やした炎で布地を乾かし、三週間のあいだ、土曜日の朝にモロクへの祈りを捧げ、悪魔に捧げものをするかのように両腕を伸ばし、開いた手でハンカチを拡げた。三週間目の土曜の日暮れに、アルコールの炎でハンカチを燃やし、残った灰を青銅の皿に載せて一晩置いておいた。翌朝、灰に蠟を混ぜて人形、つまり人形《ひとがた》を作った。こうして作られた悪魔的創作物は〈ダギデ〉と呼ばれる。大棟梁《グラン・マエストロ》はダギデを水晶の球に入れて、エアポンプをつないで球体内を絶対真空にした。すると、その敵は、原因不明の強烈な苦痛を味わったそうだ」

「それでゴーガスは死んだのですか？」

「それはたいして重要じゃない。おそらくそこまではやりたくなかっただろう。大切なのは、魔術が遠く離れた場所から作用することだ。ド・ガイタと一味が私にしようとしているのは、まさにそれだ」

ブーランは私にそれ以上は語ろうとしませんでしたが、聞いていたディアナは、崇めるような視線を彼に向けていました。

＊＊＊

頃合いを見計らって、私にせっつかれたバタイユが、メイソンの各会派におけるユダヤ人の存在について長い章を書きあげました。十八世紀のオカルティストにさかのぼり、公的な支部《ロッジ》と並んで、非正規な形で加盟したユダヤ人メイソン五十万人がいたことを告発するものです。そのため、彼らの支部には名前がなく、ただの数字として存在するだけでした。

時期が良かったのです。ちょうどその当時、どこかの新聞が見事な表現「反ユダヤ主義《アンチセミティズム》」を使いはじめたのを覚えています。私たちはいわば公認の流れに乗っていました。自然に生まれたユダヤ人への不信感が、キリスト教や観念論のような、ひとつの学説になっていました。

そうした話し合いにディアナも加わり、ユダヤ人の支部が話題になると何度も「メルキセデク、メルキセデク」と繰り返していました。何を思い出していたのでしょう？　それからこう続けました。「総代議会でのユダヤ人メイソンの目印……金牌を下げた銀の首飾り……律法、モーセの律法の石板を表わす……」

いい思いつきでした。こうして、私たちが想像したユダヤ人たちは、メルキセデクの神殿に集い、互いを確認する目印、合言葉、あいさつと誓いの言葉を交換することになりました。もちろん、そうした言葉はいかにもヘブライ語らしく響くものでなければなりません。グラッツィム・ガイジム、ジャヴァン・アッバドン、バマケク・バメアラク、アドナイ・ベゴ・ガルコルのように。当然、支部《ロッジ》ではローマ聖教会と例のアドナイを脅すことばかりしていました。

こうしてタクシルは（バタイユ博士の陰に隠れて）カトリック側の依頼人を満足させつつも、ユダヤ人債権者を怒らせることもなかったのです。ただ、そろそろ借金を返済することもできたはずでした。つまるところ、五年間でタクシルは印税として（まるまる）三十万フランを手に入れていたのですから。そしてそのうち六万フランは私の手元に入っていました。

＊＊＊

私の記憶では、一八九四年頃、ドレフュスという陸軍大尉の事件が新聞紙上をにぎわせていました。軍事機密をプロイセン大使館に売ったのです。たまたまその悪党はユダヤ人でした。ドレフュス事件にすぐさまドリュモンがとびつきました。私は『悪魔』の各号も事件について驚くようなスクープを載せるべきだと思いました。しかしタクシルは、どんな時でも軍事スパイの事件には関わらないほうがいいと言いました。

あとになって私はタクシルの直感を理解しました。つまりメイソンにユダヤ人が貢献したと語るのはいいとしても、ドレフュスを引き合いに出せば、ドレフュスがユダヤ人であるだけでなくメイソンでもあるとほのめかす（あるいは暴露する）ことを意味しており、それはあまり思慮深いやり方ではありません。メイソンは特に軍隊のなかで勢力を伸ばしていて、ドレフュスを裁判にかけようとしている陸軍の上級将校の多くがおそらくメイソンのメンバーだったからです。

＊＊＊

それに、私たちには別の手がないわけではありませんでした――私たちが獲得した読者の目から見ると、こちらのやり方のほうがドリュモンの取った方針より優れていました。『悪魔』の出版が始まって一年ほど経って、タクシルは私たちに言いました。「結局、『悪魔』に掲載されているのは、すべてバタイユ博士の手によるものだ。いったいどうして彼を信じるべきだと言えるのか？　結社の奥義を明かす、悔悛した元パラディオン派女性信者が必要だ。それに、まっとうな小説で女が登場しない話などない。ソフィア・サフォーは反感を買うような紹介をされたので、改宗したとしてもカトリック読者から同情を得ることはない。悪魔主義者《サタニスト》ではあっても、一目で愛すべき女性、今にも改宗しそうで顔を輝かせているような女性が必要だ。フリーメイソンの結社に騙された純真なパラディオン派信者で、しだいにその軛《くびき》から自由になり、父祖の宗教カトリックのもとへ戻る」

「ディアナですね」と私は言いました。「命令に従って、二人の女性のどちらにもなれるのですから、彼女は、改宗した罪人を体現しているようなものです」

　こうして、『悪魔』の第八十九回配本にディアナが登場したのです。

　ディアナを紹介したのはバタイユ博士でしたが、その登場に信憑性を持たせるために、彼女はすぐ、自分の紹介のされ方に不満があると彼宛に手紙を書き、『悪魔』流に描かれた自分の肖像画を批判さえしました。たしかに、その肖像画では彼女は男の子のように描かれていました。そこで私たちはすぐに、もっと女性らしい肖像画を掲載して、彼女のパリのアパルトマンを訪れた画家によって描かれたものだと説明しました。

……私たちはすぐに、
もっと女性らしい肖像画を掲載して……（384頁）。

ディアナのデビューは雑誌『再生・自由パラディオン派』でした。そこに載っていたのはパラディオン離脱派の主張で、彼らは勇気を持って、ルシファーの信仰とその儀礼で使われる冒瀆的表現を詳細に描写しました。赤裸々に語られたパラディオン派に対してカトリック側は明らかに恐れおののき、ミュステルという司教座聖堂参事会員は『レビュー・カトリック』誌上で、ディアナのパラディオン派からの離脱はカトリックに改宗する前ぶれであると書きました。ディアナは、ミュステルに応えて、貧しき人々のためにと百フラン紙幣二枚を送りました。彼はディアナの改宗のために祈るよう読者に呼びかけました。

誓って言いますが、私たちはミュステルをでっち上げてもいませんし、金を渡したこともありません。ただ、彼はこちらが書いた台本どおりに行動するように見えました。そしてグルノーブルの司教ファーヴァ猊下による『宗教的週間』も、ミュステルの雑誌と同じ立場に立ちました。

私の記憶では一八九五年六月にディアナは改宗し、六か月に渡って、やはり分冊で『元パラディオン派女性信者の回顧録』を出版しました。『再生・自由パラディオン派』を定期購読していた読者は（当然、その発行は停止しました）、契約を『回顧録』に移すか、返金を求めるかの選択ができました。何人かの熱狂的な読者を別にすれば、ほとんどは、メイソンからカトリックへ陣営を変えたことを受け容れたようでした。結局のところ、改宗したディアナは罪人ディアナと同じくらい奇想天外な物語を語っていて、読者が欲していたのはまさにそのことだったのです――それはタクシルの基本的な考えでした。ピウス九世の侍女との恋愛を語ることと、どこかのメイソンの悪魔主《サタニ》義者《スト》の同性愛的儀礼を語ることに違いはありません。人々は禁断の話題を欲しがっていて、それで充分なのです。

そして、まさにそれこそディアナが約束していたことでした。「〈三角形〉のなかで起きたすべてのこと、そして私が力のかぎり阻止しようとしたことをお知らせするために、つねに軽蔑してきたことと、善だと思っていたことを書くことにしましょう。ご判断は、読者のみなさんにお任せして……」

ディアナは優秀でした。私たちはひとつの神話を作り上げました。彼女自身はそのことを知りません。私たちがおとなしくさせるために飲ませていた薬の効果で、茫然自失の状態にあり、ただ私たちの愛撫に従うだけだったのです（ああ神様、私たちのではなく、彼らの愛撫でした）。

＊＊＊

あの時の熱狂状態をよく覚えています。天使のような改宗したディアナに対して、教区司祭、司教、良家の母親、悔悛した罪人から、熱意と愛情が注がれました。『巡礼者《ペレラン》』誌は、重い病にかかっていたルイーズという女性が、ディアナの援助でルルドへの巡礼を許され、奇跡的に快復したと伝えました。カトリック系最大の日刊紙『ラ・クロワ』はこう報じました。「ヴォーン嬢が刊行を始めた『元パラディオン派女性信者の回顧録』の第一章の草稿を読んで、まだなんとも言えぬ感動が収まらない。神の恩恵に自らを捧げる魂にとって、それはなんと感嘆すべきものだろう」反フリーメイソン同盟の中央委員会で教皇庁代表を務めるラッザレスキ猊下は、ディアナの改宗のためローマの聖心教会で三日黙想を捧げさせました。そしてディアナが作曲したとされるジャンヌ・ダルク賛歌（しかしそれはタクシルの知り合いが、どこかイスラム教のサルタンかカリフのために作曲したオペレッタのアリアでした）が、ローマの委員会の反フリーメイソン祝祭で演奏され、いくつかの聖堂でも歌われたのです。

ここでもやはり、まるで私たちが仕組んだかのように、若いながら聖人らしさを漂わせたリジューのカルメル会修道女の神秘家が、ディアナを支持する発言をしました。「幼きイエスと聖なる御顔の」尼僧テレーズは、改宗したディアナの回想録の見本を受け取ってその娘に強く心を動かされ、同会の尼僧たちのために書いたオペレッタにディアナを登場人物として加えたほどです。『慎みの勝利』と題されたそのオペレッタには、ジャンヌ・ダルクも関係していました。そしてテレーズはジャンヌ・ダルクに扮した自分の写真をディアナに送りました。

ディアナの回想録は何か国語にも翻訳され、副司教パロッキは彼女の改宗を祝して「神の偉大な凱旋」であると述べました。教皇庁書記ヴィンチェンツォ・サルディ猊下は、天佑がディアナを汚らわしい結社の一員にしたのは、そのあとでその結社を壊滅しやすくするためだと言い、『カトリ《チヴィルタ・》ック文明《カットーリカ》』は、ミス・ディアナ・ヴォーンは闇から神の光に呼び出され、今では、ほかに類を見ないほど精確で有効な著書を通じて教会に奉仕するために、その経験を活用していると述べていました。

＊＊＊

ブーランがオートゥイユを訪れる回数が増えました。ディアナと彼の関係はどのようなものだったのでしょうか？　何度か、私が不意にオートゥイユを訪れると、二人が抱き合っていて、ディアナが恍惚状態で天井を仰いでいるところに出くわすことがありました。しかし、おそらく第二の状態に入っていて、告解した直後で自分が清められたことを喜んでいたのでしょう。むしろ私が怪しんだのはタクシルと女の関係でした。同じように私が不意に戻ってくると、服の乱れた彼女がソファの上で、顔が真っ青になったタクシルに抱きついていました。まあいいでしょう、と私は胸の内でつぶやきました。悪いディアナの肉欲の衝動を誰かが満足させてやるべきでしょうし、私にはそんなつもりは毛頭ありませんでした。女性と関係を持つだけでもおぞましいのに、狂った女の相手をするなんて考えたくもありません。
私が善《い》いディアナといる時、彼女は乙女のように頭を私の肩にもたせかけて、泣きながら免罪してほしいと頼んできました。頬に伝わってくる温もりと悔悛の情がこもった吐息に、私は震えました——それですぐに身を引きはなし、聖像の前にひざまずいて許しを祈るよう彼女に命じました。

＊＊＊

パラディオン派のグループでは（それは本当に実在したのでしょうか？　多数の匿名書簡はその実在を証明しているように見えます。しかも、何かを存在させるにはそれについて語るだけでいいのですから）、裏切り者ディアナに対する怪しげな脅迫がささやかれていました。そのあいだに、私が思い出せない何かが起きていたのです。ブーラン神父が死んだ、と思わず言いかけたのですが。しかしつい最近まで彼がディアナのそばにいたとおぼろげに覚えているのです。

私は記憶に無理をさせすぎました。休まなければなりません。

23 有意義に過ごした十二年間

一八九七年四月十五日と十六日の日記から

この時点で、ダッラ・ピッコラの日記の記述はシモニーニの記述と激しく交錯し、時には両者が同じ事件について、反対の視点から語っている。それに加えて、シモニーニの文章も、同じ時期に彼が関わったさまざまな出来事、人物、状況を一度に思い出すのに苦しんでいるように乱雑になった。シモニーニが（しばしば、実際にはあとに起きたはずのことを先に書いたりして時間を混乱させながら）書き記す時期は、タクシルの見せかけの改宗から、一八九六年か一八九七年にまで及ぶだろう。少なくとも十二年間が書かれていて、急に心に浮かんだ事柄を逃してしまうのを恐れて慌てて速記のように殴り書きしたメモや、会話や考察、劇的な事件の事細かな描写がところどころ混じっている。

そのために〈語り手〉は、バランスよく物語る力《ウィス・ナランディ》が自分にはないと感じて（日記の書き手自身にもそれはないのだが）、シモニーニの思い出を小さな章に分けるだけにする。物事が順番に起きた、つまりそれぞれ別々に切り離されて起きたかのように。しかし同時に起きたということも充分あり得る——シモニーニがラチコフスキーと話したあとで、同じ日の午後にガヴィアーリと出会ったというように。しかしながら、よく言うように、これはこれでしかたがない。

サロン・アダン

シモニーニは、タクシルを改宗させた（そしてその後、ダッラ・ピッコラがなぜ自分の手から彼をいわば「奪い去ったのか」は知らない）あと――フリーメイソンに入会はしないにせよ――多かれ少なかれ共和主義者の出入りする環境に加わろうと決心したことを覚えている。そうした場所なら、メイソンにいくらでも出会えると想像できた。そしてボーヌ通りの書店で知り合った人たち、特にトゥスネルのつてのおかげで、あのジュリエット・ラメッシーヌのサロンに出入りを許されていたのだった。この時彼女はアダン夫人となっていた。夫のエドモン・アダンは、左翼共和派の下院議員で、不動産信用銀行《クレディ・フォンシエ》の創設者でもあり、のちには終身上院議員に選ばれる。そのため、当初はポワソニエール大通りにありその後マルゼルブ大通りに移った夫妻の屋敷は、財界人や大物政治家、文化人で賑わっていた。女主人自身がかなりの有名作家であった（ガリバルディの伝記を出版したこともあった）だけでなく、出入りしていたのが、国家要人のガンベッタ、ティエール、クレマンソーや、プルードン、フロベール、モーパッサン、ツルゲーネフといった作家たちだった。そこでシモニーニは死の間際のヴィクトル・ユゴーとすれちがった。ユゴーは、高齢で古代ローマ風の白衣を身にまとい、脳溢血の後遺症もあって麻痺があり、今や自分自身の記念碑と化していた。

シモニーニはそうした人々と交際するのは慣れていなかった。（三月二十五日の日記で思い出したように）《マニーの店》でフロイド医師と出会い、シャルコー邸の夕食会に行くために燕尾服と上等な黒いネクタイを買わなければならなかったと語る医師に微笑んでみせたのはちょうどその頃だったはずだ。シモニーニも燕尾服とネクタイを買うことになり、それに加えて、パリで上等の（そして口の堅い）かつら屋で新しいきれいな口ひげを買い求めた。若い頃の勉強のおかげでそれなりに教養もあり、パリに来てからもある程度の読書はしていたものの、事情通の人たちの才気煥発で時に奥深い会話が行き交う場面では気まずかった。その会話の主たちはいつも時流に精通《ア・ラ・パージュ》しているように見えた。そこでシモニーニはしばらく口を閉じ、注意深くすべてに耳を傾けて、時折かつてのシチリア遠征の戦闘のエピソードに触れるだけにしておいた。フランスではガリバルディはいつも大人気だった。

シモニーニは愕然とした。この時代では当たり前の共和主義の主張だけでなく、過激な革命主義の論議を聞けるだろうと予想していたのに、ジュリエット・アダンは、帝政ロシアと明らかにつながりのあるロシア人たちとの交友を好んでいて、友人トゥスネル同様にイギリスを嫌い、自分の雑誌『ヌーヴェル・ルビュ』にレオン・ドーデのような人物の文章も載せていた。レオン・ドーデは、父親であるアルフォンスが心底からの民主主義者であると同じくらい、もちろん保守反動とみなされていた——とはいえ、親子二人ともサロンに出入りを許されていた点は、アダン夫人を賞賛するべきだろう。

そのうえ、サロンの会話でしばしば盛り上がるユダヤ人批判がどこから来ているのかもはっきりしなかった。トゥスネルがその筆頭である社会主義者のユダヤ資本に対する憎悪からか、それともユリアナ・グリンカが広めていた神秘主義的な反ユダヤ主義からだろうか？　彼女はロシアのオカルティズム界と深いつながりがあり、外交官である父親の赴任先のブラジルで幼い頃に入会したカンドンブレ儀礼を覚えていて、当時のパリのオカルティズムの偉大な巫女であるブラヴァツキー夫人と親密な間柄だった（と噂されていた）。

ジュリエット・アダンはユダヤ人たちに対する敵意を隠していなかった。シモニーニはある晩、ドストエフスキーというロシア人作家の文章を採り上げた公開読書会に出席した。この作家が、シモニーニが出会ったブラフマンが大カハールについて述べていたことを利用していたのは明らかだった。

「ドストエフスキーによれば、ユダヤ人は何度も自分たちの領地と政治的独立、法律、さらにはほとんど信仰まで失いながらつねに生き延びて、ますます固く団結しています。とても生命力にあふれ驚くほど強靭《きょうじん》でエネルギッシュであるユダヤ人にしても、既存の諸国家の上にあるひとつの国家を持たずには、このような抵抗はできなかっただろうということです。〈国家の内部の国家《スタートゥス・イン・スタートゥ》〉を彼らはどこでもつねに築いてきました。たとえ、どれほど恐ろしい迫害の時代でも、生活している土地の民族から孤立し、自分たちを切り離して交わることなく、根本原則に従ってきたのです。『地球全体に散らばっても、問題はない。すべての約束が果たされると信じて、生き延び、軽蔑し、団結し、搾取し、そしてひたすら待機せよ……』」

「このドストエフスキーのレトリックは見事だ」とトゥスネルが意見を述べた。「ユダヤ人に対する同情、共感、あえて言えば尊敬を公言して話を始める様子を見るがいい。『私もユダヤ人の敵だろうか？　私がこんな不幸な人種の敵であり得るだろうか？　とんでもない、道義心と正義が命じること、人間とキリスト教の法が要請すること、そうしたことすべてをユダヤ人のためにすべきだと私は主張して書いている……』素晴らしい前置きだ。しかし、そのあとで、この不幸な人種がどのようにキリスト教世界の破壊をもくろんでいるかを明らかにしている。見事な論の進め方だ。彼が初めてではない。マルクスの共産主義者たちの宣言を読んだことはないだろうか？『ヨーロッパを亡霊がさまよっている』という恐ろしい劇的な幕開けで始まり、古代ローマから現代までの社会闘争を俯瞰《ふかん》してみせる。革命階級としてのブルジョワを取り上げた文章は息を呑むほどだ。マルクスは、地球全域に広がる阻止不可能なこの新しい勢力を、『創世記』の冒頭にある神の創造の息吹のように示している。そしてブルジョワの賞賛が終わると（本当に、マルクスは感嘆しているのだ）、ブルジョワの勝利に呼び起こされて地下に潜んでいた勢力が登場する。つまり資本主義の胎内からその埋葬人となるプロレタリアが吐き出されて、声高に『今や、我々はおまえたちを破壊して、おまえたちのものをすべて奪い取ってやる』と宣言する。素晴らしい。ドストエフスキーがユダヤ人について語るのも同じやり方だ。歴史のなかで存続してきたユダヤ人をつかさどる陰謀を正当化し、それから彼らを排除すべき敵として告発する。ドストエフスキーは真正の社会主義者だ」

「社会主義者ではありませんわ」とユリアナ・グリンカが微笑みながら口をはさんだ。「ドストエフスキーは幻視家で、それだから真実を語っているのです。もっとも合理的に思える反論に対しても、どのような説明を用意しているか見てごらんなさい。つまり、もし何世紀ものあいだ国家内の国家があったとしても、迫害によって生まれたもので、ユダヤ人が地元住民と平等の権利を持つようになれば消えてしまうだろうという反論です。それは間違いだ、とドストエフスキーは警告しています！　たとえユダヤ人がほかの市民と同じ権利を手にしたとしても、救世主《メシア》が現われてその剣ですべての異民族を征服するという傲岸不遜な思想を捨てることはないでしょう。そのためにユダヤ人は、唯一の活動として金銭と宝石の商売を選ぶのです。そうすれば、救世主が到来する時、それまでいた土地に縛られることなく、気軽に財産をすべて持っていけるのです。ドストエフスキーの詩的な表現によれば、その時、暁の光が輝き、選ばれし民は鉦と太鼓と笛と銀と聖物を旧き家へと運ぶのです」

「フランスは、ユダヤ人に対してこれまで寛容すぎた」とトゥスネルが結論づけた。「その結果、今では彼らが株式市場を支配し、債券の主人だ。したがって社会主義は反ユダヤ主義であるべきだ……フランスでユダヤ人が成功した時期が、ラマンシュ海峡の向こうから到来した新しい資本主義原理が勝利した時期と同じなのは、偶然ではない」

1re Année. — N° 25 Paris et Départements, le Numéro : 10 Centimes. Samedi 30 Décembre 1893

LA LIBRE PAROLE

ILLUSTRÉE

La France aux Français !

RÉDACTION 14 Boulevard Montmartre | Directeur : EDOUARD DRUMONT | ADMINISTRATION 14, boulevard Montmartre

……今では彼らが株式市場を支配し、
債権の主人だ。したがって社会主義は
反ユダヤ主義であるべきだ……（394頁）

「ムッシュー・トゥスネル、あなたは話を単純にしすぎですわ」とグリンカは言った。「ロシアでは、あなたがほめておられたあのマルクスの革命思想に毒されている連中のなかに、たくさんのユダヤ人がいます。彼らはどこにでもいるんです」

そう言ってグリンカはサロンの窓を振りかえった。まるで彼らが短刀を握って街頭で待ち構えているかのように。子供の頃の恐怖がふたたびよみがえってきたシモニーニは、夜になると階段を上ってくるモルデカイのことを思った。

オフラーナのために働く

シモニーニは、グリンカが自分の取引相手になるとすぐに悟った。彼女の隣に座るようにし、努力して、おずおずと声をかけた。女性の魅力を判断するのが得意とは言えなかったが、この女性の鼻が貂のようで、目は鼻の根元に寄りすぎていることには気がついた。それに比べてジュリエット・アダンは、知り合った二十年前とは変わったとはいえ、やはり物腰の美しい、堂々とした魅力のある婦人であった。

とはいえシモニーニはグリンカに多くを語ったわけではなく、むしろ彼女の幻想を聞いてやり、ヴュルツブルクでヒマラヤの導師《グル》の姿が現われて何かの啓示を与えてくれたというその妄想に興味を示すふりをした。したがって、異教趣味的な傾向に合わせた反ユダヤ主義の資料を渡すべき相手だった。しかも噂では、ユリアナ・グリンカは、ロシア秘密警察の大物であるオルジェエフスキー将軍の姪であり、彼を通じて、帝国秘密情報部オフラーナになんらかの形で雇われていた。そしてその職務上、国外の全調査機関の新しい責任者ピョートル・ラチコフスキーとつながっていた（部下としてか、それとも協力者、直接の競争相手としてかはわからなかった）。左派の新聞『ル・ラディカル』は、グリンカが亡命中のロシア人テロリストを次々に摘発することで生活収入を得ているのではないかと疑っていた。それはグリンカがサロン・アダンに出入りするだけでなく、シモニーニの知らないグループとも関係していたということだった。

プラハの墓地のシーンをグリンカの趣味に合うよう書き換えなければならない。経済計画の長広舌を省いて、ラビの演説のなかのメシア主義的な部分を強調するのだ。

シモニーニは当時のグジュノーらの文献を少し漁ってみて、イスラエルの王として神に選ばれた君主が戻ってきてあらゆる異民族の非道を取り除くよう運命づけられているとラビたちに空想させた。そしてその空想を土台にして、「イスラエルの勝利する王の王国はサタンの力と恐怖を携え、いまだ再生していない我々の世界を訪れる。シオンの血筋から生まれた王、アンチ・キリストは全世界の権力の王座に近づいている」といった救世主に関する妄想を、たっぷり二頁は墓地の話に付け加えた。さらに、帝政ロシアの世界ではどんな共和主義思想でも恐怖を煽ることを考慮して、大衆選挙を行なう共和制であればこそ、ユダヤ人は過半数を獲得して自分たちの目的に合った法律を制定できるだろうと書いておいた。共和政治のほうが貴族政治よりも自由があると考えるのは愚かな民族だけだ、と墓地のラビたちは語った。むしろ逆に、貴族政治では賢者が統治するのに対して、自由主義体制で政治を行なう平民はユダヤ人工作員によって簡単に操作することができる。共和国家がどのように世界の王と両立し得るのかという問題は、あまり心配せずにすみそうだった。ナポレオン三世の事件が、共和国から皇帝が誕生する可能性を示したからだ。

それからシモニーニは祖父の話を思い出し、隠れた世界政府がこれまでどのように機能してきたか、そしてどのように機能しているかについて長々とまとめて、ラビの議論をふくらませた。議論がドストエフスキーと同じものだとグリンカが気がつかなかったのは奇妙なことだ——あるいは気がついていて、だからこそ、きわめて古い文書がドストエフスキーを裏付けていて、したがって真正であると喜んだのかもしれない。

こうして、プラハの墓地で、ユダヤのカバリストたちが、イエルサレムをふたたび世界の中心として堂々たる地位に就けるため、当然のようにテンプル騎士団の援助を得て（この点についてはいくらでも豊富な資料が見つかるとシモニーニはわかっていた）十字軍を計画していたことが明かされた。残念ながら十字軍兵士はアラビア軍によって海戦で打ち負かされて、テンプル騎士団は例のひどい結末を迎えることになった。あんなことにならなかったら、計画は数世紀早く達成されていたことだろう。

こうして振り返ってみて、プラハのラビたちは、人文主義、フランス革命、アメリカ独立戦争が、キリスト教原理と諸国王の尊厳を損ない、ユダヤ人の世界征服を準備したことを指摘した。もちろんその計画実現のために、ユダヤ人は立派な表看板すなわちフリーメイソンを作り上げなければならなかった。

シモニーニはかつてのバリュエルを巧みに再利用した。明らかにグリンカとその上層部はバリュエルのことを知らなかったらしく、グリンカから報告書を受け取ったオルジェエフスキー将軍は、それを元にしてふたつの文書を作成するのが良いと判断した。ひとつの短い文書は、プラハの墓地のオリジナルの描写におおよそ対応するもので、ロシアの複数の雑誌に掲載された。ただオルジェエフスキーが忘れていたのは（あるいは読者が忘れていると判断したのか、さらには単に知らなかっただけか）、ゲトシェの本から採られたラビの議論がすでに十年以上前にサンクトペテルブルクで出まわっていて、その後テオドール・フリッチの『反ユダヤ主義教理問答』に掲載されていたことである。もうひとつは『タイニャ・エヴレイストヴァ（ユダヤ人の秘密）』という題名の誹謗文書として出版された。オルジェエフスキー自身が序文を寄せて、ついに日の目を見たこの文書において、いずれもニヒリズムの旗手である（当時のロシアではきわめて重い非難だった）フリーメイソンとユダヤ主義の深い関係が史上初めて明かされたと述べていた。

もちろんオルジェエフスキーからは相当の報酬がシモニーニに届き、グリンカはその感嘆すべき計画の謝礼として自分の身体を差し出したほどで（それは彼が恐れていた、そして恐るべき事態だった）、シモニーニは、両手をひどく震わせて童貞らしいため息をさんざんつきながら、自分は、数年前からスタンダールの読者の誰もが噂していたオクターヴ・ド・マリヴェールと同じ運命なのだと彼女に理解させた。

その時以降グリンカはシモニーニに関心を寄せなくなり、彼も同じだった。しかしある日、シンプルなデジュネ・ア・ラ・フルシェット（カツレツと焼いた腎臓）のために《カフェ・ド・ラ・ペ》に入ったシモニーニは、テーブルに座っている彼女を見かけた。同席していた恰幅の良いブルジョワ男性はかなり下品な態度で、彼女ははっきりわかるほど興奮して男と言い争っていた。あいさつのためにシモニーニが立ち止まったので、グリンカはその男ラチコフスキーに紹介しないわけにはいかなくなった。ラチコフスキーはひどく興味を持ってシモニーニを見ていた。

その時のシモニーニは、ラチコフスキーがなぜ自分に興味があるのかわからなかったが、その後、店の戸口のベルが鳴って、ラチコフスキー本人が現われた時になって理解した。ラチコフスキーは、鷹揚な微笑みを浮かべて威厳のある慣れた態度で店を横切り、上階への階段を見つけると、書斎に入り込み、書き物机の隣にあるソファに腰をおろしてくつろいだ。

「お願いがあるのですが」とラチコフスキーは言った。「取引の話をしましょう」

すでに三十歳過ぎらしく白髪が混じってはいたがロシア人らしい金髪をしたラチコフスキーは、

肉感的な厚い唇をし、突き出た鼻、スラブの悪魔の眉毛、親切な野獣のような微笑みを浮かべ、甘ったるい口調でしゃべった。ライオンよりチータに似ているとシモニーニは思い、どちらのほうが恐ろしくないだろうかと自問した。オスマン・ベイから夜中にセーヌ川河畔に呼び出されるのと、ラチコフスキーから早朝グルネル通りのロシア大使館の執務室に呼び出されるのと。オスマン・ベイのほうがまだましだと考えた。

「それで、カピタン・シモニーニ」とラチコフスキーは切り出した。「おそらく、あなたがた西欧人が不適切にもオフラーナと呼び、ロシア移民が蔑んでオフランカと呼んでいるものが実際には何であるのかはよく知らないでしょうね」

「噂になっているのを聞いたことはあります」

「噂はよしましょう。すべて公の話です。それはオフラーニェ・アディリーニェ、つまり保護局、ロシア内務省に属する秘密情報部のことです。一八八一年、皇帝《ツアーリ》アレクサンドル二世暗殺事件のあとで、皇帝の親族を保護するために作られました。しかしだんだんとニヒリストのテロの脅威に対処する必要が出てきて、亡命者や移民が増えている国外にも多数の監視局を置かねばならなくなったのです。それで、祖国の国益のために私がここにいるわけです。公然の活動としてね。隠れているのはテロリストのほうです。おわかりでしょう?」

「わかりました。それで私になんの御用ですか」

「順を追って話しましょう。もしあなたがテロリスト・グループの情報を持っていたとしても、私に打ち明けなければならないと恐れなくてけっこうです。かつて危険な反ボナパルト主義者をフランスの秘密警察に密告したことがあるのは知ってます。そして、密告できるのは友人だけ、あるいは少なくともつき合いのある人物だけです。私は遠慮するタイプじゃありません。もう過ぎたことですが、私だって昔はロシアのテロリストと関係があって、そのおかげでテロリスト対策の任務で出世できたのですから。この任務をうまくやってのけるには、反体制グループに混じって鍛えられた人でなければなりません。法律に効率よく仕えるためには、法律を破った経験が必要です。ここフランスならヴィドックがいい例ですね。奴が警察のトップになったのは牢屋に入ってからのことです。いわゆる清廉潔白すぎる警察官は信用できません。気取っている連中です。とにかく話を戻しましょう。最近我々は、テロリストのなかにユダヤの知識人が複数いることに気がついたのです。皇帝の宮廷にいる何人かの人物の指令で、私は、ロシア人民の道徳心を損ねてロシアの存続そのものを脅かしているのがユダヤ人であるという証拠を探しています。私が大臣ヴィッテのお気に入りとみなされていることはお聞きになっているかもしれません。そのヴィッテは自由派として有名で、こうした話題について私の話を聞くことはないでしょう。しかし覚えておいてください、今の主人に仕えるのではなく、次の主人のために準備しておく必要があるのです。とにかく、時間を無駄にするつもりはありません。あなたがグリンカ嬢に渡したものを読んで、その大部分がつまらない代物なのはわかりました。当然でしょう。あなたは隠れ蓑として古物商を選んだ、ということは、一度使われ売り払われたものを新品より高く売りつけるのが商売です。しかし数年前『ル・コンタンポラン』誌に、あなたはおじいさんから受け取った危険な文書を載せていますね。あれだけしかないというのはあり得ないでしょう。噂では、あなたは多くのことについていろいろ知っているらしい（ここでシモニーニの策略、つまりスパイであるのではなく、スパイだと見せかける策略が功を奏していた）。だからあなたに、信頼のおける資料をお願いしたいのです。私は良品と不良品の区別はできます。支払いはきっちりとさせてもらいましょう。ただ資料がいいものでなければ腹を立てます。おわかりかな？」

「ですが、具体的に何をお望みですか？」

「それをわかっていれば、あなたに金を出したりしませんよ。私個人の部署で文書は作れます。ただ内容を与えてやらねばならないのです。ロシアの良き臣民に向かって、ユダヤ人が救世主《メシア》を待っているなどと語るわけにはいきません。そんなことには小作人も地主も興味がない。ユダヤ人が救世主を待っているとしたら、それは彼らの金銭と関連して説明されなければならないのです」

「ですが、どうして特にユダヤ人を標的にするのですか？」

「ロシアにユダヤ人がいるからですよ。これがトルコならアルメニア人を狙うでしょう」

「ということはユダヤ人を破滅させたいのですね、ちょうど――ご存じでしょう――オスマン・ベイのように」

「オスマン・ベイは狂信者で、しかも彼自身がユダヤ人です。近寄らないほうがいい。私はユダヤ人を殲滅《せんめつ》するつもりはありません。ユダヤ人は私にとって一番の同盟者だと言ってもいいくらいです。私が気にしているのはロシアの大衆感情で、民衆が皇帝に不満を向けないように願っています（というか私が仕えている人たちは、そう願っています）。彼ら民衆は敵を必要としています。昔の貴族がやったように、モンゴル人やタタール人を敵に仕立てるのは無駄です。敵として認識され、恐れられる敵は、家のなかか、あるいは戸口にいなければなりません。だからユダヤ人なのです。神の御恵みで彼らが我々に与えられたのですから、利用しましょう。恐るべき、そして憎むべきユダヤ人がいつでもどこかにいることを私たちは祈っています。民衆に希望を与えるために敵が必要なのです。愛国主義は卑怯者の最後の隠れ家だと誰かが言いました。道義心のない人ほどたいてい旗印を身にまとい、混血児はきまって自分の血統は純粋だと主張します。貧しい人々に残された最後のよりどころが国民意識なのです。そして国民のひとりであるという意識は、憎しみの上に、つまり自分と同じでない人間に対する憎しみの上に成り立ちます。市民の情熱として憎しみを育てる必要があります。敵は民衆の友人です。自分が貧しい理由を説明するために、いつも憎む相手がいなければなりません。憎しみが本当の根源的な情熱で、愛のほうこそ異様な状態なのです。それだからキリストは殺されました。自然に逆らって語ったからです。誰かを生涯愛しつづけることはできません。そんな不可能なことを期待するから、不倫や母親殺し、友人の裏切りが生まれるのですよ……ところが、誰かを生涯にわたって憎むことはできるのです。その誰かがいつもそこにいて、我々の心を燃えたたせてくれるかぎりは。憎しみは心を熱くしてくれるものです」

ドリュモン

シモニーニはその時のやり取りを気にかけていた。ラチコフスキーは真剣な表情で話していて、未発表の資料を渡さなければ「腹を立てる」だろう。この時シモニーニの資料が尽きていたわけではなく、むしろ複数のプロトコルのために多くの文書を集めていたのだが、何か特別なもの、グリンカのような人物には充分なアンチ・キリストの出来事だけでない、より現代の事件に密接に絡む何かが必要だと思われた。現代版のプラハの墓地を安売りせずに、その値段を吊り上げようと考えた。そこで時間をおいた。

シモニーニはベルガマスキ神父に打ち明けた。フリーメイソン攻撃の材料を求めて、神父も彼を急きたてていた。

「この本を見るといい」とイエズス会士は言った。「エドゥアール・ドリュモンの『ユダヤ化されたフランス』だ。数百頁はある。明らかに君より事情に詳しいだろう」

シモニーニは頁を少しめくってみた。「でも、中身は十五年以上も前にグジュノー老人が書いた

1re Année. — N° 23 Paris et Départements, le Numéro : 10 Centimes. Samedi 16 Décembre 1893

LA LIBRE PAROLE

ILLUSTRÉE

La France aux Français !

RÉDACTION
14 Boulevard Montmartre

Directeur : EDOUARD DRUMONT

ADMINISTRATION
14, boulevard Montmartre

SI NOUS LES LAISSONS FAIRE ....

……シモニーニは、最初はドリュモンが設立した
〈反ユダヤ主義同盟〉で、ドリュモンが『自由言論』紙を
創刊してからはその編集部で、彼に会っていた（405頁）。

ものと同じですよ！」

「だから何だ？　この本は売れている。読者がグジュノーを知らなかったということさ。君の取引相手のロシア人がドリュモンをもう読んだと思うか？　君は焼き直すのが得意だろう？　ドリュモンの周辺で何が話題になっているのか、何をしているのか調べてみるといい」

　ドリュモンに接触するのは簡単だった。サロン・アダンでシモニーニはアルフォンス・ドーデから好感を持たれて、サロン・アダンが開かれない時にドーデがシャンロゼーの自宅で開く夕食会に招待された。ジュリア・ドーデから愛想よくもてなされて、ゴンクール兄弟、ピエール・ロティ、エミール・ゾラ、フレデリック・ミストラルといった人物が集まり、そしてドリュモンその人もそのなかにいた。ちょうど『ユダヤ化されたフランス』の出版をきっかけに有名になりつつあった。それ以降シモニーニは、最初はドリュモンが設立した〈反ユダヤ主義同盟〉で、ドリュモンが『自由言論』紙を創刊してからはその編集部で、彼に会っていた。

　ドリュモンはライオンのたてがみのような髪型で、立派な口ひげを黒々と生やし、鉤鼻と燃えるようなまなざしで、（世間に流布したイメージで見れば）ヘブライの預言者といってよいくらいだった。実際、彼の反ユダヤ主義には救世主《メシア》めいたところがあり、全能の神から、選ばれた民族を破壊する特別な任務を与えられたかのようだった。シモニーニは、ユダヤ人を攻撃するドリュモンの熱の入れように魅了された。ドリュモンのユダヤ人憎悪は、いわば愛情からの、自己意志による、全身全霊を込めた憎悪――つまり性的欲望の代わりになるほどの衝動だった。トゥスネルのような哲学的、政治的な反ユダヤ主義者ではなく、グジュノーのような神学的な反ユダヤ主義者でもなく、官能的な反ユダヤ主義者だった。

　長く退屈な編集会議でのドリュモンの話を聞くだけで充分だった。

「ユダヤ人の血液の謎に関するデポルト神父の本に、喜んで序文を書いてやったよ。中世の儀式というだけじゃない。現代でも、サロンを開いているユダヤの美貌の男爵夫人たちは、招待客に出すお菓子にキリスト教徒の子供の血を入れている」

それから彼は続けて言った。「セム人は金銭ずくで、がめつく、陰謀家で、細かくて、抜け目がない。一方、我々アーリア人は熱狂的で、英雄的で、騎士道精神があり、公平無私で、鷹揚で、無邪気なほどにあけっぴろげだ。セム人は現世中心に考え、今の生活より先のことは何も見ていない。旧約聖書にあの世について触れている箇所があっただろうか？　アーリア人は、つねに現実を超えようとする情熱に導かれていて、理想主義者だ。キリスト教の神が天空の高みにあるのに対して、ヘブライの神は時に山の上に、時にいばらの茂みにいるが、けっして上にはいない。セム人は商人であり、アーリア人は農民、詩人、僧侶、そして何より兵士だ。それは、彼が死に挑むからだ。セム人には創造性がない。ユダヤ人の音楽家、画家、詩人を見たことがあるか？　科学的発見をしたユダヤ人を見たことがあるか？　アーリア人は発明家であり、セム人はアーリア人の発明を利用する」

ドリュモンはワグナーが書いたことを読み上げた。「『英雄でも恋人でも、古典物や現代劇の人物がユダヤ人によって演じられていると、その上演がいかに滑稽であるか感じずにはいられない。特にぞっとするのは、ユダヤ人の話しぶりを特徴づける独特の抑揚だ。とりわけその言語のシュルシュル、キイキイと軋む音は我々の耳に不愉快に響く。歌は、個人の感情をそっくりそのまま生き生きと映し出す優れた表現であるから、我々にとって不快なユダヤ人の性質が、歌においてもっともよく現われるのは当然である。ほかの芸術に関してユダヤ人の素質を認めることができるかもしれないが、歌だけは別だ。歌の素質は、ユダヤ人の性質自体によって否定されているようだ』」

「だとしたら」と誰かが質問した。「音楽劇場にユダヤ人が進出していることをどう説明しますか？　ロッシーニ、マイアーベーア、メンデルスゾーン、あるいはジュディッタ・パスタ、みなユダヤ人だ……」

「おそらく、音楽が至上の芸術だというのは本当でないからかもしれない」と別の男が示唆した。「例のドイツ哲学者が言わなかったか、聴きたくない人間にも干渉するから、音楽は絵画と文学に劣ると？　好きではない旋律を耳元で演奏されると聴かなくてはならない。嫌な香料のにおいのついたハンカチを近くの誰かがポケットから出したように。アーリア人の栄光は文学だが、今は衰退している。逆に、女々しい、病弱者のための感覚芸術である音楽が勝ち誇っている。あらゆる動物のなかでユダヤ人がワニの次に音楽好きだ。ユダヤ人はみな音楽家だ。ピアニスト、ヴァイオリニスト、チェリスト、すべてユダヤ人だ」

「そのとおりだ。だがそれは演奏家としてだけだ。偉大な作曲者の寄生虫だ」とドリュモンは反論した。「君はマイアーベーア、メンデルスゾーンといった二級の音楽家を挙げたが、ドリーブとオッフェンバックはユダヤ人ではない」

こうして、ユダヤ人が音楽とは無縁なのか、それとも音楽がきわめてヘブライ的な芸術であるかという議論が始まったが、意見はばらばらだった。

エッフェル塔が完成した時はもちろん、すでにその計画中の時点から、反ユダヤ主義同盟の怒りは最高潮に達していた。その塔がドイツのユダヤ人の作品であり、サクレ・クール寺院に対するヘブライの回答だったからである。グループのなかでもおそらくいちばん攻撃的な反ユダヤ主義者であるド・ビエは、普通に書くのと逆方向にユダヤ人が文字を書くことをその劣っている証拠だとした。ド・ビエは言った。「このバビロニア的建造物の形そのものが、彼らの頭脳が我々のようにできていないことを示している……」

そこで話題は、当時のフランスが抱えていた課題、アルコール中毒の問題に移った。パリのアルコール消費量は一年に千四百十万リットルと言われていた！

「アルコールは」と誰かが言った。「ユダヤ人とフリーメイソンによって広められたのだが、昔から使われてきた毒物、ヒ素毒《トファーナ》を改良したものだ。今では彼らは、水のように見えてアヘンとカンタリジンを含む麻薬を作っている。肉体を衰弱させ、痴呆を引き起こし、結局は死にいたる。その麻薬がアルコール飲料に混ぜられていて、自殺を引き起こす」

「ポルノグラフィーはどうだ？ トゥスネルは（社会主義者でもたまには真理を言うことがある）、低俗さと恥辱に落ちることを恥ずかしく思わないユダヤ人を象徴するのが豚だと言った。それにタルムードは、排泄物を夢見るのは良い前触れだと言っている。すべての猥褻出版物はユダヤ人が編集している。ポルノ新聞の市場であるクロワッサン通りに行ってみればいい。そこには（ユダヤ人の）汚い商店が建ちならび、猥らな光景、少女と寝る修道士、髪しか裸体を隠すものがない女を鞭打つ司祭、男根の図像、酔った神父の暴飲暴食ぶりが見られる。笑いながら通り過ぎる人々のなかには、子供連れの家族もいる！ 言葉は悪いが、いわばアヌスの凱旋だ。男色家の司教座聖堂参事会員、破廉恥な教区司祭に鞭を打たせる尼僧の尻……」

もうひとつのよくある話題は、ユダヤ人の放浪生活だった。

「ユダヤ人は流浪《るろう》の民族だが、それは新しい土地を探検するためではなく、何かから逃れるためだ」とドリュモンが指摘した。「アーリア人は旅行し、アメリカを発見し、未開の土地を発見する。セム人は、アーリア人が新しい土地を発見するのを待って、それを最大限に利用する。お伽噺《とぎばなし》に注

「アルコールは」と誰かが言った。
「ユダヤ人とフリーメイソンによって広められたのだが、
昔から使われてきた毒物、ヒ素毒《トファーナ》を改良したものだ……」(408頁)

目してみよう。ユダヤ人には見事なお伽噺を作る想像力がなかったということはさておき、彼らと同じセム人の兄弟であるアラブ人は『千夜一夜』の物語を語った。そこでは黄金の詰まった皮袋や、盗賊のダイヤのある洞窟、親切な魔神の入った瓶を人は見つけるが——すべては天からの贈り物だ。一方、アーリア人のお伽噺では、聖杯の探索を考えてみてもわかるが、すべては戦いと犠牲を通じて獲得しなければならない」

「それにもかかわらず」とドリュモンの友人のひとりが言った。「ユダヤ人はあらゆる逆境を乗り越えて生き延びることに成功した」

「そのとおり」とドリュモンは憎しみのあまり、口から泡を吹かんばかりに激昂した。「彼らを根絶することは不可能だ。彼ら以外の民族はみな、新たな環境に移り住むと気候の変化や新しい食事に耐えられずに弱体化する。ところがユダヤ人は、まるで昆虫のように移動するとより強くなるのだ」

「彼らはジプシーのように、けっして病気にかからない。死んだ動物を食べているのに。おそらく食人の慣習が助けている。それだから子供を攫《さら》うのだ……」

「しかし、食人が長寿をもたらすとは言われていない。アフリカの黒人を見ればいい、彼らは食人種だが、村ではハエのように大量に死んでいるじゃないか」

「それならユダヤ人に病気に対する免疫があることをどう説明するんだ？　キリスト教徒の平均寿命が三十七歳なのに対して、ユダヤ人は五十三歳だ。中世以来観察されている現象だが、伝染病に対して彼らはキリスト教徒より抵抗力がある。その体内にはペストのようなものが存在しつづけていて、本来のペストから守っているみたいだ」

シモニーニはこうした議論はグジュノーがすでに取り上げていたことを指摘したが、ドリュモンの夕食会では、意見が独創的であるかどうかより、真実かどうかが問題にされていた。

「そのとおりだ」とドリュモンは言った。「彼らは肉体的な病気に対して、我々よりも抵抗力がある。しかし、精神的な病気にはかかりやすい。いつも取引や投機、陰謀を行なって暮らしているせいで、神経が変質している。イタリアではユダヤ人の三百四十八人につきひとりの精神異常者がいるが、カトリック教徒では七百七十八人につきひとりだ。シャルコーは、ロシアのユダヤ人に関して興味深い研究をした。ロシアのユダヤ人は貧しいので、そうした情報が手に入るのだが、フランスにいるユダヤ人は金持ちで、ブランシュ医師のクリニックに大金を払って病気を隠している。サラ・ベルナールが寝室に白い棺桶を置いていたのは知っているか？」

「彼らの子孫は、我々と比べて二倍の速さで増える。今では世界中に四百万人以上のユダヤ人がいる」

「そのことはすでに『出エジプト記』に記されている。イスラエルの子らはおびただしく数を増し、大きく成長して強大になり、地上を埋めつくしたと」

「そうして今、ここにいたっている。彼らがいるなどと疑いもしなかった頃から、彼らはここにいた。マラーとは誰だったのか？　本当の名前はマーラだ。スペインを追放されたセファルディ系ユダヤ人だったが、出自を隠すためにプロテスタントになった。マラーはレプラに冒され、ごみためのなかで死んだ。迫害妄想と殺人妄想に取り憑かれた精神病患者であり、典型的なユダヤ人で、たくさんのキリスト教徒を手あたりしだいにギロチンにかけて復讐をした。カルナヴァレ美術館にある彼の肖像画を見るがいい、狂った神経病患者だと一目でわかるだろう。ロベスピエールとほかのジャコバン派と同様に、顔の左右がずれていて、心の均衡が狂っているのが見える」

「フランス革命を起こした張本人がユダヤ人であることはわかっている。それで、教皇を憎んでフリーメイソンと手を組んだナポレオンは、セム人だったのか？」
「そう考えられるかもしれない。ディズレーリもそうだと言っていた。その後、スペインを追放されたユダヤ人は、バレアレス諸島とコルシカ島を隠れ家として利用した。その後、彼らはマラーノとなり、自分たちが仕えた領主であるオルシーニ家やボナパルト家の名前を手に入れたのだ」

どんな集まりにも間抜け《ガフール》、つまり間違ったタイミングで間違った質問をする奴がいる。こんなやっかいな質問が飛び出した。「それじゃイエスはどうだ？　イエスはユダヤ人だったのに、若くして死んだし、金銭に無関心で、天上の王国だけを考えていた……」

それに答えたのはジャック・ド・ビエだった。「いいかみんな、キリストがユダヤ人だと言いふらしたのは、ほかでもない聖パウロと四人の福音書記者のようなユダヤ人だ。現実にはイエスは、我々フランス人と同じケルト人種で、あとになってラテン人に征服されたのさ。そしてラテン人に骨抜きにされるまで、ケルト人は征服する民族だった。ギリシャまで到達したガラティア人のことを聞いたことはないか？　ガリラヤという名は、そこを植民地化したガリア人によってつけられたのだ。さらに、子供を産む処女の神話はケルトのドルイド神話だ。我々が持っているどの肖像画を見ても、イエスは金髪で青い目をしている。そしてイエスはユダヤ人の慣習、迷信、悪徳を攻撃し、救世主《メシア》からユダヤ人が期待していたこととは反対に、その王国は地上の王国ではないと言った。ユダヤ人が一神教なのに対して、キリストはケルト民族の多神教から発想を得て三位一体の概念を打ち出した。だからユダヤ人によって殺されたのだ。死刑を命じた大祭司カイアファはユダヤ人であったし、裏切ったユダもユダヤ人、彼との関係を否定したペテロもユダヤ人だった……」

『自由言論』紙を創刊した同じ年、ドリュモンは、パナマ運河スキャンダルに便乗するという幸運というか、ひらめきを得た。

「簡単なことさ」とドリュモンは糾弾キャンペーンを展開するにあたって、シモニーニに説明してみせた。「フェルディナン・ド・レセップス、スエズ運河を開いたあの男が、パナマ地峡を切り開くように任命された。費用は六億フランとされ、レセップスは株式会社を設立した。一八八一年に工事が始まったがひどく難航して、さらに資金が必要になり公募を行なった。ところが、集まった資金の一部を使って新聞記者を買収し、だんだんと出てきた問題を隠していたんだ。たとえば、一八八七年には、地峡の半分しか掘削《くっさく》が進んでいなかったのに、すでに十四億フランを費やしていた。レセップスは、エッフェルに、あのおぞましい塔を建てたユダヤ人に援助を求めた。そして出資の呼びかけを続け、その金で新聞雑誌と閣僚たちを買収した。こうして、四年前にパナマ運河会社は倒産し、出資した八万五千人の善良なフランス人はその金をまるっきり失ってしまった」

「それは有名な話ですよ」

「そうさ、だが今度私が明らかにするのは、レセップスを助けていたのがユダヤ人銀行家たちで、そのなかにジャック・ド・レーナック男爵（プロイセンの男爵位だ！）がいたことだ。明日の『自由言論』紙は大騒ぎを引き起こすだろう！」

たしかに大騒ぎになった。スキャンダルに新聞記者、政府官僚、前大臣たちが巻き込まれ、レーナックは自殺し、何人かの大物が投獄されたが、レセップスは医師の診断書で収監を免れ、エッフェルはぎりぎりのところで切り抜けた。ドリュモンは腐敗を懲らしめたことで勝ち誇ったが、何よりもこの事件は彼の反ユダヤキャンペーンの具体的な裏付けとなった。

爆弾を数発

　とはいえ、シモニーニはドリュモンに近づく前に、エビュテルヌから例によってノートルダム寺院の身廊に呼び出されていたようだ。

「カピタン・シモニーニ」と彼は言った。「数年前、あのタクシルに荒唐無稽なフリーメイソン攻撃をさせて、きわめて俗悪な反フリーメイソン主義者に非難の矛先を向けさせるように君に言ったことがあった。タクシルの行動を監視すると君の代理で約束したのがダッラ・ピッコラ神父だ。神父には、少なくない金を渡してある。しかし今のタクシルはやりすぎているようだ。君がこの神父を寄こしたのだから、彼に圧力をかけてタクシルをどうにかさせたまえ」

　ここでシモニーニは、自分の記憶に空白があると認める。ダッラ・ピッコラ神父がタクシルのことをどうにかしなければならなかったと記憶しているように思うが、ダッラ・ピッコラに何かを命じたとは覚えていなかった。エビュテルヌに対して、そのことについてなんとかしようと言ったことだけ覚えていた。そして今でもまだユダヤ人に関心があり、これからドリュモンらに接触するところだと伝えた。エビュテルヌがそのグループを支持していることを知り、シモニーニは驚いて尋ねた。政府は反ユダヤ運動には関わりたくないと繰りかえし言っていたのではなかったのですか？

「状況は変化するものだ、カピタン」とエビュテルヌは答えた。「おわかりだろうが、しばらく前まで、ユダヤ人と言えば、今でもロシアやローマではそうであるようにゲットーに住む貧乏人であるか、ここフランスでのように裕福な銀行家だった。貧乏なユダヤ人は高利貸をするか医者をしていたものだが、財産を築いた連中は宮廷に融資をし、国王に戦争資金を提供してその貸付で肥え太った。その意味では、ユダヤ人はつねに権力の側にいて、政治に干渉することはなかった。金融には関係しても産業には関心を持たなかった。それから何か変化が起きたのだが、それに我々が気づいた時には手遅れだった。フランス革命のあとで、各国はユダヤ人にとって提供可能な金額以上の資金調達が必要になり、ユダヤ人は徐々に金融市場の独占を失った。そのあいだ、少しずつ、そしてそれについてようやく今になって人々が気づきつつあるのだが、少なくともフランスでは、革命によって全市民の平等がもたらされた。そしてゲットーの貧乏人はやはり別にしても、ユダヤ人もブルジョワジーの仲間入りをし、それも資本家の大ブルジョワだけでなくプチブル、たとえば専門職とか国家公務員、軍人などにもなった。現在ユダヤ人士官がどれだけいるか知っているか？　君が思う以上に多いのだ。軍隊だけではない。ユダヤ人は、無政府主義と共産主義の反乱分子のあいだにも徐々に入り込んだ。初期の革命家気取りの連中は反資本主義でありかつ反ユダヤ主義で、ユダヤ人はいつも政権の側についていたが、今では彼らが反体制を唱えるのがブームなのだ。フランスの革命家たちがよく引き合いに出すあのマルクスはいったい何者か。貴族出の妻に頼って暮らす貧乏ブルジョワだった。それに、たとえば高等教育全体がコレージュ・ド・フランスから高等研《エコール・デ・オ》究院《ート・エチュード》まで、彼らの手にあることを忘れてはいけない。パリの劇場すべて、そして新聞の大部分はユダヤ人の手にある。たとえば大手銀行《オート・バンク》の業界紙である『ジュルナル・ド・デバ』を見るがいい」

　シモニーニは、ユダヤ人ブルジョワが台頭してきた現在、エビュテルヌが彼らに関するどんな情報を求めているかまだわからなかった。尋ねてみると、エビュテルヌはあいまいな仕草で答えた。

「わからない。ただ我々は注意していなければならない。問題はこの新しいタイプのユダヤ人を信頼すべきかどうかだ。いいかな、私は、世界征服を企むユダヤの陰謀について流されているたわ言を言っているのではない！　このユダヤ人ブルジョワジーは、自分の出身共同体に帰属しておらず、しばしばその共同体を恥ずかしく思っている。ただし同時に、フランス市民として信用することもできない。完全な市民になって日が浅く、明日にはひょっとしてプロイセンのユダヤ人ブルジョワと共謀して裏切るかもしれないからだ。プロイセンが侵攻してきたとき、大部分のスパイはアルザス地方のユダヤ人だった」

別れ際にエビュテルヌが付け加えた。「ところで君はラグランジュと組んでいた頃、ガヴィアーリとかいう男と関係があったな。君が逮捕させたんだ」

「そう、ユシェット通りの一味の指導者でした。みんな今はカイエンヌ島かそのあたりにいるようです」

「ガヴィアーリは違う。最近島を脱走して、今はパリにいるという情報があった」

「悪魔島から脱走なんてできるものですか？」

「根性さえあれば、どんな場所からだって脱走はできるさ」

「どうして奴を逮捕しないのですか？」

「今の状況では、優秀な爆弾作りが役に立つかもしれないからだ。我々は居場所を突きとめた。クリニャンクールでくず拾いをやっている。また利用したらどうだ？」


パリでくず拾いを見つけるのは難しいことではなかった。街のいたるところにいたが、かつて、彼らの中心地はムフタール通りとサン＝メダール通りのあたりだった。今では、少なくともエビュテルヌが示したくず拾いたちはクリニャンクール市門のそばにいて、柴屋根の掘っ立て小屋が立ち並んだ集落に住んでいた。どういうわけか、胸の悪くなるような環境で育ったひまわりが、時期になると周囲に花を咲かせるのだ。

そのあたりに、かつて《濡れ足亭》と呼ばれたレストランがあった。その名の由来は客が道端で順番を待たねばならなかったからで、店内に入ると、一スー払って巨大なフォークを大鍋に突っ込むことが許される。フォークで引っかけたものを手にするが、うまくいけば肉を、そうでなければ人参を持って鍋を離れなければならない。

くず拾いたちは安ホテル《オテル・ガルニ》で暮らしていた。たいした部屋ではない。ベッド一台、テーブル一卓、不ぞろいな椅子が二脚あり、壁には宗教画か、ごみためで見つけた古い小説の版画がかかっている。鏡が一枚、日曜日の身だしなみには欠かせない。この部屋でくず拾いは何よりまず、見つけてきたものをより分ける。骨、陶器、ガラス、古いリボン、絹のぼろ。一日は朝六時に始まり、夜の七時過ぎて働いているところを市の警官(というか今では誰もがおまわり《フリック》と呼んでいた)に見つかると罰金を取られた。

シモニーニは、ガヴィアーリがいるはずのところへ訪ねていった。探しまわったあげく、ワインだけでなく、毒入りだと言われるアブサン(まるで普通のアブサンはたいして毒ではないかのように)も売っている安酒屋で、ひとりの男を示された。シモニーニは、ガヴィアーリと知り合った時にひげを付けていなかったことを覚えていたので、ひげははずしておいた。二十年近い時間が過ぎていたが、相手は自分のことがわかるだろうと思っていた。見分けがつかないほど変わっていたのはガヴィアーリだった。蒼白で皺だらけの顔に、長いひげを生やしていた。縄と言ったほうがいいくらいの黄色いネクタイが脂じみたカラーから垂れていて、ひどく痩せた首が突き出ている。頭にはぼろぼろの帽子をかぶり、よれよれのジレの上に緑がかったフロック・コートを着ていた。靴は何年も磨いたことがなさそうなほど泥だらけで、靴紐は泥まみれで革にはりついていた。しかしくず拾いたちはガヴィアーリのなりを気にしなかった。誰ひとり、彼よりまともな身なりをしていなかったからだ。

シモニーニは自分が誰だかを明かし、自分だとわかって喜んでくれると期待していた。ところがガヴィアーリは厳しい目で睨みつけた。

「カピタン、俺の前にのこのこ出てくる勇気があるのか」と彼は言った。あっけにとられたシモニーニに向かって、言葉を続けた。「本当に俺を馬鹿だと思っているのか？　あの日、はっきり見たんだ。警察がやって来て俺たちに発砲したあの日、代理人として寄こした不運な男にあんたがとどめを刺すのをな。それから、生き残った俺たちはみんな、カイエンヌ島に向かう帆船に乗っていたのに、あんたはいなかった。二足す二が四だというくらい簡単だ。島で十五年も暇を持てあますあいだに、人は賢くなるもんさ。あんたは、俺たちの陰謀を計画しておいて、あとからタレ込んだんだ。儲かる商売のはずだ」

「だとしたらどうする？　復讐しようというのかい？　おまえは人のくずになった。おまえの話のとおりなら、警察は私の言い分を聞くだろうし、しかるべき筋に知らせてやれば、おまえはカイエンヌ島に逆戻りさ」

「カピタン、頼む。カイエンヌ島での年月で知恵がついたのさ。陰謀を企むなら、サツの密偵《イヌ》に出くわすことを計算しなければいけないんだ。鬼ごっこ遊びをするようなもんだ。それに、わかるだろう、誰かが言ったが、年月が経つと革命家はみんな王座と祭壇を守るようになる。俺には王座も祭壇もどうでもいいが、偉大な理想の時期は終わったと思ってる。この第三共和国とやらでは、誰が暗殺すべき独裁者なのかさえわからない。ひとつだけ俺がまだやれることがある。爆弾さ。そしてあんたが俺に会いに来たということは、爆弾が欲しいってことだ。いいさ、金が貰えるならな。どこに俺が住んでいるかは見ただろう？　住処と食事場所を変えるだけで俺にとっては充分なんだ。

誰を始末すればいいんだ？　かつての革命家はみんなそうだが、俺もやっぱり、金で自分を売るようになったのさ。あんたならよくわかっている商売だ」

「ガヴィアーリ、おまえに爆弾を作ってほしいんだが、どんな爆弾で、どこでやるのかまだわからないんだ。その時が来たら話をしよう。金と、おまえの過去を帳消しにして新しい身分証明書を用意すると約束しよう」

ガヴィアーリは、たっぷり払ってくれるなら誰の仕事でも受けると言い、シモニーニは、少なくとも一か月はくず拾いせずに生活できるだけの金を渡してやった。人の命令を素直に聞くようにさせるには、刑務所ほどよいところはない。


ガヴィアーリに何をさせるべきか、そのあとエビュテルヌがシモニーニに話した。一八九三年十二月に下院議会で無政府主義者オーギュスト・ヴェランが（釘が詰まった）小さな爆発物を投げ、「打倒ブルジョワジー！　無政府主義万歳！」と叫んだ。象徴的な行動だった。「もし殺したかったら爆弾に銃弾を詰めていただろう」とヴェランは裁判で語った。「あんたたちに俺の首を切る楽しみを与えるために嘘はつけない」それでも、見せしめのために彼の首は切り落とされた。しかしそのこと自体は問題ではなかった。そうした行為が英雄的に映り、真似る連中が出てくるのを公安部は懸念していた。

「悪い教師がいる」とエビュテルヌはシモニーニに説明した。「テロと社会不安を正当化し煽り立てながら、自分はクラブやレストランでのんびり詩を論じてシャンパンを飲んでいる奴らだ。この安っぽいチンピラ記者ローラン・テラードを見たまえ（しかも下院議員だから、世論に二重の影響力がある）。ヴェランについてこう書いている。『見事な行動であれば、犠牲者を気にする必要はない』国にとってはヴェランよりテラードのような連中が危険なのだ。首を刎ねるのがずっと難しいからな。けっして自分の言動の責任を取らないこの手のインテリたちをみんなの前で戒《いまし》める必要がある」

テラードを戒めてやるのがシモニーニとガヴィアーリの仕事だった。数週間後、《フォワイヨ》で、テラードが高価な料理を目当てに座ったまさにその角の席で爆弾が爆発し、彼は片目を失った（ガヴィアーリはたしかに天才だった。犠牲者が死なないが必要充分なだけ負傷するように爆弾は作られていた）。与党寄りの新聞は、「それでムッシュー・テラード、見事な行動でしたか？」といった皮肉な論評を書きたてた。政府にとっても、ガヴィアーリとシモニーニにとっても見事な一撃だった。そしてテラードは目だけでなく評判も失った。

いちばん満足したのはガヴィアーリである。人生の不幸な出来事で不運にも気力と自信を失った人に、それを取りもどさせるのは素晴らしいことだとシモニーニは思った。

同じ頃、エビュテルヌはシモニーニにほかの任務も与えていた。新味のない報道には時間が経つと飽きてくるもので、パナマ疑獄事件が世論に与えた衝撃は収まりかけ、ドリュモンは事件に興味を失っていた。しかしまだ火を熾《おこ》そうとする人がいて、明らかに政府は事件の（今ならなんと言うのだろう）再燃を懸念していた。この古い事件の燃え残りから世論の注意を逸らす必要があったので、エビュテルヌはシモニーニに、新聞の一面に載るような大きな暴動を引き起こすよう命じた。

暴動を組織するのは簡単じゃありませんよと言うシモニーニに対して、エビュテルヌは、なんと言っても騒ぎを引き起こしやすいのは学生だと示唆した。学生に何か始めさせておいて、それから社会騒動のプロをもぐり込ませるのがいちばん手っ取り早い。

シモニーニは学生たちとは関係を持っていなかったが、すぐに思いついたのは、学生のなかでも、革命主義の学生、特に無政府主義の学生が必要だということだった。無政府主義者の状況を知りつくしているのは誰だろうか？　職業柄、彼らとつき合いがあり摘発する側、つまりラチコフスキーだ。そこでラチコフスキーに連絡を取った。彼は、狼のようにとがった歯をむき出しにして親切さを装う微笑みを浮かべ、いったい、どういう理由からなのかと訊いた。

「こちらの注文で騒ぎを起こしてくれる学生を知りたいだけです」

「簡単ですよ」とロシア人は言った。「《シャトー・ルージュ》へ行けばいいでしょう」

《シャトー・ルージュ》は、見たところカルチェ・ラタンの貧乏人の溜まり場らしく、ガランド通りにあった。中庭の奥に入り口があり、ファサードはギロチンのような赤色で塗られていた。なかに一歩足を踏み入れると、悪くなった油脂やカビのにおいと、さんざん煮直されたスープの臭気で息が詰まるほどだった。長い年月のあいだに、その油じみた壁にはスープがべっとりと染みついていた。いったいなぜそうなのかはわからない。というのも、店はただワインと皿を出すだけで、食べ物は自分でその場に持ち込まなければならなかったからだ。煙草の煙とガス栓から発散するものの混じったにおいのする霧のせいで数十人の浮浪者《クロシャール》がまどろんでいるようだった。彼らは、テーブルのひとつの辺に三、四人も座り、肩を寄せ合うように眠っていた。

しかし、奥のふたつの部屋には、浮浪者ではなく、不格好に宝石で身を飾りたてた年取った淫売と、十四歳にして早くも生意気な態度で、目には隈《くま》があり、結核を思わせる青白い顔の娼婦、偽宝石が目立つ指輪と最初の部屋の連中のぼろ着よりはましなフロック・コートを着たこのあたりの悪党たちがいた。悪臭を放つ混雑ぶりのなかで、夜会服で着飾った紳士淑女が歩きまわっていた。《シャトー・ルージュ》を訪れることは見逃せない刺激だったからだ。深夜、劇場がはねると高級

しかし、奥のふたつの部屋には、
浮浪者ではなく、不格好に宝石で身を飾りたてた年取った淫売と、
十四歳にして早くも生意気な態度で、
目には隈があり、結核を思わせる青白い顔の娼婦、
偽宝石が目立つ指輪と最初の部屋の連中の
ぼろ着よりはましなフロック・コートを着た
このあたりの悪党たちがいた（421 頁）。

馬車が到着し、パリの名士たち《ル・トゥ・パリ》が裏社会のスリルを味わうために通っていた。悪党の大半は、店の主人から無料のアブサンで雇われていたのだろう――その同じアブサンに本来の倍の値段を払う上流ブルジョワを集めるためだった。

《シャトー・ルージュ》で、シモニーニはラチコフスキーに言われたとおり、胎児の取引をしているファヨールという男に接触した。ファヨールは毎晩《シャトー・ルージュ》に通ってくる老人で、昼間の稼ぎを八十度のブランデーにつぎ込んでしまう。病院をめぐって胎児と胎芽を集め、医学校《エコール・ド・メトシーヌ》の学生に売りさばくのが商売だった。アルコールだけでなく腐肉のにおいをぷんぷんさせていたので、シャトーの悪臭のなかでも他人から離れているしかなかった。しかし噂によると、学生のあいだで顔が利き、特にその知り合いには、何年も学生を職業としているような連中、胎児研究より数々の騒動が好きで、機会があればいつでも暴れたがる連中が多いということだった。

　その当時たまたま、カルチェ・ラタンの若者はベレンジェ上院議員という旧弊な老人を敵視していた。風紀紊乱《ぶんらん》を取りしまる法律を提出した彼には、すぐに「羞恥心《ピュドゥール》じじい」とあだ名がつけられた。法案の第一の対象はまさに学生である（とベレンジェは言っていた）。その口実となったのがサラ・ブラウンの舞台だ。彼女は《バル・デ・カツ・アール》でむっちりした半裸の肢体を披露していた（そしておそらく汗が滴っていたに違いないと想像してシモニーニはぞっとした）。

　女体鑑賞の健全な楽しみを学生から奪ったりすれば大変なことになる。少なくとも、ファヨールの顔が利く学生グループは、夜中に上院議員の自宅のすぐそばで騒ぐ計画をすでに立てていた。いつ彼らが行くつもりなのかを突きとめて、暴れたがっている連中を近くに待機させておけばいい。いくらか金を渡せばファヨールがすべて手配してくれるとのことだった。シモニーニはその日時をエピュテルヌに伝えるだけでよかった。

学生が暴れはじめるとすぐ、兵士か警官の一隊が駆けつけた。世界中どこでも、警察ほど学生の闘争心を煽るものはない。叫び声に混じって石ころが飛んだ。兵士が煙を立てようとして放った発煙筒が、たまたまそのあたりを通りかかった不運な男の目に飛び込んだ。こうして死人が出た。これも必要不可欠な要素だ。当然ながら、すぐにバリケードが築かれて正真正銘の暴動が始まった。そこでファヨールが雇ったごろつきが行動に移る。学生は乗合馬車を停めて、乗客に降りるように礼儀正しく頼み、馬を切り離して馬車を横倒しにしてバリケードにした。しかし興奮したほかの連中がすぐに割って入って、馬車に火を放った。簡単に言えば、騒々しい抗議が暴動となり、暴動から革命の兆しになった。この事件がしばらく新聞の一面を独占することになり、パナマ事件は追いやられた。

明細書《ボルドロー》

シモニーニがいちばん金を稼いだ年は一八九四年だった。それはほとんど偶然によるものだった。とはいえ、いつだって少々偶然を手助けしてやる必要がある。

その頃ドリュモンは、軍隊にユダヤ人が多すぎることに怒りをつのらせていた。

「誰もそれを口にしないのは」と彼は悩んでいた。「フランスのもっとも栄光ある組織のなかに祖国を裏切るかもしれない連中がいることを話題にし、大勢のユダヤ人《ジュイフ》（ドリュモンは『このユダヤ《セ・ジュエ》人ども《フ》、このユダヤ人ども《セ・ジュエフ》』と口をとがらせて繰り返し発音した。破廉恥なイスラエル人の人種全体とじかに熱烈な接触をするかのように）に軍が汚染されていると触れてまわれば、軍に対する信頼を損ねてしまうからだ。それでも誰かが言わねばならないだろう。君は、今のユダヤ人がどうやって尊敬される存在になろうとしているかわかるか？　士官としての経歴を積んだり、芸術家、男色家として貴族階級のサロンに出入りしたりしているのだ。あの公爵夫人たちは、古い貴族や立派な司教座聖堂参事会員との不倫に飽きてしまい、奇矯で風変わりで怪物的なことをどこまでも追い求めて、女のように化粧しパチョリ香油のにおいを漂わせた人物に心惹かれる。しかし上流階級が堕落しようとわしにとってたいした問題ではないし、何人ものルイと次々に寝ていた侯爵夫人たちのほうがよかったわけではない。だが軍が堕落したらフランス文明の終わりだ。わしはユダヤ人将校の大半がプロイセンのスパイ網となっていると確信しているが、その証拠がないのだ、証拠が」「証拠を見つけろ！」とドリュモンは新聞の編集者たちを怒鳴りつけた。

『自由言論』の編集部でシモニーニはエステラジー少佐と知り合った。とてもお洒落で、貴族の家系に生まれてウィーンで教育を受けたことを自慢してばかりいた。かつての決闘やこれからするつもりの決闘を鼻にかけ、借金まみれであることで知られていた。編集員たちはエステラジーが個人的な件で話しかけてくるのを避けていた。金を無心されるからで、彼に貸した金が戻ってこないことはみんな知っていた。どこかひ弱なところがあり、いつも刺繍入りのハンカチを口に当てていて、肺病病みだと噂する人もいた。エステラジーの軍歴は変わっていた。はじめは一八六六年のイタリア戦役におけるオーストリア騎兵隊将校で、それから教皇領を防衛するズアーブ兵団に加わり、一八七〇年の普仏戦争ではフランス外人部隊に参加していた。軍の対スパイ活動に関与していたという噂だったが、もちろんそんなことは軍服の上に縫いつけておけるような種類の情報ではない。ドリュモンは彼を高く評価していた。おそらく軍と関係を保つためだろう。

ある日、エステラジーはシモニーニを《ブーフ・ア・ラ・モード》での夕食に招待した。仔羊の《ミニヨン・》フィレ・ミニョン・レタス《ダニョー・オ・レチュ》添えを注文し、ワイン・リストを前に議論をしたあとで、エステラジーは本題に入った。「カピタン・シモニーニ、我らが友人ドリュモンは、けっして見つからない証拠を追い求めている。問題は、軍にいるユダヤ出身のプロイセン・スパイを発見することじゃない。しかたない、この世にはいたるところにスパイがいて、今さらスパイのひとりやふたりのために大騒ぎすることはないだろう。政治的な問題は、スパイの存在を公表することだ。君は同意してくれると思うが、スパイや陰謀家を追いつめるには、証拠を見つける必要はなく、それよりも簡単で安上がりなのはその証拠を作ることだ。できればスパイそのものをでっち上げてしまえばいい。したがって我々は、国家の利益のために、何か弱みを持っていて怪しまれそうなユダヤ人将校を選び出して、そいつがパリのプロイセン大使館に重大情報を流したと示さなければならない」

「その我々というのは誰のことでしょう?」

「フランス情報部統計局を代表して話しているのだ。サンデール中佐がその指揮にあたっている。名前は中立的だが、この部局が主にドイツ人について扱っているのはたぶん知っているだろう。最初は、ドイツの国内情勢を調べていた。あらゆる種類の情報、新聞や公式訪問の報告書から、警察や国境の両側にいる我々の工作員が伝えてくる情報をまとめて、できるかぎりドイツ軍の組織について知ろうとした。騎兵隊は何個師団あるのか、部隊の資産は総額いくらかなど、いわば、すべてのことだ。しかし最近、情報部はフランス国内でのドイツ人の活動も扱うことを決めた。諜報活動と対諜報活動が混じることを嘆く者もいるが、この活動は密接につながっている。我々はドイツ大使館の動向を把握する必要がある。大使館は外国領土だからだ。それは諜報活動になる。しかしドイツ人がフランスについての情報を得るのもやはり大使館であり、それを知るのは対諜報活動だ。今、大使館でマダム・バスティアンという女性が我々のために働いている。掃除婦で、読み書きができないふりをしているが、実はドイツ語の読み書きもできる。毎日彼女は大使館の各オフィスの

それから大々的にスキャンダルを引き起こすのは
ドリュモンのような人間の役目だ（428頁）。

紙くず箱を回収して、破棄されたものとプロイセン人が思っているメモや文書を我々に送ってくる(奴らが間抜けなのは君も知っているだろう)。だから肝心なのは、フランス軍将校が軍事機密を知らせているかのような文書を作成することだ。そこで、書いた人間は内部情報に関わっているに違いないと推測され、正体を突きとめられるだろう。したがって我々に必要なのは覚書、ちょっとしたメモで、明細書《ボルドロー》といってもいい。それだから、この分野で天才的だという君に話をしているのだ」

シモニーニは、情報部がなぜ自分の能力を知っているのかとは考えなかった。おそらくエビュテルヌから知ったのだろう。ほめ言葉に感謝して、こう言った。「誰か特定の人物の筆跡を真似なければならないのでしょうね」

「すでにぴったりの候補を見つけてある。ドレフュス大尉という男だ。もちろんアルザス出身で、部局の研修生をしている。金持ち女性と結婚して女たらし《トンブール・ド・ファム》を気取っている。それで同僚全員から疎《うと》まれている。キリスト教徒だったとしても疎まれているだろう。周囲は同情しないだろう。生贄となる犠牲者にぴったりだ。文書が完成したら、鑑定をしてドレフュスの筆跡だと判明するだろう。それから大々的にスキャンダルを引き起こすのはドリュモンのような人間の役目だ。ユダヤ人の危険を告発し、同時に、巧みにそれを発見して対処した軍の名誉を守るのだ。わかったかな?」

はっきりわかった。十月初め頃、シモニーニはサンデール中佐の前にいた。サンデールは土気色で平凡な顔をしていた。諜報活動と対諜報活動の秘密情報部長にふさわしい顔つきだ。

「さあ、ここにドレフュスの筆跡の見本がある。そしてこれが書くべき文章だ」と二枚の紙を渡しながらサンデールは言った。「見てのとおり、メモは大使館付武官フォン・シュヴァルツコッペン宛で、内容は、百二十ミリ野砲の水力ブレーキやほかの軍事情報の文書を入手する予定だと伝えるものだ。こうした情報をドイツ人は喉から手が出るほど欲しがっている」
「何か技術に関する細部を入れたほうがよいのではないですか?」とシモニーニは訊いてみた。
「そのほうがより効果的でしょう」
「理解してくれ」とサンデールは言った。「いったんスキャンダルになれば、この明細書《ボルドロー》は公共の所有物になる。技術情報を新聞ダネにするわけにはいかない。つまりは、そういうわけだ、カピタン・シモニーニ。君がゆっくり仕事できるように、部屋を用意して必要な筆記具をそろえてある。用紙とペンとインクは、ここの各部署で使われているものと同じだ。いい仕事をしてほしい。時間はかかってもかまわない。何度も練習して、完璧な筆跡にしてもらいたい」

シモニーニは言われたとおりにした。明細書は薄紙に書かれた三十行の文書で、片面に十八行、裏面に十二行ある。表の行間隔は裏面より大きく、筆跡も裏面のほうが急いで書いたように見えるように、シモニーニは気を使った。興奮して手紙を書く時はそうなるからで、ゆったりと書きだしてそのあとで急いで書くものだ。さらにシモニーニが考慮した点があった。こうした文書は破かれて紙くず箱に捨てられるわけだから、統計局には、ちぎれた断片の形で到着し、そこで元の紙に戻されるはずだ。したがって張り合わせ《コラージュ》を楽にするために文字と文字の間隔も広げたほうがよいだろう。とはいえ、渡された筆跡のモデルからあまり外《はず》れない程度に。

つまり、見事な仕事をやってのけた。

それからサンデールは明細書を陸軍大臣のメルシエ将軍に届けさせた。同時に、将校全員について部局での回覧書類を確認するように命じた。その結果、サンデールは、もっとも信頼できる職員たちからその筆跡がドレフュスのものであると報告を受け、ドレフュスは十月十五日に逮捕された。二週間、そのニュースはわざと伏せられていたが、新聞記者の興味を刺激するため、少しずつ噂が流されつづけた。最初は秘密事項として、ある名前がささやかれるようになり、ついには犯人はドレフュス大尉であると認められた。

エステラジーは、サンデールから許可を得るとすぐにドリュモンに知らせた。ドリュモンはエステラジー少佐からの知らせをふりかざし、編集部の各部屋で叫んだ。「証拠だ、証拠、これが証拠だ！」

十一月一日の『自由言論』に大活字のタイトルが躍った。「重大な背信行為。ユダヤ人士官ドレフュス逮捕」ドレフュス非難が始まり、フランス全土が憤慨した。

一方シモニーニは、まさにその朝この幸せな事件が祝われていた編集部で、ドレフュス逮捕を知らせたエステラジーの手紙に目を止めた。手紙はドリュモンのテーブルに置かれたままで、コップの輪染みがあったがはっきり読める状態だった。ドレフュスの筆跡とされるものを前に一時間以上過ごしたシモニーニの目には、自分があれだけ練習した筆跡が、ありとあらゆる点でエステラジーのものと同じであることは火を見るよりも明らかに思われた。こうしたことについて、偽文書作りは誰よりも敏感なものだ。

いったいどうしたのだろうか？　サンデールが、ドレフュスが書いた紙ではなく、エステラジーが書いたものを渡したのか？　そんなことがあるだろうか？　奇妙で説明のつかないことだが、そうだとしか言いようがない。サンデールが間違ったのか？　わざとしたのか？　しかしそれならなぜ？　それともサンデール自身が部下の誰かに騙されていて、間違った見本を渡されていたのか？

部下への信頼につけ込まれていたとすれば、取り違えがあったと伝えるべきだろう。だがサンデールが嘘をついていたなら、そのトリックに気がついたと伝えるのはかなり危険だ。エステラジーに伝えるのはどうだろう？　しかしサンデールがエステラジーを陥れるために故意に筆跡を入れ替えたのだとすれば、犠牲者本人に知らせてしまったら情報部の組織全体を敵に回すことになるだろう。黙っていたほうがよいのだろうか？　そのうち、情報部が取り違えをすべて彼の責任にしたらどうなる？

シモニーニはその間違いについて責任はなかった。それをはっきりさせたかった。そして何よりも、自分の書いた偽文書がいわば本物であることにこだわっていた。危険を冒す決心をして、サンデールのもとを訪れた。サンデールは最初、顔を合わせるのを嫌がった。おそらくゆすられるのではないかと思ったのだろう。

そしてシモニーニが真実を告げると（この嘘まみれの事件において唯一の真実である）、サンデールの顔はいつにもまして土気色になり、信じられないという様子だった。

「中佐」とシモニーニは言った。「きっと明細書《ボルドロー》の写真コピーをお持ちでしょう。ドレフュスとエステラジーの筆跡の見本を用意させて、三つの文書を比べましょう」

サンデールはいくつか命令を下し、しばらくして机の上に三枚の紙を並べた。シモニーニはいくつか証拠を指摘した。

「たとえばここをご覧ください。adresse や interessant のように s が並ぶすべての単語で、エステラジーの文ではかならず最初の s のほうが小さくて二番目が大きく、つながることはほとんどありません。今朝私が気づいたのはこの点です。明細書を書いていた時にその書き方に特に注意していましたから。今度は、ドレフュスの筆跡を見てください。私はこれを見るのは初めてです。驚くべきことだ。ふたつのｓのうち、最初のほうが大きく二番目が小さくてかならずつながっている。もっと続けましょうか？」

「いや、それで充分だ。なぜそんな間違いが起きたのか私にはわからない。調査しよう。今のところ問題なのは、文書がメルシエ将軍の手にあることだ。彼が自分でドレフュスの筆跡見本と比べたがるかもしれない。だが将軍は筆跡鑑定の専門家ではないし、ふたつの筆跡のあいだにはそれなりに似ている点もある。エステラジーの筆跡見本も探そうなどと将軍に思わせなければいい。だが、将軍がよりによってエステラジーのことを考える理由は私には見あたらない――君が黙っているかぎり。この事件はすべて忘れてほしい。そして、お願いだからもうここには来ないでくれ。君への報酬はそれなりに修正しておこう」

それ以後、シモニーニは、内部情報がなくても何が起きているのか知ることができた。どの新聞もドレフュス事件の報道であふれていたからである。司令部にも慎重な態度をみせる人がいて、明《ボル》細書《ドロー》がドレフュスの書いたものであるという確実な証拠を要求した。サンデールは、有名な筆跡鑑定人ベルティヨンに依頼した。ベルティヨンは、明細書の筆跡はドレフュスのものとまったく同じとは言えないが、明らかな筆跡偽装であると結論づけた。つまりドレフュスは手紙を別人が書いたように見せかけるために、（部分的にだが）自分の筆跡を変えたのだ。そうした無視してかまわないような細部をのぞけば、文書は確実にドレフュスの手によるものだった。

ドレフュスが書いたのだと、誰もが信じたようだ。この頃には、『自由言論』が毎日世論を煽り立てて、ドレフュスがユダヤ人であり、ユダヤ人たちによって保護されているから、事件《アフェア》はもみ消されてしまうのではないかという推測までしていた。ドリュモンは書いていた。いったいどうしてメルシエは、軍にいる四万人もの将校のなかからアルザス出身のユダヤ系国際主義者に国防上の機密を託したりしたのかと。メルシエは自由主義者で、しばらく前からドリュモンとナショナリストの新聞から圧力を受け、親ユダヤ主義者だと非難されていた。裏切り者のユダヤ人をかばっていると思われるわけにはいかなかった。そのため、うやむやにするどころか、むしろ捜査に積極的な態度を示した。

ドリュモンは攻撃を続けた。「長いあいだ、ユダヤ人は軍とは無関係で、軍はフランスの純潔を保ってきた。今は、ユダヤ人が国軍にまで入り込んできて、フランスの主人となり、ロチルドは彼らに動員計画を伝えさせるだろう……その目的が何かはみなさんおわかりのはずだ」

緊張は最高潮に達していた。竜騎兵隊所属のクレミュー・フォア大尉はドリュモンに手紙を書き、ドリュモンの記事はユダヤ人士官全員に対する侮辱であると言って賠償を請求した。二人は決闘し、さらにややこしいことに、クレミュー・フォア側の立会人は誰あろうエステラジーだった……『自由言論』の編集者であるモレス侯爵は自分からフォアに決闘を申し込んだが、軍幹部はフォアが再度決闘することを禁じて、営倉送りにした。そこでフォアに代わってマイエル大尉が決闘に赴き、肺を刺されて命を落とした。議論は激化し、宗教戦争の再燃を懸念して抗議が起きた……シモニーニは、自分がたった一時間で書き上げたものが引き起こした騒ぎをうっとりして眺めていた。

十二月には軍法会議が開かれ、そのあいだに新たな文書が作られていた。それはイタリアの駐在武官パニッツァルディがドイツ軍宛に書いたもので、「あのDの悪党」という言及があり、その男が軍備計画を売ってくれるはずだと書いていた。Dはドレフュスのだろうか？　それを疑う者はいなかった。のちにそのDとはデュボアという公務員で、ひとつ十フランで情報を売っていたことが判明するが、遅すぎた。十二月二十二日ドレフュスは有罪と判断されて、一月初めに軍事学校で階級を剝奪された。二月には悪魔島行きの船に乗せられることになる。

シモニーニは階級剝奪の儀式を見物に行った。日記のなかで、ひどくドラマチックなものとして回想している。中庭の四方に部隊が整列し、到着したドレフュスは、勇士たちの隊列のあいだを一キロ近く歩かなければならなかった。兵士たちは無表情だが、ドレフュスに軽蔑を示しているように見えた。ダラス将軍がサーベルを抜き放ち、ファンファーレが鳴り響くなか、儀礼用軍服を着たドレフュスは、軍曹に指揮された四人の工兵に付き添われて、将軍に向かって歩いていった。ダラスは階級剝奪の宣告を読み上げた。羽根飾り付きの鉄兜をかぶった巨漢の憲兵将校が大尉に近寄って飾り紐とボタン、大隊番号を剝ぎ取り、サーベルを取り上げて膝でふたつにへし折ると、裏切り者の足元に投げ出した。

ドレフュスは無反応に見えた。そして多くの新聞は、その態度を裏切りのしるしだと受け止めた。シモニーニは、階級を剝奪された瞬間、ドレフュスが「私は無実だ！」と叫んだのを聞いたように思った。ただし落ち着いて、気をつけの姿勢のままだった。シモニーニは皮肉を込めて考えた。けちなユダヤ人は、フランス将校という（不当に手に入れた）地位になりきっていたあまり、上官の決定を疑うことができなかったのだと。まるで、上官たちによって裏切り者であると判断された以上、疑わずにその判断を受け容れなければならないといった感じだった。おそらくその瞬間、ドレフュスは自分が本当に裏切ったと感じていただろうし、無実だという主張は、彼にとって、儀式の必要不可欠な部分にすぎなかった。

シモニーニの記憶ではそうであったが、書類をとっておいた箱のひとつで見つけた、その翌日付

Le Petit Journal

Le Petit Journal

Le Supplément illustré

SUPPLÉMENT ILLUSTRÉ

Huit pages : CINQ centimes

ABONNEMENTS

Sixième année — DIMANCHE 13 JANVIER 1895 — Numéro 317

LE TRAITRE

Dégradation d'Alfred Dreyfus

羽根飾り付きの鉄兜をかぶった
巨漢の憲兵将校が大尉に近寄って
飾り紐とボタン、大隊番号を剝ぎ取り、
サーベルを取り上げて膝でふたつにへし折ると、
裏切り者の足元に投げ出した（434頁）。

の『フランス共和国』紙のブリソンという記者の記事には、まったく逆のことが書かれていた。

将軍から、面と向かって不名誉な叱責を投げつけられると、彼は腕を上げて叫んだ。「フランス万歳、私は無実だ！」

下士官はその任務を終えた。制服を覆っていた金飾りは地に落ちた。部隊の識別標である赤い帯すら残されなかった。肋骨服《ドルマン》は黒一色となり、ケピ帽はたちまち輝きを失って、ドレフュスはすでに囚人服を着たかのように見えた……叫びつづけた。「私は無実だ！」柵の向こう側では、群衆がドレフュスの人影だけ見て、罵声をあげ、口笛を高く鳴らした。ドレフュスはその罵声を耳にしてさらに怒りをつのらせた。

士官のグループの前を通ったときに「出ていけ、ユダ野郎！」という声が聞こえた。ドレフュスは激昂して振り向くと、ふたたび繰り返した。「私は無実だ！　無実なんだ！」

ようやくその顔つきが見える。数秒間、私たちはじっと彼を注視し、心の奥に秘めたものが表われないかと、それまでは判事しか近づけなかった魂の反映を読み取ることを期待して、幾重にも折りたたまれた皺を覗き込む。しかし彼の表情を支配しているのは怒りであり、それも激怒と言っていい怒りである。恐ろしいほどの渋面で唇はゆがみ、目は血走っている。そして犯人がこんなに冷静で、こんなに軍隊的な歩調で歩くのは、彼の神経をばらばらにするほどの怒りによって鞭打たれているからだとわかる……。

この男の魂のなかには何が隠れているのだろうか？　絶望的な力を振り絞り、こうして自分の無実を主張しながら、どうして従いつづけているのか？　おそらく世論を混乱させて、我々に疑念を吹き込み、有罪判決を下した判事の正しさを疑わせようと期待しているのか？　稲妻のようにくっきりと、ある考えが浮かぶ。もし有罪でなかったとしたら、なんと恐ろしい拷問であろう！

シモニーニはなんら後悔を感じた様子はなかった。ドレフュスが有罪であると彼自身が決めた以上、それには確信を持っていたからだ。しかし、彼の記憶と記事との食い違いから、事件《アフェア》が全国に大きな衝撃を与えたこと、そして一連の出来事のなかに各自がそれぞれ自分の見たいものを見ていたことがわかった。

しかし、ドレフュスが悪魔のもとへ行こうが悪魔島送りにされようが、どうでもよかった。それはシモニーニの知ったことではない。

頃合いをみて人目につかない形で渡された報酬は、たしかに彼の期待以上だった。

タクシルを見張りながら

こんなことが起きていたあいだ、タクシルの行動を自分が把握していたことをシモニーニは覚えていた。なんと言っても、タクシルのことは、ドリュモンの周囲で非常に話題になっていたからだ。タクシルの騒動は、最初のうちは面白がって疑いの目で見られ、それから驚きと怒りを込めて語られた。ドリュモンは自分を反フリーメイソン、反ユダヤで真面目なカトリック——彼なりにそうであった——とし、その主張が詐欺師の口から語られるのをよしとしなかった。タクシルは詐欺師だ、とドリュモンはかなり前から主張していた。その批判は、タクシルの反教権主義の著作がすべてユダヤ人出版社から出ていることを『ユダヤ化されたフランス』で指摘した時以来だった。しかし当時、政治的理由から二人の関係はいっそう険悪になっていた。

すでにダッラ・ピッコラが書いたメモを読んで私たちは知っているが、この二人はパリの市議会選挙に立候補して対立し、同じ支持者層をめぐって争っていた。それによって公に対決することになった。

タクシルは『ムッシュー・ドリュモン、心理研究』を書いて、この政敵の行きすぎた反ユダヤ主義を皮肉めかして批判し、反ユダヤ主義はカトリックよりも社会主義、革命派の新聞に特有であると指摘した。ドリュモンは『反ユダヤ主義者の遺言』を書いて反論した。タクシルの改宗ははたして本物なのか、キリスト教に対してあれだけ汚い言葉を投げつけていたではないかと指摘して、なぜユダヤ人を攻撃しないのかと意地の悪い疑問を投げた。

政治活動を展開しパナマ疑獄の告発に成功した新聞『自由言論』と、信頼に足る出版物とは言えない『十九世紀の悪魔』が同じ一八九二年に始まったことを考えれば、ドリュモンの新聞編集部が日頃からタクシルをからかい、彼がしだいに窮地に追い込まれていく様子を意地悪く嘲笑していたのは当然だった。

ドリュモンが指摘したように、タクシルにとって災いしたのは、批判よりも、有難迷惑な支持だった。謎の女ディアナの事件に十数人の山師たちが首を突っ込んできて、見たことすらないだろうこの女性と親密な関係にあるのだとほらを吹いていた。

ドメニコ・マルジョッタという男は『三十三位階の覚書――フリーメイソン最高大総監アドリアーノ・レンミ』を出版してディアナに一部を送り、反乱を起こした彼女を支持すると伝えた。手紙のなかでマルジョッタは自分をこう呼んだ。フィレンツェのサヴォナローラ支部《ロッジ》書記、パルミのジョルダーノ・ブルーノ支部の尊師、最高大総監、認められた古代スコットランド儀礼第三十三位階、メンフィス＝ミスライム儀礼最高君主（九十五位）、カラーブリアとシチリアにおけるミスライム支部監督、ハイチの全国大東社《グラントリアン》名誉会員、ナポリの最高連合議会正会員、三つのカラーブリアのフリーメイソン支部《ロッジ》総監、パリのミスライム、すなわちエジプト東方フリーメイソン会終身大《グラ》棟梁《ン・マエストロ》（九十位）、普遍メイソンの庇護者騎士会司令官、パレルモのイタリア連盟の最高総議会終身名誉会員、ナポリの中央総代指揮権首席代理で常任監督、そして新しい改革パラディオンのメンバーであると。本来、メイソンの名誉ある高位のメンバーのはずだったが、メイソンから脱会したばかりだと言う。ドリュモンは、マルジョッタがカトリックに改宗したのは、会派の秘密最高指揮権が期待どおり自分に移らず、アドリアーノ・レンミなる男に移ったからだと書いた。

　マルジョッタの話によれば、その怪しげなアドリアーノ・レンミの経歴の始まりは泥棒であり、マルセイユでナポリのファルコネ&カンパニー社の信用状を偽造し、友人の妻が台所でハーブティーを淹れているあいだにその真珠と三百フランの金貨をくすねた。その罪で牢屋暮らしを経験したあと、海路コスタンティノーポリへ行った。薬草商をしていた老ユダヤ人のもとで働くようになり、洗礼を否定して割礼を受け容れた。こうしてユダヤ人の援助によってメイソン内で現在知られている地位を獲得したのである。

　マルジョッタはこう締めくくっていた。「呪われたユダの人種は人類のあらゆる不幸の原因であり、その影響力を行使して、フリーメイソンの最高普遍政府に、自分たちのひとり、しかももっとも悪逆非道な人物を昇任させたのだ」

　マルジョッタによる非難は聖職者層に非常に好評で、一八九五年に出版された『パラディオン派、メイソンの〈三角形〉におけるサタン－ルシファー崇拝』の巻頭には、グルノーブル、モントーバン、エクス、リモージュ、マンド、タランテーズ、パミエール、オラン、アヌシーの各司教、それにエルサレムの総代司教ルドヴィーコ・ピアーヴィの賞賛の手紙が並んだ。

やっかいなことにマルジョッタの情報は、イタリア政界の半分、とりわけクリスピの立場を巻き込んでいた。クリスピはかつてガリバルディの副官を務め、この当時イタリア王国の首相だった。メイソン儀礼に関する幻想的な物語を出版販売しているうちは穏やかであったが、メイソンと政治権力とのつながりの核心に踏み込むと、復讐心の強い誰かの逆鱗に触れる危険があった。

そのことはタクシルも承知していたはずだったが、マルジョッタに横取りされそうになった読者層を引き戻そうとしていたのは明らかで、四百頁に及ぶ『第三十三位階クリスピ』をディアナ名義で出版した。なかには、クリスピが巻き込まれたローマ銀行スキャンダルのような周知の事実に混じって、クリスピが悪魔ハボリュムと契約したとか、パラディオン派の交霊術会に参加したというニュースがあった。その交霊術会の最中に例のソフィー・ウォルダーが、その後反キリストを生むことになる女の子を自分が身ごもっていると告げたという。

「まるで茶番劇《オペレッタ》だ！」とドリュモンは激怒した。「こんなのは政治活動ではない！」

それにもかかわらずタクシルのこの著作はヴァチカンから好意的に受け止められ、ドリュモンはそれにますます怒りをつのらせた。ヴァチカンはクリスピと対立していた。カトリック教会の不寛容の犠牲者ジョルダーノ・ブルーノの記念碑をクリスピがローマの広場に建立した日、レオ十三世は聖ペテロ像の足元で贖罪の祈りを捧げて過ごした。反クリスピ文書を読んだ教皇がどんなに喜んだかは想像がつく。教皇は秘書モンシニョール・サルディに命じて、「教皇の祝福」をディアナに届けさせたばかりか、心からの感謝を伝えて、「邪悪な結社」を暴露する彼女の賞賛すべき行動を励ますように命じた。結社の邪悪さは、ディアナの著《あらわ》した本に登場する悪魔ハボリュムが、髪の毛が炎でできた人間、猫、そして蛇という三つの顔を持っていることに示されていた——とはいえディアナはきわめて科学的で、自分はそんな姿の彼を見たことはないと述べたのだが（彼女の呼びかけに対しては、いつも銀色の長いひげを生やした翁《おきな》として現われた)。

「奴らはもっともらしくすることさえ考えていないのだ!」とドリュモンは憤慨した。「フランスに来たばかりのアメリカ女がイタリア政界の秘密に精通しているわけがない。たしかに読者はそんなことを気にしないし、ディアナの本は売れている。だが教皇猊下が……教皇猊下がつまらぬたわごとを信じていると批判されてしまうだろう! ローマ教会を、教会自身の失態から救わねばならない!」

ディアナの存在そのものをはっきりと疑いはじめたのは、まさにドリュモンの『自由言論』だった。そしてすぐに、『未来《ラヴニール》』と『宇宙《リユニヴエール》』のような明らかにカトリック系の雑誌がその議論に加わった。だがそれ以外のカトリック界はディアナが存在することをどうにか証明しようと必死だった。『ロジエ・ド・マリ』紙上に、サン=ピエールの弁護士会会長ロティエの証言が掲載された。彼は、タクシル、バタイユ、それに彼女の肖像画を描いた画家と一緒にいるディアナを見たと主張した。ただし少し前の、ディアナがまだパラディオン派信者だった時のことだったが、彼女は間近に迫った改宗を前に顔を輝かせていたらしく、こう描写されていた。「彼女は二十九歳の若い女性で、愛らしく整った顔立ちで、身長は平均よりも高く、開放的で気さくで、正直な雰囲気がある。上品で知的な輝きのあるまなざしは、決意の強さと、命令するのに慣れていることを示している。趣味の良い服装、気取ったところはなく、多くの裕福な外国人女性のように馬鹿ばかしいほど大量の宝石をつけていることもない……目は変わっていて、ある時は海のブルー、ある時は山吹色である」シャルトリューズ酒を出されると断わった。教会に関係するものはすべて憎んでいたからである。コニャックだけを飲んだ。

一八九六年九月にトレントで反フリーメイソンの大会議が開催され、タクシルはその中心人物《マグナ・パルス》だった。だがまさにその場において、ドイツのカトリック関係者から強く疑われて批判された。バウムガルテン神父はディアナの出生証明書と彼女が異端誓絶《アビウーラ》をした司祭の証言を求めた。タクシルはその証拠を持っていると公言したが、公表はしなかった。

トレントの会議から一か月後、ガルニエ神父が『フランス人民』紙上で、ディアナはメイソンによる詐欺ではないかと疑いさえした。ベリー神父は権威ある『ラ・クロワ』紙上でこれまた警戒する態度を示し、『ケルン人民新聞《ケルニシユ・フオルクス・ツアイトウング》』は、バタイユ博士の名を使ったアックスが『悪魔』の分冊の刊行が始まった年でも神と聖人すべてを罵倒していたことを指摘した。ディアナ弁護に立ち上がったのは、やはり例の聖堂参事会会員ミュステルと、『カトリック文明《チヴィルタ・カットーリカ》』、そしてパロッキ枢機卿の秘書だった。その秘書は「あなたの存在を疑うことさえ平気な中傷の嵐に対抗して、あなたを勇気づけたい」という書簡をディアナに寄せた。

ドリュモンはあちこちの業界に知り合いがいただけでなく、記者としての勘を備えていた。どうやったのかシモニーニにはわからなかったが、バタイユ博士を演じたアックスを炙り出すことに成功したのである。ぐでんぐでんに酔っているところを捕まえたのだろう。そういう時のアックスはさらにふさぎ込んで悔悛しがちだった。ここで事態は急変する。アックスはまず『ケルン人民新聞』紙上で、続いて『自由言論』紙上で、自分が偽書を書いたことを告白した。あっけらかんとこう書いた。「回勅『フマヌム・ジェヌス』が出された時、信じやすく愚かなカトリック関係者につけ込んで金儲けができると思った。この悪党たちの物語をおどろおどろしく見せかけるには、ジュール・ヴェルヌのような作家を見つければよかった。私がそのジュール・ヴェルヌだった。それだけのことだ……私は呪術めいた場面を物語って、誰も確認しに行ったりしないだろうエキゾチックな場所に設定した。そしてカトリックの連中はどんなことも鵜呑《うの》みにした。奴らの馬鹿さ加減といったら、今だって、私がからかったと言っても信じないほどだ」

ロティエは『ロジエ・ド・マリ』紙上で、おそらく自分は騙されたらしく、見かけたのはディアナ・ヴォーンではなかったと書いた。ついには『エチュード』のような非常に真面目な雑誌で、ポルタリエ神父がイエズス会士として初めて批判を行なった。追い打ちをかけるように、チャールストン（大棟梁《グラン・マエストロ》たちのなかの大棟梁《グラン・マエストロ》であるパイクが住んでいるはずの町）の司教であるノースロップ猊下が自らローマを訪問し、自分の町のメイソンは立派な人物ばかりでその神殿にはサタンの像などないとレオ十三世に請け合ったと複数の新聞が報じた。

ドリュモンは勝ち誇った。タクシルは始末され、反フリーメイソン運動と反ユダヤ運動は真面目な人の手に戻った。

24　ミサの一夜

一八九七年四月十七日
カピタン様
　今回の文章のなかであなたは、信じられないほどたくさんの出来事をまとめています。あなたがそうした事件を体験していたあいだに、明らかに私は異なる事件を体験していたはずです。きっとあなたは私の周囲で起きていたことを知っていて（タクシルとバタイユが引き起こした大騒ぎを考えれば当然です）、おそらく私が思い出せる以上に覚えているのでしょう。
　今が一八九七年の四月だとすれば、タクシルとディアナとの私の話は十二年ほど続いていることになり、そのあいだにさまざまなことがありました。たとえば私たちがブーランの失踪を仕組んだのはいつだったのでしょう。
　あれは『悪魔』の出版を始めて一年も経っていない頃だったでしょうか。ある晩、ブーランがオートゥイユにやって来ました。慌てた様子で、ひっきりなしにハンカチでぬぐう唇に白っぽい泡が溜まっていました。
「私は死んだ」と彼は言いました。「奴らに殺される」
　バタイユ博士は、強いアルコールをコップ一杯飲ませれば正気に戻るだろうと判断し、ブーランはそれを断わらずに、支離滅裂な言葉で魔法と呪術の話を私たちに語りました。

……戸棚に閉じ込めた幽霊と戦っていて、大量のアルコールと
モルヒネに浸りながら、自分のうわ言から生まれた
幻影を実体化させていたようです（446頁）。

スタニスラス・ド・ガイタとその薔薇十字カバラ団、それにジョゼファン・ペラダンとのブーランの関係がひどく悪化したことを彼から私たちはすでに聞いていました。その後、ペラダンは分派を興してカトリック薔薇十字団を創立したのです――もちろん彼らのことは『悪魔』ですでに取り上げていました。私が見るところでは、ペラダンの薔薇十字団と、ブーランが指導者となったヴァントラスの団体のあいだにそれほど違いはありませんでした。みんなカバラの記号で覆われたダルマティカを着て、神の側にいるのか悪魔の側にいるのかわかりません。だからこそ、ブーランはペラダンたちと衝突したのでしょう。彼らは同じ界隈を漁って、同じ迷える魂を誘惑しようとしていました。

ド・ガイタを信じる友人たちは、彼のことを洗練された紳士だと喧伝していました（侯爵位を持っていました）。星形五角形がちりばめられた魔法書《グリモワール》、ルルスやパラケルススの著書、白魔術と黒魔術の師であるエリファス・レヴィの手稿や、そのほか錬金術の有名な稀覯本を探しているという話でした。そうしてトリュデーヌ通りの小さなアパルトマンの一階で日々を過ごし、オカルティストとしか面会せず、時には数週間も外出しないことがあったそうです。しかし別の人の話では、その室内では戸棚に閉じ込めた幽霊と戦っていて、大量のアルコールとモルヒネに浸りながら、自分のうわ言から生まれた幻影を実体化させていたようです。

ド・ガイタが奇怪な教義を渉猟していたことは、著作『呪われた学問についての試論』の題名からわかります。そのなかで彼はブーランのことを、ルシファーのというかルシファー的な、サタンのというかサタン的な、悪魔のというか悪魔的な陰謀を企んでいると告発し、「姦淫を儀式へと高めた」倒錯者として描いています。

これは古い話で、すでに一八八七年にド・ガイタとその一党は〈秘教法廷〉を開いてブーランに有罪判決を下していました。精神的処罰だったのでしょうか？　ブーランは以前からそれは肉体的処罰だと言い張っていて、いつも自分が攻撃を受けて、打ちのめされ、謎の流体によって傷つけられていると感じていました。遠く離れたところからでもド・ガイタと仲間たちが投げつけてくる正体不明の槍のようなものだと。

この時、ブーランは自分に死期が迫っていると感じていました。

「毎晩眠くなると、拳や平手で叩かれる――病んだ感覚が引き起こす幻覚ではない。信じてくれ。同時に私の猫も電気ショックを受けたように暴れだす。ド・ガイタが蠟人形を作って針で傷つけているのはわかっている。だから私は突き刺されるような痛みを感じるのだ。彼を失明させる魔法で反撃しようとしたが、ド・ガイタは罠に気がついた。この技術に関して奴は私より一枚上手で、魔法を跳ね返してきたのだ。目がかすんで息が苦しい、あと何時間生きていられることか」

ブーランの言うことが本当なのか私たちには確信がありませんでしたが、それはどうでもよいことでした。この哀れな男は本当に死にかけていたのです。そこでタクシルが彼ならではの天才的なひらめきを思いつきました。「それなら死んだことにすればいいじゃないか」と言いました。「パリ滞在中に死んだと、信頼できる知り合いに言わせて、もうリヨンには戻らずにこの街で隠れ家を探すんだ。顎ひげと口ひげを剃って別人になるのさ。ディアナみたいに別人格として目覚めればいい、ただ彼女とは違って元に戻らずにそのままでいるんだ。ド・ガイタとその一味があんたが死んだと思って苦しめるのをやめるまで」

「リヨンに戻らなかったらどうして暮らすのだ？」

「ここオートゥイユで俺たちと一緒に暮らすんだ。せめて混乱が収まって、あんたの敵の化けの皮が剝がれてしまうまでは。それに、ディアナにはますます手がかかるし、あんたがたまに来るより

いつも自分が攻撃を受けて、打ちのめされ、
謎の流体によって傷つけられていると感じていました。
遠く離れたところからでもド・ガイタと仲間たちが投げつけてくる
正体不明の槍のようなものだと（447頁）。

毎日ここにいてくれたほうが助かるんだ」

「ただ」とタクシルは付け加えました。「頼れる知り合いがいるなら、死んだことにする前に、死を匂わせる手紙を書き残して、ド・ガイタとペラダンをはっきり非難しておくといい。嘆き悲しむ弟子たちが、殺人犯を弾劾できるように」

そのとおりになりました。ブーランの死が見せかけだと知っている唯一の人物マダム・ティボーは、彼の助手であり巫女でありスパイ（そしておそらくそれ以上の何か）でした。彼女は、パリの友人たちに臨終の様子を劇的に語ったのです。リヨンにいる弟子たちになんと説明したのかわかりませんが、空っぽの棺を埋葬させたようです。しばらくして、ブーランの友人で死後の味方のひとりであるユイスマンスという流行作家のもとに家政婦として雇われました――そして幾晩か、私がオートゥイユを留守にしているあいだに、かつての共犯者に会いに来たに違いありません。

ブーランの死が報じられると、作家のジュール・ボワは『ジル・ブラス』紙上でド・ガイタを非難し、魔術行為とブーラン殺害を告発しました。『フィガロ』紙にユイスマンスのインタビューが掲載され、ド・ガイタの魔術がどのようなものだったかこと細かく説明されました。やはり『ジル・ブラス』紙でボワは非難を繰り返して、実際に肝臓と心臓がド・ガイタの流体の矢によって傷ついていたかどうか確認するために遺体の検死を要請し、司法調査を促したのです。

ド・ガイタは同じ『ジル・ブラス』紙で反論し、皮肉を込めて自らの殺人能力を語りました（「そう、たしかに私は、地獄の技術を持ってもっとも繊細な毒を操り、何百リーグも遠くに離れていながら、気に入らない連中の鼻の孔に蒸気にした毒ガスを流し込む。未来世紀のジル・ド・レなのだ」）。そしてユイスマンスとボワの両方に決闘を申し込みました。

バタイユはせせら笑って、双方にそれだけ魔法の力がありながらどちらもかすり傷ひとつつけられなかったじゃないかと言いましたが、トゥールーズの新聞は本当に魔術が使われたと伝えていました。決闘に臨むボワのランドー馬車を曳いていった馬の一頭が理由もなく倒れてしまい、馬を交換すると、替わった馬もまたばったり倒れました。ランドー馬車は横倒しになり、決闘の場に到着したボワは打ち身と引っかき傷だらけでした。そのうえ銃弾の一発が超自然的な力で銃身に閉じ込められたと彼は言ったそうです。

ブーランの友人は新聞各紙に、ペラダンの薔薇十字団がノートルダム寺院でミサを挙げたが、聖体奉献の際に祭壇に向かって脅すように短刀を振りかざしたと知らせました。実際どうだったかなど誰も知りようがありません。『悪魔』にしてみればこれはおあつらえ向きのニュースで、読者が読み慣れているほかのニュースと同じ程度の信憑性はありました。ただしそうなるとブーランのことも、しかも大々的に話題にしなければなりません。

「あんたは死んでいるんだ」とバタイユはブーランに言いました。「あんたの死について何を言われても、もう気にしなくていいさ。それに、いつかまた登場する時には、俺たちがあんたの周りに作り上げた神秘的な雰囲気がきっと役に立つだろう。だから俺たちが何を書くかなんて心配するな。それはあんたのことじゃなく、もうこの世にいないブーランという人物のことなんだから」

ブーランは受け容れました。おそらくナルシスティックな妄想を繰り広げ、自分の秘儀術についてのバタイユの空想を読んで喜んでいたのでしょう。しかし現実には、今では彼はただディアナの虜になっていたように見えました。病的なほど彼女に寄り添っていたので、私は彼女のことが心配になりました。ディアナはますますブーランの空想に引き込まれて、以前にもまして現実の外で生きているようでした。

＊＊＊

そのあと何が起きたのか、それはあなたが細かく話してくれたとおりです。カトリック界は二分し、一方はディアナ・ヴォーンの存在自体を疑いました。アックスが裏切り、タクシルが築き上げた城は崩れかけていました。私たちは、敵の罵声だけでなく、あなたが思い出したマルジョッタのようなディアナの模倣者によって押しつぶされていました。自分たちがやりすぎたことに気がつきました。三つの頭を持った悪魔がイタリア首相と晩餐していたという話を受け容れるのは難しいものです。

私がベルガマスキ神父と何回か会ってみると、『カトリック文明《チヴィルタ・カットーリカ》』のローマのイエズス会士はまだディアナの件を支援するつもりとはいえ、今ではフランスのイエズス会士は（あなたが挙げたポルタリエ神父の記事のように）この事件全体を葬ってしまいたいと考えていることがわかりました。そしてエビュテルヌと一度会って少し会話をしただけで、フリーメイソン側もこの茶番劇が終わるのを望んでいるとわかったのです。カトリック側にすれば、目立たない形で聖職者組織にこれ以上恥をかかせず幕引きをすることが重要でしたが、一方メイソン側は派手な否認を要求していました。何年にも及んだタクシルによる反フリーメイソンのプロパガンダ全体がまさに卑劣な悪行であると示すために。

ある日、私はふたつのメッセージを同時に受け取りました。ひとつはベルガマスキ神父からでした。「事件全体を終わらせるためにタクシルに五万フラン渡すことを認めよう。キリストにおける同胞、ベルガマスキ」もうひとつはエビュテルヌからでした。「それでは終わりにしよう。すべてがでっち上げだったとタクシルが公の場で自白すれば十万フランを出そう」

両陣営から援護を取りつけて、あとは実行するだけです——もちろん私の雇い主から約束の金を貰ったあとで。

アックスが逃亡したおかげで、私の仕事はやりやすくなりました。タクシルに改宗というか再改宗を促すだけでいい。計画当初と同じように私の手元には十五万フランあり、タクシルには七万五千で充分でした。金よりもはるかに説得力のある話を用意していたからです。

「タクシル、私たちにはもうアックスもいませんし、ディアナを公の対決の場にさらすことはできないでしょう。彼女をどのように匿うかは私が考えます。ただ心配なのはあなたのことです。噂ではメイソンはあなたと手を切る決定をしたようですし、メイソンの復讐がいかに血なまぐさいものかあなた自身が書いていています。最初のうちはカトリック世論が守ってくれるでしょうが、今ではイエズス会も逃げ腰です。そこでですね、願ってもないチャンスが来ました。ある支部《ロッジ》からの話です。どこかは訊かないでください、極秘です。とにかく、みんなを騙したのだと公言したら七万五千フランを出すと言ってきました。メイソンにとってそれがどんなに好都合かはわかるでしょう。あなたが投げつけた悪評をきれいに取りさって、カトリック側に投げかえせる。カトリック側は信じやすい馬鹿者として恥をさらす。あなたにすれば、この急展開による宣伝効果で次の本がこれまでよりもずっと売れるでしょう。今ではカトリック読者に対する売れ行きは下がるばかりです。反聖職者であるメイソンの読者層を取りもどしましょう。あなたにとってうまい話ですよ」

力説するまでもありませんでした。タクシルは天性の道化師で、新たなどんでん返しを見せるという思いつきに目を輝かせました。

「聞いてくれ、神父様。俺が部屋を借りてくる。来《きた》る某日、ディアナ・ヴォーンが登場して、ルシファー本人の許可を得て撮影した悪魔アスモデウスの写真も聴衆に披露すると記者連中に知らせよう。ポスターを作って、来場者には四百フランするタイプライターを抽選で進呈することにしよう。だが実際には抽選なんかしなくていい。もちろん俺が登場してディアナは存在しないと言うからだ——彼女がいなけりゃ、もちろんタイプライターもない。もうその場面が目に浮かぶ。新聞各紙の一面に俺のことが載るだろう。すごいじゃないか。きちんと発表を準備する時間をくれ。（そして申し訳ないが）その七万五千フランから経費としていくらかいただけないか」

次の日、タクシルはホールを見つけてきました。地理学協会の広間で、ただし復活祭の月曜日でないと使えないようでした。私はこう言ったのを覚えています。「では、だいたい一か月後ですね。そのあいだ人に姿を見られないようにしてください。これ以上悪い噂を引き起こさないように。私はディアナをどうするか考えておきます」

タクシルは一瞬躊躇し、唇が震え、一緒に口ひげも震えました。「まさか……、ディアナを始末するというのか」と言いました。

「何を馬鹿なことを」と私は答えました。「私は聖職者ですよ、忘れないでください。引き取ってきたところに帰すのです」

タクシルはディアナと離れることを考えてうろたえたようでした。しかしその時、あるいはその時まで彼女に惹かれていた気持ちよりも、メイソンの復讐に対する恐怖のほうが強かったのです。詐欺師である以上に卑怯者でした。ディアナを始末するつもりだと私が言っていたら、どんな反応をしたでしょうか？　おそらくメイソンを恐れてその案を受け容れたでしょう。ただし彼自身では手を下さないという条件で。

復活祭の月曜日は四月十九日にあたります。タクシルと別れた時に私が一か月待つと言ったとしたら、それは三月十九日か二十日のことだったでしょう。今日は四月十七日です。だとすれば最近の十年間の出来事を少しずつ振りかえりながら、一か月前までたどり着いたことになります。あなたと同じように私にとっても、今の記憶喪失の原因を突きとめるのにこの日記が役立つはずでしたが、何も起きませんでした。おそらく問題の事件は、まさに最後の四週間のあいだに起きたのでしょう。

今はこれ以上思い出すのが怖いような気がします。

四月十八日明け方

興奮さめやらぬタクシルが家のなかをうろついて騒いでいましたが、ディアナは何が起きているのかわかっていませんでした。ふたつの状態を行き来しながら大きく目を見開いて、私たちのひそひそ話を聞いていました。耳にした人や場所の名前に反応して心のなかにかぼそい光が灯ったような時だけ、意識が戻るようでした。

彼女は植物のような状態に陥り、唯一の動物らしい点と言えば、ますます昂《たかぶ》る欲情でした。その欲望は見境なくタクシルやバタイユ（彼が私たちの仲間だった時は）、そしてもちろんブーランにも向けられましたが、私も——きっかけを与えまいとどんなに努力しても——対象にされました。

ディアナが私たちの仲間入りした時は二十歳そこそこで、今では三十五を過ぎていました。しかしタクシルは、ひどく下卑た微笑みを浮かべ、成熟してきたディアナはいっそう魅力的だと言っていました。三十過ぎの女がまだ欲望の対象であるかのように。植物のような命と化したせいで、彼女のまなざしに神秘的な美しさがあったのかもしれません。

しかしそのような倒錯は私のよく知るところではありません。ああ神よ、私たちにとって単なる面倒な道具にすぎないはずのあの女の肉体の形にどうして私はこだわるでしょうか？

＊＊＊

私は、何が起きているのかディアナはわかっていなかったと言いました。おそらくそれは間違いです。三月になると、タクシルもバタイユも見かけなくなったからでしょうか、ディアナは興奮状態になりました。ヒステリー発作が始まり、（彼女いわく）悪魔に乱暴に取り憑かれて傷つけられ、かみつかれ、脚をひねられ、顔を殴られた――と言って、目の周りの青あざを私に見せました。手のひらに聖痕のような傷跡が現われるようになりました。自分はルシファーを信奉するパラディオン派信者なのに、地獄の力がこんなにつらい目に遭わせるのはどうしてなのかと悩んで、助けを求めるように私の服にすがりついてきました。

私はブーランに相談することを考えました。彼はまじないについて私よりよく知っています。事実、私が彼を呼び寄せると、すぐディアナはその腕をつかんで震えだしました。ブーランは両手を彼女のうなじに置いて優しく話しかけて落ち着かせ、彼女の口に唾を吐きました。

「娘よ（ブーランは彼女に言いました）、この試練を与えるのがおまえの主《あるじ》ルシファーだと誰が言うのか？　おまえを攻撃しているのは最大の敵、つまりキリスト教徒がイエス・キリストと呼ぶアイオーンあるいは自称聖人のひとりで、おまえのパラディオン信仰を蔑み、罰しようとしているとは思わないか？」

「でも神父様」とディアナは途方にくれて言いました。「私は不正者イエス・キリストの力を一切認めないからこそ、パラディオン信者なのです。かつて聖体を突き刺すことを拒否したほどです。単なる小麦粉の練粉にキリストの現存を認めるのは狂っていると思ったからです」

「そこが間違いなのだ、娘よ。キリスト教徒たちがしていることを見るがいい。彼らは自分たちのキリストの至高性を認めているが、だからといって悪魔の存在を否定しない。むしろ悪魔の罠や悪意、誘惑を恐れている。我々はそのようにすべきなのだ。つまり我々が神ルシファーの権能を信じるのは、その敵であるアドナイが、もしかしたらキリストの姿で、精神的に存在し、その邪心を通じて出現すると考えるからこそだ。したがって、おまえは、敬虔なルシファー信者に唯一許されている方法で、あえて敵の像を踏みにじらなければならない」

「どんな方法ですか？」

「黒ミサだ。キリスト教の神をおまえが否定していることを黒ミサによって祝福しないかぎりは、おまえは我らが神ルシファーの恩寵を受けられないだろう」

ディアナは納得したようでした。そしてブーランは私に向かって、悪魔主義《サタニズム》信者の集会に彼女を連れていってもいいかと訊いてきました。悪魔主義《サタニズム》とルシファー主義、パラディオン派の目的は同じであり同じ浄化作用があると彼女に思わせようというのです。

私はディアナが外出することに反対でしたが、少しは外の空気を吸わせる必要がありました。

＊＊＊

ブーラン神父がディアナと親しげに話しているところに私は出くわしました。神父は彼女に言いました。「昨日は良かったかい？」

昨日、何があったと言うのでしょう。

神父は続けました。「いいだろう、ちょうど明日の晩、パッシーにある、聖別を解かれた教会でまた荘厳ミサがある。素晴らしい晩だ。春分の三月二十一日で、秘儀的にいろいろな意味がある。だがおまえが来たいのなら、今ここでおまえひとりで告解をして、霊的な準備をしなければならない」

私がその場を離れたあと、ブーランは一時間以上彼女と一緒にいました。ようやく私が呼ばれて行くと、ブーランは、翌日の晩ディアナはパッシーに行くことになったが、それに私も付き添ってほしがっていると言いました。

「そうです、神父様」とディアナは珍しく目を輝かせて頰を赤く染めて頼み込んできました。「そう、お願いです」

私は断わるべきでしたが、好奇心もありましたし、ブーランから盲信家だと思われたくなかったのです。

＊＊＊

書きながら体が震えてきます。ほとんど勝手に手が紙の上を動きます。思い出しているというより、追体験しているようです。まるで、この瞬間に起きていることを語っているみたいに……。

あれは三月二十一日の晩でした。カピタン、あなたは三月二十四日に日記をつけはじめ、私が二十二日の朝に記憶を失ったらしいと物語りました。だから何か恐ろしいことが起きたなら、それは二十一日の晩だったはずです。

思い出そうとするが、なかなかうまくいかない。熱があるのではないだろうか、額が燃えるように熱い。

私はオートゥイユからディアナを連れ出し、四輪辻馬車《フィアークル》に住所を伝える。御者は、こちらの僧服姿にもかかわらず、胡散臭い客扱いをして目を合わせようとしないが、たっぷり心づけを渡してやると何も言わずに出発する。中心街からどんどん遠ざかって郊外に向かい、道はいっそう暗くなる。

最後に入った小道の両側には放置されたあばら家が建ち並び、突き当たりに、古い礼拝堂の崩れかけたファサードがある。

　私たちが降りると御者はその場から急いで離れたいようで、私が運賃を払ってからさらに心づけの数フランをやろうとポケットを探っているのを制して、「けっこうです、神父様、ありがとうございます！」と叫んで去っていく。

「寒いし、怖い」とディアナは言って、しがみついてくる。私は身を引いたが、同時に、服に隠れて見えない彼女の腕を感じて、その奇妙な服装に気がつく。フードの付いたコートで頭から足先まで全身を覆っていて、その暗がりでは修道士、今世紀初めに流行したゴシック小説で僧院の地下室に登場する修道士と見間違えるほどだ。彼女がそんなコートを持っているのを見たことはなかったが、デュ・モーリエ医師のクリニックから彼女が持ってきた持ち物すべてを入れたトランクを調べることを私はそれまで思いつかなかった。

　礼拝堂の小門は半分開いている。なかに入るとそこは単身廊で、祭壇の上に並んで灯された蠟燭と、小さな後陣に沿って祭壇を王冠のように取り囲んだたくさんの三脚台の灯りに照らされている。祭壇は葬儀に使うような黒い布で覆われている。その上にあるのは十字架や聖像ではなく、雄山羊の姿をした悪魔像だ。少なくとも三十センチはある、異様に大きな男根が突き出している。蠟燭は白でも象牙色でもなく黒い。中央の聖櫃に三つの頭蓋骨が見えている。

「ブーラン神父様から聞いています」とディアナがささやく。「あれが本当の東方三博士、テオベン、メンセル、サイールです。彼らは燃え尽きる流れ星の前触れを見て、イエスの誕生に立ち会わないようイスラエルから離れたのです」

　祭壇の正面に子供たちが半円形に並んでいた。右に男の子、左に女の子。性別の見分けがつかないほど男女ともにまだ幼くて、全員が頭に萎れた薔薇の冠をかぶっているためにいっそうその違いは隠され、一見すると、異教の円形劇場に愛らしいアンドロギュヌスがいると見えたかもしれない。しかし男の子は裸で、互いに見せびらかしている男性器で見分けられたのに対して、女の子は短いチュニックを着ていたが、布地はほとんど透けていて、何も隠すことなく小さな胸と尻の未熟な曲線に触れていた。全員がとてもきれいだが、その顔つきは無邪気というより意地悪そうで、それでさらにむしろ魅力的に見える。そして告白しなければならないが（司祭である私が、カピタン、あなたに告白するというのは奇妙な状況だ）、成人女性に対して、怖がるとはまでいかなくても少なくとも尻込みするこの私でも、思春期前の子供の魅力から逃れるのは難しい。

この奇妙な従祭たちは祭壇の背後に回って、小さな香炉を運び、列席者に配る。それからその何人かが樹脂を含んだ枝を三脚台に近づけて火をつけ、吊り香炉に点火する。香炉からは濃い煙と、精神をぼんやりさせる異国の麻薬の香りが立ちのぼる。それ以外の愛らしい裸の少年少女は小さな杯を配ってまわり、私もひとつ渡される。「神父様、お飲みください」と生意気な目つきの少年が私に言う。「儀式の精神に入るのに役に立ちます」

私はそれを飲んでしまい、今は見るもの聞くものすべてが霧のなかで起きているようだ。

ここでブーランが入ってくる。白いクラミスの上に、逆十字がついた赤い祭服《カズラ》を羽織っている。十字架の交差する場所に、角を突き出し後脚で立ち上がる黒い雄山羊の姿がある……ミサを挙げるこの司祭はいきなり、偶然かうっかりしたかのように見せながら実際には邪《よこしま》なわざとらしい動作でクラミスの前をはだけ、ブーランのような軟弱な男にしては予想外なほど巨大なペニスを見せつけた。前もって飲んでおいた何かの薬の作用らしく、すでに勃起していた。両脚を覆うタイツは黒だが透けていて、マビーユのダンス場でカン・カンを踊るセレスト・モガドールのようだ（今では

『ル・シャリヴァリ』紙や週刊誌で描かれて、神父や司祭でさえ嫌でも目にすることになった）。

ミサを挙げる司祭は信者たちに背を向けるとラテン語でミサを開始し、アンドロギュヌスたちがそれに応じる。

「あすたろと、あすもでうす、べるぜぶぶノ名ニオイテ《イン・ノミネ・アスタロト・エト・アスモディ・エト・ベルゼブト》。我さたんノ祭壇ニ上ラン《イントロイーボ・アド・アルターレム・サターネ》」

「彼ハ我ラガ欲望ノ悦ビナリ《クイー・レティフィカト・クピディターテム・ノストラム》」

「全能ノるしふぁーヨ《ルキフェル・オムニポテンス》、御身ノ闇ヲ送リ《エミッテ・テネブラム・トゥアム》、我ガ敵ヲ滅ボシ給エ《エト・アッフリージェ・イニミコス・ノストロス》」

「主ナルさたんヨ、我ラニ御身ノ力ヲ示シ給エ《オステンデ・ノービス・ドミネ・サタナ、ポテンティアム・トゥアム》、我ノ淫欲ヲ叶エ給エ《エト・エグザウディ・ルクスリアム・メアム》」

「我ガ冒瀆ノ御許ニ至ランコトヲ《エト・ブラスフエーミア・メア・アド・テ・ヴェニアト》」

そこでブーランは服から十字架を取り出し、足元に置くと何度も踏みつけた。「ああ、十字架よ、神殿の古き棟梁たちの思い出とその復讐としておまえを踏みつける。おまえが偽りの神イエス・キリストの偽りの聖人化の道具であったがゆえに、踏みつけるのだ」

その瞬間ディアナは、私には何も言わずに、突然何かひらめいたように行動して（だが、きっとブーランが昨日の告解の時に指示していたに違いない）、身廊の左右に分かれた信者のあいだを通り抜けて祭壇の下にまっすぐに立つ。そこで教徒たち（なのか異教徒たちなのか）のほうに向き直ると、突然、厳かな仕草で頭巾とマントを脱ぎ捨て、輝くような裸体をさらす。カピタン・シモニーニ、私はどう言えばよいのかわからないが、イシスのようにヴェールを剝がされた彼女の姿が、まるで今ここにいるように目に浮かんでくる。顔を覆っているのは黒色の薄い仮面だけだ。

女が放埓な肉体を耐えがたいほど衝撃的に露出するのを初めて目にして、私は嗚咽《おえつ》を漏らしそうになる。いつもは彼女が慎ましく後ろで束ねている黄褐色の髪は解かれて、悪魔のように完璧な丸みを帯びた尻に猥らに触れている。この異教の立像でひときわ目立つのは、大理石のような白い両肩の上に柱のように伸びる細く高慢な首だ。そして胸は（女の乳房を私は初めて見る）ひどく誇らしげに、悪魔のような横柄さで突き出ている。乳房のあいだに、唯一肉ではないものの名残りとして、ディアナがけっして手離さないメダルがある。

　ディアナは向きを変えて、身体を猥らに揺らしながら祭壇までの三段を上り、司祭の手を借りてその上に横たわると、銀の縁取りのある黒いビロードのクッションに頭を委ねた。その髪は聖体拝領台の端を越えて波打ち、腹部は軽くカーブしている。脚は拡げられて、女性の洞穴を隠す銅色の茂みが見えており、身体は、蠟燭の赤みがかった光を反射して、不吉な輝きを発している。ああ神よ、目にしているものをどんな言葉で描写すればいいのかわからない。まるで、女の肉体に対して本来私が抱く恐怖、いつも感じる怯えが消えて、新しい感覚だけが残されたかのようだ。味わったことのない蒸留酒が血管を流れているみたいに……。

　ブーランはディアナの胸に小さな象牙の男根像を置き、その腹部に刺繡のついた布を掛けると、その上に黒い石でできた杯を載せた。

　杯からホスティアを取り出す。カピタン・シモニーニ、あなたが売り買いしているようなすでに聖別されたものではない。聖体用のパンで、今ではおそらく破門されているだろうが聖ローマ教会の司祭であることに変わりのないブーランは、それをディアナの腹の上で聖別しようとしている。

　彼は言う。「主ナルさたんヨ受ケ取リ給エ《スッシペ、ドミネ・サタナス》、コノ聖体ヲ《ハンク・ホスティアム》、汝ノ卑シキ下僕ナル我ガ《エクアム・エゴ・インディグヌス・ファムルス・トゥウス》、汝ニ捧《オッフェロ・》グルナリ《ティビ》、あーめん」

　そしてホスティアを手に取り、二度それを地面に向けて下げると、二度天に向かって掲げて、右に一度、左に一度回してから、信者たちに示して言った。「南からサタンの恵みを、東からはルシファーの恵みを、北からはベリアルの恵みを、西からはレヴィアタンの恵みを我は請い求める。地獄の扉が開き、これらの名に呼ばれて深淵の井戸の歩哨たちよ、私のもとに来るがいい。我らが神よ、汝は地獄にあり、汝の名は呪われよ、汝の王国は消滅するがいい。汝の意思は地獄でもこの地上でも蔑まれるがいい！　獣の名が称えられんことを！」

そして子供たちの合唱が大声で響く。「六、六、六！」

獣の数字だ！

今度はブーランが叫ぶ。「ルシファーよ偉大なれ、汝の名は災いである。罪と不自然な愛、慈悲深き近親相姦と神聖なる同性愛の主であるサタンよ、汝をこそ我々は敬愛する。イエスよ、我は汝をこの聖体に化身させる。汝の苦痛をふたたびよみがえらせ、磔刑にした釘でもう一度苦しめ、ロンギヌスの槍で貫くために！」

「六、六、六」と子供たちが繰り返す。

ブーランはホスティアを掲げて唱える。「初めに肉があった。肉はルシファーとともにあり、肉はルシファーであった。肉は初めにルシファーとともにあった。すべてはそれにより創られ、存在するものはすべてそれなくしては創られることはなかった。そして肉は言葉となり、闇のなかの、我々の内に住むようになった。我々はそのなかにルシファーの独り娘の鈍い輝きを見た。彼女は叫び声と怒り、そして欲望に満ちている」

パンをディアナの腹の上で滑らせ、膣のなかに押し込む。取り出したパンを身廊に向けて高く掲げると、大声で叫ぶ。「手に取って食べよ！」

二人のアンドロギュヌスがブーランの前にひれ伏して、クラミスを持ち上げ、勃起したペニスに一緒に口づけをする。それから子供たち全員が彼の足元に駆け寄って、少年は自慰を始め、少女は互いにヴェールを引きはがし、快楽の叫び声をあげながら身体を絡ませ合って転げまわっている。

その場には、新たなにおいが我慢できないほど濃くたち込めてきて、列席者はみなしだいに欲望の吐息を吐くようになり、快楽に飢えて服を脱ぎ、性別も年齢も関係なくまぐわいはじめる。煙の合間で私が目にしたのは七十を越えた老女で、皺だらけの肌に、胸は二枚のサラダ菜のよう、脚は骨だけに痩せ衰え、床を転げている。彼女の陰部であったところに、少年が飢えたようにキスをしている。

私は全身震えるばかりで、どうやってこの売春宿から抜け出そうかとあたりを見まわす。私がうずくまっている場所は有毒な空気が満ちていて、分厚い雲のなかにいるようだ。最初に飲んだ飲み物に薬が入っていたに違いない。考えをまとめることができず、何もかも、赤っぽい霧越しに見ている。全裸のままのディアナが仮面もつけずに祭壇から降りてくるのが、やはりその霧にかすんで見える。すると狂った人々の群れは肉欲の混乱を続けながらもどうにか左右に分かれ、通り道を空ける。彼女は私に向かってくる。

正気を失った連中の仲間入りをする恐怖に駆られて私はあとずさりするが、円柱にぶつかってしまう。喘ぎ声をあげるディアナがすぐそばに来る。なんということだ、ペンが震える。心が動揺して(今も、あの時も)不快感で涙が浮かぶ。叫ぶことすらできない。私のものではない何かで彼女に口をふさがれたからだ。自分が床に転がるのを感じる。香のにおいで気が遠くなりそうだ。私の身体とひとつになろうとしているその身体に死にそうなほど興奮して、サルペトリエール病院のヒステリー女のように錯乱した私は(この手で、自分が望んでいるかのように!)その異質な肉体に触れ、外科医の理不尽な好奇心から彼女の割け目を貫く。その魔女に離してくれと懇願し、自分を守ろうとして嚙みつく。彼女はもう一度と叫ぶ。私はティソ博士を思い出して首を後ろに反らせる。私は知っているのだ。こうした失神が原因で、身体は痩せて、顔は生気が消えて死人のような土気色になり、視力が衰える。眠りは乱されて、しわがれ声になり、眼球が痛みだす。顔に悪臭のある赤斑が生じて、石灰化した物質を吐き、動悸が激しくなって――ついには梅毒で目が見えなくなることを。

そしてすでに目の前が見えなくなっていた私は、突然、それまで人生で味わったことのない、引き裂かれるような、描写できない耐えがたい感覚を味わう。痙攣《けいれん》するほど緊張した四肢それぞれの裂傷から、すべての血液が一気にほとばしり出たかのようだ。鼻から、耳から、指先から、さらには肛門からも。助けてくれ、助けてくれ。死とは何かわかる気がする。あらゆる生物は死を避けるにもかかわらず、自分の子孫を増やすという不自然な衝動からそれを求めるのだ……。

これ以上書き進めることができない。私は思い出しているのではなく、追体験しているのだ。あの経験は耐えられない。もう一度すべてを忘れてしまいたい……。

＊＊＊

私は気絶から意識が戻ったようだ。気がつくと隣にブーランがいる。ふたたびマントをまとったディアナの手を取っている。出口に馬車が待っているそうだ。「ディアナは疲れきっているから家に連れて帰ったほうがいい」と言う。彼女は体を震わせ、わけのわからない言葉をつぶやいている。

ブーランは驚くほど親切で、最初、彼が許しを乞うているのではないかと私は考える。実際、その不快な事件に引きずり込まれたのは彼のせいなのだ。だが私が、あなたはもう帰っていい、ディアナは私が面倒を見ると告げると、一緒についていくと言いはって、自分もオートゥイユに住んでいることを私に思い出させる。まるで嫉妬しているようだ。私は意地悪く、行先はオートゥイユではなく別の場所で、信頼できる友人のもとにディアナを預けるのだと言ってやる。

自分の獲物を私に横取りされるかのように、ブーランの顔が青ざめる。
「かまわない」と彼は言う。「私も一緒に行こう。ディアナには助けが必要だ」
四輪辻馬車《フィアークル》に乗った私は、何も考えずにメートル・アルベール通りの住所を伝える。その晩以降ディアナがオートゥイユから姿を消すとあらかじめ決めてあったかのように。ブーランは理解できずに私の顔をうかがうが、何も言わず、ディアナの手を取って乗り込む。

道中、私たちは何もしゃべらない。私は自分のアパルトマンに二人を通す。ディアナをベッドに寝かせると、その手首をつかみ、黙ったままの二人のあいだで起きたことのあとで初めて彼女に言葉をかける。彼女に叫ぶ。「なぜ、なぜだ？」

ブーランが割って入ろうとするが、私に乱暴に壁に突き飛ばされて、床に崩れる。その時ようやく、その悪党がとても弱くて病んでいることに気がつく。それに比べれば私はヘラクレスのようなものだ。

ディアナが手を振りほどくと、マントが胸の前ではだける。彼女の肉体をまた見ることに我慢できず、覆おうとした私の手がメダルの鎖に引っかかり、少し揉み合ううちに鎖が切れた。私の手に残ったメダルを、ディアナは取りかえそうとする。私は部屋の奥に下がってその小さな牌を開ける。

現われたのは、まぎれもなくモーセの石版を模した金色の形と、ヘブライ文字の文章だ。
「これはどういう意味だ？」目を大きく見開いてベッドに横になっているディアナに、私は詰めよって尋ねる。「おまえの母親の肖像の後ろに書かれているこの文字はどういう意味だ？」
「母は」と彼女はぼんやりとつぶやく。「母はユダヤ人でした……彼女はアドナイを信じていました……」

「母は」と彼女はぼんやりとつぶやく。
「母はユダヤ人でした……」（465頁）

つまりはこういうことだ。私は悪魔の種族である女と交わっただけでなく、ユダヤ人の女と交わってしまった――そうだ、彼らの家系は母親からつながるのだから。そして、この交わりで私の精がその不純な腹に受胎したとしたら、私はユダヤ人に生を授けることになる。

「そんなことは許さん！」と叫び、その売女に飛びかかって首を絞める。彼女は暴れ、私は手にさらに力を込める。意識を取りもどしたブーランが飛びかかってくるが、股間を蹴とばしてもう一度遠ざけ、部屋の隅で失神したのを見届けてから、またディアナにつかみかかる（ああ、私は本当に我を忘れていたのだ）。彼女の目はだんだんと眼窩から飛び出しそうになり、舌はふくらんで口から突き出て、最後の吐息が聞こえて身体がぐにゃりと崩れ落ちる。

私は正気に戻る。自分のしでかしたことの重大さに気がつく。部屋の隅で、ブーランが去勢されたようにうめいている。私は気を取り直そうとし、笑い声をあげる。どうなろうとかまわない、ユダヤ人の父親になってたまるものか。


落ち着きを取り戻す。階下の下水溝に女の死体を隠してしまわなければ、と自分に言い聞かせる――今ではここの下水溝は、カピタン、あなたのプラハの墓地よりも多くの人を受け容れつつあるようだ。だが真っ暗闇だ。灯りをつけて通路を抜け、あなたの家まで行って店に降り、そこから下水溝まで行かねばならない。ブーランの助けが必要だ。彼は床から立ち上がって呆けたような表情でこっちを見つめている。

その瞬間、私の犯罪の目撃者を家から出すわけにはいかないことも悟る。バタイユがくれたピストルを思い出し、隠しておいた引き出しから取り出すと、私をぼんやり見ているままのブーランに狙いをつける。

「すまないが、神父」と彼に言う。「命が惜しければ、このかわいい死体を隠す手伝いをしてもらおう」

「うん、うん」とブーランは性的興奮を感じているような口ぶりだ。茫然としている彼には、口から舌を垂らし目を見開いて死んでいるディアナは、欲望のために私を襲った裸のディアナと同じくらい興奮を誘うものらしい。

とはいえ私の頭もはっきりしていない。私は夢うつつの状態で、マントでディアナをくるみ、灯した灯りをブーランに手渡すと、死んだ女の脚をつかんで通路を引きずってあなたの部屋に行く。階段から店に降り、そこから下水溝に下る。死体の頭が一段ごとに不吉な音をたてる。ようやく(私とは別人の)ダッラ・ピッコラの遺体の隣に置く。

ブーランは狂ってしまったらしい。笑っている。

「死人は何人だ?」と彼は言う。「おそらくこの下のほうが外の世間よりいいかもしれない。あそこではドー・ガイタが私を待っている……ディアナとここに残ってもいいだろうか?」

「もちろんだ、神父」と私は言う。「私にとって願ってもないことだ」

ピストルを抜いて発射する。彼の額の真ん中を撃ちぬく。

ブーランの身体はぐにゃりと崩れ落ち、ほぼディアナの脚の上に倒れる。私は身をかがめて起こしてやり、彼女の脇に置いてやらねばならない。二人は恋人のように並んで横たわる。

＊＊＊

今まさに、こうして語りながらおぼろげな記憶をたどって、私は記憶を失う一瞬前に何があったのかを思い出した。

すべてはつながった。今の私はわかっている。四月十八日、復活祭の日曜日の明け方である今、三月二十一日の深夜に私がダッラ・ピッコラ神父だと思っていた人物に何があったのかを書いたのだ……。

25　頭のなかがはっきりする

一八九七年四月十八日と十九日の日記から

シモニーニの肩越しにダッラ・ピッコラの文章を読む人がいたとしたら、この時点で文章が中断しているのを見ただろう。手がペンを支えられなくなって、ペンが勝手に線を書いているあいだに書き手の身体が床に崩れ落ちたように、意味のないぐちゃぐちゃの線が紙からはみ出して、書き物机の緑のフェルトを汚していた。それから次の紙にカピタン・シモニーニが書きだしたらしい。

そのシモニーニは僧服を着てダッラ・ピッコラのかつらを付けた状態で目覚めたが、この時は疑いの余地もなく自分がシモニーニだとわかっていた。すぐに、机の上にある書き残された文章を見た。ヒステリックでますます乱れていく筆跡で埋められている、ダッラ・ピッコラと思われていた男が書いた最後の部分だ。読みながらシモニーニは汗がにじみ出し、鼓動が激しくなった。神父と一緒に思い出して、とうとう神父の文章が終わり、彼（神父）かあるいは彼（シモニーニ）のどちらかが、いや彼自身が気を失ったところにたどり着いた。

落ち着いてきたところで、心のなかの靄がしだいに薄れ、すべてがはっきりしてきた。記憶を取りもどすと同時に事態を把握して、自分がダッラ・ピッコラと同一人物だとわかった。前の晩ダッラ・ピッコラが思い出したことを彼も思い出したのである。つまりダッラ・ピッコラ神父（自分が殺した乱杭歯の神父ではなく、生きかえらせて何年間も自分が演じてきた別人の神父）として、黒ミサの夜に恐ろしい体験をしたことを。

そのあと、何が起きたのだろうか。おそらく揉み合った際にディアナにかつらを剝ぎ取られ、不幸な女を下水溝まで引きずっていくために僧服を脱いだのだろう。そして、ほとんど無意識のままメートル・アルベール通りの自室に本能的に戻って、三月二十二日の朝に目を覚ました時、自分の服がどこにあるかわからなかったのだ。

ディアナとの肉体関係を持ち、彼女の卑しい出自を知り、そして避けがたい、儀式のような殺人を犯した。これら一連の事件が彼にとってあまりにも衝撃的だったために、あの夜のうちに記憶を失ったのだ。つまりダッラ・ピッコラとシモニーニは一緒に記憶を失って、この一か月間ふたつの人格が入れ替わり現われていた。おそらく、ディアナがそうであったように癲癇か、失神のような何かの発作を挟んで、ひとつの人格からほかの人格に移行していたが、それに気がつかず、毎回自分は単に眠っただけだと思いながら別人として目覚めていた。

フロイド医師の療法は成功した（ただフロイド本人はそれがうまくいったと知ることはないだろう）。シモニーニは少しずつ、自分の記憶のまどろみから、夢のなかのように苦労して引き出した思い出を別の自分に物語ることによって、核心部分、トラウマとなる事件にたどり着いた。事件のせいで記憶を失ってふたつの別人格となり、それぞれ過去の一部を記憶しながら彼と相手（やはりそれも彼であるが）は一体になれなかったし、しかもそれぞれの人格が、記憶消去が起きた忌まわしく思い出せない原因を互いに隠そうとしたにもかかわらず、たどり着いたのだ。

思い出しながら、もちろんシモニーニは疲れはてていた。そして本当に生まれ変わったことを確認するため、日記を閉じて外出し、誰であっても対面しようと決意した。自分が何者であるかわかっていたからだ。フルコースの食事をとりたいと思ったが、神経がひどくすり減っていたので、その日はまだ暴食をする気はなかった。テーバイの隠者のように悔悛行為をするべきだと思った。そこで《フリコトー》へ出かけ、十三スー払って、ほどほどに不味い食事をとった。

家に戻り、最後に残ったいくつかの細部を紙に書きとめた。今ではわかっていることを思い出すために書きはじめたその日記を、さらに続ける必要はまったくなかっただろうが、日記をつけることが習慣になっていた。自分と別人のダッラ・ピッコラが存在すると想定して、一か月弱のあいだ、話し相手がいると思い込んできた結果、対話をするうちに自分が子供の頃からひどく孤独であったことに気がついた。ひょっとしたら話し相手を作るために自分の人格を分裂させたのかもしれない（と〈語り手〉はあえて推測する）。

今その〈他者〉は存在しないと気がつく時がやって来た。日記もやはり孤独な楽しみである。しかしこの「独唱歌《モノディ》」に慣れていたので、そのまま続けることにした。自己愛が特別に強かったわけではなく、他人に対する不快感のあまり自分を我慢するようになったのである。

ダッラ・ピッコラ――本物を殺害したあとの自分のダッラ・ピッコラ――を登場させたのは、ブーランに関わるようにラグランジュから依頼された時だった。聖職者のほうが一般人よりも何かにつけて怪しまれないのではないかと思われた。自分が抹殺した誰かを世間にふたたび送り出すのに悪い気はしなかった。

モベール小路の家と店舗をわずかな金で買った時、メートル・アルベール通りの部屋と出入り口をすぐに使うことはせずに、骨董店を構えられるよう、住所はモベール小路に決めた。ダッラ・ピッコラが登場した時に、メートル・アルベール通りの部屋に安物の家具をそろえて、幻の神父の幻の住まいにしたのだ。

悪魔主義者《サタニスト》やオカルティストの周辺に出入りするためだけでなく、臨終を迎えた誰かの枕元に姿を見せる時にも、ダッラ・ピッコラは役に立った。ダッラ・ピッコラを呼び出した近い（あるいは遠い）親類が、そのあとシモニーニが書いてやる遺言書の遺産相続人となる。こうして、予想もしなかったその内容について疑問が持たれた場合には、教会の人間が証言者となり、遺言書の内容は、死ぬ間際の本人から聞いた遺志と一致すると断言できた。そしてタクシル事件に至っては、ダッラ・ピッコラは不可欠な存在となり、十年以上にわたって実質上事件全体を指揮していた。

変装はとても巧みだったので、シモニーニはダッラ・ピッコラの姿でベルガマスキ神父やエビュテルヌに会うこともできた。ダッラ・ピッコラはひげがなく、ブロンドに近く、濃い眉毛だった。何よりも青い眼鏡で目を隠していた。それにとどまらず、より細かい女性的な筆跡を作り上げることも思いつき、さらに声まで変えるようになった。ダッラ・ピッコラになった時のシモニーニは、実際、話し方や書き方だけでなく考え方も変わっていて、その役柄に完全になりきっていた。

残念ながら、今、ダッラ・ピッコラは姿を消さねばならない（その名の神父はすべてそうなる運命だ）。それだけでなく、シモニーニはこの事件とすっかり手を切る必要があった。トラウマを引き起こした恥ずべき出来事の記憶を消すためであり、また復活祭の月曜日にタクシルが約束どおり撤回宣言をするだろうからだ。そのうえ、ディアナがいない今となっては、誰かが面倒な疑いを抱く危険に備えて、陰謀全体の痕跡をすべて消したほうがいい。

行動できる時間は、その日曜日と翌日の午前中しかなかった。ダッラ・ピッコラの服に着替えて、タクシルに会いに行った。その一か月あまり、タクシルは二日か三日おきにオートゥイユを訪ねていたが、ディアナもダッラ・ピッコラにも会えず、老婆からは何も知らないと言われて、メイソンに二人が誘拐されたのではないかと心配していた。シモニーニは、デュ・モーリエ医師からチャールストンにあるディアナの実の家族の住所をようやく聞き出して、アメリカに彼女を帰すことができたと説明した。タクシルが詐欺を暴露するのにちょうどよいタイミングだ。シモニーニは、約束した七万五千フランのうちの五千フランを前金として渡してやり、翌日の午後に地理学協会で会うことにした。

そしてダッラ・ピッコラの扮装のまま、オートゥイユに出かけた。老婆はひどく驚いた。彼女も一か月ほど彼もディアナも見ておらず、何度もやって来たかわいそうなタクシルさんに何と言っていいのか困っていたところだった。シモニーニは彼女にも同じ話、つまりディアナは家族が見つかってアメリカに帰ったという話をした。口止め料をたっぷり受け取った老婆は、自分のぼろ着をまとめると午後には家を出ていった。

夕方、シモニーニは、残っていた書類と当時の共同作業の品々のすべてを焼却処分し、深夜にディアナの服やドレスのたぐいを一切合財、ガヴィアーリに渡してやった。クズ拾いは自分の手に入ったものがどこから来たのかなど考えたりしない。翌朝、シモニーニは家主を訪ねていき、遠くの土地での急用ができたと言って解約し、その先半年分の家賃までおとなしく払った。家主は彼と一緒に家に来て家具と壁がきれいであることを確かめると、鍵を受け取ってしっかりと施錠した。

残ったのはダッラ・ピッコラを（ふたたび）殺害することだけだ。たいしたことではなかった。シモニーニは神父の化粧をぬぐい落として僧服を通路に掛け、ダッラ・ピッコラは地上から消えた。用心のためにアパルトマンから跪座台と祈禱書を運び出し、いそうにない好事家向けの売り物として骨董店に並べた。これでふたたび別人格になるのに使えるただの空き部屋が準備できた。

事件についてはもう何も残っていなかった。タクシルとバタイユの記憶のなかにしかない。しかしバタイユはあんな裏切りをしたあとでは二度と姿を見せないだろうし、タクシルに関しては、その日の午後ですべてけりがつくはずだった。

四月十九日の午後、シモニーニはふだんの服装で、タクシルが撤回宣言をする見世物を楽しもうと出かけていった。タクシルは、ダッラ・ピッコラのほか、架空の公証人フルニエを知っているだけだった。フルニエはひげがなく、栗色の髪で、金歯が二本あった。そしてひげを生やしたシモニーニを、ユゴーとブランの偽書簡を書いてもらった時に一度だけ見ていたが、十五年ほど前だったから、おそらくそれを書いた人間のことは忘れているだろう。シモニーニは万一のことを考えて、白い口ひげと緑の眼鏡を用意して地理学協会の会員らしく装ったので、客席に腰かけて、安心してそのショーを見物していられた。

その会見が開かれることはすべての新聞に報じられていた。広間は満員で、好奇心から集まった人々のなかには、ディアナ・ヴォーンの信奉者、フリーメイソン会員、新聞記者、さらには大司教と教皇大使の代理までいた。

タクシルはいかにも南仏人らしく、自信たっぷりな雄弁を披露した。いきなり、カトリック新聞の記者に議論をふっかけて、彼がディアナを披露してここ十五年間に出版した内容を裏付けるだろうとあてにしていた聴衆を驚かせ、「泣くよりは笑うほうがいいとは万国の知恵です」という言葉で暴露の核心に入った。ペテンが好きだという性格に触れ（マルセイユ育ちは伊達《だて》じゃないという言葉に、会場から笑い声が起こった）、自分が策士であると聴衆に納得させようと、マルセイユのサメとレマン湖の湖底都市の騒動を面白おかしく語ってみせた。しかし、この人生最大のペテンに及ぶものはひとつもない。そこで、タクシルは自分の見せかけの改宗について、心からの悔悛であることを確認するはずの聴罪司祭と指導司祭を欺いた様子を語りだした。

すでに話は冒頭から、最初は笑い声によって、それから怒りをつのらせる聖職者たちの激しい発言によって遮られた。何人かは席を立って部屋から出ていき、タクシルをリンチしようとするかのように椅子を手にする者もいた。つまり大騒ぎのなかでタクシルは話を続け、回勅『フマヌム・ジェヌス』が発表されて、教会を満足させるためにフリーメイソンを中傷する決心をしたわけを語った。だが、結局のところ、と彼は言った。私はメイソンからも当然感謝されていいはずだ。諸儀礼について私が書いたことが、すべての進歩派メイソンにとって馬鹿げたものとなった古い慣習を中止する判断につながったからだ。カトリック側について言えば、改宗してわずか数日で、彼らの多くは〈宇宙の偉大なる建築師〉――メイソンたちの至高の存在――が悪魔だと思い込んでいるとわかった。それで、私はその思い込みをふくらませてやるだけでよかったのだ。

混乱はさらに続いた。タクシルがレオ十三世とのやり取りを引き合いに出すと（教皇は「わが子よ、何が望みなのか？」と尋ねると、タクシルは「教皇猊下、あなたの御元でこの瞬間に息絶えることになれば、私にとって最大の幸福でしょう！」と答えた）、何人もの叫び声が、ひとつの怒号になっていた。「レオ十三世猊下を敬え、おまえにその名を口にする資格はない！」と叫ぶ者、「こんな話を我々は聞かねばならないのか？　胸糞悪い！」と叫ぶ者、「おい、チンピラ！　ああ、なんてインチキ騒ぎだ！」と叫ぶ者もいた。大半はげらげらと大笑いしていた。

「こうして」とタクシルは語った。「私は現代のルシファー派の系譜を築き上げ、そこにパラディオン派儀礼を導入した。これは何から何まで、私の手による創作だ」

タクシルは、アル中の旧友をバタイユ博士に仕立て上げたこと、ソフィー・ウォルダーだかサフォーだかをでっち上げたこと、そして、ディアナ・ヴォーンが署名した著作はすべて自分が書き上げたことを明かした。彼の言葉によれば、ディアナは単なるプロテスタント女性、タイピストだった。アメリカのタイプライター工場の営業をしていて、知的な女性でユーモアがあり、プロテスタント女性らしく上品で素朴である。タクシルからこのいたずらに誘われると、ディアナは面白がって仲間に加わった。ペテンを楽しみながら司教と枢機卿と手紙を交わし、教皇の特別秘書からの手紙を受け取り、ヴァチカンにルシファー派の陰謀を伝えた……。

「しかし」とタクシルは続けた。「我々が知っているように、このでっち上げをメイソン側も信じ込んだ。アドリアーノ・レンミがチャールストンの大棟梁《グラン・マエストロ》によってルシファーの最高神官位としての後継者に指名されたとディアナが明かした時、イタリア人のメイソン数名は、一名の下院議員を含めて、その知らせを本当だと受け止めた。彼らは、レンミからそれを知らされなかったことに不満を感じて、シチリア、ナポリ、フィレンツェに三つの独立したパラディオン派最高議会を設立し、ミス・ヴォーンを名誉会員に任命した。悪名高いマルジョッタ氏はヴォーン嬢と知り合ったと書いたが、実際にはなかった出会いについて彼に話したのはこの私自身だ。彼は彼女に会ったふりをしているのか、それとも本当に会った記憶があると思い込んでいるのか、どちらかだ。出版者たちも騙されたが、文句を言うことはない。私のおかげで、『千夜一夜』に匹敵する著作を出版できたのだから」

「みなさん」とタクシルは続けた。「一杯食わされたと気がついた時、取るべき一番の方法は、見物人と一緒になって笑い飛ばしてしまうことです。ガルニエ神父（広間のなかでいちばん激高して罵っている人を名指しした）、かっかすれば余計に笑われますぞ！」

「この悪党めが！」とガルニエは叫んで杖を振りまわし、友人に制止されていた。

「一方で」とタクシルは平然と続けた。「参入儀礼に登場する悪魔を信じた人を批判はできない。

彼の言葉によれば、ディアナは単なる
プロテスタント女性、タイピストだった。
アメリカのタイプライター工場の営業をしていて、
知的な女性でユーモアがあり、
プロテスタント女性らしく上品で素朴である（477 頁）。

善良なるキリスト教徒は、サタンがイエス・キリストその人を山上に連れていって地上のすべての王国を見せたと信じているのではないか？　地球が丸いのに、悪魔はどうやってすべての王国を見せることができたのか？」

「そのとおり！」と何人かが叫んだ。

「せめて冒瀆はやめておけ」と叫ぶ人々もいた。

「みなさん」とタクシルは締めくくろうとしていた。「私は嬰児殺しの罪を犯したことを告白します。今、パラディオン派は死にました。その父親に殺されたからです」

喧噪は今や頂点に達した。ガルニエ神父は椅子の上に立って、そこにいる人々に訓辞を垂れようとした。しかし彼の声はほかの人の嘲笑や脅しにかき消された。タクシルは話をした演説台にとどまったまま、暴れる群衆を誇らしげに見渡していた。彼の栄光の瞬間だった。ペテンの王としての戴冠を望んでいたとしたら、その目的は達成されたのだ。

タクシルは、自分の前に人が次々と押しかけてきて、拳やステッキを振りまわし「恥ずかしくないのか！」と叫ぶのを傲然と眺めながら、わけがわからないといった態度を装っていた。何を恥ずかしく思えと言うのか？　みんなが彼を話題にしていることを恥ずかしく思えと言うのか？

誰よりも楽しんでいたのはシモニーニだった。彼は、タクシルのこれからを想像していたのだ。

このマルセイユ人は、金を受け取ろうとしてダッラ・ピッコラを探すだろう。しかしどこで会えるかわかるまい。オートゥイユに行けば家は空っぽで、あるいはすでにほかの誰かが住んでいるかもしれない。タクシルは、ダッラ・ピッコラがメートル・アルベール通りに住んでいたことを知らなかった。どこで公証人フルニエに会えるかも知らないし、何年も前にユゴーの偽の手紙を書いてもらった男とフルニエとを結びつけることなど思いつかないだろう。ブーランは見つけようがない。

タクシルがメイソン高官としてかすかに記憶しているエピュテルヌがこの事件に関係していることは知らなかったし、ベルガマスキ神父の存在もずっと知らずにいた。つまりタクシルは自分の取り分を誰に請求すればよいかわからないだろう。したがってシモニーニは、半額ではなく全額を手に入れることになる（あいにく前金の五千フランは別だが）。

タクシルがパリをさまよって、存在しなかった神父と公証人、人知れぬ下水溝に死体となって横たわっている悪魔主義者《サタニスト》とパラディオン派女性信者、頭がはっきりしていたとしても何も言えないだろうバタイユを探しまわり、予定外の懐に収まったフランの札束を手に入れようとする姿を想像すると、シモニーニは可笑《おか》しくてたまらなかった。タクシルはカトリック側から憎まれ、もちろん再度の鞍替えを懸念するフリーメイソンからは疑われる。おそらく印刷所にまだ多くの借金があり、どうすればよいかと哀れな汗まみれの頭を抱えるだろう。

だが、とシモニーニは思った。あのペテン師のマルセイユ人には当然の報いだ。

26　最終解決

一八九八年十一月十日

タクシルやディアナから、そしていちばん大切なことにダッラ・ピッコラから私が自由になってもう一年半になる。病気だったとしても今はもう治った。自己催眠というのか、フロイド医師のおかげだ。それなのに最近数か月、不安でたまらない。キリスト教徒なら、後悔の念に苦しめられていると言うだろう。しかし何についての後悔で、誰に苦しめられているというのか？

タクシルを騙したことに満足したその日の晩、私は穏やかな喜びを噛みしめながら祝った。勝利を誰かと分かち合えないことだけが残念だったが、ひとりで満足感を味わうのには慣れていた。《マニーの店》から離れていった客がそうしたように、私も《ブレバン・ヴァシェット》に行った。タクシルの計画が頓挫したことによって手にした儲けで、好き勝手ができた。給仕頭《メートル》は私のことを知っていたが、大切なのは私が彼を覚えていたことだ。アレクサンドル・デュマ――息子のほうだ。ああ、私も年を取ったものだ――の芝居が大当たりして作られたサラド・フランシヨンについてながながと説明してくれた。ブイヨンでジャガイモをゆでて薄切りにし、温かいうちに塩、胡椒、オリーブオイルとオルレアン・ビネガーで味付けし、白ワイン、できればシャトー・ディケムをコップ半分、そして細かく刻んだハーブを加える。そのあいだにセロリの軸を入れたクール・ブイヨンで特大のムール貝に火を通す。それからすべてを合わせて、シャンパンで調理したトリュフの薄切りで覆う。食べる二時間前にこの作業をしておくと、テーブルに出される時はちょうどいい具合に冷めている。

それなのに落ち着かない。またこの日記をつけて、気持ちを整理する必要があるようだ。まだフロイド医師の療法を続けているように。

実際に、不審なことが続いていて、ずっと不安なのだ。何より下水溝に横たわっているロシア人がいったい誰なのか知りたくてまだ悩んでいる。彼は、そしておそらく二人だったのかもしれない、彼らは、あの四月十二日にここ、私の家のなかにいた。連中の誰かが舞い戻ってきたのだろうか？何度か私は物が見つからなくなって——ちょっとした小物、ペンとか紙束とか——あとから、絶対自分では置いていないはずの場所で見つけることがあった。誰かがここに来て引っかきまわして物を動かし、何か見つけたのだろうか？　いったい何を？

連中がロシア人だとすればラチコフスキーが関わっているのだろうが、奴はスフィンクスのように何を考えているかわからない。彼は二度ここにやって来て、二度とも、私が祖父から受け継いだ未発表の資料だと彼が思っているものを渡せと催促してきた。私はいい加減にごまかした。まだ満足できる材料がまとまっていなかったし、彼の興味をさらにかきたてるためもあった。

最後に会った時、彼はこれ以上待てないと言った。金額だけの問題なのか知りたいとしつこく粘ってきた。私は欲張りじゃありませんよと答えてやった。祖父から遺された文書にはあの夜にプラハの墓地で語られたことが完全な形で記録されていますが、ここに持ってきてはいないので、置いてある場所へ取りに行くのにパリを離れなければなりません。「それなら行けばいいでしょう」とラチコフスキーは言った。それから、ドレフュス事件の成り行きで私の身に面倒なことが降りかかるかもしれないと、かなりあいまいにほのめかした。いったい何を知っているのだろうか？

事実、ドレフュスが悪魔島に送られても、事件についての噂が消えたわけではなかった。むしろ彼が無実であると主張する人々、つまり今で言う「ドレフュス支持派」が口を開きはじめ、何人もの筆跡学者がベルティヨンの鑑定について議論しはじめた。

すべては一八九五年の末、サンデールが任務を退き（どうやら進行麻痺か何かにかかったらしい）、ピカールという男が後任となった時から始まった。ピカールがおせっかいな人物であるとすぐに判明した。彼は、数か月前に決着がついていたにもかかわらず、ドレフュス事件についてあれこれ探っていたらしい。とうとう翌年三月、ドイツ大使館の例の紙くず箱で、駐在武官がエステラジーに送ろうとした電報の下書きを発見した。特に問題のある内容ではなかったが、いったいどうしてこの武官はフランス将校と関係を持っているのか？　ピカールはエステラジーをさらに調査し、その筆跡の見本を探して、エステラジー少佐の筆跡がドレフュスの明細書《ボルドロー》に似ていることを突きとめた。

私がそのことを知ったのはニュースが『自由言論』紙に流されたからだ。ドリュモンは、すべて首尾よく解決した事件を蒸しかえそうとするこのおせっかいに腹を立てていた。

「ピカールはそのことをボワデッフル将軍とゴンス将軍に告発したそうだ。だが運良く二人は彼の言うことに耳を貸さなかった。我らが将軍は神経症患者なんかじゃない」

十一月頃私は編集部でエステラジーとすれちがった。とてもいらいらした様子で、個人的に話をしたいと言ってきた。アンリ少佐という人物と一緒に私の家にやって来た。

「シモニーニ、明細書の筆跡が私のものだという噂がある。君はドレフュスの手紙かメモ書きから書き写したのだろう、そうじゃないのか？」

「もちろんです。見本はサンデールから渡されました」

「それはわかっている。だが、どうしてあの日サンデールは私も呼び出さなかったんだろう？　私にドレフュスの文書の見本を見せたくなかったのか？」

「私は言われたことをしただけですよ」

「それはわかってる。ただし君は、この謎を解く手助けをするほうがいい。もし私の知らない何かの陰謀のために君が利用されていたとしたら、君みたいな危険な証人を排除したほうが都合のいい誰かがいるかもしれない。だから君には直接関係がある問題なのだ」

　軍人と関わるべきではなかった。私は心穏やかではいられなかった。そして、エステラジーは何をしてほしいか説明した。イタリアの駐在武官パニッツァルディの手紙の見本と、捏造すべき書簡の文章を私に寄こした。パニッツァルディがドイツ武官に宛ててドレフュスの協力について語っている内容だ。

「アンリ少佐が」とエステラジーは締めくくった。「この文書を発見してゴンス将軍に渡す手筈を整えることになっている」

　私がその仕事をこなすと、エステラジーは数千フランをくれた。それから何が起きたのかは知らないが、ピカールは一八九六年末にチュニジアの第四小銃隊へ転属させられた。

　しかしちょうど私がタクシルを始末するのに忙しかった頃、ピカールが知り合いに働きかけて、事態は紛糾した。もちろんその筋からの非公式情報がなんらかの形で新聞に伝えられたものだった。ドレフュス支持の新聞は（多くはなかった）、それを確かなものとして扱った一方、反ドレフュスの新聞は中傷だとみなしていた。ピカール宛の電報が何通か公表され、そこから判断すると、ドイツ武官からエステラジーへの悪名高い電報を書いたのは、ピカールだと思われた。私が理解したかぎり、それはエステラジーとアンリの仕業だった。告発をでっち上げるまでもなく、ただ自分に向けられた告発をそのまま敵に打ちかえすというお見事なラリーの応酬だ。なんということだろう、諜報活動（そして対諜報活動）は、軍人の手に委ねるにはあまりにも重要すぎる。ラグランジュやエビュテルヌのような専門家だったら、こんな面倒事を引き起こさなかっただろう。今日は秘密情報部、明日はチュニジアの第四小銃隊で働く連中、教皇領のズアーブ兵団からフランス外人部隊に移ったりする連中に、いったい何が期待できるというのか。

結局、この最後の手段はほとんど効果がなく、エステラジーに関する調査が行なわれた。こいつが疑いから逃れようとして、明細書《ボルドロー》はこの私シモニーニが書いたとしゃべったらどうなるのか？

＊＊＊

この一年間ずっとよく眠れない。毎晩家のなかで物音が聞こえる。ベッドを出て店へ降りていこうかと考えたが、ロシア人の誰かに出くわすのが怖い。

＊＊＊

今年の一月に非公開の裁判があり、エステラジーはすべての告発と嫌疑に関して完全に無罪になった。ピカールは六十日間の禁固処分を受けた。しかしドレフュス支持の連中は諦めなかった。ゾラとかいう下品な作家が熱烈な記事（「我弾劾す《ジャキューズ》！」）を発表し、三文作家や科学者気取りのグループが論陣を張って再審を要求した。プルースト、フランス、ソレル、モネ、ルナール、デュルケームというのはいったい誰だ？　アダン邸ではけっして見かけない連中だ。噂では、このプルーストは二十五歳の男色家の作家で、ありがたいことにその著作は未発表だという。モネはへぼ絵描きで、私は絵を一、二枚見たことがあるが、目脂《めやに》だらけの目で世界を見ているようだ。文学者や画家が軍法会議の決定と何の関わりがあるのか？　ああ、哀れなフランスよ、とドリュモンはひどく嘆いた。勝ち目のない弁護士役をしているクレマンソーの言うこの「知識人たち」には、その能力のある狭い分野だけに取り組んでほしいものだ……。

ゾラに対する裁判が行なわれ、運良く禁錮一年の刑が宣告された。フランスにはまだ正義があるとドリュモンは言った。ドリュモンが五月にアルジェ選出の下院議員になったことで、下院にしっかりした反ユダヤ議員グループが成立しているようだ。反ドレフュスの主張を展開するのに役立つだろう。

すべてが順調にいきそうだった。七月にはピカールは八か月の拘留処分を言いわたされた。ゾラはロンドンに亡命し、もうこうなっては誰も事件を蒸しかえすことはあるまいと私が思っていた時、キュイネ大尉という男が登場し、パニッツァルディがドレフュスについて語った手紙は偽物だと証明した。いったいどうしてそんな主張ができたのかわからない。私の仕事は完璧だったのだから。いずれにしても上級司令部は彼の主張を認めた。その手紙を発見して伝えたのがアンリ少佐だったため、「偽のアンリ」と噂されはじめた。八月末、追いつめられたアンリは自白し、モン・ヴァレリアンの監獄に収監されると、翌日カミソリで喉を切った。私がすでに言ったように、ある種の事柄は軍人に任せてはいけない。いったいどういうことだろう。裏切り者とおぼしき人物を逮捕して、カミソリを持たせておくなんて。

「アンリは自殺したのではない。自殺させられたのだ！」とドリュモンは激怒して主張した。「総司令部にはまだたくさんのユダヤ人がいる！　アンリの名誉回復を求める裁判を支援するために公の募金活動をしよう！」

「総司令部にはまだたくさんのユダヤ人がいる！」（486 頁）

しかし四、五日後にエステラジーはベルギーに逃亡し、そこからイギリスへ渡った。自分の罪を認めたも同然だ。問題は、なぜ私に罪をかぶせて自己弁護しなかったのかだ。

＊＊＊

こうして私が悩んでいると、先日の夜、また家のなかの物音を聞いた。翌朝見ると、店だけでなく地下室も荒らされていて、下水溝に降りる小階段の揚蓋が開いていた。

エステラジーのように自分も逃げたほうがいいのではないかと考えていると、ラチコフスキーが店のベルを鳴らした。上の階に上がろうともせず、売り物の――欲しがる物好きがいればだが――椅子に腰かけると、すぐに話を切りだした。「あなたはなんと言うでしょうかね、この下の地下室に死体が四体あると私が警視庁《シュルテ》に連絡したら。おまけに、そのうちひとりは、私があちこち探していた人物ときている。待つのはもううんざりだ。あなたが話した記録文書を取りに行くのに二日あげましょう。その代わり、私がこの下で見たことは黙っておきます。公平な取引だと思いますよ」

ラチコフスキーが我が家の下水溝のすべてを知っていることに、私はもう驚きもしなかった。むしろ遅かれ早かれ彼に文書を渡さなければならない以上、向こうが提示した条件を、さらに都合よく利用しようかと考えた。思いきって頼んでみた。「軍の秘密情報部とのあいだで私が抱えている問題を解決するのを助けてもらえませんか？」

彼は笑いだした。「明細書《ボルドロー》を書いたのがあなただとばれるのが怖いのですか？」

この男はすべてを知っているに違いない。考えをまとめるように両手を合わせると、私に説明しようとした。

「この事件について何もわかってないようですね。誰かに巻き込まれるのが怖いだけなんでしょう。

んですから」

安心なさい。全フランスにとって、国家安全のために明細書《ボルドロー》が本物だと信じられている必要がある

「どうしてです?」

「フランス砲兵隊が最新兵器の七十五ミリ野砲を準備しているからですよ。まだ百二十ミリ野砲を使っているとドイツ側に信じさせなければなりません。スパイが百二十ミリ野砲の秘密を売ろうとしていたとドイツ軍に思わせる必要があったんです。そうすればそれが重要な情報だと信じるでしょう。常識的に見れば、ドイツ軍では互いにこう言い合ったと思うでしょう。『おやまあ! しかし、この明細書が本物だとしたら、ごみ箱に捨てる前に我々はそれについて何か情報をつかんでいたはずだ!』そう考えればその仕掛けを見抜いたでしょう。ところが奴らは罠に引っかかった。秘密情報部の世界では、誰もすべてを他人に明かしたりせず、隣の机にいるのが二重スパイではないかといつも疑っていますからね。おそらく互いに罪をなすりつけたんでしょう。『なんだと? こんなに重要な情報が届いていたのに宛先の武官ですら知らなかったのか、それとも知っていて黙っていたのではないか?』みんなが互いを疑って大混乱になったところを想像してごらんなさい。誰かがひどい目に遭ったでしょう。明細書が本物だとみんなが信じることが必要だったのですし、今も必要なのです。だからこそドレフュスをさっさと悪魔島に送ってしまわねばならなかった。彼が自分を弁護しようとして、百二十ミリ野砲についてスパイをするなんてあり得ない、するなら七十五ミリ野砲についてしただろうなどと言いだすのを避けるためです。それどころか、彼の前にピストルを出して、目の前に見えている屈辱から自殺によって逃れるようにと勧めた人さえいたらしい。そうなれば公の裁判をする危険は避けられたでしょう。しかしドレフュスは頑固で自分が有罪ではないと考えて、自己弁護を続けた。士官たるもの、けっして自分で考えたりすべきではないでしょ

うに。それに私が見るかぎり、不運な男は七十五ミリ野砲のことなど知らなかったのです。そんな情報が士官見習の机の上にあるわけがない。だがやはり慎重であるに越したことはなかった。わかりますか？　もし明細書《ボルドロー》があなたの手によるものだと判明したら、一連のでっち上げがすべて崩れてしまって、ドイツ軍は百二十ミリ野砲がガセネタだと理解するでしょう——たしかに、飲み込みの悪いドイツ野郎《アルボッシュ》だが、まったくの馬鹿じゃありませんからね。実際、ドイツ情報部だけじゃなくフランス情報部もいい加減な連中の集団だとあなたは言うでしょう。それは当然です。さもなければオフラーナのために働いているでしょう。こっちの組織はもう少しちゃんと機能していて、見てのとおり、フランスとドイツの両方に情報提供者を送り込んでいるのです」

「でも、エステラジーは？」

「この洒落男は二重スパイですよ、ドイツ大使館のためにサンデールを監視するふりをして、同時にサンデールのためにドイツ大使館を監視していた。ドレフュス事件を起こすために行動したのはいいが、スパイとして危うくなりつつありドイツ側に疑われていることにサンデールは気がついたのです。もちろんサンデールはあなたにエステラジーの筆跡の見本を渡したことを充分承知していました。ドレフュスに罪を着せるとして、もし事態がうまい具合に運ばなかったら、明細書の責任をいつでもエステラジーにかぶせられたわけです。もちろんエステラジーがどんな罠にはめられたかを知った時はもう遅すぎました」

「でも、それなら、なぜ私の名前を出さなかったのでしょう？」

「そんなことをしたら、嘘つきだと決めつけられて、水路に浮かぶとまではいかなくてもどこかの城塞送りになっていたでしょう。ところが今じゃロンドンにいて情報部の金でのんきに暮らしていられる。ドレフュスが書いたとするにしても、裏切り者はエステラジーだと判断するにしても、明細書《ボルドロー》は本物でなければなりません。誰もあなたみたいな偽文書作りのせいにはしませんよ。あなたは絶対安全なところにいるんです。だがこの私は、地下にある死体のことであなたを痛い目に遭わせることができる。だから私に必要な文書を渡しなさい。明後日、私の下で働いているゴロヴィンスキーという若者をここに寄こします。最終的な原本はロシア語でなければならないから、あなたではなく彼が書くことになる。新しい、真正の、説得力のある材料を提供してやってください。今では誰もが知っている《リッピス・エト・トンソリブス》あなたのプラハの墓地について、関係書類一式をふくらませるのです。私が言いたいのは、暴露のきっかけがあの墓地での集会であるのはかまいませんが、集会が開かれた時期はあいまいにしておくこと、中世の妄想のたぐいではなく現代の問題を扱うことです」

私は全力を尽くさざるをえなかった。

＊＊＊

ほぼまるまる二日と二晩かけて、ドリュモンのもとに十年以上通って集めた数百というメモや切り抜きを積み上げた。どれも『自由言論』紙上で発表されていたので利用することになるとは考えていなかったが、おそらくロシア人は知らない材料だろう。大切なのは選別することだ。ゴロヴィンスキーとラチコフスキーは、ユダヤ人が音楽や探検に適しているかどうかはきっと興味がないだろう。それよりも、ユダヤ人が善良な市民の経済的破綻を企んでいるという疑いに興味を持つかもしれない。

それまでのラビの演説のためにすでに何を利用したかを確認した。ユダヤ人は鉄道、鉱山、森林、税務署、大土地所有《ラティフォンド》を我がものにしようと計画し、司法組織、弁護士会、公教育を狙っていて、哲学、政治、科学、芸術、特に医学に手を出そうとしていた。医者は司祭よりも家族の内部に入り込むからだ。宗教を揺るがし、自由思想を普及させ、教育綱領からカトリック宗教教育を排除して、アルコールの販売とジャーナリズムの管理を独占しなければならない。ああ、いったいこれ以上ユダヤ人たちは何を要求しただろうか？

こうした資料も再利用できないわけではない。ラチコフスキーは、ラビの演説のうちで私がグリンカに渡した版しか知らないはずで、そこではもっぱら宗教や終末論をめぐる話題が取り上げられていた。しかしもちろん、これまでの私の文書に何か新しいことを付け加える必要があった。

平均的な読者の関心に強く訴えそうなあらゆるテーマを丹念に調べた。半世紀以上前の美しい書体を使って、それ相応に黄色く変色した紙に書き記した。こうして祖父から渡された文書が完成した。祖父が若い頃過ごしたゲットーのユダヤ人たちが集まって、プラハの墓地の集会のあとでラビたちが書き残した議定書《プロトコル》を訳しながら、実際に作成したものだ。

翌日ゴロヴィンスキーが店に入ってきた時、ラチコフスキーがこれほど重要な任務を任せたのがだらしのない近眼の農奴風の若者で、身なりもひどく、クラスにいる劣等生のようであることに驚いた。しかし話してみると、見た目よりも賢いと気がついた。話すフランス語はひどいロシア訛りだが、すぐに、トリノのゲットーのラビたちがどうしてフランス語で書いたのかと怪しんだ。当時のピエモンテで読み書きできる人間はみなフランス語を話していたのだと教えてやると納得した。そのあと私は、墓地のラビたちはヘブライ語かイディッシュ語で話していたのかと疑問に思ったが、すでに文書がフランス語で書かれている今となっては、それはどうでもいいことだった。

「いいか」と私は説明した。「たとえばこの頁では、異教徒を堕落させるために無神論者の哲学を普及させることにこだわっている。これを聞きなさい。『キリスト教徒の心から神の概念を消し去って、代わりに算術計算と物質的欲望で満たさねばならない』」

誰もが数学は嫌がるだろうと私は予想していた。猥褻出版物に対してドリュモンが嘆いていたことを思い出して、少なくとも良識人にとっては、単純でくだらない娯楽を大衆に広めることが陰謀の最良のアイデアに見えるだろうと考えた。ここを聞くがいい、とゴロヴィンスキーに言った。

「『大衆が自分で新しい政治路線を見つけないように、運動競技や暇つぶし、趣味、居酒屋のようなさまざまな形の娯楽で気晴らしをさせよう。芸術とスポーツで競わせるのだ……きりのない無駄づかいを刺激しよう。給与は増やすが、同時に農作物の不作を口実にして生活必需品の値段も吊り上げるから、労働者の利益には結びつかない。労働者のあいだに無政府主義者の病原菌をばらまき、アルコールに溺れさせ、生産基盤を破壊しよう。進歩的、あるいは自由主義的に見えるあらゆる奇想天外な理論に世論を導くように努めよう』」

「いいだろう」とゴロヴィンスキーは言った。「だが、数学以外に、何か学生について使えるようなものはあるか？　ロシアでは学生は重要だ。かっとなりやすい連中で、管理しておく必要がある」

「ほらこれだ。『我々が権力を握ったなら、若者の精神を乱しかねない科目をすべて教育綱領から除外して、従順な幼児に変えてしまえば、若者たちは指導者を愛するようになるだろう。良い例よりも悪い例が多い古典作品や古代史を勉強させる代わりに、未来の問題を勉強させるのだ。過ぎ去った世紀の記憶を人々の記憶から消そう。そうした記憶は我々にとって不愉快なこともある。長年にわたって我々の目標のために主体的思考というものを利用してきたが、ひとたび権力を握ったなら、体系的な教育によって、そうした考えを跡形なく消し去ってしまう……三百頁以下の本には二倍の課税をしよう。この税制措置によって作家は長大な著作を書くことになり、その読者は減るだろう。逆に我々は大衆の心を教導するために安い本を出版する。課税によって娯楽文学は減少し、我々を攻撃する文章を書く者はまったく出版社が見つからないだろう』新聞に関して、ユダヤの計画では、世論をうまく操るために、見せかけの出版の自由が想定されている。ラビたちは、最大数の定期刊行物の大半を手に入れることが必要だと言う。そうすることで、一見するとそれぞれの新聞が異なる意見を表明して自由に意見が出されているように見えるが、実際にはどの新聞もユダヤ人支配者の考えを反映しているようになる。新聞記者はひとつの結社に属しているから買収するのは難しいことではないと彼らは指摘する。どの出版者も、同業者組織としてのつながりを暴露する勇気がないだろう。新聞記者の世界で認められる人は、私生活で何か汚い仕事に関わったにきまっているからだ。『もちろん、新聞が犯罪を報道することは一切禁じられる。新体制が犯罪すらも抑えたと民衆に思わせるためだ。しかしジャーナリズムに課する規制についてはそれほど心配する必要はない。ジャーナリズムが自由であろうとなかろうと、民衆は労働と貧困に縛りつけられて、それに気がつきさえしないだろう。無産労働者にとって、噂好きの連中の話す権利などどうでもよいことだ』」

「そいつはいい」とゴロヴィンスキーは評した。「ロシアではいつも、熱狂した連中が政府の検閲があると言って嘆いているからな。ユダヤ人政府になったらもっとひどいとわからせてやる必要がある」

「そのことなら、もっといいのがある。『群衆は浅ましく移り気で、精神的に不安定であることを考慮しなければならない。群衆の力は盲目で思慮を欠いたものだ。あちらの言うことを聞いたかと思えば、こちらの言うことを聞く。大衆が自分の個人的利害を絡ませずに国家を運営することなどはたして可能だろうか。大衆が国外の敵に対する国防を組織できるだろうか。そんなことは絶対に不可能だ。なぜなら、大衆の心と同じだけの多数の部分に分割されてしまった計画というものは、価値を失い、理解も実行も不可能になるからだ。専制君主のみが広範囲の計画を着想して、国家機関の各組織に役割を割りあてることができる……絶対的独裁がなければ文明は存在できない。誰であろうと支配者の庇護のもとでのみ文明は発達するのであって、大衆が文明を発達させることはあり得ないからだ』そういうことだ。こっちの文書を見るがいい。『民衆の意志から生じた憲法は今までなかったのであるから、指令計画はただひとつの頭から湧いてこなければならない』これを読みなさい。『多数の腕を持つビシュヌ神のように、我々はすべてを監視するだろう。警察の必要さえなくなるだろう。我々の臣民のうちの三分の一が残りの三分の二を監視するのだから』」

「素晴らしい」

「まだある。『群衆は野蛮であり、いかなる時も野蛮に行動する。自由によって限りない消費が許された飲み物のせいで痴呆となった、獣のようなアルコール中毒患者たちを見よ！　我々は、自分自身、そして仲間にはそんなことを許してはいけない。キリスト教の諸民族はアルコールによって道を踏みはずし、その若者たちは、我々の活動家が扇動する早熟な乱痴気騒ぎで頭がおかしくなる……政治においては純粋な力だけが勝利し、暴力が根本原理であるべきだ。狡猾さと偽善が、取るべき方針でなければならない。悪は善に達するための唯一の手段なのだ。腐敗、欺瞞、裏切りを前にして我々はためらうべきではない。目的は手段を正当化する』」

「ロシアでは共産主義がよく話題になっている。それについてプラハのラビはなんと言っている？」

「ここを読んでくれ。『政治において、他人を支配し自分たちが権力を手にできるのなら、我々は躊躇せずに財産を没収すべきである。我々のフリーメイソンが宣言した友愛の原理に従って労働者を愛するふりをして、その解放者の姿を装おう。労働者を蹂躙する者から解放するために来たと伝え、社会主義者、無政府主義者、共産主義者からなる我らの隊列に加わるように勧めよう。しかしながら、労働者階級を搾取していた貴族社会は、むしろ労働者がしっかり食事をとり健康で丈夫であるよう配慮していた。我々の目的はその反対であり、異教徒を衰退させることだ。我々の権力は、たえず労働者層を貧困と無力の状態にとどめておくという点にある。そうすることによって労働者は我々の意志に隷属し、そのような状況下では、我々に反抗する力とエネルギーを失うからだ』それから、これを加えてくれ。『我々がすべて手中に収めた黄金を利用し、あらゆる可能な非合法的手段を用いて世界規模の経済不況を引き起こそう。全ヨーロッパで、巨大な労働者の集団を貧困に陥れるのだ。そうすればこの群衆は、無知ながらに幼い頃から妬んでいた者たちに喜んで飛びかかりその財産を奪って、血を流させるだろう。我々には被害はない。攻撃の時期を承知していて、自分たちの財産を守るために必要な手段を講じるからだ』」

「ユダヤ人とフリーメイソンについて何かないのか?」

「もちろんだ。ほら、この文書にはっきり書いてある。『我々が権力を掌握するまで、世界各地にメイソンの支部《ロッジ》を創立し増加させよう。これらの支部は情報を入手する主な源《みなもと》となる。また我々の宣伝局にもなるだろう。社会のすべての社会主義、革命主義階級をこうした支部にまとめよう。国際秘密警察のほとんどの捜査員が我々の支部に参加するだろう。秘密結社に入会する個人の大部分は山師であり、どんな手を使ってでも出世したいと願っていて、真面目な考えは持っていない。そんな連中を利用すれば目的はたやすく達成されるだろう。当然ながら、我々はフリーメイソンの計画を指揮する唯一の存在でなければならない』」

「素晴らしい！」

「豊かなユダヤ人が、貧しいユダヤ人を攻撃する反ユダヤ主義に対して関心を寄せていることも覚えておいてくれ。そのおかげで、心優しいキリスト教徒がユダヤ人種全体を憐れむようになるからだ。ここを読んでみるがいい。『反ユダヤ主義のデモは、ユダヤ人指導者にとってとても有益でもあった。なぜなら、ひどい扱いを受けているように見える民族に対して異教徒の一部が同情したからだ。その結果、シオンの大義に対して異教徒から多くの共感を得ることができた。反ユダヤ主義は下層階級のユダヤ人を迫害する形で現われて、ユダヤ人指導者はそれを利用して下層ユダヤ人を管理し支配できた。ユダヤ人が迫害を受け容れたのは、適切な時期に介入して同胞を救い出せたからだ。注意すべきは、反ユダヤ騒動の最中でも、ユダヤ人指導者は力を伸ばし、その管理役という公的立場が揺るがなかったことだ。〈キリスト教徒のマスティフ犬〉をユダヤ人貧民層にけしかけたのは、彼ら指導者自身だった。マスティフ犬は群れになって命令に従い、シオンをさらに安定させるのに貢献した』」

債権と利率の仕組みについてジョリが書いたひどく専門的な文章も私は大幅に流用した。私はよくわかっていなかったし、彼が執筆した時代から税が変わっていないのか自信はなかったが、出典を信じて何頁分もゴロヴィンスキーに渡した。借金に追われていたり高利貸の罠にはまったりした商人や職人でもない限り、おそらくきちんと読んだりしないだろう。

それから、当時の私は、建設予定のパリの地下鉄道をめぐる議論を『自由言論』紙上で読んだばかりだった。ずいぶん古い話で数十年前からの話題だったが、一八九七年七月にようやく公式計画が承認され、ポルト・ド・ヴァンセンヌ―ポルト・マイヨ路線の掘削工事が最近始まっていた。まだたいしたことはなかったが、地下鉄《メトロ》会社が設立されて、それに多数のユダヤ人投資家が投資していることを『自由言論』紙は一年以上前から非難していた。ユダヤ人の陰謀を地下鉄と結びつけるのが効果的だと私は思ったので、こう提案した。「その頃にはどの都市にも地下鉄と地下道ができるだろう。それを使って、我々は世界の全都市を諸機関と文書ごと爆破しよう」

「しかし」とゴロヴィンスキーは訊いてきた。「プラハの墓地の集会は大昔のことなのに、どうしてラビたちは地下鉄を知っていたんだ?」

「第一に、十年くらい前に『ル・コンタンポラン』誌に載ったラビの演説の最新版によると、プラハの墓地で集会があったのは一八八〇年だったそうだ。その時にはすでにロンドンに地下鉄があったらしい。それに結局は、ラビの計画が予言らしく聞こえればそれでいいのだ」

このくだりは有望そうだとゴロヴィンスキーは高く評価した。それからこう指摘した。「あんた、文書に書かれている考えに矛盾が多いと思わないか? たとえば、一方で贅沢品と無駄な快楽を禁止して飲酒を罰しようとしているのに、他方ではスポーツと娯楽を広め、労働者をアルコール漬けにしようとする……」

「ユダヤ人はいつも何か言えばその反対のことも言う、根っからの嘘つきだ。何枚にも及ぶ文書を書けば、読者は全部を一気に読み通すことはない。読むたびに反発を感じるようにしなければならない。そして今日読んだ主張に激怒する人は、昨日読んだ主張に腹を立てたことをもう覚えていない。それに、よく読んでみればわかることだ。プラハのラビたちは、今は平民を奴隷にするために贅沢品や娯楽、アルコールを利用しようとしているが、いったん権力を掌握すれば節制を強制するだろう」

「そのとおりだ、失礼」

「いいか、私はこの文書について何十年も、子供の頃から考えをめぐらせてきたんだ。だからあらゆる細部まで知りつくしている」と私は当然の誇りを持って締めくくった。

「あんたの言うとおりだ。ただ最後に、ユダヤ人の邪悪さを象徴するような、心に残る強烈な主張を置きたいんだ。たとえばこんな言葉だ。『我々は限りない野望を持ち、ひたすら貪欲で、冷酷な復讐心と強烈な憎悪に満ちている』とか」

「連載小説ならそれも悪くない。ただ、けっして愚か者ではないユダヤ人たちが、自分たちの有罪宣告のようなそんな言葉を使うと思うか？」

「俺ならそれはあまり気にしない。ラビたちはその墓地で、異教徒から聞かれていないと思ってしゃべっていたのさ。恥知らずな奴らだ。大衆が読んで激怒することも必要だ」


　ゴロヴィンスキーは協力者として優秀だった。私の文書が本物だと認めていたのか、もしくはそう認めるふりをしていたが、都合に合わせて変えることもためらわなかった。ラチコフスキーの人選は正しかった。

「これで」とゴロヴィンスキーは締めくくった。「まとめるのに必要な材料はたっぷり出そろったようだ。この文書をプラハの墓地におけるラビの集会の議定書《プロトコル》と呼ぶことにしよう」

　プラハの墓地は手を離れつつあったが、おそらく私はその成功に協力していた。ほっとして、ショセ＝ダンタン通りとイタリアン大通りの角にある《パイヤール》での夕食にゴロヴィンスキーを招待した。値は張るが料理は美味しい。彼は、若鶏の大公風《プレ・アルシデュク》と鴨のプレス《カナール・ア・ラ・プレセ》に舌鼓を打った。だがそれがザワークラウトだったとしても、大草原《ステップ》から来た男は同じくらい夢中になってむさぼっただろう。それなら私は無駄な金を使わずにすみ、こんなにうるさい音をたてて食べる客を怪しむ給仕たちの視線を避けられただろう。

しかし、彼は旨そうに食べ、ワインのせいか、宗教か政治かよくわからないが明らかな熱意のせいか、興奮して目を輝かせた。

「模範的な文書になるだろう」と言った。「そこから、人種と宗教の点で彼らが抱いている深い憎悪が浮かんでくる。この文章には憎悪があふれている。その憎しみはまるで、怒りに満ちた器からあふれ出るようだ……ついに最終解決の時が来たことを多くの人が理解するだろう」

「その表現はオスマン・ベイが使うのを聞いたことがある。奴を知っているのか?」

「噂は聞いている。その主張は当然だろう、この呪われた種族はどうしても排除すべきだ」

「ラチコフスキーはそうは思っていないらしい。敵を作るために、生きたユダヤ人が必要だと言っている」

「それは作り話さ。都合のいい敵はいつだって見つけられる。それに、ラチコフスキーのために働いているからって、俺が奴の考えにすべて賛成しているなんて思わないでくれ。奴自身から、今の主人に仕えているうちに明日の主人に仕える準備をしなければならないと教わったのさ。ラチコフスキーは永遠じゃない。聖ロシアには奴よりもっと過激な連中がいる。西欧諸国の政府は臆病すぎて、最終解決の決断を下せない。でもロシアはエネルギーにあふれていて、目が眩むような希望があり、いつも完全な革命を考えている。平等《エガリテ》と博愛《フラテルニテ》についてだらだらとおしゃべりしているこいつらフランス人でもなく、偉大な行動に出られない野蛮なドイツ人でもなく、まさにあの国に決定的な行動を期待すべきなのだ……」

オスマン・ベイとの夜の対談のあとで、私はすでに気がついていた。バリュエル神父は私の祖父

「……ただ最後に、
ユダヤ人の邪悪さを象徴するような、
心に残る強烈な主張を置きたいんだ。
たとえばこんな言葉だ。『我々は
限りない野望を持ち、ひたすら貪欲で、
冷酷な復讐心と強烈な憎悪に満ちている』とか」(499頁)

の手紙を受け取ったものの、全面的な虐殺を恐れて告発を続けようとしなかった。しかしおそらく祖父が望んでいたのは、オスマン・ベイとゴロヴィンスキーが予想したことだ。祖父は自分の夢を実現するように私に命じていたのだろう。ああ神様、幸運にも、私は一民族全体を葬ることに直接手を下しはしなかったが、ささやかながら自分なりに貢献をしていたのだ。

それに、つまるところ儲かる商売でもあった。ユダヤ人たちはキリスト教徒を皆殺しにするために金を積んではくれまい、と自分に言い聞かせた。なぜならキリスト教徒は数が多すぎるし、もし可能ならユダヤ人自身で考えるだろう。ところがユダヤ人の場合、いろいろ考慮してみれば、それは可能なことだろう。

(ふだんは)物理的な暴力を避けてきたこの私が彼らを始末する必要はなかったが、どうやればいいかはわかっていた。コミューンの日々を体験していたからだ。よく訓練され、規律の行き届いた部隊を用意して、手当たりしだい、鉤鼻で縮れ毛の人間を壁の前に立たせるのだ。キリスト教徒も何人か巻き込まれるだろうが、アルビ派が占拠したベジエを攻撃することになった軍に向かって例の司教が言ったように、用心のため全員を殺せばいい。キリスト教徒かどうかはそのあとで神がお見分けになるだろう。

彼らの議定書《プロトコル》に書かれているではないか、目的は手段を正当化すると。

27　途切れた日記

一八九八年十二月二十日
墓地の議定書《プロトコル》のために持っていた資料すべてをゴロヴィンスキーに渡してしまったあと、私は空っぽになった気がした。若い頃大学を卒業した時のように自問した。「さあ、これからどうしよう?」しかも意識の分裂も解消していて、自分のことを語る相手もいない。

トリノの屋根裏部屋でデュマの『ジョゼフ・バルサモ』を読んで以来、生涯かけて取り組んだ仕事に終止符を打った。祖父のことが、とりわけモルデカイの亡霊を思い出しながら虚空を見つめていたあの目が頭に浮かぶ。私の貢献もあって、世界中のモルデカイたちは恐ろしい巨大な火刑台へと向かいつつある。それで私はどうしよう? 義務を果たし終えたあとの憂鬱な気分に襲われた。それは、蒸気船上で人が感じる憂鬱よりもはるかに大きく、つかみどころがなかった。

あいかわらず自筆遺言書を偽造したり、週に数十個の聖体を売ったりしているが、エビュテルヌはもう連絡をしてこない。私が年を取りすぎたと考えているのだろう。軍部の連中のことは口に出したくもない。あそこに、私の名前を覚えている人が残っていたとしても、その頭からすでに抹消されているに違いない――サンデールはどこかの病院で麻痺状態で寝ついているし、エステラジーはロンドンの高級娼館でバカラ賭博をしている。

金が必要なわけではない。充分に蓄えはできたが、退屈している。胃の具合が悪くて、旨い料理で気晴らしもできない。家でスープを作る。レストランに出かけると一晩中寝つけない。時々吐いてしまう。頻尿ぎみになった。

まだ『自由言論』の編集部に出入りはしているが、ドリュモンの反ユダヤ主義の怒りにも興奮しなくなった。プラハの墓地での出来事については、今ではロシア人が活動している。

ドレフュス事件はふつふつと煮えながら進行している。今日、これまで強硬な反ドレフュス派だった新聞『ラ・クロワ』（この新聞がディアナを支持していた頃はいい時代だった！）に、ドレフュスを擁護するカトリック信者の意見が思いがけず掲載されて、騒ぎになった。昨日の新聞各紙の一面を占めていたのは、コンコルド広場での激しい反ユダヤ人デモだった。風刺新聞にカラン・ダッシュが二コマ漫画を掲載した。一コマ目には仲良くテーブルに腰かけた大家族が描かれ、ドレフュス事件の話をするなと家長が忠告している。二コマ目にひどい喧嘩の光景が描かれ、下にその話題が出たと説明がついている。

この事件でフランスは二分され、あちこちで読んだ情報からすると世界も二分されているらしい。再審が開かれるのだろうか。いずれにせよドレフュスはまだカイエンヌ島にいる。それがお似合いだ。

ベルガマスキ神父に会いに行った。歳を重ねて、疲れているように見えた。それも当然、私が六十八歳なら、彼は今では八十五歳になっているはずだ。

「ちょうど君にあいさつしようと思っていたところだったよ、シモニーニ」と私に言った。「イタリアに帰るんだ。私たちイエズス会の家のひとつで人生の最後を過ごそうと思ってな。神の栄光のために充分すぎるほど働いた。君はあいかわらず、あれこれ陰謀を企んで生きているのじゃないか？　今の私は陰謀は大嫌いだ。君のおじいさんの頃は、すべてがもっとはっきりしていた。

ベルガマスキ神父に会いに行った。歳を重ねて、
疲れているように見えた（504 頁）。

炭焼き党員《カルボナーリ》があっち側にいて、私たちがこっち側にいた。誰が敵でどこにいるかわかっていた。今はもう昔のような時代じゃない」

呆けていた。私は兄弟のように優しく彼を抱きしめてその場をあとにした。

＊＊＊

昨晩サン＝ジュリアン・ル・ポーヴル教会の前を通った。ちょうど正門の脇に、人間のなれの果てである、両脚のない男《キュ・ド・ジャット》が座り込んでいた。目は見えず、禿げた頭は紫色の傷だらけで、鼻の孔に縦笛を突っ込んでぎごちないメロディーを奏で、もう一方の孔からくぐもったシューシューいう音を発していた。空気を吸おうと、溺れているみたいに口を開く。

なぜかわからないが、私は怖くなった。人生がひどいものであるかのように思われて。

＊＊＊

よく眠れない。不安な眠りのなかに、髪を振りみだした真っ青な顔のディアナが現われる。

しばしば早朝に、シケモク拾いたちの様子を見て過ごす。いつもそれに見入ってしまう。朝早く、悪臭を放つ袋を紐で腰に結んだ彼らが散らばっていくのを見る。先が鉄でできた杖を手に持ち、シケモクと見ればテーブルの下にあるものまで引っかける。屋外のカフェで給仕たちから蹴とばされて追い出されるのを見るのは愉快だ。炭酸水のサイフォン瓶で水を浴びせられたりしている。

多くはセーヌ川沿いで夜を過ごし、朝になると河岸《ケ》に座って、まだ唾で湿っている煙草の葉を灰からより分けたり、煙草の汁が染みついたシャツを洗って日光で乾くのを待ちながらその作業を続けたりしている。大胆な連中は、葉巻だけでなく紙巻き煙草のシケモクも集めているが、濡れた紙を煙草から分けるのはもっと汚らしい作業だ。

そして品物を売りにモベール広場とその周辺に散っていき、いくらかでも稼ぎがあると、居酒屋へ入って有害なアルコールを飲む。

私は他人の生活を眺めて時間をつぶしている。つまり年金生活者か帰還兵のように生きているということだ。

＊＊＊

奇妙なことだが、ユダヤ人が懐かしく感じられる。彼らがいなくて寂しい。若い頃から自分のプラハの墓地を、墓石をひとつひとつ積み上げるようにして作り上げた。そして今はそれをゴロヴィンスキーに盗まれてしまったようだ。モスクワでどう使われるかわからない。ひょっとしたら私が書いた「プロトコル」は、本来の状況とは無縁の無味乾燥で官僚的な文書にまとめられてしまうかもしれない。誰もそれを読もうとせず、私は無用の証拠を作り出すことに人生を費やしてしまったのだろうか。それとも、むしろそうした形で、私のラビたちの思想（やはり彼らは私のラビたちだ）は世界に広まり最終解決を見届けるのだろうか。

＊＊＊

フランドル通りにある古い中庭の奥にポルトガルのユダヤ人の墓地があるとどこかで読んだ。十七世紀末、そこにカモという男の宿屋が建っていた。彼は、大部分がドイツ出身のユダヤ人相手に成人ひとり五十フラン、子供ひとり二十フランで埋葬させていた。その後、宿屋はマタールという男の手に移った。この男は家畜の皮剝人で、皮を剝いだあとの馬や牛の死骸をユダヤ人の遺体の隣に埋めるようになり、ユダヤ人たちは抗議した。ポルトガルから来たユダヤ人は近くの土地を購入して自分たちの死者をそこに埋葬したが、北方諸国から来たユダヤ人はモンルージュに新たな土地を見つけた。

墓地は今世紀の初めに閉鎖されたが、今でも立ち入りはできる。二十ほどの墓石があり、いくつかはヘブライ語で、あるいはフランス語で碑銘が書かれている。ひとつ変わったものを見つけた。「至高なる神は人生の二十三年目に私をお召しになられた。奴隷より私の状況のほうがよい。サミュエル・フェルナンデス・パット安らかにここに眠る。一にして不可分なフランス共和国暦二年草月《プレリアル》二十八日」まさに共和主義者で無神論者でユダヤ人というわけだ。

わびしい場所だったが、私が絵でしか見たことがなかったプラハの墓地を想像するのに役立った。私は優秀な作家だった。芸術家になっていたかもしれない。わずかな手掛かりから、月明りで照らされた薄暗い、世界的陰謀の中心地となる魔法の場所を築き上げた。どうして自分が創ったものを手放してしまったのか。あそこを舞台にして、さらにたくさんのことを起こせただろうに……。

＊＊＊

ラチコフスキーがまたやって来た。私にまだ用があると言う。私はむっとした。「約束と違うじゃありませんか」と彼に言った。「私は未発表の資料を渡しました。そっちはここの下水溝のことをばらさなかった。むしろもっと欲しいのは私のほうです。あんなに貴重な資料がただとは思わないでしょう」

「約束を破っているのはそちらのほうだ。あの文書の報酬は、私が黙っていたことだ。今度は金も欲しいとおっしゃる。いいでしょう、文句は言いません。文書の代金を渡しましょう。それなら下水溝のことを黙っている代わりに、何かしてもらわなければなりません。それにシモニーニ、これは商取引ではないのだから、私の機嫌を損ねないほうがいいですよ。フランスにとって明細書《ボルドロー》が本物であることが重要だとは言ったが、ロシアにとってもそれが重要というわけではない。あなたを記者連中の餌食にすることは簡単だ。残りの人生を法廷で過ごすことになりますよ。そう、忘れていた。あなたの過去を知るために、例のベルガマスキ神父やエビュテルヌ氏と話しましたよ。二人が言うには、タクシル事件を計画したダッラ・ピッコラ神父という人物をあなたから紹介されたらしい。私はこの神父を探してみたが、まるで空に消えたみたいだ。オートゥイユの家でタクシル事件に関わった連中と同様にね。ただタクシル本人だけはパリをうろついて、やっぱり彼もこの失踪した神父を探している。あなたが神父を殺害したと私が告発してもよいのですよ」

「死体がありません」

「この下に四体ある。下水溝ひとつに四体もの死体を置いた人物なら、ほかの下水溝にいったい何体ばらまいたことか」

私はこの悪党の手中にあった。「いいでしょう」と折れた。「何が望みですか？」

「あなたがゴロヴィンスキーに渡した資料のなかに、特に私の印象に残ったくだりがある。地下鉄を使って大都市を爆破する計画だ。ただしこの話を信じさせるには、地下でいくつか爆弾が爆発する必要があるでしょう」

「どこでです、ロンドンでですか？　ここにはまだ地下鉄はありませんよ」

「だが掘削はすでに始まっている。すでにセーヌ川沿いにトンネル工事をしている。パリが宙に吹き飛ぶ必要はない。支えている梁が二、三本崩れるか、できれば道路の舗装の一部でも陥没すれば充分だ。ちょっとした爆発でも、脅しとして、計画の存在を裏付けるものとして受け止められるだろう」

「わかりました。だが私になんの関係があるのです？」

「あなたはこれまで爆弾を扱ったことがあるし、私の知るかぎり、専門家の知り合いもいる。状況を正しく理解してください。私の考えではすべて問題なくいくはずだ。始まったばかりの工事現場には夜間の警備はいないのだから。しかし運悪く犯人が発見されたとしましょう。それがフランス人なら数年間の牢屋暮らしかもしれないが、ロシア人ならフランス対ロシアの戦争が勃発する。私の部下にやらせることはできないのだ」

私はかっとなりかけた。おとなしく、年寄りの私に、そんな無茶なことをさせるなんて。それから自分を抑えた。この数週間感じていた虚しさは、自分がもはや主人公ではないという感情でなければなんなのだろう？

この任務を引き受ければ第一線に復帰できる。私のプラハの墓地に信憑性を与えることに協力して、より本当らしく、それまでなかったくらいに真実らしく見せるのだ。もう一度、私ひとりで、人種全体を打ち負かすことになるだろう。

「適切な人物と話をしなければなりません」と私は答えた。「数日したら連絡しましょう」

＊＊＊

ガヴィアーリを探しに行った。彼はまだくず拾いとして働いているが、私の助けで身元はきれいになり、多少の蓄えは持っていた。あいにく、五年間も経っていないのに恐ろしいほど老《ふ》け込んでしまった——カイエンヌ島暮らしが響いていた。手は震え、コップを持ち上げるのもやっとだ。そのコップに私は親切に何度もついでやった。動くのがつらそうで、ほとんど身をかがめることすらできず、この体でどうやってぼろくずを拾うのだろうと私は不思議に思った。

私が説明すると、彼は興奮して話にのってきた。「もう昔とは違うんだ。以前は、爆弾から離れる時間がなくて使えない火薬があった。今は時限爆弾でなんでもできる」

「どんな仕組みなんだ？」

「単純さ。どんなものでもいいから目覚まし時計を使い、好きな時間に設定するんだ。時間が来ると目覚ましの針がカチッと動いて、正しくつないであればベルを鳴らす代わりに発火装置を作動させる。発火装置が火薬を爆発させて、どかんだ。その時にはたっぷり十マイルは離れていられる」

翌日、怖いほど単純な装置を持ってやって来た。もつれた細い線と教区司祭が持っていそうな懐中時計が爆発を引き起こすなんて、想像できるだろうか？　ところがこれで爆発するのだ、とガヴィアーリは自慢げに言った。

二日後、私は物珍しがり屋を装って工事中の掘削現場を調べに出かけ、作業員にいくつか質問までした。そのうち一か所は、地上の高さからすぐ下の階まで簡単に降りられて、梁に支えられた坑道の入り口になっていた。この坑道の出口がどこか、出口があるのかないのかなんてどうでもいい。入り口に爆弾を仕掛ければそれでいい。

ガヴィアーリに面と向かってはっきり言ってやった。「おまえの知識はもちろん信頼してるが、手は震えるし脚は弱っている。穴に降りられないだろうし、おまえの言うその装置のことで、何をしでかすかわかったもんじゃない」

彼の目が涙でうるんだ。「そのとおり、俺はもう終わった人間だ」

「誰か代わりにやってくれる奴はいるか？」

「もう誰もいない。一番の仲間はまだカイエンヌ島にいるのを忘れないでくれ。それもあんたが島

この坑道の出口がどこか、出口が
あるのかないのかなんてどうでもいい。
入り口に爆弾を仕掛ければそれでいい（511 頁）。

送りにしたんだ。だからあんたが責任を取ればいい。爆弾を破裂させたいのだろう？　あんたが行って仕掛ければいいんだ」

「馬鹿言うな、私は専門家じゃないんだ」

「専門家に手ほどきしてもらえば、専門家でなくてもいい。この机に置いたものをよく見てくれ。ちゃんとした時限爆弾を作るのに必要なんだ。こんな普通の目覚まし時計さ。予定時刻にベルを鳴らす内部の仕組みがわかってさえいればいい。それから電池だ。目覚まし時計でスイッチの入った電池が、発火装置を作動させる。俺は古い人間だから、このダニエル電池というのにしたい。この型の電池はボルタ電池と違って特に液体を使っている。小さな容器の半分に硫酸銅の溶液、残り半分に硫酸亜鉛の溶液を入れて、硫酸銅の層には銅の薄い板を、硫酸亜鉛の層には亜鉛の薄い板を入れる。二枚の板の先端がもちろん電池の両極になる。わかったか？」

「ここまでのところは」

「いいだろう。唯一の問題は、ダニエル電池の場合、持ち運びに気をつけなきゃならんことだが、発火装置と火薬につないでいないかぎりどうなっても何も起きない。そしてつないだら、電池は平らな面に置いておいてくれ、さもなきゃ扱っている奴が阿呆ってことになる。発火装置には、どんな火薬でも少しで充分だ。それから最後に火薬本体の話だ。昔は、覚えているだろ、俺はまだ黒色火薬を勧めていた。でも、今から十年くらい前にバリスタイト火薬が発明された。樟脳一〇パーセントにニトログリセリンとコロジオンが同率だ。最初は、樟脳が揮発して製品が不安定になる問題があった。だがイタリア人がアヴィリャーナで製造を始めて以来、信頼できるものになったようだ。コルダイト爆薬はイギリス人が発明したものだから、俺は使うかどうかまだ迷っている。これは、樟脳の代わりにワセリンを五パーセント使い、残り五八パーセントはニトログリセリン、三七パーセントがアセトンに溶かしたニトロセルロースでできていて、表面がざらついたスパゲッティのような線状になっている。どちらを選ぶか考えてみるが、たいした違いはない。とにかく、最初に、時計の針を予定した時間にもってくる必要がある。それから目覚まし時計を電池につなぎ、電池を発火装置に、発火装置を爆弾につなぐ。それから目覚ましを動かすんだ。頼むから、絶対手順を逆にするなよ。もし先につないでから目覚ましを動かして、針を回したりしたら……どかんだ。飲み込めたか？　そのあとは家に帰るなり、芝居に行くなり、レストランへ行くなりできる。爆弾が勝手にやってくれるから。わかったか？」

「わかった」

「カピタン、この操作は子供だってできるとは言わないが、ガリバルディ軍の隊長《カピターノ》だった男ならきっとできる。手はしっかりしているし、目も確かだ。ただ俺が言うちょっとした作業をするだけだ。正しい手順でやればそれでいいんだ」

＊＊＊

私は引き受けた。もしうまく成功すれば、急に若がえってこの世のすべてのモルデカイを足元にひれ伏させられるだろう。あのトリノのゲットーの売春婦め、「おチビちゃん《ガニュ》」だと？　目に物見せてくれる。

欲情したディアナのにおいを体からぬぐい取らねば。あれから一年半、夏になると夜ごと彼女に苛まれている。あの呪われた種族を打ち負かすためにのみ自分が存在してきたことに気がついた。ラチコフスキーの言うとおりだ。憎しみだけが心を熱くしてくれる。

自分の義務を果たしに行くからには正装すべきだろう。ジュリエット・アダンの夕食会で着ていた燕尾服を着込んで口ひげを付けた。偶然のように、フロイド医師に分けてやったパーク&デイヴィスのコカインの小さな包みをクローゼットの奥で見つけた。どうしてそこに残っていたのかわからない。これまで一度も試したことはなかったが、彼が言ったとおりなら勢いをつけてくれるだろう。それに加えて、コニャックを小さなコップ三杯あおった。今の私はライオンになった気分だ。ガヴィアーリは一緒に来たいらしいが、それは許すまい。今の彼のゆっくりした歩き方では、こちらの足手まといになるかもしれない。

手順はすべて完璧に把握した。爆弾をきちんと仕掛けるのだ。歴史に残る大事件となるだろう。

ガヴィアーリが最後の注意をしてくる。「ここに気をつけろ、そこに注意するんだぞ」まったくなんてことだ、私はまだ老いぼれじゃない。

博学ぶった無用な説明

史実

この物語で唯一架空の人物は主人公シモーネ・シモニーニである——それに対して、彼の祖父であるカピタン・シモニーニは架空の人物ではない。ただし歴史上、バリュエル神父に送られた書簡の謎めいた書き手として知られているにすぎない。

それ以外の登場人物はすべて現実に存在し、この小説に描かれたような言動をしている（公証人レバウデンゴやニヌッツォのような脇役は別にして）。実名の人物である場合はもちろん（多くの人が嘘だと思うかもしれないが、レオ・タクシルのような人物も実在した）、架空の名前を持つ登場人物であっても、物語の都合上（実際には）二人の人物が現実に行なった言動を（架空の）ひとりの人物のものとして描いたにすぎない。

しかしよく考えてみれば、シモーネ・シモニーニも、異なる何人かの人間が現実に行なったことをまとめている以上、コラージュの産物としてではあるが、ある意味で存在したと言える。むしろ、実際には、今でも私たちのあいだに存在している。

物語《ストーリー》と筋《プロット》

〈語り手〉は、ここに再現された日記の筋がかなり混乱していて（多数の後退と前進、つまり映画人がフラッシュバックと呼ぶもの）、シモニーノの誕生からその日記の最後までの事実の直線的な展開を読者がたどることができないかもしれないと考える。英語でいう「ストーリー」と「プロット」、あるいはロシア・フォルマリストたち（みなユダヤ人である）が「ファーブラ」と「シュジェート」（あるいは筋書き）と呼んでいたものが混乱するのは避けようがない。〈語り手〉は、実を言えば理解に苦しむことがしばしばあったのだが、一般読者はそうした細かい点を無視してかまわないだろうし、それでも同じように物語を楽しめるだろうと考えている。とにかく、特に几帳面な人やぴんとこない人のために、このふたつのレベルの関係を説明する表を用意した（ふたつのレベルは実際にはあらゆる——かつての言い方では——ウエルメードな小説に共通する）。

筋《プロット》の段には、読者が読みすすめる章に対応する日記の箇所が記されている。それに対して、物語《ストーリー》の段には、各時点でシモニーニやダッラ・ピッコラが回想し再構成した出来事が現実に起きた順番が再現されている。

章題	筋	物語
1 曇り空のその朝、通行人は	語り手がシモニーニの日記を追いはじめる	
2 私は誰なのか？	一八九七年三月二十四日の日記	
3 《マニーの店》	一八九七年三月二十五日の日記 （一八八五年から八六年の《マニーの店》での食事の回想）	
4 祖父の時代	一八九七年三月二十六日の日記	一八三〇年―五五年 少年期と青年期、祖父の死まで
5 炭焼き党員シモニーニ	一八九七年三月二十七日の日記	一八五五年―五九年 公証人レバウデンゴのもとでの仕事と、情報部との関係の始まり
6 秘密情報部の手先	一八九七年三月二十八日の日記	一八六〇年 ピエモンテの情報部首脳と面会
7 千人隊とともに	一八九七年三月二十九日の日記	一八六〇年 デュマとエマ号に乗船 パレルモに到着 ニエーヴォと出会う トリノに一度目の帰郷

8	エルコレ号	一八九七年三月三十日から四月一日までの日記	一八六一年 ニエーヴォの失踪 トリノに二度目の帰郷、パリに亡命
9	パリ	一八九七年四月二日の日記	一八六一年…… パリ到着のころ
10	戸惑うダッラ・ピッコラ	一八九七年四月三日の日記	
11	ジョリ	一八九七年四月三日の日記、夜	一八六五年 ジョリの秘密を探るために牢獄に入る 炭焼き党員に対する罠
12	プラハの一夜	一八九七年四月四日の日記	一八六五年―六六年 プラハの墓地の場面について最初の版 ブラフマンとグジュノーに会う
13	ダッラ・ピッコラが自分はダッラ・ピッコラではないと言う	一八九七年四月五日の日記	
14	ビアリッツ	一八九七年四月五日の日記、午前遅く	一八六七年―六八年 ミュンヘンでゲトシェと会う ダッラ・ピッコラを殺害

15 よみがえったダッラ・ピッコラ	一八九七年四月六日と七日の日記	一八六九年 ラグランジュがブーランについて話す
16 ブーラン	一八九七年四月八日の日記	一八六九年 ダッラ・ピッコラがブーランを訪ねる
17 コミューンの日々	一八九七年四月九日の日記	一八七〇年 コミューンの日々
18 プロトコル	一八九七年四月十日と十一日の日記	一八七一年―七九年 ベルガマスキ神父と再会 プラハの墓地の場面をさらに脚色 ジョリを殺害
19 オスマン・ベイ	一八九七年四月十一日の日記	一八八一年 オスマン・ベイと会う
20 ロシア人?	一八九七年四月十二日の日記	
21 タクシル	一八九七年四月十三日の日記	一八八四年 シモニーニがタクシルと会う
22 十九世紀の悪魔	一八九七年四月十四日の日記	一八八四年―九六年 タクシルによるフリーメイソン批難
23 有意義に過ごした十二年間	一八九七年四月十五日と十六日の日記	一八八四年―九六年 シモニーニから見た同時期（この間、第

		三章で語られたように、シモニーニが《マニーの店》で精神科医たちと出会う）
24　ミサの一夜	一八九七年四月十七日の日記 （四月十八日の明け方に終わる）	一八九六年―九七年 タクシル計画の瓦解 一八九七年三月二十一日の黒ミサ
25　頭のなかがはっきりする	一八九七年四月十八日と十九日の日記	一八九七年 シモニーニは状況を理解して、ダッラ・ピッコラを処分
26　最終解決	一八九八年十一月十日の日記	一八九八年 最終解決
27　途切れた日記	一八九八年十二月二十日の日記	一八九八年 爆破の準備

以後の史実

年代	史実
一九〇五年	ロシアでセルゲイ・ニルスの著書『卑小なるもののうちの偉大』が出版され、次のように紹介される。「私は、今は故人である個人的な友から手稿を託された。そこには、驚くほど正確かつ明確に、奇妙な世界的陰謀の計画と進展が描写されている…… 四年前に私がこの文書を受け取った時、フリーメイソンのもっとも強力な首領であり高位の入会者のひとりからある女性が盗んだ（オリジナルの）文書の真正の翻訳であるという確実な保証がついていた……それが盗まれたのは、フランス——「ユダヤ・フリーメイソンの陰謀」の巣窟である——における「参入者」の秘密集会の終わりのことだった。見聞きしたいと願う人のために、文書を『シオンの長老の議定書』と題してあえてここに発表する」
一九二一年	『議定書』はたちまちいくつもの言語に翻訳された。 『ロンドン・タイムズ』紙がジョリの著作との関係を発見し、『議定書』を偽書として告発するが、『議定書』はそれ以降も真正として再出版されつづける
一九二五年	ヒトラー『わが闘争』（第一部十一章）「この民族の存在が絶え間ない嘘の上にあることは有名な『シオン賢者の議定書』に書かれている。『議定書』は偽作であると『フランクフルター・ツァイトゥング』紙が毎週訴えている。そのこと自体が、『議定書』が真正であるという証拠にほかならない……この本が民族すべての共通の財産となった時に、ユダヤの脅威は排除されたとみなせるだろう」
一九三九年	アンリ・ロラン『我らが時代のアポカリプス』「『議定書』は、聖書に次いで世界にもっとも流布した書物と考えられる」

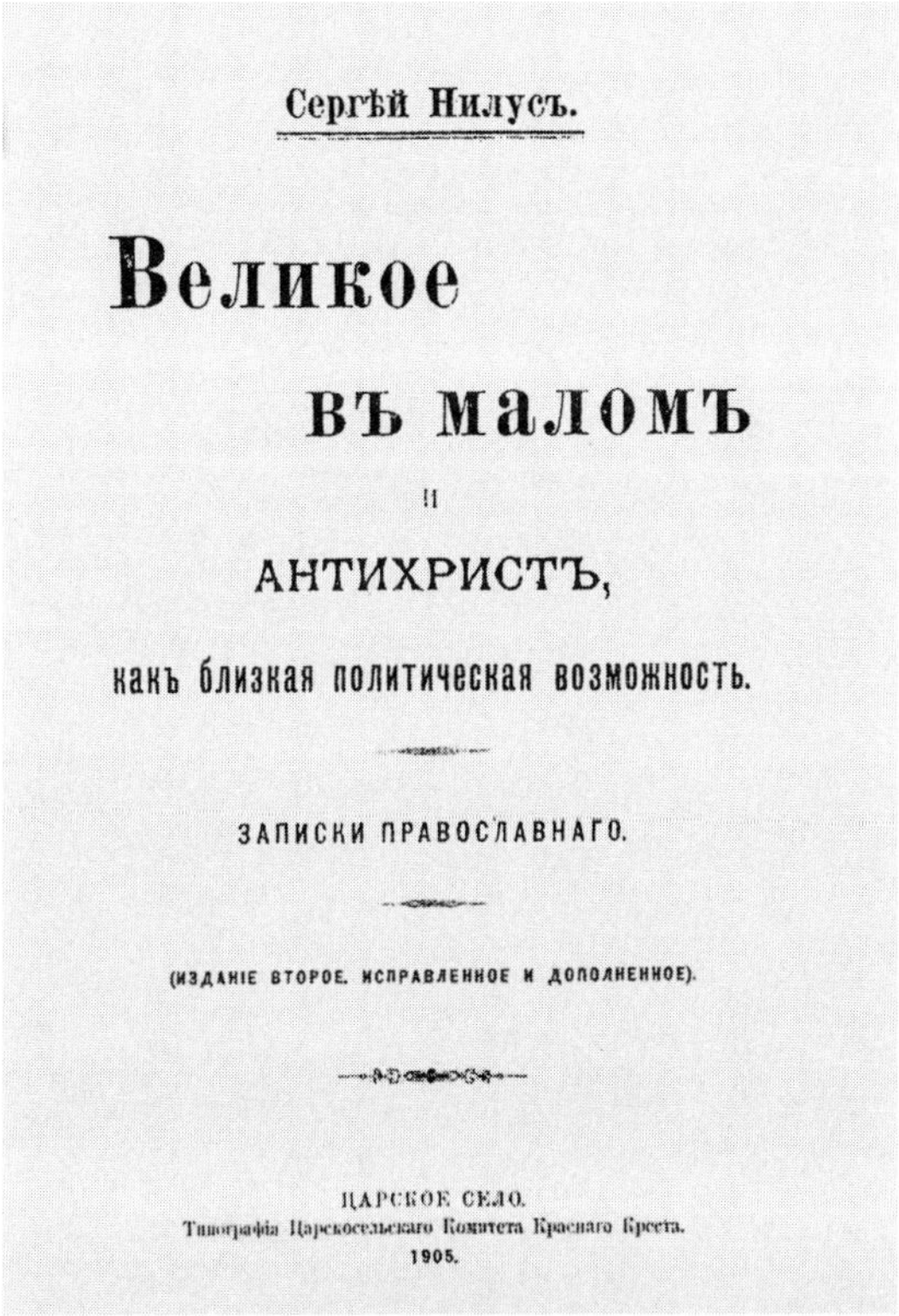
Сергѣй Нилусъ.

Великое

въ маломъ

и

АНТИХРИСТЪ,

какъ близкая политическая возможность.

ЗАПИСКИ ПРАВОСЛАВНАГО.

(ИЗДАНІЕ ВТОРОЕ. ИСПРАВЛЕННОЕ И ДОПОЛНЕННОЕ).

ЦАРСКОЕ СЕЛО.
Типографія Царскосельскаго Комитета Краснаго Креста.
1905.

『シオン賢者の議定書』の初版。
セルゲイ・ニルスの著書
『卑小なるもののうちの偉大』中で紹介された。

図版出典

◆150頁 『カラタフィーミの勝利』（1860）©Mary Evans Picture Library/Archivi Alinari.
◆196頁 オノレ・ドーミエ『無料入館日』（1852《サロン展の観客10》,『ル・シャリヴァリ』紙掲載）© フランス国立図書館
◆409頁 オノレ・ドーミエ『こんなに旨いワインができる国でアブサンを飲む連中がいるなんて！』（1864《パリジャンのクロッキー》,『ル・ジュルナル・アミュザン』紙掲載》） © フランス国立図書館
◆ 435頁 『ル・プチ・ジュルナル』紙（1895. 1. 13）©Archivi Alinari.

他の図版はすべて著者のコレクションによる。

訳者あとがき

『プラハの墓地』は、イタリアの作家ウンベルト・エーコが二〇一〇年に発表した長編小説である。七〇年代にボローニャ大学で記号論の教授を務めていたエーコは、一九八〇年の最初の小説『薔薇の名前』で一躍ベストセラー作家となった。その後、数々の研究書や時事評論と並行して次々と話題作を発表し、現在四作の長編が邦訳されている。デビューから三十年、六作目の本書は、テーマや手法などさまざまな点で小説家エーコとしての総決算と言える。

舞台は十九世紀末のパリ、映画の長回しのようにモベール広場から路地裏へ入り、袋小路の怪しげな骨董店へ、そしてその二階で日記を書きはじめる老人の背後に続く情景描写で幕を開ける。雑多ながらくたと高価な調度類の詳細な列挙にジェラール・ド・ネルヴァルへのオマージュを織り込みながら物語世界へ誘《いざな》う語り口は、当時大流行した通俗小説、いわゆる連載小説《フィユトン》のパロディになっている。最後まで読めば、冒頭だけでなく波瀾万丈のストーリー全体が、作中に登場するフィユトンの代表的作家ウージェーヌ・シューの作品を連想させるような大衆小説だと気がつく。

ある夜、プラハのユダヤ人墓地で企てられたという世界的陰謀をめぐって登場するのは、何世紀にもわたって王政転覆を狙う革命家とフリーメイソンの秘密結社、暗躍する各国情報部とイエズス会、爆弾魔や詐欺師といった悪党ばかり。裏切りと暗殺が連続する事件を彩るような、二重人格や記憶喪失、オカルトめいた儀式や黒ミサのおどろおどろしい描写や版画は、読者の興味を引きつけることを第一とするフィユトンにとって不可欠な、扇情的要素である。本書で用いられた引用や挿絵のいくつかは、エーコが雑誌『ボンピアーニ年鑑一九七二』でフィユトン特集を組んだ際に掲載されており、四十年以上前から作家がこのジャンルを愛読し、分析してきたことがうかがわれる。

　さらに、本書中の「博学ぶった無用な説明」によれば、主人公シモニーニ以外の登場人物がほぼ実在するという奇妙な「歴史小説」でもある。イタリア統一運動期のトリノから始まって、ガリバルディのシチリア遠征、第二帝政期のパリに舞台は移り、普仏戦争とパリ・コミューンを経て第三共和政下でのドレフュス事件まで、読者は主人公の回想とともに、十九世紀後半のヨーロッパで起きた大小の事件の「舞台裏」を目撃する。科学・医学の発達に伴って社会の近代化が進む一方でオカルティズムのような非合理主義が流行した時代を、エーコは詳細な風俗描写と多様な史料のコラージュによって見事に再現している。

　物語の中心にあるのは、ロシアのポグロムやナチのユダヤ人抹殺計画の根拠とされた偽書『シオン賢者の議定書《プロトコル》』の成立である。悪名高いこの反ユダヤ文書は今でも陰謀論の世界で引用されつづけている。日本では、ノーマン・コーン『シオン賢者の議定書《プロトコル》―ユダヤ人世界征服陰謀の神話』（内田樹訳、ダイナミックセラーズ、一九八六年）やレオン・ポリアコフ『反ユダヤ主義の歴史1～5』（菅野賢治他訳、筑摩書房、二〇〇五―二〇〇七年）の研究書、最近邦訳されたウィル・アイズナーのグラフィック・ノベル『陰謀―史上最悪の偽書〈シオンのプロトコル〉の謎』（門田美鈴訳、いそっぷ社、二〇一五年）などで知られる。

　エーコの愛読者なら、作家自身がすでに何度かこの偽書を取り上げていたことを覚えているかもしれない。『エーコの文学講義』（『小説の森散策』）の第六章「虚構の議定書」では、虚構が現実として受け取られた悲劇の一例として、テンプル騎士団伝説やキリスト教によるユダヤ教攻撃、デュマやシューの小説などのさまざまな要因が関連し合って『議定書』が生まれた過程を解説している。西洋史における陰謀論の集大成のような小説『フーコーの振り子』のなかには、イエズス会神父バリュエルからロシア警察のラチコフスキーまで、本書の登場人物の多くが勢ぞろいしている（九十一九十七章）。

すでに語りつくしたようにも思えるこの主題をエーコがふたたび扱ったのは『議定書』が偽書だと証明するためではない。一九二一年にタイムズ紙がジョリの焼き直しだと報じ、一九三五年にベルン裁判で偽書であると結論が出た後も『議定書』信者は消えず、現在でも誹謗文書として存在し続けている。むしろ虚構《フィクション》の影響力に対して物語《フィクション》の力で対抗すること、誹謗文書の対象がフリーメイソン、イエズス会、ユダヤ民族と変化する陰謀論のメカニズムを物語として暴くことがエーコの狙いではないかと思われる。

実際、エーコは作家クラウディオ・マグリスとの対話で、本作『プラハの墓地』が論文以上の説得力を持つことを期待して、真実の歴史を物語るために小説という形式を用いたと語っている。小説は、矛盾やあいまいさを含んだまま問題を提示する。しかも『フーコーの振り子』で主人公ベルボたちが行なったような外から見た歴史的再構成ではなく、反ユダヤ主義者シモニーニの思考を読者に「内側から」体験させるのがこの作品の特徴だと言えるだろう。

しかし、記号学者エーコにとって『議定書』という特定のテキストだけが関心の対象ではない。この小説には、偽書や贋造をめぐってエーコがこれまで行なってきた考察が反映している。一九九〇年の『解釈の限界』の一章では、美術品や紙幣の贋造、伝統を裏付けるためにあとから捏造された証文など数々の偽造の類型学を扱っており、本物と鑑定することの困難さ、贋造と判定するための基準、複製とオリジナルとが「等価」とみなされる可能性など興味深い指摘がなされている。

そうした偽造文書や偽証が現実に与えた影響を論じたのが、二〇〇二年の『文学について』所収のエッセイ「虚偽の力」である。キリスト教神学の天動説から近代科学の地球平面説神話、中世の「コンスタンティヌスの寄進状」やエーコが小説『バウドリーノ』で取り上げた「プレスター・ジョンの書簡」の偽文書、秘密結社「薔薇十字団」の怪文書や地球空洞説のような疑似科学まで、もちろん『シオン賢者の議定書』も含めて、歴史を大きく左右した偽説が検討されている。

これらの作り話が複雑な現実よりも「真実そう」に見え、信憑性があるとエーコは認めたうえで、大切なのは、どのようにしてそれらが現在の「真実」に置き換えられたのかを知り、自らの知識の可謬《かびゅう》性を意識することだと言う。すべての陰謀を結びつける普遍陰謀論や偏執的な信念に陥らないために、健全な懐疑主義が必要なのである。

偽文書というテーマの点で、本書は小説『バウドリーノ』とつながっている。しかし「プレスター・ジョンの書簡」を偽造したバウドリーノが「良い」ほら吹きだったのに対して、シモニーニは自己保身と金儲けに固執する悪人である。冒頭の数章で、彼が祖父から反ユダヤ主義を受け継いだけでなく、すべての他者に対する憎悪と偏見の塊のような人間だと明らかにされる。登場する料理の数々は、彼のエゴイズムが許容する唯一の趣味、美食の反映だろう。

他者への憎しみと不寛容のテーマが近年のエーコの大きな関心事であることは、九・一一以降の世界とイタリアの状況を語った評論集『歴史が後ずさりするとき――熱い戦争とメディア』にもよく表われている（アイズナーの『陰謀』に寄せた序文も収録されている）。エーコの小説と論考や評論はつねに密接に関連しているが、特に『プラハの墓地』にとって示唆的なのは、二〇一一年に出版された評論集『敵を作る』の表題エッセイである。

エーコはこの評論のなかで、集団のアイデンティティを強化し自らの価値を確信するために脅威となる「敵」を見出すことはきわめて自然な現象であると述べて、歴史上、敵の姿がどのように表現されてきたのかに注目する。キケロの『カティリナ弾劾演説』から始まり、異民族、異教徒、異分子がいかに醜く、臭く、犯罪者として描かれてきたかが列挙される。魔女や異端、そしてユダヤ人が悪魔扱いされた「敵」のイメージは、エーコが編集した『醜の歴史』の図像とともに、本書の描写のなかで利用されている。

偽造と不寛容だけでなく、『前日島』における「二重身《ダブル》」、前作『女王ロアーナ、神秘の炎』の記憶喪失、最新作『パイロット版』での現代史の陰謀論など、本書と他の小説作品を結ぶ要素はいくつもある。他のテキストへの暗示的な言及や引用、時代考証のための膨大な列挙といったエーコらしい仕掛けに、フィユトンの読みやすさ、主人公の悪党ぶりの魅力が加わって、いつの間にか読者は物語に入り込んでしまう。とはいえ、この小説が強い倫理的動機から書かれたことは、巻末に付けられた「博学ぶった無用な説明」と表にはっきりと示されている。

技術の進歩で偽文書作りは消えるのではないかというシモニーニの懸念ははずれ、今ではむしろ誰もが簡単に偽造ができるようになった。インターネットが時には匿名での誹謗中傷、偏見と憎悪の増幅装置となり、対テロ戦争や移民排斥など、個人間から国家間まで衝突の可能性が高まっている現在、シモニーニは私たちのあいだに存在しているという指摘を実感できるだろう。

翻訳にあたって最終的には二〇一三年の版を参照した。二〇一〇年の初版およびそれを基にしたと思われる英訳版、仏訳版（いずれも二〇一一年）とは多少の異同がある。著者からは、質問に対する丁寧な回答を送っていただき、非常に参考になった。

小説の性質上、差別的語彙、蔑称、罵倒語など不適切な表現が多数あるが、ほとんどの場合歴史的に実在する人物の史料の引用であるか作中人物の発言であることなどを考慮して、訳語を用いたことをお断わりしておく。引用と思われる部分やさまざまな表記について多数の先行文献と翻訳を活用させていただいたこと、翻訳中の難題に際して同僚の先生方、友人そして学生のみなさんから多くの有益な助言をいただいたことを記して、お礼を述べたい。

最後に、原稿の完成を辛抱強く待ってくださった編集部の井垣真理さんに心より感謝いたします。

二〇一五年十二月

ウンベルト・エーコの主な著作（未訳の場合はタイトルをかっこ内に示した）

一九六二年　*Opera aperta*, Milano, Bompiani.『開かれた作品』篠原資明・和田忠彦訳、青土社（一九八四年）／新装版（一九九七年）／新版（二〇〇二年、二〇一一年）

一九六三年　*Diario minimo*, Milano, A. Mondadori.『ウンベルト・エーコの文体練習』和田忠彦訳、新潮社（一九九二年）／新潮文庫（二〇〇〇年）

一九六四年　*Apocalittici e integrati*, Milano, Bompiani.（評論集『黙示録派と統合派』）

一九六八年　*La struttura assente*, Milano, Bompiani.（評論集『不在の構造』）

一九七三年　*Il segno*, Milano, Isedi.『記号論入門―記号概念の歴史と分析』谷口伊兵衛訳、而立書房（一九九七年）

Il costume di casa. Evidenze e misteri dell'ideologia italiana, Milano, Bompiani.（評論集『普段着―イタリア・イデオロギーの例証と謎』）

一九七五年　*Trattato di semiotica generale*, Milano, Bompiani.『記号論1，2』池上嘉彦訳、岩波現代選書（一九八〇年）／岩波書店　同時代ライブラリー（一九九六年）／講談社学術文庫（二〇一三年）

一九七六年　*Il superuomo di massa. Studi sul romanzo popolare*, Milano, Bompiani.（評論集『大衆のスーパーマン―大衆小説の研究』）

一九七七年　*Come si fa una tesi di laurea*, Milano, Bompiani.『論文作法―調査・研究・執筆の技術と手順』谷口勇訳、而立書房（一九九一年）

Dalla periferia dell'impero, Milano, Bompiani.（評論集『帝国の辺境から』）

一九七九年　*Lector in fabula*, Milano, Bompiani.『物語における読者』篠原資明訳、青土社（一

九九三年）／新装版（二〇〇三年）／新版（二〇一一年）

一九八〇年　*Il nome della rosa*, Milano, Bompiani.『薔薇の名前』（上下）河島英昭訳、東京創元社（一九九〇年）

一九八三年　*Postille al nome della rosa*, Milano, Bompiani.『「バラの名前」覚書』谷口勇訳、而立書房（一九九四年）

The Sign of Three. Peirce, Holmes, Dupin, Bloomington, Indiana University Press（トマス・A・シービオクとの共編）『三人の記号―デュパン、ホームズ、パース』小池滋監訳、東京図書（一九九〇年）

一九八四年　*Sette anni di desiderio*, Milano, Bompiani.（評論集『欲望の七年』）

Semiotica e filosofia del linguaggio, Torino, Einaudi.『記号論と言語哲学』谷口勇訳、国文社（一九九六年）

一九八五年　*Sugli specchi e altri saggi*, Milano, Bompiani.（評論集『鏡について』）

一九八七年　*Arte e bellezza nell'estetica medievale*, Milano, Bompiani.『中世美学史―『バラの名前』の歴史的・思想的背景』谷口伊兵衛訳、而立書房（二〇〇一年）

一九八八年　*Il pendolo di Foucault*, Milano, Bompiani.『フーコーの振り子』（上下）藤村昌昭訳、文藝春秋（一九九三年）／文春文庫（一九九九年）

一九九〇年　*I limiti dell'interpretazione*, Milano, Bompiani.（評論『解釈の限界』）

Interpretation and Overinterpretation, Cambridge, Cambridge University Press. ステファン・コリーニ編『エーコの読みと深読み』柳谷啓子・具島靖訳、岩波書店（一九九三年）／新装版（二〇一三年）

一九九二年　*Il secondo diario minimo*, Milano, Bompiani.（短編集『ささやかな日記2』）

一九九三年　*La ricerca della lingua perfetta nella cultura europea*, Bari, Laterza.『完全言語の探求』上村忠男・廣石正和訳、平凡社（一九九五年）／平凡社ライブラリー（二〇一一年）

一九九四年　*L'isola del giorno prima*, Milano, Bompiani.『前日島』藤村昌昭訳、文藝春秋（一九九九年）／文春文庫（上下）（二〇〇三年）

Six Walks in the Fictional Woods, Cambridge, Harvard University Press『エーコの文学講義―小説の森散策』和田忠彦訳、岩波書店（一九九六年）／『小説の森散策』岩波文庫（二〇一三年）

一九九七年　*Cinque scritti morali*, Milano, Bompiani.『永遠のファシズム』和田忠彦訳、岩波書店（一九九八年）

Kant e l'ornitorinco, Milano, Bompiani.『カントとカモノハシ』（上下）和田忠彦監訳、岩波書店（二〇〇三年）

一九九八年　*Serendipities. Language and Lunacy*, New York, Columbia University Press.『セレンディピティー　言語と愚行』谷口伊兵衛訳、而立書房（二〇〇八年）

Tra menzogna e ironia, Milano, Bompiani.（評論集『嘘とアイロニーの間』）

二〇〇〇年　*Baudolino*, Milano, Bompiani.『バウドリーノ』堤康徳訳、岩波書店（二〇一〇年）

La bustina di Minerva, Milano, Bompiani.（評論集『ミネルヴァの知恵袋』）

二〇〇二年　*Sulla letteratura*, Milano, Bompiani.（評論集『文学について』）

二〇〇四年　*Storia della bellezza*, Milano, Bompiani. 編著『美の歴史』植松靖夫・川野美也子訳、東洋書林（二〇〇五年）

La misteriosa fiamma della regina Loana, Milano, Bompiani.（小説『女王ロアーナ、

神秘の炎』）

二〇〇六年　*A passo di gambero. Guerre calde e populismo mediatico*, Milano, Bompiani.『歴史が後ずさりするとき―熱い戦争とメディア』リッカルド・アマデイ訳、岩波書店（二〇一三年）

二〇〇七年　*Storia della bruttezza*, Milano, Bompiani. 編著『醜の歴史』川野美也子訳、東洋書林（二〇〇九年）

Dall'albero al labirinto: Studi storici sul segno e l'interpretazione, Milano, Bompiani.（評論『木から迷宮へ―記号と解釈に関する歴史研究』）

二〇〇九年　*N'espérez pas vous débarrasser des livres*, Paris, Grasset & Fasquelle.（ジャン＝クロード・カリエールとの共著）『もうすぐ絶滅するという紙の書物について』工藤妙子訳、阪急コミュニケーションズ（二〇一〇年）

Vertigine della lista, Milano, Bompiani. 編著『芸術の蒐集』川野美也子訳、東洋書林（二〇一一年）

二〇一〇年　*Il cimitero di Praga*, Milano, Bompiani.『プラハの墓地』本書

二〇一一年　*Costruire il nemico e altri scritti occasionali*, Milano, Bompiani.（評論集『敵を作る』）

Confessions of a Young Novelist, Cambridge, Harvard University Press.（講演集『若き小説家の告白』）

二〇一三年　*Dire quasi la stessa cosa. Esperienze di traduzione*, Milano, Bompiani.（評論『ほぼ同じことを言う―翻訳の体験』）

Storia delle terre e dei luoghi leggendari, Milano, Bompiani. 編著『異世界の書―幻

想領国地誌集成』三谷武司訳（東洋書林、二〇一五年）

二〇一四年　*Numero Zero*, Milano, Bompiani.（小説『パイロット版』）

装画＝Sebastian Stoskopff
装丁＝柳川貴代

訳者紹介
1967年生まれ。京都大学文学部卒業、同大大学院博士後期課程単位取得退学。現在、京都外国語大学教授。訳書にジュゼッペ・パトータ『イタリア語の起源——歴史文法入門』、ディエゴ・マラーニ『通訳』、シモーナ・コラリーツィ『イタリア20世紀史——熱狂と恐怖と希望の100年』等がある。

［海外文学セレクション］

プラハの墓地

2016年2月26日　初版
2016年4月8日　4版

著者———ウンベルト・エーコ
訳者———橋本勝雄（はしもと・かつお）
発行者——長谷川晋一
発行所——（株）東京創元社
〒162-0814　東京都新宿区新小川町1-5
電話　03-3268-8231（代）
振替　00160-9-1565
URL　http://www.tsogen.co.jp
装丁———柳川貴代
印刷———萩原印刷
製本———加藤製本

ISBN 978-4-488-01051-5 C 0097

HHhH * LAURENT BINET

ゴンクール賞・最優秀新人賞受賞作

HHhH プラハ、1942年

ローラン・ビネ　高橋啓訳

ナチによるユダヤ人大量虐殺の首謀者ハイドリヒ。ヒムラーの右腕だった彼を暗殺すべく、亡命チェコ政府は二人の青年をプラハに送り込んだ。計画の準備、実行、そしてナチの想像を絶する報復、青年たちの運命は……。ハイドリヒとはいかなる怪物だったのか？　ナチとはいったい何だったのか？　史実を題材に小説を書くことにビネはためらい悩みながらも挑み、小説を書くということの本質を、自らに、そして読者に問いかける。小説とは何か？　257章からなるきわめて独創的な文学の冒険。

▶ギリシャ悲劇にも似たこの緊迫感溢れる小説を私は生涯忘れないだろう。（……）傑作小説というよりは、偉大な書物と呼びたい。　　――マリオ・バルガス・リョサ

▶今まで出会った歴史小説の中でも最高レベルの一冊だ。
――ブレット・イーストン・エリス

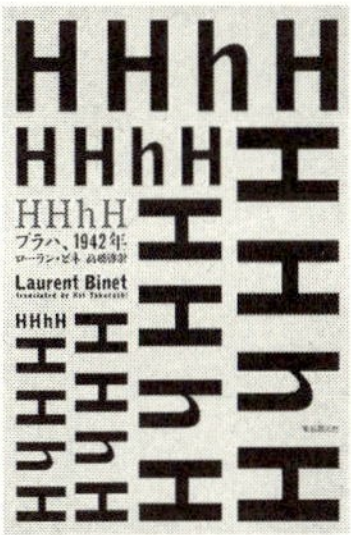

四六判上製

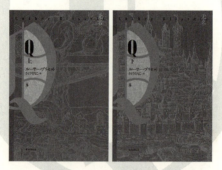

カフカ的迷宮世界

Nepunesi I Pallatit Te Endrrave◆Ismaïl Kadaré

夢宮殿

イスマイル・カダレ
村上光彦 訳　創元ライブラリ

◆

その迷宮のような構造を持つ建物の中には、選別室、解釈室、筆生室、監禁室、文書保存所等々が扉を閉ざして並んでいた。国中の臣民の見た夢を集め、分類し、解釈し、国家の存亡に関わる深い意味を持つ夢を選び出す機関、夢宮殿に職を得たマルク・アレム……国家が個人の無意識の世界にまで管理の手をのばす恐るべき世界！

◆

夢を管理するという君主の計画。アルバニアの風刺画！
——《ヌーヴェル·オプセルヴァトゥール》
ダンテ的世界、カフカの系譜、カダレの小説は本物である。
——《リベラシオン》
かつてどんな作家も描かなかった恐怖、新しいジョージ・オーウェル！　——《エヴェンヌマン・ド・ジュディ》